Waldtraut Lewin

Ein Kerl, **LOMPIN** genannt

Waldtraut Lewin

Ein Kerl, LOMPIN genannt

Roman

Verlag Neues Leben Berlin

ISBN 3-355-00837-0

Lizenz Nr. 303 (305/16/89)
LSV 7001
Schutzumschlag und Einband: Achim Kollwitz
Schutzumschlagmotiv: Nach der Radierung „Der Federschneider bei Kerzenlicht" von Rembrandt
Typografie: Ingrid Engmann
Schrift: 10 p Garamond-Antiqua
Gesamtherstellung: Karl-Marx-Werk Pößneck V 15/30
Bestell-Nr. 644 636 6
01180

Das erste Capitel
in dem der Magister und Provisor Daniel Speer, auch Simplex oder Lompin genannt, etwas findet, was er nicht brauchen kann, erklärt, daß er nicht er selber sei, und nicht zum Arbeiten kommt

Wer etwas Neues hören will / der schweyg itzund ein wenig still, schreibt der Mann und sieht in den Spiegel. Den braucht er wie sein Dintenfaß, die Feder und das Papier mit den Notenlinien. Sowie, immer noch, den Mantelsack mit den Vermummungen.

Es werden Sachen kommen, von einem Kerl, Lompin genannt / im Kriegs-Roman sehr wohlbekanndt / den hab ich vorgenommen.

Der Kerl, Lompin genannt, schneidet seinem Spiegelbild eine Grimasse, eindrucksvoll. Dann beginnt er, die Noten zu setzen.

Warum, Kreuzteufel, gerät's mir wieder einmal in Moll. Zwei Violen und zwei Violin, mehr kriegen wir nicht zusammen in diesem Nest. Pfeiffen und Tromlen möcht ich wohl brauchen, auch Tschinellen, wie sie der Sultan hat zu seiner Musique, und die Trompete. Die Trompete, ja, die hab ich am liebsten geblasen.

Er wirft einen Blick auf den Schlafenden. Wieso der nur übrigbleiben konnte, da sie doch alle hin sind, gefressen von der mörderischen Kriegs-Furie. Der hier hat's überstanden. Nur seinen Kopf hat's, wie es scheint, arg mitgenommen. O du Narr, du Narr, ein trauriger Narr bist du, daran hat die Welt keinen Gefallen. Daß ich mir dich aufgeladen hab, das war freilich Narredey. Hab genug mit mir zu tun und zu wenig für zwei. Klotz am Bein. Herr Cergely. György. Görgen. George.

Der Schlafende wirft sich unruhig hin und her, er scheint den Blick zu spüren, der auf ihm ruht. Er stöhnt, rollt die

Augen unter den geschlossenen Lidern. Das schüttere Haar, strähnig, schweißnaß.

Der Kerl, Lompin genannt, muß aufstehn von seiner Arbeit und den da, den Herrn Cergely, György, Görgen, George, zudecken mit dem schäbigen Fuchspelz; also das ist kein Pelz mehr, wenn man's nicht weiß, nur für die, so ihn kennen. Und da möcht er wohl auch der letzte sein. Schlaf, Narre, dein Narre hat zu tun.

Er kehrt zurück zu seinen Worten, seinen Tönen, seinem Spiegel, Eulen-Spiegel. Nein, eulenhaft sieht er nicht aus. Er schreibt, was er sieht:

Um daß ihm wäre angebohrn / ein welsche Hahnen-Nase / ein krauses Haar, ein Ziegen Bart ...

Setzt die Musique. Macht die nächste Fratze, zieht eine Schulter hoch und fügt unbedenklich hinzu:

... schau auf sein groß Maul und buckleten Rücken / thut sich drein und drauf alles schicken.

Schon wieder das gottverfluchte Moll, die Tränen im Lachen.

Danach: Intrada. Repetatur. Eine Musique, bei der einem das Springen ankommt, ob man lustig ist oder nicht.

Der Kerl Lompin weiß, daß man von innen nach außen gehn kann, und andersherum, von außen nach innen. Daß man das Springen einfach anfangen muß, und das andre, was dazu gehört, kommt danach. Der Trutz, der Spott, die Laune, gar die Freudigkeit.

Was man nun bräuchte, wären ein Coffee und ein Stück Brot.

Brot ist da, aber zum Getränk nur Wasser und ein saurer Wein, daß Gott erbarm. Einen Speck, wenn man ihn hätt.

Er kaut vorm Spiegel, reißt das Maul auf, daß ihm die Brocken fast wieder herausfallen, zeigt sich selbst die von Brotbrei verschmierte Zunge, schmatzt, verdreht die Augen.

Speck Schnitz und Fleisch / Koff Wasser Wein / Geflügel sein / sampt Pfeffer gelber Brühe.

Alles auf einen Melodiebogen.

Er stopft sich das letzte Stück Brot hinein, kippt den Kretzer nach, rülpst.

Es kann auch sein Brühkübel-Magen / auf einen Tag drei Räusch ertragen.

Koloratur auf Tag.

Herr Cergely wird heut nacht nüchtern bleiben müssen.

Der Schläfer lallt: „Venus-Rosalia-vanitatum vanitas – der Mond, der Mond, Luna."

Er soll mich verschonen damit, wenn ich ihn behalten soll. Sei so närrisch, du willst, Görgen, aber gib auf deine Träume acht, wofern du sie ausplauderst. Das weiße Gesicht, das schwarze Haar ...

Jacob diente vierzehn Jahr / umb eine Handvoll Jungfern Haar / ist das nicht Geckerei ...

Wir sitzen hier in Göppingen, in guter Ruh, wohl engagiert zur Versehung und Lehre der Musique, wenngleich das Salär so reichlich nicht ist, und wollen uns fein still verhalten bei unseren Noten, die wir auf Anspruch einiger werthester Freunden herausgeben – wie die zahlen, das sei noch dahingestellt, und vor allem, wann. Vorbei mit den Narren-Wanderungen, Herr Cergely, durch halb Europas Fluren.

Es klopft, der Dringlichkeit nach schon zum wiederholten Male, ich muß es überhört haben bei dem Krawall, der in meinem Kopf tobt. Den Spiegel umgedreht und: Herein! Ein ehrenfestes Bild, wie der Herr Magister Musicis da sitzt zwischen seinen Notenblättern, beim Kerzenschein.

„Ich wollte nicht stören, Musje Speer."

„Ihr stört aber, Herr Rat Tössle. Nehmt dennoch Platz, wenn ich auch nichts habe, Euch anzubieten, und einen Kranken in der Stube dazu."

Der Herr Rat macht ein verdutztes Gesicht. Bei diesem Musje Speer weiß man nie recht, woran man ist, ob es Schimpf oder Ernst ist, was er redet; allerdings, der Kranke liegt da, und der Rat fragt ängstlich von der Schwelle, was der denn habe, doch nicht etwa die Blattern.

Nein, der sei nur todmüde, erwidert der Magister Musicis, und momentan nicht recht im Kopf beisammen.

„So gehört er in ein Tollhaus."

Der Kerl, Lompin genannt, zuckt die Achseln, setzt wohl insgeheim hinzu, oder ins Zuchthaus, aber frei heraus: „Er tut ja keiner Fliege was zuleide. Und der Herr Rat möge nun Platz nehmen."

Der Herr Rat setzt sich, wenn auch nur auf die Kante des Stuhls. Er ist freundlich und schüchtern, man darf ihn nicht erschrecken. Er ist noch nie aus Göppingen herausgekommen, der Glückliche. Der Arme.

Der Herr Magister Speer, kraushaarig, bärtig, dunkel, mit welscher Hahnen Nase, macht noch zwei Lichte an, damit man ihn bei mangelnder Beleuchtung nicht auch für einen Narren oder gar für den Teufel selbst erachtet, obschon genug angezündet ist am Arbeitstisch, rückt seinen Stuhl, verbindlich, und steht zu Diensten.

Tössle, errötend, zieht unter seinem weiten Mantel das Buch hervor, das nun also auch bei ihm angekommen war, und legt es mit einem Seufzer auf den Tisch, so vorsichtig, als sei es aus Glas gemacht.

„Nun, Verehrlicher, hat es Euch zugesagt?"

„Unvergleichlich", sagt Tössle, „ganz unvergleichlich. Ja. Wie ich höre, seid Ihr nun dabei, einen Musique-Roman daraus zu fabricieren, ich hörte so Andeutungen ..."

Ja und Nein. Teile, kleinste Partikelchen nur von all den Abenteuern, so da aufgeführet, denn wie der Herr Rat als Freund der Musica und fürtrefflicher Violinist ja wohl wisse, habe jedwede Species ihre eigenen Gesetze und Reguln.

Tössle nickt. Partikelchen also. Er seufzt aufs neue. Und stellt alsdann die Frage, auf die der Kerl, Lompin genannt, die ganze Zeit gewartet hat. Ob es denn, wie einige versichern, wirklich und wahrhaftig so sei, daß jener da, also dieser Dacianisch-Hungarische Simplicissimus, dieser Allerweltskerl, umgetriebene Vagabund, Begleiter großer Herrn und weitgereiste Tausendsassa, daß dieser Erzschelm, Schwerenöter und Musikante denn Er sei, der Herr Magister Daniel Speer, der ihm hier leibhaftig gegenübersitze.

Tja. Da ist sie nun heraußen, die Frage.

Lompin alias Simplex alias der Herr Magister Daniel Speer hätte nun wohl ein halb Dutzend Schnaken und Schnurren auf Lager ob so kindischer Frage und nicht übel Lust, aufzuspringen und einen Schelmentanz abzulassen, aber der Herr Rat Tössle, gewissenhafter Kanzlist, wohlwollender Musikliebhaber und leidlicher Amateurviolinist, ist nicht der Sultan noch irgendein hoher Herr, der an Possen gefallen finden kann, er würde davon nur noch mehr verschreckt, als er ohnehin schon ist.

So daß sich denn sein Widerpart genötigt sieht, in freundlich wohlgesetzten Worten Rede und Antwort zu stehen, indem er dem gescheiten Kopf des Herrn Rat wohl zu bedenken gebe, daß nimmermehr eine artifizielle und eine realiter existierende Persona ein und dieselbe sein könnte. Sei denn der Göttliche Augustus, wie ihn, zum Exempel, der Vergilius dargestellt habe als verheißenes Kind und Auslöser eines neuen Zeitalters, sei der etwa derselbe wie jener römische Cäsar, der kleinmütig, pedantisch, schwitzend unterm Pantoffel der verehrten Frau Gemahlin Livia, mit Müh und Not gestrebt habe, einen morschen Staat zu restaurieren ...

Der Rat Tössle hat den Mund offen; wie's scheint, hat er dergleichen noch nie gehört über den großen Augustus. Da sei Gott vor, daß ich ihn mit meinem gutgemeinten Exempel noch mehr schrecke als mit den simplen Facta!

„Herr Rat", sagt Lompin und bleckt seine Zähne zum Lachen, große Zähne, wohlerhalten, in einem großen Maul, „Herr Rat, Sie sehen mich hier sitzen, Aug in Aug mit Ihnen, und wissen wohl", so sagt Lompin, „daß ich der Magister Musicis Daniel Speer bin, bestallet zur Lehre und Unterweysung in nämlicher Kunst, bin Scripteur und Compositeur dazu und ein wohlgelahrter Kund, beschlagen in Lateinische, Griechische, Türckische, Pohlnische, Hungrische und noch andre Idiomas, indem, wie kann ich da Simplex sein oder gar Lompin", sagt Lompin. „Simplex oder gar Lompin, das sind reine Kunst-Figuren, und was Sie, Herr Rat, so konfusioniert, ist nichts, als daß diese gottverlassenen Kerls sich in Gegenden aufhalten, in denen auch ich war, so daß ich, verstehn Sie recht, eine lebendige Anschauung habe nehmen können für all die Lügen-Possen, die ich ersonnen habe und noch ersinne. Für wen", sagt Lompin, „halten Sie mich denn, doch wohl nicht für den Simplex oder gar Lompin."

Und die Herren lachen. Recht zur Unzeit regt sich da der Kranke; es muß etwas durchgedrungen sein durch seine Wälle aus Schlaf und Verwirrung.

„Sing, mein Knecht, sing, Lompin, sing die Venus-Lieder“, fordert er, greift sich zum Hals, „Lunaluna“, er röchelt, als wollte er ersticken. Und dann nur noch Laute wie ein Tier, das stirbt.

Der Rat guckt ängstlich und sitzt auf dem Sprung, und Daniel Speer ruft zunächst: „Ruhe! Schlaf! Schlafet, Herr Cergely!“

Aber es hilft nicht, und so nimmt er die Laute auf, die neben seinem Tisch lehnt, und sagt: „Verzeihen Sie schon, er ist krank“, und beginnt ohne viel Federlesens mit seiner angenehm hohen Stimme, die ein jeder kennt in Göppingen aus Kirch und Schul, zu singen, was auch jeder kennt:

Vormahls hab ich iederzeit / Das Buhlen gantz verlacht / Und den so verliebten Streit / vor Kinderspiel geacht. / Was gehn mich die Possen an / Sprach ich der ich frey sein kann …

Der Herr Rat vergißt ganz den Kranken, dessen Gestöhn ist verstummt, und summt mit. So kennen sie ihn, ihren Magister und seine lieblichen Arias und Weisen, das Kind der Musen, die Zier ihrer Stadt.

Und der verbrecherische Tollhäusler da, den ich mir aufgelesen hab wider alle Vernunft, ist in seinen todesähnlichen Schlaf zurückversunken, darin soll er auch bleiben.

„Aber mit Verlaub“, sagt Tössle, „wie haben Sie ihn genannt? Cergely?“ Und er macht schon wieder ängstliche Augen.

„Das ist“, sagt der Magister Speer ernst, „der Herr György Zapary, ein Edler aus dem Ungarland, mir von meinen Wanderungen vertraut, ein Mann von Distinktion, unverschuldet ins Unglück geraten durch die bösen Zeitläufte, und so Gott ihm zur Genesung verhilft und seine Sinne ihm wiedergibt, werde ich nicht unterlassen, mit ihm Visite zu machen, falls der Herr Rat es gütigst gestattet.“ Und er verneigt sich.

Daß ich nicht krepier vor Wut und Lachen und Verzweiflung. Visite machen mit dem reißenden Wolf da, ach meine armen Schäflein von Göppingen und Waiblingen und ganz Schwabenland.

Der Herr Rat indes ist’s zufrieden; es war ein bißchen verwirrend zunächst beim Magister Speer, aber doch erklärlich. Er dankt und geht, nicht ohne zu versichern, daß er nebst seinem Violino sich glücklich schätzen würde, einen Part zu übernehmen im Musique-Roman, aber das habe ja noch gute Weile.

Nicht allzulang mehr, aber gute Weile schon noch.

Und Komplimente und Kratzfüße, und weg ist er, endlich.

Den Spiegel wieder aufgestellt und das Notenpapier zurechtgerückt. „Lunaluna", murmelt der andere und zieht den zerschlissenen Pelz bis zur Nase.

Lunalunanarrenkind, was hast du nur gemacht / daß du dich so pfeilgeschwind / ins Elend hast gebracht / deiner Freiheit schwarzes Roß / war ein schlechter Feldgenoss / und biß dich in die Kehl. / Lunalunanarrenkind: wer rettet deine Seel.

Das geht nicht. Er zerknüllt das Blatt und wirft es zu Boden.

Warum hab ich ihn nur aufgenommen. Als wenn's nicht genug wäre. Ich hab alles parat für den Kriegs-Roman, die wilden und die lustigen Historien von fernher, zu Spaß und Ergötzen derer, die's nicht erleben mußten. Ich brauch den nicht, meine Erinnerungen aufzufrischen.

Da an der Straße hat er gesessen, im Graben, er wär mir gar nicht aufgefallen, es sitzen so viele Bettler herum, Strandgut der großen Verheerungen, das es bis hierher gespült hat; manche können Geschichten erzählen, denen gibt man – so wie mir. Der da hockte am Straßenrand, und ich sah ja auch gar nicht ihn, bloß diesen gottverdammten ehemaligen Fuchspelz und daneben den Degen, den unbesiegbaren, wenngleich hin und wieder zerbrochenen Degen. Was sollt ich da schon machen außer anhalten?

Er kauerte in sich versunken, jene fieberroten Flecken im Gesicht, wie sie auch die Schwester immer bekam, ein weiß Gesicht, ein schwarzes Haar, vanitatum vanitas. Er hielt die Hand vorgestreckt in der Geste des Bettlers, aber er wußte wohl nicht, was er tat, seine Augen waren weiß, weggedreht die fahlgrüne Iris. Cergely. Ich zog ihn auf mein Gefährt, da war im Stroh Raum; als ich ihn einlud, gedachte ich nicht, ihn zu behalten, nur ich konnte nicht anders. Er sah nichts, jedoch da ich ihn packte, sagte er ganz vernünftig: „Höchste Zeit, daß du kommst, Lompin, mein possierlicher Knecht.“

Wie damals, als ich ihn im Ofen aus dem Kerker holte. Nicht daß ich Dank erwartet hätte, o nein. Aber daß er mich erwartete, wo auch immer in dieser verdammten weiten Welt, das traf mich.

Wenn ich denn schon vorhabe, einen Narren abzugeben, sei's drum. Ein sanftes Ritornell aufs Papier gebracht, wie, um diesen Herrn einzuschläfern. Es wird hart werden, ihn zu ernähren, er hat mir zu Mittag, den Blick weggedreht, meinen Suppentopf leergefressen, der für zwei Tage reichen sollte. Bin selbst ein starker Esser, was ich verdien, läuft durch den Magen wieder davon und für Coffee und Tabak und Licht. Wo soll ich borgen gehn, ohne die Reputation zu verletzen? Nicht alleweil beim Schwiegervater Buttersack, wo er's nicht mehr ist, noch ich sein Kollaborator bei der Musique im Pädagogium. Das soll nun aus und vorbei sein, wo sie mich zum Wittiber gemacht hat vor zween Jahren, die selige Apollonia. Mag nicht in memoriam ausleihn gehn.

Buttersack. Was für ein herrlicher Name für eines Narren Weib. Aber närrisch war sie nicht, nein. Dürr war sie und still, eine alte Jungfer schon, als ich sie heimführte und mit ihr nach altem Brauch die Provisorenstelle an der Lateinschule erhielt, die ihr Herr Vater innegehabt hatte. Immer tief erschrocken, wenn der wilde Kerl aus Versehen einmal herausguckte aus dem braven Magister, und kein bißchen Humor. Beim Venus-Gefechte ein Stockfisch. Aber eine treue Seele, immer willig, dem Vater ein paar Groschen abzuschwatzen als Nadelgeld. Hat nichts davon für sich behalten, Apollonia, geborene Buttersackin, dahingegangen kinderlos, am Wechselfieber. Was das auch sein mag. Und was das auch sein mag, was der hier hat …

Er sieht hinüber zu dem Bett, zu dem Bündel stinkender Lumpen und abgewetzten Fells – das ist ein Fehler, immer merkt der's in seiner Absentia, wenn man einen Gedanken an ihn verschwendet. Lag so schön still, nun stöhnt er, wälzt sich, krächzt: „Wasser, Wasser.“ Das kann er bekommen.

Lompin geht hin, hat aus dem Krug vorsorglich abgegossen in eine flache Tasse. Mit dem einen Arm richtet er seinen Herrn Cergely, den Lumpenhund, auf, mit der Linken führt er das Geschirr an die geborstnen Lippen, und der Kranke säuft wie ein Vieh, wobei seine Zähne am Tassenrand ein Geräusch machen, als wolle er das Gefäß dabei auffressen. Nein, mehr gibt's nicht, jetzt wird geschlafen, Störenfried.

Beim Weg zurück zum Tisch denkt der Herr Magister Speer, damals, als er noch jemand anders war, hätte er den Gang gewiß auf Händen getan und die leere Tasse dazu im Maul getragen. Und er kann nicht widerstehen und macht es, dabei fällt ihm der reputierliche Kragen bis über die Ohren, das muß besonders lustig aussehn. Am Tisch wechselt er sein Gewicht hinüber auf eine Hand allein, führt die andere zum Mund, greift die Tasse und stellt sie zurück, dann geht er sänftiglich wieder in jene Haltung, zu der Gott den Menschen geschaffen hat. Ärmel und Manschetten sind ihm über die Ellenbogen hinaufgerutscht, er zerrt sie wieder herunter an den sehnigen, dunkelbehaarten Armen.

Ich könnt's immer noch. Aber wozu denn, verdammt! Meine Musique will ich machen. Der da hat's aufgeweckt in mir, der gnädige Herr von Lumpengesindel.

Er sitzt vorm Spiegel, guckt und schreibt. Flöte und Contrabaß, Tschinellen und das Baryton. Und auf einmal sagt es an seinem Ohr ganz klar und vernünftig: „Wo ist mein Degen, Lompin?"

Vor Schreck kann er sich erst gar nicht rühren. Im Spiegel da, neben ihm, sind die fahlen, die wassergrünen, die füchsischen Augen (die auch die Augen der Schwester sind), das vom Fieberschweiß zersträhnte Haar des ungebetenen Gastes, bleich das Gesicht; das Fieber scheint vergangen, so könnt man ihn wohl vor die Tür setzen, denkt Lompin und weiß, er wird's nicht tun.

„Der Degen, Ihro Gnaden", sagt er, nachdem er geschluckt hat, damit der Ton herauskommt aus der Kehle, „der Degen steht da hinter Euerm Bett, und nun legt Euch hin, Ihr habt das Fieber."

„Kein Fieber", sagt das Gesicht im Spiegel, „aber wohl Lust, einen Waffengang zu tun."

Es stimmt schon, er ist nicht richtig im Kopf. Man wird sich vorsehen müssen.

„Hier ist kein würdiger Gegner, gegen den Ihro Gnaden antreten könnten", sagt er in den Spiegel hinein und überlegt, wie er mit guter Art dem Verrückten die Mordwaffe wegnehmen kann, von der er im Schreck so unbedacht verraten, wo sie ist. Wenn's drauf ankommt, bin ich wohl stärker als er. Aber der verwirrte Kopf hat seinen Wunsch schon vergessen, statt dessen schiebt sich eine schmutzstarrende Hand an ihm vorbei: „Was schmierst du da?" – und will nach seinen Notenblättern fassen.

Das nun nicht, Ihro Gnaden. Der Compositeur, der Herr Magister, hat mit der geballten Faust zugeschlagen aufs Handgelenk des Landstreichers, der Knecht Lompin hat seinen Herrn Cergely geschlagen, der ist sofort zum Bettelmann geworden, steht und wimmert vor sich hin, Misericordia. Wenn ich nur Mitleid haben könnt mit ihm, dann wär es leichter.

„Musje Görgen", sagt er, „ich glaub Euch nichts. Nicht einmal, daß Euer Fieber vorbei ist. Das macht nur eine Pause. Aber ich sollte den Herd anheizen und Wasser heiß machen, um Euch in den Badzuber zu stecken – das ist nicht nur Christenpflicht, sondern Ihr stinkt auch allzusehr, und Eure Flöh und Läuse brauch ich nicht. Bis dahin geduldet Euch, ich hab zu tun."

Haut rauh wie eine Rapsel, tief eingefressen der Schmutz an Knien und Ellenbogen, die Schenkel dürr, die Rippen und die Schulterknochen wie beim Sensenmann, und bei jedem Atemzug höhlt sich der Bauch, als sollte er die Wirbel berühren. Ach dein geschmeidiger weißer Leib, Herr György Zapary, der Venus-Kinder Ergötzen, und die Kraft der Arme und die springigen Gelenke bei Kampf und Streit, wo sind sie hin? Vanitatum vanitas.

Der Herr Magister Speer hat seinen Rock ausgezogen und die Hemdsärmel hochgekrempelt bis unter die Achseln und hält das Stückchen Elend im dampfenden Badzuber fest, damit es nicht ersäuft vor Schwäche und Ohnmacht. Mit offenem Maul und verdrehten Augen hängt der Kranke ihm im Arm, Barmherziger, warum mußte der davonkommen, und alle anderen sind dahin – das frag ich, seit ich ihn fand. Den Kopf wird man ihm auch untertauchen müssen und seinen Läusen den Kampf ansagen mit ätzender Lauge, überhaupt muß eine Bürste ran, selbst wenn er sich sträubt.

Und er sträubt sich. Windet sich wild im Wasser, knirscht mit den Zähnen, kämpft wie der Fuchs in der Falle, schlägt um sich, das Wasser schwappt auf den Estrich der Küche, durchnäßt Hemd und Hosen des anderen, bis der ihn beim Schopfe packt und untertaucht – wär's jetzt aus und vorbei mit dir, Herr Cergely, keiner würde dich vermissen noch mich verdächtigen. So, nun bist du zahm, ich tu dir weiter nichts. Lompin, dein possierlicher Knecht, will dich nur in Ruhe waschen.

Und dann liegt er wieder auf dem einzigen Bette, auch noch mit einem frischen Hemd bekleidet, so viele hat der Lompin auch nicht, selbst wenn er Magister geworden ist und Provisor der hiesigen Studienanstalt, so wie's der Herr Schwiegervater war. Stammen noch von Apollonia, die Hemden; das Weißzeug bis fast zu den kurzsichtigen Augen erhoben, stichelte sie daran herum, war nicht sonderlich geschickt dabei, gleichfalls nicht beim Kochen und der Hauswirtschaft, ein armes Luder. Der weitgereiste Mann, der umgetriebne Schwiegersohn, er war den Buttersackens immer unheimlich geblieben. Und wäre die Jungfer Apollonia nicht schon so gut wie sitzengeblieben mit ihren fünfundvierzig Jahren, dem kleinen Gut, ohne Reize des Leibs und Angesichts, wer weiß, ob seine Werbung erfolgreich gewesen wäre, und wenn er noch dreimal besser die Orgel gespielt hätte auf Probe vorm hochweisen Rat. Hätten wohl den alten halbblinden Buttersack weiter dahintapern lassen im Provisorenamt, hätten auf einen andern Nachfolger und Bewerber um der Jungfern Hand gewartet.

Dabei, sie war ihm herzlich zugetan, die Apollonia, rot wie Mohn, wenn sie ihn sah – sie wurde nicht reizvoller dadurch. Freundlich, verlegen und unterwürfig. Er hatte versucht, sie so wenig es anging zu kränken – Gott weiß, ob es ihm gelungen war die kurze Zeit ihres Ehestands hindurch. Zum Glück hat sie nie erfahren, weswegen er sich ausgerechnet in Göppingen beworben: Hier war die einzige Stadtkirche weit und breit, wo die Orgel ein Rückpositiv hatte.

Er schleift und schurrt den schweren Zuber zur hinteren Tür, um ihn in den Hof auszukippen, was ein Geräusch macht auf dem Estrich, so laut und so scheußlich, daß er fast die Schritte nicht gehört hätte und ihr um ein Haar den Schwall dreckigen Wassers über die Füße gekippt hätte. So kann er noch im letzten Moment einhalten, den Holztrog sacht wieder hinstellen und, während er sich die Ärmel herabläßt, ein Kompliment anbringen – er bitte um Pardon und gehe nur, seinen Rock zu holen.

Wenn sie schon durch die Hintertür kommt, muß sie sich nicht wundern, daß ich nicht allzeit in Gala bin. Ein besuchsreicher Abend. Er schiebt sich den Kragen zurecht und zupft die Manschetten, vergewissert sich, daß die Vorhänge fest geschlossen sind. Behüte Gott, jemand erführe in Göppingen, daß die Jungfer Amaryllis Sofronia Kertzsch mich übern Hof besuchen kommt, wenn ihre Frau Mutter und die Geschwister schlafen, das gäbe ein Gerede! Dabei geschieht es in aller Unschuld, wenngleich sicher nicht ohne Affect ihrerseits.

Da er sie nicht hereingebeten hat, steht sie noch vor der Tür, das Windlicht in der Hand, das eigentlich unnötig wäre für den kurzen Weg, sie braucht ja wirklich nur aus ihrer Hinterpforte herauszutreten, durch die Hecke des Hofzauns zu schlüpfen und bei ihm anzuklopfen.

Sie wolle nicht stören, es sei nur, ob sie dem Herrn Magister in irgend etwas helfen könne, und, da er verneint: Sei da nicht ein Wasser auszugießen? Das ging zu zweit besser.

Stellt das Licht aufs Fenstersims und packt mit an.

Geschickt zu allen Dingen ist sie, und Kraft hat sie auch. Sie stellen den Bottich drinnen ab, und ohne erst nachzufragen, beginnt sie ihn zu säubern mit der nämlichen Bürste, mit der er den Landstörzer Görgen geschrubbt hat. Beugt sich übern Rand, die Jungfer, daß der hochgeschürzte Rock die Kniekehlen freigibt, und streckt die Kruppe vor – denkt sie sich gar nichts dabei oder hält sie mich für einen Hackstock? Amaryllis Sofronia, ledige Nachbarstochter, auch so eine, hat weder Heiratsgut noch -geld, die Mutter verwitwet, drei kleine Geschwister, wer soll die wohl nehmen in dem Nest hier von den ehrbaren Söhnen? Die gehört nicht hierher. Gehört in die Welt.

Was denk ich da, toll, wie ich bin, als hätt ich nicht das Exemplum da drin liegen, wie man wiederkehrt aus dieser Welt, und reich ich selbst nicht aus, ich Lompin und Lumpenhund?

„Jungfer Marille", sagt er, „laß Sie das. Ich will nicht, daß Sie bei mir die Magd spielt."

Sie denkt nicht dran aufzuhören. Sie sei ja schon fertig. Es ginge doch nicht an, daß der Herr Magister dergleichen selber täte. Er habe doch Wichtigeres vor.

Freilich wohl. Den Kranken pflegen, der da drinnen liegt.

Jetzt richtet sie sich auf, ordnet auch ganz schnell ihre Röcke (hat sich also wohl doch etwas gedacht dabei) und sieht ihn verwirrt an. Ein Kranker? Hier in der Behausung des Musje Speer? Aber woher denn? Worauf er keine Antwort hat. Aufgelesen vom Straßenrain. Von weit her gekommen.

„Es ist ein alter Bekannter aus häßlichen Zeiten, und er schläft", sagt er und findet seine Auskünfte lächerlich. Und sie, Amaryllis Sofronia Kertzsch, genannt Marille von ihm als einzigem auf der Welt (denn niemand hier im Städtchen kennt die Frucht, die so heißt, gelbrötliche Türkenfrucht mit festem Fleisch, den Zwetschgen ähnlich, aber größer und herber im Geschmack), Marille also fragt nicht mehr auf eine so dumme Rede hin, nimmt vielmehr ihr Licht und geht an ihm vorbei in die Stube hinein. Beleuchtet den Schlafenden eingehend, der ist zum Glück nach dem Bade zu erschöpft, den Blick zu spüren, liegt wie aufgebahrt.

Die Jungfer guckt und seufzt abgrundtief aus schütternder Brust, aber, wie sich gleich zeigt, nicht des Kranken wegen. Sondern, die Augen aufschlagend, sagt sie überraschend: „Barmherziger Gott, was seid Ihr doch für ein Samariter, Herr Magister, nicht nur Euer Bett herzuleihen, sondern auch Euer Hemd. Ich seh's an den Bündchen, wie sie die selige Apollonia gemacht hat."

Ein scharfsichtiges Frauenzimmer, und durchtrieben dazu, denn daß die Bündchen der seligen Apollonia stümperhaft genäht sind, ein erbärmliches Gehudel gegen, zum

Beispiel, die feine, tadellose Weißnäherei der Jungfer Marille selbst, das sieht sogar einer wie er. Und prompt geht's auch weiter: „Soll ich dem Musje wohl, ehe es knapp wird, zwei oder drei Hemder nähen, wenn er das Leinzeug mir anvertrauen will?“ Und dazu der Aufschlag der Lider, als böte man ihm gleichzeitig den Kammerschlüssel. Süße Falle. – Was gehn mich die Possen an / sprach ich, der ich frey seyn kann …

„Jungfer Kertzsch“, sagt er, „Sie hat wohl anderes zu tun bei der Frau Muttern und den unmündigen Geschwistern, als mir altem Kerl Hemder zu nähen von einem Leinzeug, das ich ohnehin nicht habe. Und sieht Sie wohl, zu tun hab ich auch.“ Wendet sich zum Tisch mit dem Notenpapier. „Und somit gute Nacht und Dank für den freundlichen Besuch.“

Sie läßt sich nicht abschieben. Nicht einmal gekränkt ist sie. „Gott wohlgefällige Werke tut Ihr, Herr Magister, an diesem Fremden, und dann noch die Arbeit. Da wäre es ja sündhaft, Euch allein zu lassen. Ein Krankensüppchen wird Er mir wohl gestatten, herüberzubringen, und ein paar Heißwecken vielleicht in der Frühe.“ Und nichts für ungut, aber den lausigen Pelz da, den sollte man wohl auf den Kehrricht tun, der starre ja vor Dreck. Eine wollene Decke werde sie auch bringen.

„Nicht nötig, Marillchen“, erwidert er und muß die Fingerknöchel um den Bettknauf schließen, wie sie da steht im Schein ihres eigenen Lichts, braune Augen, rote Wangen, und das Haar kommt zausig unter der Haube hervor. „Der Pelz gehört dazu, der hat seine Historia, so alt, wie der Mann, der ihn trägt. Dank fürs Kommen und für den Beistand. Gute Nacht.“

„Gute Nacht“, erwidert sie und knickst. „Aber wo will Er denn schlafen, doch wohl nicht neben dem Kranken?“ Und wird rot.

„Ein Kerl wie ich ist nicht so heikel, der ist einiges gewohnt.“

Da er's sagt, weiß er, daß das nun das Verkehrteste ist, denn sie kriegt so einen Schein in die Augen; ein Kerl wie er, das große Abenteuer, die weite Welt, das Leben. Er dreht sich ohne jede Höflichkeit um, geht zum Tisch, taucht die Feder ein und beginnt, irgendwelche Noten aufs Papier zu bringen, und endlich klappt die Tür, und Marillchen ist weg. Führe uns nicht in Versuchung. Andre, hätt ich sie so traktiert, hätten's mir über Jahr und Tag nicht verziehen. Nun muß ich die Noten da ausstreichen, weil alles Unfug ist.

Der liegt wie tot, das Maul offen. Sauber und wie tot in der seligen Apollonia Hemd. Hemdernähen. Sauber und wie tot in fremdem Bett.

Er springt auf. Kreuzteufel, wie soll eins arbeiten bei soviel Bedrängnis von allen Seiten. Die ganze schöne Musique ist mir verflogen. Wenn's nur das Mädchen von nebenan wäre. Aber das Gewesene so dicht auf der Haut, das versengt mir das Papier. Sauber und wie tot in fremdem Bett. In fremden Betten die drei, Kinder noch, wie lange ist das her? Zwanzig Jahr, dreißig, oder nur zehn? Manches scheint wie nie erlebt, nur von fern gehört. Andres, als sei's gestern gewesen.

Sie hat nach gar nichts gefragt. Er erscheint ihr nicht verwunderlich, wenn solche Gespenster bei ihm auftauchen. Was sie ihm wohl andichtet an Vergangenheit, so für sich in ihrer Kammer? Einmal, kein halbes Jahr ist das her, hat sie sich ein Herz gefaßt und ihn gefragt, wie das war, als er auszog gegen die Türken als Krieger.

Nicht als Krieger, hat er korrigiert, sondern als Heerpauker sei er ausgezogen, und im übrigen möge sie einen Blick in sein Buch vom Dacianischen Simplicissimus tun, da habe sie's schwarz auf weiß.

Ach, wie solle sie denn zum Lesen kommen bei dem, was sie zu tun habe den ganzen Tag, abends sinke sie ins Bett wie tot, und überhaupt sei Lesen etwas für Herren und Studierte.

Worauf er, nicht ohne Salz, ihr denn die Episode erzählt, wie er das erstemal zu Felde gezogen, wie ihm ob des Schlachtens und greulichen Mordens die Haare zu Berge gestanden und er seinem Schöpfer gedankt, daß er ihn mitsamt seinem Roß so bald und glücklich in den Sumpf geführet, dergestalt, daß er den Lärm der Bataille nur von ferne gehört, was ihm hinlänglich gewesen. Und erst, als die Nacht hereinbrach, habe er sich, von Dreck überkrustet und marode vor Angst, Hunger und Kälte, wieder hervorgewagt, habe unterwegs einen türkischen Gaul eingefangen und mitgenommen und so noch das Lob seines Capitain eingetragen, da man ihn schon als vom Feind erschlagen angesehen. Und derart also sei seine Viktorie gewesen.

Hatte solche Erzählung nun aber den Glanz der Bewunderung in den braunen Augen auszulöschen vermocht? Mitnichten. Die Jungfer Kertzschin äußerte vielmehr, so rede er nur aus Bescheidenheit, und sie habe ja von anderen, so seine Bücher gelesen, erfahren, was für ein Teufelskerl er sei.

Er seufzt, geht ans Fenster, zieht den Vorhang zurück, den er eben noch so sorgfältig geschlossen, lehnt die Stirn ans kühle Glas. Kein Licht brennt mehr zu dieser Zeit in ganz Göppingen. Über den Dächern jagen die Wolken dahin. Der halbe Mond, die kalten Sterne, hier wie dort, wie damals vor all den Jahren, zehn, zwanzig, dreißig, über der erfrorenen Wintersteppe, als er sie fand, als sie sich fanden.

Er geht zum Tisch und wendet den Spiegel, aber seine Augen finden das bärtige Narrengesicht nicht, nach dem sie suchen, auch im Spiegel sind der halbe Mond, die kalten Sterne, die jagenden Wolken, bald vor dem Licht, bald weg von ihm, Lunaluna, verhängnisvolle. Saugt ihn ein in die Welt von damals, läßt ihn nicht los.

Das zweite Capitel
in dem er gedenkt, wie er dem Fatum in Gestalt eines Augenpaars begegnete

Über die moor- und salzreiche Steppe zwischen erfrorenen Gräsern und riesigem Mond treibt der Wind Reiter aufeinander zu. Die zwei, die ihn im Rücken haben, diesen Eiswind, können gar keine andere Richtung wählen. Sie werden gejagt wie die abgerissenen Köpfe der Disteln.

Der einzelne dagegen kämpft sich vorwärts gegen den Sturm, mühsam setzt sein Pferd Bein vor Bein, und er selbst hat sein Gesicht vermummt mit der Kapuze. Gesenkte Stirn, da sieht er nicht, was kommt.

Es scheint, als sollten sie, ein paar Billardkugeln gleich, gegeneinanderstoßen auf dieser Ebene, von fremder Macht gelenkt, dem Wind vielleicht oder dem Mond.

Aber das kann niemals geschehen in diesem vormals hochedlen, nun jedoch geschwächten, entkräfteten und verwirrten Ungarland, der Christenheit Bollwerk und des Türkenreiches Vorhut zugleich, daß da welche aufeinander zugehen, ohne irgendwann bei der Begegnung die Waffen zu zücken. So auch hier auf der baumlosen Pußta; wie sollte es anders kommen, als daß einer der Reiter ein Pistol zieht und, da sein Anruf nicht beantwortet, der Aufforderung, anzuhalten, nicht stattgegeben wird, es auch abfeuert, Blitz und Knall im Windestoben.

Jedoch er trifft nicht. Und als wisse der von der anderen Seite, daß nur ein Schuß im Lauf war, reitet er unbeirrt weiter auf ihn zu, die Kapuze über den Augen. „Mars gegen die Musen, wie immer“, murmelt er. „Der sollte sein Pulver sparen.“

Die anderen, schwarze Schattenrisse vor dem Mond, scheinen in Streit zu geraten darüber, ob zu fliehen oder zu bleiben sei; es scheint, sie wollen eigentlich gern weg, aber da ist der Sturm, gegen den es nun anginge, und vielleicht sind da hinter ihnen auch andre Dinge, vor denen sie weglaufen. Zudem, jetzt erkennt man's genau, sind sie nicht sehr beweglich. Denn es sind drei Reiter auf zwei Rossen.

„Gut Freund, ihr Herren“, ruft der Entgegenkommende auf ungarisch und wiederholt's gleich noch einmal auf deutsch, um sicherzugehn, daß man ihn versteht. Seine Stimme, hell und durchdringend, kommt gegen den Sturm an. „Laßt Euer Pistol nur beiseite, ich bin nicht hier, Euch etwas anzutun.“ Und damit ist er auch schon heran.

Ein wunderliches Völkchen, die drei, so sich da nächtens und bei eisigem Sturm auf der Hortobagy herumtreiben, nämlich, wären die Zeiten anders, würde man sagen, es sind Kinder. Aber heutzutage, wo jeder jeden totschlägt, hat der Reisende auch schon solche da wie diesen Burschen im Kriegsharnisch gesehn und einem Türken das Bein wegsäbeln, und eine wie das Mädchen da wurde von fünf Tataren genotzüchtigt und lachte dazu. Das dritte Wesen, das hinter dem Burschen aufsitzt, kann man gar nicht erkennen, denn es ist eingemummt in einen schweren zottigen Bauernmantel, dessen Kapuze ihm übers Gesicht fällt, und hat den Kopf auf die Schultern des Reiters gebettet.

Der nun in eine große Mentik, das ist ein Fuchspelzmantel, gehüllt, Federkappe mit Agraffen und Medaillen überm spitzen Gesicht, schnattert mit den Zähnen, ungewiß, ob vor Frost oder vor Angst, führt aber ungeachtet dessen den großen Mund. „Kerl“, sagt er, „hätte ich noch einen Schuß parat gehabt, so wärest du tot.“

„Ja, hätte der Hund nicht geschissen, so hätte er den Hasen gekriegt“, erwidert der Angeredete ungerührt, was das Mädchen auf dem Pferd veranlaßt aufzulachen (der Bursche dreht sich wütend nach ihr um). „Nun, da ich weiß, daß der Schießprügel leer ist, wäre es gut, ich bekäme solide Antwort, wer Ihr seid und wohin des Wegs, wie es unter gesitteten Reisenden üblich, zumal, wenn sie sich unter so merkwürdigen Umständen begegnen.“

Der Bursche wirft den Kopf in den Nacken und erklärt unter Zähneklappern: „Wir sind sämtlich von Adel.“

„Daran“, entgegnete der andere, schiebt seine Gugel ein wenig aus dem bärtigen Gesicht und läßt ein paar dunkle Augen aufblitzen, „zweifle ich nicht ob Eurer anmaßenden Rede, Uram, zumal da in diesem Lande beinah jeder, den man antrifft, von Adel ist. Will ich mich denn meinerseits vorstellen: Ich bin ein fürnehmer Junker aus dem Schlesischen, so früh seine Eltern verloren hat – sie waren übrigens Kürschnersleute. Und so hab ich meine herrliche Jugend unter Läusen und Kellerasseln verbringen müssen, mit mehr Prügeln als Brot, bin vielmals der Lehr entlaufen, hab gar studieret und wollte Pfarrer werden, hab es aber dann nur zu dem gebracht, was Ihr hier seht – ein Soldat, Dubosch und Drombetasch, will sagen, Heerpauker und Trompeter. Mein Nom de guerre jedoch, da ich nicht willens, meine hochgeborne Herkunft zu enthüllen, ist Simplex oder auch Lompin.“

Die Rede wird vom Gelächter des jungen Frauenzimmers auf dem Pferd kommentiert, während der Junge ihr zuzischt, sie solle schweigen, und Wutblicke schießt. Dann sagt er verbissen: „Ich meinte es ohne Narrenpossen, Monsieur. Jedenfalls bin ich der edle Herr George Zapary, und das da“ (Ruck des Kopfes nach hinten) „ist meine Schwester Helena, die das Fieber hat. Jene Demoiselle aber, die sich so erheitert“ (wieder so ein Blick) „ist die Gräfin Rosalia Riczan, eine Gespielin meiner kranken Schwester.“

„Reverenz der erlauchten Companey“, sagt der Heerpauker und Trompeter Simplex, auch Lompin genannt, unbeeindruckt. „Und wohin des Wegs, so ganz ohne Diener und Bagaschi? Soll das kranke Fräulein zum Medicus gebracht werden? Da wäre es doch bequemer, in der Kutsche zu reisen …“

Hier nun bricht die als Gräfin Rosalia Riczan präsentierte Person vollends in schallendes Gelächter aus. Ihre Stimme, ein heiserer Kontra-Alt, erstaunlich bei so einer jungen Dame, schallt über die Ebene wie über eine große Bühne. Sie läßt das Pferd Volten gehen (übrigens sitzt sie wie ein Mann im Sattel), schlägt sich mit der behandschuhten Hand klatschend auf den Schenkel, während sie sich mit der anderen am Sattelknopf festhält. „O ja“, röhrt sie, „Herr Simplex, da habt Ihr den Nagel auf den Kopf getroffen. Eine Kutsche! Diener! Bagaschi! Wo wir Hals über Kopf davon sind, froh, eine Mentik übers Hemd zu werfen, und nicht einmal Zeit hatten, die Pistols zu laden! Überhaupt, jeden Moment können sie da am Horizont auftauchen, während wir hier die Zeit mit Komplimenten vertun.“ Ihr Lachen bricht ab. „Höre, György“, sagt sie mit ihrer tiefen Stimme, „laß jetzt die Faxen. Dieser Dubosch und Trombetasch kann uns vielleicht gar nützen. Jedenfalls sei ihm nicht geraten, in die Richtung fortzureiten, aus der wir kommen. Mag sein, des Kaisers gute Soldaten glauben ihm einfach nicht, daß er von uns keine Spur gesehn hat, und machen ihm Unannehmlichkeiten. Da ist es schon besser, er geht mit uns.“

„Wohin wollte er eigentlich so allein?“ fährt der Bursche György oder George mißtrauisch drein.

Sie stehn immer noch auf demselben Fleck im Mondlicht, nur das Mädchen Rosalia bewegt ihr Pferd, einen kleinen zottigen Falben, und reckt den Hals.

„Oh, eigentlich war ich nicht allein“, sagt Simplex, dem nun erst recht nicht in den Sinn kommt, eine Frage zu stellen – alltäglich ist in diesem schlimmen Land, daß einer flieht, vor wem und aus welchen Gründen auch immer. „Ein Kollega von der Zunft war bei mir, und waren wir beide unterwegs in Dienst zu einem siebenbürgischen Magnaten, aber der andere ward vor ein paar Stunden handelseins als Stadtpfeifer in B. und hieß mich sich trollen, damit sie mich, als den Besseren, nicht auch blasen ließen." Er lacht, doch keiner mit ihm.

„Wir wollen zu einem Dorf, das heißt Tyn", sagt der junge Mann, „wenn du dich auskennst in der Gegend, Lompin oder wie du dich nennst ..."

„Eine gute Wegstunde nach links, aber es ist ein elendes Nest. Was sucht ihr da?"

„Dort residieret meine hochgeborne Frau Großmutter", entgegnet George prahlerisch. Aber ehe der andere erwidern kann, daß er dort sein Lebtag keine Edelmannsresidenz gesehen habe, gleitet die stumme Vermummte, die so benannte Schwester Helena, hinter ihrem Bruder herab vom Pferd auf den gefrornen Boden und bleibt liegen. Der Zottelpelz ist aufgegangen. Es zeigt sich, daß das Fräulein außer Bauernstiefeln nur ein dünnes Hemd und Leibchen trägt. Arme und Beine aber, Hals und der zarte Ansatz der Brust sind, im Mondlicht sieht man es deutlich, gefleckt wie bei einer Pardelkatze. Unberührt weiß hingegen ruht im schwarzen Haar das Angesicht.

Die drei sind von den Pferden und mustern die Kranke. Rosalia nimmt das Wort, sie sagt ohne Anteilnahme, trokken: „Verdammt, sie hat das Fleckfieber. Das fehlt uns noch. Wir müssen weiter, György, wenn wir nicht umsonst weggerannt sein wollen."

Der neue Weggefährte schaut noch immer auf das weiße Gesicht, das schwarze Haar, so daß György ihn anfährt, ob er ihm nicht helfen wolle, die Kranke wieder zu ihm aufs Pferd zu bringen?

„Nein", entgegnet er. „Ich denke, Eile tut not. Ihre Pferde sind müde, meins nicht, und zudem ist es gewohnt, außer mir noch die Heerpauken zu tragen. Ich führe euch zum Dorf und nehme Demoiselle Ilona zu mir. Demoiselle Rosza und Monsieur György mögen mir folgen." Er hat die ungarischen Formen ihrer Namen gewählt, und keiner widerspricht. Vorsichtig schlägt er den Mantel um die Kranke, hebt sie auf und legt sie über den Sattel, bevor er aufsteigt. „Sie ist ganz leicht", murmelt er und zieht sie zu sich. Und plötzlich kommt Leben in die starren Glieder. Sie schlingt die Arme fest um seinen Hals, der Kopf sinkt gegen seine Schulter, sie hängt an ihm. Ihr Atem geht laut. Rosa pfeift durch die Zähne.

Die Kavalkade setzt sich in Bewegung. Jetzt haben sie den Wind von der Seite. Keiner redet, nur von Zeit zu Zeit summt Rosa mit tiefer Stimme einen Liedanfang, dann wendet sich György zu ihr um, und sie bricht mit Lachen ab. Im Mondlicht werfen sie lange Schatten.

Es ist ein wahres Glück mit diesem trocknen Frostwetter; wäre Schnee gefallen, hätte man leicht den Spuren der Flüchtigen folgen können, und auch bei wärmerer Witterung hätten sich die Trittsiegel der Pferde markiert im Morast.

Das Dorf, das sie nun ansteuern, der Musikant mit der Kranken am Hals vornweg, hat sonst Wege, die sind nur knietiefer Dreck. Nun kommt man besser voran, wenngleich die Tiere die Hufe vorsichtig setzen auf dem steinharten Boden.

Dem Vorreiter ist nicht mehr kalt wie vordem. Ihm ist, als sei die fiebrige junge Person ein Glutofen, die seinen ganzen Leib durchglüht. Manchmal greift der Wind unter den Rand der Kapuze und lüftet sie ein wenig, dann sieht man einen Streifen kalkweiße Haut im finsteren, verwirrten Haar.

Die Katen ringsum sind dunkel, und nur aus zwei oder drei Schornsteinen dringt Rauch. Der junge Mann in der Mentik aber setzt sich jetzt an die Spitze, erklärend, er wisse seine Frau Ahne wohl zu finden. Und sie haben schon das ganze Dorf durchmessen, sind fast schon wieder draußen in Sturm und Wüstenei, da biegt er wahrhaftig ab. Zwischen ein paar Bäumen, hinter einem Zaun liegt eine Art Scheune, aus der sickert Licht.

Drin ist es rauchig und düster, und vier Weiber hocken da bei Fackelschein und binden Zwiebeln und Knoblauch zusammen wie zum Verkauf, deren eine, zigeunerisch schwarz und bäurisch gekleidet, sich mit einem Schrei erhebt; fast wäre ihr die Tabakspfeife aus dem Maul gefallen. Der Kerl Simplex riecht gleich, das ist guter türkischer Duhan, den sie pafft. Und die soll nun also die Frau Ahne sein.

Auch sie fragt nichts weiter. Hierzulande fragt man nichts, wenn Leute so ankommen wie diese hier. Die Pferde werden hereingezogen in die Scheuer und tun sich gleich am Maisstroh gütlich, auf das der Musikant die Kranke zu betten angehalten wird. Sie aber läßt seinen Hals nicht los, im Gegenteil, in ihrem Fieber richtet sie den Kopf auf, sucht und findet und küßt seinen Mund mit ihren schrundig-stachligen Lippen, Rose mit viel Dorn.

Die Ahnfrau indes hüllt sich in ihren Halbpelz und verkündet, sie wolle auf ihre Bergfestung, alles zu richten. Sie verspricht, einen Wagen zu schicken. Den jungen Herrn Zapary nimmt sie gleich mit und, zu des Simplex Verärgerung, zum Reiten sein Pferd, das, wie sie geübt erkennt, das munterste und kräftigste ist.

Und nun bleibt er also zurück mit den drei Alten, die stumm weiter Zwiebel- und Knoblauchzöpfe flechten, der Fiebernden auf dem Maislager und der jungen Dame Rosalia, die ihren Umhang von sich wirft und, um sich vollends zu erwärmen, in der Scheune umhertrapst, wobei sie die Hände unter die Achseln schlägt.

Er sieht erst jetzt, was für eine schöne Person dies Fräulein mit der tiefen Stimme ist. Um ihr windgerötetes Gesicht mit dem großen Mund und den Augen von der Farbe der Flachsblüte steht eine seltsame Haarmähne von stumpfem, aschigem Blond, so daß sie wohl gar keine Staatsperücke bräuchte, käme sie einmal zu Hofe. So sieht sie freilich nicht aus: Sie trägt Männersachen, Reitstiefel, weite Leinenhosen und ein unförmiges, gewalktes Schafwollhemd. Aber auch das vermag ihre geschmeidige Taille und ansehnliche Brust nicht zu verbergen. Jetzt singt sie wieder, erst summend, dann formt sie die Worte: „Nun freut euch, lieben Christen gmein, / und laßt uns fröhlich springen ..." Und sowenig es in diese Lage paßt, so wenig kann der Musikant widerstehen. Er fällt mit einer kunstvollen zweiten Stimme ein, sie aber hält ihren Part machtvoll und trutzig, daß es eine wahre Lust ist, wie sich die Töne vermischen.

„So, das hab ich mir schon gedacht, daß Er auch ein Evangelischer ist, Trompeter", sagt sie. „Stimmt das denn auch, was Er da scherzweise behauptet hat, nämlich daß Er hat Pfarrer werden wollen?" Sie lacht ihr heiseres Lachen.

„Ja", erwidert er, und seine Augen sind schon wieder bei der blassen Kranken, „aber das ist lang her."

„Nun", fährt sie fort, „das wichtigste Unterpfand protestantischer Konfession, der junge Herr Zapary, ist in Sicherheit bei der Frau Großmutter. Wir Weiberleute sind nicht so von Bedeutung, und es wäre nicht allzu verwunderlich, wenn man uns beide, die Kranke da und mich, einfach in der Scheuer zurücklassen würde, ein Mannsbild zum Schutz ist ja dabei."

„Das wäre des Teufels", fährt der Simplex hoch, „sie hat mein Pferd."

„Das die Heerpauken tragen kann", ergänzt Rosalia, „und fremde Jungfern auch. Fürcht' Er sich nicht vorm Fleckfieber, he? Ich würd die nicht um die Welt anrühren. Jetzt. Er aber hat sich sogar von ihr küssen lassen, ich hab's wohl bemerkt. Ein seltsames Geschwisterpaar das, fangen die Leute ein wie mit Netzen, man weiß nicht, wieso." Ihr Tonfall hat etwas Sonderbares.

„Wie seid Ihr denn in die Gesellschaft geraten, Mademoiselle Comtesse?" fragt er.

Sie schnaubt verächtlich durch die Nase. „Die Comtesse kann Er sich sparen, die ist keinen Pfifferling wert. Bin eine Waise. Auf dem Totenbett hat mich mein Vater dem alten Zapary anvertraut, daß er mich mit seinen Kindern aufziehe in gut protestantischer Gesinnung. Es gibt nämlich in Wien einen katholischen Zweig der Riczans, zu denen sollt ich ums Verrecken nicht, obgleich sie in Samt und Seide stolzieren und wir arm sind wie Kirchenmäuse."

„Und Ihr selbst? Was wär Euch lieber?"

„Ich will mein eigner Herr sein", sagt sie, „besser gehetzt im Ungarland als im Käfig bei der Hofburg." Und beginnt wieder lauthals zu singen. „Es flog ein klein Waldvögelein / dem Liebsten vor die Tür ..." Er muß zumindest mitsummen, indes die Kranke geschlossenen Auges die Lippen regt und ihre Finger hin- und herführt auf dem Maisstroh, als wollte sie ein Gewebe fertigen.

„Hach“, raunzt Comtesse Rosalia und läßt sich nun auch aufs Stroh plumpsen, aber in gebührendem Abstand von der Ansteckung, „goldne Freiheit, wohin bist du nun! Die Zaparys und all die anderen Evangelischen, die wider die Habsburger aufmüpfige Reden führten, die schleppen die Labantzen nun schon davon nach Wien, ihnen den Prozeß zu machen. Wie wir entkamen, wir drei? Unten im Dorf war eine Hochzeit, zu der wir gegangen waren, als die Ilka das Fieber bekam. Da hörten wir's von durchziehenden Katanaken in der Schenke, und der Pastor machte, daß wir gleich aufbrachen ...“ Sie seufzt, dann singt sie: „An den Händ und Füßen Eisen, / So mußt ich nach Buda reisen. / Als sie sahn mich hinterm Gitter, / Weinten alle Mädchen bitter.“

„Was?“ fragt der Musikant, ohne jemand anders anzublikken als Helena, die Totenbleiche. „Das kenn ich ja gar nicht, das Lied, mit einer Rückung nach e-moll.“

Sie fährt fort: „Bin ich erst befreit von Ketten, / Dann kann ich mein Leben retten. / Doch des Sultans schweren Banden / Hat noch keiner widerstanden.“

„Woher kommen denn solche Lieder?“

„Och, die hör ich in der Dorfschenke oder bei den Mägden und Knechten, davon kann ich für jeden Tag zwei“, erwidert die kleine Gräfin, und dem Manne Simplex oder Lompin kommt es doch alles recht merkwürdig vor, wie sie da mitten in Ungemach und Verwirrung sitzen, zwei flüchtige Protestantinnen aus rebellischen Häusern, eine auf den Tod krank, draußen pfeift der Wind, drei alte Weiber fädeln Zwiebeln und Knoblauch, als wenn es sie gar nicht gäbe, und sie beide tauschen sich aus über neue Lieder bei den Magyaren.

„Dieser George oder György – wie heißt er nun eigentlich?“

„Er heißt György oder George oder Cergely, alles eins, die Mutter rief ihn so, der Vater anders und das Gesinde wieder so, aber in der heiligen Taufe hat er die Namen George Martinus Christophorus empfangen, sagt selbst, ob es glaubensstärker noch geht. Er ist's nun, auf den die Bekenner lutherischen Bekenntnisses hoffen, denn wenn im Wald die Stämme abgehauen sind, sieht man die Reiser für Bäume an. Abgesehn davon, daß er selbst meinte ...", sie unterbricht sich, sieht auf die Kranke. In deren gleichsam gläsernem Gesicht zucken kleine Lichter auf. „Hütet Euch, Herr Musikant", murmelt Rosalia heiser, „die Ihr schon jetzt starrt wie das Kaninchen auf die Schlange. Hütet Euch vor den Augen, die haben Bruder und Schwester gemeinsam. Seht nicht hinein in die füchsischen Augen." Und lauthals und trotzig: „Ich lebe in fleischlicher Liebe mit György Zapary. In Unzucht, Herr Theologus."

Der Mann sieht sie an nun, das schöne Gesicht mit dem spöttisch verzogenen Mund, und schüttelt langsam den Kopf. „Ihr möchtet's gern, Jungfer Comtesse", sagt er fast mitleidig. „Euresgleichen kenn ich, Maulhurerei, um Vergebung, nennt man das. Bei so schöner Leibesbeschaffenheit und Gesichtsbildung wie der Euren trifft man dergleichen häufiger, als man denkt."

Rosalia schießt wolkige Röte in Stirn und Wangen. Ehe sie aber erwidern kann, schlägt Helena die Augen auf, Fieberaugen, die nichts sehn. In die man hineingerät wie in den Malstrom. Augen, die nur aufnehmen, nichts zurückgeben.

Das dritte Capitel

in dem er einen unerwarteten Morgen-Coffee erhält und aus dem Schrecken nicht herauskommt

Tapp-tapp-tapp machen die Pantöffelchen mit den hohen Absätzen, ein schneller und energischer Rhythmus, so geht doch Apollonia nicht, die schleicht langsam und leise, und außerdem ist sie tot. Tapp-tapp-tapp, was für ein anmutiger Klang, und das Schlüsselbund im Gürtel gibt die Tschinellen ab dazu – denkt der Schläfer und bekommt die Augen immer noch nicht auf, weiß auch nicht, wo er sich befindet. Unbequem wie im Feldlager ist es, sein Kopf ruht auf den Armen, und die liegen auf einer Tischplatte. Aber bei der Musique von Schlüsselbund und Schuhchen fühlt er sich so wohl, daß er gar keine Lust hat aufzuwachen. Tapp-tapp, ein Rock raschelt, ein Luftzug streift ihn, das ist nie und nimmer die tote Apollonia, doch auch keine andre nicht, die ist ja wohl genauso tot, die mit dem weißen Gesicht.

Wie kann man nur so müde sein, als habe man nachts sonstwas erlebt. Fortgezogen war ich, weit weg von hier. Hier, das ist Göppingen. Und wer da herumgeht in meiner Wohnung, als sei's die ihre, das ist die Marille, Jungfer Amaryllis Sofronia Kertzschin, die sich unterm Deckmantel christlicher Nächstenliebe und mildtätiger Fürsorge für einen Siechen schon wieder zu schaffen macht, mich umstreicht wie ein Kätzchen ...

Und nun steigt ein unbeschreiblicher Duft in seine Nase, ein wohlbekannter, da kann er gar nicht anders als die Augen aufschlagen. „Wo hat sie den Coffee her, Jungfer Kertzschin?“

„Gell, das macht munter, und guten Morgen zuvörderst, Herr Magister“, sagt sie und mischt den Harmonien von Röcken, Absätzen und Schlüsseln nun noch ihre Stimme bei, die weich und samten klingt wie eine Viole. „Gell“, singt sie und „gude morche“ im Auf und Ab dieser Gegend, das tönt so freundlich, wie diese Hügel und Täler ringsum anzuschaun sind.

Er fährt in seine Rockärmel, hat er doch wahrhaftig an seinem Arbeitsplatz auf dem Stuhl geschlafen, wenn das überhaupt ein Schlafen war diese Nacht, streicht sich mit den Fingern durchs Haar und durch den Bart und hört weiter auf den Singsang: Sie habe die Körner gleich fertiggeröstet überm Herd und werde sie dann zerstoßen, aber die türkische Suppe zu brauen verstünde sie nicht, das müsse der Herr Magister selbst tun.

Da nimmt er ihr Mörser und Stößel aus der Hand – ein Festmorgen ist das, ein wahrer Glücksmorgen, mit dem Coffee und der sanften Musique dieser Dame –, dennoch sagt er: „Ich hab Sie was gefragt, Marill.“

„Nun“, entgegnet sie und schlägt die braunen Augen zu ihm auf mit einem Weihnachtskerzenschein darin, der in keinem Verhältnis steht zu diesem höchst alltäglichen Diskurs, „da auf dem Tisch hat das Tütgen gelegen, nebst dem Zuckerhut und der Zimmetrinde.“

„Aber woher ...?“ will er beginnen und läßt den Blick durch den Raum schweifen. Um ein Haar wäre das Gefäß mit dem kostbaren Coffee-Pulver ihm aus der Hand und auf den Fußboden gerutscht, nur mit lompinischer Geschicklichkeit fängt er's in halber Höhe zum Estrich. Das Bett ist leer. Er reibt mit der Faust über die Augen. „Wo ist Cergely?“ fragt er töricht.

Das Mädchen zuckt die Achseln. „Er wird genesen sein und den Herrn Magister aus Rücksicht nicht haben wecken wollen und ist gegangen und hat dies als Gastgeschenk hinterlassen.“

Hilf Himmel, das gibt ein Unglück.

(Genesen, der? Er ist toll, so toll wie ein Hund. Rücksicht ist das letzte, was er kennt, erbarmungslos würde er mich wachgerüttelt haben wie eh und je, wenn er sich nicht davonschleichen wollte. Gastgeschenke, daß ich nicht lach. Er hatte nichts. Keinen roten Heller, und schon gar keine Krume Coffee.)

„Er wird ja wohl wiederkommen“, sagt die Marill, „sein Pelz ist noch da.“

In der Tat, auf dem zerknautschten Bettzeug liegt das stinkige Ding; mein Hemd hat er am Leibe. Lompin schaut in die Ecke hinterm Bett. Der Degen fehlt.

Springen müßt ich jetzt auf die Gassen und Lauft, Leute, lauft! müßt ich schreien. Verschließt eure Tore und sperrt die Häuser ab, alle wehrhaften Männer aber sollen ihre Waffen greifen und ihn zu fangen suchen. Seid auf der Hut, ein Mörder geht um, der nicht recht bei Trost ist.

Statt dessen steht er da wie angenagelt, starrt auf den Coffee-Mörser in seiner Hand. Hab ich ihm deshalb geholfen in vielerlei Nöten und ihn aus der Hand der Türken errettet, und häng ich nicht mit unlösbaren Ketten an der Schwester, der ich den Zuspruch getan, ihn zu bewahren, und soll ihn ans Messer liefern, daß sie ihn greifen und, das Geringste noch, in ein finsteres Haus einsperren?

„Aber was ist denn, Musje Speer, ist etwas nicht recht?“

„Jungfer“, erwidert er und ist bemüht, irgend etwas von all dem in Worte zu bringen, „es ist ganz und gar nichts recht an der Sache, denn der war nicht genesen, und eigentlich müßt ich jetzt Zetermordio schrein, ihn einzufangen.

Aber der Coffee duftet so gut, daß es eine Sünde wäre, ihn nicht zu kochen, und zudem schärft er die Einbildungskraft, vielleicht weiß ich hinterher eher, was zu tun. Möchte Sie wohl auch ein Schälchen? Wenn sie Zucker und Zimmet darantut, wird es Ihr schon munden. Ich weiß ja, daß das Frauenzimmer die türkische Suppe nur süß mag."

Der Weihnachtslichterglanz in den Augen ist wieder da, als sie knickst und sich gehorsamst für die Ehre bedankt. Das Wasser siedet schon, das hat sie vorhin gleich nach dem Feuermachen aufgestellt, auch den Tisch bereitet mit Heißwecken und Butter, eigentlich für den Kranken bestimmt, aber nun sei es einmal da.

Das alles hatte er noch gar nicht bemerkt vor Traumbefangenheit und Schreckenerwachen, guter Gott, wo war er nur im Schlafe?

Eigentlich sollte man ... Aber seine Gier auf das Getränk ist so übermächtig, daß er alles hintanstellt; ein Festmorgen, ein Glücksmorgen nun wohl nicht mehr, zumindest nicht für ihn, aber für die Kertzschin ist alles, wie es besser gar nicht kommen könnte, ein Déjeuner à deux am häuslichen Herd. Sie trinkt die schwarze Türkensuppe tapfer ohne Zucker und sieht zu, wie er fast zitternd, mit geschlossenen Augen das brühheiße Getränk schlürft, er hat's offenbar sehr nötig gehabt.

„Ach Mamsell Marille", doziert er, zurückgelehnt im Stuhl, die Beine von sich gestreckt, „das kann Sie nicht ahnen, was die Schale Coffee bedeutet für einen wie mich, der's gewohnt ist durch den Genuß vieler Jahre. Sie verzieht das Gesicht und schluckt es herunter, aber unsereinem schmeckt's wie Nektar und Ambrosia, und wie es den Geist belebt und das Ingenium stimuliert, davon kann Sie sich gar keine Vorstellung machen. Jetzt, wahrhaftig, wär ich bereit zu den schönsten Compositiones, wenn ich mir nicht die Sorgen aufgeladen hätt mit dem Flüchtling. Aber vorderhand wird erst einmal in Ruhe und Gelassenheit gefrühstückt."

So plaudert er, animiert allein von dem Wissen, den Zaubertrank im Leibe zu haben, das Doppelte von dem, was er der Jungfer sonst in einer ganzen Woche zu erzählen geruht, und merkt es und kann es doch nicht aufhalten, und sie, mit Weihnachtslichteraugen, sitzt ihm gegenüber, mümmelt Heißwecken und hört mit verständiger Miene zu.

Apropos Heißwecken. Wenn schon ein Mysterium herrscht um die Herkunft des Türkenzeugs, welcher Kobold hat denn nun die gebracht?

Habe sie nicht schon gesagt, daß sie von der Bäckin seien, auf Kredit, für den Kranken.

„Ich nehm nichts auf Kredit bei der Bäckin", sagt er und wird belehrt, daß die aber geben würde, es sei nur, weil er ein Wittiber und zu unbeholfen sei zu solchen Geschäften, und im übrigen habe sie's aufs Kerbholz der Kertzschens schreiben lassen.

Sie hat ihre Waffen ja trefflich parat, da muß man blitzschnell parieren. Ein Wittiber – unbeholfen – und gleich eine Verpflichtung zu Dankesschulden – wirklich, er ist ein Bewunderer solcher sanften Strategie, aber das darf er nicht durchgehen lassen.

„Amaryllis Sofronia", beginnt er gewichtig, „so nicht. Ich bin, ad eins, zu gar nichts zu unbeholfen, sondern, wenn ich nicht auf Pump lebe, dann, weil ich weiß, ich bin ein armer Hund und zahl es nie zurück. Ad zwo, nie und nimmer werd ich dulden, daß ich einer verwitweten Gürtlerin nebst ihren Kindern die Heißwecken auffreß zum Morgenbrot. Sie soll sich schämen, Marille, denkt Sie nicht an Ihre Geschwister, und ad drei und zum Hauptpunkt: Das ist alles dumme Löffelei, zu der jetzt gar keine Zeit bleibt, denn der Kranke ist weg, und was tu ich? Dazu brauche ich einen verständigen Rat, denn glaub Sie mir, Marillchen, er ist alles andre als ein hilfloser Lazarus, sondern im Kopf durcheinander, zudem aber ein Mann von kriegerischen Erfahrungen und, mit einem Wort, in seiner Narrheit gefährlich. Heute ist es nur ein Tütgen Coffee, wer weiß, wo und warum wegstibitzt (gewiß nicht, um den Speer zu erquicken), morgen ...", er hebt die Achseln, fügt mehr für sich hinzu: „Und außerdem muß ich ins Amt."

Bei dieser langen coffeebeflügelten Rede des Herrn Magister Speer hat Amaryllis Sofronia Kertzsch zunächst die Lider über die Augen fallen lassen, ist sodann errötet und hat eine kleine Unmutsfalte zwischen den Brauen bekommen, die ihr durchaus anmutig steht. Im zweiten Teil hingegen hat sie sich belebt und sitzt nun gereckten Hauptes da: Verständiger Rat wurde erbeten, und es ist zu sehen, sie will ihn erteilen.

„Musje Speer", hebt sie an und stellt dabei die Coffee-Häfen zusammen, „was auch immer der Grund sein mag, aus dem Euer Gast entwichen ist, da wird es wenig helfen, wenn Ihr Euch den Kopf zermartert oder jenen gar zu suchen beginnet. Denn Ihr müßt, so ist es, aufs Amt. Der wird in den vier Stunden die Stadt nicht anzünden, und es hätte wenig Sinn, den Magistrat und die Bürgerschaft rebellisch zu machen, ohne die Gründe darzulegen. Lasset die Zeit das Ihre tun, und wenn Ihr heimkommt, ist er entweder wieder in Eurem Bette oder, was noch günstiger wäre, über alle Berge. Sollte jedoch keins von beiden eintreffen, so werden wir weitersehn. Bis dahin wäre es gescheit, die Sache heimlichzuhalten, um nicht die Pferde scheu zu machen ohne Not. Ich bin aufgewachsen in Göppingen und weiß, wie schnell hier aus einer Schnake ein Ochs wird in der Leute Maul. Mit des Herrn Magisters Erlaubnis behalt ich das Haus im Auge, während Er fort ist. Und nehm Er den Paletot um, denn es geht auf Martini, und wir haben Reif gehabt diese Nacht."

Und so findet er sich etwas verdutzt vor seiner Türe wieder, auf Flügeln des Coffees dahinschwebend zur Lehr-Anstalt (ein Jammer um die schönen Inspirationen, die da wohl verrauchen werden). Wie immer das auch wird in dieser mörderischen oder kläglichen Geschichte mit dem Cergely – für die Jungfer Kertzschin, das steht nun einmal fest, ist sie gefundenes Fressen.

Es geht auf Martini, auch darin hat die Jungfer recht, und bläst ein unangenehmer Wind, der einen zwingt, den Mantel festzuhalten.

Im Gegensatz zu seinem Vorgänger, dem Herrn Schwiegervater Hieronymus Buttersack, hat Daniel Speer keinerlei Schwierigkeiten mit den anfangs doch recht rüden Buben der Lateinschule und versieht das Provisorenamt in Musik mit einiger Lust. Die Schüler haben Respekt vor ihm, ohne daß er den Stecken gebrauchen muß – ob das seinen Grund hat im lompinischen Gesicht mit Hakennase, krausem Bart und großem Maul und in dem dürren Humor, mit dem er die Keckheit der Discipuli aus dem Feld schlägt, oder weil ihm keiner ein C für ein Cis vorsingen darf, und er die Orgel schlägt wie kein zweiter, darüber ist er nicht bereit, sich Rechenschaft abzulegen. Wenn die Jungs dann gemerkt haben, daß er auch in Latein sich auskennt und andere Idioms dazu redet, hat er sie vollends unterm Hut.

So absolviert er seine Lektionen diesen windigen Vormittag, ohne daß er recht darum weiß, und als er nach Haus geht, weht ihm eine Bö den ersten Schneeschauer so ins Gesicht wie das Fortissimo des Polnischen Tanzes, den er grad im Kopf ausbrütet, so daß er sich für einen Moment hinter die Kapelle St. Nicolai retiriert, um seinen Surtout zu schließen, den er vagantischerweise offengelassen hat.

Und da muß ihn denn das Bildnis der Schwester überfallen. Wie oft ist er um diese Ecke gegangen und hat nicht bemerkt, daß sie da steht im Stein all die Zeit. Das schmale Gesicht peinvoll verzerrt, die Hände gerungen, so steht sie unter den törichten Jungfrauen, die versäumt haben, Öl auf die Lampen zu tun, und siehe, da der Bräutigam erschien, war es finster um sie her. Nun ist sie verdammt, condamnata est, zu ewiger Pein.

Lompin, ihr Knecht, steht an den Stamm der entlaubten Linde gepreßt – daß er seinen Rock wollte zuknöpfen, hat er ganz vergessen – und starrt hinauf zu dem unverwechselbaren Frätzchen, eins von zehnen, wie mag der Skulpteur nur auf diese Physiognomie verfallen sein? Er fährt sich mit der Hand über die Augen. Das da bleibt. Vanitatum vanitas ist lauter Phantasey.

Der Wind weht den Schnee in dünnen Schleiern hin und verhilft dem Stein zum Leben, die törichte Jungfrau wankt und schwankt, sie winkt und neigt und beugt das Haupt, erbarme dich, mein Knecht, um meiner Zähren willen, und erbarm dich des Bruders, des Landstörzers und Vagabunden, des armen Sünders ... Schwarz ist ihr Haar, verdunkelt von Regen und Nässe, hell das steinerne Antlitz im Schnee.

Wie werd ich jemals wieder unbeschwerten Sinnes an St. Nicolai vorbeigehen können, wo sie hier thront im

Bilde? Werd mir einen anderen Weg ins Amt suchen müssen.

Den Überrock ungeschlossen, geht er wieder hinaus in den Wind, und so verstört muß er aussehn, daß man ihn anspricht und fragt, ob ihm nicht wohl sei. Er schüttelt den Kopf, hat gar nicht gemerkt, daß ihm Musje Tössle entgegenkam, der nun auch noch wissen will, wie es dem Kranken gehe. Oh, recht wohl. Er sei schon aufgestanden.

Daheim erwartet ihn der nächste Schrecken. Alles scheint still und friedlich, angenehm warm ist's vom Einheizen der Jungfer Marille, das Bett unberührt, der Fuchspelz am Platze. Atempause, günstige Zeit für einen zweiten Coffee – und danach die Noten.

Er will zu der Spitztüte greifen und erstarrt. Die Bohnen sind ausgeschüttet auf dem Küchentisch, und eine Hand hat sie zu fahrig-krakeligen Buchstaben geordnet, Buchstaben, die das Wort *khurudz* formen.

Geht da ein Atem irgendwo? Quietscht eine Angel? Knarrt eine Diele?

„Herr Cergely, sind Sie da?" fragt er halblaut.

Nichts. Die vordere Tür hatte er verschlossen, aber freilich, hinten war offen, und außerdem ist der schon durch ganz andere Löcher geschlüpft, der Dieb, der Fuchs, der …

Khurudz. Ein türkisches Wort, die Ungarn haben es für sich genommen, es heißt Freier Krieger, Aufsässiger, Rebell. War einst Panier derer, die gegen Habsburg standen, aber was sich nicht alles dahinter versteckte … Solche wie der. Wie er jetzt ist. Was soll das nun sein? Ein Bekenntnis, eine prahlerische Benennung, ein Programm, eine Drohung? Er ist wahnsinnig, der.

„Kommen Sie vor, Herr, wenn Sie da sind, und wo nicht, um so besser!"

Nichts regt sich.

So groß ist das Haus ja nicht. Er läuft durch die Räume, späht in die Winkel. Aber dann wird's ihm zu bunt. Er wird nicht durch Keller und Boden schliefen, unters Bett und in den Spind gucken. Mag er Verstecken spielen, mit wem immer, mit mir nicht!

Entschlossen geht er zu den Bohnen, sortiert und streicht fast die Hälfte des Wortes in seine hohle Hand.

Überm neu entfachten Herdfeuer wird er sich Coffee rösten, soviel er heut braucht, und khur, der Rest, mag liegenbleiben.

Jeden Dienstag und Donnerstag, falls nichts dazwischenkommt, treffen sie sich zu Proben, teils beim Herrn Apotheker Fichte, teils bei ihm, je nach Absprach. Beides hat Vor- und Nachteile. Beim Apotheker gibt's, obwohl die Madame in dem Ruf steht, jeden Heller dreimal umzudrehen, in der Pause meist dünne Limonade und ein paar kleine Erfrischungen. Dies tut sie nicht aus Liebe zur Musica, sondern um sich nicht lumpen zu lassen vor den beiden Standspersonen, die zur Probe kommen: die Frau Stadtkommandantin Pfleiderer und ihre Tochter. Doch hat das kleine Cembalo dortselbst nur ein Manual, auch fehlt hin und wieder diese oder jene Note, die er zu Hause parat hätte.

Bei ihm steht das bessere Instrument, auf seinen Wunsch von Apollonia statt anderer Mitgift in die Ehe gebracht; aber der Platz ist beengt, und man muß aufräumen und alles in Schick bringen, falls die Zugehfrau nicht gerade da war. Oft fällt es ihm erst kurz vorher ein, dann steckt er die Schreibblätter und Bücher ins Bett, stellt das ungespülte Geschirr dazu und schließt die Alkovenvorhänge, oder er wirft die schmutzige Wäsche in den Zuber und tut den Holzdeckel darauf. Daß es bei ihm keinen Imbiß gibt, versteht sich von selbst.

Trotzdem hat er das Gefühl, daß die Amateur-Musici sich lieber bei ihm versammeln als im peinlich geputzten Apothekerstübchen, man gibt sich kommoder hier. Wär der ungebetne Gast geblieben, man hätt es verlegen müssen. Nun aber ist er dran. Fegt schnell die Abfall-Producten seiner Schreiberei, als da sind zerrissene, tintenbekleckste oder sonstwie versaute Papiere, zur Hintertür hinaus, kehrt den Spiegel um und vergißt beinah, den Besen aus dem Raum zu schaffen, das fällt ihm erst ein, als es klopft.

Wie immer erscheint zuerst der Apotheker Fichte, Peter Ephraim, mit seinem Flauto, ein beflissenes und kauziges Männlein, gleichsam ein Prototypus seiner Zunft, spitznasig, bebrillt, die halbe Glatze von einem Barett verdeckt, unter dem ein Kranz noch üppigen lockigen Seitenhaars hervorquillt. Er zwinkert, reibt sich die Hände, hüstelt, stellt sich zum Ofen und redet übers Wetter. Ist im übrigen, bei aller Merkwürdigkeit, ein sensibler Flötist und singt einen guten Basso, den er tonrein zu halten versteht.

Der zweite ist Tössle mit seinem Violino, klopft sich den Schnee von Mantel und Geigenkasten, denn draußen geht ein Schauer nieder, und begibt sich, nach Austausch üblicher Compliments, ebenfalls zum Ofen, sich die Finger zu wärmen, damit sie die nötige Geschmeidigkeit zum Spiel haben, da er seine Handschuh vergessen hatte.

Der Herr Magister legt die Noten auf, geht zu seinem Cembalo und zieht ein paar Töne mit dem Schlüssel nach, bittet Tössle, doch gleich mit zu stimmen, denn der braucht immer länger und hat kein besonders feines Gehör.

Indes erscheinen denn auch schon die Kronen und Kleinodien Göppingischer Musizierkunst, die hochgebornen Damen Pfleiderer, Gattin und Tochter hiesigen Stadthauptmanns und von vornehmer Art.

Speer sieht sie am Fenster vorbeikommen, der Diener trägt ihnen die Instrumente nach, und die Herren nehmen sie an der Tür in Empfang mit den gebührenden Kratzfüßen und sind ihnen behilflich beim Ablegen der winterlichen Überkleidung. Beide Frauen tragen Muff und Kapuze zu pelzverbrämten Mänteln und haben die Gesichter zum Schutz gegen den Schneesturm mit samtenen Halbmasken bedeckt. Sie lassen die aufgeschürzten Röcke herab (Atlasseide aus Brügge, der Herr Kommandant schert sich bei seinem Weibsvolk nicht um Kleiderordnungen), demaskieren sich, fahren mit den Fingern durch die bändergeschmückte Frisur, packen ihre Instrumente aus.

Sie sind wortkarg, entschieden und hübsch; Renata, die Mutter, ist etwas kleiner als die Tochter Almuth, sie hat ein Paar sehr schöne graublaue Augen und ein Grübchen auf der Wange. Almuth, lässiger in der Haltung, mit weicherem Mund, aber der gleichen leicht aufgeworfnen Nase wie die Frau Mama, neigt manchmal zu Tränen. Beide sind excellente Musikerinnen, Madame Renata spielt die Viola da gamba mit professioneller Perfektion, die Tochter ist sehr gut auf der Violine, besser als Tössle, den man jedoch aus

Gründen der Reputation als Primgeiger belassen muß. Im Gesang führt Renata mit kräftigem Alt, Almuth hält den Discantus sicher, wenn auch etwas leis.

Während sie stimmen, fällt dem Lompin ein, was die selige Apollonia auf sein Befragen schüchtern über diese Familie zu berichten wußte: Renata sei adliger Herkunft, aus der Gegend von Reutlingen stammend, aber in ihrer Familie habe es einen Makel gegeben: Eine Tante (oder war es eine Großmutter) wurde der Hexerei angeklagt, gerichtet und verbrannt. Ob Renata sich deshalb herabließ, den zwar steinreichen, aber bürgerlichen Pfleiderer zu ehelichen, ob es Liebe war oder gar, wie auch gemunkelt wurde, weil sie schon vor der Hochzeit schwanger gewesen, beschäftigte lange die Gemüter der Göppinger. Jedenfalls ist ihr Ambiente hochmütig, untadelig, bis auf den Kleiderluxus angemessen, und sie hat stets ein gestrenges Auge auf die Tochter, die ohne die Mama nirgendwo gesehen wird.

Sie stimmen, Tössle müht sich ab, und Madame Renata zieht die Brauen hoch, so daß Lompin aufsteht, dem Herrn Kanzlisten die Violin aus der Hand nimmt („Erlaubt, Herr Rat, Eurem Instrument ist die Kälte heut schlecht bekommen ...") und nachstimmt. Natürlich ist Tössle beleidigt.

Sodann: „Allons, Messieurs-dames, Numero sechs ist angesagt, Polnisch Ballet, s'il vous plaît."

Er gibt den Takt an, verständigt sich mit Renata durch einen Blick. Beide setzen mit Vehemenz ein, die anderen ziehen nach. Das Vertrackte an dem Satz ist, daß er von geradtaktig zu dem ungerade proportionierten Teil wechselt, und für die Violin sind ein paar harte Brocken drin. Tössle sitzt bloß auf der Stuhlkante, Röte im Gesicht, Lompin weiß, der hat geübt zu Hause, der will's. Patzt aber trotzdem wieder, die Almuth würde das genauso gut spielen ohne Probe, oder besser. Er bricht ab, sagt: „Musje Fichte, will Er wohl einmal die Geigenfiorituren mit auf seinem Instrument geben? Ich glaub, es klingt besser. Ihr, Herr Rat, bleibt bei den Grundnoten."

Und der arme Tössle beißt sich auf die Lippe.

Madame zieht wieder die Brauen hoch – Dilettanten. Die kennt kein Mitleid.

Weiter. Walachischer Tanz con proportionibus. Da gibt's

quasi als B-Teil ein subito prestissimo, das sie auch beim drittenmal nicht schaffen.

„Cembalo und Kniegeige solo", befiehlt er im Spiel. „Ich wollt, Tschinellen hätt ich dazu und Tamburino."

Und die Pfleiderer, ebenfalls ohne zu unterbrechen: „Das kann Er bekommen, das kann Almuth machen."

Sie pausieren kurz (nun ist Fichte auch pikiert ob des ihm gestrichnen B-Teils), und der Compositeur überlegt sich, daß er der Gambe ein Solo wird schreiben müssen, die Frau ist einfach zu gut, und läßt nachstimmen, und sie spielen das Ritornell Numero fünf, wobei Almuth sich verspielt und die Mama ihr hernach mit dem Gambenbogen die heiklen Stellen weist in den Noten: „Das war falsch und das, und hier hast du schlecht phrasiert."

Almuth sagt: „Ja, Frau Mutter", und hat Tränen in den Augen.

„Vielleicht am besten Cembalo und Gambe machen es ganz allein", scherzt Fichte eingeschnappt, und der Magister muß ihnen versichern, wie sehr seine Musique doch von ihrer aller Hilfe lebt, und sich für seine Ungeduld entschuldigen.

Dann pausieren sie erneut, sind doch ein Stückchen weitergekommen. Er bespricht mit Madame ein paar Stellen im Continuo, wo ihr schneller und kraftvoller Vortrag gefragt ist, und die beiden Herren halten inzwischen Konversation mit Mademoiselle.

„Wo ist denn", fragt Tössle, als sie geendet haben, „der leicht närrische, weil ermüdete Kavalier geblieben, den Ihr bei meiner letzten Visite in Eurem Bett liegen hattet, Herr Magister?"

„Hat sich eines andern besonnen, nachdem ihm, wie's scheint, wieder wohl war", erwidert der kurz und fühlt, wie ihm der Schweiß ausbricht.

„Ein Kavalier?" fragt Fichte, der genauso versessen aufs Adlige ist wie Tössle. „Ja, gütiger Gott, war denn keine Präsentation möglich, wir alle hätten doch, und mit dem größten Vergnügen, einen Herrn empfangen, der Euch, Musje Speer, offenbar freundschaftlich verbunden ist. Von woher rührt denn, wenn man fragen darf, die Amitié?"

„Ob's eine solche ist, das sei dahingestellt. Aber ich

kannte ihn von lang her, aus der Zeit meiner Wanderschaft."

„Himmel", ruft Tössle und errötet wieder einmal, „ich beginne etwas zu ahnen. Es wird doch nicht gar jener sein, der in dem Opus, das wir gerade spielen, als der Herr Cergely vorgestellt wird?"

„Der nämliche, Herr Rat."

„Ich bin einfach sprachlos, Musje Speer. Was hätte ich darum gegeben, ihn, sobald er genesen, kennenzulernen, und mit mir sicher alle Freunde der Kunst hier in Göppingen."

„Aber Ihr habt ihn kennengelernt."

„Wie?" fragt Tössle verwirrt. „Ach so, ja. Aber er war – er war nicht ansprechbar. Wir hätten eine Festivitée geben können ihm zu Ehren, nicht wahr?"

Fichte nickt zustimmend, die Damen halten sich zurück.

„Nun ist er aber fort und hat nicht auf die Activitas der Herren gewartet", erwidert Lompin, und es kommt schärfer heraus, als er beabsichtigte.

Das peinliche Schweigen wird zum Glück aufgelöst durch das Erscheinen des zum zweiten Teil erwarteten Göpfert, Speers Kollaborator im Amt, der, länger denn jener in Göppingen und als der nach Verdiensten nicht Gelohnte und Zurückgesetzte, ständig gekränkt einhergeht. Er bringt frisch abgeschriebene Stimmen mit zum Gesangsritornell, das sie jetzt probieren wollen, und ist, soweit so ein hölzerner Kerl dazu imstand ist, recht erregt.

„Messieurs-dames, verzeihen Sie meine Verspätung" (die niemand bemerkt hat), „aber ich bin höchst bestürzt. Wie? Nein, nicht der Schneesturm, der hat sich gelegt. Nein, wir sind beraubt worden, meine Schwester und ich, bestohlen! Das in unserer frommen Stadt, wo man keinerlei Riegel mußte bisher vor die Tür legen. Ein Skandal! Ich hoffe, Ehrwürden Berggenau wird es nächsten Sonntag von der Kanzel herab zur Sprache bringen, oder zumindest doch Ehrwürden Hoff, in einer scharfen Predigt. Der Stadtbüttel wird auch fahnden. Wir sind außer uns, meine Schwester und ich ..."

„Um Gottes willen, Herr Kollaborator", ruft der ängstliche Tössle, „da muß man ja um Gut und Leben bangen! Was hat man Euch denn alles genommen?"

„Einen ganzen Schinken aus der Vorratskammer!“ sagt Göpfert pathetisch. „Frisch vom Lande! Einen Topf saure Gurken und Honig, fast den ganzen Vorrat, den wir für den Winter hatten, und Wein vom besten, drei, nein, vier Flaschen!“ Er ringt die Hände.

„Also Mundraub“, bemerkt Lompin sachlich und muß an gewisse, ihm bekannte Eßgewohnheiten eines bestimmten Herrn denken. Kann’s nicht lassen, sarkastisch hinzuzufügen: „Nach Eurem Lärmen dachte ich schon, es handle sich um die ganze Mitgift Eurer Jungfer Schwester.“

Sein Kollaborator bekommt über diesem Hieb rote Flekken auf den Wangen, denn jeder weiß, daß seine ältliche Schwester nicht unter die Haube kommt, eben weil es ihr an Mitgift fehlt.

Madame lacht trocken auf und sagt: „Jetzt versteh ich, wer die Eier neuerdings aus unserm Hühnerstall stibitzt. Ich hatte es immer auf den Marder geschoben.“

„Beim Krämer soll auch was fehlen!“ mischt sich Tössle erregt ein. „Coffee, hörte ich sagen, auch Gewürz und Branntwein.“

Wo ersteres geblieben, wüßte Lompin zu sagen. „Da scheint es wohl angebracht, angesichts so diebischer Mitbürger Kisten und Kasten zu verschließen!“

Apotheker Fichte zuckt die Achseln. Bei ihm ist sowieso immer alles verrammelt und verriegelt, nicht nur Kisten und Kasten, sondern auch Türen und Tore, und seine Hausfrau läuft mit dem dicksten Schlüsselbund der Stadt herum – sie erklären’s, weil in einer Apotheke soviel für Unkundige Gefährliches aufbewahrt wird.

Auch Jungfer Almuth hält sich heraus aus dem Diskurs. Schickt sich auch so für ein Mädchen, wenn die Mutter dabei ist.

„Tja, Herrschaften“, bemerkt Speer abschließend, „so rat ich dringend zu guten Riegeln an den Türen, wer weiß, was der Dieb noch vorhat.“

„Er wird doch zweifelsohne bald gefaßt und seiner gerechten Bestrafung zugeführt werden“, bemerkt Göpfert steif und teilt auf seines Meisters Hinweis die Notenblätter aus.

„Wer stiehlt, der brennt und mordet auch!“ ruft Tössle hektisch und weiß nicht, wie recht er hat.

„Numero drei Lompinischer Stücke: ‚Ach, wer mit Narren Mustrung hält …‘ Ich darf doch bitten. Wollen uns nicht aus der Contenance bringen lassen wegen einem gestohlenen Schinken und einem Tütgen Türkenbohnen. Gleich prima vista, Herrschaften.“ Er gibt die Töne an. „Allons!“

Es geht so recht und schlecht.

Der andre Weg ins Amt, den er sich gesucht hat, der Kapelle St. Nicolai zu entgehen, führt ihn vorbei am Haus des Kollaborators Göpfert, was ihn nicht sonderlich interessiert, denn sie beide spinnen eher am entgegengesetzten Ende eines Fadens, nicht nur der unterschiedlichen Charaktere wegen, sondern auch, weil sich Göpfert durch den Zugereisten hintangesetzt fühlt. Er führt Speers Anweisungen zwar stets korrekt aus, aber immer mit so einem Zug um den Mund, daß einem klar wird, wie er inwendig räsoniert.

Heut hört Speer schon von fern das metallische Rauschen eines Cembalos und vermeint, sollte der Holzklotz gar üben, das wär mir neu; aber als er näher kommt, sagen ihm seine Ohren klar, das ist nimmermehr ein Üben, und das ist nimmermehr Göpfert, da ist ein Meister am Werk.

So trüb das Wetter auch sein mag (hat alle von den Straßen getrieben heut), er bleibt stehen, um zu lauschen, und denkt halb wütend, halb erstaunt, daß das wohl nicht anginge. Karl Theodor Göpfert kann ihn doch nicht all die Zeit an der Nase herumgeführt und so getan haben, als bestände Musique für ihn darin, exakt den Takt auszuzählen, und nun – aber da fällt ihm ein, daß Göpfert ja für ihn die Lateinstunde in der Secunda übernommen hat und sich mit Sicherheit jetzt abquält, Wut im Bauch und Stecken in der Hand, und die Buben lachen ihn aus.

Er kneift sich ins Ohr, aber es klingt weiter aus dem Haus da, und so fällt ihm denn ein, daß seine Apollonia selig ihm einmal erzählt hat, was er wieder vergessen: daß nämlich die Göpfertschen, Kinder eines zugereisten Orgelbauers, Bruder und Schwester, beide von Buttersack privatim in der Musique unterrichtet worden seien, der Knabe sei ein Amusus gewesen, das Mägdlein aber von hohem Ingenium, an der Orgel, am Cembalo, im Kontrapuncto und der Improvisation. Eine Zeitlang sei die kleine Dorothea Elisabeth nur mit Schlägen von der Orgelbank wegzuholen gewesen, bis sie denn endlich durch harte Korrektionen begriffen, daß sie nur zum Anreiz des Bruders mitgegangen und ein Weib an den Kochtopf gehöre und nicht ans Manual. Es hieß, sie habe sich manchmal nächtens in die Kirche geschlichen, um zu musizieren, und ihre Magd habe ihr die Bälge treten müssen, bis die Leute von nächtlichem Spuk redeten und Vater und Bruder ihr dergleichen Unfug untersagten. – Seltsam, das hatte er ganz und gar vergessen.

Auf einmal bricht das kunstvolle Geflecht von fünf Stimmen, das da gewoben wurde, auseinander, als sei das nur eine Spielerei gewesen, und es ertönt eine Intrada aus seinem „Musikalischen Eulenspiegel“, dessen Noten Göpfert ja abschreibt, wird mit Zierat versehen, um und um gekehrt und figuriert, als wisse man, wer da im Nebel hinterm Baum steht.

Irritiert und nachdenklich geht er nach Hause.

Sooft er aber in Zukunft den Weg über diese Straße nimmt, nie wieder ist das kunstvolle und kräftige Spielen zu vernehmen, und so denkt er bald, er habe es erträumet.

Natürlich ist nun der Anlaß gegeben zu erneuten Hintertürvisiten: nachfragen, ob der kranke Kavalier wieder aufgetaucht, ob sich die Herkunft des Coffees gekläret und was dergleichen mehr, Grund genug für Blicke und Herumstreichen und Andeutungen und das ganze sattsam bekannte Larifari der Löffelei.

Da es sich sehr abgekühlt hat dieser Tage, muß er einheizen und zu diesem Zweck auf dem kleinen Hof, der nur durch den Heckenzaun vom Nachbarhof getrennt ist, Holz hacken, und das lockt sie sogleich auf den Plan: es stünde doch einem Manne wie ihm übel an, derart grobe Arbeiten zu verrichten, er habe doch weiß Gott andres zu tun (womit sie ja recht hat), und sie werde ihre Brüder dazu bestellen.

„Aber erst, wenn sie ihre Lectiones präpariert“, wendet er ein, „damit sie keinen Ärger beim Schulmeister kriegen!“

Ach, das ginge schnell, sie seien ja helle Köpfchen beide, der Johann Melchior noch mehr als der Gottfried Jeremias.

Damit stimmt's, es sind anstellige Buben, der ältere, langgewachsen, ernst, braucht etwas länger, Johann Melchior dagegen, lockenhaarig und braunäugig, ist genauso gewieft wie die große Schwester, und beide können den Pfennig gut gebrauchen, den sie dabei verdienen, wenn sie ihm helfen.

Die Schwester hat die Gelegenheit schon wieder weidlich genutzt, wie ein Kätzchen so flink ins Haus zu schlüpfen, hier was zu richten, dort was glattzuziehen, schnell das Geschirr zu spülen.

„Donner und Doria, Jungfer Kertzschin, ich will es nun einmal nicht, daß Sie bei mir die Magd spielt! Dafür hab ich die Witwe Bretschneidern, die kommt die Woche einmal."

„Die Bretschneidern ist nur fürs Grobe", erwidert sie unbeirrt und von seiner Art keineswegs irritiert. „Mir macht's nichts aus und ..."

„Aber mir!" ruft er und merkt sogleich, daß er genau das Falsche, also für sie das Richtige gesagt hat, denn sie bekommt wieder ihre Weihnachtskerzenaugen.

„Ich muß arbeiten", sagt er brüsk und wendet sich zum Tisch. Damit kriegt er sie allemal vom Hals, das hat sie zu respektieren.

„Gut", entgegnet sie, für diesmal besiegt, „aber darin wird Er mir doch zustimmen, daß wir diesen stinkigen Pelz, der sicher voll Ungeziefer steckt, so wir ihn schon nicht auf den Kehricht werfen, wenigstens zum Auslüften auf den Hof hängen." Ohne seine Antworten abzuwarten, nimmt sie mit spitzen Fingern die hochberühmte Mentik und trägt sie an ausgestrecktem Arm nach draußen, sie übern Zaun zu hängen. „Auch einheizen sollt ich wohl noch, damit Ihr, Herr Magister, keine Zeit bei der Arbeit verliert ..."

Himmel, sie versteht's, die Situation zu ihren Gunsten zu wenden. „Ich kann sehr wohl selbst heizen, Mamsellchen", sagt er und sperrt ihr den Eingang zum Haus mit dem Arm, „und brauch Ihre Hilfe nicht mehr, devotesten Dank auch."

Sie stehen sich sehr nah gegenüber, Auge in Auge, er bräuchte sich jetzt nur um einiges vorzubeugen und seine

Lippen den ihren zu nähern,und es wär nichts mehr zu retten. Himmel, erbarm dich! Was soll ich alter haariger Satyr mit dem glatten warmen Kind. Da gibt's andre Kost, mit der kann ich mich begnügen.

Sie senkt die Lider, wendet sich, geht.

Vom Hof schallt der Doppeltakt der beiden Holzhackerbuben herüber, erst ist's ihm lästig, weil er die madrigalen Passagen schreiben will, wo sich der Rhythmus nach dem Text richtet, aber da es akkurat alla lombarda ist, wie sie hacken, macht er einen Pohlnischen Tantz darauf und hat danach vergessen, daß da ein Geräusch war, hat Ohren und Sinne für draußen verschlossen und schreibt seine Musique.

Erst als er den Spiegel aufstellt, um nun doch wieder, mit sich selbst als Vorgab, den närrischen Lompin erzählen zu lassen, merkt er, daß die beiden nicht nur aufgehört haben, sondern auch einen Korb voll Holz in die Stube vor den Ofen gesetzt, ohne daß er's gehört hat.

Dann taucht er erst wieder auf, als es zu dämmrig ist, ohne Licht Noten zu schreiben, spürt, daß er Hunger hat, greift sich das erstbeste Stück Brot aus dem Spind, das ihm in die Hand fällt (es ist ziemlich hart), spült mit dem sauren Wein nach, der im Krug steht, heizt, das Brot zwischen den Zähnen, noch mal nach, damit er nachtsüber weiterarbeiten kann, und geht auf den Hof, neues Holz zu holen, wobei er sich nicht versagen kann, einige Stücke durch die Luft zu wirbeln und mit dem Korb bei geschlossenen Augen aufzufangen. Er ist guter Laune, hat viel zustande gebracht heut.

Irgendwas auf dem Höfchen ist anders, er weiß erst nicht, was, aber dann sieht er, seine Axt ist weg, mit der die Buben gehackt haben, und auch der Fuchspelz. Hat sicher Marille reingenommen, aber warum?

Er pfeift leise zwischen den Zähnen, und Johann Melchior, der das Signal kennt, steckt gleich den Kopf heraus.

„Hol dir deinen Heller fürs Holz und teil ihn mit dem Bruder, und von wem ist eigentlich die Axt verschleppt?"

„Von uns nicht, Herr Magister, wir haben sie am Hauklotz stehen lassen."

„Dann war's eure Schwester." Er zögert einen Moment,

aber warum sich zum Abend nicht noch einmal die Augenweide verschaffen, das mag hingehen, er hat ja einen Vorwand. „Bitt sie doch, falls sie nichts andres zu schaffen hat, auf einen Sprung zu mir hereinzuschauen.“

Natürlich ist sie da, noch ehe er alle Kerzen aufgesteckt hat, trocknet sich die Hände an der Schürze und sieht ihn erwartungsvoll an.

„Der Pelz, Jungfer Marille“, sagt er.

„Ja?“ erwidert sie. „Warum habt Ihr ihn hereingenommen? Er hätt noch über Nacht hängen können, und die Buben hätten ihn morgen geklopft und mit Kampfer geräuchert.“

„So habt Ihr etwa meine Axt auch nicht ins Haus genommen?“

„Warum sollte ich?“ erwidert sie, und dann sehen sie sich an und sprechen erst mal kein Wort.

„Setzt Euch bitte“, sagt er endlich leise. „Was habt Ihr getan heut nachmittag? Denn daß ich nichts hör und sehe, wenn ich überm Arbeiten bin, nun, das weiß ich. Aber Ihr? Waret Ihr außer Haus?“

Sie schüttelt den Kopf. „Gar nicht. Ich war die ganze Zeit über in der Küchen und zweimal sogar auf dem Hof, und die Brüder waren auch nicht fort.“

„Hat keiner was gehört oder gesehen?“

„Nein. Der Himmel bewahre uns, Herr Magister. Das ist unheimlich.“

„Das ist mehr als unheimlich, Marillgen“, sagt er grimmig. „Daß er seine alte Mentik holen will, da’s ja recht kalt geworden, das versteh ich. Aber wozu braucht er eine Axt? Will er Türen einschlagen? Oder Köpfe?“

„Sagt nicht so etwas, Musje Speer, ich fang an, mich zu fürchten.“

„Nun, da tut sie ganz recht dran. Marille, Sie kennt doch einiges vom Frauenzimmer hier am Ort. Sie muß ja nicht gleich mit Nam und Adreß daherkommen, aber wenn Sie so ein paar Andeutungen macht, von wegen, man solle in diesen Zeiten auf der Hut sein, die Türen verriegeln und den Feuerhaken in Bereitschaft haben am Bette, so wär das nicht verkehrt. Aber tu Sie’s mit Geschick und Balance, daß kein Entsetzen ausbricht.“

„Da mach Er sich nur keine Sorgen. Wie ich das hiesige

Frauenzimmer kenne, neigt es nicht zu dergleichen, zumindest was meine Befreundten angeht, sind sie alle recht couragiert und keine Törinnen. Was ist sonst noch zu tun?"

„Ich müßt ihn fangen und fortbringen, aber sagt selbst, wie soll man jemanden fangen, der leis ist wie ein Fuchs und schnell wie ein Windhauch?" Er seufzt. „Geht schlafen, Mädchen. Wartet, ich bring Euch."

„Nicht nötig", entgegnet sie. „Sonst ist ja auch keiner bei mir. Ich weiß mich schon zu wehren."

„Ja?" sagt er, und der Satan reitet ihn, daß er die Hand hebt und mit der Außenseite des Zeigefingers ihren Hals entlangstreicht, vom Ohr bis zur Hemdrüsche.

Schon liegen ihre Arme um seine Schultern, als wären es zwei Kletterranken.

„Verdammt", keucht er und kämpft sich los, „nein, Jungfer Kertzschin, nein. Laßt ab. Ich bitt Euch um Pardon. Kreuzteufel noch eins, soll ich Joseph vor Potiphars Weib mit Euch agieren? Die Rolle liegt mir nicht. Ich hab mich vergessen. Verzeiht mir."

Sie steht da, wie mit Glut übergossen, und beißt sich auf die Lippe.

„Es war nur im Scherz", fügt er hilflos hinzu.

Sie nickt. Zum Gutenachtsagen fehlt ihr wohl die Stimme.

Er bringt sie stumm nach draußen, das Licht in der Hand, wartet, bis ihre Türe klappt und der Riegel geht.

Ob das heut nacht noch etwas wird mit dem Schreiben, das sei nun mal dahingestellt.

Trotz des belebenden Getränks will ihm nichts gelingen heut. Die Musiquen der anderen Meister, die er liebt und von denen er die Kunst sich abgelernt hat, schieben sich vor seine eignen Erfindungen; „Vasto mar" des großen Sagittarius tönt in ihm und des nicht minder gerühmten Venezianers betörende Klage „Lasciatemi morire". Und dazwischen horcht er immer mit halbem Ohr, ob sich nicht doch etwas regt im Keller oder raschelt auf dem Boden, was weniger leichtfüßig ist als eine Ratte.

Müßte nicht doch das liebe Völkchen von Göppingen gewarnt werden vor dem Tollen? Ach, noch ist ja alles still.

Die Schwester, die Schwester hat mich angesehn und für ihn gebeten.

Fahrig springt er auf. Als rechtschaffener Narr sollte er sich da nicht selbst ein paar Maulschellen haun, daß er rückwärts einen Purzelbaum schlägt? Statt dessen läuft er zur Hintertür, um auch die noch sorgfältig zu verriegeln, ob Herrn Cergelys wegen oder um der braunäugigen Person zu entgehn, damit er von der mit dem Fuchsblick träumen kann, das will er sich lieber gar nicht fragen.

Die am Tisch verschlafene Nacht macht sich nun bemerkbar. Auch nicht so übel, jetzt ein Bett für sich allein zu haben. Da hilft keine türkische Suppe, er wird sich ausstrecken und einfach schlafen.

Schlafen, ja. Lunaluna am Fenster trotz der Vorhänge; es raschelt und knackt hier und dort, das Hexlein pocht sacht an die Hinterpforte und will herein, und die Noten und der Mond und das Haar und das Gesicht zu St. Nicolai, verdammt zu den törichten Jungfrauen, verdammt auch im Ungarland, erbarme dich, mein Knecht, um meiner Zähren willen.

Wie kalt war doch damals die Nacht. Wie kalt ist sie heut.

Das vierte Capitel
in dem er gedenkt, wie er einen unkündbaren Dienst gelobet, und hernach aus dem Fenster gesprungen

Das Felsenschloß gibt's wirklich, auch wenn er es vorher nicht bemerkte, die Frau Großmutter hat sich von einer zigeunerischen Bauernschlampe zu einer Standesperson herausgeputzt, und aus den beiden Frauenzimmern, der Kranken und der Erzgesunden, sind zwei kindliche Wesen in weißen Spitzenhemdern geworden, die unter den mit Tulipanen bestickten Betthimmeln besagten Schlosses Wand an Wand ruhen. Das Roß, das die Heerpauken tragen kann, steht im Stall, und um den Medicus ist geschickt worden gleich zu Beginn.

Obwohl für den Trompeter noch kein Nachtlager bereitet ist, könnte eitel Zufriedenheit herrschen fürs erste, wäre da nicht ein Hindernis in Gestalt des jungen Zapary, der sich wie ein Unsinniger gebärdet, weil man ihn nicht zu seiner Schwester Helena lassen will. Da die Madame Ahne resolut den Schlüssel abgezogen und sicher verwahrt hat, liegt der Bruder nun auf seinem Fuchspelz vor der Tür, den Kopf ans Holz gepreßt, die vor Müdigkeit geröteten Augendeckel mit Mühe aufgerissen, und wartet aufs Erscheinen des Feldschers, um mit hineinzuschlüpfen.

Die Frau des Hauses schüttelt den Kopf, während sie im großen, eiskalten Saal auf und ab geht und zum Neid des Simplex weiter ihren türkischen Duhan pafft.

„Der Bursche muß fort", erklärt sie, „und je schneller, desto besser. Die Fräuleins, die stehn in Gottes Hand." Sie produziert eine dicke Rauchwolke. „Aber der Bub muß nach Siebenbürgen, zu den aufrechten Bekennern der Augsburgischen Confessio, oder wie man die auch heißt, die noch so was wie Freihciten im Sinn haben." Die beerenschwarzen Augen der Frau Ahne blitzen im verschrumpelten Gesicht. „Gar nicht auszudenken, was es gäbe, wenn sie den Kleinen auch noch fangen würden. Die da jetzt nach Wien reisen in eisernen Manschetten, denen legen sie den Kopf vor die Füße, oder ich kenne die Welt nicht. In Siebenbürgen nur, da ist noch Sicherheit."

So die Madame beim Marsch durch den Saal, und Lompin, wenn er sie verstehen will, da sie am Pfeifenstiel vorbei nuschelt, muß wohl oder übel den Weg mit ihr gemeinsam auf und ab gehen, wobei er's nicht lassen kann, bei jeder Kehre eilig huschend die Seite zu wechseln und überhaupt sich den Anschein zu geben, als sei er ein wohldressierter Pudel. Demungeachtet redet er vernünftig mit der Frau.

„Siebenbürgen, wohl, aber wie dahin gelangen? Wo ihm die Häscher auf der Spur sind, viele und mit frischen Pferden. Auch ist Schnee zu erwarten, und wenn wir den erst haben, dann ist Gottes Hilfe wenig mehr von Nutzen", sagt er, besorgt, er weiß nicht, warum, um die Rettung dieses Buben.

„Gottes Hilfe allein sowieso nicht, aber vielleicht die Hilfe eines landkundigen, tüchtigen und getreuen Kerls", bemerkt die Madame Großmutter, und ihren Gesprächspartner befällt so ein Gefühl, verdammt unbehaglich.

Um nichts auf der Welt! sagt er sich und hört sich gleichzeitig sprechen: „Mein Rat wäre, so schnell wie möglich ins Polnische zu gelangen, dort haben die Labantzen keine Macht außer Ohnmacht, und dann wieder über die Grenze zu passieren nach Siebenbürgen hin – da freilich müßten die Herren gleich mit starkem Geleit den Zapary-Sproß empfangen. Und zu all dem, da stimme ich der gnädigen Frau zu, ist ein tüchtiger und getreuer Kerl vonnöten, der auch wohl voller Listen und Schliche steckt und versteht, wenn es darauf ankäme, sich und den anderen herauszuwinden."

„Hm", brummt die Ahne zustimmend und raucht und geht auf und ab und er nebenher, den Tabaksduft in der Nase. Und zieht seine kalte Pfeife aus dem Stiefelschaft, gleichzeitig mit der Herrin die Rauchwolken durch mächtiges Ausatmen markierend – und tatsächlich bringt er Beträchtliches an Dampf hervor in der kalten Luft des Saales. Die Dame wirft Seitenblicke und schmunzelt, aber daß sie etwa ihre Tobacksbüchse hervorzöge und ihm eine Portion zuteilte, sei's auch nur, was zwischen zwei Finger geht – weit gefehlt.

Dann meint sie unvermittelt: „Ist Er, Trompeter, irgendwo im Kontrakt oder sein eigner Herr, oder gehört Er gar irgendwem leibeigen?"

Der Frage zweiter Teil verdrießt den Musikanten nicht weiter, er kennt das Denken dieser Adligen. „Ich bin ein Bürgerskind und Meister der Stadtpfeiferzunft. Wenn Ihro Gnaden mein Zertifikat sehen wollen, das hab ich im Schnappsack, nebst der Trompeten, kann auch ein kunstvolles Stücklein blasen, wenn es danach gelüsten sollte."

Die Frau Ahne bleibt stehen und mustert ihn vom Kopf bis zu den Füßen. „Er ist ein Schalksnarr zu alldem, wie?" bemerkt sie ohne Lächeln und greift nach ihrem Rauchzeug, doch nicht etwa, um dem Manne seinen leeren Pfeifenkopf zu füllen, sondern sich selbst neues Kraut einzustopfen (sie macht es mit dem bloßen Daumen). „Als ob Er nicht wüßte, daß es mir nicht um Seine Musique geht. Aber freilich ist es Sein Recht, sich rar zu machen. Wohin sagt Er, war Er unterwegs?"

„Gar nix hab ich gesagt“, erwidert Simplex, resigniert, was das Rauchen angeht. „Sondern vielmehr hab ich aus christlicher Barmherzigkeit die drei Kinder, als Verfolgte und mit einer Kranken dazu, hierher geleitet und bin nun wieder in entgegengesetzter Richtung unterwegs zu meinem Engagement, das anzutreten ich bereits mit Handschlag gelobt und als Handgeld zehn Dukaten verehrt erhalten.“ Das lügt er, weil Handschlag gab's, Handgeld keines, so daß es doch mehr ein Versprechen auf Ehr ist als ein Kontrakt. Folgerichtig auch ignoriert es die Frau Ahne.

„Wenn ich Ihn dinge“, sagt sie mit Aufrichtigkeit, „so, weil ich niemand anderen zur Hand habe. Die ich entbehren kann, taugen nichts, und die gescheit sind, kann ich nicht entbehren. Es bedarf aber eines pfiffigen Kopfes mit soviel Narretei im Schädel, auf die Dinge zu kommen, die anderen nie einfallen würden. Hör Er, Musje“, sie seufzt, „ich kann Ihm nicht soviel zahlen, wie der Kopfpreis wäre, den Er bei den Österreichern kassieren könnte. Aber, bringt er mir das Bürschlein heil und gesund nach Siebenbürgern zum Abaffi, so bekommt Er von mir hundert Dukaten, und außerdem kann Er beim Vizegespan Leibtrompeter werden, der liebt die Musique, und das ist eine Stellung fürs Leben, dafür verbürg ich mich.“

„Bis man auch dem Vizegespan seinen Kopf vor die Füße legt“, sagt er und versucht, seinen Atem zu beherrschen; hundert Dukaten, soviel hat er nie auf einem Haufen besessen, aber ist denen hier im Schloß zu trauen? „Zweihundert, nicht weniger und nicht mehr.“ Ein weiß Gesicht, ein schwarzes Haar, die bleibt zurück, die steht in Gottes Hand.

Die Frau Ahne lacht lautlos und zeigt dabei, daß sie nicht allzuviel Zähne mehr im Mund hat. „Er ist hier nicht auf dem Roßmarkt, Trompeterlein, und sollte wissen, daß man mit Standespersonen nicht handelt. Immerhin, die Lage zwingt zu Konzessionen. Er kann von mir die Hälfte bekommen und noch einmal hundert in Siebenbürgen – wenn er's schafft; wenn nicht, nun, so haben meine Herrn Vettern das Salär eingespart.“

„Und wer sagt mir, daß sich Hochdero hochwohlgeborne

Herrn Vettern auch an das Salär erinnern, das sie einem armen Schlucker schuldig sind?"

Jetzt runzelt sie die Brauen. „Nun genug, basta", antwortet sie unwirsch. „Er hat mein Wort, und falls Er nicht mag, scher Er sich zum Teufel."

Nun lacht er; was für ein verzweifeltes Abenteuer, höchst unklug, sich auf so was einzulassen, und warum ist ihm, als ginge es zum Tanze – dabei legt er sich mit der Staatsmacht an und verkauft seine Dienste den Malkontenten.

„Ich will mir's überdenken", sagt er, und sie: „Aber nicht lange. Heute nacht noch muß er fort."

Da wird der Arzt gemeldet, und die Frau Ahne scheint es für selbstverständlich zu halten, daß er mitgeht.

Zuerst besichtigt man das Fräulein Rosalia als die am wenigsten wichtige Person, ob sie alles gut überstanden hat. In ihrem Zimmer riecht es süß und milchig wie bei kleinen Kindern, und die junge Gräfin liegt dahingestreckt zwischen den Daunendecken, tief schlafend, und ihre Wangen blühen mit den gestickten Tulipanen des Betthimmels um die Wette. Auf sie ist jede ärztliche Sorge verschwendet, sie ist wohlauf.

Vor der Tür der Kranken liegt noch immer Herr Zapary auf seinem Pelze, auch er fest schlafend, und so öffnet denn die Schloßherrin die Tür, und man schreitet über ihn hinweg mit einem großen Schritt, ohne ihn zu wecken.

Fräulein Helena, bleich und gefleckt, schläft keineswegs, sondern mit hechelndem Atem liegt sie, die riesigen kalten Augen aufgeschlagen, starrt zur Decke und bewegt die Finger auf dem Leinen hin und her. Sie ist bei Bewußtsein.

Der Arzt gibt ihr auf ihr Verlangen reichlich zu trinken und will sie, der Sitte gemäß, zur Ader lassen, aber in der Eile hat er seinen Schröpfer vergessen, und eh er nach einem anderen Gerät verlangen kann, setzt sich die Kranke auf und erklärt, sie wolle nicht, daß ihr Blut fließe, ihr Blut sei gesund und sie bald genesen. Diesen Morgen sei sie genesen oder tot. Womit sie recht haben mag. Es sei die Krisis, stellt der Medicus ganz richtig fest, wir müssen abwarten bis zum Morgen, sonst bleibt nichts zu tun.

„Der da", verlangt das Fräulein und sieht den Musikanten

an, „der da soll bei mir bleiben und mir die Hand halten. Er hat wohltuende Hände, sie ziehen das Fieber fort. Er soll nicht gehn. Gib mir deine Hand, schwarzer Narr. Der Mond scheint. Der da wird mir zum Leben verhelfen."

Da ist nun guter Rat teuer. Simplex hält Helenas Hand, die eiskalt und feucht ist, die Kranke starrt zur Decke und röchelt, der Arzt zuckt die Schultern und verordnet abwechselnd warme Tücher und kalte Wickel, und sogar die resolute Madame Ahne steht, den Pelz um die Schultern, und weiß nicht, wie vorzugehn ist. Sicher ärgert sie sich, den Medicus für nichts geholt zu haben, denn was der macht, können sie auch.

Auf einmal ist Cergely im Zimmer. Das hat er wohl schon immer gekonnt, lautlos hinter jemandem aufzutauchen, der ihn gerade im tiefsten Schlaf vermutet oder da, wo der Pfeffer wächst.

„Ilonka, mein Leben", deklamiert er mit dem bei ihm offenbar unvermeidbaren Pathos, wenn auch zwischen zusammengebissenen Zähnen, „nicht wahr, du kommst mit mir. Ohne dich gehe ich nicht fort." Und stürzt sich auf die Hand, die sie noch frei hat. Ein schönes Theater.

„Du sollst sie nicht anfassen", sagt die Großmutter, „da gehen die bösen Säfte auf dich über" (auf Lompin natürlich dürfen sie übergehen), „und, Cergely, wenn du nicht diese Nacht noch aufbrichst mit dem getreuen Kerl hier, den ich dir mitgeben werde als Weggefährten und Führer, so wirst du in die Gewalt deiner Feinde geraten."

„Woher weißt du das?" fragt der Knabe töricht und trotzig.

Die Ahne wendet sich an den Arzt. „Sind bei Ihm im Ort österreichische Katanaken?" Und als er bejahend nickt, fährt sie schonungslos fort: „Wenn er zurückgeht, wird er angeben, was für Vögel hier der Burg zugeflogen sind."

„So sorge, daß er nicht zurückkehrt", fordert Zapary wild, aber die alte Dame schüttelt den Kopf und bemerkt amüsiert: „Mein Herzenskindchen, wenn er nicht zurückkommt, werden wir auch die Labantzen auf dem Hals haben, weil er ohne Zweifel angesagt hat, wohin er geht. Ich bin auf keine Belagerungen vorbereitet deinetwegen."

„Ja, das mag sein", erwidert der Knabe, dem etwas Neues

eingefallen ist, „aber ich bin müde. Ich kann nicht zu Pferde. Ich muß schlafen."

Da ist nun etwas dran.Die Alte steht und kneift die Lippen zusammen, und der gekränkte, weil durchschaute Medicus murmelt vor sich hin, während er die Kranke zur Abwechslung warm zudeckt. Aus diesem Dilemma erlösen kann nur eine.

„Fräulein Helena", sagt der Simplex und umschließt mit beiden Händen ihre Linke, „jetzt müßt Ihr helfen. Wenn wir zwei Euch zuliebe bleiben, wie wir so gern wollen, besteht Gefahr für Leib und Leben Eures Bruders. Schickt Ihr uns aber fort, ist er zu retten. Sobald er, den man sucht, in Sicherheit ist, komme ich zurück und hole Euch und Rosalia nach." (Was lädt er sich schon wieder über den Hals!)

Die kalten Luna-Augen wandern zu ihm, ohne daß der Kopf gedreht würde. „Deine Hand tut so gut."

„Aber dein Bruder ..."

„Ja, er soll weg."

„Ich muß schlafen!" protestiert der.

Die Augen ziehen Lompin zu sich herab, bis sein Gesicht vor dem ihren ist. An seinem Ohr flüstert Helena: „Er soll schlafen. Wenn es dämmert, wissen wir's."

„Was wissen wir?"

„Ob ich sterbe oder lebe." Sie zieht ihn noch tiefer. „Gelobe es bei deiner Seelen Seligkeit."

„Was, Fräulein?"

„Daß du mich nachholst."

„Ich gelobe es."

Sie schließt die Augen.

„Gut", Madame Ahne unterbricht die Stille, „das hat eine gewisse Vernunft. Cergely muß schlafen, und bis zur Dämmerung werden wir's wissen. Was Er da gelobt hat, das, Musje, geht auf Seine eigene Kappe, dafür wird kein Salär vereinbart. Und denk Er nicht, da windet Er sich heraus. Ich kenn den Zapary-Schlag, gehör selber dazu. Was man ihnen versprochen hat, das zwingen sie einen zu halten."

„Ich hab nicht vor, mein Wort zu brechen."

„Das geht mich nichts an."

Bei so beschaffnen Sachen schlafen sie nun doch rechts und links zu seiten des Krankenbetts, György zumindest auf ein paar Federkissen, Lompin mehr schlecht als recht hingehockt auf ein Taburettchen; er muß ja die Hand halten, diese mal kalte, mal heiße, stets feuchte Hand, die in der seinen zuckt und zittert und die er, zwischen kurzen Anfällen von Schlaf, immer wieder streichelt und liebkost und beruhigt.

Helena liegt ganz still und atmet.

Den Arzt hält Madame noch zurück, bis es dämmert, das kann man verstehen.

Und da es dämmert, schläft Helena und wird gesunden.

Sie brechen auf, still und schnell, ohne ade zu sagen. Draußen ist die Luft milder, der Wind hat sich gelegt. Erste Schneeflocken wirbeln im grauen Morgenlicht.

Es ist höchste Zeit.

Der Simplex kennt die Gegend. Als Trompeter und Heerpauker ist er im Gefolge so manches Capitains oder adligen Herrn kreuz und quer durchs Land gezogen, zu Bataillen gegen Türken und Malkontente, gegen Räuber ebenfalls, oder um eines Großen Schatz in Sicherheit zu bringen oder einen Gesandten des Hofs zur Hohen Pforte zu begleiten, das galt ihm gleich und war für ihn ein und dasselbe Gewerbe.

Er sähe wohl lieber, wenn sie in größerem Trupp reisen würden, weil sich so eine Karawane weniger verdächtig macht als zwei einzelne Reiter, auch ist es sicherer. Aber von ihrem Gesinde einige mitzuschicken, hat die Frau Ahne ihnen rundheraus verweigert. Nicht einen Reitknecht! Erstens seien ihre Leute in der Gegend bekannt, zweitens bürge sie nicht für die Treue dieser Hundesöhne, und drittens brauche sie auf ihrer Wirtschaft jede Hand.

Den Gedanken aber, sich anderen Reisenden anzuschließen, hat Simplex schnell verworfen, nachdem er erlebt hat, wie hoffärtig, unvorsichtig und großmäulig der junge Herr sich selbst in der miserabelsten Dorfschenke aufspielt, wo nur ein paar barfüßige Alte über ihrem sauren Wein dösen und die zerlumpte Wirtin mal kurz vom Schweinestall herüberschlurft, um den Gästen nachzuschenken.

Auch sonst führt Zapary, falls er es nicht vorzieht, mit entrückter Miene ins immer dichter werdende Flockengestöber zu starren, nur große Reden, die sein übermüdeter Begleiter dennoch ganz wohlgemut erträgt, hat er doch einen wohlgefüllten Geldbeutel in der Tasche verwahrt und im Mantelsack mit Proviant wider Erwarten ein ledernes Säcklein mit Duhan-Toback gefunden, den er nun vor sich hin pafft, als sie im beschleunigten Reisetempo, um die Pferde nicht zu überanstrengen, vor sich hintraben. Und während ihm seine halb dämmernde Phantasey immer wieder das weiße Gesicht, das schwarze Haar, die fieberfeuchte Hand vorgaukelt, gibt der Bruder noch Öl ins Feuer mit jedem Blick, den er ihm zuwirft, denn er hat diese Augen.

So, tapfer und fernhin beseligt, hört er mit halbem Ohr, wie George Zapary spricht: „Kuruzen, das sind freie Krieger, ein Kuruze möchte ich sein.“

„Um ein Kuruze zu werden, junger Herr“, brummt er, „brauchtet ihr nicht mit mir über Land reiten. Da könntet Ihr Euch gleich dem nächsten Räubertrupp anschließen, und alles wäre erledigt.“

„Ich schließe mich aber niemandem an“, erwidert der hoffärtige Junge, „ich bin mein eigener Herr, und wenn überhaupt, so haben sich andere unter mein Kommando zu fügen und nicht umgekehrt. Zudem hat Er, der Er hier alles in einen Topf wirft wie Kraut und Speck, wohl gar keine rechte Nachricht von dem, was es mit den Kuruzen auf sich hat. Denn woher kommt das Wort: Das ist gefälscht aus cruciati, Gekreuzigte des Herrn, Märtyrer der evangelischen Sache und der Freiheit des Christenmenschen – wie jene heiligen Prediger, die des Kaisers Schergen verbrecherischerweise auf die Galeeren geschickt, da sie nicht abschworen, und so ein ganzes Heer frommer Streiter für die Glaubenswahrheit auf den Plan gerufen haben.“

„Ihr könntet einen Pfaffen lehren“, bemerkt Lompin und saugt an seiner Pfeife. „Habt Ihr noch mehr dergleichen verquere Ethymologia im Schnappsack? Warum nicht gar Kuruz und Kukuruz? Ihr seid ein Junker und steckt die Nase nicht ins Volk, sonst würdet Ihr wissen, daß hier im Ungarland den Leuten das Türkische vertrauter auf der Zunge ist denn das Latein. Und so laßt Euch von einem Landstörzer belehren, daß khurudz beim Türken genau das heißt, was Ihr zu Beginn geruhtet zu sagen – freie Krieger nämlich."

„Gleichviel", sagt da Herr Zapary.

„Gleichviel?" wiederholt Lompin und starrt ihn an.

„Ja, gleichviel. Denn der wahre Antichrist ist der Habsburger samt seinen römischen Finsterlingen, die uns an Gut und Ehre und Leben schädigen wollen, und mit den Türken gegen ihn zu gehen, das heiße ich, das heißen alle wahrhaft Gläubigen ein gutes Werk."

Der hat seine Lektion gut gelernt, denkt der Lompin, sagt aber nichts, sondern lehnt sich im Sattel zurück, weil ihm lieber als der politische Wirrwarr im Kopf des Jungen der amouröse in seinem eigenen ist.

Die feine Träumerei aber wird ihm gründlich ausgetrieben, als sie, stets nordwärts unterwegs und immer noch in so sanftem Schnee, daß der leichte Wind die Spuren verweht, zur Abendrast an eine Herberge gelangen. Die Pferde sind erschöpft, sonst wären sie wohl noch weitergezogen, denn die Gesellschaft ist gar nicht nach Lompins Geschmack. Ein Cymbal klimpert, in einer Ecke hocken ein paar Bauern, aber was sich da sonst noch eingefunden hat, mit verzierter Balta, prunkendem Pelz, großem Schnurrbart und mehr als rechtschaffen bewaffnet, das ist von einer Art, die der junge Herr wohl kaum kennt, sein Führer aber um so besser.

Was der noch nicht weiß, ist, daß er seinem Schutzbefohlenen nie sagen darf, was dieser nicht tun soll, da er es dann unweigerlich ausprobiert. So flüstert Lompin ihm unseligerweise zu: „Verhaltet Euch still und setzt Euch abseits vom Licht. Wir essen und gehn schlafen und lassen uns vor Tag wecken."

Und noch sieht ja alles ganz gut aus; sie grüßen und werden gemustert, bestellen das Ihre, aber haben es noch nicht auf dem Tisch, als György schon für alle eine Runde Wein bestellt (wovon eigentlich, das Geld verwahrt Lompin) und eine Gesundheit auf die Herren ausbringt. Dank und Gruß, die nächste Partie ordiniert ein Schnurrbärtiger, prosit, und woher des Wegs die Herren?

Lompin erfährt, das György auf Bildungsreise ist nach Frankreich (das liegt in entgegengesetzter Richtung, aber vielleicht weiß man das hier nicht), der Graf Cergely und sein braver und possierlicher Knecht Simplex (zu dem er also nun schon geworden ist), und daß sie beide gern in vornehmer Gesellschaft seien, die nicht nach Labantzen, Katanaken und anderen Habsburg-Knechten rieche.

Die Replik findet viel Applaus. Und eh Lompin sich's versieht, ist sein Bürschchen schon mitsamt dem Schemel an den Tisch der „Herren“ gerückt und agitiert für das freie Kuruzentum und die evangelischen Rechte, daß es nur so eine Art hat, und er, abgestempelt zum braven und possierlichen Knecht, kann sich zunächst einmal in seiner Ecke nur in den Rauch seiner Pfeife hüllen und das staunend anhören.

Denn das Kerlchen findet Anklang. Sie sitzen da, die schnurrbärtigen Ehrenmänner, reißen Maul und Nase auf und hören zu, wie George Martinus schwadroniert, als sei er ein Missionsprediger. Das spitze Knabengesicht mit roten Flecken bedeckt, redet er auf sie ein, und da sie so was nicht kennen, nicken sie Beifall, schlagen zustimmend mit der flachen Hand auf den Tisch, winken die nächsten Weinhumpen herbei. Wenn er, Simplex, nicht aufpaßt, kommt sein Reisegefährte schneller dazu, ein Kommando zu führen, als er dachte, dann machen sie ihn gleich zum Räuberhauptmann.

Eingedenk seines Versprechens, den Knaben heil fortzubringen, will ihm reinweg nichts einfallen, und ihm bricht der Angstschweiß aus, wie er das Völkchen auf eine andere Fährte locken kann. Schließlich, wohl wissend, daß er vielleicht vom Regen in die Traufe kommt, zieht er sein Kartenspiel aus der Tasche und fragt beiläufig, ob einer der Herren aufgelegt sei zu einer Partie mit kleinem Einsatz.

Natürlich hat er sie. Aber in seinem adligen Hansdampf stecken tausend Teufel, nicht bloß der eine – wie hat er ahnen können, daß Musje Görgen den eifernden Disput abbricht, als fege er eine leere Schüssel vom Tisch, ihm das Blatt aus der Hand nimmt und gleich loslegt: Warum unter Kavalieren mit kleinem Einsatz? Er jedenfalls wolle nicht um Heller spielen.

Außer Rand und Band, läßt er seinen Knecht nicht einmal mitspielen gegen diese Waldräuber; er flucht, er wettert, er lacht, springt vom Sitz, droht mit dem Degen, steckt ihn wieder weg und verliert. Er verliert eigentlich nur, und Simplex fragt sich, warum er nicht nach alter Schalksmanier mit ein paar Possen aufgewartet hat vorhin, das wäre billiger gekommen. Hat sich aber irgendwas in ihm gesträubt, den possierlichen Knecht, zu dem er ernannt worden ist, auch herauszukehren. Das hat er nun von seinem dummen Stolz. Jetzt ist's zu spät, diese tollgemachten Kerle warten nur auf eine Gelegenheit, ihr Pistol zu ziehen und durch die Gegend zu ballern, und wenn man keinen Hut aufhat, treffen sie womöglich gar den Kopf.

Mit bleichem Entsetzen sieht Lompin, der ja rechnen kann, weil's nötig ist (im Gegensatz zu seinem Herrn), wie ihre Goldstücke, im Augenblick noch repräsentiert durch des Wirtes Knoblauchzwiebeln, die Seite wechseln.

Und so hätte er wohl doch noch seine Hofnarrenkünste aus dem Sack ziehen müssen, wäre nicht unversehens ein riesenhafter Mönch mit gleichfalls riesenhaftem Bart eingetreten, der über seine Kutte einen Mordspallasch geschnallt hat und bei dessen Erscheinen auf einmal allen das Blatt aus der Hand und die Pfeife aus dem Mund zu fallen droht und der in die plötzliche Stille hinein mit einer Stimme wie Donnergetös spricht: „Gelobt sei Jesus Christus."

Die Herren Räuber, die eben noch zustimmend den Tiraden über evangelische Kuruzenfreiheit gelauscht haben, bekreuzigen sich ausnahmslos und murmeln: „In Ewigkeit, amen", so brav, als seien sie Klosterschüler.

George Martinus sitzt da, die Arme über der Brust gekreuzt, und schaut trotz der edelmännischen Pose drein wie das Kaninchen vor der Schlange.

Der riesige Pater wirft ihm und dem Lompin jeweils einen Blick zu, wie von der Sehne geschnellt, und während sich das Bauernvolk, das bisher immer noch still bei seinem Krüglein in der Ecke hockte, wie auf Kommando verdrückt, beginnt der Mönch mit den verdächtigen Kerls zu brummen und zu grunzen und zu tuscheln.

Selbst Junker George begreift, daß die Sache brenzlig ist, er wirft einen ziemlich unsicheren Blick in Richtung seines Begleiters, und der macht ein Zeichen, sie sollten Abstand gewinnen zu dem dunklen Volk, so schnell es geht. Da empfiehlt sich der junge Herr denn und begleicht, wie es Männern von Ehre gebührt, seine Schuld.

Unter allgemeinem lauerndem Schweigen zählt er seinen in Knoblauch markierten Verlust ab. (Dem Simplex ist, als könne er nie wieder Knoblauch essen sein lebelang.) Und dann schauen sie zu, wie Lompin das Säckel öffnet und seine, seine Goldstücke auf den Tisch legt. Kein Ton, als der Pater das alles einstreicht wie für den Opferstock, kein Laut, als sie sich höflich verabschieden und mit dem Nachtlicht hinaufgehn zu ihrem Quartier. Simplex ist die ganze Zeit über, als hätten sie als nächstes eine Kugel im Rücken oder zumindest die Spitze des großen Pallasch.

In ihrem Zimmer den Riegel vorschieben, den Tisch gegen die Tür kanten und das Fenster aufreißen ist alles eins.

„Was", will György anheben, aber Lompin preßt ihm die Hand vor den Mund, viel zu wütend, um noch zart zu sein. Ist nicht die Stunde für Erklärungen jetzt. Er beugt sich vor. Es schneit stärker, und die allerlieblichste Luna steht wieder am Himmel. Schlecht für Leute, die ihre Spuren verbergen wollen.

Ohne Zaudern wirft er den Mantelsack, seinen Umhang und die Mentik des jungen Herrn hinab in den Schnee, dann springen sie beide und sind am Stall im Handumdrehn. In der Schankstube ist's jetzt kein bißchen mehr still, da debattieren sie wild, wohl, ob sie ihnen gleich die Kehlen abschneiden sollen oder erst warten, bis die zwei eingeschlafen sind.

Sie satteln auf, so leise und schnell es geht, führen die Gäule heraus bis an die Ecke des Katens, im Schritt, den der Schnee dämpft, und dann, die Köpfe über die Pferdehälse gebeugt, fort im schnellsten Galopp.

Und als sie, nach einer geraumen Zeit, unter Hinterlassung braver Spuren, wagen, wieder in Trab zu fallen, da sagt doch dieses Früchtchen: „Wir hätten nicht fliehen müssen, wär's nach mir gegangen. Ich nehm's auf mit denen allen im Fechten."

„Nun aber, George Martinus Zapary, nun ist's genug", erwidert er und hat gar keine Lust, die Stimme zu dämpfen, „genug und übergenug. Ihr verdientet, daß ich Euch die

Rute gebe, als dem dummen Buben, der Ihr seid, Ihr großer Held mit dem Mundwerk und hoffnungsvoller Prätendent evangelischer Sache – na, prost Mahlzeit, wenn's damit so ausschaut. Nicht nur, daß Euer Gnaden sich aufführt wie der Miles gloriosus aus der römischen Comedi, nein, er muß auch noch in dieser Räuberhöhle mit seiner Konfession und meinen Dukaten um sich werfen. So daß wir nun zu denen, die uns eh auf den Fersen sind, auch noch eine Bande von Straßenräubern – falls Ihr's nicht erkannt habt, papistischer dazu – hinter unseren Rockschößen herschleifen können. Gratulation, recht gelungen. Zudem habt Ihr unehrenhaft mit fremdem Geld gespielt, denn was Ihr wohl als Reisepfennig anseht, das ist meins, war meins vielmehr. Aber wer die Finger ungebeten in meine Tasche steckt, den nenn ich einen Kujon."

„Aber bekommt Ihr in Siebenbürgen nicht noch mal soviel, wenn ...", versucht der einzuwerfen.

„Was weiß denn ich, was ich krieg!" schreit Lompin seine Wut heraus. „So wie's jetzt aussieht, kommen wir nie und nimmer da an, wo wir hinwollen." Und ruhiger: „Wir brauchen darüber nicht zu spekulieren. Aus ist's. Ich geb meinen Auftrag zurück. Das kann ich redlicherweise tun, da ich vom Salär ja noch keinen Pfifferling ausgegeben hab. Den Rest können Ihro Gnaden in der nächsten Schenke verspielen und vertun; bis dahin bring ich Euch noch, und dann Gott befohlen. Mir ist mein Kopf zu lieb, und das Reisen mit Euch scheint mir nicht angetan, ihn zu behalten."

Schweigt György ein Weilchen, und dann sagt er, keineswegs kleinlaut: „Und meine Schwester, und das Wort, das du ihr gegeben hast, die gelten dir gar nichts, wie?"

Das fünfte Capitel
in dem er gedenkt, wie er in eines Bären Fell gekrochen und die Gesundheit von Raubgesellen geblasen

Gegen Morgen läßt das Schneien nach. Nun gibt es gar nichts mehr, was ihre Spur verwischt, und falls ihnen welche auf den Fersen sind, woran Simplex nicht zweifelt, so werden sie keine Mühe haben, sie zu finden. Die Pferde sind zu müde, noch lange diese Gangart durchzuhalten, sie beide übrigens auch, und so gedenken sie, komme, was wolle, am nächsten Ziehbrunnen Halt zu machen, um zu füttern und zu tränken.

Dortselbst nun schickt ihnen Fortuna ein merkwürdiges Gefährt über den Weg, kaum daß sie den Schnee von Haupt und Schultern und aus den Mähnen der Gäule gestreift haben. Nämlich ein Schlitten kommt angefahren, bespannt mit einem zottigen Pferdchen, drauf zwei Zigeunerweiber, die lauthals heulen.

Der junge Herr von Adel hätte möglicherweise gar keine Notiz von der seltsamen Fuhre genommen, außer daß daran nichts von Gefahr für ihn und seine Reise sei, aber Simplex ist viel zu neugierig, um es bei einem Guten Tag und Guten Weg zu belassen – zumal er fortwährend sinnt, wie ihre Spur zu verwischen sei, und den Frauenzimmern vielleicht ein paar falsche Angaben mit auf den Weg geben kann. So fragt er denn, was es zu klagen gebe, und erhält zur Antwort: „Wir beweinen unseren Bären, der im Kindbett gestorben ist."

„Was?" sagt er und starrt die beiden an, Frauenspersonen mittleren Alters, in Tücher vermummt, grobhüftig, das Gesicht von den Nägeln zerkratzt, wie es sich für Trauernde gebührt. Aber über die Klage, wie's Brauch ist, hinaus rinnen ihnen wahrhaftige Tränen die Wangen hinunter und waschen bräunliche Spuren ins Schmutzgrau der Gesichter. „Das verstehe der Teufel", fügt er hinzu, obwohl ihm was dämmert, denn er hat einen Blick auf den Schlitten geworfen.

Die Weiber bekreuzigen sich und beginnen, Wasser aufzuziehn und ihr Pferd zu atzen, ohne es erst auszuschirren, ein Zeichen, daß auch sie in Eile sind, und die eine sieht alle naselang mit gerecktem Hals und schmalgekniffenen Augen zum Horizont, von wo sie kamen.

Er entzündet seine Pfeife mit dem feinen Duhan, als hätte er wer weiß wieviel Muße, und als er genüßlich pafft, tritt auch die bezweckte Wirkung ein: Die Weiber blähen die Nüstern, schnuppern und kommen näher heran.

„Erzählt mir's!" fordert er und hält ihnen sein Rauchzeug hin, und die lassen sich's nicht zweimal sagen und berichten abwechselnd, wobei immer die, die gerade schweigt, an der Pfeife zieht und etwas schluchzt.

Der Bär war, wie er schon bemerkt hat beim Spähen in den Schlittenkorb, kein echter, sondern eines Bären Fell, in dem eine junge Verwandte von ihnen, zum Flöten- und Tamburinspiel der beiden, gar artige Tänze aufführte, um sich hernach zu demaskieren und Geld, Speisen oder andere Gaben einzuheimsen, und da sie eine gar liebliche Person war, so verdienten sie ihren Lebensunterhalt nicht einmal schlecht, sondern recht, und sie verübelten es ihrer dritten im Bunde, dem Bären-Mädchen, keinesfalls, wenn sie ihre Nächte einmal nicht auf dem gemeinsamen Strohsack verbrachte, sondern in den Armen dieses oder jenes Kavaliers, trug dergleichen doch hin und wieder auch noch ein Geldstück mehr für die gemeinsame Kasse ein.

Doch bei so bestellten Sachen ließ sich's nun einmal nicht vermeiden, daß die Kleine gesegneten Leibes ward, eher ein Grund zur Freude, hatte doch der Vater ihr, wenn sie des Kinds genesen, zehn Goldstücke versprochen, allerdings mit der Auflage, dann weiterzuziehn.

Als es denn aber soweit war, daß sie gebären sollte, zeigte sich, daß ihre Bärin trotz der sachkundigen Hilfe, wehenfördernder Tränke und Zaubersprüche nicht imstande dazu war, sondern in Kindsnöten verschied sie mitsamt dem Ungebornen im Leib.

Wie sie nun aber hingingen, klagend, die Leiche ihrer Verwandten im Schlitten, dem Kerl das Versprochene abzufordern, beschied er sie dahin, daß er nicht daran denke, einer Sache, die sich so bequem durch Gottes Beistand von selbst geregelt habe, auch noch zehn Blanke nachzuwerfen, und jagte die Weiber mit Hunden vom Hof, was sehr unklug war, denn hätte er sich gütlich mit ihnen geeinigt, vielleicht auf die Hälfte der Begräbniskosten, so besäße er jetzt seine Scheune noch, die die beiden erzürnten Trauernden der armen Toten als Scheiterhaufen und Begräbnisfackel bestimmt hatten und die denn in der Nacht bis auf den Grund abbrannte.

Einzig, daß sie nun argwöhnten, man verfolge sie. Die Schlittenspuren im Schnee seien doch recht deutlich.

„Soso", bemerkt Lompin nachdenklich und nimmt seine Pfeife wieder an sich, geruhsam, obgleich der junge Herr seine Ungeduld und Entrüstung über diese Verzögerung zum Ausdruck bringt, aber er achtet nicht drauf. Er hätte da, meint er, einen Vorschlag zu machen, der für beide Seiten gut sein könnte. Sie, die beiden Trauernden, wollten, so schnell es ginge, weg, möglichst nicht mit dem Schlitten, dessen Spuren sie hinter sich herzögen wie eine Schleppe, auf die sich die Verfolger setzten. Und ihm und seinem Begleiter jedoch wäre nicht unlieb, sich anders fortzubewegen als vorher. Wie, wenn sie nun tauschten, ihre zwei Pferde gegen den Gaul und den Schlitten? Und fürs Heu, das Bärenfell und alles, was da sonst noch drinliege, gäbe es ein Geldstück extra – ihr eigen Zeug und ihre Musique könnten sie mit sich nehmen, dergleichen führe er selbst. Nun, sei das ein Wort?

Vor Augen und Ohren des gänzlich verstummten György wird der Handel abgeschlossen, noch eine halbe Münze drauf, falls sie, von irgendwelchen Leuten aufgehalten und befragt, angeben würden, die Pferde hätten sie von einem Bauern erhandelt, der sie auch grad jemandem abgekauft.

Er, Lompin, werde, nach den beiden gefragt, schon richtig falsche Auskunft zu geben wissen, vor allem, wohin sie sich gewendet.

Und aufgesessen die beiden und, wieder unter geziemendem Heulen und Klagen, weg über die weiße Weite, davon auf Nimmerwiedersehn das Pferd, das die Heerpauken tragen konnte.

„„Gut", sagt Simplex befriedigt. „Nicht nur, daß sie uns so schnell nicht vermuten auf dem Gespann – wir werden uns auch noch kostümieren. Und dann hat's den Vorteil, daß immer einer schlafen kann, wenn der andere fährt. Geht ins

Heu, die erste Runde ist an mir." Und nimmt sich das Bärenfell, gleich hineinzuschlüpfen, es sitzt gut und wärmt, und der zurückgeschlagene Kopf mit den Zähnen im Rachen guckt ihm grimmig-komisch übers Haar.

Das ist nun das erstemal, daß es Cergely die Sprache verschlagen hat, alle die hoffärtigen Reden. Er sieht seinen Begleiter an, als nähme er ihn jetzt erst wahr, und murmelt schließlich: „Du bist wahrhaftig gerissen. Das war ein tolles Stückchen, Lompin!"

„Davon könnt Ihr noch dutzendweis Proben bekommen", bemerkt der beiläufig, „aber bevor Ihr ins Stroh kriecht und schlaft, wie's Eurer Jugend zusteht, zieht das da an, mit Verlaub, damit wir durch die Gegend ziehn als der possenreißerische Bärenhäuter und seine Tochter, der keiner zu nahe kommen darf." Mit dem Peitschenstiel schiebt er das Heu beiseite und weist auf ein Bündel Frauenkleider – und dann kommt, worauf er gewartet hat.

„Wie?" schreit der junge Mann auf. „Als ein Weib soll ich mich verkleiden? Nie und nimmer. Lieber sterben, lieber gleich in den eignen Degen rennen, lieber – und was, Dummkopf, ist daran das Sichere? Hältst du die Labantzen für so brave Christen, daß sie den Weibern nicht unter die Röcke greifen? Höll und Teufel, was denkt Er, wozu ich fähig bin ..."

„Haltet den Mund", unterbricht ihn Lompin gelassen, „die Zeit drängt, und steigt auf, in welchen Kleidern Ihr wollt. Hauptsache, Ihr schlaft. Wir müssen uns sputen."

Und so geht's los, er fährt, der schläft, von Verfolgern Gott sei Dank keine Spur, so daß er ebenfalls, rechtschaffen müde, wie er ist, fast einnickt auf dem Kutschbock, warm vermummt im Pelz; das Pferdchen tut seine Arbeit auch allein. Nur von Zeit zu Zeit sieht er hoch und korrigiert den Kurs am Stand der bleichen, verhüllten Sonne.

Ein paar Stunden mag's schon so gegangen sein, als er mit halbem Ohr hört, wie der Musje im Stroh dahinten rappelt und zappelt und irgendwas anstellt, aber die Müdigkeit liegt ihm so bleischwer auf den Lidern, daß es ihm gleich ist. Und heilfroh ist er, als der andre sagt: „Ich fahr jetzt, Lompin."

Dann taucht Helenens Antlitz neben ihm auf, bis zu den

Brauen im Kopftuch, darunter die fuchsgrünen Augen und das spitze Dreieck des bleichen Gesichts.

Er zerrt an den Zügeln, daß sich das aufgeschreckte Pferd bäumt, und das Herz schlägt ihm bis zum Hals. György lacht und schwingt sich mit einer geschmeidigen Bewegung zu ihm auf den Kutschbock. Er trägt eine samtne Schoßjacke, der bordierte Rock umschließt die schmale Taille, die Mentik hat er lose über der Schulter.

„Ja, warum nicht, es ist ein Spaß“, schnurrt er. „Seh ich wie ein Fräulein aus, hab ich dich recht erschreckt?“ Er kichert. „Ich bin Ilonka“, sagt er boshaft, „gefall ich dir?“ Und nimmt die Leine.

Zum Glück läßt er Simplex gar nicht zu Worte kommen. Gut ausgeruht, wie er ist, mag ihm nach Reden zumute sein, und er redet daher mit der spröden Grazie, die der Rolle ansteht. Redet und redet von der Schwester. Von der hochwohlgebornen Schwester – es ist nicht einmal eine Neckerei mehr, er denkt sich nichts zwischen ihr und diesem Landstreicher da, nicht, daß der seine Gedanken aufrecken könnte zu ihr. Schwärmerisch für sich selbst malt er ihr Bild in Schnee und Kohle, aus zarten Spitzen und nachtdunklem Stein; oder schläfst du eigentlich, Lompin, und hörst gar nicht zu, nicht einmal ins Heu bist du gegangen, sondern hingelehnt den bärenpelzigen Kopf auf die Schulter des anderen, jenes weiblichen Knaben mit den Zügen, mit der Stimme, und dann doch wohl schlafend, wer weiß, was für ein Schnee-Traum das alles ist.

Bis Lompin dann irgendwann mit einem Ruck emporfährt und weiß, was ihn die ganze Zeit verwundert hat, und er sagt: „Da reden Ihro Gnaden all die Zeit von der Schwester – was aber ist mit Rosalia, die behauptet, daß sie Euch zugetan ist und daß Ihr's erwidert?“

„Sagt sie das?“ fragt der Mädchenknabe und lacht. „Dann wird sie wohl recht haben. Aber ich hab die letzte Zeit gar nicht von meiner Schwester gesprochen, von gar nichts. Im Gegenteil. Er allein hat die Unterhaltung bestritten mit Schnarchen.“

Sie lachen, Lompin übernimmt die Zügel, doch György will nicht ins Heu, er fühlt sich wach und erbittet als Gegenleistung für das Schnarchkonzert eine Begebenheit aus des Simplicius Leben, habe dieser nicht gesagt, er sei einstens unter die Räuber gefallen?

Ja, und gefährlicher als sie beide in der Schenke am vorigen Abend, und es sei ihm nicht unlieb, die Schnurre zu erzählen. Warum, verschweigt Lompin, hofft er doch, zu vergessen, daß in Gestalt des Bruders die Schwester neben ihm sitzt.

Und beginnt also:

In Bartfeld war ich als Geselle bei einem Stadtpfeifer gewesen, der, wenn er einen über den Durst genommen, despektierliche Reden gegen die Obrigkeit führte, und je öfter man ihn mit Geld- oder Turmstrafe vermahnte, desto mehr wuchs der Groll in ihm an, und bei nächster Gelegenheit riß er das Maul noch weiter auf. So daß die Herren im Rat eigentlich nichts lieber wollten, als ihn loswerden und mit Schande aus der Stadt jagen, nur fand sich kein Nachfolger, denn im Lande hatte es sich bei den Kunstgenossen herumgesprochen, daß die Herren von Bartfeld nicht gerade Kinder des Apollon seien und die Musen ihnen so fern lägen wie dem Esel das Buchstabierbuch.

Schließlich kamen die hohen Stadtväter auf den Gedanken, mich, als den Gesellen und noch gar nicht Meister, der Not halber zum Nachfolger ernennen zu wollen. Ich aber wehrte mich tapfer, obgleich man schnell bei der Hand war, auch mir zu drohen, mich einzustecken, und da ich den Herren trutzige Worte gegeben hatte, schob man mich ab ante portas, und ich mußte die Stadt verlassen.

Machte mich also mit meinem Trompetchen auf nach Eperies, wo ich hoffte, eine gute Kondition zu erlangen.

Dazu aber mußte ich durch den sogenannten Purzelgrund marschieren, eine übelbeleumundete Waldschlucht, wo es von Räubern nur so wimmelte, und die Gebeine der Gemordeten, so erzählten die Leute, sollten da die Schlaglöcher des Weges ausfüllen. Da ich nun aber hörte, daß die Räuber gerade einen Konvoi mit polnischen Kaufmannsgütern überfallen und beraubt hatten, dachte ich mir, daß sie vielleicht gerade beim Beuteverteilen seien und ich, allein und waffenlos, unbehelligt durchschliefen könne durch den Grund – hatte aber die Rechnung ohne den Wirt gemacht.

Denn ganz schnell hatten sie mich geschnappt, und als sie hörten, ich sei ein Musikant (von welcher Mitteilung ich mir erhofft hatte, sie ließen mich laufen), führten sie mich triumphierend mit sich, damit ich ihnen zu ihrem gelungenen Raubzug aufspielen möchte.

Sie brachten mich über eine Bergklinge durch reichlich viele Wachen mit Balten und Schießgewehr in einen bequemen Talkessel, wo wohl über hundert beisammen waren; beim Näherkommen sah ich auch Weibsleute, teils um die Feuer und Kessel beschäftigt, teils bewaffnet und im Mannshabit, und Schäfer aus der Gegend, die ihnen Tiere, Gemüs und Brot zugetragen hatten. Sie kochten das Fleisch aber mit Milch und Safran und viel kostbaren Gewürzen und tauchten ihre Brotränfte in geschmolzene Butter.

Und alsbald trat eine sehr schöne Weibsperson auf mich zu, der die weizenblonden Zöpfe bis zur Hüfte hingen, und bot mir den Willkomm in einem goldgetriebnen Becher, sprechend: „Sei begrüßt, Trometasch. Du wirst dein Lebtag nicht das Glück wieder haben, einer solchen Kompanie beizuwohnen, als du hier siehest, denn dies ist der Hauptmann Bajuz, der hat wohl dreißig Kerl, und dies der Hafran, der hat fünfzig Kerl, und der Kleine da mit den leichten Schuhen, der so fertig springt, das ist der Hauptmann Janko und mein Geliebter. Und jetzt gilt es ihrer aller und deiner guten Gesundheit."

Sie setzte den Becher an die Lippen und kredenzte ihn dann mir, und ich, zwischen Furcht und Neugier, trank ihn leer. Indes trat der Janko herzu und sagte: „Das kannst du dir hoch anschreiben, du Hurensohn, mit meinem Weibe aus einem Becher getrunken zu haben, das hat sich noch keiner gewagt, ohne es zu bereuen."

An seiner Aussprache aber hörte ich, daß er aus meiner Gegend stammen mußte, und sprach ihn auf polnisch an, und er, als er das hörte, rief: „Sei doppelt willkommen, lieber Landsmann!", und küßte mich auf die Wangen, wozu er sich auf die Zehen recken mußte.

Dann kamen auch die anderen herzu, taten Bescheid, und ich mußte mein Instrument hervorholen und brav Gesundheit blasen bei jedem Trunke und mit ihnen pokulieren und essen.

Nun waren die Kerls aber, bis auf die ausgestellten Schildwachen und etliche wenige, blindvoll, brüllten, fluchten, führten lästerliche Reden, schossen in die Gegend und zwangen einander gegenseitig, so auch mich, über die gekreuzten Balten und Pallasche zu springen, was mein Janko in Mannshöhe vollbrachte. Und immer wieder tranken sie in memoriam ihrer einstigen Freunde, die geschunden, gehenkt oder gerädert worden waren, auch drohten sie den Henkern in den Städten.

Nun merkte ich wohl, daß nicht mit ihnen allen gut Kirschen essen war, insonderheit der Bajuz machte mir in seinem Rausch finstre Augen und sagte: „Was wird sein, wenn wir diesen laufenlassen nachher, und er geht und zeigt unsere Stellung an? Du lausiger Trompeter, daß dich des Teufels Mutter schände, spiele nur munter fort, nachher wollen wir dich erschießen."

Janko aber lachte und sprach: „Fürchte dich nicht vor ihm. Ihr Kerls, ich schwöre bei Gott, wer meinem Landsmann etwas tut, der tut's mir. Grazyna, gib ihm zu trinken."

Und die schöne Grazyna flüsterte mir heimlich ins Ohr: „Keine Angst, Trometasch, was der Janko zusagt, das hält er, eher läßt er sich vierteilen."

Als aber die Feuer niederbrannten und Speise und Trank zur Neige gingen, wurden sie müde von ihrer Lustigkeit und wollten sich schlafen legen, befürchteten jedoch, ich möge sie verraten.

Der Bajuz wollte mich tot haben, der Hafran aber meinte: „Nein, Bruder, er hat uns wohl aufgespielt und uns Pläsier gebracht. Wir werden ihm ein Bein halb entzweischlagen mit der umgedrehten Axt, daß er in den Purzelgrund zurückkriechen kann, und ihm zwanzig Reichstaler verehren, damit kann er sich auskurieren lassen, wenn ihn einer gefunden hat, der des Weges fährt und ihn mitnimmt."

Janko aber widersprach und riß mich weg von den dreien, die mich schon ergriffen hatten (sie warfen auch allbereits das Geld in meinen Hut), und sagte: „Ihr sollt meinem Landsmann kein Leid tun."

So wären sie wohl gar aufeinander losgegangen, doch da trat die schöne blondgezopfte Grazyna dazwischen und sprach: „Ihr Herren Hauptleute, streitet nicht wegen eines lumpigen Musikanten, sondern hört meinen Rat. Nämlich, lohnt ihn nach Gebühr und gebt ihm dazu noch aus der Beute, so von dem polnischen Kaufmann gewonnen, Scharlachtuch als Zeug zu einem Rock. Und dann führt der Janko ihn in den Purzelgrund, damit er sich auf dem Weg nicht quälen muß, und erst unten zerschlägt er ihm mit der Axt das Bein, so daß dieser nicht länger leiden muß als nötig. Schließlich seid ihr alle edle und generöse Männer, so soll er euer gedenken."

Der Vorschlag fand Beifall, und während mir der Hafran mit dem Arm fünf Ellen Scharlachtuch vermaß und mit dem Pallasch abtrennte, flüsterte sie mit ihrem Liebsten. Alsdann führte mich Janko mit zween Kerlen, die Fackeln trugen, hinunter in den grauslichen Grund, und wir gingen ganz schweigend, ich armer Lompin halbtot vor Angst und erschöpft vom vielen Blasen und Trinken.

Da wir aber im Grund waren, wollte der eine der Räuber seine Axt gegen mein Bein werfen, ich aber sprang schnell beiseite.

Da ward der Janko unwillig, zog sein Pistol und sagte: „Verdammt, ich leid's nicht. Der Kerl ist so wohl trunken als wir und wird nicht weit kommen, auch gibt's genug Geister und Irrwische hier unten: Der Teufel wird ihn die Nacht nicht fortlassen. Bleib hier, Trompeter, und warte auf den Tag. Und damit du des Janko, des berühmten Hauptmanns, gedenkest, verehr ich dir diesen Gürtel zu allem anderen, auf dem ist für jeden Katanaken oder reichen Bauren und Kaufmann, den ich umgebracht, ein Kreuz geritzt. Und somit leb wohl."

So blieb ich zurück in Furcht und Schrecken und Müdigkeit, und um mich allerlei seltsamer Spuk, den ich halb wach, halb träumend wahrnahm mit überhitzten Sinnen, bis es tagte und ich mich elend und bebend ins nächste Dorf schleppte und dann weiter. Den Scharlach aber mußte ich verbergen, denn überall fahndete man nach dem Diebsgut, und schließlich gab ich ihn mit Zittern und Zagen um ein Spottgeld an einen Wucherer. Das Geld schwand auch bald dahin bis zur nächsten Kondition, und so war alles, wie nicht gewesen. –

„Und“, fragt Zapary begierig, „hast du ihn noch, den Gürtel aus der Hand des großen Räubers?“

„Der ist bei den Türken geblieben.“

„Bei den Türken warst du auch, Lumpenhund?“

„Ja, Herre, als ein Sklave.“

Das beeindruckt den nicht sonderlich, Sklave oder Knecht oder vagierender Musicus, das sind für ihn wohl zu geringe Unterschiede, um ihnen Bedeutung zuzumessen.

„So kannst du die Türkensprache? Und könntest sie mich lehren?“

Das vermöge er wohl, entgegnet er, aber nun sei da das Dorf, wo sie, dem Pferd zuliebe, rasten müßten. Was der Herr an Geld verspielt habe, komme auch nicht wieder herein, und sie sollten sich fein still verhalten da.

Görgen läßt den Kopf im Bauerntuch sinken und sieht ihn kokett von der Seite an. Es ist, als habe die Verkleidung auch sein Wesen maskiert, statt hoffärtig ist er nun schelmisch, fröhlich und sanft. Lompin aber fährt in seinen Ermahnungen fort. Modeste solle sich der Musje benehmen, gemäß der Rolle, und nicht vergessen, daß sie beide ein Gauklerpärchen seien, Vater Bärnhäuter und Jungfer Tochter, über deren Ehre dieser eifersüchtig wache.

Unterdessen sind sie da.

Eine Schenke ist wie die andere, diese aber nicht ganz so ärmlich, scheint's. Als sie die Tür zur Stube aufmachen, erwartet sie eine Überraschung: Es wimmelt von österreichischen Soldaten.

„Jetzt Obacht“, murmelt Lompin dem jungen Kerl zu, indes sie auch schon als Gauklersleut mit Hallo und Heda begrüßt werden.

Es hätte der Ermahnung gar nicht bedurft, denn Herrn Görgen gefällt offenbar seine Verkleidung so gut, daß keine Gefahr ist. Mit gesenkten Lidern, die spitzen Zähne im Lächeln entblößt, schlendert er an Lompins Hand mit schwingenden Röcken zu dem Platz am Feuer, den man ihnen bereitwillig räumt, und weigert sich, sein Kopftuch abzutun, sondern zieht es nach Art der Türkenweiber vors Gesicht, nur die Blicke schickt er hin und her.

Lompin, mit der grimmigsten Miene, deren er fähig ist (was ihm nicht schwerfällt bei der Gefahr; wie zwei Saumtiere wandeln sie am Abgrund entlang), bestellt billiges Essen und keinen Wein. Auf die Frage eines baumlangen Soldaten, ob er dem Fräulein wohl einen Süßschnaps spendieren dürfe, sagt er barsch nein, so was sei seine Tochter nicht gewohnt.

Wie sie denn heiße?

„Ilonka heiß ich, zu dienen", erwidert Görgen, ehe Lompin noch den Mund auftun kann. Er gibt ihm einen Tritt unterm Tisch und schnauzt: „Du hältst den Schnabel, bis ich dir erlaube, ihn aufzumachen!", und das Wesen kichert in sein Kopftuch.

Als er sich unter allgemeiner Beachtung aus seinem Pelz zu schälen beginnt, kommt der hartnäckige lange Kerl gleich noch mit einem Vorschlag: Wenn sie nun schon da wären, ein Gaukler mit seinem Kind, warum sollten sie nicht, wie's Sitte, für Geld eine Probe ihrer Kunst ablegen!

Simplex kriecht wieder hinein ins heiße Gewand und gibt Anweisung, Tschinellen und Handpauke aus dem Mantelsack zu holen, recht besorgt, wie das wohl gehe. (Man hätte unterwegs eine Probe abhalten müssen, um auf dergleichen vorbereitet zu sein.) Aber der adlige Knabe, sieh an, bedarf keiner Unterweisung, er schlägt artig die Pauke, während er selbst, die Schellen an den Beinen befestigt, ein täppisch-anmutiges Bärentänzgen hinlegt, springt, sich dreht, auf Händen geht, den Hintern vorstreckt, alle Ränke und Schwänke vorbringt, die er kann.

Und noch in den Applaus hinein ruft das Satansfrüchtchen: „Jetzt bin ich dran!", springt auf den Tisch, stemmt die Rechte in die Hüfte, rüttelt links das Tamburin und trägt mit heiser knäbischer Stimme ein keckes Reiterlied vor.

Danach springt er vom Tisch, nimmt dem nächstbesten den Hut vom Kopf und geht knicksend von einem zum andern. Dem Lompin steht der Schweiß auf der Stirn, da er nun aus dem Fell steigt, und nicht nur, weil ihm warm ist.

„Nun", raunt sein fürnehmer Hansdampf, „war das nicht gut getan?", und schüttelt ihm die Geldstücke in die Hand. Und er, hin und her gerissen zwischen Anerkennung und Mißbilligung von soviel sorgloser Keckheit, beugt nur den Kopf über die Suppe, eh sie ihm kalt wird.

Indes ist's für Cergely noch lange nicht genug des Fürwitzes, er muß sich noch bei den Katanaken angelegentlich erkundigen, nach wem oder was sie denn unterwegs seien hier in der winterlichen Einöde? Und verschluckt sich fast vor Lachen, als sie hochwichtige Gesichter machen, an den Krägen rücken und erklären, das sei geheim.

Ob sie vielleicht, geht er weiter, unbeeindruckt von neuerlichen Tritten gegen das Schienbein, die Simplex ihm verpaßt, gar ungarischen Rebellen hinterher seien, irgendwelche Malkontenten, die für die Freiheit der Religion seien?

Seinem Begleiter wird himmelangst, er verlangt, obwohl die Suppe noch nicht hintergeschluckt ist, die Rechnung, und wo sie denn schlafen sollten, sie seien arg müde.

Der Wirt zuckt die Achseln. Alle Stuben seien voll. Nur im Schankraum könnten sie auf der Bank, den Mantelsack unterm Kopf ...

„Was?" fährt Lompin auf, „soll meine Tochter, die dank Gottes Beistand und meiner Wachsamkeit noch Jungfer ist, hier bei die Katanaken liegen?" Und György zieht das Kopftuch hoch bis zu den Augen.

Der Wirt seufzt. Das einzige, was zu machen sei, wäre, einen Strohsack auszubreiten für das Kind in der Kammer, wo die Küchen-Menscher übernachteten, zwei an der Zahl, in einem Bette – der Musje Bär aber müsse wohl unten bleiben.

Lompin, dem gar nicht wohl ist, muß einwilligen in das Arrangement, und mit beschwingten Hüften zieht Ilonka ab in die Kammer zu den Küchen-Menschern, während die Soldaten ihr nachschauen und den Schnurrbart streichen.

Als George ihn weckt, einfach, indem er ihm die Hand auf die Wange legt, kann's, dem Mondlicht nach, noch nicht viel nach Mitternacht sein. Ringsum schnarchen die Mannsbilder, und mittendrin steht das Knaben-Mädchen-Ding mit seinen fünfzehn, sechzehn Jahren, steht da in Stiefeln, Rock und Hemd und raunt ihm zu: „Das junge Küchen-Mensch ist ganz passabel und sogar gewaschen, und das alte hat einen festen Schlaf. Ich hab ihr gesagt, daß ich aimabel fänd, wenn sie meinem redlichen Bärnhäuter auch ein Stückchen gönnen würde, und sie ist einverstanden. Kommst du?" Und da er verneint, wirft er sein Haar nach hinten, lacht und erklärt, die Hand auf der vorgeschobnen Hüfte: „Dann schlaf, Narr. Ich übernehm den Rest auch wohl allein."

Geht und läßt ihn zurück, doch nun ist dem Bärnhäuter das Schlafen vergangen, und er starrt hinauf zur verrußten Decke in all dem Gestank und Gebrumm und denkt nach über dies Wesen, über die zwei Wesen, George und Helena, von denen ihm wahrscheinlich nie im Leben wieder das eine unter die Augen kommen kann, ohne daß ihm, wie ein Schatten auf einer dunklen Wasserfläche, das andere dazu erschiene, untrennbar.

Er fährt auf, Lunaluna im Zimmer, und spürt es auf seinem bärtigen Gesicht und ganz und gar die Augenhöhlen ausfüllend; in seiner Kehle würgt es noch immer wie ein Schrei, der, Gott behüte, doch wohl nicht geschrien wurde in der Stille seines Göppinger Zimmers, und er flüstert: „Sie ist tot, ich weiß es. Helena ist tot." Und weiß auch, daß er nun noch weniger als je vorher von ihr frei werden kann.

Springt auf und geht im bloßen Hemde an seinen Tisch, taucht blindlings die Feder ins Schwarze, die Augen sehn noch nichts, sind naßverklebt, langsam werden die fünf Linien auf dem Papier klar, da hat er schon darüber geschrieben: „Pavane auff den Todt eines Freulein" – einer Hur hätt ich auch schreiben können, einer Türkendirne, einer streunenden Katze –, und schreibt und schluchzt und schreibt und wischt sich mit der Hand die Tränen, die seinem Alter und seiner Narren-Art nicht anstehen.

Was Recht hat er auch auf die, die ihm so ganz entschwunden war, bis der Zwillingsschatten des Bruders auftauchte?

Pavane auff den Todt eines Freulein.

Später wird er's umtaufen in Trauer-Pavane, und dann, irgendwann, nimmt er's in seinen Dacianischen Eulen-Spiegel auf und nennt es nur: Türckischen Tantz.

Das sechste Capitel
in dem er unter anderem zu Gansbraten invitieret wird

Alle Woche einmal kommt die Wittfrau Bretschneider zu ihm, gegen ein kleines Entgelt das Haus von oben bis unten zu putzen und in Abständen die Wäsche zu machen, das andre schafft er selbst. Seit ihr Mann fast zur selben Zeit ihr weggestorben wie dem Speer seine Hausfrau, zieht sie so umher, hilft da beim Krautstampfen aus und dort beim Federnspleißen, nährt sich recht und schlecht von solcher Arbeit und ist ein wahres Schandmaul, das alles erzählt, was es weiß, und das ist viel. Kann jedoch, wenn's um ihre eignen Angelegenheiten geht, verschwiegen sein wie das Grab.

Kein Vierteljahr nach dem Tod ihrer Ehgesponse haben sich die beiden als ein Weiblein und ein Männlein zusammengefunden aus purer Leibesnot; es hat sich so ergeben und ist unverdächtig, denn die Bretschneiderin ist alles andre als eine Schönheit, sie hat ein Stutengesicht und Schielaugen (freilich unter ihrem groben Beiderwandkleid einen drallen frischen Körper), und so kommen die Göppinger auf nichts Unmoralisches. Es scheint, daß die Zugehfrau in anderen Häusern noch ähnliche Verhältnisse hat in aller Stille, aber das weiß der Speer nicht und will davon auch nichts wissen. Ihm gegenüber tut sie so, als könne der Herrgott ob ihrer Sünde ein Aug zukneifen, da er der einzige sei und sie beide es nur zur Gesundheit täten und nicht wegen der Wollust.

Das erste, was sie macht jedesmal, ist, den Riegel vorzulegen, guten Tag zu wünschen mit einem Knicks und einem Schielblick auf ihren Brotgeber, aus den Pantoffeln zu schlüpfen und mit Schlenkerröcken in die Küche zu gehn, um Wasser aufzusetzen. Aber dann folgt er ihr meist schon nach, war ja darauf vorbereitet, daß sie kommt, und sie bringen's hinter sich, damit jeder danach unbeschwert an seine Arbeit gehn kann.

Diesmal erwidert Lompin ihren Gruß leis und ohne aufzublicken, läßt sie in die Küche gehen und dort werkeln und sonst gar nichts. Die Bretschneidersche rumort, schmeißt den Feuerhaken, knallt die Holzscheite herum, rückt den Kessel und die Töpfe, daß es schallt. Aber da er sich nicht muckst, kommt sie wieder herein und sagt mit jener Unverblümtheit, die er wohl zu schätzen weiß bei Liebesdingen: „Was ist Ihm denn, Herr Magister, hat Er sich untenherum verkühlt? Sonst steht Ihm doch immer die Pfeife schon, wenn ich nur zur Tür herein bin, und heut sitzt Er da als ein Schlappschwanz?“

„Hab keine Lust“, erwidert er matt, läßt aber zu, daß sie ihre hornrauhe Hand ihm zwischen Hemd und Brust schiebt und ihm das Vlies krault.

„Nun wohl“, sagt sie, „aber ich steh im Saft, will Er mir nicht den Mann gewähren?“ Sie fährt noch ein Stück tiefer und nestelt an seinem Hosenbund.

„Ich wollte, wir ließen's heut“, entgegnet er seufzend, obwohl ihm klar ist, daß sie nicht ablassen wird, bis sie ihren Willen hat, und sie packt auch schon zu und hat ihn gleich soweit, das war ja zu erwarten. „Verriegel Sie auch die Hintertür!“ raunt er, und sie wirft ihm einen scharfen Blick zu, eh sie geht und es tut und dann ihre Röcke aufhebt.

„Na also“, sagt sie zufrieden. „Was hat Ihn denn vexiert? Ist Er in Stuttgart bei die Menscher gewesen?“

„Nein, gar nicht“, murmelt er.

„Und warum hab ich die Hintertür verrammeln müssen?“ forscht sie unerbittlich weiter. Und fügt gleich hellsichtig hinzu: „Die Amaryllis Sofronia Kertzschin!“

„Verdammtes Luder!“ fährt er auf. „Wenn Sie Ihr Klatschmaul nicht hält, kriegt Sie das nächstemal eine Tracht Prügel statt was anderem!“

„Das schreckt mich wenig“, erwidert sie amüsiert, „da war der selige Bretschneider schnell mit bei der Hand, und ich hab's eigentlich vermißt. Aber mach Er sich keine Sorgen, Herr Magister, ich schweig wie bisher. Wenn Er mich nur weiter so bedient. – Er hat nicht eingeheizt ...“ (damit wendet sie sich dem Alltag zu), „Er wird noch erfrieren in seinem Wittum.“

„Ach was. Ich frier nicht und erfrier nicht.“

„Das sagt sich so. Eine Hausfrau muß her, Herr Magister, sonst verkommt Er noch ganz und gar.“

„Der Meinung ist halb Göppingen“, entgegnet er gallig, „und hat auch schon die Bräute parat. Seit den paar Wochen, da die Trauerzeit vorüber, kann ich mich kaum retten vor Einladungen und Avancen. Das dumme Volk hält mich für eine gute Partie, kaum wegen der Provisoren- und Kantorenstelle, das weiß ja jeder, wie wenig die abwirft. Aber mit meiner Schreiberei, so denken sie, wär ich ein reicher Mann. Wenn die wüßten! Und außerdem geb ich alles aus für Essen und Wein und Musique und Kinkerlitzchen."

„Eben darum muß eine Frau ins Haus."

„Hör Sie auf, Bretschneidern, halt Sie die Klappe! Ich will und will nun mal keine."

„Gott behüte, Herr Magister, daß Er etwa denkt, ich selbst – nein, so überheb ich mich nicht. Ich bin bloß ein Weib aus dem Volk, und mein Alter war ein Fleischersknecht, was denkt Er denn, was für Hoffart in mir steckt? Aber die Kertzsch, das ist doch was, ein braves und geschicktes Mädchen, hübsch und Jungfer dazu. Da kann ich Ihm nur wärmstens gratulieren und ..."

„Ich geb Ihr gleich eins drauf. Geh Sie an Ihre Arbeit."

Sie grinst, keineswegs beleidigt, knickst und begibt sich in die Küche.

Er geht im Zimmer hin und her, hat überhaupt keine Lust zur Arbeit, möcht am liebsten mit irgendwas schmeißen oder ein paarmal Rad schlagen durch den Raum, aber das geht ja auch nicht, wenn ihn die Bretschneidern darüber ertappt, das gäbe ja was.

Kann nicht ausbleiben, daß er anfängt, sich das auszumalen: Amaryllis Sofronia als Hausfrau und Madame Magistern allhier. Wie das freundliche Klappern der Pantöffelchen und Rauschen der Röcke und Geklimper der Schlüssel gleichsam als ein beruhigender Cantus firmus sich durch seinen Tag ziehen wird. Wie es schmeckt, morgens mit einem Kuß und einem Coffee geweckt zu werden. Wie man ihr wird beibringen müssen, daß man seinen Mann, wenn er componieret, nicht stören darf, weil das Essen gar ist, und daß man bestimmte Papiere nicht anrühren darf. Wie sie zuerst gekränkt ist, was ihr allerliebst steht, mit hochroten Wangen und Tränen bis an den Wimpernrand, und wie man sie liebreich versöhnen muß. Wie man ihr am Abend oder Morgen vorliest oder vorspielt, was man zuvor zu Papier gebracht, und sie vielleicht anhält, selbst mitzusingen oder gar ein Instrument zu lernen, die Laute etwa. Wie sie ist, wenn sie zankt. Wie sie ihn, wenn er mal wieder etwas getan hat, was das Kopfschütteln der wackeren Göppinger hervorruft, zornigen Gemüts im Krämergewölbe und bei den Gevatterinnen verteidigt.

Wie er jederzeit, wenn ihn das Begehren überkommt, wird an ihr eine freudige und willige Gefährtin haben und wird nicht warten müssen auf die Dunkelheit zwischen den Vorhängen des nächtlichen Ehebetts wie bei der armen Apollonia. Wie er sie lehren wird, daß Liebesverlangen auch bei ihr keine Stund kennt und ihr Wunsch nach ihrem Manne der einzige Grund ist, ihn sogar bei der Arbeit zu stören, und er wird ihr willfahren, noch ehe die Dinte trokken ist in der Notenzeile.

Wie die Bälger kommen werden, zwei oder drei, verhüte Gott noch mehr, und Tag und Nacht keine Ruhe geben.

Wie das Salär wird immer schon zur Monatsmitte ausgegeben sein, und sie wird tapfer und immer verbitterter die Wassersuppen ihrer Armut kochen für die Kinder und den Mann und zuallerletzt für sich – und wird abnehmen und vor keinem auf der Welt zugeben, daß im Haus des Magisters, ihres Eheherrn, der Mangel herrscht. Wie er hingegen wie ein Tier in den Sielen sich mühen wird, Musiquen und Bücher zu machen und sie zu verkaufen, ohne Lust an der Sache, nur ums liebe Geld.

Wie sie noch blühend sein wird und er schon ein alter Kerl, und irgendwann liegt er darnieder, und sie pflegt ihn auch noch zu allem andern, und weil er weiß, was für eine Last er ist, wird er immer unleidlicher, und irgendwann stirbt er, bevor die Gören erwachsen sind, und sie muß waschen und putzen gehn wie die Bretschneidern und – nein, nein und nochmals nein.

Und das alles sind gar nicht die wahren Gründe, es nicht zu tun. Sondern das weiße Gesicht meiner Träume läßt mich nicht frei. Und ich will nicht, daß man mich liebt.

Ich aber liebe sie nicht. Nein. Aber sie gefällt mir. Gott allein weiß, wie sehr sie mir gefällt.

Am Abend hat er mit seinen Buben vom Pädagogium noch die Vesper zu bedienen und ist gezwungen, beim Nachbarhaus anzuklopfen, allerdings an der Vordertür, um einen der beiden Jungen, wie verabredet, als Calcanten mitzunehmen für seine Orgel. Er hofft und fürchtet auf das Marillen-Gesichtgen, das ihm ebensowenig aus dem Kopf will heute wie all die Sachen von früher, aber die Madame Gürtlerswitwe selbst kommt auf ihren kranken Beinen mit Ächzen herbeigeschlurft, ihm zu öffnen. Den Kümmerling, das dreijährige Bübchen, so immer noch kein Wort sprechen kann, weil es schon mit einem Jahr die Pocken gehabt hat, die letzte Frucht ihrer Ehe, schleppt sie noch dazu auf dem Arm mit sich. Barmherziger Gott, zuckt es dem Lompin durchs Gehirn, während er seine Reverenz macht und sein Anliegen vorbringt, den hätt man ja auch noch auf dem Hals mit Amaryllis Sofronia zugleich, und schämt sich dann seines Gedankens.

Johann Melchior, der Schwester ähnlich, ein aufgeweckter und flinker Bursche, wird ihm beigegeben, der Bengel ist ihm recht willkommen, denn mit seinem geschwinden Mundwerk und seiner vielen Fragerei wird er ihn von dummen Gedanken ablenken.

Er geht einen scharfen Schritt, und der Junge, immer neben ihm hertrabend wie ein junger Hund und seitlich zu ihm aufblickend, hält erwartungsgemäß nicht eine Sekunde den Mund und versorgt ihn mit dem Neuesten aus der Perspektive der Klippschule. Ob er schon gehört habe, daß neuerdings in Göppingen eingebrochen und geraubet würde? – Ja, das habe er gehört. Aber es seien doch nicht Gold und Edelsteine abhanden gekommen, sondern immer nur Essen und Trinken, soviel er wisse. – Ja. Ein toller Soldat aus den Türkenkriegen solle sein Unwesen auf den Dachböden der Stadt treiben, sagen die einen, die anderen aber wüßten zu berichten, es sei ein Gespenst, was nachts so zum Erbarmen über den Zimmerdecken der Leute rappele, daß sie vor Furcht den Kopf unter die Bettdecke steckten. Was der Herr Magister meine? „Ich mein, daß ein Gespenst nicht ißt und trinkt", erwidert er, gar nicht beglückt über das angeschlagene Thema.

„Aber wie kommt es denn, daß noch nie jemand dieses Wesens ansichtig geworden? Vielleicht kann dieser Soldat sich festmachen durch einen Zauber, so daß er unsichtbar werde?“ „Geschicklichkeit ist keine Hexerei, geht das Sprichwort, und hüt dich, Melchi, immer gleich den Teufel zu sehn, wo nur ein Kerl hockt. Und jetzt red von was anderem als diesem Unfug.“

„Ja, Herr Magister. Und eine Scheun hat auch gebrannt.“

„Was sagst du? Eine Scheun?“

„Ja. Sie hat fast gebrannt. Der Bauer hat es gerochen und hat löschen können vorher, es war, der Wahrheit die Ehr, Herr Magister, erst am Glimmen. Aber nun rätseln sie, ob es der Türkensoldat war oder der Franzos.“

„Melchi, was faselst du heut. Wieso denn der Franzos?“

„Ja, wisset Ihr denn nicht, der ist wieder im Anzug, nachdem er vordem retirieret, weil die Bauren im Schwarzwald sich so herzhaft geschlagen, aber nun kommt der Melac aufs neue hierher. Ihr kennt doch den Krieg, Herr Magister, nicht wahr? Wenn Krieg ist, muß man da nicht in die Schule gehen? Das wär doch was!“

„Junge, du weißt nicht, was du redest. Freilich muß man nicht in die Schule gehen, wenn sie vielleicht abgebrannt ist, aber was sonst noch alles geschieht, das gönn deinem schlimmsten Feind nicht, und es ist ganz und gar töricht, wenn du denkst, dabei kommt ein Gaudium heraus, nur weil's keine Schul gibt.“

Melchior nickt verständig, aber an seinen Augen sieht der Magister, daß seine Worte ihn keineswegs überzeugt haben. Der Junge zupft ihn am Rock.

„Verzeihung – hier entlang, Herr Magister.“

„Nein“, sagt er kurz, „ich geh jetzt immer einen andern Weg zur Kirche.“

„Nicht mehr über St. Nicolai?“

„Nicht mehr über St. Nicolai.“

„Warum nicht?“ fragt der Junge fürwitzig, „steht ein schwarzer Mann mit einem Knüppel hinter der Ecke?“

„Erraten“, sagt Lompin, ohne eine Miene zu verziehen, „ein schwarzer Mann mit einem Knüppel. Wenn du mir heut die Bälge nicht brav trittst und ich nicht genug Wind krieg, dann schick ich ihn zu dir.“

Der Weg mit Johann Melchior hat genau das Gegenteil von dem bewirkt, was bezweckt war: Der Junge hat so ziemlich jedes Thema erwähnt, von dem der Magister verschont bleiben möchte und zudem immer noch sein geschwisterliches Marille-Frätzchen präsentiert.

Göpfert, der Kollaborator, hat die Buben eingesungen und ist dann hinüber zur Oberhofenkirche. Bevor der Magister Musicis auf der Orgelbank Platz nimmt, wirft er einen seiner scharfen forschenden Blicke hinunter ins Kirchenschiff, einen jener Blicke, bei denen seine Jungen sofort mucksmäuschenstill werden und sogar die Jungfer Kertzsch ins Stottern kommt. Unten verstummt sogleich das Gesummse und Geraune, doch er will nur sehen, ob die Gemeinde heut stark oder schwach versammelt ist, um danach die Register für die Lieder zu ziehen.

Es hält sich so in Grenzen. Kurz vor Martini haben die Leute alle Hände voll zu tun, da kann man sich zum obligaten Gottesdienst am Sonntag nicht noch eine Abendmusique in der Woche erlauben. Die Honoratioren sind zumeist versammelt, die Pfleiderers natürlich, aber fast nie der Burgemeister Hildebrandt, der vorgibt, von Amtsgeschäften überbürdet zu sein, doch in Wahrheit Mühe hat, bei den Tönen die Lider aufzuhalten und schon bei einem etwas längeren Choralvorspiel die Augen verdreht vor Langeweile, er getraut sich nur nicht, es zuzugeben.

Etwas erstaunt sieht er in der dritten Reihe eine lange dürre Person mit besonders steif gestärkter Haube sitzen: das ist ohne Zweifel Dorothea Elisabeth Göpfert, seines Kollaborators Schwester, und er verwundert sich, weshalb sie nicht in der Oberhofenkirche sitzt. Will sie dem Bruder erzählen, was der Daniel Speer schlecht macht? Da kann sie lange warten, er macht's nämlich gut.

Er grüßt Ehrwürden Berggenau, der schon im sanften Schimmer seiner weißen Haartolle am Altar steht, und tritt dann an sein Instrument, um zunächst einmal, bevor er selbst concertieret, den Beginn zu machen mit seinen Buben in einem Chorus cum organo. Er geht es sanft an mit den Kindern, zieht Rohrflöt Achtfuß und Gedackt im Manual, nimmt Subbaß Sechzehnfuß und Prinzipal dazu, und dann, wenn das Singen zu Ende, winkt er sich einen der Knaben an den Spieltisch als Registranten. Wird beide Hände voll zu tun haben jetzt. Die Jungfer Göpfert soll Ohren kriegen, und die anderen auch.

Machen ihm denn auch wieder treffliche Mengen von Komplimenten, wie ingeniös er gespielet; ja, wenn man noch ein besseres Instrument hätt (dies ist mittelmäßig), und einen größeren und kenntnisreicheren Zuhörerkreis, das wär wohl auch nicht schlecht.

Auf dem Nachhauseweg ist es schon fast dunkel, da kann man ja getrost einmal am steinernen Bild vorbei.

Martini wird zum Gansbraten invitiert, und Lompin hat die Qual der Wahl, wohin er geht. Nachdem er zunächst einmal alle heiratswütigen Wittfrauen und jene Familien ausgesondert hat, die mannbare Töchter kleiner Mitgift haben – denn ein solcher Besuch wäre ja das reinste Eheversprechen –, bleiben der Rat Tössle, bei dem es dummes Gerede geben wird und Verlegenheiten, der Herr Pastor Berggenau, bei dem zwei Gänse für die ganze fromme Kumpaney reichen müssen (dafür reichlich gewürzt mit Gebeten), der Burgemeister, der ein Banause ist, der Landtagskonsulent D. Philipp Schulz, ein reicher Mann und Mäcenas der Künste, freilich recht trocken, die Philanders und das Haus des Stadtkommandanten und Obervogts Pfleiderer.

Da beim Pfleiderer nach französischer Sitte erst gegen Abend gespeiset wird, entschließt er sich, zweimal essen zu gehen, erst beim Schulz und dann dort, und steckt die neusten galanten Noten eigner und fremder Faktur, so er jüngst aus Stuttgart mitgebracht, ebenso zu sich, wie er die Laute mitnimmt, denn daß er fürs Mahl wird zahlen müssen mit Musique, das steht nun freilich fest, und man weiß nie so recht, ob man als Gast angesehen wird oder als Freitischler.

Schulz empfängt ihn ernst, von den Sorgen der Politik bedrängt. Die Stände und der Administrator, der statt des unmündigen Herzogs regiert, liegen sich in den Haaren ob des stehenden Heers, das jener wider Verfassung und nach schändlicher machiavellistischer Art zu seiner propren Verfügung ausgehoben und welches nun gegen die Türken im Felde liegt. Der Kaiserliche Reichshof zu Wien aber habe dem Landesherrn recht gegeben. Die einzige, mit der noch ein vernünftig christliches Reden sei, wäre die Herzogin

Witwe Magdalene Sibylle. Auch sähe es bedrohlich aus, was der Franzos unternehme, dem Kaiser zum Tort seien Bonn und Mannheim in Feindeshand; kurz, die Dinge stünden ernst. Bei so düsteren Reden könnte einem der Appetit vergehen, wäre der Vogel nicht gar so lecker gefüllt mit Zwetschgen, Apfel und Zwiebel und der Wein nicht rechtschaffen alt.

„Herr Doctor“, bemerkt Lompin und schluckt einen Bissen runter, „Ihr könnt einem angst machen. Den Kriegswirren hoff ich entkommen zu sein, hab mein redlich Teil abgefangen von dergleichen, bin nicht scharf, es noch mal zu erleben.“

„Denkt Ihr, wir?“ entgegnet der besorgte Rat. „Gerad zwanzig Jahr ist es her, daß wir zu Stuttgart unter Eberharden, Gott hab ihn selig, das Fest des Wiederaufbaus der Stadt mit anmutigen Reden, großer Tafel, an der nach Rang die Prälaten und Konsulenten obenan saßen, und schöner Vocal- und Instrumentalmusiquen lateinischen und geistlichen Concerten gefeiert haben. Das Land braucht Frieden.“

„Das Land hat Frieden und Prosperität dazu, und die Künste gedeihen. Was meint Ihr, weswegen ich hierhergekommen?“

Schulz lächelt melancholisch. Ein anderer, seriös in Schwarz mit weißem Pietistenkragen Gekleideter mischt sich ins Gespräch; die ganze Runde bei Schulz, der eingefleischter Junggeselle ist, besteht übrigens aus einspännigen Mannsbildern, Hagestolzen, wie sie im Buche stehen, knöchern, humorlos und politisch engagiert. Besagter Herr spricht übrigens das Teutsche avec accent, ist, wie sich herausstellt, ein Réfugié aus Amiens, so in Waiblingen Quartier genommen. Es sei eine große Fehler, radebrecht er, daß das Ländle habe durch des Administrators Pertinence eine Armee gehalten, und nun sei man entblößt von Wehrfähigen, alles in der ungrischen Türkei.

„Wem sagt Ihr das“, Schulz seufzt. „Nicht grundlos haben wir intervenieret, solang noch eine Hoffnung war. Mit unsrer Bauernmiliz hätt nie und nimmer einer in den Krieg ziehen können, da wärn wir verschont geblieben. Dies Heer! Der dreißigste Teil von Frucht und Wein wurde uns als Steuer dafür abverlangt. Messieurs, was geht uns Wien an? Entre nous, von mir aus hätt es der Türk haben können. Was soll das alles, was gehen uns Pest und Rab an? Pardonnez, Musje Speer, Ihr kennt die Scène besser als unsereins. Wär denn eine Gefahr gewesen fürs Heilge Römisch-Teutsche Reich?"

Lompin zuckt die Achseln. Das sind so Fragen. Wenn der Türk wahrhaftig Wien occupieret hätt, vielleicht stünden schon in Stuttgart Minarette? Zumindest hätt der Franzosenkönig nicht viel Mühe gehabt, Europa zu dem Seinen zu machen. Was könnten die tausend Mann Württemberger da wohl ausrichten ...?

„Tausend Mann", fällt Schulz ein und wird hitzig, „o ja, nach allen Berichten vom Kriegsschauplatz können wir Gott danken, wenn davon die Hälfte zurückkommt. Chair à canon, das ist alles, was sie sind. Nie und nimmer hätt der Administrator den unmündigen Herzog zum armierten Fürsten machen dürfen. Madame la Duchesse Magdalene Sibylle war immer auf unserer Seite, ihr Herren."

Es ist eine so hochpolitische Assemblée, daß Lompin sich etwas unwohl fühlt darin und erst einmal überschlägt, wieviel Gansbraten in der Runde auf jeden kommt. Er kann getrost noch eine Keule nehmen, stellt er fest, die Herren reden ohnehin mehr, als sie essen.

„Wenn wir nur die tausend im Lande hätten behalten können, da müßten wir nicht mit ansehen, wie die Franzosen auftrumpfen und sich der Herr Gesandte Juvigny in Stuttgart gebärdet, als sei er Hausherr!" bemerkt ein andrer, auswärtiger Doctor, und die Konsulenten nicken dazu. Lompin, essend, vermeint, nach allem, was er erfahren hat an Bataillen, kann es wohl im sanften Schwäbischen nicht so arg kommen, und hält die Landtagsabgeordneten insgeheim für aufgeblasene Politici. Auch sieht es so aus, als sei keiner der Anwesenden darauf begierig, etwelche Vanitäten zur Laute von ihm zu hören, und so legt er's drauf an, sich mit submissestem Dank zu verabschieden.

Doctor Schulz nickt jovial, aber zerstreut, und der Magister ist noch nicht zur Tür heraus, da sind die Konsulenten schon mit den anderen Hommes de gravité beim Disput, ob, falls gefordert, um des lieben Friedens willen Kontributionen zu bewilligen seien an den Franzosen.

Lompin schwirrt genug durch den Kopf, er empfängt solche Botschaften nur beiläufig, sie verursachen ihm Unbehagen, er will's gar nicht hören. Inter arma silent musae, im Krieg halten die Musen das Maul, und das ist nun das letzte, was er erleben möchte.

Nach einem kleinen Verdauungsspaziergang durch die Straßen der Stadt (allenthalben duftet es nach Gans), vorbei an der Pfarre, wo man gerade mehr laut als schön einen Luther-Choral intoniert, und entlang bei Göpferts, wo Karl Theodor die Vorspiele für den nächsten Sonntag übt, als hacke er Holz, sagt ihm die Kirchturmuhr, nun könne er sich getrost aufmachen zum Pfleiderer.

Beim Stadtkommandanten wird aus dem vollen geschöpft, immer, und heut besonders. Es sind auch noble Gäste da: von Madames adliger Verwandtschaft, hohe Beamte vom Hof aus Stuttgart, ein Stiftsfräulein aus dem Fränkischen, etliche Notabeln aus der Landschaft, kurzum, es gibt eine große Tafel.

Die beiden Damen, geputzt, im großen Dekolleté und zu Haus noch weniger denn sonst städtischer Kleiderordnung eingedenk, empfangen ihn huldreich und versprechen ihm als Dessert viele schöne Musiquen, und er hat seinen Platz keineswegs am Ende des Tisches unten, sondern gut in der Mitten und wird in amutige und nichtssagende Gespräche gezogen von zwei Frauenzimmern mittleren Alters, die seine Bücher alle gelesen haben und wie üblich wissen wollen, was daran nun erlebt und wahrhaftig sei.

Zum Gansbraten gibt es Zugemüse, Kastanienmus, Klosterwein, dann noch eine Schüssel Wildbret, zum Abschluß Vin de Champagne, Konfitüren und gebrannte Mandeln, so daß er sich, in Anbetracht noch zu leistender Arbeit, mit Gewalt zurückhalten muß.

Auffällig ist, daß Demoiselle Almuth, nachdem sie zwei oder drei Spitzgläser moussierenden Weins schnell getrunken, mit roten Wangen sehr laut lacht, ungeachtet Mamas korrigierender Blicke.

Der Kommandant, ein Trumm von einem Kerl, mit einem Säulenhals und einer unerwartet hohen und zarten Stimme, geruht ihn in ein Gespräch zu verwickeln nach dem Mahl, zum Glück über Musique und nicht über die französischen Entreprises; nach dem Vorbilde seines Frauenzimmers ist er ein Liebhaber der Künste – es blieb ihm wohl nichts anderes übrig. Was der verehrliche Gast denn mitgebracht habe an galanten Novitäten zu singen und zu spielen?

Da kann er einiges vorweisen, die neuesten Alla-Moda-Piecen der werthgeschätztesten Collegae Krieger und Albert, dazu seine eignen, höchst freudenreich und, wie er hoffe, für die illustre Societé nicht allzu voluptueusement – er denke da vor allem an die Jungfer Tochter und die Dame aus dem Fräuleinstift.

Pfleiderer, obgleich er im Ruf steht, über die Lektüre seiner Tochter strengstens zu wachen, beruhigt ihn: Wes Tugend gefestiget stehe, der empfinde keinerlei Anfechtung von unschuldigen Scherzen und Possen in artibus, und er solle nur getrost alles vorbringen, was seine Dames spielen und singen könnten, es gereiche ihm zur Ehre und Freude, edle Musicam seinen Gästen als Amusement zu offerieren.

Also dann los.

Verständigungsprobe mit Mutter und Tochter im Séparée. Daß Madame keine Probleme hat, war zu erwarten, sie spielt die Dinge so fertig vom Blatt wie ein Hofvirtuos. Die Jungfer Tochter, musikalisch wie die Mutter, aber ohne deren Erfahrung, hat beim Prima-vista-Singen noch ihre Schwierigkeiten, aber nachdem sie Noten und Text einmal durchgegangen sind und sie mit einigen mahnenden Hinweisen der Mama zur Konzentration gezwungen wurde, singt sie es höchst aimable, mit noch immer roten Wangen vom Vin de Champagne.

So daß sie denn hintreten können vor die Gesellschaft. Beim Stadtkommandanten ist man, in Rücksicht auf seine Weibsbilder, so still wie in der Kirche, wenn's ans Concertieren geht.

Sie tragen, unter großem Applaus, ein paar possierliche Lieder und Arien vor, so Johann Philipp Kriegers „Die Jungfern sind recht übel dran", wobei Renata so kraftvoll und virtuos ihre Viola da gamba streicht, daß er ihr am liebsten einen Sonderbeifall gegeben hätte; auch die Aria „Eifersucht ist das allerbeste Mittel" aus „Procris" gefällt. Bei Alberts „Wilt tu nichts vom Bräutgam hören" fehlt die

Jungfer Almuth und rettet sich zwischen Tränen und Gekicher aufs nächste Stück, so ihr schon bekannt und probieret worden, nämlich Speers „Troja, wer zerstörte dich, nur eine schöne Frau", und zum Schluß muß er, der Maestro, als Zugab noch ein Lautenliedgen eigner Faktur zum besten geben.

Wie's Sitte, hat er hinterher noch zu artigem Gespräch zu bleiben, wozu es süßen Spanierwein gibt. Zu seinem Unbehagen reden sie wieder von Frankreich und der Bedrohung aus dem Westen. Pfleiderer vermeint, er für sein Teil sei außerstand, Göppingen, falls es not tue, zu verteidigen, bei der ihm belassenen geringen Mannschaft. Wenn man nur den Befehlen der Herren Invasoren Folge leiste, werde schon alles gut gehen. Zum allgemeinen Erstaunen mischt sich Madame Renata mit Entschiedenheit ins Gespräch und erklärt ruhig, solche Meinung ihres Eheliebsten sehe sie für einen Scherz an, denn nie würde er so schandbar handeln, sondern alles, was nur möglich, equipieren, maßen es bekannt, daß der Franzos auch kapitulierte Städte habe plündern und einäschern lassen.

Sie redet so laut und ernst, daß Pfleiderer peinvoll die Augen abwendet. Man wird noch denken (was man ohnehin schon tut), der Obervogt stünde unter seiner Gemahlin Pantoffel.

„Aber", ruft die Demoiselle aus, „wird nicht gelehrt, man solle Böses mit Gutem vergelten?"

Alle sehen sie überrascht an, und sie senkt die Lider.

„Almuth", sagt Madame, „das hast du recht gelernt. Aber wenn wir dahin sind, haben wir keine Möglichkeit mehr, etwas zu vergelten, weder im Guten noch im Bösen."

„Liebet eure Feinde", flüstert Almuth sanft, aber hartnäkkig.

Einer der Stuttgarter Höflinge löst die Spannung, indem er meint, wenn man in der Demoiselle Alter sei, aussehe wie sie und so charmante Lieder singe, sei es nur zu verständlich, daß man von Liebe reden wolle. Unter Applaus küßt er ihr die Hand. Renata verzieht dazu keine Miene.

Als der Magister Speer gehn will und schon die Noten eingepackt hat wie auch die Laute, kommt die junge Dame noch einmal zu ihm.

„Herr Magister“, beginnt sie, bricht ab. Steht da in ihrem Putz, ein bißchen zu lang und zu ernst, die Schultern vorgebeugt.

„Ja, Fräulein? Wollten Ihro Gnaden mir etwas sagen?“

Sie schüttelt den Kopf. „Verzeihung. Es waren schöne Lieder. Ich bedanke mich.“

Sie knickst, und er verbeugt sich, etwas verwundert, was das bedeuten soll. Aber sie ist ganz schnell fort.

Nachdenklich schlendert er durchs mittlerweile nächtliche Städtchen, meidet St. Nicolai, will keinen Umweg mehr gehn und geht ihn doch, findet das Haus der Philanders, wo er ebenfalls geladen war, noch erleuchtet und bewegt nach kurzem Zögern den Türklopfer.

Nicht daß er, Gott behüte, zum drittenmal essen wollte, aber Jacob Philander ist sein bester Schüler, spielt die Viola, singt einen vortrefflichen Altus mit seinen dreizehn Jahren, einem Alter, da schon der Geist die Torheit der Kinderzeit ablöst; sein Latein ist ohne Tadel, wie das denn der Praeceptor Speer nicht anders erwartet.

Er denkt, daß sie sich vielleicht freuen würden, ihn zu sehen. Jacob ist eine Waise, lebt, da seine Eltern an den Pocken beide dahingegangen, bei seiner Grandmère, einer reichen Witwe – zum Glück aus dem Heiratsalter heraus. Ihr Mann, so heißt es, besaß vier Mühlen, die er dem Herzogtum verkaufte, und von diesem Gelde und den Erträgen ihrer vorzüglichen Weinberge lebt sie.

Man bittet ihn freundlich herein, erkundigt sich, ob die Magd für ihn das Essen aufwärmen solle, was er verneint, setzt ihm vom Besten aus dem eignen Vingert vor und fragt nicht, was er noch so spät wolle.

Die Wittib Philander ist eine stattliche, kräftige Frau, die sich sehr gerade hält. Bis auf fehlende Zähne und vielleicht etwas schütteres Haar brauchte sie nicht für eine Greisin zu passieren. Jacob, verlegen und huschlig ob der unerwarteten Visite seines Lehrers, gießt ihm das Glas voll und tritt wohlerzogen beiseite.

„Ich wollte eigentlich nichts, als Euch, Madame, einmal meine Empfindung ausdrücken über den wohlerzogenen Enkelsohn“, bemerkt er heiter. „Es muß Euch doch eine rechte Freude sein und Trost auf die kommenden Tage, den Jacob so gescheit und geschickt zu Artes und Scientiae aufzuziehen."

Frau Philander nickt, aber dann seufzt sie. „Der Jacob wohl, Herr Magister. Wenn Gott der Herr nur so gnädig wär, sich auch meiner anderen Anverwandten zu erbarmen."

„Madame, was sagt Ihr? Ich wußte nicht, daß Ihr Bekümmernis mit Euren Kindern habt!"

„Es gibt nur noch eins, einen Sohn, Legationsrat im Pfälzischen. Er schreibt mir recht merkwürdige Dinge von dort, recht angsterweckende. Die Franzosen tun in der Stadt, was sie wollen, und das ist nicht das, was die Bürger erfreut. Mein Sohn hat seine Eheliebste und ihrer beider Töchterlein schon hinausgeflüchtet auf den Weinberg, hoffend, sie werden da sicher sein ..."

„Das hoffe ich mit Euch", sagt er betroffen.

„Wir können nur beten. Indessen danke ich Euch sehr für Euer Bemühen um Jacob. Er ist mir eine Hilfe. Alles wird immer nur schlimmer. Solang ich hier lebe, habe ich niemals Schloß noch Riegel vor die Tür gelegt. Jetzt, denkt Euch an, hat man mich bestohlen, aus unseren Weinkellern fehlen einige Bouteillen des besten Jahrgangs, und auch die Vorräte von Mandeln und Dörrobst sind angegriffen. Wenn es ein Bedürftiger wäre, ein wirklich armer Mann, Herr Magister, der nimmt sich einen Brotlaib und etliches an Zukost. So hätte ich gemeint, Gott vergebe ihm, wie ich es tue, und lasse ihn bessere Tage sehen. Aber diese Art Dieb, der tut's nicht aus Not, sondern aus Genäschigkeit. Was soll man davon halten?"

„Ich weiß nicht, Madame", sagt Lompin schaudernd. „Ihr tut sicher gut daran, alles fest zu verwahren."

„Ja, doch ich find es furchtbar und unwürdig, daß ich auf meine alten Tag, nach zwanzig Jahren Frieden im Land und Vertrauen untereinander, leben soll wie belagert. – Darf Euch Jacob noch ein Glas eingießen? Nein? So erlaubt, daß die Magd Euch noch zwei Fläschle mitgibt, und vom Gansssulz ein gutes Stück dazu. Ich weiß wohl, wie es einem Mannsbild ergeht, das keine Hausfrau nicht hat. Da muß man Sorge tragen. Jacob, begleit den Herrn Praeceptor hinaus."

„Die Frau Großmutter macht sich einen rechten Chagrin wegen des Oheims und der Anverwandten im Pfälzischen", sagt der Bub auf dem Hausflur. „Fällt Euch nichts ein, Herr Magister, sie zu beruhigen?"

„Nein, Jacöble, leider gar nichts fällt mir da ein", erwidert er traurig, „und ich fürchte, sie wird in manchem recht haben. Wir können nur den Herrn bitten, es glimpflich mit uns zu machen – nicht alles wird so heiß ausgefressen, wie's kocht. Halt dich weiter wacker wie bisher, daß sie doch an dir eine Freude hat."

Elsabe, die Magd, fast so alt wie ihre Herrin, drückt ihm das Bündel in die Hand. Er mahnt sie, alles wohl zu verschließen.

„Da könnt Ihr gewiß drauf rechnen, Herr", sagt sie ernst. „Die Frau ist ohnehin zu vertrauensselig. Jahr um Jahr hab ich ihr gepredigt: Verwahrt die Vorräte! Verriegelt die Türen. Aber sie wähnte immer, zu Göppingen sei das Paradeis schon ausgebrochen und alle Menschen Brüder. Hat sich was! Den Wein mausen sie uns aus dem Keller. Gute Nacht, Herr Magister, Gott schütz Euch."

Daheim angekommen, vermeint er, dieses Schutzes recht bedürftig zu sein.

Nachdem er die Lampe entzündet, geht er in die Küche, seine Mitbringsel abzustellen. Auf dem Tisch liegt, leuchtend im weißen Federkleid, eine große Gans mit schlaff herabbaumelndem Hals. Martini.

George Martinus Christophorus.

Verdammt noch mal, für solche Gaben bedank ich mich.

Mit seiner Blendlaterne in der Hand sucht er sorgfältig das ganze Haus ab, schaut sogar unters Bett und in den Spind. Die Hintertür ist verriegelt. Aber die Bodenluke klafft einen Spalt. Offenbar kann man sie von oben, auch wenn sie verkeilt ist, zurückschieben. Und da sind dann sicher auch ein paar Latten lose, wo ein Iltis oder Fuchs allemal durchschlüpfen kann, so von Dach zu Dach.

Aber ich will nicht, daß man mir auflauert in meinem Hause, was ich mach, ob ich komme, ob ich geh, und mir dann je nach Gusto etwas hinlegt oder etwas wegnimmt.

Er geht zurück ins Zimmer, nimmt ein großes Stück Notenpapier, Partiturformat, taucht die Feder ein, setzt die Noten. Und schreibt dann in großen Buchstaben den Text dazu, auf ungarisch: A kettemben uborka, reá, kapott a róka … – Gurken in dem Garten mein / Dran hat sich der Fuchs gemacht. / Warte Fuchs, ich pass dich ab / Hinter Gitter bring ich dich. / Schlage dich in Eisen, Fuchs / Laß dich niemals wieder frei.

Drüber schreibt er: Róka-dal. Lied vom Fuchs.

Lehnt das große Stück Papier an die tote Gans. Schiebt die Bodenluke weit auf. Sowie es ein Zeichen gibt, daß dies gelesen wurde, wird er sie mit ein paar langen Nägeln verpflöcken. Er muß nicht aufs Dach, und der Schornsteinfeger kann vom Nachbarhaus her herankommen.

Mit grimmiger Befriedigung geht er zu Bett, schläft auch gleich ein, kaum ist das Licht gelöscht. Aber natürlich hat diese vermaledeite Gans nun die Franzosen und die Kontributiones und dergleichen mehr aus seinem Kopf verdrängt, und die anderen, die starken, die erlebten Geschichten halten Einzug, als sei es gestern gewesen.

Das siebente Capitel

in dem er gedenkt, wie er nebst George in ein Faß geraten und Ursach genug gewonnen, dem HERRN zu danken

Eine merkwürdige Art von Respekt haben sie nun voreinander entwickelt, der Vagant und der adlige Jungherr. Während Lompin den Zapary anschaut mit kopfschüttelnder Belustigung, in die sich zuweilen ein kleines Grauen mischt, hat György eine gewisse verblüffte Achtung vor den Fähigkeiten seines Begleiters, dessen Schnelligkeit, dem Talent, in allen Situationen den Hals aus der Schlinge zu ziehen und, wie man so sagt, selbst aus der Katz noch einen Hasenbraten zu machen.

Da sind sie denn am nächsten Morgen weitergezogen, heil und unbeschädigt heraus aus der Horde österreichischer Schergen, wie von des Teufels Kochlöffel gehupft, und alle hatten sich amüsiert, wie doch das junge Küchen-Mensch und die Ilonka sich befreundet hatten, daß sie miteinander turtelten und schnäbelten bis zum letzten Augenblick, als nähme ein Liebespaar Abschied.

Als sie fahren, sagt Georg gar nichts, sieht den anderen von der Seite an und lacht mit allen Zähnen. Der starrt ungerührt geradeaus. Demnächst wird ihm dieser Grünschnabel noch seine verliebten Abenteuer im Detail unterbreiten wollen, so weit kommt's. Er hat ihn heil ins Siebenbürgische zu bringen und den Rest seiner Dukaten zusammenzuhalten, denn die Reise mit dem hier ist eine kostspielige Geleitsaufgabe, und die Frau Ahne kam billig davon, als sie extra kein Reisegeld aussetzte.

So geht's eine ganze Weile fürbaß; Schnee und Ziehbrunnen und Dörfer wie Schweinekoben und Schenken und Gehöfte und Schnee und Ziehbrunnen. Hin und wieder erzählen sie sich Schnurren.

Und es wäre ja ziemlich vergnüglich, nur daß Lompin jeden Abend vor der Wahl der Herberge bangt, ob sich für György da wohl eine Gelegenheit bietet, zu prahlen oder zu predigen, die letzten Pfennige bei den Karten zu riskieren oder sich zu des Hauses Frau oder Tochter oder Magd zu legen. Das ganze höllische Durcheinander von Betbruder und Raufbold, diese Kinderstube zwischen Kirchenlied und Degengerassel und die messianische Verheißung noch obendrauf, das ist selbst für einen wie Lompin nicht leicht zu ertragen.

Trotz alledem ist es eine erträgliche Winter-Reise, man ist geneigt, zu vergessen, daß es eine Flucht ist, bis denn der Satan, der das Warten gelernt hat und dessen Mühlen wie die des Herrn ebenfalls trefflich fein mahlen, sie um so gröblicher in die Grube plumpsen läßt.

Es fängt damit an, daß Lompin in einem Schneetreiben die Richtung verliert. Ein winziges Abweichen von ihrer nach Sternen, Sonne und der Nase des Landläufers ausgerichteten Route, und schwupp, schon sind sie, die sich bisher immer auf der Trennlinie zwischen Türken und Österreichern entlangmanövriert haben, in einem Dorf, von dem der sonst allwissende Simplex eben nicht mehr weiß, ob es katholisch-habsburgisch, evangelisch-hungarisch oder „gehuldigt" ist – letzteres bedeutet, daß man sich der Türkenhoheit unterworfen hat, gleich, welcher Confessio man zugehört, denn dem Türk ist das egal, solange die Steuern gezahlt werden.

Zu des Lompins Ehrenrettung muß allerdings gesagt werden, daß es beinah unmöglich ist, besagte Grenze genau wie am Schnürchen zu kennen – sie ändert sich täglich, stündlich. In so einen Prozeß der Änderung nun (nennen wir's einmal so) geraten sie beide hinein.

Wäre das verfluchte Schneetreiben nicht gewesen, hätte es sich vielleicht vermeiden lassen. So aber sehen sie zwar den Rauch der Schornsteine vor sich in der trüben Luft, doch sie hören nicht die Abteilung türkischer Spahis, die hinter ihnen herkommt, da der Wind ihnen entgegensteht.

Es ist eine ganz normale Aktion: Das unter türkischer Botmäßigkeit stehende Dorf hat seine Abgaben nicht beglichen und wird nun, das Ausstehende einzutreiben, ein bißchen geplündert – daß Brandschatzen und Notzüchtigen dazugehören, versteht sich.

Das zweite Mißgeschick des Tages ist, daß György justament (was er durchaus nur nach Laune tut) sein Weiberhabit angelegt hat.

Da sind sie auf einmal (alle Sinne auf die warme Gaststube da vorn ausgerichtet) überholt, umzingelt, eingekreist von Reitern mit Tarbusch und Krummsäbel, und während die noch wie sich teilendes Wasser um ihren Schlitten herumquirlen, erkennt Lompin mit Entsetzen, daß es nicht nur Spahis sind, sondern die gefürchteten Tataren, deren Blutdurst bekanntlich niemanden verschont.

Die ersten, die nach György greifen, wehrt der mit der Peitsche ab; und es kommt denen ja in der Tat jetzt noch nicht so sehr auf diese eine Jungfer an, erst mal muß das Geld her. Da werden Kühe und Schweine weggetrieben, Betten aufgeschlitzt, Krüge zerschlagen, Bauern verprügelt, Katen angezündet. Das mit den Weibern hat gute Weile bis zum Schluß.

Sie sind mit ihrem Schlitten in dem großen Sog bis zu der kleinen Kirche gelangt und stehn da mäuschenstill, die haben jetzt anderes zu tun, vielleicht geht's glimpflich ab.

Aber da will es das Unglück, daß die Tataren den Geistlichen des Dorfes, dem Rock nach ist's ein protestantischer, an den Haaren aus seiner Zuflucht herausschleifen – und da ist es aus mit der Vorsicht bei der jungen Hoffnung evangelischer Bekenner; so schnell kann Lompin gar nicht denken, wie der „Halt da!“ ruft, ihm seine Mentik ins Gesicht schmeißt, den Degen zückt, die Röcke rafft und sich mit einem Sprung, der jeden Fechtmeister in helles Entzükken versetzen würde, vom Schlittenrand ins Kampfgetümmel stürzt. Die beiden Tataren kommen nur noch zum Schreien, wehren können sie sich nicht mehr.

Alsbald ist das berockte, degenschwingende Wesen, das, den bibbernden Geistlichen hinter sich im Winkel zwischen Kirche und Friedhof, fröhlich gegen die Übermacht antritt, die Attraktion dieses kleinen Raubüberfalls. Lompin möchte am liebsten Bärenfell und Mentik gleichzeitig übern Kopf ziehen, während dieser Kindsknochen da mit „he“ und „ho“ und Fechtergebärden und Ausfällen den Kavalier spielt, indes der arme Pastor ihm im Rücken barmt, er solle doch gut sein lassen, er selbst sei ja bereit, das Martyrium um Christi willen auf sich zu nehmen.

Nun müssen nach aller Erfahrung solche Dinge wie diese türkische Sanktion schnell vorangehn, eh etwas dazwischenkommt, das wissen die versierten Plünderer gar wohl, und wenn sie trotzdem bei diesem Phänomen staunend verweilen, ja, nicht einmal der Narretei durch ein paar Pfeil- oder Pistolenschüsse ein Ende setzen, so hat das wohl seinen Grund in der Einmaligkeit des Spektakels: ein Ritterkampf in Weiberröcken gegen eine Übermacht.

Ob sie ohnehin schon auf dem Weg zu diesem Dorfe waren, aus gleichem oder ähnlichem Anlaß wie die ungläubigen Hunde, ob sie der Feuerschein einiger inzwischen lichterloh brennender Katen gelockt hat oder was sonst – jedenfalls sind die Österreicher über ihnen, ehe man eine Hand umkehren kann, und so wandelt sich die Szene. Die Türken fliehen, ihnen ging's ja um Beute, nicht um ein Scharmützel. Die Österreicher nun machen gleich da weiter, wo der Erzfeind aufgehört hat, denn da das Dorf nicht nur „gehuldigt“, sondern auch protestantisch ist, haben sie doppelt Grund zu einer Strafaktion.

Simplex, um den die Welt sich dreht, sieht nun seinen Streiter für Glaubensfreiheit in zerfetzten Röcken, inzwischen schon blutend, noch immer vor dem pastörlichen Häufchen Elend fechten, diesmal gegen die Habsburger, und im Dorf geht's weiter mit Geschrei und Geheul, Herr erbarme dich, wie soll da eins je wieder Musik machen – aber haben wir nicht von jeher welche gemacht, so oder so? Und dann, da nun schon alles im Chaos ist, daß man nur den Kopf in der Erde bergen oder lauthals singen muß, springt auch der arme Lompin vom Schlitten, hat seinen Hekoster (das ist ein Panzerstecher) unterm Stroh hervorgeholt und ist los auf die Feinde des Glaubens, denn die sind nun die Feinde des jungen Menschen, den er behüten soll. Und jetzt, zum zweitenmal, kommen die Türken zurück, wollen's nicht hinnehmen, fegen die Katanaken aus dem flammenden Dorf und preschen mit ihnen hinfort, und zurück bleiben der Simplex und sein junger Herr, der Pastor, der weiter zittert, aber inzwischen vor Wut, und der lädierte und beraubte Rest der Dörfler – immerhin hat man nicht das Vieh wegtreiben können bei der Hektik, doch die Ställe sind hinüber. Der Geistliche beordert zunächst einmal alles, Mensch wie Vieh, ins Gotteshaus, auf daß der Herr die Seinen schütze.

Und nun sind sie's, die dran sind, der merkwürdige Gaukler von irgendwoher und das Fräulein Sohn, oder soll man lieber Musje Tochter sagen, die haben ihnen alles eingebrockt.

Was wäre gewesen? Die Türken hätten das Ihre getan und gut, das sei man gewohnt, aber nein, die beiden hätten mit ihrer närrischen Gegenwehr die Wut der Feinde doppelt entflammt und ihnen, wer weiß, wohl gar die Katanaken auf den Hals gehetzt – eine böswillige Unterstellung, doch wer will rechten mit der Volkswut? Györgys glaubensstarke Beredsamkeit, mit der er zu entrüsteter Widerrede ansetzt, unterbinden sie brutal, indem sie ihm den Mund zuhalten.

Nun sind sie die gefangenen Sündenböcke, mit Stricken gebunden, stehn sie vor dem eben noch zum Martyrium bereiten Gottesmann, der nun zum gestrengen Richter worden ist (was man ihm nach dem Schrecken nicht verdenken kann), und den nicht minder finster entschlossenen Dorfältesten, um sie der blutdürstige Halbkreis gebeutelter Dorfbewohner, und im Hintergrund der Kirche gackern die Hühner und meckern die Ziegen.

Sie sind an allem schuld. Widerrede wird nicht zugelassen, und da György ständig versucht, das Maul freizubekommen, stopfen sie ihm gröblich einen Strohknebel hinein, daß Lompin schon um Luft und Leben seines Schützlings bangt.

Man hält Gericht über sie, in dessen Verlauf sie der böse Geistliche für des Todes schuldig erklärt, ohne auf ihre Verbrechen einzugehen, aber da man voll christlicher Milde sei, wolle man sie dem nämlichen Gottesgericht unterwerfen wie vor vier Wochen den Pferdedieb und sie ins Faß stecken. Zustimmung der eben noch geschundenen Dörfler, die sich nun in Rache und Barmherzigkeit gleichzeitig üben können und so Öl in die Wunden ihres angeschlagenen Selbstgefühls gießen. Nach ihrer Begeisterung schließt Lompin, daß das mit dem Faß eine ausgesuchte Teufelei sein müsse.

Man wirft sie, verschnürt wie sie sind, auf ihren Schlitten, der Pastor, das Dorfhaupt und noch ein paar handfeste Kerle steigen dazu, und unterm Beifallsgejohl der Bevölkerung macht man sich auf den Weg ins Dämmergrau, wohl eine gute halbe Stunde oder mehr dauert die Fahrt; dem Lompin ist das Zeitgefühl abhanden gekommen, er spürt nur, wie elend ihn die Stricke schnüren und daß ihm wohl Hände und Füße erfrieren werden. Ohne Händ, da kann ich nicht mal mehr Trompeten blasen.

Schließlich wird angehalten, und nun sieht er, was sie ihnen zugedacht haben. Da steht mitten in der kalten Schneewüste ein großes, leeres, bis zur Hälfte in den Erdboden eingelassenes und festgefrorenes Faß. Und ungeachtet ihres Zappelns und Sträubens werden sie – der Fesseln ledig immerhin – hineingestoßen, indes der Herr Pastor salbadert, solches sei eine milde, ja, allzu milde Strafe für ihr Vergehen, denn, wenn Gott es wolle, könnten sie sich ja befreien. Auch würden die braven Richter nichts behalten vom Hab und Gut der Fremden, alles komme dazu an Kleidern, Gepäck und Waffen. Pferd und Schlitten freilich erkenne er dem Dorf zu als Entschädigung für erlittene Unbill.

Unter so scheinheiligen Reden verschließen und verkeilen die Burschen den Deckel und klopfen, dem Tort den Spott hinzufügend, abschiednehmend darauf, und dann entfernen sich die Bösewichter mit Lachen und Klingklang der Schlittenglocken.

Cergely reißt sich den Knebel heraus, spuckt Stroh und beginnt wie ein Rasender gegen Wände und Dach ihres runden Gefängnisses anzurennen, was Simplex mit ansieht, indes er seine Hände massiert. Er weiß, jene haben es gründlich gemacht. Durchs Spundloch sickert trübes Licht herein, und György legt den Mund daran, saugt die kalte Luft ein und brüllt, aber wozu das? Niemand kommt vorbei, niemand wird sie hören.

Während der Junge hin und her fährt wie eine Ratte in der Falle, begutachtet Lompin die Situation. Sie können im Faß zwar nicht aufrecht stehn, aber gut zu zweien sitzen, hocken, knien – wie ihnen ist. Sie haben jeder ihre großen Pelze, ihre Waffen, nicht einmal der Mantelsack blieb im Schlitten, es mangelt ihnen nicht an Essen und Trinken, sogar ihr magerer Geldbeutel und die Trompete sind gerettet, so redlichen Bösewichtern waren sie anheimgegeben.

Nachdem György in aller Verwirrung begriffen hat, daß ihn niemand hört, fährt er nun auf seinen Simplex los. „Tu was, mach was, sollen wir hier umkommen?" (Eine recht wahrscheinliche Annahme übrigens, man wird sehen. Räsonieren hilft nichts.) So aufgefordert, sieht er sich zunächst nach etwas um, den Knaben zu verbinden, denn der blutet aus mehr als einer Wunde, und da der mit den Füßen stampft und die tollhäuslerische Verkleidung beschimpft, nimmt er folgerichtig den Mädchenunterrock dazu. Was einen neuen Ausbruch provoziert: Wozu er ihn überhaupt verbinde? Sie seien doch sowieso hin.

„Erst einmal das Blut stillen", sagt Lompin, dem solch eine Vorwegnahme widerstrebt, „dann können wir immer noch abwarten, ob wir eingehn. Immer schreien, alles ist aus, das ist genau so töricht wie warten, daß jemand uns aus dem Faß befreie. Es hätte wohl schlimmer kommen können, Euer Gnaden, als eine Nacht mit seinem Pelzwerk am Leibe beinahe aufrecht in einer Tonne auszuharren, und so Gott will, können wir morgen versuchen, uns mit dem Eisenzeug, das uns verblieben ist, eine Bresche in die Bohlen zu schlagen."

Das ist ein Stichwort für Cergely, der sogleich beginnt, mit dem Messer das Innere ihres Gelasses anzugehn, so unbeherrscht und toll, wie er's eben treibt, bis die Klinge abbricht. Da hockt er sich nieder und preßt die Hände über die Augen.

„Ich kann's nicht", murmelt er vor sich hin, „nein, ich ertrag es nicht. Ich kann nicht im Engen sein, ich werde rasend darüber. Das kommt, als Kinder spielten wir einmal, und ich versteckte mich im trocknen Brunnen und zog den Deckel darauf, doch sie vergaßen mich und fanden mich erst, als es dämmerte. Alles will ich erdulden, Lompin, Feuer und Wasser, Eis, Eisen und Stein, aber nicht das dunkle Loch. Raus will ich, raus!"

Und er hebt die Fäuste, um wider die Bohlen zu wüten. Dazwischen kehrt er sich gegen seinen Gesellen mit Klagen und Beschimpfungen, dieser habe ihn in diese schlimme Lage gebracht als der unfähige Führer, der er sei, und solle ihm gefälligst heraushelfen.

Der Simplex braucht eine Weile, bis es ihm gelingt, dem Tobenden zu erklären, warum er jetzt keinen Versuch zu ihrer Befreiung unternehmen will. Erstens, weil ihnen die Widersacher noch auflauern könnten, solange es noch nicht finster sei, zweitens, weil es dann, nachts, der blanke Selbstmord wäre, hinauszusteigen, der Wölfe wegen.

Darauf wird Cergely still und starrt vor sich hin. „Herr, auf deine Hilfe allein vertraue ich", flüstert er, „zieh mich aus der Grube. Mir ist so kalt, Lompin."

„Es wäre doch wohl das beste", erwidert der, „wenn wir, eingehüllt in unsre Pelze, versuchen würden, einen Teil dieser langen Nacht zu verschlafen. Morgen früh können wir dann bei klarem Sonnenlicht und klaren Sinnen mit Gottes Beistand unsre Befreiung versuchen."

Er hüllt den anderen fest in die Fuchsmentik, fingert aus seinem Mantelsack die flache Flasche Branntwein im Lederbezug, die er da ganz unten verborgen hielt, und setzt sie Cergely an die Lippen. Der schüttelt sich, es sieht aus, als habe der Hansdampf und Tausendsassa dergleichen nie getrunken, er stöhnt, lehnt den Kopf gegen die Faßdauben und ist zu Lompins Erstaunen eingeschlafen, eh man bis zwanzig zählt; ob das allein der Trank macht oder auch Erschöpfung, Angst und Blutverlust, wer weiß.

Simplex nutzt die Zeit, da er dem Tollkopf nicht zusprechen muß, schlüpft zunächst ebenfalls in sein Fell und beginnt dann, die runde Wandung ihres Gefängnisses abzutasten. Das Faß ist solide gebaut, wie zu erwarten war, da werden sie ihr Tun haben, wenn sie sich befreien wollen, und Gottes Beistand wird sehr vonnöten sein.

Mit einem Seufzer läßt er sich nieder neben dem Schlafenden, die Beine angezogen. Das beste wird sein, er tut's ihm gleich. Sein ganzes Trachten wäre jetzt eine Pfeife Toback, aber, selbst wenn er seinen Mund ans Spundloch legen würde, das geht nicht, da würden sie wohl ersticken. Aus seinen Feldzügen hat er die Gabe mitgebracht, schnell und unverzüglich einzuschlafen, wann und wo immer er es will.

Er erwacht, an der Schulter gerüttelt von seinem Schützling. Es ist ganz dunkel inzwischen. „Sie sind da", flüstert Cergely.

Ja, er hört es auch, das Atmen da draußen, das Schnüffeln, sogar die fast lautlosen Tritte im Schnee. Etwas erscheint vorm Spundloch und verdeckt den matten Lichtschein.

„Fort, fort! Weicht, ihr Teufelssöhne!" schreit der Junge aufschluchzend. Seine Stimme füllt den kleinen Raum wie eine Explosion. „Verschwindet! Laßt den Erwählten des Herrn in Frieden!"

Draußen springt es und japst und hechelt.

„Sie können uns nichts tun", sagt Lompin beruhigend, aber seine Worte erreichen den anderen nicht. Der wühlt fieberhaft im Gepäck, alles um und um, und muß es schnell gefunden und ans Spundloch gehoben haben, denn Knall und Gestank erfüllen ihre Tonne, und draußen hebt ein gellendes, lang anhaltendes Gejaul an, zu alldem hat er auch noch getroffen.

„Das saß!" jubelt er, „das hat einen erwischt!"

Geschrei und Geknurr entfernen sich, zweifellos stürzen sich die anderen jetzt wild auf den Verwundeten.

„Nun, Musje, was hat Er davon, einem Wolf eins auf den Pelz zu brennen?" murrt Lompin und wedelt mit der Hand den Pulvergestank weg. „Wenn dies Faß zu irgendwas gut ist, dann zum Schutz vor diesen Bestien."

Cergely schweigt und atmet hastig. „Sie sind fort", sagt er dann. „Und nun, Narr, ist's an dir. Nimm deinen Panzerstecher und brich den Deckel auf! Ich will raus."

„Den Teufel werd ich tun", erwidert Lompin unwirsch, aber da spürt er das kalte Eisen der Pistolenmündung an seiner Schläfe. Der Junge muß toll sein.

„Bleibt friedlich, György, sie ist ja nicht mehr geladen."

„Das macht nichts. Ich schlag dir den Kolben zwischen die Augen, ich bin schnell, du weißt das. Mach, was ich sage."

„Was willst du draußen? Du rennst in den Tod."

„Jede Art Tod ist besser, als hier drin zu sein. Brich den Deckel auf!"

„Cergely, als Ihr schlieft, hab ich alles geprüft. Ich fürchte, es geht nicht, schon gar nicht im Finstern."

„Du sollst es tun! Verfluchter Hund, du sollst es tun! Du sollst es tun!"

Wenn Lompin es nicht zu einem Handgemenge kommen lassen will im Faß und einer den anderen niederschlägt, was bleibt ihm übrig? Wohl zehn Vaterunser oder länger arbeitet er im Schweiß seines Angesichts gegen den Bohlendeckel an. Dann hat auch György begriffen, daß es unmöglich ist. Er hockt da und klappert mit den Zähnen.

„Ich hab dir solch Wissen ersparen wollen, zumindest die Nacht über. Am Tag, mag sein, und zu zweit, vielleicht schaffen wir's. Wart's ab."

György bibbert. „In einem Faß sterben!" murmelt er. „Du grundgütiger Gott, das kann doch nicht das Schicksal sein, das du deinen Bekennern zugedenkst! Wer von uns beiden ist da im Recht", er bricht ab, beginnt wieder: „Lompin, Lumpenhund, der du mich hereingerissen hast in diese fürchterliche Tonne (das scheint für ihn nun einmal festzustehen), bin ich denn mit dir zusammen zum Tode verurteilt, gibt es nichts und niemanden auf der Welt, uns zu erlösen?" Er legt seinen Mund wieder an das Loch, saugt gierig die Luft ein und ruft dann: „Wölfe! Wölfe, kommt wieder! Verlaßt uns nicht! Ach, warum habe ich euch verjagt!" Und dann weint er.

Ihn zur Ruhe zu bringen, nimmt Lompin erneut seine Zuflucht zu der heilsamen Branntweinflasche, von der er sich auch einen Mundvoll gönnt. Und wieder verstummt der Knabe, und wieder verfallen sie, in ihre Pelze vermummt, gegeneinander gelehnt, in einen unruhigen Schlummer, und wieder weckt ihn György mit einer gehauchten Frage: „Was ist das, Simplex? Hörst du?"

Es ist, als rauschten schwere Schwingen um ihr Gefängnis, als kratzten große Krallen am Holz, es wispert und knistert.

„Wir sind verloren", flüstert der Knabe, und er bebt wie Laub. „Das sind die Vilen, die unreinen Weibsgeister. Sie umzingeln uns. Gott, steh uns bei."

„Es können wohl auch Aasgeier sein", murmelt Lompin, obwohl er es selbst nicht glaubt, und spürt, wie sich die Haare in seinem Nacken sträuben.

„Oh, wären die Wölfe, unsere herzlieben Brüder, noch hier", Cergely wimmert, „da würden sie sich nicht an uns heranwagen." Und erhebt die Stimme und ruft, fest angeklammert an den anderen: „Alle guten Geister loben Gott den Herrn!"

Da draußen krächzt es, kreischt und kratzt, und der verängstigte junge Herr verbirgt seinen Kopf in Lompins Bärenfell und preßt sich vor Entsetzen die Hände gegen die Ohren.

„Wenn es die Vilen sind, Junge", sagt Lompin, und auch er kommt mit seiner Stimme nicht ganz zurecht, „so bet aus Leibeskräften, noch sind sie ja draußen und wir in diesem gesegneten Faß, und ich will auf andere Art versuchen, sie zu verscheuchen, da es ja heißt, Teufel und böse Geister scheuen nichts so sehr wie Gebet und Kreuz, Knoblauch und Toback."

Und indes der Knabe mit klappernden Zähnen zu beten beginnt, kramt er in der Finsternis, von dem anderen behindert und bei all dem seltsamen Spektakel wie wirr, sein Rauchzeug hervor, schlägt Feuer, schiebt sich den Jungen vom Leib und nimmt den ersten tiefen Zug aus seiner Pfeife, deren Rauch er zum Spundloch herausbläst, und fühlt sich törichterweise von allem Mißgeschick ein bißchen weniger angerührt.

Die kreischen auf bei der ersten Rauchfahne, die er abstreichen läßt, die Krallen rappeln und die Flügel rauschen, es erhebt sich und kreist um ihr Faß wie Sturmwind, er aber raucht brav fort und lauscht auf Georgs Gebete, der nach dem Vaterunser nun beim Bekenntnis evangelischen Glaubens angelangt ist, und so tun sie beide nach Kräften.

Schließlich entfernt sich das da draußen unter wütendem Gekreisch und so etwas wie Gelächter, auch diese Anfechtung ist vorüber, und sie müssen noch einmal zur Flasche greifen.

„Werden sie wiederkommen?“ fragt György, und er antwortet: „Das glaube ich nicht. Ihre Stunde ist vorüber.“

György: „Ach, wär ich draußen! Ach, wär ich irgendwo. Es bedrängt mich, ich ersticke, ich falle und stürze und stoße an die Wände. O Herr, erlös mich aus der Grube! Aus tiefer Not schrei ich zu dir!“ So spricht er, kaum daß die Geister fort sind, wieder von der alten Angst gepackt, und tappt in dem runden Gefängnis herum und wütet gegen das Holz, daß Lompin nur auf die lösende Wirkung des Branntweins hoffen kann. Endlich sinkt das verstörte Kind wieder hin, und er hüllt es in den Mantel (würde am liebsten seinen Bärenpelz noch dreingeben, aber sein Verstand sagt ihm, daß er erfroren auch kein besserer Genoß sein wird für dies Wesen, das nur lauter unnütze Dinge versteht auf der Welt), zieht es an sich und wiegt es in den Schlaf.

Das drittemal aber erwachen sie gleichzeitig und richten sich auf und lauschen mit angespannten Sinnen auf ein Sausen von fern und ein dumpfes, ständig zunehmendes Tropfen und Klopfen, und Lompin sagt, eh jener fragen kann: „Das Wetter schlägt um. Tauwind ist das und Regen.“

„Was aber bedeutet das für uns?“

„Ich weiß es nicht, György.“

Da beginnt Georg zu lachen und seinen Kopf gegen die Dauben zu schlagen, wieder und wieder, und bringt hervor: „Nichts bedeutet noch etwas für uns, gar nichts, denn der Herr hat uns verlassen und den Ort, wo wir sind, ganz und gar vergessen. Und er kann sich nicht zeigen, denn er ist gewaltig, und hier drin ist es so enge, so enge. Ach, noch einmal auf einem schwarzen Pferd zu reiten über eine

Ebene, die nur der Himmel eingrenzt! O Gott, da wäre ich wie du. Aber ich will dich verfluchen und anspeien, wenn du so die Deinen verlässest!“

So weit kommt er, dann nimmt Lompin seinen Kopf und hält ihn an sich gedrückt und summt irgend etwas. Da schläft der Junge ein oder sinkt in die Ohnmacht, er aber lauscht weiter dem Tropfen auf ihrem Verlies, das ferner scheint und gleichzeitig heller klingt.

Vorsichtig legt er den Knaben zu Boden und sieht nach dem Spundloch, und als er zwei Finger hinausstreckt, siehe, da wächst eine Eisschicht auf ihrer Tonne, sie mag wohl schon fingernageldick sein. Und er denkt hin und her, was das ihnen wohl bringen möge, aber kommt auf nichts und befiehlt ihr Schicksal in die Hände des Höchsten, denn etwas anderes bleibt ihnen ohnehin nicht übrig. Ißt auch ein paar Bissen Brot, um bei Kräften zu bleiben, obwohl er keinen Hunger verspürt, und kann dann doch der Versuchung nicht widerstehen, wenigstens das, was zwischen Daumen und Zeigefinger paßt, in sein Pfeifgen zu tun und anzuzünden; György regt sich stöhnend im Traum.

Erstes Morgengrauen dringt durch Ritzen und Rund, als sie beide gleichzeitig erwachen, und Georg Zapary sagt still: „Ich werde sterben, Simplex.“

„Was schwätzen Ihro Gnaden da?“ sagt er unwillig und kann nicht an gegen den Schrecken, denn das klingt anders als sonst, und der da regt sich nicht.

Im Lichte eines schnell entzündeten Pfeifen-Feuers sieht er des adligen Knaben grau verfallenes Gesicht, die Augen schier versunken, und als er seine Hände berührt, sind sie eiskalt, obwohl sorgfältig im Pelz verhüllt, und auch sonst ist ihr Kerkerrund unter der angewachsenen Eisdecke, erfüllt von ihren Dünsten, nicht so sehr kühl.

Schnell entledigt er sich seiner Bärenhaut, um den anderen dreinzuhüllen, aber der sagt leise: „Laß nur. Es lohnt nicht mehr.“ Dann: „Ach, mein Knecht und Weggefährte, da nun doch alles zu Ende geht und mein Stündlein geschlagen hat, so bitte ich dich als Christ, laß mich dir beichten. Wenn ich vor das Angesicht des Richters trete, möchte ich wohl von einem Menschen Vergebung für meine Sünden erlangt haben.“

Simplex ist in aller Besorgnis bereit, ihn anzuhören, nimmt Georgs Kopf in seinen Schoß und neigt sich über ihn, um das matte und klägliche Flüstern verstehen zu können. Und der beginnt: „Ich armer, elender, sündhafter Mensch ...", wie's vorgeschrieben ist, und kommt dann zum Eigentlichen, und Lompin bereitet sich während des Beichtgebets auf Gedanken der Vergebung vor, ist aber baß erstaunt, daß nichts von dem kommt, was er erwartet hat, als Hochmut zuvörderst, Lieblosigkeit, Hurerei, Fluchen, Schwören, Selbstgerechtigkeit und dergleichen. Nichts davon, das muß vergessen, heruntergeschluckt und verdaut sein. Kein Sterbenswörtchen. Hingegen zeiht sich der Knabe vor allem, noch größere Torheiten als schon begangene unterlassen zu haben, zum Beispiel, nicht durchdringender den Verstockten und Andersgläubigen gepredigt zu haben, den Herrn nicht wilder und furchtloser verteidigt und das Martyrium nicht mit wahrer Inbrunst gesucht zu haben.

So daß Lompin übers Kopfschütteln ins Widersprechen gerät – solcherlei kann man auch einem Sterbenden nicht durchgehn lassen. Und unversehens sind sie von der Beichte in ein Schelt- und Streitgespräch geraten, das aber die schwindende Anima des jungen Herrn wieder zu aktivieren scheint, nennt er doch den Simplex einen, der ein pöbelhafter Klotz sei, unfähig höherer Gedanken und von Gottes Gnade in so geringem Maße erleuchtet, daß er nicht einmal würdig sei, ihm, George Martinus Zapary, die Beichte abzunehmen, gerade nur recht, einen Glaubensstreiter durch die niederen Fährnisse der Welt zu steuern.

Ach, meint da der Musikant wütend und ahnungsvoll, da solle er also die ganze Zeit herumlaufen mit dem großen Pinsel, den Unfug, den der Herr gemacht, wieder zuzustreichen, oder mit dem Lappen, den Dreck wegzuwischen, oder dem Besen – er wäre sicher bei noch bunteren Vergleichen angelangt, ausufernd, als der Knabe zu lachen beginnt. „Simplex", sagt er leise, „red nicht mehr. Ich will frei sein, ich werd es sein. Du tu nur, was du willst, es kümmert mich nicht." Und fügt erlöschend hinzu: „In der Gnade des Herrn."

Und dem Simplex ist, als hätte ein einziges Mal ein erhellender, schnellender Lichtblitz von Wahrheit den grauen Wolkenhimmel des Versteckens und Verweigerns durchbrochen, aber er vergißt es gleich wieder. Denn ihm ist nicht so, daß er, eingeengt wie ein Hering, über Freiheit reden möchte, und seine Lumpen-Knochen tun ihm inzwischen genau so weh wie dem Herrn Zapary die hochadligen – seine einzige Freiheit, die zu ersehnen er jetzt imstande, ist, Knie und Rücken zugleich geradezubiegen.

Während sie so beieinander hocken, durchreißt ein merkwürdiger Ton die Stille ihres Gehäuses, ein grelles Schwirren, als spränge eine Saite ab von einem Zymbal.

Der Atem stockt ihnen.

Dann hören sie ein Knirschen, und noch einmal. Gleichzeitig sickert gläsern trübes Licht in ihr Gefängnis.

„Das Faß zerspringt!" schreit Lompin.

Wahrhaftig. Der Regen, der das Holz durchnäßte und dann zu einem Eispanzer wurde, von außen drückend wie eine Riesenfaust, war einer ihrer Befreier, der andere aber ihre eigene Wärme, Dunst der Leiber, Simplicius' Pfeifenrauch und ihres Atems Hauch, und so kalt gegen heiß gesetzt, zerspellen die Bohlen.

Lompin wirft sich mit Arm und Schulter und Panzerstecher gegen das Holz und fordert György auf, es ihm gleichzutun, aber der, zu schwach und zu borniert, erklärt, das sei alles allein das Werk göttlicher Gnade und ein eigens für ihn veranstaltetes Wunder, da der Herr vorhabe, ihn nach stattgehabter Prüfung auf die vorbestimmte Bahn zu bringen, und betet mit hoffärtiger Miene.

Zu herzensfroh über ihr baldiges Entrinnen und des Kindes wiederkehrende Lebenskraft, achtet Lompin der gefährlichen Worte nicht weiter und tut sein Bestes, und als denn endlich die Dauben splitternd krachen und die beiden zitternd herauskrabbeln aus dem Ei ihres Verderbens wie Neugeborene, zieht er seine Trompete hervor, und da stehn sie nun mit wankenden Knien auf der spiegelnden Eisfläche, die sich über Nacht gebildet hat, inmitten der Bahn der kleinen roten Sonne, die gerade glorios aufgeht, und mit steifen Fingern bläst der Simplex: „Nun danket alle Gott."

Dann entfernen sie sich rutschend, schlitternd und ständig einbrechend auf dieser allzu dünnen überfrornen Decke in Richtung aufs Ungewisse hin.

Das achte Capitel
in dem er eine Lektion über Bürgersinn erhält

Nach den fetten kommen bekanntlich die mageren Jahre, keiner hat erwartet, daß es nun mit Gansbraten weitergeht bis Weihnachten, und ihm ist schon recht, wenn ihm keine neuerlichen ungeheuren Gaben zuteil werden; er hat zu tun und ernährt sich wohl auch eine Woche lang von Haferbrei und Tresterwein. Schaut nicht auf und nicht aus, geht ins Amt, versieht den Schul- und Kirchendienst, mag niemanden nicht sehn, stürzt sich auf seine Noten und Historien wie ein Besessener und baut seine Phantasey-Welten und bunten lustigen Lügenteppiche, die Tristesse zu verkehren in Lachen und das Unheimliche aufzuheitern, verspinnt den schlechten Faden und webt daraus ein anmutig Stück Zeug.

Das alles geht Tag und Nacht, und begehrt er in solchen Phasen nichts, als nur über seinem Kram zu sitzen, sogar zu schlafen vergißt er – meist übermannt es ihn am Tisch aus der Arbeit heraus, und er ist froh, wenn's bei Tage geschieht, daß nicht doch einmal das unverwahrte Licht seine Papiere in Flammen setzt.

Und bald vergeht ihm die Lust ganz, sich zu Bett zu legen, da ihm dann allezeit die alten Geschichten durch den Kopf spazieren. So wandelt er daher, auf merkwürdige Weise schläfrig und wach und wie von einer anderen Welt, und wundert sich, daß sie's nicht merken. Marille verhält sich wohltuend still, aber es ist ganz sicher, daß solches nur die Stille vor erneutem Ansturm ist und diese gewitzte Jungfer nur, einem Feldherrn gleich, auf neue Strategema sinnt, um dann zu einem Überraschungsangriff anzusetzen.

Als daher kurz nach Totensonntag in der Abendstunde an seine Tür gepocht wird, ist er fast sicher, das Mamsellchen vorzufinden, und ruft ein ziemlich unwirsches Herein. Aber sie ist's nicht, sondern Samuel Lutz, Barbier seines Zeichens und einer der vertrautesten Kumpane, so er hier in Göppingen hat, steckt sein pockennarbiges Gesicht herein und posaunt gleich los: „Zum Teufel, Herr Künstler, was verkriechst du dich und gehst durch die Welt, als hätte dir der liebe Herrgott Scheuklappen verpaßt? Nachdem du letzten Sonntag so herzanrührend über ‚Jesu, meine Freude' phantasieret, daß die Damen in Tränen schwammen, warst du fort ohn allen Abschied, ungeachtet dich der Untervogt Schott ins ‚Güldene Kreuz' geladen, aber hier brannte noch Licht, als wir heimgingen, und ich schwör dir, das war frühmorgens. Was brauest du denn wieder zusammen?"

„Dies und das", erwidert Lompin etwas verwirrt, denn weder an Musje Schotts Einladung noch an sein angeblich so ingeniöses Phantasieren kann er sich im geringsten erinnern.

„Heut kommst du mit ins ‚Kreuz', keine Widerrede. Du versauerst ja über deinen Schriften."

„Hab kein Geld", erwidert er mürrisch.

Lutz schüttelt den Kopf. „Das begreif ich nicht, was du damit anstellst. Du bist einer der bestbezahlten Musikanten, die je in dieser Stadt waren. Ich kenn mich aus. Du hast zweiundsechzig Gulden für die Compositiones extra, die hatte Buttersack nie ..."

„Dafür laß ich sie drucken."

„Ja, aber auch das bringt manchmal was ein."

Er zuckt die Achseln.

„Ob du es nach Stuttgart zu die Menscher trägst oder mit deinen Freunden in die Wirtschaft, das ist doch gleich."

„Samuel, es reicht nicht einmal für den ‚Schwarzen Ochsen', geschweige denn fürs ‚Kreuz'. Meine Taschen haben Löcher."

„Damit windest du dich nicht heraus. Du bist invitiert. Der Martin zahlt's."

„Martin Masosky?"

„Nämlicher. Er ist zurück und will erzählen, und wenn dir meine Gesellschaft kein Anreiz ist, der Herr Physikus wird es wohl sein und seine Neuigkeiten."

„Stadtklatsch!"

„Welt-Geschichte, Speer! Komm, nimm deinen Justeaucorps, und kämm dich wenigstens, wenn du schon mein Schermesser nie nicht an dein Haar und Bart lässest, daß du Samson heißen müßtest, nicht Daniel."

Und nolens volens muß er mit. Wenn er sich recht bedenkt, so ist es wohl ganz gut, daß er einmal herauskommt aus seinem Gehäus, und mit den Freunden zu diskurieren, warum nicht. Lutz und Masosky sind beides umgetriebne Leute.

Ersterer, einziger Sohn des hier ansässigen vormaligen Apothekers, hatte es vorgezogen, statt, wie es Sitte, des Vaters Geschäft zu übernehmen, Soldat zu werden, so daß die Apotheke dann in Fichtes Hände geriet. Als Barbier eines Hauptmanns, hin und wieder auch Feldscherdienste versehend, war er mit den Kreistruppen im Kampf gegen die Franzosen bis nach Holland gekommen und kehrte, ein verlorener, aber alles andre als verzagter Sohn, fast zur nämlichen Zeit in seine Vaterstadt zurück, als sich Speer dortselbst um die Provisorenstelle bewarb. Ein Barbier findet, wie ein Musicus, allemal sein Auskommen, zumal da sich herausstellte, daß Samuel Lutz nicht nur mit dem Schermesser, sondern auch mit dem Degen excellent umzugehen vermag, und nun trainiert er mehrmals die Woche die „Auswahl", die zweihundert Mann starke Bürgerwehr, auf dem Fechtboden. So ist er wohlgelitten bei Magistrat und Vögten und wird als ein in Kriegsdingen erfahrener Kund wohl um Rat hinzugezogen.

Martin Masosky, der ihnen vom Stammtisch im ‚Kreuz' lächelnd mit schiefgelegtem Kopf entgegensieht – hochfeiner Spitzenkragen und gepflegter Knebelbart –, gehört zu den Honoratioren des Ortes, ist aber aus solchem Holz geschnitzt, daß er per Du umgeht mit Leuten wie Lutz oder Speer. Er hat so dies und das erlebt, eh er sich als Physikus und Badearzt hier niederließ und mit einigem Erfolg versuchte, den Christophsbrunnen wieder zu beleben und Badegäste herbeizuziehen. Da er aus dem Zipser Unterland stammt, ist er fast ein Landsmann Speers.

„Bienvenu, herzlieber Musikante", grüßt er. „Das ist einmal eine Freude, daß du da bist und mich anschaust und bereit bist zum Gespräch. Denn kürzlich auf der Straße mußte ich schon vermeinen, ich sei ein Gespenst und gar nicht mehr sichtbar, da du offenen Augs an mir vorbeigingst, das heißt, nicht ganz. Ich sprach dich an, und da machtest du mir ein Kompliment, so steif, als sei ich der Gerichtsspezial, und ich sah mich um, ob vielleicht ein andrer hinter mir stünde, dem du so ehrerbietig begegnetest ..."

Die beiden Freunde brechen ob Daniels verlegener Miene in herzhaftes Gelächter aus.

Masosky läßt roten Trollinger kommen. „Auf deine neuen Opera!" Er prostet dem Ankömmling zu. „Und daß du wieder einmal so etwas produzieren mögest wie der ‚Neugebackne Taffel-Schnitz' für die Unterhaltung meiner Badegäste, so nämlich im Sommer welche kommen und nicht der Franzos uns franco und gratis alles wegzehrt."

„Fängst du auch damit an?" fragt Lompin und faßt sich an den Kopf. „Jede Assemblée, in die man sich begibt, ist voll von dem Kram."

„Und du bist hintern Mond gekrochen, Daniel, daß du nichts weißt. Aber wir halten's dir zugute, wenn etwas Schönes dabei kreieret wird. Erzähl!"

„Da gibt's nichts zu erzählen", wehrt er ab, „außer, was ihr ohnehin schon wißt. Ich probier mit den Amateurs die musikalische Version des Kriegsromans und schreib dabei immer das nächste Stück für die kommende Probe, und falls sie alle bei der Stange bleiben, kann Martin es seinen Kurgästen im Sommer präsentieren wie jene Musique, die ich den freundlichen Zinkenisten gewidmet hatte, welche mich Reisenden damals in den verschiedenen Städten so gut aufgenommen. Aber ihr wolltet von draußen berichten. Quid novi ex Africa, Cato?"

„Daß wir ", sagte Masosky seufzend, „bald wohl einen Kriegs-Roman erleben werden, aber keinen ergötzlichen nicht. Ich war mit Schott in Stuttgart bei Casparo Kirchner – der dich grüßen läßt."

„Ergebensten Dank. Er ist ein wahrer Musikfreund und als Schul-Visitator stets freundlich."

„Als Beamter des Herzogs, ich versichere dir, ist ihm jetzt aller Grund zur Freundlichkeit vergangen. Der Administrator sagt immer das zu, was die Duchesse den Franzosen verweigert hat, und der junge Herzog ist in Richtung Ulm davon, den Kreistruppen entgegen, sobald sie aus Ungarn eintreffen. Madame meint, wo schon gebrandschatzt werde, da zahle man keine Contributiones mehr. Aber des Administrators Kriegsräte sind andrer Meinung – es ist ein höllisches Durcheinander."

„Das sagt Schulz auch", erinnert sich Lompin und balanciert zum stillen Amusement der Freunde sein volles Weinglas rundum auf den Fingerspitzen, ohne es selbst zu merken.

„Schulz hat Einblicke, und jeder, der Einblicke hat, müßte jetzt schier verzweifeln, es sei denn, er entschlösse sich zum Handeln."

„Wie Schott?"

„Wie Schott und wir von der Bürgerschaft. Wir haben in Stuttgart der Regierung unterbreitet, daß Göppingen bereit wäre zu kämpfen, falls es des Beistands der Regierung sicher sei."

„Da staun ich aber", bemerkt Speer. „Als ich Martini beim Stadtkommandanten war, hörte ich ganz andre Töne."

„Daniel, es ist schwierig. Wie in der Hauptstadt, sind auch hier die Meinungen geteilt. Pfleiderer würd kapitulieren – er stammt aus der Umgebung des Administrators und seiner Räte und vertritt die Ansicht, Widerstand sei zwecklos. Schott, als sein Untervogt und Subalterner und die eigentliche militärische Capacité denkt anders. So haben wir versucht zu verhandeln, er und ich."

„In wessen Auftrag?"

„Nun", entgegnet der Physikus ruhig, und seine blauen Augen sind voll gütiger Heiterkeit, „im Auftrag der Bürgerschaft dieser Stadt, denke ich doch, die keinen schlüpfrigen Akkord mit dem Feind schließen will, um letztlich doch gepeinigt oder gar gestürmet zu werden …"

Daniel sieht erstaunt von einem zum andern.

„Es gibt in dieser Stadt zwei Parteien", mischt sich Lutz ein, bekommt aber ob seiner Stentorstimme von Masosky Redeverbot. „Laß mich mal, Samuel. Du taugst mehr zu öffentlichen Verkündigungen als zu Tischreden. Bestell lieber neuen Wein. Der Herr Magister schluckt mal wieder wie ein Kübel."

„Ich krieg nicht alle Tage Trollinger. Kann ihn mir nicht leisten.“

„Das ist so eine Legende“, schmettert Lutz. „Werd nie verstehen, was er mit seinem Gelde anstellt.“

„Nun, das ist seine Sache. Was ich mit dem meinen tu, weiß ich: lade ihn mir gern zu Gast ein. Prosit, Daniel, du sollst leben.“

Sie lassen die Gläser klingen.

„Zurück zur Sache“, fährt der Arzt fort. „Wir hatten, trotz Casparo Kirchners Vermittlung, keine Gelegenheit, unsere Resolution der Landesregierung vorzutragen. Nichts außer Antichambre hier und dort. Daniel, die möchten gar nicht wissen, was wir wollen. Stecken den Kopf unter die Decke wie Kinder, wenn's dunkel wird. Und die huldreichen Worte der Madame la Duchesse nutzen uns gar nichts, weil sie nichts mehr zu sagen hat hier im Lande. Was aber deine Frag angeht und Samuel Lutzens lapidare, vor allem aber laute Antwort drauf: Ja, es gibt bei Rat, Spezial, Vogtei, Gericht und Bürgerschaft unserer Stadt gespaltne Gesinnungen. Eins ist klar – unweigerlich steht eines Tages der Franzose vor der Tür. Falls wir zum Kämpfen keinen Permeß bekommen und keine Unterstützung, sieht es schlimm aus. Wir sind ja keine Festung nicht wie Schorndorf, wo man die Tore dichtmachen kann. So gilt es, klug zu taktieren. Der Obervogt ist wie ein Rohr im Wind, er verdankt seinen Freunden in Stuttgart die Stell und wird nicht wagen, wider den Stachel zu löcken. Schließlich ist er der einzige bürgerliche Stadtkommandant der Landschaft und deshalb furchtsam und devot. So halten wir, die wir für einen maßvollen, klugen Widerstand sind, aber eben doch für einen Widerstand, uns an Siegmund Georg Schott.“

„Die Auswahl und die Bürgermiliz sind wohl imstande, einem Detachement Franzosen standzuhalten!“ verkündet Lutz lautstark, und Masosky legt ihm beschwörend die Hand aufs Knie.

„Wollen wir zu mir gehn?“ fragt Speer angesichts der Ohren der anderen Gäste.

„Nein, da haben wir ja keinen Trollinger. Außerdem, was soll's. Wir sind Bürger dieser Stadt, wir können über unsre

Sache reden. Er muß nur nicht so schreien, als ob er einen Marktstand hätt. Wir wollen ja nichts verkaufen."

„Die sehen gar nicht wegen meines Geredes her, sondern wegen dem, was Daniel macht."

„Was mach ich denn?" fragt der verlegen. Ihm fällt erst jetzt auf, daß er aus drei vollen Gläsern eine Pyramide gebaut hat und sie auf dem Mittelfinger der linken Hand balanciert.

„Du mußt schon verstehen, daß die gauklerischen Künste ihres Schulmeisters und Organisten auf die Neugier der Göppinger stoßen, Herzbruder. Und wirf nicht diese Art Blicke zu den anderen Tischen, Lompin. Weißt du nicht, daß du mit diesem Geschau ganze Kirchenräume zum Schweigen bringen kannst, weil du dann aussiehst wie der zürnende Großwesir?"

„Der zürnende Großwesir ist keine schlechte Maske. Aber ich will von euch wissen, was ihr tut."

„Ja, recht. Nun, Schott ist weiter in Stuttgart geblieben, unsere Interessen da wahrzunehmen. Hast du dich nicht gewundert, daß sein Platz bei Pfleiderer leer war zu Martini?"

„Was weiß ich, welche militärischen Dienste er wahrzunehmen hatte?"

„Unsere. Aber er ist ohne Urlaub fort. Daß der Stadtkommandant ihn nicht energisch zurückbeordert, nun, das ist die andre, positive Seite seiner Unentschlossenheit. Aber auch wir, Samuel und ich, werden die Stadt erst einmal verlassen. Lutz wird ein bißchen in der Gegend herumziehen, die Stimmung in Eßlingen, in Schorndorf, in Tübingen erkunden, zwischendurch zurückkommen, um die Auswahl zu trainieren – kurzum, so etwas wie eine Kontakt-Person darstellen. Ich indessen, da im Winter keiner zur Brunnenkur kommt und ein zweiter Medicus ja am Ort ist, bin frei und ledig. Ich werd nach Ulm reisen und versuchen, an den jungen Herzog heranzukommen, der das Commando über die ankommenden Völker übernehmen soll. Prinz Ludwig ist da ohne den Einfluß des Administrators. Vielleicht hab ich einige Fortune."

Speer atmet tief aus und leert sein Glas auf einen Zug. „Und ich dachte, Samuel will mir nur den Stadtklatsch zukommen lassen. Kruzitürken, das sind Geschichten. Wie nennt ihr, was ihr da macht, Brüder? Insubordination? Aufmüpfigkeit? Konspiration?"

„Nichts dergleichen", erwidert Martin Masosky gelassen. „Wir nennen's Bürgersinn und Billigkeit und erachten's für unser Recht."

„Und was kann ich dabei tun? Wie kann ich euch helfen?"

„Gar nicht, Daniel. Halt dich da raus. Du bist noch immer ein Fremder im Lande, bist erst fünf Jahre hier ansässig. Könnt für dich bös ausgehen", sagt Lutz liebevoll.

„Aber ich bin einspännig und allein, hab nichts zu verlieren. Ihr beide seid Familienväter."

„Ebendrum, Speer. Ebendarum tun wir's."

Er geht nach Haus an diesem Abend, die Kälte spürt er nicht, und das liegt nicht bloß am Trollinger. Er denkt an den ungebärdigen Lutz und den sanften, gedankenreichen Masosky, wie sie zueinander finden als ein Paar Pferde, die im Gespann gehn, und wie sie sich in Ernst und Lachen miteinander einigen, und er denkt an den Untervogt Siegmund Georg Schott, den er im Gedächtnis hat als ein blaßgesichtiges Mannsbild mit hellem Haar, der eher zaghaft wirkt denn couragiert, wenn man ihn ansieht, und an Schulz und die Philandern und fühlt sich Göppingen ein Stück näher.

Hat nicht gerade eine gute Straßenbeleuchtung, die Stadt, jeder sorgt für seine Tür mit einer Laterne oder auch nicht, man kann schon mal stolpern, wenn man kein eigen Licht mitführt, besonders des Abends nach ein paar Gläschen, nicht aber kann man halluzinieren, daß man zwei Schatten hat, wenn man plötzlich in den Lichtkreis einer Lampe tritt. Soviel Wein war's nicht.

Er bleibt stehen und dreht sich schnell um. Etwas gleitet davon ins Dunkel, und sein Schatten ist wieder allein. Das geht so zwei-, dreimal, dann sagt er laut: „Kreuzteufel noch eins, was soll das für ein Spiel sein? Kommt hervor, Herr George, und schleicht mir nicht nach wie der Kater der Katz! Was wollt Ihr?"

Keine Antwort aus der Finsternis, aber ihm ist, als höre er ein leises fauchendes Lachen.

„Ihr macht viel Terreur hier in der Stadt, Uram, aber mich schreckt Ihr nicht. Wollt Ihr nicht hervortreten und Euch zeigen, daß man mit Euch reden kann als mit einem Menschen?"

Nichts.

Er geht ein paar Schritte weiter – wieder kommt es ihm nach, er hört sogar das Tapsen der Füße. Als er anhält, bleibt es auch stehn.

„So sag ich denn ins Dunkel hinein, was ich Euch ins Gesicht sagen wollte: Es reut mich, Euch mit mir genommen zu haben, und ich werde trachten, daß Ihr diese Stadt verlaßt auf Nimmerwiedersehen. Nicht immer kann man alter Zeiten eingedenk bleiben, und sei auch noch dahingestellt, ob diese Reminiszenzen etwa wert sind, sich Euer zu erbarmen. Und somit gute Nacht, wo auch immer."

Damit ist er dann zu Hause angelangt und verriegelt ganz gegen die hiesige Sitte seine Tür und kann natürlich weder schlafen noch arbeiten. Ihm ist zumute, als sei er in einen Ameisenhaufen gefallen.

Das neunte Capitel

in dem er gedenkt, wie er mit einem Schäferhund geredet, betrogen worden und Riemen aus einer Schelmenhaut erworben

Ein zweirädriger Karren, mit einer Plane verschlossen, rumpelt da gegen Abend übers Göppinger Kopfsteinpflaster. Ein müder Klepper ist davorgespannt, und gelenkt wird der von einem stoppelbärtigen Mann, dessen verstaubte Kleidung offenbar von jemand anderem hergeliehen ist, denn sie paßt ihm an allen Ecken und Enden nicht. Von den alteingesessenen Bürgern (und das sind die meisten) wird er dennoch erkannt als Doctor Josephus Fridericus, der Rechte Beflissener Legationsrat zu Rastatt, der Sohn der Wittib Philander.

Vor deren Haus er denn auch anhält und mit vor Erschöpfung heiserer Stimme die guten Nachbarn bittet, freundwillig den Platz zu räumen, er habe etwas abzuladen, was verborgen bleiben müsse. Natürlich verziehen sich nun alle hinter Türspalten und Fenstervorhänge und passen doppelt gut auf. D. Philander holt aus der Tiefe des Karrens nach längeren Zurüstungen ein schwarz verhülltes, großes Bündel hervor, aus dem es leis wimmert, und trägt es in sein mütterliches Haus.

Die Gassenbuben, die sofort danach die Ladung inspizieren, finden nur Habersäcke, wohl als Versteck und Schutz der geheimnisvollen Fracht vorgesehen.

Bei Philanders legt die Magd die Fensterläden vor.

Wenig später pocht Jacob an Lompins Tür. „Wir haben Besuch bekommen“, sagt er hastig, „und die Frau Großmutter läßt Euch vielmals bitten, noch auf einen Sprung vorbeizukommen, so schnell es Euch möglich. Sie braucht Euren Rat.“ Und fort ist er.

Madame Philander, die stattliche, große Person, sonst so gefaßt, schwimmt in Tränen. „Ich hab Euch hierher gebeten, Herr Magister, verzeiht, obgleich ich weiß, daß ich eher den Medicus rufen müßte, aber der Arzt ist all sein junge Lebtag nicht aus Göppingen herausgekommen, und ich bin mir auch seiner Diskretion nicht sicher. Ihr aber seid ein Mann, der viel im Leben gesehen hat, und versteht wohl zu schweigen. Vielleicht wisset Ihr, aus Euren Expériences, besser Rat zu geben als ein Mediziner.“ Sie kämpft ihre Tränen nieder, ringt das Schnupftuch in den Händen.

„Ich hatte Euch erzählt von meinem Sohn und daß er Weib und Kind, um sie zu schützen, auf seinem Weinberg verborgen hatte. Aber Melacs Soldaten wußten sie zu finden. Als er hinausfuhr, fand er die Vigne verwüstet, das Hüttchen verbrannt und seine Eheliebste tot – fragt mich nichts weiter dazu.“ Sie schluckt krampfhaft. „Das Mägdlein aber ...“ Das Schluchzen läßt sich nicht mehr zurückhalten. „Sie ist keine zehn Jahre, Herr Magister. Sie haben sie ...“

„Ich bitt Euch, Madame, redet nicht weiter. Sie ist hier?“

„Ja“, sagt sie und beißt die Zähne zusammen. „Wollt Ihr sie ansehen? Es war so ein Gedanke von mir. Sie würde es, glaub ich, nicht überstehen, wenn sie ein Medicus untersucht. Und unsre Hebamme ist auch nicht gerade ein feinfühliges Weib.“

Sie gehen beide in das Hinterstübchen mit den geschlossnen Vorhängen.

Das Kind sitzt auf einem Schemel, die Hände auf den Knien, und wiegt sich hin und her. Die Blicke der rotgeränderten Augen in dem merkwürdig gedunsenen Gesicht scheinen nichts zu halten.

„Eleonora", sagt die Philander sanft, „Lörgen! Schau, deine Großmutter ist da."

Die Blicke streifen ein paarmal über sie beide hinweg, scheinen wieder etwas zu erfassen, bleiben an der Frau hängen, gleiten hinüber zu ihm. Mit einem leisen Wimmern wirft sich das Mädchen vom Schemel zur Erde, rollt sich zusammen wie ein Igel, den Kopf auf den Knien, die Beine von den Händen umschlungen, wimmert immer weiter.

„Kommt", sagt die Frau mit erstickter Stimme, „laßt uns hinausgehn. Elsabe mag sich um sie kümmern."

Vor der Tür bemerkt sie tonlos: „So tut sie bei jedem Mannsbild, dessen sie ansichtig wird. Sogar bei ihrem Vater." Plötzlich bricht sie wieder in Tränen aus. „Ach, Herr Magister, wenn Ihr das Mägdlein vordem gekannt hättet! Sie sang und lachte den ganzen Tag. Kein unschuldigeres, fröhlicheres Geschöpf auf Gottes Erde. Was sollen wir denn nur tun?"

„Gar nichts, Philanderin", entgegnet er. „Keinen Medicus und keine Hebamme und kein Mannsgesicht. Nur Ihr und Eure Elsabe und die Zeit. Es war wohlbedacht von Eurem Sohn, das Kind zu Euch zu bringen."

Sie lehnt den Kopf an den Türpfosten. „Wofür straft uns der Herr so hart? Dieses Wimmern – so leis ist es, es dringt durch alle Türen. Ich weiß nicht, wie ich das ertragen soll all die Zeit."

Er schüttelt den Kopf. „Wer soll dazu Kraft haben, wenn nicht Ihr?"

„Ja", erwidert sie, „das ist wohl wahr." Sie strafft sich, fährt mit dem Tuch über ihr altes, starkmütiges Gesicht. „Mein Sohn schläft jetzt. Er ist Tag und Nacht gefahren mit dem Karren, den er einem Müller abgekauft hat, um durchs französische Detachement zu gelangen. Später wird er sich mit Schulz beraten und dem Bürgermeister, denn es wird auch uns ereilen. Warum sollten wir verschont bleiben? Ich danke Euch sehr, Musje Speer. Ihr habt mir geholfen."

„Wie das? Ich habe nichts gemacht. Ihr, Madame, habt mir Ehre angetan durch Euer Vertrauen. Weiß nicht, wie ich solches verdiene."

„Ihr seid anders als die hier. Das reicht schon aus", erwidert sie mit einem Lächeln.

„Wird mein Bäsle wieder gesund?" fragt Jacob angstvoll. Er hat an der Tür auf ihn gewartet.

„Das weiß nur Gott allein", entgegnet er. „Geh nicht zu ihr, Jacöble, hörst du? Man muß sie allein lassen."

„Ich geh gewiß nicht. Ich fürcht mich."

„Fürchten mußt du dich da nun nicht", spricht er. „Fürchten müßten wir ganz andre Sachen."

Wohin gingen sie? Wer nahm sich ihrer an? Wo, zum Beispiel, blieb die verdächtige Bärenhaut, von der sie sich trennten, sie eintauschten gegen irgendwas, wo die Mädchentracht?

Er hat es vergessen. Nichts erinnert außer einem Gefühl, glaskalter Freiheit und einander ablösender Nöte und Bedrängnisse wie Hunger, Verfolgung, Schwäche, Angst und Bangigkeit. Und dazwischen der starre, fieberhelle Blick der füchsischen Augen, wie berauscht von einem Trank, den er nicht kosten kann in diesen Tagen, er, der er nur die Mühen hat und nicht fühlt, was jener empfindet, das Wesen, das zum Tode entschlossen in seinen Armen lag in der Bedrängnis der Tonne und nun, entronnen, sich mehr denn je erwählt fühlt – wofür nur?

Das nächste Bild, das ihm wieder einfällt: sie beide am Ufer eines zugefrornen Bachs, zwischen dem Weidengestrüpp, zitternd vor Kälte in dieser Welt aus Eis. Ihre Augen schmerzen vom Glanz der Sonne auf dem Weißen, und sie zählen ihr letztes Geld, während sie das brüderlich geteilte Brot essen, es ist hartgefroren und knirscht zwischen den Zähnen; der Toback zur Versüßung des Mahles ist längst zu Ende gegangen.

Lompin saugt am kalten Pfeifenrohr und hat ein Gefühl, das er dem Knaben nicht mitteilen kann, nämlich, daß sie ihr Ziel nicht erreichen werden. Aber vielleicht geschieht doch etwas, was Cergely wieder ein Wunder nennen wird, er indessen, zäh und mit allerlei Wassern gewaschen, bescheidener eine günstige Wendung im Lauf der Dinge.

Längst ist schon keine Rede mehr davon (falls es denn jemals in Györgys Bewußtsein gewesen), daß dies Geld eigentlich dem Lompin allein gehört als Belohnung für seine Dienste und es nur seiner Sparsamkeit anheimgegeben ist, die Ausgaben niedrig zu halten. Nicht einmal die Frau Großmutter hatte wohl einen rechten Begriff von den anfallenden Reisekosten und wie hoch die Preise waren, der Furcht zu begegnen. Nun kann er nur hoffen, daß der Abaffi das Versprochene auszahlt, und macht sich selbst vor, das würde ihn bei der Stange halten – weiß er doch in seinem Innern, daß es ganz andre Gründe sind, die ihn bewegen, diesen zu leiten und bei ihm zu sein.

Hier an diesem frostigen Weidenbach, erinnert er sich, tauchte das Schaf auf zwischen den klirrenden Ästen, verirrt wohl; es trug Eisklumpen am Fell und blökte kläglich bei ihrem Anblick. George nach seiner ekstatischen Art war geneigt, in ihm ein Lamm Gottes zu sehen, das ihnen den Weg weisen sollte. Aber als er dann sah, was für ein erbärmliches Vieh das war, mit zerschundenen Beinen vom Eis, auf dem es umhergeirrt war, schmutzig vom eignen Kot und mit einem von Hund oder Wolf abgefressenen Ohr, änderte er seine Meinung, denn so ein schäbiges Wesen konnte der Herr unmöglich für ihn ausersehen haben, und schlug vor, man solle es abstechen, oder, noch besser, er wolle es mit seinem Pistol erschießen, und sie hätten Fleisch für ein paar Tage – das, wo doch der Knall einer Schußwaffe meilenweit zu hören wär über die Pußta hin und sie seit Tagen sich nicht getrauen, ein Feuer anzuzünden, das sie verraten könnte.

Simplex wird der weitreichenden Disputationen mit seinem Schützling, ob schlachten oder nicht, enthoben durch das Erscheinen eines schmutzig-weißen Hundes, der sich mit lautlos kraftvollem Trott zwischen Schaf und Mensch schiebt und ihnen jenen Teil seines Körpers zudreht, von dem man vermuten kann, es sei der Kopf – er ist vom Zottelhaar hinten wie vorn und an den Seiten verhüllt.

„He, zum Teufel“, sagt Georg mehr erstaunt als erschrokken, und Simplex vergißt in diesem Augenblick die Erfahrung, dem Knaben ja nicht zu raten, was er tun soll, da er unfehlbar das Gegenteil unternimmt, und warnt: „Rührt Euch nicht gegen ihn!“ Worauf der Junge prompt seinen Schießprügel zückt. Aber im selben Augenblick, schneller, als man hinsehen kann, liegt er schon rücklings im Schnee, und das Tier steht über ihm, die Schnauze vor der Kehle des Angreifers, lautlos noch immer und in seinem verfitzten riesenhaften Zottelgewand wie ein Wintergeist furchtbar.

Simplex, da er das vor Verblüffung törichte Gesicht des Herrn Zapary sieht, kann einfach nicht anders, sondern lacht eine laute Narrenlache heraus, was aber das Vieh nicht einmal bewegt, die Ohren zu heben.

„Nimm ihn weg, Lompin“, sagt Georg kläglich, und ihm fällt ein, daß der Hund ja des Schafs wegen da ist. Obwohl ihn die böse Lust kitzelt, sein hochmütiges Junkerlein noch ein Weilchen in dieser mißlichen Lage zu lassen, treibt er denn doch mit Händeklatschen und he und ho das Tier davon, und der sieht den Viehdieb nun in ihm und geht ihn an, aber hinterrücks, so daß er die Visage in den Schnee gedrückt kriegt – doch gleich wieder freikommt, da György nun aufgesprungen ist und den Hahn spannt, worauf die Bestie ihn wieder okkupiert.

Er überlegt gerade, wie lange das Ringelspiel sich wohl so fortsetzen läßt, bis der Hund begreifen wird, daß er, um an sein Ziel, das Schaf, zu kommen, zuerst einem von ihnen den Hals durchbeißen muß, und es lächert ihn noch immer über die Maßen und ganz unangebracht, weil, das wär doch eine wahrlich unvermutete Weise, bei dieser Fahrt das Leben zu lassen, als Deus ex machina sich grad rechtzeitig präsentiert in Gestalt des Hirten und Hundeherrn, der genauso still und zottig zwischen den Kopfweiden auftaucht, seinem Tier, man weiß nicht recht, wie, den Befehl zum Nachlassen erteilt, das Schaf aufnimmt und dann, auf seinen wehrhaften Stab mit metallener Spitze gelehnt, offenbar auf ihre Erklärung wartet.

Die im Augenblick ausbleiben muß, denn György, nachdem er eben noch wie ein Stehaufmännchen aus dem Schnee hüpfte, der Gefahr zu begegnen, hängt nun, da sie vorbei, fassungslos an des Simplex Hals; offenbar haben des Kommondor Attacken seiner Seele mehr zugesetzt als seinem Leib.

„Ach, mein Vater und Freund“, (so weit geht er!) „so sollte ich denn von einer Bestie das Leben lassen“, japst er schluchzend, und Simplex klopft ihm den Rücken und murmelt beruhigend: „Ruhig, Ihro Gnaden, ruhig, George“, weiß er doch, daß dergleichen Vertraulichkeit dem andern bald leid tun wird, auch wird er sich an das Lachen erinnern, das den Lompin ankam, als der Hund über ihm stand.

Wo sich der Junge nun etwas faßt, kann der Simplicius beginnen, mit dem Hirten zu verhandeln. Sie seien ehrliche Wanderer, sagt er, durch widrige Umstände und räuberische Menschen in die Lage versetzt, in der man sie hier sehe, und hätten mitnichten vorgehabt, sich an jenem Schaf zu vergreifen, noch, Gott behüte, es vielleicht gar zu stehlen, sondern durch Zufall seien sie gerade so auf das Tier gestoßen wie der Herdenwächter Kommondor, der ihnen so wehrhaft zugesetzt habe.

Das alles hört sich der Hirt an, ohne eine Wimper zu regen. Macht dann, sein Schaf im Arm, einfach auf dem Absatz kehrt und will in durchdringendem Schweigen mit seinem Hund enteilen.

Es muß schon länger her sein, daß sie eines Menschen ansichtig geworden sind, sonst hätte Lompin wohl nicht, wie er sich erinnert, so wild verzweifelt alles aufgeboten, den Kerl zu halten; redet ungarisch, polnisch, deutsch auf ihn ein, umtänzelt und umspringt ihn, um ihn am Weggehen zu hindern. Und eh er sich's versieht, schlittert er auf den Händen übers Eis und zappelt mit den Beinen in der Luft, balanciert dann einen Schneeball auf der Nase und jongliert zwei weitere in jeder Hand, kurz, bringt an Possen vor, was er meint, daß es so einem Schäfersknecht gefallen könnte.

Der, in der Tat, steht, glotzt, stellt sein Schaf auf die Beine, lacht dann, daß ihm die Tränen vor Vergnügen die Wangen herunterrinnen, und setzt sich aufs Eis, den Bauch zu halten, und auch Herr György, nach dem ausgestandnen Schreck, kichert wie ein Kind. Einzig der Hund bleibt von den Alfanzereien gänzlich unbeeindruckt.

Lompin, der langsam außer Atem kommt (er hat schon seit langem nichts Rechtes mehr gegessen), endet mit einer Reverenz, die gleich in die Gebärde eines Bettlers übergeht, denn Bettler und Bittsteller sind sie ja recht eigentlich, ja, er reibt sich sogar mit kläglicher Gebärde den Bauch, anzudeuten, wie sehr ihn hungert.

Der Hirt grinst mit zahnlückigem Mund, nimmt sein Schaf wieder auf und gibt ihnen mit einer Kopfbewegung zu verstehen, sie sollen ihm folgen. Und mit einer Erleichterung, die ihn selbst zu Tränen rührt, macht Lompin nun eine dankende Reverenz. Der Hirt grinst wieder.

Und so ziehen sie denn los: der Schäfer, das Schaf auf der Schulter, György, dem der Hund nach wie vor einen Heidenrespekt abnötigt und der sich deshalb so dicht wie möglich an seinen Begleiter hält, Lompin, der die ganze Zeit überlegt, ob der Hirte nun stumm sei oder taub oder beides, oder ob er bloß das richtige Idiom nicht gefunden, ihn anzureden, und zum Schluß Kommondor im grauweißen Zottelkleid, lautlos seine Pfoten setzend auf den Schnee, der unter dem Tritt der Menschen knirscht.

Die Hütte des Mannes hätten sie wohl nie gefunden. Sie ist so hingeduckt in eine Senke mitten im Schilf, daß man sie allemal für einen verschneiten Erdhügel gehalten hätte, denn obwohl es ihnen so vorkam, als sei die Gegend völlig flach, gibt es doch Erdfalten, Baumgruppen, Gestrüpp und Sumpfpflanzen, in denen sich trefflich verbergen läßt. Auch die Herde, der das verirrte Schaf nun wieder zugesellt ist, hat ihren Pferch so tief in Schilf und Kraut auf dem gefrornen Moorboden, daß erst kurz vorher auszumachen ist, was sich da Grauweißes bewegt im ganz Weißen. Einen Heustadel sehen sie nun auch, verwittert und unauffällig, indes sie, taumelig vor Müdigkeit, in der beginnenden Dämmerung zwischen Schäfer und Schäferhund herschlurfen, und ihnen erscheint der ödeste Katen nun wie das Schilderhaus vorm Paradies.

Erst nach dem Weilchen, das die erstarrten Glieder benötigen, um aufzutauen, merkt man, daß es auch da drin nur Kälte und Kälte gibt. Kein Feuer raucht in dieser Hütte, hartes Brot und steinerner Schafskäse sind alles, was vorhanden, dazu Milch, auf der die Eisklumpen schwimmen, so daß ihnen der Frost innerlich so recht durchs Gedärm fährt – wie lebt so einer wie der Schäfer damit, wintertagaus, wintertagein?

So sind sie froh, daß er sie zu dem verwitterten Heuhäuslein führt, damit sie in die Spreu fahren können, zu schlafen. So vermeinen sie zumindest.

Und dann leitet sie der sprachlose Hirt um einen Stapel getrockneten Schilfs herum und weist grinsend mit dem Finger, und sogar dem Zapary erstickt der Schrei in der Kehle.

Halb unterm zerwühlten Heu, halb auf harter Erde liegt einer mit aufgeschnittener Kehle, man sieht den weißen Knorpel der Gurgel. Seine unordentlich zerrauften Kleider, aufgerissenes Spitzenjabot, rotbraun von Blut, die ihm über die Augen gezogene pelzverbrämte Mütze und eine große, leere Reisetasche deuten draufhin, daß er nicht unvermögend war.

György hat sich dem Toten mit winzig kleinen Schritten genähert, als stoße ihn jemand von hinten heran, und stammelt mit versagender Stimme: „O Mörder ..., ich kenn ihn ..., das ist Bascay..., einer der Unsern." Dann hebt er die Hände vors Gesicht und beginnt murmelnd zu beten. Dem Lompin sträubt sich das Haar. „Hirte", fragt er, „wer hat den umgebracht? Du?"

Aber der grinst nur, und seine Augen sieht man nicht unterm runden Hut, und Lompin begreift verzweifelt, daß der wohl nicht nur nicht reden, sondern auch nicht hören kann.

Unter den aufmerksamen Augen des Hundes, der stumm wie sein Herr und wachsam dicht heben dem Heu steht, und immer gewärtig, daß die Bestie seine Gestikulation falsch verstehen und auf ihn losgehen könnte (aber der klaffende Hals da stammt nicht von einem Biß), beginnt er, mit Leib und Gliedern dem anderen seine Fragen vorzutanzen, und siehe, alsbald ist er in einem ganz passablen Dialog mit dem Menschen.

Nein, nicht er, der Schäfer, habe solches getan. Sondern vor fünf, sechs Tagen sei jener gekommen, Nachtlagers wegen, und dann eine Zeit drauf noch andere. Dann müssen sie wohl gekämpft haben. Das freilich habe er nicht erlebt, sondern er sei Holz holen gewesen für ein Feuer, das letzte, das er entzündet, aus Angst, noch mehr Reisende und also Schwierigkeiten auf den Hals zu kriegen. Kommondor allein habe die siegreichen anderen in die Flucht getrieben, dergestalt, daß sie nicht einmal mehr imstande gewesen, zu plündern, sondern sogar noch von dem Ihren zurückließen.

Damit führt der Hirt, immer grinsend, Lompin zu einem anderen Heuhaufen, wühlt und fördert allerlei zutage: zwei Pistols als erstes, nicht abgeschossen (dazu blieb wohl keine Zeit), ein Messer, ein Trinkgefäß aus Buchsbaum, Wäschestücke, das Porträt eines Fräuleins, auf Leder gemalt, ein zerfleddertes Gesangbuch der Augsburgischen Konfession und schließlich in leinenem Beutel Geschriebenes. Daß kein Geldstück und keine Pretiosen dabei sind, bemerkt Lompin wohl. Der Hirt will auch leben und hat wohl noch andre Verstecke, und soviel Vertrauen ist auch nicht notwendig, nur weil einer geschwinde und ausdrucksvolle Faxen machen kann.

Er dankt dem Kerl, der ihn nun allein läßt mit dem Jungen, und legt György behutsam die Hand auf die Schulter. „Es gibt Papiere", sagt er, „wir sollten sie lesen, solange das Licht dazu reicht."

Aber sein Draufgänger ist doch sehr verstört vom Anblick des durchschnittenen Halses, und es braucht eine Zeit, bis er begreift, was ihm der andre erzählt. Ganz und gar unverständlich ist ihm, wie der das alles erfahren hat, er murmelt was von Hexerei und placiert sich starren Blicks im Heu, indes sein Begleiter ihm die Funde vorführt. Das Messer, das wahrscheinlich dazu diente, Herrn Bascay die Todeswunde beizubringen, hat Lompin lieber weggesteckt.

Beim Anblick des Medaillons belebt sich der Knabe. „Die kenne ich, das ist die Tochter des edlen Zrinyi", ruft er aus, „und eine der tapfersten evangelischen Frauen dieser Zeit!"

Das Bild wird wie ein Fetisch geküßt und sorgsam verwahrt – offenbar betrachtet sich George Martinus als der legitime Erbe des verblichenen Musje Bascay.

Gleiches geschieht mit dem Gesangbuch – der Simplex hat sich schon immer gewundert, daß derlei nicht mitgeführt wird.

Dann geht es an das Säcklein mit den Schriften. Sie stekken in einer zweiten Hülle, vielfach von Schnur umwickelt und mit einem dicken Siegel versehen, und Cergely wirft einen Blick darauf und erklärt, dergleichen zu öffnen sei eine Infamie und infolgedessen eines Edelmannes unwürdig.

Lompin, ganz ruhig, dankt dem Himmel, daß er kein Edelmann und also nicht anfällig für dergleichen empfindliche Ehren-Krankheiten, und reißt die Schnüre ab.

Drin finden sie vier ebenfalls gesiegelte Briefe, jeder an einen anderen Adressanten gerichtet, die Lompin ohne viel Federlesens trotz des Zapary Protest samt und sonders erbricht. Jedes der Schreiben ist in einer anderen Sprache abgefaßt und trägt, wenn auch von derselben Hand geschrieben, eine andere Unterschrift, der Inhalt aber ist immer der gleiche: daß der Überbringer, Herr Bascay, ein vertrauter Freund des Unterzeichneten sei, eingeweiht in die Finessen der Diplomatie, ein fester Bekenner des jeweiligen Glaubens und mit wichtigen Botschaften für den Adressaten versehen, die dringend und nur mündlich zu übermitteln er beauftragt.

Lompin hockt auf der Erde und breitet die Schriften auf dem gefrornen Lehm aus, und Cergely kniet daneben, starrt drauf und sagt: „Ich versteh nicht, Simplex. Was bedeutet das?"

„Das", sagt der und findet, der Simplex sei doch wohl nicht er, „also das hier ist ein Brief Seiner Hochwürden des protestantischen Bischofs an den Herrn Vizegespan, auf gut ungarisch, wie Ihr seht. Dann haben wir das gleiche noch mal auf deutsch, vom Ordensgeneral der Societas Jesu an den Kollegen im Szekler Land. Hier ist ein polnisches Zertifikat mit französischer Unterschrift, und das hier, Musje, ist an den türkischen Statthalter gerichtet, von einem Reichsgrafen, dessen Name nichts zur Sache tut."

„Und was bedeutet das nun wahrhaftig, Lompin?"

„Die Gesinnung alla moda, wenn Ihr mich fragt. Obrigkeiten zum Aussuchen. Schade eigentlich, daß die Briefe alle nicht echt sind, oder nur einer. Es hätte noch besser ins Bild gepaßt, wenn der edle Bascay wirklich von vier Seiten her ausgeschickt worden und wie ein Kreisel rundum gefahren wäre."

„Halt deine Zunge im Zaum! Bascay ist ein Homme d'honneur gewesen!"

„Er war's, Herr, zweifellos. Darum ist es ja auch alles eine Handschrift statt deren vier. Ein Jammer, er hat nur nicht die Zeit gehabt, das richtige Zertifikat herauszuholen, als seine Halsabschneider kamen. Vielleicht war deren Couleur nicht so leicht auszumachen."

„Aber er hat", sagt György und sieht ihn aus seinen kalten füchsischen Augen an, auf deren Grund denn doch so etwas schimmert wie – ja, ist's Verzweiflung, Irritation, vielleicht gar Schmerz? –, „er hat das Bildnis der Mademoiselle Zrinyi bei sich gehabt und das Gesangbuch. Es hätte ihn verraten, nicht wahr?"

„Ja, das hätte ihn verraten", erwidert Lompin, nur damit das, was hinter diesen Augen sitzt, freikommen kann, und Cergely nickt, und dann weint er und schläft, noch weinend, ein.

Es ist unsinnig, ein Menschenfreund zu sein, und noch unsinniger, auf ein Festes in dieser Welt zu hoffen, da alles schwankt und fällt und täuscht und schwindet. „Stern, auf den ich schaue", beginnt der Musikant leise zu singen. Ja Sterne. Die kommen, die steigen, die gehen unter. „O Gott, so zeige dich doch nur." Wie soll er denn? Ist wohl seine Sache nicht, beständig zu sein und anschaubar. Zeigt sich im Wandel. Eine schmerzhafte Sache das, wenn man, trotz närrischer Conduite, einer ist, der aufs Beharrende aus ist.

„Nicht, daß du sie wegtust, die Episteln", sagt Cergely aus dem Schlaf heraus. „Heb sie alle auf, hörst du. Er war doch getreu."

Lompin deckt eine Handvoll mehr Heu über ihn. Ja gewiß, so wie's bei euch ausschaut mit der Treu. Auf vier Würfe ein Treffer.

Auf einmal ist ihm die Gesellschaft von dem Toten und dem Schlafenden nebeneinander unerträglich. Er schlüpft in seinen Pelz und geht vor die Tür mit einem Gebund Schilf, sich draufzuhocken im Windschatten hinterm Schober. Die Sterne sind in voller Pracht, wie sie die reine und kalte Luft verleiht, eisig fern sind sie und unfühlend.

Hinterm Stadel ruht auch Kommondor, grauverschwimmendes Fell gegen das Weiß des Schnees, und hebt bei des

Menschen Erscheinen jenes Ende seines Korpus, das der Kopf ist, Aug ist keins zu sehen.

„O Hund“, sagt Lompin, „was gäbe ich dafür, hätte ich jetzt eine Pfeife im Maul und eine liebende Seele zur Seite, denn mir ist kalt.“

„Mir ist auch kalt“, sagt da der Hund, ohne die Schnauze zu bewegen oder die Ohren zu regen, „was willst du?“

„Wir dienen beide, so daß es wenig Unterschied macht, ob Mensch, ob Viehe, unserm Herrn. Dir ist mehr Würde eigen, da du stumm bist.“

„Mein Herr ist auch stumm.“

„Auch meiner, Kommondor, wenngleich er unablässig redet, ist er doch eigentlich stumm und taub dazu. So daß ich um so mehr Possen reißen und schwätzen muß, seine klappernde Taubstummheit zu übertönen. Verstehst du mich?“

Darauf antwortet der Wächter nicht, legt nur das grimmige Zottelhaupt herab auf die Füße, als käme ihm dergleichen läppisch vor.

„Wer zwingt dich, zu dienen?“ Lompin nagt am Daumen.

„Niemand. Ich bin stark. Ich bin allein und frei. Ich kann dich töten und jeden Wolf und jede Beute. Ich dulde weder Angriff noch Rivalen. Niemand zwingt mich.“

„Aber du tust es dennoch.“

„Du siehst es.“

„Ich bin tausendmal schwächer. Vielleicht zwingt mich die Not?“

Kommondor rückt die mächtigen Lenden, legt den Schweif, ist müde.

„Verachte mich nicht. Was treibt dich? Vielleicht Liebe?“

„Ich liebe nicht“, erwidert der Hund voll Würde. Dann schläft auch er.

Schließlich verbrannten sie die Briefe doch. Cergely davon zu überzeugen, daß sie in den Verdacht des Mordes kämen mit diesen Schriftstücken, war fast genau so schwierig, wie ihm zu erklären, warum man den Toten nun einmal bei so gefrornem Grund nicht begraben könne. Gebete an der Leiche gab es genug.

Im übrigen kann sich Simplex nicht genug verwundern, wie merkwürdig günstig sich der Kopf seines Schützlings die Dinge zurechtzulegen vermag … Bascay, das steht nun einmal fest, war getreu als ein Bekenner rechten Glaubens, davon zeugen Bild und Buch. Alles andre sind bestaunenswerte Listen, um zum Ziel zu gelangen, ja, eigentlich ein wahres Exemplum, wie vorzugehen sei.

Ob er nun auch ein paar gefälschte Rekommandationsschreiben heische, fragt Simplex grimmig, aber der junge Herr lacht nur und nutzt im übrigen die Zeit, von seinem Begleiter ein wenig das Türkische zu lernen.

Die Eislüfte werden etwas linder, und mit einem unbegreiflichen Glück, in dem György natürlich Gottes schützende Hand sieht, gelangen sie ungesehen und unverfolgt über die Grenze ins Polnische.

Wäre es dem Lompin nicht um die zweite Hälfte des Lohns zu tun, könnte er seinen Schutzbefohlenen hier wohl verlassen, denn sie sind, alles in allem, außer Gefahr, können in einem Bett übernachten und eine warme Suppe essen, aber der Fallstricke des Feindes sind gar viele und heimliche, und Simplex glaubt das junge Herrchen wenig gefeit, denn zugelernt, wie's scheint, hat der wenig. Ist wieder obenauf und führt öffentlich die sattsam bekannten großspurigen Reden, schreibt übrigens alles Verdienst an seiner abenteuerlichen und gelungenen Flucht nur sich selbst zu, sein possierlicher Knecht da hat ihm nur assistiert.

So daß dieser recht verdrießlich mehr hinter als neben ihm herzieht und lieber gar keine Antworten mehr gibt und nur ja oder nein am Stiel seiner Pfeife vorbeiquetscht.

In E. machen sie dann Station, und nur mit Grobheit kann Lompin das Herrchen zurückhalten, sich überall „zu erkennen zu geben", denn österreichische Spione sind hier en masse, und ein Knebel ist einem oft schneller im Mund, als man schreien kann.

In einem besseren Gasthof Quartier zu nehmen, verbietet ihnen neben der Vorsicht der Zustand ihrer Börse. Immerhin will es das Glück, daß eine reiche Bürgerhochzeit stattfindet und man um eine Musique verlegen ist. Lompin bekommt zu tun, und mehr noch als die verdienten Goldfüchse dort und dann auch anderwärts genießt er, mit „Herr Trompeter" tituliert und mit respektvoll gezognem Hut begrüßt zu werden gassauf, gassab.

Mit frischem Geld gelingt's ihm, einen verläßlich wirkenden Boten abzufertigen ins Siebenbürgische, des Inhalts, sie seien da nach vielen Fährnissen und harrten weiterer Auflagen.

Er schreibt vorsichtig, verklausuliert. Wer weiß, wie sich die Dinge entwickelt haben, ob man des Unterpfands evangelischer Glaubensstärke namens George Martinus Christophorus Zapary überhaupt noch bedarf da drüben.

Es dauert aber gar nicht lange, und jemand kommt. Ein großgewachsener Deutscher mit Federhut und puritanischem Spitzenkragen nimmt Quartier in ihrem Gasthof, mustert sie bei Tisch eingehend und wendet sich dann, zu einem Zeitpunkt, als Cergely ausgeht, irgendeinem Kind der Stadt ans Mieder zu fassen, an Lompin: „Ich hab mit Ihm zu reden. Aber nicht hier."

Sie entschließen sich (da der Trompeter mißtrauisch ist, nicht mit dem anderen in ein geschlossenes Kabinett zu gehen) zu einer Promenade am Stadtwall, wie sie die Herrschaften sonntags nach der Predigt oder am Feierabend zu unternehmen pflegen.

Der deutsche Herr legitimiert sich mit Lompins Brief, mustert jenen dann mißmutig von der Seite und bemerkt als Auftakt: „Warum so spät? Wir dachten schon, Er hätte sich mit dem Geld davongemacht und das teure Pfand irgendwo verkommen lassen."

Auf dergleichen Melodei war der Simplex nicht gefaßt und entgegnet ziemlich verstimmt, er habe keine Spazierfahrt unternommen, sondern sei durchs Unwegsame und Verborgne gezogen mit dem jungen Herrn, und was das Geld angehe, das sei ja lächerlich, denn für ein Reisegeld habe es mit Mühe hinlangen können, aber kaum für mehr, und falls der andere die Ambitiones des „teuren Pfands" ahne oder kenne, möge er sich ausmalen, was noch in seinen, Lompins Taschen, sei. Zudem, ob er denn annehme, man wolle um die zweite Hälfte des ausgesetzten Salärs kommen, daß man sich wegschleiche, oder wie?

Darauf schweigt der Mann aus Siebenbürgen zunächst, räuspert sich dann und sagt, ja, eben darüber sei zu reden.

„Überhaupt nicht", erwidert Lompin, dem der Grimm aufsteigt. Ob die wohledlen Herren etwa vorhätten, einen redlichen Kerl, der für die evangelische Sache Kopf und Kragen gewagt, nachdem sie ihn erst übler Tricks verdächtigt, nun auch noch um sein wohlverdientes Geld zu prellen?

Der Partner ändert daraufhin die Taktik und bemerkt, keineswegs seien die Auftraggeber unzufrieden, sondern im Gegenteil dankbar noch und noch, denn man habe große Dinge vor mit dem jungen Zapary, und das erregende Martyrium seiner Flucht erhöhe gleichsam den symbolischen Wert, den seine Person im Kampf der Mächte habe. Es sei nun aber so, daß in der Botschaft, die Musje Zapary selbst gesendet habe …

„Welche Botschaft?" unterbricht ihn Simplex verdonnert. „Und woher?" Nun, mit demselben Kurier, der Lompins Brief überbracht, sei ja auch Nachricht von dem jungen Herrn selbst gekommen, in dem er des Simplicius' gute Dienste lobe, aber zur Bedingung aller zukünftigen Tätigkeit mache, daß bald, wie von Simplicio ja zugesagt, dieser die Schwester nachhole.

Der sagt erst mal gar nichts mehr und läßt den anderen reden.

Man habe, fährt der fort, Erkundigungen eingezogen. Die beiden Fräulein Zapary und Riczan seien, kurz nach der geglückten Flucht Herrn Cergelys, auf dem Landsitz der Madame Grand'mère aufgegriffen und zwangsweise nach Wien verbracht worden, wo sie in der Gewalt der Jesuiten seien und zum Katholizismus gepreßt werden sollten. Danach wolle man sie verheiraten.

Herrn Zaparys Wunsch und dringende Bitte sei nun, die Befreiung der schmachtenden Unschuld ins Werk zu setzen, und er wisse dazu keinen geschickteren und geeigneteren als den Musje Simplex, wie er am eignen Leibe erfahren, zumal dieser ja vor Zeugen versprochen, solch Werk zu unternehmen, und zwar ohne erneutes Salär.

Um aber ganz sicherzugehen, daß er dies Abenteuer schnell und kräftig angehe und zu Ende führe, habe man für gut befunden, ihm vom ausstehenden Lohn zunächst einmal die Hälfte auszuhändigen, die er auch richtig bei sich führe; den Rest aber mit – er zweifle nicht daran – sicher einem feinen Aufgeld, werde er erhalten, wenn er den

Auftrag glücklich ausgeführt und der Bruder die Schwester umarmen könne.

Lompin sagt dazu immer noch nichts und knirscht auf dem Stiel seiner Pfeife, und auch der deutsche Herr hält nun wohl alles für gesagt und geht schweigend neben ihm her.

Sie marschieren bis zum Ende des Glacis unter den kahlen Lindenbäumen und kehren wieder um, immer in Schweigen, und erst kurz vor der Tür ihrer Herberge sagt der Siebenbürge: „Darf ich nun, Musje Simplex, Seine Entscheidung vernehmen in dieser Sache, wie sie wohl ausfallen mag?“

Der lacht kurz auf. „Was hab ich da zu entscheiden? Alles ist klar. Gebt mir die fünfzig Dukaten, und ich mach morgen auf dem Absatz kehrt, um nach Wien zu ziehn – auf Dank hab ich nicht gerechnet. Es ist schon gut so.“

Der Mann will erwidern, aber Lompin schneidet eine greuliche Fratze, macht den Buckel krumm und streckt die Hand aus wie eine Greiferkralle, und der etwas verstörte Deutsche legt ihm, nachdem er sich verstohlen umgesehen, einen Beutel hinein.

„Ich zähl drinnen gleich nach“, bemerkt Lompin bissig, und weiter schweigend gehn sie in ihr Logis, wo sie erfahren, daß Herr Zapary inzwischen nach Haus gekommen sei.

„Ich hol ihn“, sagt Simplex, „wartet hier. Ihr könnt noch heut mit ihm reisen, wenn Ihr wollt.“

Und geht hoch zu dessen Kammer, denn seit sie wieder auf gefahrlosem Terrain sind, hat die Standesperson ungeachtet der knappen Kasse nach einem gesonderten Raum verlangt.

Zapary liegt auf dem Bett, nach seiner Art mit den Stiefeln auf dem Linnen, und tändelt mit einem maigrünen Band, das er wohl als Angebinde von der besuchten Schönen erhalten hat.

„Komme Ihro Gnaden doch herunter“, sagt Lompin barsch, „ein Herr aus Siebenbürgen ist da, Euch einzuholen. Er will noch heute mit Euch übers Gebirg.“

„Oh“, erwidert György und springt auf, während sich auf seinen hohen Wangenknochen sogleich rote Flecke bilden, „dem Herrn sei Lob und Dank! Ich will sogleich – aber ich muß Toilette machen –, sag ihm, Lompin, ich käme gleich ...“, und er wendet sich zum Waschkrug.

Aber da kann der andre nicht mehr an sich halten, er packt ihn bei den Schultern, dreht ihn zu sich herum und rüttelt ihn, indes er zwischen den Zähnen hervorstößt: „Warum hast du Lumpenkerl meinen Boten abgefangen und ihm deine füchsische Epistel mitgegeben, die so voll schwarzem Mißtrauen und Bescheißerei steckt, wie sie nur ein Kujon ersinnen kann? Hast du nicht kurz vorm Verrekken in meinen Armen gelegen, und habe ich dich nicht wie meinen leiblichen Sohn behütet und aus allen Klemmen und Todesnot und anderer Gefahr errettet, und waren wir nicht beisammen manchmal wie Brüder? Und nun begehst du solche Felonie, daß du mich um ein paar Goldstücke schmälerst, um mich zu nötigen, zu einer Sache, die ich ohnehin getan hätte aus – aus Anhänglichkeit, und sagst mir all die Zeit kein Sterbenswort davon, weder vom Brief, daß du ihn geschrieben, noch was darin gestanden?“

„Laß mich los, Lompin“, sagt György lachend, „ich kann mich ja kaum auf den Füßen halten bei deinem Geschüttel. Ich dachte nicht, daß du es so aufnehmen würdest, verzeih. Ich wollte einfach sichergehn. Ist es wegen des Geldes? Aber du bekommst es ja später.“

Der andre erwidert nichts, läßt die Arme sinken, geht zur Tür.

„Aber du holst mir doch das Mädchen, nicht wahr?“

„Das Mädchen? Es sind zwei, denke ich doch.“

„O nein, nein! Ich will nur meine Schwester, nicht Rosalia. Das macht es ja sicher für dich einfacher, nicht?“

„Rosalia nicht?“

„Behüte. Ganz und gar nicht. Es gibt so viele Frauen auf der Welt.“ Er wendet sich dem Wasserkrug zu.

„Er kommt gleich“, sagt Lompin einsilbig zu dem Mann aus Siebenbürgen, und sie setzen sich beide an den Tisch im Schankraum, jeder vor seinen Krug Bier und warten – Simplex fragt sich, was der sich wohl für ein Erscheinen ausgedacht hat.

Der Auftritt ist angemessen. Über seine schäbigen Kleider hat der junge Herr den wunderschönen Fuchspelz drapiert, wie ein Feldherr auf einem Schlachtengemälde wirkt er, und während er mit kleinen Schritten die Stiege heruntersteigt, drückt er an seine Brust das zerfledderte Gesangbuch, das sie da bei dem Toten gefunden. Dazu ist er bewaffnet wie ein Strauchdieb mit den zwei ebenfalls aufbewahrten Pistolen und seinem Degen.

Auf der vorletzten Stufe bleibt er stehen und macht Taubenaugen. Der Gesandte, der sicher auf eine christliche Umarmung gefaßt war, sieht sich genötigt, dem über ihm Stehenden die Hand zu küssen.

„So kann ich wohl gehen", unterbricht Lompin schroff die rührende Szene. „Meine Aufgabe ist aus."

„So ist es, und nochmals Dank", sagt der Deutsche pomadig, ganz um den anderen bemüht, da er ihn nun hat.

Lompin steht auf und stapft wütend zur Tür, aber auf einmal hängt ihm György am Hals.

„Grüß die Schwester, hörst du?" flüstert er. „Gott schütze dich, Lompin."

Dann wendet er sich wieder seinem neuen Mentor zu.

In Tauwinden und erneuten Frösten, sein Geld fest verschlossen zuunterst im Schnappsack, auf einem knochigen Klepperchen, so zieht Simplex-Lompin auf Wien zu, hier und da mal ein Zehrgeld erwerbend mit der Trompeten oder durch ein paar närrische Späße auf einer Hochzeit, tiefer denn je betrübt im Herzen über des geplagten Landes Miseria, hin und wieder in einer Kanzleistube mit frostklammen Fingern Akten kritzelnd zur Aushilfe, auch einen Zettel entnehmend zwischendurch und eigne Gedanken oder Noten aufschreibend, die verwahrt er in der Tasche für später. In Eperies kennt er einen Drucker, der nicht abgeneigt ist, ein Blättchen kursieren zu lassen gegen gutes Geld, wenn nur keiner erfährt, wo es gemacht wurde, und gen Eperies also lenkt er seine Schritte.

Ein, zwei Wegstunden vor den Stadttoren merkt er, daß er nicht der einzige ist in dieser Richtung, sondern ein wahres Gewimmel von Reisenden scheint es auf das Städtchen abgesehen zu haben. So fragt er denn, ob ein Markt- oder Festtag sei, und erfährt, zwei große Räuber habe man im Gebirge gefangen, und heute sei der Tag ihrer Hinrichtung.

Wie sie denn wohl heißen, fragt er ahnungsvoll, und ja, sie sind es. Janko und Bajuz. Und so wird er hingehen und zuschauen müssen.

Die Weiber sind schon gehenkt, als er auf den Marktplatz kommt, ihrer fünf, von denen es heißt, daß sie den beiden Haupträubern Speise, Unterschlupf und ihr Bett gegeben haben. All die Zeit, sagen die aufgeregten Leute, habe man wohl gewußt, wessen sich diese Erz-Huren erdreisteten, aber aus Furcht vor der Rache ihrer Liebsten, der Banditen, nicht gewagt, ihnen auch nur mit eines Auges Blinzeln zu zeigen, daß man sie verdächtige. Nun hätten sie ihren Lohn dahin.

Der Reisende späht gereckten Halses, aber die schöne Grazyna mit den weizenblonden Zöpfen ist nicht darunter.

Bajuz auf dem Rade ist schon still geworden, aber Janko, der kleine Janko mit den federleichten Schuhen, der so hoch sprang, wie ein Mann groß war, steht jämmerlich angebunden, und der Henker schindet ihm zwei Streifen Haut vom Nacken bis zu den Fersen herab, während der Janko brüllt und flucht: „Mach schneller, du Hurensohn, mach's gründlicher! Wär ich an deiner Stell, Kerl, hei, wie wollte ich dich scharf schinden!"

„Vier Reichstaler!" ruft der Henker, „für vier Reichstaler verkauf ich diese Riemen aus der Haut des großen Erz-Schelms und gefürchteten Räubers!"

„Ich biete fünf", sagt Lompin und tritt hinzu.

„Wer ist der Mann", ächzt der Geschundene, „dem mein Fell soviel wert ist?"

„Ich bin's und will mir gute Peitschenschnüre draus machen lassen, die lange halten wie dein Leder", entgegnet er grimmig und laut, für alle auf dem Marktplatz zu hören, und ist mit einem Sprung am Gerüst, vor den tränenden Augen des Malefikanten, und der mustert ihn mit einem Blitz des Erkennens unter den Lidern.

„Gruß dir, Landsmann", er stöhnt verzerrten Mundes, „wie geht's deiner Trompeten?" Und verlöschend: „Gruß der Grazyna."

Dann zerrt man ihn weg, ihm den Haken unter den linken Rippenbogen zu schlagen und ihn aufzuziehen daran, und sein Fluchen und Brüllen hallt über den ganzen Platz.

„Komm heut abends vors Tor zu unserer Hütten, Mann, da kannst du deine Ware abholen, säuberlich präpariert“, sagt des Henkers Knecht.

Diesen Tag greift Lompin die Barschaft von unten im Reisesack an, schlieft von Schenke zu Schenke und säuft gottserbärmlich, und da es dämmert, geht er vors Tor zu der Henkersleute Haus.

Weder Knecht noch Meister sind daheim, aber des Henkers Weib sitzt am Feuer und wärmt sich die Füße.

„Ich komme meine Ware holen“, sagt Lompin und grüßt, „hier sind die fünf Taler“.

„Leg das Geld da auf den Tisch“, sagt sie, ohne sich umzudrehen. „Die Riemen hängen dort. Wollt Ihr Euch ein Halfter für Euer Pferd draus machen lassen?“

„Nein“, erwidert er.

„Dann nehmt sie zur Peitsche. Aber Ihr müßt sie nutzen, solange der Leib noch nicht verscharrt ist, von dem sie stammen. Sonst verlieren sie ihre Zauberkraft.“

„Ich will sie nicht der Zauberkraft wegen.“

„Nein?“ fragt sie und wendet ihm das Gesicht zu.

Da erkennt er sie. „Grazyna!“ ruft er.

„Ich bin die Henkerin und niemand anders“, entgegnet sie. Und leise: „Lebt er wohl noch?“

„Als ich die Stadt verließ, war es ruhig geworden auf dem Platz.“

„So wird er hinüber sein, auch wenn er sieben Katzenleben hätte“, sagt sie, steht auf und geht schwerfällig zum Tisch. „Trinke mit mir“, bittet sie und gießt Branntwein ein aus dem Kruge. „Mein Mann und sein Gehilfe kommen heut nicht mehr heim. Sie räumen die Richtstatt und haben dann Freibier im Ratskeller.“

„Ich soll Euch grüßen von ihm“, sagt er.

Sie antwortet nicht, streicht das helle Haar unter die Haube zurück. Beide kippen sie den Schnaps.

„Er konnte auf einen fahrenden Wagen springen, so daß er mit beiden Füßen zugleich aufkam. Eine dreifache Schnur hungrische Dukaten trug er um den Hut und zwei Rosinobel an den Spitzen seines Bartes. Er hat keinen einzigen Namen verraten.“

„Er hat bis zuletzt seine Peiniger verflucht.“

„Ja“, sagt sie, „trinken wir.“
Sie trinken und schweigen.
„Willst du, daß ich ihn kommen lasse?“ fragt sie.
„Kannst du das?“
Sie lacht. „Da ist ganz leicht für eine Hex wie mich.“ Sie steht auf, schneidet ein Stück von dem Hautriemen ab und hält es Lompin hin: „Da schreib seinen Namen drauf.“ Dann legt sie es in ein irdenes Häflein mit Wasser und rückt es zum Feuer. „Es muß gelinde kochen, dann kommt er.“
Sie sitzen und starren auf das Wasser, der Dampf steigt auf, die Oberfläche kräuselt sich, Blasen tanzen um die Haut mit dem Namen. Plötzlich steht er in der Dunkelheit in der Tür, nackt und bloß, wie er am Haken hing, und starrt sie an.
Lompin schreit auf.
„Du bist schreckhaft, wie?“ sagt die Henkerin heiser. „Frag ihn, was er will.“
„Was willst du, Janko? Willst du deine Haut zurück?“ Und er hält ihm mit ausgestreckten Händen die Streifen entgegen.
Das Phantom schüttelt den Kopf.
„Vielleicht sollst du ihm ein Stücklein auf der Trompete blasen als letztes Geleit?“ schlägt die Frau vor.
Aber das Wesen verneint wieder, hebt die Hand und weist langsam auf Grazyna.
„Willst du mich? Ich komme“, sagt sie leise, erhebt sich und geht schlafwandlerisch langsam auf Janko zu.
„Nein!“ schreit Lompin. „Du nicht!“ Er stürzt den Hafen um, zischend verlöscht das Feuer.
Der Spuk ist fort.
Grazyna lacht im Dunkeln.
Er sucht und findet ihre runden, vollen Schultern, ihre runden, vollen Brüste. Keuchend sinken sie gemeinsam zu Boden. Die Riemen aus der Haut des großen Räubers sind zwischen ihrer und seiner Haut.

Das zehnte Capitel

in dem er in einem Hurenhaus seine Biographia darlegt und gedenkt, wie er zur Hochzeit aufgespielet, erst sich selbst und dann sein Liebstes verloren

In Göppingen hören die Fragen nicht auf, warum Musje Speer, der Zugewanderte, der anregend Fremde, so jeden Mondumlauf einmal nach Stuttgart zu fahren sich bemüßigt fühlt. Daß er mit seinem Verleger zu diskurieren oder ihm ein neues Manuskript zu bringen habe, ist nur den Eingeweihten einsichtig. Der allgemeine Klatsch heißt, er gehe zu die Menscher. Aber selbst der Göppinger Klatsch glaubt nur so halb und halb daran, da ja Kuppelnester und Geldhuren vom pietistischen Landesherrn verboten, obwohl man weiß, daß dergleichen heimlich existiert. Sie würden wohl alle recht erschrecken, wenn sie erführen, daß er beides tut – zum Verleger gehn und zu die Menscher.

Beim Wirt zum Schwarzen Ochsen besorgt er sich Fahrgelegenheit, ohne freilich einen Kutscher zu dingen, er fährt selbst gern und spart dazu das Geld (bei seiner letzten Heimkehr hat er sich dann seinen Plagegeist und unheimlichen Wiedergänger aus dem vorigen Leben aufgelesen). Hofft, beim Güntz, seinem Verleger und Buchhändler, ein paar Dukaten kassieren zu können als Vorschuß fürs neue Manuskript, die er meint, zu seinem Salär nötig zu haben für die Laster, als da sind Coffee und Toback, dazu die vielen Wachskerzen für nächtliche Arbeit.

Aber diesmal ist alles verkehrt. Was ihm die Buben als Gerücht zugetragen, erweist sich als bitter wahr. Güntz ist in heller Aufregung, denn des Allerchristlichen Französischen Königs Truppen wären nun, auf ihrem Feldzug gegen den Kaiser der Teutschen, von Bonn und dem Niederrhein her gekommen und stünden bei Heidelberg, welches verbrannt, und Mainz, wo die Weinberge seien zerhacket worden, ja gar bis Pforzheim, wo sie Contributiones erhöben. Und der Duras hätte mit zwölftausend Mann nach Württemberg hineingewollt, wenn nicht die tapferen Bauren und Bürger des Schwarzwalds sie zurückgeschlagen, habe auch deshalb retirieren müssen, weil sie auch in Holland Schlappen erlitten durch den Fürsten Waldeck und also dort Sukkurs nötig gewesen sei.

Ihm, dem Güntz, seien in Gernsheim die Bestände verbrannt, weswegen er bedaure, diesmal dem Herrn Speer nicht gefällig sein zu können mit Geld, müsse sich selbst nach jedem roten Heller strecken.

„Hab ich das um Euch verdient, Güntz", sagt Lompin finster, „daß Ihr mich so schnöd abfahren lasset, als ob Ihr nicht genug an mir verdient habt bisher?"

Güntz hebt beschwörend die Hände. Das sei nicht persönlich gemeint, ganz im Gegenteil, er habe nur nichts. Die Meriten des Herrn Scribenten und Compositeurs seien doch unbestritten.

Speer legt sein neues Manuskript auf den Tisch, des Kriegs-Romans dritten Teil, und sagt: „So verfahret auch danach."

Güntz kriegt glänzende Augen. Eine Fortsetzung von einem Buch, wonach sich die geehrte Kundschaft die Finger leckt, das ist allemal ein Succès. Er will's zu den gleichen Bedingungen nehmen, aber bittet den geehrten Herrn Artisten, sich ein paar Wochen zu gedulden mit dem Geld.

„Aber noch vor Weihnachten!" fordert Lompin.

Vor Weihnachten, natürlich, allemal. Bis dann seien ja sicherlich auch die angeforderten Auxiliar-Völker vom türkischen Kriegsschauplatz hier eingetroffen und die Situation nicht mehr so bedrohlich. „Euch als weltläufigen und kriegserfahrenen Mann wird das alles wenig rühren, Ihr seid's gewohnt. Wir aber hatten, mit Gottes Hülf, einige Dezennien Frieden, wir fürchten uns."

„Da irret Ihr gewaltig, wenn Ihr annehmt, dergleichen werde durch Gewöhnung linder, sondern im Gegenteil, wenn man die Sachen kennt, so gerät man desto mehr ins Zittern und in eine rechte Rage dazu, daß es einen wieder ereilen soll, kaum daß man entronnen." Und fügt einen ungarischen Fluch hinzu.

Der Buchhändler wiegt betrübt den Kopf. „Hie und da streifen schon französische Soldaten durch die Stadt", bemerkt er.

„Und man läßt sie so einfach, da sie doch der Landesfeind

sind, hier herumgehn, als seien sie eine Horde Klosterschüler auf Pilgerfahrt?"

„Himmel, Musje, was soll man denn machen? Ihr wißt doch selber, daß wir ganz von Armeen entblößt sind. Und die Landmiliz wagt sich nicht hervor. Außerdem, das ist Sache der Obrigkeit und wird wohl nicht so heiß gegessen wie gekocht ist. Schreibt Ihr nur brav weiter, sie rennen mir nach Euren Opera die Stuben ein in Krieg und Frieden, ich werd nachdrucken müssen."

Das wurmt den Lompin mehr, als es ihn freut, denn sein Kontrakt besteht in einmaliger Gage, und jede Nachauflage geht in die Tasche vom Güntz. „Und die Musikalische Unterweisung?" fragt er übellaunig. „Wie verkauft Ihr die?"

„Eine musikalische Unterweisung ist kein Roman, Herr, das wisset Ihr so gut wie ich, daß sich dergleichen zögernder verkauft."

„Vielleicht bietet Ihr sie nicht recht an."

„Musje, ich sorg schon für Euch und Eure Werke. Ist ja auch in meinem Interesse."

Schon recht verstimmt, überschlägt Lompin seine Barschaft und begibt sich zum illegalen Hurenhaus der Mutter Häberle, allwo er freudig begrüßt wird als der schwarze Tatar aus Hungarland – Lisettgen aber, sein Favorit-Mädchen, sei nicht frei, ob er vielleicht vorlieb nehmen wolle mit einer andern, sonst müsse er warten. Justament ein Franzos, ein Herr Offizier von der Armee Melacs, ist der Freier da drin.

Voll Wut zieht er ins Wirtshaus, will eigentlich gleich anspannen lassen, trinkt aber erst einen und noch einen und zählt dann nicht mehr und beschließt, stark angeschlagen, doch noch zur Häberle zurückzugehen. Den Rest der Flasche nimmt er mit.

Er findet die Damen in gedrückter Stimmung. Lisettgens Galan sei nicht sehr courtois gewesen. Sie sei verprügelt worden. Ob er nicht wolle ein andermal wiederkommen?

„Nein", sagt er mit schon etwas schwerer Zunge, „nun bin ich einmal da. Fragt sie, ob sie mich noch annimmt."

Davon könne keine Rede sein, bedeutet ihm die Kuppelmutter, daß da nachgefragt werde. Wenn er wolle, möge er nur hinaufgehn, er sei auf ihren Zustand hingewiesen worden.

Lisette hat ein blaues Auge, eine aufgeschlagene Lippe und blutet gräßlich am Ohr, sintemalen ihr der Kerl den Ohrring herausgerissen. Sie hält einen Batzen vom reichlich vorhandenen Leinzeug dagegen und geht in Hemd und Unterrock im Raum auf und ab.

„Nimm", sagt Lompin mitfühlend und zieht die Schnapsflasche hervor.

„Vergelt's Gott", erwidert sie und tut einen tiefen Zug. „Dieses Vieh, daß elendige! Wie ich ausschau!"

„War's wegen dem Geld?"

„Ach nein, gezahlt hat er mehr als reichlich. Das war so seine Art, es zu machen. Ich vertrag ja manches, aber das ist zu arg." Jäh springen ihr die Tränen aus den Augen. Sie stampft mit dem Fuß auf. „Bin ich denn keine Kreatur Gottes nicht, nur weil ich im Hurenhaus sitz? Keinen Hund prügelt man so aus Plaisir."

„Ach Lieschen", Lompin seufzt, „betrüb dich nicht. Das ist die Art, wie die großen Herren umspringen mit Gauklern, Narren, Knechten, Huren und was ihnen sonst Vergnügen bringt. Nimm's dafür."

Sie setzt sich aufs Bett, ein kräftiges, bäurisches Mädchen, armer Leute Kind vom Dorf, hätt wohl zurückschlagen können, daß dem Herrn Offizier die bösartigen Spassetgen vergangen wären.

„Wie lang bist du schon bei der Kupplerin hier?"

„Auf Ostern vier Jahre."

„Da müßtest du doch wissen, wie die Manier ist."

„Schon recht", sagt sie, „laß uns nicht mehr davon reden. Gibst du mir noch einen Schluck? Mein Ohr hat aufgehört zu bluten. Alsdann können wir's tun."

Aber als sie zusammenliegen auf dem zerknitterten Laken, bringt er nichts zustande.

„Ist es", fragt sie, „weil mein Aug und mein Maul so bös ausschauen?"

„Nein, es ist der Branntwein", entgegnet er müde und legt den Kopf auf ihre Schulter, „und andres dazu. Es liegt nicht an dir. Wenn ich denk, daß vielleicht schon wieder eine Kriegs-Furia soll loskommen auf mich, der ich mich im Hafen wähnte … Ich mag nicht nach Göppingen zurück. Ich möchte die ganze Nacht bei dir bleiben, ohne auf dir zu liegen. Nur mit dir Branntwein trinken und einschlafen. Ich bin betrübt."

„Wenn du die ganze Nacht hierbleiben willst, mußt du bei der Hausmutter auch die ganze Nacht bezahlen, gleich, was du tust oder nicht tust. Mir soll's recht sein, mir ist die Lust gründlich ausgetrieben worden."

Und er geht und macht es klar mit der Häberle und läßt noch eine Flasche Branntwein kommen, dazu Geselchtes und Brot. Damit ist die Barschaft auch fast am Ende.

Sie setzen sich auf Lieses Bett, Speise und Schnaps zwischen sich, und essen und trinken. Dann räumen sie das Zeug weg und legen sich nebeneinander unter die Decke. Lisette hält ihn im Arm und krault ihm den Kopf, wie man ein Tier krault.

„Was hast du da für Narben unterm Haar?" fragt sie.

„Ach", antwortet er, wieder leidlich nüchtern durch das Essen, „das stammt aus meiner Kinderzeit, als mir der Herr Vetter das Haar büschelweise ausgedreht hat."

„Wie das? Und was für ein Vetter? Hast du denn keine Eltern nicht gehabt?" will sie wissen.

„Die waren an Hirnfieber gestorben, kaum daß sie mich ein halb Jahr ins Gymnasium gegeben. Mein älterer Bruder kam fort aus der Stadt in eines Edelmanns Dienst, ich aber, mangels anderer Verwandten, zu besagtem Vetter, der hatte nichts Eiligeres zu tun, als mich aus der Schul zu holen und als einen Dreckbuben für alle Dienste zu nehmen. Und ich sag dir, Liese, ein räudiger Hund hätt es besser gehabt. Seine liebste Art, mich zu strafen, war, mich an den Haaren zu fassen und mit dem Prügel im Kreis herumzutreiben, bis er mir das Haar ausgedreht und in der Hand hatte. Das gab dann ein Gelächter, ich aber mußte mich vor Schmerz und Schwindel mit blutendem Kopf auf den Boden setzen, konnte nicht stehn noch gehen."

„Für was hat er dich so traktiert?"

„Fürs Lügen und Stehlen, was ich tat aus Hunger. Manchmal hab ich seinen Kindern auch vom Munde abgebettelt, auch wenn's schon halb gekäuet war. Ich mußte nämlich seine Zwillingsbuben waschen, wiegen, an- und ausziehen und wie die Katze die Maus umherschleifen und, wenn sie ihre Speise bekamen, ihnen aufwarten. Da machte ich dann lächerliche Possen vor ihnen und schnitt Fratzen und sperrte das Maul weit auf, und manchmal fütterten sie mich zum Dank. Aber natürlich kam man dahinter, und es ging einmal mehr auf meine Haare los. Es geschah wohl auch, daß sie mich zum Krämer schickten, ich aber kaufte mir für zwei Kreuzer Semmel und sagte, ich hätt es verloren, gleich ob sie mich mit Ruten strichen, bis ich nicht mehr schreien konnte. Der Hunger biß grimmiger als die Rute."

„Red weiter. Wie bist du denn entronnen?"

„Als ich schon meinte, sie würden mich bald Kahlkopf rufen müssen statt Dickkopf (denn so wurde ich allgemein genannt), kam eine Gaukler- und Seiltänzerbande nach Breslau, mit der bin ich fortgelaufen. Da hatte ich gute Tage, und die freundlichen Leut lehrten mich all das, was mir später tausendfach zugute kam, an Künsten bis auf die Musica, denn man brachte mir wohl bei, die Pauke zu schlagen und auf der Trompete zu blasen, doch nicht nach den Regeln. Der alte Gauklervater und Prinzipal der Truppe aber, der ein Mann nach Gottes Herz war, sagte, als wir uns wiederum Breslau näherten: „Dickkopf, ich seh, wie du begierig bist zum Lernen, und wir können dir nichts Neues beibringen in dem, wozu du ein rechtes Ingenium hast, nämlich Sprachen und Musique. Was sollst du auf dem Seil zappeln. Geh zurück zu deinem Herrn Vetter und zwing ihn, dich in die Schul zu geben; du bist fertig genug und kein solcher Einfaltspinsel mehr, daß du ihn nicht überlisten könntest, ich sag dir, wie."

„Und du hast eingewilligt?"

„Ich hatte so Lust zur Schule, daß es gar nicht zu sagen war, und zur Musique."

„Erzähl weiter. Was hast du getan?"

„Nun, mein Herr Vetter empfing mich mit heller Freude und einem extra großen Stecken, das nahm ich hin, bat, wieder aufs Gymnasium gehn zu dürfen. Er lachte. Am nächsten Tag sollte ich die Teller spülen, da ließ ich den ganzen Stapel mit Bedacht fallen, und als die Frau Muhme mit Geschrei dazulief, gab ich ihr soviel trutzige Worte wie sie mir Ohrfeigen, und sie drohte: ‚Warte, du Brotlümmel, wart auf den Abend, dein Herr Vetter wird dich auszahlen.‘

Ich hatte gute Lust, wieder davonzulaufen, gedachte aber meines Plans und der Schule und blieb tapfer, obwohl ich den Nachmittag mehr Angst ausstand als sonst vorher, denn ich war der Schläge entwöhnt und nicht mehr so stumpfsinnig wie zu der Zeit, da ich täglich gebleuet wurde. Am Abend leuchteten mir dann Vetter und Muhme weidlich heim mit einer Karbatsche und einer Rute, und zuvor, da ich mich weigerte, die Hosen herunterzulassen für diese Korrektion, bekam ich Katzenköpfe, daß ich aus Maul und Nase blutete.

Ich hatte aber nicht gedacht, daß sie es so scharf machen würden – sie vermeinten wohl, wenn sie mich jetzt nicht wieder in Zucht bekämen, wäre ich für alle Zeiten ein aufmüpfiger Schelm –, und blieb ohnmächtig liegen in der Stuben die halbe Nacht und kroch dann mehr tot als lebendig auf mein Lager.

Des Morgens aber rappelte ich mich heraus und wankte in meinen Schmerzen aufs Stadthaus vor die Magistrate, aufzuzeigen, was mein Vetter an mir vollbracht, und da gab es einiges zu sehen. Auch log ich, sie hätten mich derart malträtiert, weil ich den Abend vorher ein Gespenst in ihrer Küchen hätt schauerlich seufzen hören, und das sollte ich widerrufen, damit ich sie nicht bei den Nachbarn und Dienstboten in bösen Leumund brächte. Ich jedoch wollte nicht mehr zurück in eine Pflegschaft, wo man bei Hunger und Prügeln sich auch noch vor Geistern zu fürchten habe und verboten bekäme, in die Schul zu gehen.

Das gab nun einen großen Aufruhr in der Stadt, und je mehr mein Herr Vetter schwur, das sei alles erlogen und ich habe nur ein paar Teller zerbrochen, desto weniger glaubte man ihm, denn meine Leibesmale und mein blutrünstiges Gesicht zeugten wider ihn, da alle der Meinung waren, so würde man niemals nicht ein Kind züchtigen wegen ein paar Tellern.

So daß die Almosenherren denn gnädigst bestimmten, mich ins Kinderhaus aufzunehmen; auch entsannen sich meine alten Praeceptores meiner, wie in der kurzen Zeit im Gymnasium mein Fleiß und Verstand unter den anderen hervorgeleuchtet und welch schöne Stimme ich hätte, so daß ich trefflich tauge zur Kurrende. Da war meine Not vorbei, ich erhielt ein Stipendium zu Marien Magdalenen und hielt mich wacker in Kirch und Schul, bis zum Theologia-Seminarium – wie ich aber von dort fortgelangte, das ist eine andre Geschicht, und überhaupt, Liese, weiß ich gar nicht, wie ich dazu komm, in einem Hurenhaus auf diesem Bette meine Vita darzulegen."

Lisette seufzt, dann sagt sie: „Das ist höchst merkwürdig, daß du so schlimme Dinge und grausame Begebnisse erzählst, und trotzdem ist es einem wie ein rechter Trost, weil, man kennt alles, aber nie nicht hat einer darüber gesprochen, und es ist verwunderlich, daß du's mit einer Art von Spaß sagst, obwohl es dich selbst betroffen hat. Und wenn ich die Narben da auf deinem Kopf anrühr, kann ich mich erschrecken, doch wenn du drüber redest, krieg ich einen Trotz und einen Mut davon, ich weiß nicht, wie. Schreibst du denn das auch auf in deinen Büchern, von denen man jetzt soviel Rühmens macht?"

„Das ist schon geschrieben und war das erste, Liese, daß ich über mich selbst hab mancherlei Gedanken angestellet und mich als den Simplex, nach einem berühmten Vorbild, herausgeputzt habe. Aber die neuen Bücher sind alle voll Abenteuer und wilder Begebenheiten und wundersamer Schwänke, das delektiert die Leute noch mehr als so was."

„Mich nicht", erwidert sie, „mich würde das aus dem wirklichen Leben mehr auferbauen, wenn ich lesen könnte."

„Ach laß die Geschichten, Lisettgen. Wollen wir uns weiter besaufen?"

„Besaufen ist gut, Musje, aber wie ich merk, ist deine Schwäche von dir gewichen, und so prächtig, wie er da ist, willst du jetzt sicher dein Vergnügen haben."

„Wir hatten beide ausgemacht, ohne das, und ich laß dir frei, ob du möchtest oder nicht."

„Du bist ein Kavalier", sagt sie gerührt und küßt ihn sanft, ganz gegen die Profession, auf die Wange, „denn so fragt man ein Mädchen wie mich nicht. Frei heraus sag ich dir, mir ist gar nicht danach."

„Dann will ich aufstehen und gehn und den Wirt wecken, daß er anspannen läßt, und fahr zurück nach Göppingen.

Neben dir liegen, und ich rühr keine Hand, und du rührst keine Hand, bei so bestellten Sachen, das halt ich nicht aus."

„Das soll Gott verhüten, daß du nächtlicherweis nach Haus fährst, nur um einer Hur nicht zu nahe zu treten. Tu deine Hand nur immer her, und ich helf dir auch. Aber erst gib die Branntweinflasche."

So kommt's, daß er erst im Morgenlicht wieder in Göppingen ist mit brummendem Kopf und ohne zu wissen, wovon er den Rest der Woche leben soll, und die Jungfer Marille sieht ihn heimkommen und zieht empört den Vorhang vors Fenster und schließt die Tür. Für sie ist er heut einmal, was er in Wirklichkeit immer ist: ein Liederjan.

Dazu bringt noch die Post Nachricht, daß sich ein ihm werter Zunftgenoß, Kantor und Organiste zu Oberwesel, auf den Weg gemacht hat zu ihm in dringender Angelegenheit, da weiß er nicht, wie den traktieren. Wird einmal wieder zum alten Buttersack müssen, um zu borgen.

Ein scheußlicher Tag.

Auf seiner Wanderschaft im Ungarischen läßt er in Eperies seine Manuskriptseiten beim Drucker zurück, der will nicht einmal was dafür haben, will's einfach riskieren, hat Spaß dran.

Er eilt weiter, aber siehe, das gedruckte Blättchen ist schneller als er, und schon auf halbem Wege überholt ihn seine „Hungarische Wahrheits-Geige", und still abseits in den Schenken sieht er sie langsam buchstabierend und sotto voce einander draus vorlesen.

Bei beginnendem Frühling endlich zieht er in Wien ein – das soll dem Vernehmen nach für diese Stadt die allerschönste Jahreszeit sein. Aber es schüttet wie aus Kannen, und die Bäume stehn noch immer kahl.

Strömten, als er nach Eperies kam, die Leute alle mit ihm zur Stadt, so kommen sie ihm jetzt entgegen, hochaufgeladene Wagenzüge, obendrauf oder hin und wieder wohl auch in einer Kutsche Weiber mit Kindern, die Gesichter verhüllt, und daneben gehn bärtige Männer in schwarzen Kaftanen, die dreieckigen Hüte bis an die Augenbrauen in die Stirn gedrückt.

Alle Jüden, so erfährt Lompin, habe die fromme Frau

Kaiserin austreiben lassen aus Wien, ungeachtet sogar die Alma mater Viennensis ein Gutachten erstellt, daß vom Zusammenleben mit ihnen christlichen Seelen kein Schaden erwachse. Nun gehn sie ins Siebenbürger Land oder zum Türken, wo man sie als fleißige Handelsleut mit offenen Armen erwarte. Und in der Leopold-Vorstadt stünden viele Häuser leer.

So weiß er denn gleich, wo er ohne große Kosten Quartier nehmen kann – hat sich schon dies und jenes an lichtscheuem Gesindel eingefunden in den Häusern da, was gern ohne Mietzins wohnen will, Bettler und Gauner, Huren und Zigeuner, da paßt er gut dazu. Sie gucken ihn schief an, als ob er vielleicht einer sei, der aufs Auswandern vergessen hat, sieht er doch akkurat wie die alten Bewohner aus mit seinem schwarzbärtigen Gesicht und seiner welschen Hahnen Nase, aber er lächelt nur grimmig und pafft ihnen seinen Tobacksqualm ins Gesicht.

Die Wiener sind ein curiöses, neuheitslüsternes und geschwätziges Völkchen, so braucht er nicht lange beim Umherstreifen in den Gassen, bis er heraushat, wo sich die beiden Fräulein aus Hungarland befinden und was mit ihnen geschehen ist. Denn der Bischof von Wien selbst, Jemeljan oder, wie er hier heißt, Emmerich Sinelli, ein ehemaliger Kapuzinerpater aus Komarom und ein wilder Ketzerfresser, hat sich der Bekehrung der beiden angenommen, zumal da die hochgräfliche Familie Riczan ihn beschworen, ihre liebe Nichte, die sie als ein verlorenes Schaf aufgenommen, baldmöglichst zum rechten Glauben hinzuwenden. Sie hätten einen vornehmen Bewerber, der sie (für die man eine stattliche Mitgift aus großväterlichem Erbe bewahre) sofort nach erfolgtem Konfessionswechsel ehelichen wolle. An der andern Jungfer aber, als Sproß eines rebellischen Geschlechts, sei, zur Warnung an die Malkontenten, ein Exempel zu statuieren. So seien die beiden in den bischöflichen Palast verbracht worden.

Es hätten aber die beiden Mädchen sich sehr verstockt gezeigt gegenüber den Unterweisungen, und weder mit Milde noch mit Strenge habe der geistliche Herr etwas ausrichten können. Auch Fasten, Nachtwachen, ja Schläge hätten sie mit großer Standhaftigkeit erduldet. Aber schließlich sei die Gnade des Herrn zumindest über die Kleinere von beiden gekommen, da sie, schwächlicher Konstitution und noch durch gehabte Krankheit entkräftet, von den scharfen Pönitenzen des Herrn Bischofs dem Tode nahe gewesen. Und gleich so stark habe die Kraft des katholischen Glaubens von ihr Besitz ergriffen, daß sie nun begehre, den Schleier zu nehmen, und eine Novizin der Augustinerinnen geworden sei – sehr zum Mißfallen des Oberhirten, der bereits einen Bräutigam für sie parat gehabt hätte. Freilich, gegen den himmlischen Gemahl komme er nicht an.

Sinelli habe daraufhin die Mädchen aus seiner Obhut entlassen. Die Konvertierte wohne in den Laienhäusern des Klosters und bereite sich auf den geistlichen Stand vor. Das Riczan-Fräulein aber hätten die Verwandten zu sich genommen, hielten es allerdings aus pädagogischen Gründen bis zu seiner hoffentlich baldigen Bekehrung nicht besser als eine Dienstmagd. Täglich komme ihre fromme Freundin sie besuchen, um ihr den rechten Glauben einzureden, wenn auch bisher ohne Erfolg.

Um diese Zeitung anzuhören, braucht der Simplex viel Contenance, ist ihm doch, als lege man ihm einen eisernen Reif um das Herz, und einen halben Tag läuft er um die Laienhäuser der Augustinerinnen wie ein Kater um den heißen Brei, bis er sich losreißt und in die Leopold-Stadt zurückschleicht. Er geht in die Schenke, läßt sich erzählen, wo das Stadtpalais der Grafen Riczan ist, und verfällt dann von Glas zu Glas in immer tieferes Schweigen.

Anderntags plaudert er hier und da mit den Lakaien jenes Hauses, schlüpft zu einer gewissen Stunde (der Türsteher ist aufgrund eines Geldstücks justament nicht an der Pforte) durchs Tor und schlendert über den Innenhof dorthin, wo die Stallungen sind und der Gemüsegarten. Am Brunnenhäuschen klappert ein Weibsbild mit den Bottichen und spült Wäsche.

Leise geht er heran und sagt: „Jungfer Rosalia."

„Pack dich, Fabian von Wallenberg", raunzt sie tiefstimmig, „oder ich gieß dir die Waschlauge über dein feines Habit!" Dann hält sie in der Arbeit inne, richtet sich langsam auf und dreht sich um. „Der Trompeter", murmelt sie, und der Mund bleibt ihr offen.

Aus ihren schlechten Kleidern blüht und leuchtet sie mit Rosenwangen und Flachsblütenaugen. Das aschfarbene Haar hat man ihr abgeschnitten, es steht wie die wütend gesträubte Mähne eines Tiers um ihr Gesicht. Ihre Hände sind rot und aufgequollen vom kalten Wasser.

„Ich wußte, daß Ihr kommt, ich habe es immer gewußt! So war es nicht umsonst, zu warten! Seid tausendmal willkommen, liebster Herr Musikante! Und Georg ist gerettet! Ach, Ihr wißt nicht, was wir hier ausgestanden haben! Freilich, Ilona ...", sie bricht ab, trocknet sich die Hände am Rocksaum. „Sie hat nicht standgehalten." Schüttelt den Kopf, betrübt, lacht dann auf. „Ich dachte, es kommt wieder der Galan, den meine feine Familie mir zugedacht hat, Süßholz zu raspeln: ‚Ein Wort von Eurem schönen Munde, ein einziges Ja, Fräulein, und Ihr seid erlöst und steht fortan unter meinem Schutz. In Gold und Seide will ich Euch hüllen ...' So plagt er mich täglich. Er und sie, die verräterische Schlange, die kommt und mir zuredet, ich solle heucheln wie sie und fälschlich abschwören. Doch ich rede nicht mehr mit ihr. Ich kenne sie nicht mehr. Sie ist für mich Luft. Ich weiß, Ihr hängt an ihr, Trompeter. Aber reißt sie Euch aus dem Herzen. Sie ist nichts wert."

Wie lange mag sie wohl mit niemandem gesprochen haben, da die Reden so aus ihr hervorsprudeln? Simplex kommt nicht zu Wort.

„Ja, seht mich nur an, wie das letzte Wäschemädel lauf ich herum. Zu Anfang hat meine Frau Muhme mich an die Donau geschickt, aber nachdem ich ihr zwei ihrer besten Hemden hab unters Eis davonschwimmen lassen, spül ich nun hier im Hof, so daß mich nicht die ganze Wienerstadt angafft. Ach, im Herzen war es mir gleich. Gott bin ich doch treu geblieben und auch dem György." Plötzlich stürzt aus ihren schönen trotzigen Augen eine ganze Flut von Tränen, und unter Lachen und Weinen wischt sie sich die Wangen und murmelt: „Nun ist alles gut."

„Aber Jungfer Rosalia", hebt Lompin an mit zugeschnürter Kehle, „ich muß Euch etwas sagen ..."

Sie unterbricht ihn mit einer Handbewegung. Leichte Schritte nähern sich auf dem Kiesweg hinter der Stallung.

„Still. Helena kommt. Ich will nicht, daß sie mich heulen

sieht. Redet nur erst allein mit der Verräterin, der Abtrünnigen. Ich bringe indes meine Wäsche ins Haus.“ Und fort ist sie mit ihrem großen Korb.

Lompin muß sich, im Ansturm allzu vieler widersprechender Gefühle, erst einmal auf den Brunnenrand hocken. Am liebsten wäre er davongelaufen.

Helena kommt. Helena ist da. Leichte Tritte übern Kies, ein graues Gewand, der Rosenkranz auf der Brust, das Haar verborgen unterm Tuch, so zart wie ein Schatten, Gesicht und Augen, alles, wie es in den Träumen war. Er kann sich einfach nicht erheben, wie's gebührlich wäre, hockt da und sieht von unten zu ihr auf, wie sie sich gekonnt bekreuzigt und „Gelobt sei Jesus Christus“ zwischen den Zähnen hervorlispelt, genauso knäbisch heiser, wie György spricht.

„Könnt Ihr mir sagen, wo meine Gespielin ist? Ich komme, sie mit Gottes Hilfe zu bekehren.“ Sie stockt, betrachtet den Mann am Brunnenrand nachdenklich. „Mir ist, als sollte ich Euch kennen. Aber woher?“

„Ihr hattet damals das Fieber, Fräulein. Und da habe ich Euch etwas versprochen.“

Die grünen Augen flackern. „Schickt Euch jemand?“

„Ja, mich schickt jemand. Aber auch sonst wäre ich gekommen, einzulösen, was ich Euch zugesagt in Eure Hand. Nur scheint es so, daß Euch nichts mehr an der Erfüllung dieses Versprechens liegt.“

Fräulein Helena wendet langsam den Kopf, erst nach links, dann nach rechts. „Hier haben jeder Busch und jede Hecke Ohren, Musje“, bemerkt sie beiläufig, ohne ihre Haltung zu verändern. „Wie kommt Ihr auf diese Eure merkwürdige Meinung?“

„Nun, die Gräfin Riczan und ganz Wien erzählen es, daß Ihr den katholischen Glauben angenommen habt und ins Kloster wollt.“

Ein kurzes Auflachen. „Ich hatte keine Lust, mich mit Ruten streichen zu lassen und trocken Brot zu kauen in einem kalten Zimmer. Und das mit dem Kloster hab ich Sinelli zum Tort getan – er hatte mich schon verkauft an den Ehemann.“ Sie verzieht das Gesicht. „Wann also?“

„So wollt Ihr im Ernst?“

„Kennt Ihr einen Vogel, der im Käfig bleibt, wenn man ihm die Tür öffnet?"

„Euer Bruder erwartet Euch."

Sie zieht spielerisch den Strick fester, der ihr kuttenartiges Gewand um die Hüften gürtet. Klein wie ein Kind, steht sie da, und in ihren füchsischen Augen flammt etwas, wovor man sich eigentlich fürchten müßte. „Ich glaube", sagt sie, „Rosalia kommt."

„Was gibt es vor ihr zu verbergen?"

Sie zuckt die Achseln, spielt mit dem Fuß im Kies.

„Ilona", fragt er dringlich, „warum habt Ihr nicht standhalten können? Euer Übertritt hat den Bekennern evangelischen Glaubens schwere Mutlosigkeit und Bekümmernis gebracht."

Sie antwortet nicht, sieht ihn nur an mit ihrem Fuchsblick, und dann ist Rosalia da mit einem neuen Bottich Wäsche, den sie hart absetzt. „Nun, Jungfer Nönnlein, du Kleingläubige, da staunst du, wie? Jetzt wird deine Falschheit dich im Herzen reuen, wenn ich heimkehre und du hier hocken bleibst in deinen heiligen Mauern, alles zum Schimpf und Hohn. Und ich lache dich aus!"

„Rosa!" ruft Lompin beschwörend. „Nein! Nicht! Wartet, Ihr wißt nicht, wovon Ihr redet!"

„So, weiß ich es nicht? Daß Ihr immer noch nicht loskommt vom dreieckigen Frätzchen, das seh ich. Die Schelmin!"

„Rosalia", sagt er und packt sie bei den Handgelenken, ehe sie die Fäuste in die Seiten stützen kann und weiter schwadroniert wie ein Marktweib, und er muß fast schreien, damit sie zuhört. „Rosalia! Ihr mißversteht es! György Zapary schickt mich nur, daß ich seine Schwester hole. Niemanden sonst will er. Versteht Ihr?" Und läßt ihre Hände los und sieht, wie ganz langsam die schönen Farben ihres Angesichts verbleichen, und ihm ist, als höre er aus Helenens Richtung ein winziges, fauchendes, hohnvolles Auflachen, sonst ist es still. Er denkt, sie wird fallen, und macht sich parat, sie aufzufangen, aber sie wankt nicht einmal.

„So also", sagt sie. „Ich Närrin." Sie sieht vor sich hin, dann versetzt sie dem Wäschegefäß einen Tritt, daß es umkippt.

Sie stehen alle drei in der Wasserlache, nicht einmal Helena hebt die Füße.

„Fabian von Wallenberg hat ein Gut in der Nähe von Hermannstadt, dort werde ich leben. Trompeter, Ihr spielt zu meiner Hochzeit auf.“ Mit großen Schritten stiefelt sie aufs Haus zu, beginnt sogar zu laufen.

Fräulein Zapary und Lompin verweilen da noch einen Moment im Nassen. Dann sagt die Dame leichthin: „Na also. Warum nicht gleich so, Mademoiselle? Entschuldigt mich. Da vorn am Tor wartet ein Kapuziner auf mich, denn eigentlich darf ich nirgendwohin allein gehn.“ Sie knickst, bekreuzigt sich wieder mit Anmut.

Lompin wartet noch eine Weile, ehe er davonpatscht. Ihm ist sehr elend.

Der Übertritt der Comtesse Rosalia Riczan, der Verlobten des Fabian von Wallenberg, wird mit großem Pomp im Dom zu St. Stephan vollzogen; der Herr Bischof Sinelli, ihr hochgeborner Herr Bräutigam und ihre Freundin, die Demoiselle Zapary, sind ihre Taufpaten.

Gleich danach übersiedelt sie aus dem Haus ihrer Anverwandten in das der Bräutigamseltern, erbittet sich aber der Schicklichkeit halber, daß ihre Freundin Helena bis zur Trauung zu ihr ziehe und auf die Einkleidung im Orden der Augustinerinnen verzichte bis nach der Verehelichung ihrer Gespielin.

All das hört Lompin, ob er will oder nicht, in seiner halb ausgeplünderten Jüdenstube in der Leopold-Stadt von denen, die mit ihm im Hause herumkrebsen, als da sind ein Mausfallenhändler, ein im Coffeegeschäft wirkender Türk mit seinem verschleierten Weibe, ein Mädchen ums Geld namens Sepherl und ein Salbenkocher, dessen abscheuliche Braudünste jeden Abend das Gemäuer verstänkern. Ansonsten kümmert sich Lompin um gar nichts als um Coffee, Wein, Bier, Toback, Speck, Brot, Knoblauch und hin und wieder ein Stückchen Papier und ein halb Dutzend frische Federkiele und läßt den lieben Gott, sei der nun protestantisch oder papistisch, einen guten Mann sein.

Indes, man weiß ihn zu finden. Derselbe Lakai, der aufgrund eines Trinkpfennigs so zuverlässig nicht anwesend war an der Tür, als Lompin zum Riczan-Palais kam, tritt nun mit Pomp und Gravität ein, tut, als wenn er in der Leopold-Stadt und schon gar in einem Jüdenhaus nichts auch nur mit zwei Fingern und Handschuh anrühre, und überbringt ihm hochnäsig ein Blatt – auf Antwort muß nicht gewartet werden.

Rosalia schreibt mit großen, ungelenken, gleichsam wütenden Buchstaben, die nach links kippen, und invitiert ihn auf den morgigen Tag zwecks einer höchstpersönlichen Absprache der Hochzeits-Musique.

Einen ganzen Vormittag verbringt er damit, Kragen und Manschetten zu waschen und zu stärken, borgt sich von dem Salbenkoch ein paar Schnallenschuhe und stopft mit Hilfe Sepherls, des lockeren Mädchens, die Löcher in seinen Strümpfen (wobei sie's freilich nicht belassen), um nicht als der Landstörzer, der er nun einmal ist, bei den fürnehmen Herrschaften aufzukreuzen. Im letzten Augenblick aber wirft er in grimmiger Laune seinen alten Reisemantel mit der Gugel über, in dem er kreuz und quer durch Ungarn gezogen, und so, nicht Fisch, nicht Fleisch, geht er hin.

Die Demoiselles sitzen in scheinbar bester Eintracht beisammen. Helena stickt, und Rosalia, deren noch immer rot aufgesprungene Hände zur Heilung dick mit Hirschtalg bestrichen sind, tändelt mit einer grauen Katze – ein Bild von Harmonie und Frieden.

Die Blicke, mit denen sie die Tiefe seiner Reverenz und das Abenteuerliche seines Aufzugs taxieren, wirken belustigt. Die Braut beauftragt ihn sodann, die Leitung der ganzen Musique für das Fest zu übernehmen – bei der Suche nach den Artisten sei der Haushofmeister des Herrn Fiancé angewiesen, ihn zu unterstützen, auch, ihm die Probenräumlichkeiten zuzuweisen. Für die Dauer der Arbeit solle er auch im Wallenberg-Palais wohnen, das Zimmer sei bereit. Denn schon in einer Woche wolle ihr ungeduldiger Zukünftiger Beilager halten mit ihr.

„Simplicius", sagt sie und schüttelt die Katze von ihrem Schoß, „da du nun einmal so heißt und keinen anderen Namen nennen willst …", sie macht eine kleine Pause, als erwarte sie eine Antwort, er aber bleibt stumm, „alsdann, wenn das Fest ausklingt, sollst du es so richten, daß sie ohne deine Trompete weiterspielen. Du wirst verreisen. Ein Geleitbrief ist erwirkt von meinem Bräutigam, und frische Pferde für deine Kutsche stehn bis Preßburg bereit – danach ist es aus mit dem Einfluß Wiens, und du mußt selbst fürs Weiterkommen sorgen." Sie lacht dunkel und schaut auf ihre bestrichnen Hände.

Er sieht fragend von einer zur anderen.

Ilona hebt die Lider und läßt sie sofort wieder sinken, ohne ihre Arbeit zu unterbrechen.

„Ihr habt wahrhaftig eine edelmütige Seele und ein großes Herz, Fräulein von Riczan", bemerkt der Simplex befangen.

„Nicht daß ich wüßte, Trompeter", entgegnet sie mit gerunzelten Brauen. „Die da soll fort aus Wien und aus meiner Nähe, ihre Gegenwart ist mir verhaßt. Ich denke mehr an Rache als an alles andere, wenn ich nachts wach lieg in meinem seligen Brautstand und mit den Zähnen knirsche. Wenn ich erst Herrin bin im Siebenbürgischen, werd ich ihm schon auf den Pelz rücken. Ich bin nicht die Gänsemagd, die vor Demut überfließt und ihrem Pferd den Kopf abschlagen läßt." Sie preßt die Lippen aufeinander, dunkel errötet.

In den nächsten Tagen hat er alle Hände voll zu tun, um die Musique für das gräfliche Hochzeitsfest zu richten, Proben abzuhalten, Noten zu kritzeln, von der Trompete zum Cembalo und dazwischen auch einmal zum Violino zu wechseln und zudem noch ein Kantatchen herkömmlichen Stils für das hohe Paar aufs Papier zu bringen und einzustudieren, und sein Kopf ist so voller Töne, daß er nicht dazu kommt, über anderes nachzusinnen. Die Mädchen sieht Lompin nicht.

Nach ein paar Tagen taucht dann Rosa unvermutet bei ihm auf; er stimmt gerade das Klavizimbel und hat den Kopf ins Innere gesteckt, als er den tiefen, wohltönenden Gesang neben sich hört. Sie steht, die Ellenbogen aufgestützt, auf der anderen Seite des Instruments, den Kopf in den Händen, und singt ein ungarisches Lied.

„Kann Er das wohl in Noten setzen, Herr Musicus", fragt sie, „gleich auf einem Stücklein Papier?"

„Sofort, Mademoiselle", entgegnet er, „wenn ich das G hier in die richtige Ordnung korrigiert habe ..."

„Nein, mit falschem G", sagt sie. „gleich, gleich."

Und er setzt sich vor die Tasten, spielt nach, was sie singt, macht den Generalbaß dazu und schreibt die Noten nieder.

„Gut so", sagt sie befriedigt. „Und nun schreibt den Text dazu, wie ich ihn Euch ansagen werde." Dicht neben ihm stehend, diktiert sie ihm die ungarischen Worte. „A kettemben uborka, reá kapott a róka ... Gurken in dem Garten mein / dran hat sich der Fuchs gemacht. / Warte, Fuchs, ich paß dich ab / Hinter Gitter bring ich dich. / Schlage dich in Eisen, Fuchs, / laß dich niemals wieder frei."

Sie weist mit dem Finger, wie die Silben zu verteilen seien.

„Ein schönes Lied", sagt er anerkennend und nimmt das Blatt noch einmal ans Instrument.

Gemeinsam singen sie, wobei das Fräulein nach ihrer Art gleich eine natürliche Sekundestimme hinzufügt.

„Wollt Ihr, daß ich's für Instrumente setze und auf Eurem Fest spiele?"

„Nein, gar nicht", erwidert sie. „Ihr sollt es zu Euch stekken und niemandem zeigen noch vorsingen, außer wenn Ihr nach Siebenbürgen kommt zu einer gewissen Person, der sollt Ihr's vorführen als meinen Gruß. Die wird's verstehn. Sagt Ihr mir das zu?"

Er tut's, und sie, ohne weitere Worte, wendet sich und geht.

Zum Klang der Oboi d'amore beschreibt die Braut an der Hand ihres Angetrauten (den Lompin immer wie durch einen Schleier sieht, so bleich und jung und dicklich wie der ist, wie ein Engerling) eine gravitätische Volte. Ihr großer Manteau, die brokatne Schleppe mit den eingewirkten flachsblauen Blumen, fegt den Boden.

Rosalia leuchtet mit den Kerzen um die Wette. Aus dem goldgelben Atlas ihres Kleides heben sich die Halbkugeln ihrer Brüste wie große Früchte. Ihre Haut ist Honig und Samt. In dem kurzen ascheblassen Haar funkeln die Saphire, die der Verlobte ihr schenkte, wie auch an Hals und Armen. Es gibt niemanden auf diesem Fest, der nicht aufhört zu reden, zu spielen, zu essen oder zu trinken und hinüberschaut zu dieser majestätischen Braut, die eben die letzte Pavane tanzt, eh sie sich mit ihrem Gemahl zum Beilager zurückzieht.

Im schwarzen Kleid mit weißem Kragen, das Haar unter der Haube, das Kreuz auf der Brust, sitzt Helena am Rand der Tanzfläche. Sie, wohl als einzige, hält die Augen gesenkt. Sie ist weit weg vom Getümmel der Welt und scheint zu beten fürs Seelenheil oder auch fürs Eheglück der Befreundten.

Der Tanz ist zu Ende, und unter Gejohl, Gekreisch und den üblichen anzüglichen Redensarten verschwinden die Neuvermählten. Auch einige züchtige Damen, darunter Demoiselle Zapary, ziehen es vor, sich zu entfernen, denn was jetzt kommt, das ist das schiere Besäufnis, und es geht über Tische und Bänke.

Die Musique macht eine Pause – hier wechselt die Truppe, die Herrn Artisten und Stadtpfeifer tauschen mit den Bierfiedlern. Lompin weiß aus Erfahrung, bei dergleichen Beilagern genügt es von nun an, wenn einer die Handpauke rührt und ein zweiter dazu ins Waldhorn tutet, die noblen Gäste sind eh voll und toll, für Subtilitäten ist nun kein Platz mehr.

Da er seine Noten einrollt und die Trompete zerlegt, holt ihn ein livrierter Diener weg ins Kabinett der jungen Frau.

Rosalia Gräfin Wallenberg steht da inmitten ihrer Spiegel und Kerzen, und es fällt dem Musikanten wie eine Beklemmung aufs Herz, wie schön dies verschmähte Geschöpf hervorleuchtet aus dem Schmuck und der gelben Atlasseide.

„Nun, Simplicius", sagt sie und streift sich den Schmuck von den Handgelenken, „es gilt. Bist du bereit?" Und da er bejaht: „Der Wagen steht hinter der Gesindepforte. Dein Kram ist schon dort, auch ein Beutel mit reichlich Geld dabei. Vergiß nur deine Trompete nicht und das Lied, das ich dir mitgegeben. Hier ist der Geleitbrief, den mein Mann dir hat ausfertigen lassen mit hohen Siguln, daß du in wichtigem Auftrag unterwegs bist. Du kümmere dich um nichts und fahr nur immer zu. Bis Preßburg hast du Kutscher und Pferde an jeder Station, danach nimm dir selbst ein neues Gespann und den Lenker auf Lohn, es reicht. Vielleicht dauert es, aber ich denke, wir sehen uns wieder." Sie zieht den Vorhang vom Fenster weg. Es beginnt zu dämmern. „Die Stadttore werden geöffnet in – wie sagt man hier: in zwei Vaterunsern. Du bist der erste Passant."

Plötzlich löst sie den Fensterknebel und reißt die Flügel weit auf. Frisch weht es ins Zimmer, die Kerzen flackern. Sie rafft den Rock, schwingt sich mit den Knien aufs Fensterbrett. „Wie, wenn ich springe?" flüstert sie rauh. „Ich erwarte dich unten, der dritte Platz mag wohl noch frei sein in der Chaise; wir sind weg, ehe man die Hand wendet. Keine Gräfin Wallenberg mehr da."

Lachend läßt sie sich wieder herabgleiten. „Nein, keine Angst, Trompeter, du mußt mich nicht vom Gegenteil überzeugen. Die Frauen warten schon, mir das Kleid abzunehmen, und ein paar Türen weiter Fabian, auf daß ich meine eheliche Pflicht erfülle an ihm. Wir reden viel zu lang." Sie bewegt den Klingelzug. „Geh, man wird dich führen."

Der vierspännige Wagen ist sorgfältig verdunkelt, nur tastend findet Lompin sich zurecht. Nichts auf den Polstern außer seinem Mantelsack und ein paar Decken, aber das leise Atmen eines anderen Wesens ist im Raum, und so gibt er dem Kutscher durch Klopfen die Anweisung zu fahren.

Der Torwache präsentiert er durchs geöffnete Fenster des Schlages den Geleitbrief, und ohne Schwierigkeiten passieren sie das Schottentor und rollen durch die schlafenden Gassen der Vorstadt. Er hat den Vorhang noch halb zurück, mustert das trübe Innere der Karosse, da dringt von irgendwoher der gehauchte Befehl an sein Ohr: „Verdunkle das Fenster."

Er gehorcht.

Hinter ihm, unter ihm regt sich etwas, seufzt, kichert. Und dann fühlt er, wie sich ein sprödes Lippenpaar auf seinen Mund preßt, spitze Zähne fassen seine Unterlippe, das Blut muß ihm laufen, nur mit Mühe verbeißt er ein Aufstöhnen. Die Zähne lassen los, eine glatte, schlängelnde Zunge fährt ihm im Mund rundum, seine willenlos herabhängenden Hände werden von ein paar eiskalten Fingern gefaßt und hierhin und dorthin geführt.

„Ilona“, stammelt er, „was tut Ihr?“

„O Lompin, mein Knecht“, haucht es über seinen Augen, „mich dürstet. Gib mir zu trinken, gib.“

Verfluchte Mondnächte! Da steht er mitten in seinem eiskalten Göppinger Zimmer, zitternd, im bloßen Hemde, so wie er eben aus dem Bett gesprungen ist, in der Schraubzwinge der Erinnerung, und knirscht mit den Zähnen über sich selbst und seine Männlichkeit.

Ich hatte sie vergessen wollen und hatte sie vergessen, fort war sie, ausgelöscht, ins Dunkle gedrängt, die Karosse der teuflischen Wollust, das Sündengefährt, der süße Schandkarren, die Liebeskutsche, derer nie mehr zu gedenken er nicht nur der Frau zugeschworen, sondern auch höchst ernsthaft sich selbst, und es war gelungen.

Aber wie konnte das zugehn, da die Bilder nun so klar und glühend auftauchen wie die Gesichter von Wasserfrauen an der Oberfläche eines durchsichtigen Sees, und er nichts, gar nichts davon vergessen hat? Alles ist da, die Gerüche und Geschmäcke, die Laute und Regungen und Bewegungen der Lust.

Ja, sie ist verdammt, und ich bin es wohl mit ihr. Denn nun, da ich es wieder weiß, kann ich nicht sicher sein, daß nicht zu jeder Stunde des Tages oder der Nacht plötzlich in mir die Stimme erklingt, gehaucht, gezischt, ersterbend, gierig befehlend, stets die gleichen Worte wiederholend: „Mich dürstet, mein Knecht. Gib mir zu trinken, gib.“

Er weiß nicht, ob es Nacht ist, ob Tag auf dieser Reise, denn immer sind die Vorhänge geschlossen. Auch jedwedes Gefühl für die Gefahr ihrer Flucht ist ihm abhanden gekommen. Manchmal muß er seinen Geleitpaß vorzeigen, muß Pferdewechsel bezahlen, neue Kutscher dingen – er tut es wie im Traum.

Irgendwann machen sie Station in Gasthäusern, um zu essen und zu trinken mit erschöpften Leibern, vom Besten, versteht sich, keine Spelunken sind angesagt. Es kümmert sie nicht, wer sie sieht.

Mit unverminderter Gier stürzt sich Ilona wie auf seinen Körper auf die Speisen, sie zerreißt die Fleischbrocken, wie sie die Zähne in seinen Mund gräbt, hält das Hühnerbein mit den spitzen Nägeln, die seine Haut durchfurchen, saugt eine Frucht aus so wild und hungrig, wie sie sein Geschlecht mit den Lippen umschließt. Danach stürzt sie einen Becher Wein hinunter, den sie mit beiden Händen hält, er sieht ihre schluckende, zuckende Kehle.

Er zahlt, ohne nachzurechnen, und unter den hämischen oder frechen Blicken der anderen, die sie nicht sehen, und den obszönen Reden, die sie nicht hören, taumeln sie zerzaust zurück in den dunklen Wagen, das zerwühlte, befleckte Grab ihrer Rasereien, das nach Schweiß riecht und Mannes- und Weibessaft.

Das adlige Fräulein kennt weder Scham noch Scheu. Sie nennt ihn einen haarigen Satyr und einen schwarzen Bock und sagt Worte, wie sie dem Mädchen Sepherl aus der Leopold-Stadt wohl eher angestanden hätten. Ihr kindlich zarter Körper ist unermüdlich, unerschöpflich sind ihre amourösen Inspirationes, und manchmal, wenn der Zufall einen Sonnen- oder Mondenschimmer durch den Vorhangspalt schickt auf ihr bleiches Gesicht mit den riesigen Augen, die kaum blinzeln und deren Pupillen gleichsam unbeweglich im Dämmer stehn, kommt es ihm vor, als läge eine Besessene mit ihm auf den Polstern.

Sie schlafen wie in Ohnmachten, erwachen und fallen wieder übereinander her.

„Mich dürstet, mein Knecht. Gib mir zu trinken."

Sie reden über nichts als über das Spiel ihrer Leiber und Glieder. Wenn er ihrer Unersättlichkeit nicht Genüge tun kann, herrscht sie ihn an: „Du hast Hände. Du hast ein Maul inmitten deines Bartes und darin eine Zunge wie ein Rind. Gib mir, was ich brauche."

„Wer hat dich all diese Dinge gelehrt", fragt er einmal, müde, erbittert und ahnungsvoll, „war es dein Bruder?"

„Wir spielten nur Spiele", erwidert sie ausweichend, „es war nichts."

„Und was ist mit deiner Jungfernschaft, wenn einer nach der fragt?"

Sie zuckt die Achseln. „Es gibt Mittel, derlei zu flicken, und alte Weiber genug, die diese Mittel kennen", antwortet sie gleichgültig. „Wer sagt dir, daß ich heiraten will?"

Und wieder versinken sie im süßbittern Seim ihrer Schmerzen und Entzückungen.

Und dann, irgendwann, zieht eines, er oder sie, wer weiß es, den Vorhang auf mit einem endgültigen Ruck, und sie sehen sich an in dem grauen Licht, das da gerade hereindringt, und sehen voneinander fort und hinaus. Pußta rumpelt vorbei im Regen.

Lompin öffnet das Fenster und fragt den Kutscher (der wievielte mag das sein seit ihrer Abreise?): „Wo sind wir?", und der nennt die Gegend.

„Was sind wir?" fragt Lompin weiter, nachdem er den Schlag geschlossen. Seine Augen sind rot entzündet, Hals und Brust zerkratzt und zerbissen, die Lippen schrundig, die Stimme heiser. Helenas weißer Leib ist voll blauer Beulen, als habe sie die Pest sich geholt nach dem Fleckfieber, und der Samen des Mannes hat die Haare ihrer Scham und ihres Hauptes verklebt.

„Ein leerer Beutel und ein fades Fleisch, das sind wir", gibt sie zur Antwort.

Und sie wenden die Blicke wieder voneinander und sehen hinaus ins eintönige Land.

„Heute kommen wir durch T., wo die heißen Quellen aus der Erde steigen", sagt er. „Dort laß uns anhalten und uns reinigen."

Sie nickt. „Und wir verkaufen die Kutsche. Am nächsten Tag kommen wir ohnehin ins Gebirge, da reist es sich zu Pferde müheloser", ergänzt sie.

Sie lehnen sich, ein jedes in seine Ecke, ziehen die Decke bis zum Kinn und schlafen ein, traumlos, lustlos, bleiern.

In T. baden sie in den Quellen und waschen jede Falte ihres Leibes, nachdem sie ihre Kleider von sich abgetan, in denen sie die ganze Zeit waren. Simplex wird vom Hofmusicus wieder zum Landstörzer Lompin, und Helena bekommt Mannskleider, wie es nur folgerichtig, daß ihm, wenn er den Bruder als Mädchen ausstaffieret, die Schwester nun als Bube daherlaufen muß, er kann sie ja György nennen.

Als sie aber an ihr Gefährt herantreten, das nach getaner Reise und Arbeit so verdreckt und verludert und säuisch von außen und innen dasteht wie des Schinders Karren, packt den Simplex eine übermächtige Scham.

„Wer soll", sagt er wütend und verzweifelt, „die Fick-Karosse kaufen? Wir wollen sie zum Berghang am Fluß bringen lassen und ihr einen Stoß geben, daß sie hinabstürzt und zerschellt."

„Nein", entgegnet Ilona, „ich weiß etwas anderes. Das Ding da lassen wir uns kommen an eine Stelle, wo wir zur Nacht rasten, und dann wollen wir sie verbrennen."

So tun sie, und bei Einbruch der Nacht sind sie in der weiten Ebene an einem Brunnen angelangt. Müde hängen sie auf ihren Tieren und verständigen sich ohne ein Wort. Sie entlohnen den Kutscher und heißen ihn ausspannen; der wundert sich einmal mehr, was sie mit der Chaise in der Einöde wollen.

Sie warten, bis es vollends dunkel ist, dann packen sie alles hinein, was sie während dieser Fahrt benutzt und getragen haben, und Lompin nimmt den Zunder und entfacht trocknes Gras, das er ins Innere der Kutsche wirft.

Erst brennt es mühsam und schwelt in den Polstern, aber dann steigt die Flamme mächtig empor, und als eine riesige Fackel loht die Wiege der Lüste gegen den klaren, windstillen Nachthimmel auf.

„Jetzt, Simplex", spricht Helena, „sollst du mir bei diesem Feuer hier und bei unserem evangelischen Glauben, dem ich in Wahrheit nie abgesagt habe, schwören, daß du vergessen wirst, was war, und so wie dieser Wagen hier zu Rauch und Asche vergeht, soll die Erinnerung an diese Reise vergangen sein."

„Ich schwöre bei diesen Flammen und meiner Seelen Seligkeit, Fräulein, daß es vergessen und vergangen ist."

Sie sitzen und sehen zu, wie das Feuer herunterbrennt. Sie hat die Knabenkappe abgenommen, ihr schattenschwarzes Haar fällt zu beiden Seiten des Gesichts herab, bleiches Dreieck mit den hellen Augen wie riesige Teiche.

„Aber, Ilona", sagt er, „glaubt Ihr nicht, daß es außer dem, was da abbrennt, auch noch etwas anderes geben könnte, eine andere Flamme, die wärmt, nicht verzehrt?"

Sie sieht ihn an, ohne zu antworten, aus ihren halbgeöffneten Lippen kommt ein leises Zischen. „Wie heißt du?"

fragt sie dann, und er nennt ihr seinen Namen, den er wohl zehn Jahre keinem Menschen mehr gesagt hat; was liegt noch an dem Namen.

„Du sollst schweigen, Daniel“, sagt sie. Und wird ihn nie wieder so nennen.

Das Feuer verlischt. Ihm fällt ein, daß Rosalias Lied vom Fuchs in der Innentasche seines Wiener Rocks steckte, das ist nun auch verbrannt. Nun, zur Not kann er es auswendig.

Um übers Gebirg zu ziehn, in dem es wieder einmal von Räubern nur so wimmeln soll, tut man sich mit anderen Reisenden zusammen. In V. kann man einen Führer dingen, der das Geld einsammelt, womit auch die Räuber abgefertigt werden, und zum Zeichen seiner Kompetenz zieht er dann vor ihnen her mit einer Balte, das ist das Bergbeil der Goralen, zum Zeichen für freies Geleit, wie ihm vom Haupt der Bande zugesichert. Freilich kommt es auch vor, daß eine andere Schar indessen die Oberhand gewonnen hat da draußen – da kann man dann von Glück sagen, wenn man nur ein zweites Mal geschatzet wird und nicht gleich massakriert aus Rache, weil man auf die Rivalen gesetzt hatte.

So jedenfalls erzählen es ausgefuchste Fahrende in der Gruppe, die sich zusammengefunden hat und mit der sie vorerst noch durch Ödnis und Flachland ziehen auf die Stadt zu, Lompin und sein Freund György, der junge Milchbart, der weiter kein Aufsehen erregt, außer daß sie darüber lachen, wenn dieser Knabe von Zeit zu Zeit seinen rechten Fuß aus dem Bügel hebt und vor sich über den Sattel legt, als wolle er im Damensitz reiten. Zu ihrem Erstaunen hält er sich auf diese Weise leicht und gewandt, als schwebe er über dem Gaul, und behauptet, es entlaste die Knochen.

Von den Mitreisenden werden sie denn auch auf den neuesten und staunenswerten Stand der Zeitläufe gebracht, denn was man alles in Wien und anderswo nicht wußte, das ist gewaltig. So zum Beispiel ist man im habsburgischen Teil der Welt immer noch der Meinung, es herrsche Frieden an den Grenzen, da man ja mit den Türken einen zwanzigjährigen Vertrag geschlossen habe. Aber das kann einem offenbar nur weit vom Schuß so vorkommen, hier sieht das ganz anders aus.

Tataren vor allem, die „Brenner und Renner", machen die Gegend unsicher. Dem Türken wird der Nacken gesteift durch, Gott beschütze uns, christliche Hilfe, denn die Freien Krieger, die Kuruzen, hätten sich neu hervorgetan gegen die Österreicher und die Heere des Kaisers vexiert, wo es nur gehe. Ein Kuruzenkönig sei aufgekommen, ein junger verwegner Kerl, meinen die einen, der regiere gleich einem Räuberhauptmann, vom Abaffi unterstützt – und mit dem seien nun einmal die Türken.

Nein, sagen die anderen, so sei das nicht, vielmehr hätten sich die Moldauer Wojewode und der Ragozi gegen den Erbfeind verbündet, um in Polen Fuß zu fassen, und der Kuruzenkönig, ein frommer und beredter Jüngling und beileibe kein Räuber, sei auf deren Seite.

Mit gar niemandem, widersprechen die dritten, wolle sich dieser „König" einlassen, vielmehr erachte er all der Herren Bestreben für gering und erkenne nur Gott über sich an und die verbrieften Privilegien ungarischen Adels als Gesetz, und für solche Freiheiten ziehe er zu Felde. Freilich hätten ihn die Tataren tüchtig gezaust und ihm mit den Seinen eine empfindliche Schlappe beigebracht.

So streiten sie hin und wider, und der Simplex sitzt stumm daneben und macht große Ohren. Manches mutet ihm bekannt an und könnte auf eine gewisse Person hinzielen, aber er kann sich kaum vorstellen, daß es der Knabe bei aller Schläue, Beredtsamkeit und Protektion innerhalb eines halben Jährleins so weit gebracht im Szekler Land, daß man ihn König tituliert.

Nun, dem richtigen Mittelsmann der Räuber scheinen sie sich anvertraut zu haben, kommen mit nicht mehr Fährnissen, als da üblich sind, durchs kritische Gebiet, und auch das Gebirg hat im Sommer nicht die Schrecken der anderen Jahreszeiten, und Simplex ist schon am Überlegen, wie und auf welche Weise er Botschaft übermitteln könnte von ihrer Ankunft oder ob es nicht zweckmäßig sei, mit dem ihm anvertrauten Wesen gleich bis S. weiterzuziehen, da scheint das Verderben die kleine Reisegesellschaft doch noch zu ereilen.

Ihr Führer, der mißtrauische Blicke auf jedes Staubwölkchen am Horizont richtet, entdeckt nämlich etwas, was ihn in helles Entsetzen stürzt. Ihnen kommt eine Schwadron entgegen, die sich, nach der Ausdehnung ihrer Staub-Aura, nicht in geschlossener Formation bewegt, sondern ungeordnet und breit gefächert reitet.

„Akinci", murmelt er und wendet sich mit hängenden Armen zu seiner Truppe um. Das türkische Wort, das er benutzt, heißt Sturmreiter und ist die osmanische Bezeichnung für die schrecklichen Tataren.

Wie eine Herde Schafe, wenn das Gewitter kommt, knäult sich die kleine Schar auf der Ebene zusammen. An Entkommen ist nicht zu denken, so halten sie zunächst einmal, die Hinterteile nach draußen, die Köpfe nach drinnen, Rat, und jeder möchte am liebsten ganz innen im Pulk hokken.

Widerstand sei zwecklos, der vermehre nur deren Blutdurst, sagen die einen, wobei sie mit den Zähnen klappern. Am besten, man sammele gleich alles von Wert, tue es auf einen Haufen und biete es ihnen demütigst dar. Im Gegenteil, widersprechen die nächsten, das stachele sie erst recht an, da sie dann vermuten würden, es sei noch mehr vorhanden, das man vor ihnen verberge. Es sei auf alle Fälle besser, die Plünderung von den Rennern und Brennern selbst vornehmen zu lassen.

Die dritte Meinung ist, man solle sein Leben und was man an Werten bei sich führe, so teuer wie möglich verkaufen, habe man doch oft gehört, daß ein entschiedner Widerstand sie vertreibe, denn sie seien auf schnelle Beute aus und wollten keine Verluste riskieren.

Indes man so palavert, sind sie auch schon heran und umkreisen das zitternde Klümpchen Volk wie die Wölfe die Herde.

Ilona, wie alle anderen abgesessen und dicht hingedrängt an Lompin, flüstert dicht an seinem Ohr: „Hast du Angst, Lompin?"

„Ach", gibt er leise zurück und späht nach den Angreifern (im Gegensatz zu den meisten, die den Kopf in die Mähne ihrer Tiere drücken wie die kleinen Kinder, die „Kuckuck" spielen und denken, man sähe sie nicht, wenn sie die

Augen schließen), „für mich nicht. Ein Spaßmacher und Musikant kommt immer durch, auch bei die Tatarn. Aber Euch, Fräulein, werd ich verteidigen." Und er hört, wie damals am Brunnen der Riczans, ein winziges, fauchendes, amüsiertes Auflachen.

Verdammtes Luder, denkt er entgeistert, und das erstemal steigt eine Wut gegen sie auf, wie er sie ihrem Bruder gegenüber so oft empfunden. Was ist das nur für ein füchsisches Volk, mit dem man da unterwegs ist? Dabei erspäht er, daß die wilde Truppe gemischt ist. Neben Tataren sind auch Leute in Bauernkleidern dabei und zwei oder drei in pelzbesetzten Dolmanen und mit geschmückten Hüten.

Eh er sich noch wundern kann, fliegen Pfeile, allerdings über ihre Köpfe hinweg gezielt, und eine gellende Stimme ruft die Reisenden auf ungarisch an, man habe mit ihnen zu verhandeln. Ungeschoren wolle man sie ziehen lassen, wenn sich in ihrer Mitte ein gewisser Simplicius befinde in Begleitung eines adligen Fräuleins und man derer habhaft werde.

Lompin schiebt sich vor mit einem sehr widerlichen Gefühl im Magen, löst sich aus der verknäulten Herde, macht vor dem Sprecher eine gauklerische Reverenz und ruft, der Simplicius sei da und stehe zu Diensten, das adlige Fräulein aber sei ihm unterwegs abhanden gekommen, er wisse nicht, wo, und auf eigne Faust weitergezogen ins Siebenbürgische – und während er so redet, stupst ihn eine leichte Faust in den Rücken. Da steht Helena neben ihm, nimmt sich die Knabenkappe ab und sagt halblaut: „Willst du den Kavalier spielen für mich, Schalksnarr? Sehr komisch."

Die Akinci pfeifen und johlen, und während der Sprecher und seine ungarischen Begleiter die beiden einkreisen und abseits führen, fällt der Rest des Haufens hemmungslos über die jammernden Reisenden her – die Zusage, die da gemacht wurde, haben sie wohl nicht verstanden, war ja auch nicht in ihrer Sprache.

„Was soll das alles?" fragt Lompin schwer atmend.

„Noch ein Stückchen vielleicht", sagt der Sprecher vom Pferde herab, „daß uns dies Gekreisch und Geheul nicht so stört", und die Berittenen treiben ihn und Helena weiter.

Schließlich gibt der Anführer ein Zeichen mit der Hand, er sitzt ab und noch ein anderer, der eine polnische Mütze mit Pfauenfeder trägt, beide sind sie jung und schnurrbärtig und setzen sich nach Türkenart mit gekreuzten Beinen auf die Erde, wozu sie auch ihre Gefangnen auffordern. Die Reiter schließen den Kreis um sie.

„So mag es angehen", sagt der eine. „Willkommen, Demoiselle Zapary. Wir sind hier, Euch einzuholen im Auftrag Eures Bruders. Seit einer Woche halten wir jeden Trupp auf und forschen nach Euch!"

„Auf solche Weise?" fragt Lompin und macht eine wütende Kopfbewegung in Richtung auf die Plünderung.

„Auf solche oder andere, Musje", sagt der Mann hochmütig und streift ihn mit einem trägen Blick seiner schwarzen Augen, „Das geht Ihn ja wohl nichts an. Er hat Seine Arbeit getan und wird gleich entlohnt, einen Moment Geduld. Das Fräulein geht jetzt in meine Obhut über." Er verneigt sich im Sitzen, die Hände nach türkischem Brauch über der Brust gekreuzt. „Mein Name ist Istvan Seroky, zu Euer Gnaden Diensten."

Helena erwidert die Reverenz auf osmanisch, ohne ihre Augen von dem hüschen, schläfrigen, hochmütigen Gesicht abzuwenden. „Seid Ihr ein Vertrauter meines Bruders?" fragt sie.

„Ein Vertrauter, ganz recht. Ich und Herr Jan Peviensky (der mit der polnischen Mütze verneigt sich auf dieselbe Art) sind Capitains in György Zaparys Armee."

Hier muß Lompin laut auflachen, er kann nicht anders. „Kurios", sagt er grimmig. „Und die Kämpfer dieser Armee, woraus bestehen die? Aus Lumpenkerls, weggelaufenen Bauern und den Rennern und Brennern, die gerade ihre Arbeit tun?"

Man mustert ihn mit eisigem Schweigen. Dann sagt Herr Istvan mit mildem Lächeln: „Sie sind Selbstversorger und kämpfen ohne Sold."

Ilona kichert.

„Sein Salär habe ich", mischt sich jetzt Herr Jan mit der Pfauenfeder ein, „soll ich es Ihm vorzählen?" Er holt einen Lederbeutel heraus.

„Da sei Gott vor", erwidert Lompin. „Eure Braven machen

schon jetzt Augen, so groß wie Suppenteller. Wer garantiert mir, daß ich mit dem vollen Säckel weiter komme als einen Steinwurf? Ihr seid höchst generös, Herren."

„Das geht uns eigentlich nichts an", erwidert Herr Jan. „Aber ich habe gehört, daß Er ein Trompeter ist. Ich würd Ihn wohl in meinen Dienst und damit in meinen Schutz nehmen."

„Hehe!" Herr Istvan lacht. „Er ist aber mir zugesprochen. Auch ich bin ein Freund der edlen Musica."

„Zugesprochen?" fragt Lompin. „Wer, in drei Teufels Namen, kann mich jemandem zusprechen, ihr Herren? Ich bin niemandes Leibeigner."

„Nein, wohl nicht, aber doch im Dienst des Herrn Zapary. Wo liegt da der Unterschied?" läßt sich nach einer Pause, in der er seinen Ennui überwinden muß, Herr Istvan herab zu antworten. „Außerdem, habt Ihr nicht eben selbst nach Schutz verlangt für Euer Geld, Herr Gaukler?"

Von hier an schweigt Lompin, schlägt die Augen nieder und wartet ab, was weiter geschieht. Wenig sinnvoll ist es, den Mächtigen, die einen verderben können, zu widersprechen. Er versucht nicht, Helenas Blick einzufangen. Er weiß, daß sie am Angesicht des dunkeläugigen Istvan hängt.

Besagter Herr also ist bereit, dem Jan Peviensky diesen fixen Musikanten abzutreten für die gleiche Summe, die dieser eben als Douceur erhalten, und nach einigem Hin und Her werden die beiden Capitains handelseinig da im Kreis ihrer Männer, wo sie mit gekreuzten Beinen hocken, und noch ein Geldbeutel wandert von einer Hand zur andern.

„Soll ich Probe blasen?" fragt Simplex finster.

Herr Jan lacht. Das sei nicht nötig, er habe von des Musikanten Qualitäten gehört. „Auf geht's, Drombetasch!" sagt er ermunternd. „Unsre Wege, die des Herrn Istvan und meine, die trennen sich. Ich ziehe mit Ihm nach Süden, samt meinen Leuten, während die andre Truppe mit den Sturmreitern die Dame einholt. Große Ehren und Ruhm stehen Ihnen bevor, Fräulein."

Istvan reckt den Hals. „Sie sind wohl fertig da hinten, wir können aufbrechen. Euer Pferd ist zu langsam, Ilona, erlaubt, daß ich Euch vorerst zu mir vor den Sattel nehme."

Helena erhebt sich, kein Wort zu Lompin, kein Blick. Der Held sitzt auf, und die Dame hebt den Fuß in den Bügel und schwingt sich federleicht aufs Roß. Simplex sieht noch einmal ihr blasses, dreieckiges Gesicht, den halb offenen Mund, in dem die spitzen Zähne blitzen.

Herr Istvan pfeift gellend den Akinci. Sie folgen mit Geschrei.

„Was sind das für Ruhm, was für Ehren?“ fragt Lompin und erhebt sich langsam vom Boden.

Sein neuer Herr grinst. „Soviel ich weiß, ist sie Khan Murad Ghirey, dem Anführer der Tataren, für sein Frauenhaus versprochen.“

Gellend über die Ebene hinweg schallt der Sieges- und Beuteruf der Sturmreiter.

Das elfte Capitel

in dem er etwas in Druck gibt, ein Mädchen kränkt und seine feine Nase rühmen hört

Muß ja nun wohl, in Anbetracht des Besuchs, in den sauren Apfel gebisssen und der alte Buttersack aufgesucht werden, Geldes wegen. Dazumalen, als dieser Apollonia und ihm als jungvermähltem Provisoren- und Kantorenehepaar das Haus überlassen, nebst Einrichtung und seinem Cembalo als Mitgift, und sich selbst ins Altenteil auf ein Mietstübchen bei Ackerbürgern am andern Ende des Ortes zurückgezogen, prophezeite er hämisch, er werde seinen werten Tochtermann ohnehin nur zu Gesicht bekommen, wenn der was borgen wolle. Was denn auch eintraf.

Solange Apollonia lebte, kam da immer noch etwas wie ein Nadelgeld herein, was der Alte seiner Tochter separatim zu zahlen pflegte – auch dies wanderte, von ihr mit schüchternem Erröten angeboten, ohnfehlbar in die Haushaltskasse. Für sich behielt Apollonia gar nichts. Am Grab der armen guten Seele sahen sie sich nach den drei Ehejahren dann wieder, und der alte Knacker wiederholte seine boshafte Annonce. Dauerte auch nicht lange, daß der Schwiegersohn darauf zurückkommen mußte.

Woher Buttersack nun eigentlich seine Dukaten hat, weiß Lompin ebensowenig als, wie viele es sein könnten, denn so geizig kann ja niemand sein, sie von dem dünnen Salär zu sparen, man verhungere denn. Er, Lompin, nimmt an, der Alte wird irgendwann einmal eine Erbschaft gemacht haben, halte das aber sorgsam vor den Göppingern verborgen und erwecke nun scheinheilig den Eindruck, er verzehre als guter, fürsorglich planender Mann sein Erspartes.

Ja, der Herr Provisor senior sei zu Haus, erklärt die Wirtin auf sein Befragen – wo soll er denn auch sonst sein mitten im Winter. Im Sommer, das ist bekannt, tapert er durch die Straßen mit seinem Stock, sich auf der Kirchhofsbank oder den sonnigen Stufen des Rathauses oder am Markt zu treffen mit den anderen Krautern, und dann hecheln sie alles durch, schlimmer als die Marktweiber, und er vor allem seinen hergelaufenen Schwiegersohn und dessen Laster.

Buttersack empfängt ihn auf der Ofenbank in Schlafrock und Pantoffeln, das graue Haar unter der Nachtmütze, und wendet ihm die halbblinden Augen zu. Die Reverenz hätt Lompin sich sparen können, die erkennt der ohnehin nicht.

„Nun, Herr, will Er mir seine Schulden zurückzahlen?“ sagt der Alte hohnvoll. „Was? Er schweigt? Möchte lieber was Neues holen? Ja, denkt Er denn, ich hab den Goldesel da drinnen in meiner Kammer verborgen, und der scheißt mir täglich einen Dukaten? Warum kommt Er gerade zu mir, eh? Hat Er wieder mal alles verpraßt?“

„Ach, Ihr wißt wohl, daß bei dem Salär nicht viel zu verprassen ist, Herr Schwiegervater“, entgegnet er gequält. „Es ist, daß ich Eure väterliche Güte noch einmal ansprechen möcht, da ein Zunftgenosse aus dem Pfälzischen mich besuchen kommt, zu einem anständigen Tractament, daß man sich nicht schämen muß.“

„Schämen sollt Er sich, daß Er borgen geht. Warum sucht Er nicht gleich den Wucherer auf in Stuttgart? Wohl, weil Er weiß, daß der gutmütige alte Buttersack eingedenk seines einzigen Kindes ohne Zinsen und Frist herleihen wird, nicht wahr?“

Ja, denkt er, dafür nimmst du Zinsen, indem dir das Maul überschäumt wie ein Gifttopf, da büßt man seine Sünden ab. Und sagt: „Es ist nur, Herr Schwiegervater, daß ich denke, es bleibt besser in der Familie. Würde sonst ein schlechtes Licht auf uns werfen ..."

„Auf Ihn, das ist wahr. Hat Er wohl als ein ehrlicher Kerl sich schon einmal aufs Rückzahlen besonnen?"

„Sobald ich von meinem Verleger die Musique bezahlet krieg", verspricht er.

„So?" schnappt Buttersack. „War Er nicht gestern grade in Stuttgart?"

Woher weiß das alte Rabenfell das, da er doch nicht aus der Stube herauskommt? „Der Güntz hat mich vertröstet, sonst wär ich jetzt hier und brächte was, statt zu holen."

„Die ganze Nacht hat der Güntz Ihn vertröstet? Erzähl Er wem anders seine Mären", sagt der Alte und lacht höhnisch.

Und er zieht es vor, gar nichts zu erwidern und steht da als ein Bittsteller mit gezognem Hut mitten in der Stube und muß sich abbürsten lassen von dem alten Madensack wegen ein paar Talern. Da er weiß, der sieht's ohnehin nicht, schneidet er ihm eine greuliche Grimasse.

Buttersack nimmt sein Schweigen für die bezweckte Zerknirschung, knurrt und murrt: „Für ein Tractament braucht Er's, für einen Kollega? Wohl auch ein Compositeur, wie Er einer sein will? Nun, das macht mir den Kopf nicht heiß. Ein Tractament: Laßt sehen. Müssen ja keine gebratnen Tauben sein. Rindfleisch für eine Suppe und Braten wird genügen, Zugemüs ist billig, eine Eierspeise als Nachtisch, Bier ..."

„Aber Herr Schwiegervater", unterbricht ihn der andre und muß achtgeben, daß sich seine Wut nicht auf die Stimme schlägt, „ich kann diesen Herrn Kollega, der ein feiner Musicus ist und in Italien bei Carissimi studieret hat, nicht mit Bier und Kraut bewirten wie einen Kneipenfiedler. Ein guter Wein muß her, Konfitüren als Dessert, wenn schon keine Tauben, so doch ein Huhn, und Coffee und Zucker werden wir auch brauchen. Außerdem", lügt er, „ist auch der Doctor Schulz angesagt bei der Assemblée."

„So, der Schulz", sagt der Alte. „Das sieht schon anders aus. Also gut, Wein und Coffee. Und ein Huhn." Erhebt sich und schlurft zur Kammer – vermutlich muß er's aus dem Bettstroh hervorwühlen, oder wo sonst es versteckt liegt.

„Und gedenket gütigst meiner Bedürftigkeit bei Bemessung der Summe“, ringt er sich noch ab hinterherzurufen. Die Galle steigt ihm hoch, wie er da steht und aufs Almosen wartet, und er fragt sich, was er falsch gemacht hat, denn als Lompinischer Vagant und gegen den schärfsten Sturm hat er diese Art Abscheulichkeiten sich nicht auferlegen müssen wie nun im sanft windstillen Göppingen, seit er sich entschlossen hat, Daniel Speer zu sein. Und das hier soll heut das letztemal gewesen sein.

Endlich kommt Buttersack wieder hervor und hat sich doch sage und schreibe drei Taler abgerungen (darauf hatte man gar nicht gehofft), bringt auch das Papier, worauf die alten Schulden verzeichnet, und schreibt die neuen dazu, den Kopf eine Spanne überm Papier, damit er was sieht. Und man unterschreibt und streicht ein, und wenn der Alte meint, man küsse ihm noch die Hand, dann hat er sich geirrt.

„Ich weiß schon, daß Er denkt, ich sterbe, eh Er's mir abzahlt (akkurat so ist das, Musje Buttersack!), aber da hat Er sich geschnitten. Mein Erbe, der Sohn meiner Schwester selig, erhält diesen Schein und wird nicht fackeln mit dem Eintreiben, nur weil der Borger mein Eidam gewesen. Und daß Er's nur weiß, das geschieht nur der seligen Apollonia zulieb, daß ich hier solcherart mein Geld aus dem Fenster scheffle, Ihn halt ich nicht für würdig, sondern für ein liederliches Subjectum, und hab die arme Verschiedne die drei langen Jahre ihrer Ehe hindurch oft bedauert.“

„Was hab ich Eurer Tochter getan?“ sagt er und läßt nun, da er das Geld hat, seiner Wut freien Lauf. „Hab ihr, da sie schon in die Jahre gekommen und nicht nur am Kopf grau, gezeigt, wozu Gott der Herr den Weibern das Loch erschaffen, war das so ungut? Hätt ja sonst ungebügelt in die Grube fahren müssen, das arme Tier.“

Buttersack zieht pfeifend die Luft ein und greift mit den Händen ins Leere.

„Meine Empfehlung, Herr Schwiegervater.“

Und die Tür hinter sich ins Schloß und die Treppe hinunter, so, das wär erledigt, hier krieg ich nie wieder was.

Und durch den Dreck ziehen wird er mich in der ganzen Stadt, auf jeder Ofenbank und hinter jedem Türvorhang, das ist nun mal gewiß. Sei's drum.

Andreas Kremberg kommt mit Extra-Post angereist, und wie er vorm Haus seine langen Beine aus der Kutsche schwingt, als säße er vom Pferd ab, das kann nur er allein.

Nie hat Simplex einen Mann gesehen, der sich chevaleresker aufführte, als diesen Bürgerlichen, und nie gab es einen eleganteren Kantor, vom untadeligen Schwarz seines exquisit geschnittnen Rocks bis zu den glattsitzenden Strümpfen und den geschwungnen Absätzen seiner Schnallenschuhe, und man muß schon sehr genau hinsehen, um zu bemerken, daß dieser Schuhe Leder brüchig ist, die gestärkten Manschetten und das Jabot verschlissen und die fadenscheinigen Stellen am Rock mit Dinte nachgeschwärzt sind, kurz, daß Krembergs gesamte italienische Eleganza schon die sieben dürren Jahre seines Amtes in Wesel hat zu überstehen gehabt. Nicht, daß er Not litte; er ist ein gesuchter Compositeur, freilich sind seine Stücke wegen geforderter großer Virtuosité schwer aufführbar. Auch findet sich wohl immer die eine oder die andere Weibsperson, die dem schönen Kerl mit den schmeichlerischen Manieren ein Douceur zukommen läßt. Aber alles in allem geht Verdientes und Geschenktes bei ihm ebenfalls für den Alltag drauf, Kremberg lebt von der Hand in den Mund, dies allerdings auf großem Fuße.

Die beiden Kollegen umarmen sich herzlich. Lompin hatte Kremberg, gleich anderen, kennengelernt auf der Suche nach einem ruhigen Flecken zum Leben und Musizieren, und beide fanden Gefallen aneinander. Der Vermittlung des angenehmen Weslers verdankte er eine erste Anstellung, eh er nach Göppingen sprang, unter anderem eben wegen der Orgel mit Rückpositiv.

Kremberg bringt einen Korb Moselwein mit; die Bretschneidern, die heut als Köchin und Servierfrau gedungen ist, trägt auf und kann ihre Schielaugen gar nicht von dem großgewachsnen Mannsbild abwenden und braucht zum Geschirrabtragen und Aufräumen unverhältnismäßig lange, als die beiden Zunftgenossen schon am Cembalo sitzen und vierhändig aus Krembergs soeben erschienenen „Musikalischen Gemüthsergötzungen“ einige Piecen exerzieren.

Der galante Kantor aus dem Pfälzischen nennt die Zugehfrau „Madam“ und traktiert sie mit einem Glas Mosel, und Speer muß sie schließlich energisch auffordern, sich in die Küche und danach nach Haus zu begeben, sonst hätte sie wohl noch aufs zweite Gläschen gewartet.

Kremberg grinst wissend, und sie wenden sich wieder der Musique zu.

„Verdammt“, ruft Lompin ärgerlich aus, als er beim Versuch, des andern Sachen prima vista zu singen, an den Klippen der Koloraturen hängenbleibt, „bei so beblühmten Zeugs muß man eine geläufige Gurgel haben, Herr Kollega, wie sie wohl hierzulande nicht so schnell auffindbar. Wie soll eins das singen?“

Kremberg lacht. „Ihr habt recht. Keiner singt's mir, es sei denn eine Primadonna oder ein Primo Uomo der großen Opera eines fürstlichen Hauses, aber wo ist dergleichen? Und doch kann ich nun einmal davon nicht lassen. Es ist die welsche Manier, in der zu schreiben ich gelernt habe.“

„Es ist höchst kunstvoll“, sagt Lompin bewundernd. „Ich komm mir mit meinen Sachen dagegen vor wie ein dilettierender Bierfiedler. Es ist simpler Kram.“

Kremberg widerspricht lebhaft. „In Eurer Musique sind die Lieder zu Haus und die Tänze, wie sie am Ursprung gewachsen. Und solche Opéra-Kantate, oder wie Ihr den ‚Musikalischen Kriegs-Roman‘ nennt, könnte ich nimmermehr machen, denn Ihr habt dazu auch noch die Worte.“

Sie spielen vierhändig eine Fantasia nach Pachelbel, wobei Speer immer treibt und Kremberg immer verweilt, um auszuschmücken, und stellen schließlich einträchtig fest, sie könnten niemals in einer Bande gemeinsam musizieren und seien, was den Stil angehe, wie Feuer und Wasser.

„Sonst aber bin ich herzlich froh zu sehen, daß Ihr hier Fuß gefaßt habt. Gefällt es Euch hier, lieber Speer?“

Der so Befragte seufzt. „Ja, Kremberg, ja. Ich müßte Gott tausendfach danken für das, so ich hier gefunden. Ein Amt, den Respekt der Mitbürger für meine Kunst, einen Kreis von Amateuren, mit denen sich leidlich arbeiten läßt, wohlgesinnte Mäcenaten, freundliche Schüler. Nach allem, was ich erlebt, sollte ich diese Gaben genießen. Göppingen, liebwerter Kremberg, ist wie ein solide gekochtes, aber etwas fades Gericht. Es fehlt ein bißchen Salz.“

Kremberg lacht. „Salzt Euch das scheeläugige Weibsstück nicht genügend? Die scheint mir von der Sorte, die sieben Paar lederne Hosen durchguckt.“

„Es geht nicht ums Weibervolk.“

„Sicher nicht. Nur, ganz im Ernst, ich fürchte, Salz werdet Ihr bald übergenug bekommen und Pech und Schwefel dazu.“

„Was meint Ihr damit?“

„Was ich sag. Wie Ihr mich hier seht, bin ich fort aus Wesel und auf der Suche nach einer neuen Kondition im Mitteldeutschen.“

„Wie das? Warum seid Ihr fort?

„Weil es die Pfarre nicht mehr gibt, an der ich beamtet war. Die Wahrheit zu sagen, gibt es von ganz Wesel nicht mehr allzuviel. Die Franzosen waren da.“

„Gerechter Gott, Kremberg, und da sitzet Ihr hier bei mir und lachet und scherzet und musizieret, als sei die Welt in Ordnung?“

„Aber Musje Simplex, die Welt ist in Ordnung, denn so ist die Ordnung der Welt – Unordnung eben, wer wüßte das besser als Ihr? Wird mir mein Hab und Gut, dessen ich Gott sei Dank wenig genug besaß, dadurch wieder, daß ich jammere? Ich habe meine Noten gerettet und meine kleine Barschaft, auch ein paar Bücher, das mag genügen, das andre kommt wieder. Und daß gerade Ihr mir jetzt ein entsetztes Gesicht macht, das erscheint mir recht komisch, denn Ihr waret mir erinnertes Beispiel für diese meine Gemütsruhe, so wie Ihr ankamt – wie lange mag's her sein, fünf Jahre vielleicht? – mit Eurem Mantelsack und sonst gar nichts; aber Ihr wußtet, Ihr konntet alles gewinnen. Ich hab in den letzten Wochen Schlimmes gesehen, Schlimmeres, als mir zugestoßen, und bin nicht verzweifelt, nur voll Zorn. Und vor allen Dingen glaube ich, man muß etwas unternehmen.“

„Wollt Ihr in den Krieg ziehen?“

„Ganz recht. Ich will in Krieg ziehen mit unseren Waffen. Und das ist einer der Gründe, Herr Kollege, warum ich hier bei Euch bin. Ihr seid des Wortes mächtig, ich nicht. Leiht mir Eure Feder. Ich möchte ein Blättchen in Druck geben, so wie Ihr – ich erinnere mich wohl, daß Ihr's mir gesprächsweise mitteiltet – des öfteren auf Euren Wanderschaften getan. Hieß nicht das eine ‚Hungarische Wahrheits-Geige'?"

„Ihr setzet mich in Erstaunen, Kremberg. Was wollt Ihr denn, daß geschrieben stehn soll?"

„Man muß den Städten am Exemplum aufzeigen, daß es nimmermehr der Weg sein darf, einen Akkord mit dem Franzosen einzugehn und Kontribution zu geben, denn erstlich fordert er immer mehr und Unmögliches dazu, und hinterher legt er die Städte doch noch in Asch und Graus. Und man muß einmal die Kriegsführung dieser Mordbrenner beschreiben, warum sie so vorgehn und nicht anders, und wie man sich dagegen wehren kann – denn man kann es."

Lompin wirft ihm einen scharfen Blick zu. „Und wer soll's drucken?"

„Ich geb's unterwegs in Druck, an irgendeinem Ort, wo die Franzosen nicht so dicht vor der Tür stehn. Hier möcht sich ein Verleger wohl fürchten. Die Distribution geht dann schon vonstatten, auch hierher."

„Das ist richtig. Wann wollt Ihr weiter?"

„Sobald es geht."

„So wollen wir, wenn Ihr Euch davor nicht scheut, wie es meine Gewohnheit ist, die Nacht durcharbeiten. Ihr müßt mir aber die Federn anspitzen und die Lichter schneuzen."

„Mit Vergnügen. Ich wußte, Speer, daß Ihr der rechte Mann seid."

„Das wird sich zeigen. Macht zuvörderst noch eine Flasche Mosel auf. Nennet mir die Facta, und wir werden sehen, wie wir's in Schick bringen bis morgen früh."

Sie beginnen umständlich mit Wein und Toback und dazwischen ein paar Akkorden auf dem Cembalo, machen eine Disposition und legen Überschriften fest. Nach einer Stunde haben sie ihre Gläser vergessen und die Pfeifen ausgehn lassen. Lompins Feder knirscht über das Papier, er pausiert nur, um sich von Kremberg den nächsten Abschnitt referieren zu lassen, spricht beim Schreiben mit, läßt sich in Formulierungen beraten. „Ist das recht so? Ist das richtig? Was soll nun drinstehen?"

Einmal wirft Kremberg, der meist im Raum auf und ab geht, einen Blick über Daniels Schulter. „Gerechter Gott, Speer, was schreibt Ihr für eine Hand? Welcher Setzer soll das lesen?"

„Können's alle", erwidert der, „ist ja ihr Beruf. Und im übrigen wißt Ihr ja, was dasteht, müßt Ihr eben dabeibleiben und dolmetschen. Wobei mir einfällt, falls Ihr Euren Weg über Ulm nehmt, der Wilhelm Kühne hat etliche Musiquen von mir und das ‚Musikalische Abc' für den Unterricht gedruckt und nie bezahlet. Arbeitet aber sehr gut und schnell. Weiter: ‚Wäre es nicht besser / unter göttlichem Beystand / wider einen solchen ungerechten und gottlosen Feind lieber anfangs alles auffgesetzet / als so schändlich und schädlich accordiret? Denn weiln die Frantzosen diese Oerter wegen Volck Mangel nicht können länger behaupten / und gleichwohl auch den Teutschen / solche nicht gern zu ihrem Aufenthalt gönnen wollen. Derowegen rasiren und sprengen sie deroselben Vestungswercke und Mauren lieber in die Lufft / und machen den armen Inwohnern / welche den boshafften Feind solange darin verpfleget / zehenfachen Schaden und Unkosten.' …"

Als sie fertig sind, lesen sie sich's Abschnitt für Abschnitt noch einmal durch, schon damit Kremberg von dem, was er nicht entziffern kann, sich doch einprägt, was es bedeute, und es zu ergänzen vermag. Freuen sich über gewisse Stellen: „Und ist dies fürwar eine disputirliche Excuse: der Feind hielte keinen Stand / denn eben darumb / und weiln wir solches wissen / muste dergleichen wider ihn commandirte Armee auch nicht stille stehn / sondern demselben stets an den Eisen hangen / biß er endlich in die Enge getrieben und entkräftet würde." Oder: „Indem mann den demütigen Städten fast keinen der Accords-Puncte gehalten / die Anfangs verwilligte Contributionsgelder von Monat zu Monaten höher gespannet und den Soldaten in den Quartiren allen ruchlosen Muthwillen nachgelassen / welche denn so bestialisch gehauset / als es iemahls die Türcken und Tatarn gemachet."

„Den Titel noch!“ fordert Lompin und schreibt gleichzeitig mit quietschender Feder: „Das Grausame und doch Verzagte FRANKREICH.“

Draußen dämmert es. „Wie spät mag das sein?“ fragt Kremberg.

„Um diese Jahreszeit, wenn's helle wird, um sieben herum“, entgegnet er, „da muß ich in einer Stunde aufs Amt.“

Er stößt Fenster und Türen auf, um Luft hereinzulassen. Daß justament in dem Augenblick, da er die Hintertür öffnet, beim Nachbarn das gleiche geschieht, kann Zufall sein oder nicht; Jungfer Marille im Morgenjäckchen steckt die Nase heraus und will sich mit kühlem Kopfnicken zurückziehen, sie schmollt ja noch wegen Stuttgart, aber er ist viel zu müde, darauf einzugehen, und findet, heut früh sei die Zeit der Freundlichkeit.

„Kertzschin, wenn Sie ein erbarmendes Gemüte hat, komm Sie herein und koch Coffee, denn ich muß bald in die Schul und hab die ganze Nacht durchgemacht.“

„Das scheint ja Seine Specialité zu sein“, sagt sie schnippisch, aber er lächelt nur mild und müd und öffnet einladend weit die Tür.

„Du liebe Güte!“ entfährt es der Jungfer, als sie unvermutet einen fremden Herrn in der Stube stehen sieht, der gerade bemüht ist, seine aufgelösten Haare im Nacken wieder zusammenzubinden. Doch Andreas Kremberg bringt mit übernächtiger heiserer Stimme noch ein galantes Wort hervor und sieht auch mit den Bartstoppeln im Gesicht so unverschämt gut aus, daß Amaryllis Sofronia errötend knickst und dann vor den beiden Mannsbildern in die Küche entflieht.

„Wie habt Ihr gesagt, Herzbruder, daß Euch Göppingen sei? Salzlos? Ich mein, Ihr habt Salz und Würze genug und versteht es wohl, Euch damit einzurichten“, bemerkt Kremberg amüsiert.

Daniel winkt ächzend ab und schüttet den Streusand vom Titelblatt.

Marillchen hat, eins, zwei, drei, Feuer im Herd (holt die Glut gleich von der eignen Küche, übern Hof), und das Wasser kocht, und der Coffee ist gestampft, und aufs Tablett kommen die Brot- und Fleisch- und Konfitürenreste von gestern, und überhaupt ist es eine Herzerquickung mit ihr, wie das alles schnell und mit Anmut geht. Ihre glänzenden Augen verkünden ihm, daß ihm verziehen sei, mehr als ihm lieb ist, und als der artige Kremberg sie auffordert, sich doch dazuzusetzen auf ein Schälchen Türkentrank, weiß sie's so zu fügen, daß sie neben dem Hausherrn sitzt und ihn bedient, kurzum, den Eindruck erweckt, als seien sie erklärte Amanten. Sie kann er ja, im Gegensatz zur Bretschneidern, nicht wegscheuchen, sie hat ihm ja eine Gefälligkeit erwiesen.

Vom Coffee ist er wieder munter, er wird ins Pädagogium marschieren, wie er geht und steht, und seinen Unterricht absolvieren und dann heimkommen und die Reste fressen und sich einen großen Badzuber zurechtmachen und baden und schlafen.

Er begleitet Andreas Kremberg noch zur Poststation; als sie aufs Einschirren warten, kommen die Damen Pfleiderer über den Platz – er dachte nicht, daß sie überhaupt so früh unterwegs sein könnten –, werden außer vom Diener auch noch begleitet von zwei großen gefleckten Hunden, wohl, daß keiner ihrer Ehr zu nahe tritt, und Kremberg gelingt trotz Übernächtigung mit gezognem Hut ein derart wundervolles Kompliment, daß die beiden Weibsen mit großer Reverenz danken.

„Gebt auf Euch acht, Gott schütz Euch“, sagt Kremberg dann und umarmt den anderen heftig.

„Und Euch, und gute Fortune“, erwidert Speer und verspürt ein Brennen in der Kehle. „Eure ‚Musikalischen Gemüthsergötzungen‘ werden gewiß sehr reüssieren.“

„Nicht minder Euer ‚Türkischer Eulen-Spiegel‘.“

Von den Blättern, so sie diese Nacht gefertigt, reden sie nicht.

Es dauert keine Woche, da läßt ihn Doctor Schulz bitten, ihm einmal die Ehre zu geben. Sobald wie möglich. Einer solchen Aufforderung leistet man natürlich Folge.

In des Landtagskonsulenten Arbeitszimmer liegt auf dem Schreibtisch „Das Grausame und doch Verzagte FRANKREICH“, das ist aber schnell gegangen! Und der Herr Doctor sitzt dahinter mit der Miene des Totenrichters und fordert mit Grabesstimme: „Saget mir, was das ist."

„Das?" fragt Lompin, kneift die Augen zusammen, als sei er kurzsichtig, nähert sein Gesicht dem Papier, schnüffelt daran und erklärt dann genauso ernst: „Es scheint ein anonymes Flugblatt zu sein."

„Leset den Titel."

Er liest ihn laut vor, langsam, als sähe er dergleichen zum erstenmal. Es ist sehr gut gesetzt.

„Nun, was meint Ihr, Musje?"

„Ich meine, daß dies anonyme Flugblatt sich gegen die Franzosenokkupation richtet, Herr Doctor."

„Und Ihr sahet es niemals vorher?"

„Wie sollte ich?"

Schulz steht auf, nimmt die Schrift und verstaut sie irgendwo unten im Schreibtisch. „Ihr hattet nicht kürzlich Besuch, den Andreas Kremberg aus Wesel?"

„Doch, mein Herr, der war auf der Durchreise bei mir."

„Ihr wisset, daß die Franzosen auf des Kremberg Kopf einen Preis ausgesetzt haben, rebellischer Umtriebe wegen?"

Diesmal muß er seine Überraschung nicht spielen.

„Nun, Kremberg ist außer Landes und dem Zugriff der Franzosen entzogen. Aber sicher gibt es Leute, die sich auf Schreibstile verstehen und durch einen Vergleich den Scribenten dieses Blättchens genau identifizieren könnten."

Pause.

„Musje Speer, wer immer an der Verfassung dieses hochgefährlichen Papiers beteiligt war, er hat dem Lande Württemberg einen großen Dienst erwiesen. Ihre Durchlaucht Madame la Duchesse war so gnädig, es ebenfalls zu lesen und huldvollst eine mutige Tat zu nennen. Dennoch sollte sich der Verfasser solcher Schriften keine Illusionen machen, ihn könne jemand schützen. Aufrührerische Sprache bleibt eine solche auch im Dienst einer guten Sache. Ich hoffe, Ihr habt mich verstanden?"

„Aber ja, aber doch, Ihro Gnaden", sagt Lompin eifrig mit einer Verneigung. „Ich teile diese Meinung durchaus und bin froh, niemals in Versuchung zu kommen, dergleichen Zeugs zu schmieren. Ich bin nur der Verfasser närrischer

Schwänke und possierlicher Vanitäten, wie Ihr ja wisset, und sehe zudem meine Hauptaufgabe im Componieren anmutiger und ergötzlicher Musiquen.“

Schulz nickt. „Es ist recht, Herr Provisor. Ihr solltet jedenfalls wissen, daß Ihr in mir einen Befürworter Eurer Kunst, ja, geradezu einen Freund habt, der freilich nicht so mächtig ist, Euch stets wirksam zu schützen, selbst wenn er Eurer Dienste einmal bedürfte.“

„Euer Gnaden toujours très humble serviteur“, sagt Lompin und verbeugt sich bis zur Erde.

Das Zeug scheint aus allen Ecken zu kriechen, ohne daß feststellbar wäre, wer es denn eigentlich verkauft oder verteilt, und wird von Hoch und Niedrig gelesen.

Auf den markerschütternden Schrei aus dem Nachbarhaus stürzt er durch die Hecke und die Hintertüre (immer in Schuldbewußtsein und Angst vor dem, der über die Dächer steigt) und findet zum Glück nur die Milch übergekocht, was zwar stinkt, aber nicht den Kopf kostet. Und warum das Malheur? Jungfer Marille hat den Milchtopf vergessen über der Lektüre des Flugblatts – sie, die sonst erklärt, fürs Studieren von Büchern keine Zeit zu haben, und Lesen sei überhaupt nichts für Weibsleute.

„Himmel, ich dachte, Euch wäre was geschehen?“ sagt er erleichtert, indes sie ihm sein eignes Pamphlet zum Halten in die Hand drückt und den Schaden beseitigt. Sie hat feuerrote Wangen.

„Sehet, Herr Magister“, sagt sie mit Glanzaugen, „so etwas müßtet Ihr einmal schreiben statt der Bücher, die doch nichts fürs gemeine Volk sind; das ist lehrreich und nützlich zugleich und gibt den Bedrängten Hinweise, sich ihrer Bedrängnis zu erwehren, indem sie nämlich den Schurken die Zähne zeigen. So etwas, das nenn ich Kunst!“

„Ach“, sagt er und schluckt, seine Schrift in der Hand, „da kommt so ein Pamphletist daher und spielt sich auf und gibt ein paar klugscheißerische Anleitungen, die mächtig nach Rebellion riechen, und schon verfallt Ihr in Begeisterung, aber unsereins kann machen, was man will, das wird nicht einmal angeguckt.“

Amaryllis Sofronia ist empört. „Wie könnt Ihr so reden

über ein hilfreiches Schriftstück wie dies! Man möchte meinen – pardon –, daß aus Euch der Neid spricht."

Nun muß er doch loslachen. „Ihr habt den Nagel auf den Kopf getroffen. Der pure Neid! Aber laßt es gut sein."

Irritiert ob seiner Heiterkeit, sieht sie ihn an.

Er gibt ihr das Produkt mit Reverenz zurück. „Und was hat es also für Euch zu bedeuten, da Ihr ja, wie Ihr sagt, nützliche Lehren daraus zieht?"

„Sich nicht alles gefallen zu lassen", erwidert sie hitzig, dann schlägt sie die Augen nieder. „Aber es sind sowieso keine Ratschläge für Frauenspersonen. Die sitzen daheim und lassen geschehen und ziehen nicht in den Krieg."

„Das hat's auch gegeben", entgegnet er. „Die Alten haben ein Stück darüber geschrieben, wo die Weibsbilder, denen ein Krieg zu lang gedauert, diese und jene Mittel angewendet, ihre Männer zur Kapitulation zu zwingen. Und keine hundert Jahr ist es her, daß ein heroisches Frauenzimmer, Christine Lalaing, Princesse d'Epinoy, eine ganze Stadt sechs Monde lang gegen die Usurpatoren verteidigte."

„Bedarf's dazu, eine Princesse zu sein?" fragt sie.

„Sicher nicht", antwortet er, verwundert und bewundernd. „Ich erachte dafür, daß ein couragiertes Weib das gleiche und wohl mehr vermag als ein Mannsbild."

Sie nickt.

Was hat so eine starkmütige Person zu schaffen hier, ohne Mann, mit einer kranken Mutter und drei Geschwistern am Hals? „Wollt Ihr fort von hier, Marille?" fragt er behutsam.

Sie wendet sich ab, steckt die Flugschrift gefaltet in den Schürzenlatz, füllt neue Milch in den gescheuerten Topf und setzt ihn zum Feuer. „Jedem ist von Gott sein Platz gegeben, und ich tu gern, was meine Pflicht ist", sagt sie. „Aber ich meine, daß es mir gleich wär, wo ich das Meine verrichte, an der Seite eines, dem ich zugetan wär. Es muß nicht hier sein – falls Ihr mich verstehen wollt."

„Ich versteh Euch sehr gut", erwidert er. Das ist wieder eine ihrer redlichen Listen, und er läuft sehenden Augs auf die Netze zu. Man kann nicht immer achtgeben!

„Daniel", sagt sie.

„Um Gottes willen, Marille! Was soll ich noch tun? Soll ich auf den Händen laufen oder auf Eurem Wäscheseil tanzen? Ich taug nicht zu dem, was Ihr Euch vorstellt. Haltet Euch an Euren Pamphletisten mit den kühnen demagogischen Anregungen, falls er Euch je in die Hände fällt."

Als er die Tür schließt, hört er, wie Marille aufschluchzt, und erliegt um ein Haar der Versuchung, umzukehren und sie in die Arme zu nehmen.

O Weiberkreuz! Was gebührt mir denn? Eine Bretschneidern ist noch dreimal zu gut für mich. Den zierlichen Schätzchen, die ich mir einbild und die sich mir einbilden, denen muß ich die Grimasse zeigen, die Narretei. Vanitatum vanitas.

Er nimmt den Lautenzug auf dem Cembalo, klimpert so vor sich hin, eine Serenade „Mein allerliebstes Schätzgen."

Geht zum Tisch, schreibt die Noten auf. Ein Strophenlied, fein sanftselig geht's daher, und dann den Text, von Vers zu Vers wird's grimmiger und grober, wenn er des Schätzgens Reize besingt, des Schätzgens, welches das seine ist. Ihre Füße, für die Backtröge als Schuh gerade recht, ihre Haut, auf der man Erbsen ausgedroschen, ihr' Augen rot wie Mohn, ihr dünner Zopf, ihr kahler Kopf, die Nase rinnt, und hat das gute Kind schwarze Zähn im Maul, ist so dumm als faul – und immer die zierliche, bösartige Melodei dazu –, meide fein das Licht, häng dir Schleier vors Gesicht; einen Schleier wie Lilirum in Buda, Lilirum ist gut und weit genug weg, was mach ich aus ihr, eine Schusterstochter vielleicht. Liebeslied an Lilirum, die Schusterstochter. Narrenfratze. Wenn das die Jungfer Amaryllis Sofronia in die Finger bekäme, o weh. Würde natürlich vermeinen, sie sei angesprochen, da ja Schuster und Gürtler nicht so weit auseinander liegen, und nichts verstehen und gekränkt sein auf den Tod.

Wollen's den Lompinischen Stücken des Eulen-Spiegel zugesellen als eins mehr.

Das Haus, in dem er wohnt, grenzt, wie sattsam bekannt, auf einer Seite an das der Wittib Kertzsch, die andre Seite aber liegt wüst – nach den Verheerungen des Großen Kriegs, dem ein Teil der Stadt zum Opfer fiel, ist hier und da einiges nicht wieder bebaut worden, es gibt Lücken im Stadtbild, Flächen, auf denen Brennesseln und Gestrüpp hochschießen. Manchmal versuchen auch arme Leut so was als ein Gärtlein zu nutzen und bauen da Kraut und Salat an, und auf anderen Flächen lagern Handwerker und Kaufleute das, was von niedrigem Wert.

Auf der Wüstung neben des Lompin Haus nun hat ein Holzhändler minderes Feuerholz, Späne und Gestrüpp aufgehäuft und, damit das arme Pack ihm nichts stiehlt, einen Zaun darum gezogen.

Warum Lompin die ganze Zeit über, während er das neue Notenblatt einordnet und zu den andern Partiturseiten tut, dieser Holzplatz im Kopf herumgegangen, weiß er nicht. Er hat Musique zu schreiben, eine heitere Scene ist heut noch obligat, will er das Aufschluchzen der verschmähten Marille in ihrer Küche abbüßen – und da denkt er nun an Holz und Ofen und daß Erinnerungen durch die Nase gehn wie angeblich die Liebe durch den Magen und weiß denn endlich, daß er Rauch riecht, und ist draußen, die Nachbarn zu alarmieren, ruft, haut an die Türen, tritt mit anderen Herzugeeilten die Pforte zum Lagerplatz ein. Der Borkenhaufen nächst seinem Haus brennt lichterloh, und der Wind treibt das Feuer gegen die Wand. Und nicht nur das, da hat auch noch jemand eine Spur aus Kien und Stroh und Wagenschmier gelegt bis ganz heran an die Fachwerkmauer.

Die Eimer gehen schnell von Hand zu Hand, in dergleichen sind die Göppinger versiert und üben's zur Genüge, vor allem die von der Bürgermiliz und der Auswahl; wer will sein mit Mühen auferbautes Eigen schon verlieren durch schlecht verwahrtes Feuer oder Licht. Das hier ist ja keine große Sache und bald gelöscht, da braucht man nicht einmal die Feuerglocken zu läuten, dank der Nase des Herrn Magister Speer, die genau so fein zu sein scheint wie sein Gehör, und sie danken ihm, und er dankt ihnen.

„Euch will jemand übel", sagen sie, „habt Ihr Feinde?"

Er zuckt die Achseln.

Sie stehen noch und reden, die Ärmel feucht und die Schuh benetzt, und irgendwer tritt die Borkenreste auseinander und bedeckt sie mit Erde, da kommt Madame Renata Pfleiderer des Wegs, begleitet von ihrem Lakaien und ihren beiden großen Hunden. Man macht seinen Diener.

„Excusez", sagt sie, „ich suche meine Tochter. – Aber was ist hier geschehen?"

„Jemand hat dem Musje Speer den Roten Hahn setzen wollen", entgegnet der Holzhändler, der den Platz belegt hatte.

Sie blickt mit hochgezognen Brauen. „So", sagt sie kurz angebunden, wie das ihre Art ist. „Ich werde Pfleiderer um eine Wache für dies Haus ersuchen, zu unser aller Sicherheit. Wenigstens drei Tage lang, das wird dergleichen Brüder schrecken." Und, zu Speer gewandt: „Es gibt übrigens ein vorzügliches Flugblatt. Ich hab's meinem Manne zum Exempel auf den Tisch legen lassen. Jemand, der den Franzosen nahesteht, könnte einen gewaltigen Haß auf den Verfasser solcher Schriften haben. – Almuth!"

Ja, da kommt sie die Straße entlang mit Muff, Mantel und Kapuze, und ihre Mutter zieht sie an sich und fragt streng: „Wo warst du? Und wie riechst du denn?"

„Ich war zum Abendgottesdienst in der Oberhofenkirchen, Frau Mutter", beantwortet die Demoiselle nur den ersten Teil der Frage.

„Wen hast du um Erlaubnis ersucht?"

„Ich dachte, Gott zu dienen bedürfe keiner Lizenz."

„Es verletzt den Anstand, wenn ein junges Mädchen wie du allein, ohne Magd oder Gespielin, ausgeht, und noch dazu vor das Tor. Dein Vater wird dich bestrafen, wenn er es erfährt. Bist du so erzogen?"

„Pardon, Maman", sagt Almuth, und ihre Stimme schwankt. „Ich hab nichts tun wollen, was Euch kränkt."

„Unserm Herrn Musicus wär fast das Haus verbrannt, während du dich herumtreibst!"

Aber das Haus des Herrn Speer scheint die Jungfer Pfleiderer nicht allzusehr zu interessieren. Sie karessiert die Hunde, wohl um ihre Tränen zu verbergen.

Unter mancherlei Hin und Her löst sich die kleine Versammlung auf.

Lompin, ungeachtet überstandner Gefahr oder vielleicht gerade deshalb, gönnt sich einen arbeitsfreien Abend und schläft nach diesem Tag tief und traumlos, erleichtert doch wohl, daß es nur ihm galt und niemand anderem. Ob es da noch einmal an die Hintertür geklopft hat, weiß er nicht zu sagen.

Am nächsten Tag ist Probe, eigentlich bei Fichte, aber der Herr Apotheker läßt ersuchen, aus Gründen, die seine Frau allein angehen, diesmal im Haus des Herrn Magister zusammenzukommen, er werde allen Bescheid sagen.

Die Gründe, die die Frau Fichte allein angehen, liegen klar auf der Hand: Madame ist neugierig wie eine Ziege und erwartet von ihrem Gemahl einen Augenzeugenbericht vom Brandschauplatz.

Bloß, da gibt's nichts zu sehen, außer der Schutzwache des Stadtvogts, die wichtigtuerisch vor der Wüstung und dem Haus des Provisors hin und her stakst (wird auf Bitten des letzteren übrigens am folgenden Morgen abgezogen).

Es läßt sich denn auch so an, als solle aus der Assemblée gar keine Probe werden. Ob der Brandstiftung und nicht minder ob der anonymen Schrift sind die Gemüter in Wallung.

Der ängstliche Tössle hat sich kaum hergetraut, er fürchtet wohl, hinter jeder Ecke einen Franzosen mit geschwungener Brandfackel zu sehen, der auf ihn lauert, und vermeint, man könne dem Speer das Haus akkurat dann erneut anzünden, wenn er sich darinnen befindet.

Fichte ist besonders erschüttert von jener Passage im Flugblatt, wo dargelegt wird, wie die Besatzer einen Apotheker, einen Zunftgenossen, der krank darniederlag, wegen ungenügender Zahlung das Bettstroh unterm Leib angezündet, und zieht die abenteuerlichsten Parallelen.

Tössle erklärt mit schmalen Lippen, er sei erschüttert über die Insubordination in diesem Machwerk, wage der unbekannte Schmierfink doch, der Obrigkeit Ratschläge zu erteilen und Kritik an den Hochwohlweisen Räten der Kommunen zu üben. Er könne nur hoffen, daß dergleichen nicht zu hiesigem Burgemeister oder Magistrat vordringe.

„Doch, das ist geschehen", mischt sich die Pfleiderer mit tiefer Stimme energisch ein, „und ich hoffe, die Herren nehmen guten Rat an."

„Und ist Ihro Gnaden Eheliebster etwa der gleichen Meinung?“

Renata zuckt die Achseln. „Das wär uns allen zu wünschen“, bemerkt sie trocken.

Speer, der zu all dem nicht ja noch nein gesprochen, fragt mürrisch an, ob man nun mit der Arbeit beginnen könne, es sei ja wohl alles beredet.

„Seid nicht so unhöflich, Herr Magister“, sagt Renata anzüglich, „schließlich geht's um Euch – ich meine die Brandlegung.“

Das sei ja nun gewesen und erledigt und bedürfe keiner weiteren noch so wohlmeinenden Erörterung, er danke indes herzlich für das Interesse. Und nun bitte die Numero acht Lompinischer Stücke, Hungarisch Ballet.

Das Blut aller ist so in Wallung heut, daß sie richtig ins Musizieren geraten; offenbar muß man sie immer erst warmmachen mit Strömen aus der großen Welt. Brandstiftung, Diebstähle, Flugblätter und der Franzose vor der Tür, das ist schon starker Toback, da geben sie alles. Sogar der trockne Göpfert tut mit.

Und sie tragen's ja, der Wahrheit die Ehre, mit einer rechten Contenance, man muß ihnen schon zugute halten, daß sie nicht so beschlagne Kunden sind wie Lutz oder Masosky.

So vermag er sie zu loben am Schluß, bittet noch einmal inständig, sich keine Sorgen um ihn zu machen, er vermöge schon auf sich zu achten.

Was er niemandem erzählt, ist, daß ihm zur Nacht ein Stein durchs geöffnete Fenster fliegt, umwickelt mit einem herausgerissnen Blatt des Gesangbuchs, darauf, schwarz mit Wagenschmiere umrandet, folgende Verse: „Ach Gott, wie bist du so gerecht / wie strafst du einen bösen Knecht so hart im Pfuhl der Schmerzen!“ Sodann unterstrichen: „Betracht es oft, o Menschenkind / kurz ist die Zeit, der Todt geschwind.“

Werd über das Lied im nächsten Gottesdienst meine Fantasia spielen, vielleicht kommt's ihm zu Ohren. Scheint ja alles zu erfahren, beobachtet als ein Unsichtbarer Tun und Treiben der Stadt und meiner Person. Und gefällt ihm wohl gar nicht, daß ich was gegen die Franzosen schreib.

Und in all dem vermeint er, solange es ihn allein betrifft und bei den andern nur eine Gans oder ein paar Bouteillen gestohlen werden, da kann man's ja noch aushalten. Was eine unverantwortlich leichtsinnige Annahme ist.

Aber er soll nicht denken, ich fürcht mich, wenn er mir droht.

Das zwölfte Capitel
in dem er gedenkt, wie man ihm einige Mären erzählt und er auf einem Schloß einer alten Bekanntschaft begegnet

Da hatten ihn denn die Geschäfte des Herrn Jan Peviensky weit hinfort geführt, als Leib-Narr und Leib-Trompeter war er an der Seite des polnischen Gesandten wieder einmal bis zur Portam gelangt, eifrig bemüht, mit seinem Instrument Leben und Auskommen zu sichern, und über Jahr und Tag hatte er nichts vernommen von seinem adligen Völkchen, weil er sich mit anderem Pack hatte herumplagen müssen in anderen Gegenden.

So mögen wohl ein oder zwei Jahr vergangen sein, bis sein junger Magnat am Fieber erkrankt und bei unbezahltem Lohne seines Gesindes verscheidet. Nun wieder sein eigner Herr, dient sich Lompin zurück ins Ungrische, eigentlich entschlossen, in die deutschen Provinzen zu reisen, wo vielleicht ein bißchen mehr Ruhe ist, denn der Türk rüstet mächtig, und es soll dem Vernehmen nach Kaiser Leopold nicht sehr viel mehr tun als beten und Singspiele komponieren (zu welch letzterem sich Simplex allerdings besser imstande fühlt als der hohe Herr).

Und dann zieht ihn der Teufel oder irgend etwas, so in seinem Innern wohnt (obgleich er hundert Eide schwören könnte, sie ganz vergessen zu haben), zurück in den Siebenbürgischen Hexenkessel – er redet sich ein, daß seine Occasiones und Bestallungen, das liebe Brot also, ihn allein in diese Gegend treiben, nicht sein eigner Wille.

In Großwardein gewinnt er einen Reisegefährten von wildem, abgerissnem Aussehen, ehemals Soldat, nun unterwegs als ein Schmied und Roßdoktor, und sie kommen sich merkwürdig vertraut vor, dringen nach einigem Hin und

Her denn tatsächlich auf den Grund der Sache: Zusammen haben sie in grüner Jugend in Breslau die Lateinschule besucht, der jetzige Roßarzt als braver Honoratioren Sohn, Lompin aber als Waisenkind und Spitalpflegling auf der Stadt Kosten.

„Donner und Doria, Herr Bruder", ruft der andere, einst Pietrosch geheißen, „hätte ich doch eher erwartet, Euch in einem Talar auf der Kanzel wiederzusehen oder im Gelehrtenkleid als in diesem Habit und auf der Landstraße!"

Lompin drückt gleichermaßen sein Verwundern aus, und nachdem sie einander Genüge getan haben mit Woher und Wohin, stellt sich heraus, daß besagter Pietrosch sich in der Gegend bestens auskennt. Er hat in Lompin einen höchst dankbaren Zuhörer, als er von den Händeln erzählt, die zwischen einem Kuruzenhauptmann und einer Schloßherrin toben, dergestalt, daß die Dame das Vieh aus dem Hoheitsgebiet des jungen Helden wegtreiben lasse, behauptend, die Wiesen seien die ihren, und er ihr dafür wiederum manchen anderen Tort antue.

Warum er ihn denn einen jungen Helden nenne, erkundigt sich Simplex wißbegierig.

Und er erfährt nun wundersame Zeitung.

Zu Anfang will er unterbrechen, aber das geht wohl nicht, denn die Geschichte ist kurz davor, zu einer Ballade zu werden, und eigentlich kann man nur noch eine Musique dazu erfinden.

Der junge Graf György Zapary nämlich (wie schnell man Graf wird!), die Stütze evangelischen Glaubens in Ungarn, der sich mit Mühe habe vor seinen Verfolgern retten können, vernahm, daß Ilona, seine hochgemute Schwester, in der Wienerstadt gefangengehalten wurde und durch schmähliche Foltern zum Abschwören gezwungen werden sollte.

Daraufhin bestieg er sein edles Roß und begab sich, aller Gefahr trotzend, geradewegs in die Residenz, direkt bis in die Hofburg, nahm seine Schwester zu sich aufs Pferd und entkam den Verfolgern.

Singend ritten sie beide durch Ungarland hin wie ein Hochzeitspaar, und er hatte seine liebliche Schwester geschmückt mit langen bunten Bändern und ihr ein Geschmeide aus Türkenmünzen um den Hals gelegt, so daß sie noch schöner erschien.

Als sie aber an ihrer nun verlassenen Stamm-Burg ankamen, in deren Kellern noch der reiche Schatz der Familie verborgen lag, erfuhren sie von den getreuen Bauern und Betyaren der Umgebung, daß der Türke vorhabe, die Burg zu okkupieren.

Da habe der Bruder zusammengenommen, was an wehrfähiger Mannschaft in den Dörfern war, und auf die Veste gesetzt, mit seiner Schwester als Kommandantin. Er selber aber sei weitergezogen, seine getreuen Kuruzen zu mobilisieren und die Verteidiger zu entsetzen.

Die Türken seien auch alsbald vor das Nest gerückt und hätten es zu ihrem Erstaunen befestigt gefunden. Ihr Anführer jedoch, ein Spahi namens Hamsa Bey, habe sich entschlossen, die Belagerung zu beginnen.

Die Verteidiger wehrten sich tapfer, aber da der Brunnen im Schloßhof versiegte und der Wein auch zur Neige ging, trat man zu der schönen Ilona und bat, sie möge die Festung übergeben. Sie aber sprach: „In zwei Tagen kommt mein Bruder, uns zu befreien. Ich weiß es. Genügt es euch, wenn ich ein Joch Wasser zu euch hinaufbringe in die Burg, daß jeder von euch eine Schöpfkelle trinkt? Werdet ihr dann durchstehen?"

Und sie erwiderten: „Ja."

Da kleidete sie sich in das Habit eines Bauernmädchens, nahm das Joch mit den zwei Eimern auf den Nacken und ging hinunter zu dem großen Ziehbrunnen in der Ebene, an dem die Belagerten zu ihrer Qual jeden Tag die Türken hatten Rosse tränken sehen.

Und man fing sie und brachte sie vor Hamsa Bey. Sie aber zeigte keine Furcht, lächelte, sah hierhin und dahin kecken Auges, und die Belagerer sprachen untereinander: „Ganz Ungarn und Türkenland dazu wird die in Brand setzen mit ihren Blicken."

Da der Anführer sie finster musterte und fragte, was sie wolle, erwiderte sie: „Wasser will ich holen für meine Herrin, Helena Zapary, die Kommandantin der Burg."

„Warum nimmt sie nicht das Wasser, das sie im eignen Brunnen hat?" fragte Hamsa Bey.

Sie aber sprach: „Der Brunnen ist so tief und unergründlich, daß ihr das Wasser zum Waschen zu kalt ist. Von diesem Brunnen aber ist das Wasser lau und weich, damit wäscht sie sich lieber."

„So schöpfe", sagte er, und sie hielt ihm lächelnd die Eimer hin.

Er stutzte, gebot aber dann einem seiner Krieger, für sie das Wasser aufzuziehen. Währenddessen musterte er sie und sagte: „Wie kommt es nur, daß die Türkenmädchen, die im Schatten sitzen und Zitronen schlürfen, nicht so weiß und schön sind wie du Bauerndirne, die du durch die Sonne läufst und Essig trinkst? Wäschst du dich auch mit dem lauen Wasser des Brunnens?"

„Nein", antwortete sie, „mir genügt das kalte."

Da nun beide Eimer gefüllt waren, murmelte sie ein Stoßgebet darüberhin, und einer der Spahis schrie: „Halt, was macht sie jetzt? Will sie uns und alles Wasser verhexen?"

„Schmeckt, ob es verhext ist", sagte sie, nahm eine hohle Hand voll und spritzte dem Hamsa Bey die Tropfen ins Gesicht.

Da waren gleich Säbel bloß, er jedoch wehrte ab und bestimmte einen, ihr das Joch zu tragen bis fast in Schußweite.

Ilona aber warf ihm zum Abschied einen Blick zu.

Von der Veste aus schoben sie ihr ein Brett über den Graben, und sie, das Joch auf dem Nacken, lief mit wippenden Röcken hinüber, so flink und zierlich wie ein Wiesel, und verschwand.

Und erst am Abend sagten Bauern der Umgebung dem Türken, wer das Mädchen gewesen.

Als wirklich am nächsten Tag der Kuruzenhaufen ankam, schickte Hamsa Bey einen Parlamentär zu Zapary mit dem Angebot, er wolle abziehen und die Burg unbehelligt lassen, ja, ein Geschenk von zehn Pferden und fünfhundert Golddukaten dem Feinde verehren, wenn der ihm seine Schwester als Erste und Rechte zur Frau gäbe.

Und so geschah es, daß er seine schöne Feindin gewann, und es heißt, daß sie ihm zuerst nur verschleiert entgegentreten durfte, da er Angst hatte vor dem Zauber ihres Angesichts.

Ilona aber nahm den Islam an und wurde sein Weib. –

„Den Islam!“ murmelt Lompin in seinen Bart, „nun, mal etwas anderes.“ Im übrigen denkt er nicht daran, nachzufragen oder zu korrigieren, das Volk braucht Legenden, und diese hier ist sehr schön.

Nur, unruhig wie ein Gaul, dem eine Klette zwischen Satteldecke und Leib geraten, verlangt ihn nun, wirklich etwas zu erfahren über sein füchsisches Geschwisterpaar, und das Herz ist ihm beklommen. Es war ein Fehler, in diese Gegend zurückzukehren. Nein, es war kein Fehler. Es ließ sich nicht vermeiden.

„Und was macht er nun, der Kuruzenkönig?“ fragt er den Pietrosch, „gegen wen tritt er an?“

„Man heißt ihn auch den Türken-Mäher“, erwidert der wichtig, „weil er dem Erbfeind soviel Schaden zufügt.“

„Was?“ sagt Lompin überrascht, „nachdem er seine Schwester an die Türken verkauft hat? Und war er nicht gegen die Labanzen und Habsburger angetreten?“

„Was redet Ihr da, Herr Bruder, von ‚verkauft‘, und überhaupt“, ruft der andere gekränkt, „Ihr wißt es doch nicht! Ihr waret doch die ganze Zeit außer Landes!“

Simplex gibt es also auf und redet mit dem alten Kommilitonen lieber über die alten Zeiten, über die ist eher Einigkeit zu erreichen.

Als sie in die Nähe des Schlosses Nerk kommen, wird der gute Pietrosch zusehends unruhig. Er wäre lieber einen anderen Weg gezogen, denn über die Gebieterin hier gingen, einmal vom Viehraub abgesehn, so viele ungute Gerüchte um, daß sie ihre Bauern tribuliere und die Städter malträtiere, wo sie nur könne, auch sei sie ständig als Jägerin unterwegs, eine wahre Diana, und wer ihr dabei in die Quere komme, dem gnade Gott.

Ob sie denn eine Wittib sei oder gar unvermählt, will Simplex wissen.

Aber nein, wieso denn, Pietrosch schüttelt den Kopf, da sei natürlich der Herr Gemahl, in dessen Namen das alles geschehe, doch jedermann wisse, daß sie von dem erlangen könne, was sie nur wolle, und er allein sich keines Dinges annähme.

Bei solchen Reden ziehn sie ihre Straße durch ein Stück

bereits herbstlich bunten Waldpark auf Schusters Rappen, als das Gebell einer hetzenden Hundsmeute sich nähert, und Pietrosch ruft erbleichend: „Gott behüte, Herr Bruder, Lupus in fabula, wie wir Lateiner sagen. Das kann nur sie selbst sein. Laßt uns fein still an den Rand des Weges gehn, denn mit ihr ist nicht gut Kirschen essen, wenn ihr etwas entgegentritt bei ihrem Jagdpläsier."

„Wie das?" fragt Lompin trutzig. „Ist dies nicht ein öffentlicher Weg?"

„Wohl, aber kein öffentlicher Wald", kann Pietrosch gerade noch sagen, da sind sie schon heran, der Hirsch querwaldein und übers Gatter, dann, in beruhigendem Abstand (Den kriegen sie nimmer!) die schwarzweiß gefleckte, geifernde, keifende Meute und gleich danach die herrliche große Gestalt auf einem falben Roß, Schwarz in Schwarz gewandet, Reiherfedern am Hut. Das Pferd scheut vor dem Gatter, sie aber treibt es zurück, galoppiert neu an und setzt hinüber, und fort ist sie; was da am Wege stand, hat sie gar nicht gesehen. Und als Nachtrab, wieder ein paar Atemzüge später, kommt dann der Troß, Jäger und Hundewärter und Bereiter, die jedoch alle lieber außen am Gatter entlang als drüber; der Abstand ist ohnehin schon so groß, wozu da noch das Risiko, der Hirsch ist weg und die Herrin auch.

„Uff", sagt Pietrosch und „Huch" und „Das ist ja noch mal gut gegangen", und er wischt sich den Schweiß. „Die hätte uns glatt überrannt."

„Wo ist denn das Schloß der Wallenbergs?" fragt Lompin, und Pietrosch stutzt, ehe er Auskunft gibt, und erkundigt sich, woher der Gefährte den Namen wisse, aber der erklärt gelassen, den hätte er, Pietrosch, ihm doch gerade genannt.

Und so ziehen sie fürbaß bis gen Abend, da meint Lompin, er habe sich's überlegt und schlage nun doch eine andere Route ein als die gemeinsam vorgenommene, und er danke dem Herrn Bruder für erteilte Auskünfte, Belehrung und Amüsement auf dem Weg, und Gott befohlen.

„Euch sticht der Hafer, wie? Ich seh's Euch an, daß Ihr zur Wallenbergerin wollt!" ruft Pietrosch entgeistert, da er merkt, welche Richtung sein Reisegefährte nimmt, aber der winkt nur ab. Keine Sorge, er wolle nur seine Dienste anbieten und kenne die Gräfin von Wien her. Der alte Kommilitone steht offenen Mundes.

Madame läßt gleich bitten und empfängt ihn, die Beine in Reitstiefeln am Feuer, die Röcke bis zum Knie geschürzt, wie sie bei einem Humpen Würzwein gemeinsam mit dem Oberjägermeister die Gewehre reinigt. Ihr zu Füßen, so daß er mehr Aussicht hat als nur auf Rock und Stiefel, sitzt ein blasser junger Mensch, den sie als ihren Schwager vorstellen wird.

„Nun, Trompeter", sagt sie mit männlich tiefer Stimme und sieht durch einen Lauf hindurch ins Licht wie der Kopernikus durchs Rohr, „bist du auch wieder da? Hat's dich hergezogen in das Netz, in dem wir alle zappeln? Es war nicht anders zu erwarten. – Wein für den Trompeter!" befiehlt sie. „Ich nehme dich in meine Dienste, wenn du willst. Du gehörst ja dazu, in diesen ganzen höllischen Schlamassel."

Sie präsentiert artig: „Das ist Simplicius, der zu meiner Hochzeit aufspielte. Das ist mein Leibjäger und das mein Leibschwager. Ihr könnt jetzt verschwinden. Ja, du auch, Minou."

„Die Zofe fragt an, ob Madame Hochdero Söhnlein heut abend noch zu sehen begehre", erkundigt sich der Jägermeister.

„Nein", entscheidet sie. „Der Balg mag bei seiner Amme bleiben. Was soll ich mit ihm." Sie schiebt Schwager Minou mit dem Fuß beiseite. „Und was soll ich mit dir, Bübchen. Geh schon, geh."

Sie erhebt sich, marschiert mit großen Schritten durch den Raum, hockt sich dann vorm Feuer nieder.

„Ach, Simplex, daß du damals mein Lied vom Fuchs nicht vorgetragen hast, das war gar nicht gut. Vielleicht wär's sonst anders gekommen."

Hinter ihr flackert die Glut. Ihr Nacken, wie er aus dem großen Kragen aufsteigt bis zum Ansatz des aschefarbenen Haarturms, ist klar und makellos gewölbt.

„Verzeihen Ihro Gnaden, aber es war keine Gelegenheit dazu."

Sie winkt ab. „Ja, so sagt man wohl. Aber wer führt schon

gern unangenehme Aufträge aus." Sie lacht lauthals. „Was, zum Teufel, hat dich nur wieder hergetrieben? Es ist eine reine Familiensache."

„In dem Sinne wie Madame gehört ich wohl auch zur Familie", erkühnt er sich zu sagen und kennt sie inzwischen gut genug, um sich nicht zu verwundern, daß sie, ohne mit der Wimper zu zucken, nur dazu nickt.

„Musikant", sagt sie und bückt sich und legt Holz zum Feuer, ehe er hinzuspringen kann, „es steht schlimm. Siehst du, ich mag nicht einmal mehr singen. Früher, da hätt ich dich wohl gebeten, mit mir eine ganze Nacht lang Musik zu machen und Lieder zu singen. Bin aber nun ganz verstummt. Hab eigentlich kein Bedürfnis mehr nach Tönen und Klängen, doch da oben steht ein Cymbal, du kannst darauf spielen, wann immer du möchtest, es stört keinen, und wenn es stört, ist es auch gleich, hier wird getan, was ich will. Vielleicht kommt mir die Lust wieder mit dem Klang, treib du nur, wonach dir ist. Ich hab dich in Dienst genommen, solang es dir behagt. Aber es ist nicht recht behaglich hier."

„Ihro Gnaden sind eine Grande Dame geworden."

„O ja, das stand fest von Anfang an. Darunter mach ich's nicht. Geld und Ländereien hab ich und das Sagen dazu und einen Deppen von Gemahl und einen schönen Schwager, mit dem ich ins Bett geh, wenn ich mag, und einen Sohn, den ich nicht sehn will, er geht mich nichts an. Und die erwünschte Nachbarschaft."

„Man hat mir wunderliche Dinge erzählt auf der Reise hierher."

„Das will ich glauben!" ruft sie aus. „Der Kuruzenkönig und seine Schwester, das bewegt die Gemüter. Dabei, Himmel, was ist aus ihm geworden, Lompin? Ein Strauchdieb."

„Aber ein Strauchdieb mit Protektion, hör ich."

„Sie benutzen ihn. Sie machen ihn groß oder klein, wie sie wollen, und wenn sie ihn nicht mehr nötig haben, werden sie ihn wohl wegwerfen, nur er weiß es nicht. Besser, man könnte den Anfängen wehren und ihn zurückholen aus den Wolken, worin er segelt. Denn wenn er erst sehr hoch gestiegen ist – o weh, wie werden die Knochen krachen, so er fällt!"

Sie hebt ihren Weinhumpen hoch und kehrt ihn um. Er ist leer. „Möchtest du heute nacht mit mir saufen, Simplicius?"

„Nein", antwortet er, und sie sagt: „Auch gut. Besser sogar. – Was haben sie dir erzählt?"

„Daß ihr euch gegenseitig das Vieh stehlt."

„Das ist nur der Anfang. Der Musje kann keine Grenzen respektieren, wie das Räuberart ist. Soll er in Siebenbürgen machen, was er will. Aber hier ist kaiserliches Hoheitsgebiet und mein Land. Hier hau ich zurück."

„Weiß er, daß Ihr das seid?"

„Wie sollte er nicht? Ich hab ihm ja einen Antrittsbesuch gemacht mit Jagdgefolge, und er sah mich, als ich an ihm vorüberritt, so dicht, wie du von mir entfernt sitzest."

„Auf dem anderen Gebiet?"

„Sicher. Was kann ich dafür, wenn der Eber so weit läuft."

Er schüttelt den Kopf. „Ich dachte immer, ich wär der Narr."

Sie gibt ihm einen kurzen Stoß vor die Brust, ohne ihn anzusehen. „Das mußt du nicht allein sein. – Ich laß doch noch Wein kommen. – He, ihr", ruft sie mit ihrer tiefen, raunzenden Stimme, „Wein, Fleisch, Brot her!"

„Und was", fragt er, während er ißt, „was bedeutet das alles mit dieser türkischen Hochzeit? Ich hörte, ein Tatarenkhan sei auserwählt ..."

„Ach, armer Simplex", sagt sie mitleidig, „ich sehe schon, auch du willst Salz und Pfeffer in deine Wunden haben, nicht nur ich allein. Ja, ich erzähl dir's. Ich schon dich nicht."

„Nur zu", erwidert er grimmig und steckt sich, mit Madames Erlaubnis, seine Pfeife an.

„Das mit dem Khan hörte ich auch", beginnt sie, „und weiß nicht, inwieweit das nur ein windiges Gerücht war, von ihm selbst aufgebracht, um die Akinci bei der Stange zu halten, oder die Wahrheit; aber ich glaube es kaum, daß jemand, dem die Reinheit des Glaubens so am Herzen lag wie damals noch ihm, so üblen Handels fähig sei. Doch es kam ohnehin nicht dazu. Denn Helena langte nie an bei dem Khan. Ein junger Ungarherr, der die Aufgabe hatte, sie einzuholen, brannte mit ihr durch und streifte auf eigene Faust mit den Sturmreitern plündernd und brennend durch die Gegend, sie in der Truppe immer dabei. Sie war, so heißt es, schließlich mit erbeutetem Gold, Bändern und Seidentüchern und Altardecken behangen wie ein Madonnenbild, und die Tataren beteten sie einer Göttin gleich an. Meist ritt sie mit diesem Kerl, wie hieß er ...?"

„Istvan Seroky", wirft Lompin mit belegter Stimme ein.

„Richtig, du weißt das – ritt sie mit ihm auf einem Gaul, und es soll vorgekommen sein, daß sie beim Trab über die Ebene sich rittlings über ihn setzte mit gerafften Röcken, das Angesicht zu ihm gekehrt, und daß sie so vor den Augen der tatarischen Horde ... Soll ich aufhören?"

„Nein, weiter", sagt Lompin. Er ist aufgestanden vom Feuer und ins Dunkel gegangen, sich da niederzusetzen, nur das Glimmen seiner Tobackspfeife zeigt an, wo er ist.

„Schließlich war der Seroky ihrer überdrüssig oder György fing ihn ein, das weiß ich nicht. Jedenfalls kam Ilona zu ihm zurück."

„Und wie verhielt er sich?"

„Ich weiß nicht, Lompin. Aber die beiden hatten schon immer eine denkwürdige Weise des Einverständnisses und vergaben einander schneller, als eine Katze vergißt, daß sie vom Dach gefallen. Dann jedoch brauchte er die Unterstützung der Abteilung Spahis, die bei Wardein operierten, um seinen Aktionen im Reichsgebiet mehr Nachdruck zu verleihen, und offenbar hatte Abaffi gerade kein Geld oder verwarf die ganze Sache, jedenfalls, der Bruder sollte aus eigner Tasche zahlen. Hamsa Bey, hieß es, habe Helena gesehen. Er ließ mitteilen, daß er mit seinen Forderungen bedeutend zurückginge, wenn er Helena in Zahlung bekäme."

„Und die Religion?"

„Zu diesem Zeitpunkt war ihm das wohl schon gleich, Simplex. Er hatte gesehen, daß sie alle gleich mordeten und verrieten. Da war er zu seinem eignen Prediger geworden."

„Wozu?"

Sie lacht. „Nein, sag, das hast du wirklich noch nicht erfahren? Gepredigt hat er immer schon gern, aber nun meint er, das Amt müsse nicht geweiht sein, sondern jeder, der die Menschen mit seinem Wort bewegen könne, sei berufen, und nun ist er, ich weiß nicht, was, Calvinist vielleicht oder Arianer, und lehrt seine Scharen das Evangelium, wie er es sieht, und sie laufen ihm zu wie die Lämmchen."

„Aber der Türke?"

„Ich sage doch, es war ihm wohl gleich. Oder er hat gemeint, bei einem Frauenzimmer sei ohnehin nicht vonnöten, daß sie einer Religion diene, wenn sie nur einem Mann anhänge. Wie auch immer, Helena ward dem Spahi gegeben und lernte vom Muezzin den Islam, bis Hamsa Bey sie zurücksandte."

„Sie zurücksandte?"

„Ja, sie ist bei ihrem Bruder."

Lompin in seiner Ecke macht eine heftige Bewegung, und Rosalia sagt scharf: „Nein, da springst du nicht auf und läufst hin. Jetzt bist du bei mir. Und wenn ich den Schlüssel abziehen sollt von deiner Zimmertür."

Stille. Dann fragt er leise: „Wieso sandte er sie zurück?"

„Der Muezzin hatte seines Amtes vergessen und ihren Namen vom Minarett gesungen", höhnt sie. „Oder doch fast. Es heißt, als er sie den Koran lehrte, wie es ihr Mann wünschte, riß ihr eine Perlenschnur, die Hamsa ihr geschenkt hatte. Beide erschraken und ließen sich gleichzeitig auf die Knie nieder, die davonrollenden Perlen aufzusammeln, und obwohl sie mehrmals mit den Köpfen zusammenstießen, suchten sie unverdrossen weiter. Es war mühsam, und einige der Perlen waren sogar in den Garten gerollt, so daß die beiden auch da suchen mußten mehr als einen Tag und oft noch beim Anbruch der Dunkelheit nicht fertig wurden. Da sahen es die Nachbarn, und so erfuhr es Hamsa Bey."

Auch die Pfeife ist nun ausgegangen in der Ecke.

„Sag was, Lompin, oder tu was", bittet die Frau und stochert im Feuer.

„Ja, gern. So etwas vielleicht?" Und er schießt einen Purzelbaum über den Tisch, springt einen Salto und landet mit gekreuzten Beinen neben ihr.

„Gut, gut", sagt sie beschwichtigend. „Morgen werden wir's uns lustig machen. Morgen trinkst du mit mir."

„Nein, Madame."

„Dann reitest du mit mir aus und unterhältst mich mit Späßen."

„Nein, Madame."
„Dann reißt du Possen wie diese eben und tanzest auf dem Seil."
„Nein, Madame."
„Auch Musique zu machen mit mir wäre dir nicht genehm?"
„Nein, Madame, auch nicht."
„So weiß ich wirklich nicht, was ich an dir hab, Simplicius."
„Ich auch nicht, Madame."
Sie hocken noch eine Weile und starren in die Glut.

Wie viele Tage er sich damals auf der gräflich Wallenbergschen Besitzung aufgehalten hat, das ist fort aus seiner Erinnerung. Er weiß nur noch, daß er von Rosa eine ganze Weile nichts mehr zu sehen bekam, noch von ihrem Gemahl, noch von ihrem Sohn. Statt dessen streicht ständig ihr Schwager, der blasse hübsche Knabe Minou, um ihn herum, ein Wesen, daß sich meist in Seidenstrümpfen, Schuhen mit Bändern und roten Absätzen und einem brokatnen Hausrock präsentiert, die Hände verschwindend in flutenden Spitzenmanschetten – er gebraucht sie auch nur, seine Tabatiere aus den Taschenfalten zu angeln, eine Prise zu nehmen und gnädig Simplex ebenfalls eine anzubieten. Die meiste Zeit schweigt er, was den Musikanten recht beunruhigt; dieser fühlt sich bemüßigt, nach den Wünschen des jungen Herrn zu fragen – ein Lied auf dem Cymbal, ein Trompetenstückchen, irgendeine andre seiner Künste? –, aber der Jüngling winkt ab, nein, gar nichts.

Aber das geht auch nicht. So daß man sich daran gewöhnt mit der Zeit, daß Minou schweigend da ist, während man anderen Beschäftigungen nachgeht.

In großen Abständen tröpfelt aus ihm dann diese oder jene Frage heraus, wie Molke aus dem Käse. So, woher und wie lange der Musje Simplex denn die Belle-sœur Rosalia kenne? Was ihn hierher geführt habe? Ob er etwas von dem Betyaren draußen wisse, mit dem seine Schwägerin als Kind gespielt? Und über die Fehde, die nun zwischen beiden tobe?

Offenbar ist der arme Junge sehr beunruhigt über das

Ambiente der Dame, an der er, um es so auszudrücken, starken Anteil nimmt. Armes Häschen in der Höhle der hyrkanischen Tigerin.

Bei all dem scheint es, daß Minou, erklärter Liebhaber seiner Schwägerin, auch nicht soviel mehr Gelegenheit hat, sie zu sehen, als Lompin. Die Madame streift meist zu Roß durchs Land, in Begleitung des Jägermeisters und einer Koppel Hunde, und ihr Intimus scheint das falbe Reitpferd zu sein, in dessen Stall sie viel Zeit verbringt, es eigenhändig tränkt, füttert und putzt, das heißt, dem sie entschieden mehr Pflege zukommen läßt als ihrem Söhnlein, welchem sie nach Aussage der Bediensteten selten mehr als ein halbes Stündlein die Woche widmet.

Verstimmt bemerkt Lompin, daß er auf diesem Schloß so etwas wie ein Gefangener ist. Madame will nicht, daß er Kontakte in Richtung Süd aufnimmt, und gedenkt, ihn, aus welchen Gründen auch immer, vor dem verführerisch-verderblichen Geschwisterpaar zu bewahren.

Von den Leuten am Tor wird er angehalten, seine Spaziergänge nicht länger als eine Stunde auszudehnen, andernfalls müsse ihn ein Reitknecht zu Roß suchen. Abends schließt man das Tor.

Sonst mangelt es freilich an nichts, er hat zu essen, zu trinken, zu rauchen, kann schreiben, musizieren und lesen. Sogar ein Spiegel ist im Zimmer. Aber es wurmt ihn doch, und oft steht er, die Ellenbogen aufs Fensterbrett gestützt, und schaut ärgerlich-sehnsüchtig hinein in das in Herbstfarben glühende Land.

Natürlich könnte er einfach fortlaufen oder von Rosalia barsch den Abschied verlangen. Aber bei gutem Leben und reichlich Dinte läßt sich auch ausharren, auf was es hinausläuft.

An den Abenden hat er reichlich Zeit, in die Gesindestube zu steigen, wo man ihn und seine Musique durchaus gebrauchen kann und er bei Bier und Kukuruzbrei die Meinung der Domestiken über ihre Herrschaft zu hören bekommt, ob er will oder nicht.

Meistens aber soll er selber erzählen, all die Schnurren, die er erlebt oder nicht erlebt hat, oder herumspringen und sie mit ein paar Kunststücken amüsieren, was er gern tut, schon, um nicht aus der Übung zu kommen, auch findet er, daß es eine gute Tat ist, wenn man ihn hier einmal für die Niederen engagieret hat.

Eines Abends – er spielt gerade mit András, dem Bereiter, einen sanften Tanz, er auf dem Hackbrett, András auf der Fiedel, und Hedi und Piri drehen sich behutsam danach und schlenkern mit den Armen und den Röcken – steht auf einmal die Gnädige in der Tür.

András läßt sofort sein Instrument sinken, alle gehen verstummend an ihren Platz, verschreckt greifen die Weiber nach den Spinnrocken, nehmen die Kerls ihre Schnitzarbeit auf, nur er spielt ganz doucement zu Ende und heißt sie willkommen danach.

Sie setzt sich an den Tisch und stützt die Wangen in die Hände. „Ich hör's bis oben", sagt sie. „Ich will nicht, daß du hier Musique machst."

„Woanders soll ich's auch nicht", erwidert er gelassen, „wozu also bin ich hier?" Und, da sie nicht antwortet: „Früher konntet Ihr selbst die schönsten Lieder, habt sie, nach Euren Worten, am Dorfanger und in der Schenke aufgefangen."

„Ja", sagt sie und sieht vor sich hin, „das Lied vom Fuchs."

Als sie nun weiter nichts vorbringt, beginnt er, so gut er sich erinnert, die ersten Takte davon auf dem Hackbrett, wie sie es vorgesungen in Wien, und bei der ersten Zeile, die er ansingt, summt sie ihren herrlichen Alt darein. Bei der zweiten Strophe wird er lauter und gibt dem András einen Wink, und der mischt mit auf der Fiedel. Ehe er mit Kadenz enden kann, beginnt Rosa die erste Strophe noch einmal, schneller, lauter, stampft mit Hand und Fuß den Takt, sie singen es noch einmal durch, wild, drohend, brechen ab. Die Domestiken applaudieren, aber sie schreit wütend: „Ruhe!", und alles schweigt erneut verschüchtert.

„Kennt ihr den Tanz mit dem toten Mann, wie sie ihn manchmal auf Bauernhochzeiten machen oder zur Fastnacht?" fragt sie.

„Ja", sagt Marika, ihr Kammermensch, schließlich zaghaft, „aber, Ihro Gnaden, es ist ein gotteslästerlicher Tanz, und wir machen ihn gewiß nicht."

„So?" erwidert sie. „Aber ihr kennt ihn alle, wie?"

Schweigen.

„Es bringt Unglück, ihn zu spielen oder zu tanzen, es heißt, er hole einen Toten nach, und er gilt als Gott versuchen und äußerster Übermut, etwas, was wohl die rohen Kerls im Suff tun", bringt Marika mutig weiter heraus.

Rosalia lacht. „Gut. Dann wollen wir jetzt gotteslästerlich tanzen und einen Toten nachziehen." Sie zeigt mit dem Finger. „Du bist der tote Mann. Ihr beiden seid die Klageweiber, ihr anderen schickt euch drein, und die Musikanten spielen auf."

„Ich kenn den Tanz nicht", bemerkt Lompin und klappt das Hackbrett zu.

„Und ich weiß wirklich nicht, warum du hier bist", sagt sie, weiterhin lachenden Mundes, aber ihre Augen sind finster. „Dann eben nur der András mit der Geige. Wird's bald!"

Zögernd beginnen sie. Der dafür Ausersehene legt sich auf die Erde, Hände und Füße von sich gestreckt, ein Tuch überm Gesicht. Zum kläglichen Gewein der Fiedel falten ihm die zwei Mädchen die Hände und binden ihm die Füße, dann kommen die Burschen hinzu, stellen ihn aufrecht, drehen und wenden ihn, werfen ihn hin und her und treiben Spiele mit ihm, tanzen gar, während der „Tote" sich nicht im mindesten regt und die wie erstarrten Glieder immer so läßt, wie sie ihm gerichtet werden. Der Tanz endet, wie er beginnt – mit dem ausgestreckt Liegenden am Boden.

Rosa lacht unfroh auf. „Es war sehr lustig", sagt sie und wirft Simplex, der mit verschränkten Armen an der Wand steht, einen Blick zu.

Dann geht sie hinaus.

„So ein Teufelsweib", stöhnt András und legt die Geige fort. „Warum hat sie uns dazu gezwungen? Zu allem werden wir gezwungen. Jetzt auch noch zu den grauslichen Tänzen, die man nur tanzt, wenn man ...", er bricht ab.

„Sie ist bös", sagt Marika und zieht sich das Tuch um die Schulter, obwohl ihr vom Tanz der Schweiß rinnt. „Sie schlägt nicht, sie schreit nicht, aber sie ist bös und traurig."

„Und schamlos", bemerkt der Totentänzer, der noch immer am Boden sitzt, das Tuch in den Händen. „So schön wie schamlos. Den armen Jungen, den Bruder des Herrn, führt sie am Bande wie einen Hund. Nur, um aller Welt und ihrem Mann zu zeigen, daß sie eine Ehebrecherin ist, tut sie das. Wenn sie allein sind, will sie ihn nicht sehen."

„Sie ist bös", murmeln die Frauen und bekreuzigen sich.

Am Reformationstag reitet Madame, die Gräfin, aus, aber nicht mit dem Jagdtroß, sondern nur mit Schwager und Reitknecht – es ist eine der wenigen Gelegenheiten, bei denen Lompin den Grafen Fabian, ihren Gemahl, sieht. Er guckt vom Treppenfenster in den Hof, und drüben am Fenster erscheint das bleiche, dickliche Gesicht, dessen er sich von Wien her erinnert, gekrönt von einem Hausbarett, und schaut auf den Aufbruch hinunter, wie es Lompin vorkommt, ohne Wohlgefallen.

Es ist schon fast dunkel, als sie heimkommen, und anders, als sie auszogen. Ein Bauernwagen poltert übers holprige Pflaster, und Madame springt ab, noch ehe er hält, und fegt ins Haus wie eine Furie, und Simplex hört sie nach Schreibern grölen, nach Kurieren, nach Trabanten. Er vertieft sich lieber wieder in seine Arbeit, man soll zu curiös nicht sein.

Auf der gewundenen Treppe kommt ihm, wie er mit einem Licht in der Hand, Musje Minou entgegengestolpert, in weiten Pantoffeln und statt der seidnen Strümpfe mit dicken bäuerlichen Wollsocken.

Als er des Simplex ansichtig wird, bleibt er stehen und tut einen tiefen Seufzer. „Ach, Herr Musikant", beginnt er, „Ihr ahnt ja nicht – die Pferde haben sie uns gestohlen, die Gottverfluchten!"

„Welche Gottverfluchten?" fragt Lompin vorsichtig nach.

„Diese calvinistischen Räuber und Kuruzen – der Herr möge uns verzeihen – es geschieht zur Strafe unserer Sünden – meine Belle-sœur – ich will beichten ...", er schlägt das Kreuz über sich und schlurft weiter nach oben.

In der Gesindestube erfährt Lompin dann mehr, denn dem Feri, dem schnauzbärtigen Reitknecht, hat das Malheur die Zunge gelöst (ansonsten ist er ein großer Schweiger), und bei einem Branntewein redet er wütend, erschöpft, aber mit ingrimmigem Humor drauflos.

Da habe die Gnädige doch tatsächlich ihren rechtgläubigen Schwager überredet, sie zu begleiten zu einer Ketzer-Messe, einem heidnischen oder sonstwie häretischen Gottesdienst in einer kleinen Kirche außerhalb ihres Terrains, und obwohl Musje Minou sie während des ganzen Weges beschworen, doch um der Liebe Gottes willen davon abzulassen, sei er endlich doch mit hineingegangen, und auch er selbst, Feri, habe nicht bei den Rössern bleiben können, wie er gewollt und was zweifellos besser gewesen, sondern habe mit hinein gemußt ins Verderben. Wahrhaftig, genug edle Gäule seien da angebunden gewesen und genug glorreiche Namen versammelt, von denen man es nimmermehr gedacht, daß sie der heimlichen Ketzerei anhingen; er wisse immer noch gar nicht, wie er das werde auf der Beichte sagen können. Allerdings, viele seien wohl nur aus Curiosité gekommen, das habe er daran gemerkt, daß sie die Responsorien und anderen Gebräuche dieser Art Messe gar nicht gekannt hätten, jedenfalls nicht so gut wie Madame.

Es sei aber solcherart die Sensation gewesen, daß ein Laienprediger aufgetreten, den zu hören alle herbeigeeilet, ein Milchbart von Kerl eigentlich, doch weithin berühmt, und etliche behaupteten, das sei ein junger Raubgesell, den man den Betyaren oder den Kuruzenkönig nenne. Er, Feri, habe das aber zu seinem Unheil, wie man nun wisse, nicht geglaubt, denn das sei ihm unmöglich erschienen, einmal in Anbetracht der Jugend des Menschen und dann, weil er, der süße Jesu verzeihe ihm, noch nie nicht in seinem ganzen Leben derart erbaulich, feurig und eindringlich habe kanzelreden hören.

Es sei ihm nicht allein so gegangen, denn zum Schluß habe das Auditorium, Männer wie Weiber und ungeachtet der Konfession, der sie angehörten, in Tränen geschwommen und seine Sünden bereut.

Und die Predigt dauerte, nach seinem guten Chronometer aus Temesvar, eine Stunde und zwanzig Minuten. Als sie danach aus der Kirche kamen, waren alle Pferde fort.

„Madames Falber!“ sagt er kummervoll und läßt sich den nächsten Schnaps zuschieben. „Könnt Ihr Euch ausmalen, wie sie getobt hat? Sie war ganz weiß. Und einen Schwur hat sie geleistet, den ruchlosen Pferdedieb zu fangen und zu hängen, koste es, was es wolle."

Für ihn, Feri, sei nun das eigentliche Ärgernis losgegangen, denn da so viele Standespersonen von weit her gekommen und sich nun unberitten fanden, habe es sich als sehr schwierig, ja unmöglich erwiesen, Rösser oder Fahrgelegenheit zu erlangen, alles sei im Nu verpachtet. vermietet, verkauft und verliehen gewesen und nur um mehr Geld als gute Worte hätten sie schließlich den klapprigen, schlecht bespannten Bauernkarren dingen können, mit dem sie dann mühevoll am Abend hier angelanget.

Die Gnädige habe die ganze Zeit kein Wort gesprochen, desto mehr Herr Minou, dem im Wind auf dem Gefährt fast die Waden erstarrt seien ob seiner seidnen Strümpfe und der unablässig vor sich hin gejammert und ihren törichten Streich bereut und verflucht habe.

So Feris sehr eindrucksvoller Bericht, den Lompin nicht ohne Sorge, doch auch nicht ohne Heiterkeit anhören kann – wie denn die gesamte Zeitung bei den Domestiken mit rechter gesunder Schadensfreude genossen wird. Und als er vorschlägt, das Hackbrett vorzuholen für ein Tänzgen, aber fein leis, die ohnehin gereizten und betrübten Herrschaften gottbehüte nicht zu stören, trifft er auf einhellige Zustimmung.

Es vergeht wohl eine Woche mit wilden Zurüstungen und mannigfaltigem Wirbel und Aus und Ein und einer herumschreienden Gnädigen, und ab und zu zeigt sich der Hausherr ängstlich am Fenster zum Hof, doch gar kein Musje Minou, der scheint vom Erdboden verschwunden.

Lompin aber sitzt wie im Zentrum des Orkans und arbeitet in seiner Stube ganz ruhig immer fort.

Und dann, eines Morgens, hört er Rosalia singen. Ihre mächtige Stimme tönt durchs ganze Haus: „Lag der Liebende bei der Geliebten / Lag bei ihr bis Hahnes drittem Krähen. / Ach, Geliebte, du Melissenblüte / Zwingt mich Gott so bald von dir zu gehen." Und er kann nicht anders, als zuzuhören, so schön ist das Lied und so schön die Stimme der Sängerin.

Dann erfährt er im Haus, was geschehen ist: Der Pferdedieb wurde gefaßt und in den Carcer hier auf der Burg verbracht, nachdem man ihn zuvor gegeißelt. Nun liege er in Ketten und solle, nachdem er verhört und gerichtet, einen Tag lang am Pranger stehen, danach aber gehenkt werden.

„Der Kuruzenkönig?“ fragt er ungläubig.

Ja, so nannte man ihn wohl. Auch den Prediger. Jedenfalls, die Gnädige habe ihr Pferd zurück, ihren Falben, den der Gefangene selbst geritten, und heut morgen dem Tier schon eigenhändig ein Maß Hafer aufgeschüttet.

Das Lied vom Fuchs klingt auf den Stiegen und Gängen. Lompin verriegelt seine Tür.

Am späten Abend aber läßt die gnädige Frau ihn zu sich rufen (er hat heut keine Lust gezeigt, in die Dienstbotenstube zu gehn), und Marika, ihre Kammerfrau, führt ihn stumm treppauf ins Schlafgemach.

Rosalia liegt zu Bett. Die Spitzen ihrer Kissen und die Atlasrüschen ihres Betthimmels schimmern wie Silber im Licht von zwölf Kerzen, sechs zu jeder Seite, die in hohen Leuchtern brennen. Sie trägt ein langärmliges Hemd, das über der Brust offen ist, und das Haar fällt in zwei Zöpfen übers Leintuch. Ihre Augen leuchten, ihr Angesicht ist lilien- und rosenfarben.

„Komm, herzlieber Simplicius“, tönt sie mit Sangesstimme, „zieh deine Schuh aus und rück an meine Seite ins Bett. Da können wir besser plaudern.“

„Den Teufel werd ich tun“, erwidert er und bleibt an der Tür stehn. „Damit mich Herr Minou und Euer Gemahl gleicherweis mit blanker Klinge auf dem Gang erwarten und ich, falls ich noch lebe, ins Loch geworfen werde zu dem anderen, als mindestens?“

Sie lacht. „Meinst du, der ist da noch drin, lieber Narr? – Komm, laß dir erzählen und fürchte dich nicht. Hier geschieht mein Wille und keiner sonst, und nichts möchte ich, als neben dir liegen und vielleicht deine Hand halten beim Erzählen, denn ich habe niemanden auf der Welt.“

Wortlos streift er die Schuhe von den Füßen und legt sich neben Rosalia an die Kante des Bettes, und sie, wie ein Kind, rückt beiseite und lüpft die Decke, sie ihm über Glieder und Leib zu schlagen, und duftet sanft und milchig.

Und so vernimmt Lompin das Märlein, das sie zu erzählen hat.

„Sie griffen ihn gestern abend, als er allein und ohne seine Getreuen in den Ort einritt; der Hafer stach ihn wohl, und so hat der Herr ihn verblendet, daß er in meine Hände fiel – er ritt den Falben, daran und an seiner Mentik wurde er erkannt.

Und auf dem Hof bei Fackelschein – du schliefest schon, Simplex – ließ mein Gemahl seinen Degen zerbrechen, und sie schlugen ihn mit Roßpeitschen und warfen ihn in den Kerker, der ist naß und mistig. Da war der Fuchs in der Falle.

Heut, als es dämmerte aber, legte ich meine besten Kleider an und allen Schmuck und tat Duftwässer an meine Haut und ließ mir das Haar richten von Marika. Dann habe ich eine Fackel genommen und bin zu ihm hinabgestiegen.

Ach, was für ein Ort, Lompin! Tod und Dreck, Moder als Parfüm, und er geschmückt mit Ketten und den Striemen der Züchtigung.

Wir grüßten uns spöttisch und höflich, und ich setzte mich zu ihm auf sein Stroh. Er war aber sehr schwach von den Schlägen und weil sie ihm keinerlei Nahrung gegeben hatten.

Ich jedoch begann ihn zu küssen, wohin auch immer ich traf im Dunkeln – längst war die Fackel erschloschen in der Nässe –, und siehe, seine Liebe war stärker als seine Hinfälligkeit, und wir taten einander Genüge auf dem fauligen Lager, umstrickt von seinen Fesseln. Und danach sagte ich: ‚Fliehe. Ich lasse dich frei.'

Er aber begehrte, als ein Dieb an den Pranger zu kommen, und wollte nicht fort.

Ich schloß seine Ketten auf und leckte die Spuren an seinen Handgelenken und führte ihn die Treppe hinauf; er war so schwach, daß er sich an der Wand festhielt. Und gab ihm den zerbrochenen Degen und seinen Mantel, aber ein Pferd gab ich ihm nicht, denn es wird ihn keiner verfolgen. Und er ging in die Nacht."

„So", sagt Lompin schließlich, „er ist also fort."

„Ja", entgegnet sie, „er ist fort. Bin ich schön anzusehn, Simplex?"

„Ihr seid die Anmut in Person!“

„Würde ich wohl deine Wünsche entfachen?“

„Führt einen armen Kerl nicht in Versuchung. Es ist schon alles schwer genug, Madame.“

„Ja“, sagt sie und beugt sich über ihn und küßt ihn, herzhaft, fest und unbeteiligt, aber es reicht, daß er auffährt, als habe man ihm Vipern unters Hemd gesteckt, und heraus aus dem Bette.

Sie lacht nicht. „Wir würden ja doch jeder nur an einen anderen denken“, sagt sie traurig.

Er schließt die Schnallen seiner Schuhe.

„Du willst nun auch fort, nicht wahr?“

„Ja, Madame.“

„Ich danke dir, daß du hier warst, Simplicius. Es war gar nichts anderes nötig, als daß ich dich manchmal, durch die Wände und Türen hindurch, hab Hackbrett spielen hören. Wie Saul den David. Gott befohlen, Lompin.“

Draußen geht er als erstes nachzuschauen. Die Tür zum Keller klafft sperrangelweit, und der Carcer ist leer.

„Was ist mit dem Pferdedieb?“ fragt er, den Kopf in die Gesindestube steckend.

„Die Gnädige hat ihn davongejagt mit Schimpfen und Fluchen“, erhält er zur Antwort, „und ihm seinen Mantel und den Degen in zwei Stücken nachgeschmissen. Und der Herr stand dabei und schüttelte den Kopf.“

Lompin beschließt, erst am nächsten Morgen zu reisen. Er will noch Abschied nehmen von Hedi und Piri, von András und Feri, und er fühlt sich den Abend nicht imstande zu Liedern.

Das dreizehnte Capitel

in dem er gedenkt, wie er bekränzt wird, eine Mordwaffe schmieden hilft, mit Helena betet und Justitia in merkwürdigen Maskeraden erlebt

Der herbstliche Wald glüht in Farben, die Sonne hat noch einmal tief geschnauft und Kraft gesogen fürs Finale con brio, und Lompin auf dem Pferdchen, das ihm Madame gegeben, reitet zwischen Bitternis und Süße in die leuchtende Welt hinein und seinem Geschick entgegen. Auf den Waldlichtungen schreien die Hirsche ihre Brunst heraus in den kühl-warmen Tag, daß der Atem wie Nebel über den gereckten Mäulern steht, und die Wildtauben gurren im Geäst, als würden sie stranguliert.

Lompin reitet ohne Ziel, er weiß, er wird ihn finden. Man muß sich wohl nicht anstrengen mit Suchen, das Fatum kommt von allein und sua sponte zu einem.

So bronzen und golden auch die Farben des Laubes sind, nichts kommt an gegen das Leuchten einer Fuchsmentik, die auf der verblichenen Wiese ausgebreitet ist wie jener Teppich, mit dem man in den Mären in die Lüfte emporsteigt. Darauf liegen sie zu zweit, ineinander und übereinander wie die jungen Tiere im Koben, und schlafen Arm in Arm und Leib an Leib, die Geschwister. Das fahle und das schattenschwarze Haar vermischen sich nicht, denn sie haben die Köpfe von den Leibern fortgebogen zu der und jener Seite hin, als seien sie ein heraldischer Vogel, und schlafen, schlafen. Neben ihnen liegt Zaparys noch zerbrochener Degen, dessen Scheide und ein Kranz aus rotglühendem Buchenlaub. Abseits schnaubt Ilonas Pferd, an einen Ast gebunden.

Wie schön und wie lieblich, Herr, sind deine Wohnungen.

Während er noch steht und schaut, schlagen sie beide gleichzeitig die fuchshellen Augen auf und bleiben so, ohne sich zu rühren oder zu regen, als sei die Welt noch nicht eingedrungen in sie, und er fragt sich, ob sie wohl auch so liegenbleiben würden, wenn eine Eskadron österreichischer Häscher sie umzingelt hätte, und meint: ja.

Dann sagt Cergely leise und beiläufig: „Es ist Lompin." Und Ilona ebenso: „Unser Knecht Lompin, ja."

Da spürt er etwas in sich aufsteigen, das darf er partout nicht so herauslassen, nie und nimmer nicht, dem muß er ganz schnell die Gestalt geben, in der er daherzukommen hat, und so fängt er ein Gehüpf und Gespring an, kreuz und quer um das Fuchslager, wie ein islamischer Derwisch, und stimmt dazu einen Gesang an im halbtonreichen Sington des Orients: „Ja, das bin ich, wie ich hier stehe und gehe, mit Haut und Haar, Kopf und Füßen, Ohren und Maul, der aufrichtige, hochachtbare, krausköpfige, schwarzbraune, weitgereiste, oft versuchte, mehrmals feldflüchtig gewordene, oft überwundene und einige Male siegreiche Lompin, zum Betasten, Befühlen, Begreifen, ich bin's, ich bin's."

Die beiden sitzen bei dieser merkwürdigen Vorführung, Schulter an Schulter gelehnt, und lächeln freundlich dazu. Dann, als er aufhört, ein bißchen außer Atem, sagt Georg zu Helena: „Er bringt keine Streiche an, außer, wenn man ihm versichert, daß sie nicht ungelegen kommen. Und er kann ernsthaft und verständig im Reden und Verrichtungen sein, das wissen wir wohl."

Worauf Lompin den Mund schließt, als sei der ein Fallgatter, und die drei schauen sich an und lachen.

„Also", sagt Simplex, „hier bin ich. Was ist der Lohn in Ihro Gnaden Diensten – oder muß man sich sein Brot selbst dazuverdienen, wenn einem die Ehre gegeben wird? Oder halt", fährt er fort, „ich ahn es voraus, es wird noch ganz anders. Möglich, daß ich für alle drei werde das Sorgen haben ..."

„Aber Lompin, was denkst du?" wehrt Cergely ab. „Weißt du nicht, daß man mich einen Monarchen nennt? Und meinst du, im Dienste eines Königs wird nicht Überfluß vollauf herrschen?"

„Davon habe ich schon gehört", entgegnet er trocken. „Auch daß Könige stürzen, habe ich schon gehört – haben Ihro Gnaden denn Krone, Petschaft und Szepter?"

„Sicher bald", bemerkt György unvermindert heiter. „Auch Münzen will ich prägen lassen in meinem Reich nach diesem Vorbild. – Zeig's ihm, Ilona."

Das Fräulein holt aus ihrem Täschchen ein Miniaturbild hervor, das dem Lompin gar nicht fremd vorkommt in seiner runden Gestalt und Farbe. Darauf gemalt auf abgekratztem Grunde in bunten Bauernfarben ein schnauzbärtiger Herr mit ungarischer Mütze, umgeben von einem umlaufenden Schriftzug; will Simplex ihn lesen, muß er das Bild in der Hand drehen. Die Inschrift lautet aber: „Ich fechte, weil ich kann für Freiheit, Gut und Leben / Man kann mir keine Schuld als wie Rebellen geben / Die Rache, Gott und

Noth führt blancke Säbel ein / Weil Türck und Tatar mehr als Pfaffen gütig seyn."

Kein großes Kunstwerk, findet Simplex. Und er will seinen Namen vergessen, wenn dies Medaillon nicht einst das nun übermalte Konterfei der Zrinyi-Tochter trug, diese Reliquie, so sie in der Schäferei bei dem Toten gefunden.

Er brummt und gibt es zurück. „Hoffentlich verliert es nicht seine Actualitas, bevor der Münzmeister den Prägstock geschnitten hat – allerdings wäre es auch auf Euer Gnaden Nachfolger anwendbar, da es kein Porträt ist. Nun also, was soll werden? Soll ich einen Eid darauf ablegen oder einen Kontrakt unterzeichnen mit Blut oder Dinte?"

„Nein", sagt Helena an des Bruders Statt. „Du sollst uns küssen."

Erbleichend in einem Schrecken, der tief innen sitzt, sieht er vor sich die beiden lächelnden Gesichter, die schmalen Gestalten auf dem leuchtenden Fuchsteppich.

Bevor er hinzutritt, streift er sich die Schuhe ab von den Füßen, und Helena lacht auf, ihr kurzes, fauchendes Lachen.

Dann umfängt er zunächst den dünnen, harten, noch nach dem Moder des Gefängnisses riechenden Leib des Knaben, der aufstöhnt in seiner Umarmung und ihm die kalte Wange bietet. Darauf, zum zweitenmal in seinem Leben (denn das andre ward vergessen, begraben, abgetan), pressen sich die rissigen Lippen des Mädchens auf seinen Mund, in ewiger Unschuld.

„Nimm hin", sagt sie, „du bist unser." Und sie ergreift den Kranz aus buntem Laub, der da bereit lag – für ihn? – und den sie ihm nun lachend aufs Haar drückt. „Krausköpfiger, aufrichtiger, weitgereister und was noch alles, jedenfalls unser Lompin."

So aufgenommen oder verkauft, muß er entschlummert sein, einfach eingeschlafen auf diesem Fuchsfell, zwischen den beiden, wie gefangen im magischen Netz, zutiefst befriedigt.

Erwachend, findet er sich merkwürdig derangiert, das Hemd ist ihm über der Brust aufgeknöpft. Helena kniet vor ihm und pustet ihm in die Haare, und um die Handgelenke hat er nun ebenfalls Gebinde aus buntem Laub.

„Wollt Ihr einen doppelten Hanswurst aus mir machen?" ruft er und springt auf. „Als ob meine Narrheit nicht genügen würde, wie sie ist! Wie lange wollen wir hier spielen und zaudern?" Er streift sich das unziemliche Grünzeug ab und ordnet seine Kleidung.

„Ich werde nirgendwo hingehen mit einem zerbrochenen Degen", entgegnet György unverbesserlich hochnäsig, und Simplex meint froh: „Nun, da hätten wir ja die erste Arbeit für Euren getreuen Diener – noch sind keine Ställe auszumisten. Keine halbe Tagereise von hier weiß ich einen Schmied, der ist sein Geld wert, kein hufbeschlagender Zigeuner. Zu dem laßt uns gehn. Er hat mir damals meine Türkenfesseln abgenommen."

Sie richten ihre Pferde, zwei für drei, aber daran sind sie ja schon gewohnt, und da sie nicht in Eile sind, kann es auch geschehen, daß sie in sanfter Promenade beide Gäule am Zügel führen und nebeneinanderhergehen. Helena hat den Kranz aufgehoben und schlenkert ihn um den Finger, daß die Blätter stieben.

Und natürlich wollen sie nun wissen, was es auf sich gehabt hat mit des Simplicius' Fesseln.

Zu der Zeit, als sich der neue Bassa von Erlau mit den ungarischen Völkern in Onod herumzuschlagen beliebte, war ich dortselbst bei einem Capitain als Trombetasch und Dubosch in Condition und ihm so lieb und wert, daß er mir nach einem Scharmützel nicht nur zwei Rösser, sondern auch einen türkischen Gefangenen verehrt hatte. Und ich dünkte mich groß mit meinem Leib-Sklaven, trug die Nase hoch, ließ mir, als der junge Kerl, der ich war, Bart und Knebel wachsen, daß ich recht für einen Ungarn passieren konnte, und war's zufrieden, Dienst bei der Armee zu haben.

Wurde mir aber mein Mutwill bald gelohnt, denn als ich eines Tages mit einem Kumpan, so ein Metzgersknecht war, vor den Stadttoren herumstolzierte, überfielen uns drei türkische Prybik oder Überläufer, schlugen uns die Arme nach hinten aus den Gelenken, um uns zu fesseln, was sie gar meisterlich konnten, knebelten uns und schleppten uns mit anderen Beutechristen nach Erlau hinein, uns Giaurenschweine allda als Sklaven zu verkaufen – das war ihre Art, sich ihren Lebensunterhalt zu verdienen.

Ich hatte das Unglück, unter den Gefangenen der einzige Soldat zu sein. So meinten sie, ich müsse an den Bassa selbst gehen, damit er ein tüchtiges Lösegeld herausschlage. Auch besahen und befühlten sie meine Hände, und da ich keine Schwielen und Blasen nicht hatte, meinten sie, ich sei was Vornehmes, und gaben sich alle Mühe, mich hoch einzuschätzen.

Wie das bei den Türken geschieht, dürfte bekannt sein. Sie nehmen ihre Gefangenen her, lassen sie sich niederlegen auf'n Bauch, spannen die Füße ein mit den Sohlen nach oben und prügeln sie erbärmlich und ganz allmählich mit dem Stock, bis man bereit ist, für sich selbst mehr Geld zu geben, als man je im Leben gesehn. Und solche Bastonade geschieht dreimal in der Zeit. Dazwischen schneiden sie einem die Fußsohlen auf, damit das gestaute Blut abfließt, und verbinden mit verrührtem Roßmist, und manch einer ging mit seiner Kur lange um, doch ich hab eine heilsame Haut und kam gut davon.

Was mich aber mehr biß als die Prügel, war das Gefängnis, denn das ertrag ich schwer. Sie schlossen uns in Eisen des Nachts, daß wir alle dalagen wie die Heringe im Faß. Waren auch die gefangnen Christen, notabene, untereinander alles andre als Freunde und Brüder, sondern einer dem anderen ein Wolf, und trachtete ein jeder, dem andern das Leben nach Herzenslust zur Hölle zu machen über die Höll hinaus, in der wir schon waren.

Bis meine Herren endlich begriffen hatten, daß ich alles andre als reich, ohne Verwandte und Anhang und nichts als ein einfacher Soldat und Heerpauker sei, kein verkappter Adelsherr wegen meiner glatten Innenhände, hatten sie mir schon die Fußsohlen mürbe geklopft wie Karbonade und trotzdem nicht mehr als fünfhundert Gulden aus mir herausgeschlagen. Ich war aber in der Prison fast stumpfsinnig geworden, und sogar die Musique in meinem Kopf schwieg stille, so daß ich dasaß wie ein Viehe und gleich den andern Gürtel knüpfte zum Verkauf, meine Ration an Essen aufzubessern. Und wenn ich an etwas denk, was mir einen rechten Schauder macht, so ist es, in solch einem

Loch gefangen zu sitzen und die Wände anzustarren oder die törichten Visagen der Mitgefangenen.

Dann hatte ich meinen Brief an den Capitain des Regiments in Onod abgefertigt und wartete in Hangen und Bangen, ob sie mich so hoch wollten auslösen. Endlich kam die Post, sie wären bereit, meinen türkischen Gefangenen für mich in Tausch zu geben, der allerdings sei nicht mehr als dreihundert Gulden wert, und wie ich den Rest wolle aufbringen, das sei allein meine Sache, die zwei Pferde seien unter Wert abgegangen, meine Schulden zu bezahlen, als ich fort war. Und da ich mich ohne Permeß der Obrigkeit vor dem Tore ergangen habe, seien die Officiers nicht bereit, für mich zu steuern.

So die Epistel meines Herrn, der mich doch so hoch und wert gehalten, solange ich ihm durfte aufspielen, aber nun freilich ging's ums Geld.

Der Türkenbassa, als er das hörte, erließ mir nun um Allahs Barmherzigkeit willen hundert Gulden, das auferbaute mich sehr – wußte nicht, daß so gemeinhin die Sitte ist und sie das Geld gleich so ins Kalkül setzen. Um mir nun Gelegenheit zu geben, meine Schatzung zu besorgen, machten sie, wie üblich, mich von einer Fußfessel los, die ich hochgebunden am Gürtel mit mir trug, und so kläpperte und klirrte ich nach Onod hinüber, wo ich meine Stelle besetzt und die Dinge alle ohne mich in guter Ordnung fand.

War aber nicht so, daß man nun konnte einfach daheimbleiben und den Türken einen guten Mann sein lassen, denn die Obrigkeiten sind in gutem Vernehmen miteinander und haben ein fein ausgeklügelt System von Geiseln, solcherart, daß, wenn ich nicht bis dann und dann mit dem ersten beschafften Leggeld zurück sei, zwanzig arme mittellose Christen in ihrer Knechtschaft, die keine Hoffnung auf Auslösung hatten, geschlagen, gefoltert und sequiert wurden – was wieder zur Folge hätt, daß dergleichen mit etlichen Türkensklaven mehr in Onod geschähe. So hatte man sich in der Hand.

Ich war recht elend dran und in starker Verlegenheit wegen der hundert Goldfüchse. Aber siehe, der Himmel schickte mir seinen Sukkurs in Gestalt meines Kumpans, des Metzgerknechts Nemet, der mir hier übern Weg lief, so daß ich dachte, ich träume, da er ja mit mir gemeinsam gefangen und in Onod verkauft worden war, freilich an einen Stadtbürger, nicht an die Obrigkeit.

Da hatte er nun mehr Fortune gehabt als ich, indem er nicht nur gut war gehalten worden, sondern ihm auch folgendes glückte: Er war mit seinem Herrn vor der Stadt gewesen, im Obstgarten zu arbeiten, und sie hatten sich verspätet, so daß die Erlauer Stadttore bereits geschlossen. Da habe er sich seines Meisters bemächtigt und sich mit ihm in abenteuerlicher Fahrt nach Onod begeben, und war er nun nicht nur heil und in Freiheit, sondern auch durch seinen Gefangenen in Hoffnung auf ein gutes Lösegeld.

Aus alter Freundschaft und auf mein Versprechen hin, ihm später alles zu erstatten, erwies er sich bereit, mir die hundert Florin vorzustrecken – mit der Erstattung bin ich, das muß ich gestehn, immer noch in der Kreide bei besagtem Nemet.

So zog ich denn mit meinem Leggeld wieder zurück nach Erlau, und es kam mir sauer genug an, neuerlich in den finsteren Stumpfsinn des Kerkers zurückzukehren. Schon wenn ich dran dachte, war mir, als sollte ich das Grab besteigen lebendigen Leibs.

Dann gingen wieder Briefe hin und her mit Deklarationen und Drohungen, und mein gefangner Türk erschien ebenfalls in Fesseln in Erlau, seine Schatzung aufzubringen, und wir, die wir uns zuvor kaum aus dem Augwinkel angeblicket hatten, waren nun Freunde und Brüder, lagen uns in den Armen und vergossen Tränen der Rührung, und nie sind ein Christ und ein Türk aneinander lieber, als wenn sie gegeneinander sollen ausgetauscht werden.

Das ging nun so ziemlich langwierig bis ins zweite Jahr. Der Bassa hatte inzwischen den guten Einfall, wir sollten nicht unnütz fressen, sondern unser Brot verdienen mit Arbeit, und lieh uns für Geld aus, was, zumindest für mich, das schlechteste nicht war, denn so kam ich aus der Ödnis des Gefängnisses heraus und an die freie Luft und lernte das Türkische ziemlich wohl.

Bis wir denn endlich, nach langem Hin und Her und vielen Briefen, den Austausch besiegelt hatten und ich den Paß und die Freilassung erhielt. Mußte dem Bassa aber geloben, drei Jahr nicht gegen ihn ins Feld zu ziehen, was mir nicht schwerfiel, denn zum Kriegsdienst war mir die Lust gründlich vergangen.

Ich quittierte auch die Geiseln, gab, was ich noch übrig hatte im Beutel, an sie und versprach, ihnen zu helfen, wenn ich nur könnte, doch wie? War und bleib ja ein armer Schlucker ohne Reichtum und Einfluß.

Als es aber darum ging, mich von dem verbliebenen Eisen zu lösen, siehe, da merkten sie, daß sie den Schlüssel zu der Fessel nicht auffanden – ist alles in allem keine sonderliche Ordnung in diesen türkischen Verliesen. Nun begannen sie zu suchen, aber recht lässig, und vertrösteten mich auf den nächsten Tag und wieder auf den nächsten, da jedoch geschah es mit mir, daß ich plötzlich nicht mehr aufzuhalten war, und in heller Panik rannte ich, Pässe und Freibrief in der Tasche, auf und davon aus Erlau hinaus, immer noch in Banden, wie ein Gaul, der durchgeht und scheut und alles, Sielen, Spannsel und Geschirr, mit sich schleift.

Mit meinen Eisen an Bein und Gürtel jagte ich durch die Dörfer, als sei mir der Satan im Nacken, bis es dämmerte, und halb von Sinnen fiel ich in einen Weiler ein, ganz hier in der Nähe, und stand irgendwann vor der Schmiede, nämlicher, auf die wir jetzt zusteuern.

Da trat ich ein und brachte meine Sach vor, ganz außer Atem und verstört, und als ich dem Schmied mein Bein wies, schüttelt der den Kopf einmal mehr als vorher schon über mich, denn das Eisen saß so fest ums Gelenk, daß er nicht wußte, wie es zu lösen; mit dem Meißel fürchtete er, mir das Bein zu brechen, und mit Feuer, mich zu versengen. Da nahm er immer abwechselnd beides, bis ich's nicht mehr aushielt, und dazwischen die Feile, aber das war mir zu langsam. Es war ein saures Stück Arbeit. Da er fertig war, sprach er: „Kerle, du mußt im Kopf nicht richtig sein, dergleichen auf dich zu nehmen, statt einen Tag auf den Schlüssel zu warten", und damit hatte er recht.

Er hängte, als ein Memento dieses seines Meisterstücks und als Kuriosum dazu, die Eisen bei sich in der Schmiede auf, und da müssen sie noch sein, denk ich.

Ich aber hinkte noch mindestens eine Woche lang wie

der Leibhaftige, dann war auch das ausgestanden. Und ich zog meines Weges fürbaß, froh, keinen Soldaten mehr abzugeben und keinen Türken mehr zu sehen, und ging in Condition bei einem Stadtpfeifer, wo ich den Gesellen machte, obwohl ich besser war als der Meister.

Sie kommen gegen Abend zu dem Dorf, es ist auch noch richtig vorhanden (wovon man in diesen Zeitläufen wahrhaftig überrascht sein darf), und auch die Schmiede gibt's noch; Rauch und Funken entsteigen der Esse, das Feuer ist im Gang.

„Wollen die Herrschaften zuschauen oder im Gasthof warten?" fragt Lompin, „ich meine, falls es Musje peinlich oder sonstwie nicht genehm ist mit dem zerbrochnen Degen ..."

„Wieso", fragt György unschuldig zurück, „es ist doch nur ein Schmied!"

Und zu dritt ziehn sie in die Werkstatt ein.

Den Schmied hat Lompin in Erinnerung als einen Kerl mit einem Schnurrbart, so kohlschwarz wie sein eigner, und ist ganz erschrocken, als er ihn nun schlohweiß wiederfindet – ja, du lieber Gott, wie lang ist denn das her? –, am liebsten würde er gleich einmal in den Spiegel sehen, ob er noch unverändert ist.

Die Geschwister bleiben zunächst einmal an der Tür stehen und lugen in den Raum, eins die Arme um den Nacken des anderen gelegt.

Der Meister jedoch erkennt den Simplex sofort wieder, und mit dröhnender Stimme heißt er ihn willkommen und fragt nach dem Begehr. Die vorgezeigten Stücke des Degens bedenkt er mit Hohnlachen.

„Wer soll damit kämpfen? So ein Spielzeug?"

„Hoho", läßt sich Herr Zapary sogleich vernehmen, „nicht für eine adlige Hand, die zu fechten versteht!"

Der Schmied mustert ihn von oben bis unten. „Das werden wir sogleich sehen", bemerkt er ruhig und zieht den Balg, das Feuer anzufachen.

Die Wände und die Seiten des buckligen Kamins hängen voller Eisenzeug, das aus der rußigen Schwärze herausfunkelt – beileibe nicht nur Pflugscharen und Hufeisen oder

Sensen, sondern Waffenzeug allerlei Art, von schweren Panzerstechern, wie der Simplex einen als einzige Not-Waffe bei sich führt, bis zu mondsichelkrummen feinen Dolchen.

Während der Schmied arbeitet, findet er doch noch Zeit, dem Lompin die Handfessel zu zeigen, die er ebenfalls als bemerkenswertes Souvenir aufgehoben hat zwischen dem Klimperzeug. Die Geschwister huschen näher und betrachten sich das denkwürdige Stück.

Indes kühlt das Eisen zischend, wird dann funkensprühend geschärft und in die Hand Zaparys gegeben. „Gut", sagt der und führt ein paar Lufthiebe aus.

Der herkulische Schmied betrachtet ihn mit kritischer Miene. „Soll meine Arbeit nicht eindringlicher geprüft werden?" fragt er spöttisch und nimmt sich langsam einen etwa gleich schmalen Degen von der Wand, wägt ihn, blinzelt. „Nun? Uram, wie steht's? Die Jungfer soll sich da an die Wand setzen, und mein alter Kunde auch."

In Györgys Augen ist ein kalter Glanz. Er grüßt und geht in Ausgangsposition, welche Fisimatenten der Schmied grinsend als junkerliche Spielerei abtut.

Von dem Augenblick an, da die Klingen sich kreuzen, bemerkt Simplex an dem Mädchen neben ihm eine seltsame Veränderung. Helena fällt gegen die Wand zurück, als habe ein plötzlicher Schlaf sie übermannt, aber als ihr Nebenmann sich über sie beugt, sieht er, daß ihre Augen nicht ganz geschlossen sind, nur die Pupille ist weggedreht nach oben, so daß man nur das Weiße sieht. Erst denkt er, er müsse den Kampf unterbrechen und den Bruder auf den Zustand der Schwester hinweisen, aber irgend etwas hält ihn davon ab. Später wird er das dann noch oft erleben: daß eins der Geschwister, wenn das andre in Gefahr, Anfechtung, Prüfung gerät, in diese seltsame Starre verfällt.

Der Schmied und der junge Herr fechten mit großer Kunst und sehr trickreich, und als sie merken, daß sie einander nicht übermögen, schlägt der keuchende und schweißtriefende Schmied vor, die Waffen zu wechseln, und wählt aus dem Kram an der Wand ein Paar schwere türkische Pallasche, von deren Wucht er sich bei seiner gewichtigen Statur sicher mehr Vorteil ausrechnet.

Was nicht der Fall ist. Zapary hat ein stählernes Handgelenk, und seine Schnelligkeit kommt ihm auch bei dieser Waffenart zugute; das muß selbst Lompin, bei allem Mißbehagen, mit dem er diese sinnlose Rauferei verfolgt, zugeben. Er fragt sich verärgert, wie lange dieser Unfug wohl noch währen mag und was seinen alten Bekannten, den Schmied, wohl am Wesen des anderen so herausgefordert haben muß, daß er sich unbedingt wie ein Kampfhahn mit ihm messen muß.

Da macht György einen unerwarteten Ausfall, verbunden mit einer blitzschnellen Drehung des Säbels, entwaffnet den anderen und versetzt ihm gleichzeitig einen Ritz am Arm; das Blut läuft.

„Violà, Kerl, gewonnen auch mit der schweren Waffe!“ ruft er vergnügt und reißt die Arme hoch. Und dabei merkt er erst, was Lompin bereits gesehen: Von der Heftigkeit seiner Kampfbewegung ist ihm das Hemd überm Rücken aufgerissen, und enthüllt sind die Striemen der Geißelung, von der die Leute auf Nerk erzählten.

„Sieh weg, Lompin!“ schreit er und wendet sich mit einer furchterregenden Geste so jäh zu dem anderen um, daß der Säbel direkt vor dessen Augen blitzt. Aber noch ehe Simplex Zeit hat, etwas zu sagen oder gar einen Hieb abzuwehren, liegt schon über Georgs Schultern die Fuchsmentik. Helena, von der er in ihrer halben Ohnmacht gar keiner Reaktion gewärtig war, ist von ihrem Platz geglitten, hat den Pelz aus der anderen Ecke des Raums geholt und wie einen Zaubermantel verhüllend über den Bruder geworfen.

Da stehen sie nun beide nebeneinander, heftig atmend, und starren Lompin an, als hätte er's getan. Er senkt den Kopf.

Weniger feinsinnig ist der Schmied, er sagt geradezu: „Ein tüchtiger Fechter bist du, und noch dazu in deinem Zustand. Hab ich recht, daß du der entwichene Prediger und Pferdedieb bist, von dem sie hier in der Gegend erzählen?“ Und wäscht sich das Blut vom Arm im Bottich mit dem Kühlwasser.

„Ja“, entgegnet Georg, ohne die Augen von Lompin zu lassen.

„Und wie kommst du mit dem da zusammen?“

„Er ist mein Diener."

„Merkwürdig, ein Musikant, der einem Roßdieb dient."

„Ach", sagt Simplex und steht auf und geht im Raum umher, um den zwei Augenpaaren zu entgehen, „wir haben zu Anfang ums Dienen und Befehlen gewürfelt, und da hatte ich die kleinere Zahl."

Endlich lachen sie.

„Auch ist er, wie du dir bei seiner Fechterei wohl denken kannst, nur zum Spaß Pferdedieb."

„Ja", erwidert der Schmied nachdenklich, „diese Finte im Kampf, von der hab ich schon gehört, die soll einer ausführen, den sie den Türkenmäher nennen." Er guckt sich György an, wie der dasteht, den Säbel in der Hand, die Mentik auf den Schultern, die Schwester zur Seite. „Bist du das, der Kuruzenkönig?"

„Willst du mit mir ziehen?" fragt der so Benannte statt einer Antwort.

„Das geht schlecht", erwidert der Schmied. „Ich hab Weib und Kind. Aber dich und die deinen mit guten Waffen zu beliefern für wenig mehr als einen kleinen Anteil von eurer Beute, das will ich gern übernehmen, und Ihr habt ja wohl gemerkt, daß ich mein Gewerbe verstehe und die beste Ware habe weit und breit."

Zum Weiterziehen ist es zu spät, so übernachten sie in der Schmiede, die Geschwister auf Bänken, Simplex vorm Feuer.

Nachts erwacht er mit einem eigenartigen Gefühl von Glück, er weiß erst gar nicht, woher und hat keinen Traum parat. Dann fällt ihm ein: György Zapary hat sich vor ihm geschämt.

Das Kuruzenheer, so hört man, ist leider gar nicht auf dem Vormarsch nach Schloß Nerk gewesen, seinen Hauptmann herauszuhauen, sondern hat sich im Gegenteil, der Führung beraubt, in einzelne marodierende Abteilungen aufgelöst, die den Tatarn um nichts nachstehen sollen, und der Herr Abaffi guckt nur zu – Grund genug zur Eile für die drei Reisenden, hofft Cergely doch, ohne Geld und nur für gute Worte, kraft seines Ingenium die wankelmütigen Kohorten zur Fahne zurückzubringen.

Der junge Herr, wohl um sich einzuüben für die rhetorischen Mühen, die ihm bevorstehen, schwingt schon wieder ausreichend große Reden, die sich Helena und Simplex als vorläufig einziges Publikum in gebührender Demut anhören. Lompin ist nicht in der Stimmung, wider den Stachel zu löcken, und die Schwester billigt offenbar alles, was der Bruder sagt oder tut.

Bevor sie sich in große Taten stürzen können, gilt es allerdings noch, ein kleines Hindernis zu überwinden, das ihnen in einer Form entgegentritt, die Simplex am wenigsten erwartet hätte.

Um vom Waldland in die Ebene zu gelangen, gibt es zwei Pfade, der eine übersichtlich, der andre ein Hohlweg, wie geschaffen für Hinterhalte. Lompin versucht, den Herrn Zapary zu bereden, den ersten Weg zu nehmen, aber der weiß es natürlich besser und erklärt hochmütig, hier sei er schon so gut wie auf eignem Terrain, und den möchte er erleben, der es wagen würde, ihm aufzulauern.

Es lauert ihm aber einer auf. Ein einzelner, wallende Federn am Hut, seidne Strümpfe und rote Absätze an den Schuhen – sowohl der Zustand seiner Spitzenmanschetten als auch der sprießende Bartflaum im blassen, hohlwangigen Gesicht und die verzweifelten Augen zeigen: er tut dies schon eine ganze Zeit.

Er sitzt ab, kaum er der kleinen Kavalkade ansichtig wird, und stolziert ihnen entgegen, die behandschuhte Linke auf dem Griff des Degens, so daß dessen Spitze kavaliersmäßig den Mantelsaum hochschlägt, und ruft: „Halt da! Keinen Schritt!“

„Was ist das?“ fragt György erstaunt.

„Das ist Uram Minou, der Bruder des Grafen Wallenberg“, erklärt Lompin bedrängten Herzens, und Zapary lacht hämisch auf. „Ach der.“ Er weiß alles über Minou, den Bruder des Grafen Wallenberg.

Indes beginnt der junge Mann mit einer traditionellen Beschimpfung des Gegners, nennt ihn mit seiner brüchigen, müden Stimme einen Ehebrecher, Betyaren, adligen Pferdedieb, Kujon und Weiberhelden, während Zapary das mit der gleichgültigsten Miene der Welt über sich ergehen läßt, hingelehnt an den Hals seines Pferdes.

Und dann kämpfen sie.

Es ist von Anfang an klar, daß Minou nicht die Spur einer Chance hat. Seine Fechtbodenkünste werden zunichte an der mörderischen Routine des Kuruzenkönigs. Nach wenigen Gängen schon stolpert der junge Graf von Wallenberg, stürzt.

„Verschont ihn!" schreit Lompin voller Entsetzen, als er sieht, wie Georg dem gefallenen Rivalen in aller Ruhe die Degenspitze unter den Kehlkopf setzt.

„Wie beliebt?" fragt György höhnisch, während er gemächlich und mit aller Kraft zustößt und die Waffe solange in der Wunde beläßt, bis der Gegner ausgezuckt hat. „Tut es dir leid um Madames Spielzeug, oder kann der felderfahrene Heerpauker kein Blut mehr sehen?" Er säubert die Klinge, die Simplex hat neu schmieden helfen, gelassen am Mantel des Getöteten.

Ilona hat alles vom Rücken ihres Pferdes her angesehen, ruhig, und wie Lompin annimmt, nicht einmal in der halben Trance der weggedrehten Augen. Es ging um nichts.

Der einzige, der sich bei der ganzen Aktion aufgeregt hat, war der Simplicius. Er wird sich an dergleichen gewöhnen müssen, will er bleiben.

In Hermannstadt werden die Reisenden (oder Heimkehrenden) zwar mit großen Ehren empfangen, aber der Herr Abaffi läßt sich nicht blicken; er ist beschäftigt, denn der Türke rüstet.

Was diese Nachricht allerdings beinhaltet für die Ankömmlinge, ob der Gespan den Türken gerade wehren oder sie unterstützen will, bleibt unersichtlich. Der Kuruzenkönig scheint im Augenblick nicht sehr vonnöten zu sein, zumal da Heerführer ohne Heer meist keine besonders gute Figur machen, und an die Prägung der Münze ist vorerst wohl kaum zu denken. Zudem gibt es noch eine andere Neuigkeit: Eingehüllt in hochrote Seide, ist ein Brief ins Haus gekommen. Hamsa Bey fordert seine Erste und Rechte in sein Serail zurück; nach islamischem Recht muß er sie dreimal verstoßen haben, ehe sie wirklich frei ist.

Die beiden Männer geraten ob dieser Botschaft etwas in Unruhe; Lompin, die ehrliche Haut, zweifellos mehr als der mit allen Wassern gewaschne Bruder, obgleich der mehrfach: „Ilonka, mein Leben! Ich gebe dich nicht wieder fort!“ deklamiert.

Helena selbst wippt nur mit dem Fuß und lächelt, und einmal mehr hat der arme Simplex das Gefühl, daß es ihr eigentlich ganz gleich ist, wo und bei wem sie sich aufhält.

Mit einigen in Csárdas und kleinen halbverfallenen Kapellen abgehaltenen Predigten, umloht von den Feuerzungen der Inspiration wie einstens die Apostel am Tag der Ausgießung des Heiligen Geistes, gelingt es Zapary, einen Teil seines Betyaren- und Kuruzenheeres, seien es nun die alten Krieger oder wieder neue, um sich zu scharen. Aber seine christliche Eloquentia hat nun einmal keinerlei Einfluß auf die tartarischen Hilfstruppen, da diese seinen Veranstaltungen natürlich fernbleiben, und selbst wenn sie kämen, würden sie nichts verstehen, und selbst wenn sie verstünden, wäre es ihnen schnuppe, denn sie bekennen nicht einmal den Islam, sondern sind heidnische Wilde aus den fernen Steppen. So bleibt die Streitmacht doch recht dürftig.

Simplex für sein Teil ist sich seiner Rolle bei all dem überhaupt nicht sicher. Dem „Heer“ des Georg, diesem durch evangelische Parolen veredelten Räuberhaufen, tritt er ebensowenig bei, wie er sich als Spaßmacher oder Bediensteter des adligen Geschwisterpaars sieht – zumal da niemand auf den Einfall kommt, ihn zu bezahlen, und er, von Essen und Trinken einmal abgesehen, gar nichts erhält, so daß er sich vagabundierenderweise hier und da etwas hinzuschaffen muß mit der Trompete. Als ein Organist in Hermannstadt erkrankt, nimmt er für zwei Wochen Urlaub von den Zaparys und versieht den Gottesdienst in St. Blasii; das ist zwar ehrenvoll, bringt aber auch keine goldnen Berge nicht ein.

George Martinus' Residenz ist das Gasthaus, schräg um die Ecke beim Stadtpalais des Abaffi, den er ungeachtet dieser Nachbarschaft nicht zu Gesichte bekommt. Meist zieht der mit seinen Leuten (die wohlweislich nicht Zutritt durch die Stadttore bekommen, sondern draußen kampieren) zu irgendwelchen martialischen Actiones gegen österreichische Soldaten aus, die er nach Art der Partisans vexiert, kujoniert, in Hinterhalte lockt und hin und wieder auch offen angreift. Lompin kann sich des Gefühls nicht erwehren, daß die Scharen des Herrn Zapary, wenn ihnen die Gelegenheit zu solchen Kämpfen fehlt, aus Langweile oder Beutegier sich auch der umliegenden Dörfer und Weiler annehmen, ob mit Billigung oder nur mit Duldung ihres Hauptmanns, das sei dahingestellt. Janko und Hafran weiland unterschieden da genauer zwischen Bundesgenossen und Gegnern und hüteten sich, erstere zu tribulieren.

Auf diesen merkwürdigen Kriegszügen ist Helena manchmal mit von der Partie, Simplex hingegen niemals. Wenn sie in der Stadt ist, liest er ihr vor, oder sie will Geschichten hören. Nach Musica verlangt sie niemals.

Wie viele Menschen, die in unsicheren Verhältnissen aufgewachsen sind und weiterleben, hat sie die Gabe, überall und zu jeder Stunde einzuschlafen, und oft, wenn er sie mit zehn, zwölf Buchseiten ermüdet hat, streckt sie sich aus, wo sie saß oder hockte, zieht ein Knie an den Leib, macht das andere Bein lang, faltet die Hände vorm Hals und ist im Nu entschlummert.

Dann sitzt er neben ihr und bewacht ihren Schlaf, jenes fremde Land, in dem sie ganz allein wohnt und in dem sie unschuldig ist, wieder jungfräulich und noch fremder als sonst, und kann in seiner bangen Verzauberung sich nicht satt sehen am Ein und Aus ihres Atems, wie der ihre Nasenflügel bläht und die Brust hebt und senkt. Ihr Gesicht, das blasse Dreieck mit den Wimpernschatten ist dann ganz ruhig, keinerlei Träume scheinen sie heimzusuchen, weder gute noch schlimme.

Erwacht sie, ist sie sanft, ohne Arglist, lächelt, läßt ihm wohl auch ihre Hand. Manchmal stellt sie seltsame Fragen, wie sie ihr so zwischen Schlaf und Wachen auf die Lippen kommen. So einmal: „Sag mir, Lompin, was meinst du? Bin ich wohl zur ewigen Verdammnis verurteilt?“

„Was soll das, Fräulein?“ fragt er erschrocken zurück, und sie, nachdenklich, ruhig: „Aber ich bin sehr schlecht.“

„Redet nicht von solchen Dingen, Ilona“, sagt er hilflos, und eine unsägliche Angst schnürt ihm die Kehle. „Ich liebe Euch viel zu sehr, um antworten zu können. Wenn es aber irgend etwas gibt, womit ich Euch helfen kann, so nennt es, und Ihr bekommt es."

„Ach", meint sie im immer gleichen friedvollen Ton, „das gibt es wohl nicht, denn du kannst mir meine Sünden wohl vergeben, aber das zählt nicht da drüben, das zählt nicht. Und ich bin ja auch nicht bußfertig." Sie seufzt. „Lies mir bitte noch ein bißchen vor."

Ein andermal, als sie wieder bei dem Thema ist, bemerkt er: „Aber Helena, Ihr seid so jung! Ihr könnt Euer Leben ändern, und wer so recht von Herzen bereut ..."

„Nein, Simplex", unterbricht sie ihn mit einem Lachen, „du verstehst mich nicht. Ich bereue ja nicht. Woher soll mir Gnade werden? Vielleicht dereinst, wenn ich ein altes Weib bin. Aber ich denke eigentlich, dazu wird es nicht kommen. Ich sterbe jung."

„O Helena! Was, wenn wir gemeinsam beten würden?"

„Beten? Richtig. Rosa sagte, du seist ein halber Pastor. Aber ich weiß nicht, warum ich beten soll. Ich sage Worte, aber meine Gedanken sind woanders, und mein Herz bleibt unberührt. Nein, beten mag ich nicht."

In den Tagen des beginnenden Winters (Hamsa Bey hat zu wiederholten Malen nach seinem Weibe geschickt, und auch sonst bleibt der Türke nicht ruhig) sendet der mit seiner Lage höchst unzufriedene einstige Kuruzenkönig mehrere Boten in geheimer Mission westwärts.

Einmal wird Simplex gefragt, ob er ein deutsches Schriftstück abfassen oder doch stilistisch bearbeiten könne, aber da sagt er nein.

„Warum nicht, Musje?" ruft György aufgebracht.

„Ich will nichts davon wissen, was Ihro Gnaden da auskochen. Will nichts wissen und versteh's nicht, und meine Hand geb ich schon gar nicht dazu her. Eine gewisse Treue muß auch in der Verräterei sein, find ich. Erst gegen die Habsburger ziehn und dann mit ihnen paktieren, den Feinden des Glaubens ..."

„Wer sagt dir, daß ich das tu?"

„Ich zähle nur eins und eins zusammen."

György lacht. „Dummkopf, ist der Türke nicht auch ein Feind des Glaubens? Außerdem, ich hab Angst um die

Schwester, will sie dem Hamsa nicht wiedergeben. Und du doch auch nicht!"

„Kommt mir nicht damit!" erwidert Lompin ärgerlich. „So wollt Ihr mich immer einwickeln. Zudem, Uram, ist es mehr als heikel, was Ihr treibt, es ist höchst dangereux! Was, wenn Herr Abaffi Wind bekommt oder gar die Pforte?"

„Herr Abaffi kümmert sich nicht um mich, und die Pforte ist weit", entgegnet Zapary achselzuckend, „und ich spiele ein Spiel, bei dem ich deine Hilfe brauchen könnte, und kurz und gut, gibst du mir die?"

„Kurz und gut oder kurz und schlecht, wie Ihr wollt: nein, wenn das Spiel so geht."

„Oh, ich sehe, da muß ein Spiel extra gebacken werden für meinen lieben Knecht. Aber das haben wir nicht vorrätig, Narre, halten zu Gnaden."

Cergely geht und schmeißt mit den Türen, aber irgendwen wird er schon gefunden haben für seine Arbeit, denn er fragt nicht wieder nach.

Bald darauf hat der junge Herr überraschenderweise eine Audienz beim Abaffi, der mehr als leutselig ist auf einmal und den Fähigkeiten seines Lieutenants den höchsten Beifall spendet. Gelder sind auch wieder da, man muß die Männer nicht nur mit schönen Worten bei der Stange halten, und vor allem, der Herr Abaffi hat einen Spezial-Auftrag für seinen lieben Zapary, ein Kommandounternehmen an der östlichen Ecke von Siebenbürgen, nahe bei Wardein. Grenzübergriffe von österreichischer Seite aus machten es nötig, ein Exemplum zu statuieren, und wer sei da besser geeignet als sein Freund und Stellvertreter George Martinus, den er gleichsam als Király kepe, als königliches Abbild, dorthin zu senden huldvoll vorhabe.

Lompin ahnt gleich nichts Gutes, als er das von der östlichen Ecke hört. Er vermutet, es wird bei Schloß Nerk sein, und Cergely bestätigt das mit blitzenden Augen. Ob der Zufall es nun so gefügt, ob Zapary mitgewirkt, ist schwer auszumachen, doch Lompin meint, ihn diesmal wohl von einer Intrige freisprechen zu können, da anzunehmen ist, daß die Dame Rosalia ihrerseits sich gewaltig rührt und alles daransetzt, daß man sich, so oder so, erneut begegne.

Er werde nicht mitziehen, erklärt er seinem Herrn, worauf der nur lacht. Aber natürlich werde er, Helena komme auch mit, und wer solle sie schützen und ihr Gesellschaft leisten? György weiß nur allzu gut, daß dies Argument vollauf wirkt, und Lompin, besiegt und beschämt, redet nie wieder darüber.

Immerhin bekommen sie auf der Reise wenig von des Kuruzenkönigs wildem Heerhaufen zu sehen. György hat eine äußerst merkwürdige Art, seine Schwester mitreisen zu lassen. Das Fräulein, geputzt wie ein Heiligenbild und auf eine halb modische, halb bäurische Weise gekleidet, reitet in des Lompin Begleitung dem Heerzug hinterdrein. Irgendwann, wenn Rast gemacht wird, kommt der Bruder (der auf diese Art wie ein Pudel alle Wege dreimal macht), holt sie und führt sie durch die Reihen der bewundernd staunenden Kerls nach vorn. Wenn sie so durch die Truppen paradieren, sorgt Cergely stets dafür, daß er auf einem Schimmel sitzt, dem der Schwester ganz ähnlich, und Lompin folgt ein Stückchen dahinter auf einem Grauen. Alsdann halten sie Rast oder reiten weiter gemeinsam voraus. Der Statthalter Abaffis und Kuruzenkönig ist stets strahlender Laune, lacht, scherzt, prahlt, neckt Lompin ob dessen Neigung für Helena, und manchmal ziehn sie dahin wie die russischen Schlittengespanne, die der Simplex kennt, bei denen das mittlere Pferd (das des Simplex) trabt und die beiden an den Seiten galoppieren, und so ist auch ihre Laune. Oft treiben sie Allotria mit albernen Reden und fordern Lompin zu Liedern heraus, und der Musikant vergißt Zukunft und Vergangenheit und ist froh in der Gefangenschaft seiner Seele.

Wenn er mit dem Fräulein allein reitet, fallen ihm Schnurren und tolle Streiche die Menge ein, die er ihr erzählt, zu ihrer Kurzweil, aber eigentlich nur, um zu beobachten, wie das Lachen in ihrer weißen Kehle aufsteigt und ihr den Mund öffnet, so daß er die spitzen Zähnchen sehen kann. Und er denkt an keine Zukunft.

Einmal, als sie gerade im Vortrab unterwegs sind, sagt das Mädchen: „Da vorn seitwärts liegt ein Dorf, von dem weiß ich, daß es den Akinci preisgegeben ist, denn von Zeit zu Zeit muß mein Bruder ihnen eine Plünderung erlauben, die brauchen sie wie der Hund den Knochen. Wollen wir dahin reiten und den Bauern anzeigen, daß die Renner und Brenner kommen, auf daß sie sich mit dem Wichtigsten ihrer Habe erretten? Es bleibt noch genug für die Sturmreiter. Du darfst mich aber nicht verraten, sonst dreh ich den Spieß um und sage, du hast es gewollt."

Dem Lompin bleibt zunächst das Wort im Hals stecken. Er nickt, und als sie sich in Trab setzen, bemerkt er schließlich: „Es ist sehr gut, doch warum wollt Ihr es tun, Helena? Wollt Ihr den Sturmreitern einen Schabernack zufügen, oder habt Ihr Erbarmen mit den geschundnen Leuten?"

„Ach, keines davon", erwidert sie leichthin. „Ich will mir einen Spaß bereiten. Oder, Lompin, sag an, wie das ist: Können mir dadurch vielleicht Sünden vergeben werden?"

„Das habt Ihr wohl bei den Katholischen gelernt", sagt er schroff. „Keine Tat bewirkt nie nichts ohne die Reue, nur Reue zieht die Gnade der Vergebung herbei."

Sie antwortet nichts, ein Lächeln kräuselt ihre Lippen.

Und so geschieht es, sie gehen hin und warnen das Dorf, aber ganz vergebens, denn die Bauren sind argwöhnisch und vermuten eine List dahinter. Wenn jemand dergleichen tut, so meinen sie, dann will er nur erreichen, daß sie ihren Weiler verlassen, um desto leichter plündern zu können und gottlos der Leichtgläubigen zu lachen.

Und die Tataren kommen, und alles ist wie immer.

„Da sieht er, Musje Pastor, wie sich die guten Taten auszahlen", sagt Ilona und kichert, er jedoch kann nicht mitlachen und denkt an Janko und Hafran, denen das Baurenvolk freund war. Freilich, warum sollte man ihnen beiden, wie sie da sind, Glauben schenken, einer aufgeputzten Weibsperson und in ihrer Begleitung einem zwielichtigen Vagabunden. Von da an ist ihm das Herz wieder schwer, in der Troika dahinzuziehen, und soll ihm immer schwerer werden.

Dies war das Ereignis in der Vorhut. Das folgende geschieht im Nachtrab, als sie zu dritt dahinreiten, der Heerhaufen ist vornweg und hat offenbar seine Arbeit rechts und links der Straße so gründlich getan, daß die erzürnten Landleute, wohlbemeldt, wer da kommt, sich mit allerlei Notwaffen versehen haben und ihnen den Weg verlegen, fordernd, der Schaden solle ihnen ersetzt werden, oder die drei kämen nicht heiler Glieder und gesunden Leibes davon.

(Zum erstenmal hört da Lompin dies „die drei“, und obwohl er die beiden und sich selbst scherzweis als Dreigespann bezeichnet hat, fährt es ihm ins Gebein vor Schreck, daß er mitgefangen, mitgehangen und schuldig sein soll in dieser Kompaney.)

Der Anführer der Truppe ist ein rotbärtiger junger Kerl mit herkulischem Kreuz und stämmigen Säulenbeinen. Er als einziger hat eine Muskete, und Lompin sieht schon, wie dem György die Hand nach dem Pistol zuckt, den einen da übern Haufen zu schießen, in der Meinung, die andern würden dann schon fliehen. Aber immerhin haben sie Hunde dabei, die großen, zottigen, stillen Hirtenhunde der Pußta, die vor keinem Schießprügel flüchten, und er weiß ja, was für Angst der furchtlose Kuruzenkönig vor dergleichen Hunden hat.

Der Kerl mit der Muskete also, an der Spitze seines schon ziemlich besoffenen Trupps (man hat sich Mut angetrunken zu der Aktion, und Branntwein lassen die muselmanischen Tatarn stehen), schwenkt seine Waffe und fordert dringlich Genugtuung, und Lompin ist schon bereit, anstelle des vor lauter Hoffart verhandlungsunfähigen Zapary, die Gespräche aufzunehmen, als er den Stoß einer leichten Faust an seinem Schulterblatt verspürt; dergleichen kam bereits einmal vor.

Helena gleitet vom Pferd, tritt vor den Rothaarigen hin und sagt halblaut: „Schick die Schreihälse nach Haus und sage ihnen, daß ich uns auslöse mit einigen Stücken von meinem Schmuck, wieviel davon, das werde ich mit dir und nur dir allein aushandeln da hinter dem Feldsteinhügel, auf daß du zufriedengestellt bist.“

Der Anführer steht Aug in Aug mit ihr, die Hand mit der Waffe gesenkt, und sie sagt leise noch etwas.

Das Mannsbild wendet sich um und beginnt auf seine Leute einzureden. Die murren, grölen, lachen, geben durcheinander Widerworte und Schmähungen ab, aber dann, wahrhaftig, machen sie kehrt und ziehn fort, singend, fluchend in wildem Kauderwelsch. So stand Judith vor Holofernes. Judith – Helena, die nun, ohne ein weiteres Wort, die Hand rückwärts streckt, und der Bruder, ebenfalls stumm, gibt ihr die Fuchsmentik von seinen Schultern herab, und sie, immer im Schweigen, den Mantel überm Arm, geht mit dem Kerl da hinter den Steinhaufen – dem Simplex setzt das Herz aus für ein, zwei Schläge.

Dann hört er neben sich einen Seufzer und drängt sein Pferd dicht an das von György, den mit den Armen zu stützen, damit er nicht hinuntersinkt, denn der hängt im Sattel in jener Art von Erstarrung, die Lompin aus der Schmiede von Ilona kennt.

Ihre drei Pferde schnaufen und rühren sich, und das Eisenzeug klirrt, Cergely hebt unversehens den Kopf von des Lompin Arm und lächelt Helena entgegen, die hervortritt, die bestaubte Mentik überm Kleid, lächelnd auch sie; es fehlt aber ihr Halsgeschmeide.

Sie schwingt sich aufs Roß, ohne auf Hilfe zu warten, und legt ihrer Gewohnheit nach ein Bein quer vor sich übern Sattel.

Die Geschwister sehn sich an, friedlich, zärtlich, als flösse zwischen ihnen ein warmer Strom, und Lompin sitzt dazwischen mit seinem Herzen in einem Panzer aus Eis.

Sie betreten den Pfad erneut, da sehn sie hinter dem aufgeschichteten Hügel aus Feldsteinen den rotbärtigen Kerl hervorkommen und querfeldein laufen wie einen Hasen.

Lompin kann gar nicht so schnell denken, wie es geschieht. Der Hahn klickt, der Schuß knallt, der eben noch halb ohnmächtige Herr Cergely ruft: „Ich hol dir dein Halsband zurück, Ilona!“ und setzt seinem Pferd die Hacken in die Weichen, hin zu dem Gestürzten.

Ach, verräterisches Fuchsgesindel! will Lompin hervorbringen und kann es nicht.

Helena läßt ihren Schimmel schöne Volten gehn vor des Lompin Nase und muß immerzu lächeln, wenn sie ihn aus den Augenwinkeln ansieht, den Kopf hält sie hoch.

Da ist der Bruder zurück und gibt der Schwester hochbefriedigt ihren Schmuck. „Der hat seinen Lohn weg, der Bauernlümmel!“

Lompin aber, ein Simplex durch und durch, schlägt die Hände vors Gesicht. Ja, ein rechter Narr ist er in dieser

Welt und versteht nicht zu leben, und so untröstlich ist er in seiner Narrheit, daß die Geschwister liebevoll, als sei er ihresgleichen, sich seiner annehmen und ihn unter Streicheln, Küssen und freundlichen Reden weiter des Weges dahinführen, als sei er ein törichtes Kind.

Wieso er danach nicht auf und davon gegangen, sondern weiter mit ihnen gezogen, das fragt er sich später oft und unter bittern Vorwürfen, und ist doch immer dabei als der Verhexte, der er ist, redet sich aber ein, er will nur wissen, wie es weitergehn wird. Und ist in dieser schlimmen Liebe, umsponnen von der unheiligen Magie der zwei, so kreuzunglücklich, als man nur sein kann, und so hilflos wie die Fliege im Netz. Zieht mit dem seltsamen Heer bis Wardein, allwo ihn Herr Zapary nebst der Schwester einquartiert, während er zur Vergeltungsexpedition gegen die Grenzverletzer auszieht. Ob die in der Zwischenzeit dem Raub einiger Kühe neue Untaten hinzugefügt haben, darüber schweigt man sich aus, und verwunderlich ist es schon, daß derjenige, der doch, wie Lompin recht wohl weiß, gerade dabei ist, sich ins geheime Einvernehmen mit den Österreichern zu setzen, nun wider sie zu Felde zieht.

Manchmal kommt Lompin der Verdacht, der Herr Abaffi habe die Briefe längst abgefangen und lasse nun seinen Király képe fein in die Falle einer blindwütigen Rachsucht tappen – aber einen solchen Gedanken etwa dem jungen Herren vorzutragen, das ist ganz unmöglich, da würde ohnehin hochmütiger Hohn die Antwort sein.

In der Stadt, während sie auf den Ausgang der Bataille warten, hat er wenig Gelegenheit, Mademoiselle Helena Gesellschaft zu leisten. Sie zieht sich in ihr Zimmer zurück, und weiß der Himmel, was sie da tut, sie hat kein Gebetbuch und keine Handarbeit, kein Haustier, kein Instrument und kein Garnichts bei sich. Simplex nimmt an, sie wird schlafen oder aus dem Fenster gucken, und grimmig unglücklich, seine schlechten Gewissens geleistete Gesellschaft so verschmäht zu sehen, kauft er ein Viertel Ries Papier, ein Dutzend Federn, Dinte, einen Spiegel und vier Lot Toback vom Feinsten, schließt seine Türe zu und schreibt ein paar sehr lustige Szenen mit Musik.

Bei all dem ist es schon eine schiere Notwendigkeit, sich die Ohren zu verstopfen gegen Zeitung über die wechselnde Fortune bei den Grenzscharmützeln, irgendwann wird es ja einen Sieger und einen Verlierer geben.

Von Zeit zu Zeit taucht Zapary auf, verwahrlost und fröhlich, um einmal in einem Bett zu schlafen, einen guten Kapaun und einen guten Tropfen zu genießen, seiner lieben Schwester und seinem lieben Narren einen schönen Abend zu wünschen. Ihm scheint diese Art von Leben zu gefallen.

Und dann hört man auf Markt und Gassen das Geschrei, Nerk und noch andre Nester seien von stürmender Hand erobert, der Graf Wallenberg gefallen und ein gewisser Savallitsch, Besitzer des benachbarten Raubnestes und Komplize der Wallenberger, gefangen. Werde letzterer bald in der Stadt zur Verantwortung gezogen und sei gehalten, den Schaden, so er den Bürgern zugefügt, bußgeldlich zu bereinigen. Von der Gräfin jedoch, dieser Kriegs-Furia und Anstifterin allen Unheils, fehle jede Spur, von ihrem kleinen Sohn dergleichen.

Verwundert bemerkt Lompin, daß die Bürgerschaft in eitel Freude steht über den Sieg der Kuruzen; offenbar waren die adligen Bedrängnisse von jenseits der Grenze noch schlimmer als die Kontributionen der Verteidiger, auch scheint man sich goldne Berge von der Wiedergutmachung zu versprechen und freut sich dazu auf das Spektakel des Gerichtstages.

Jedenfalls, Zapary wird mit Ovationen empfangen und geht, noch ehe er den Staub des Feldlagers abgeschüttelt hat von Kleid und Schuhen, zum Gottesdienst in St. Remigius, dem Herrn für den Sieg zu danken, und man muß die Türen offen lassen, damit das Volk auf dem Platz teilnehmen kann, denn das Kirchenschiff faßt sie nicht alle.

Die Tage vor der Schauvorführung des Herrn Savallitsch im Rathaus verbringen Uram Zapary und seine Demoiselle Schwester hauptsächlich beim Schneider, Spitzenhändler und Perückenmacher, um dem Volk mit der adligen Pracht und Würde entgegenzutreten, so, wie man sie von einem Király képe und seiner Anverwandten erwarten kann. Für den Lompin wollen sie ein seidenbuntes Narrenwams machen lassen, aber er lehnt strikt ab; er sei nicht von der Gauklerart, die mit der Schellenkappe daherkäme, sondern ihr Musikante und Gesellschafter und ein gelehrter Mann und wolle ein schwarzes Surtout haben.

György lacht spöttisch und sagt es ihm zu, aber als die Jacke dann kommt, ist sie doch scharlachrot.

Des guten Tuches wegen wird Lompin sie viele Jahre tragen, und zumindest in seinem Kriegs-Roman wird er sie mit jenen Schellen versehen, die ihm sein Herr so gern realiter angehängt hätte.

Der Savallitsch ist ein verwegner, verwilderter Kerl, auch wenn man sich das martialische Äußere wegdenkt – denn natürlich muß er in Ketten auftreten, unrasiert und ungewaschen, der Präsentation zuliebe. Lompin, der seinen Platz zu Füßen des Richterstuhls hat, auch zu Füßen Mademoiselle Ilonkas, findet ihn wenig aimabel und mag nicht denken, daß der, wie die Leute reden, der Nachfolger des Beau-frère Minou bei der Wallenbergerin gewesen. Ansonsten ist er sicher, daß dem Herrn, außer daß dieser um ein paar hundert Dukaten erleichtert wird, kein Leid geschieht, schließlich ist er von Adel, und Zapary wird ihn nicht dem Pöbel zum Fraß hinwerfen.

Es wird eine lange Verhandlung. Der Bürgermeister erhebt Anklage, und Georg Zapary entfaltet seine weitbekannte fromme Beredsamkeit gegen den räuberischen Herrn von jenseits der Grenze, woran die Honoratioren der Stadt und Volk, soweit es zugelassen, lebhaften Gefallen finden, und Savallitsch hat selbst Gelegenheit, trefflich mitzuwirken, indem er manchmal den wilden Mann gibt und die Fäuste schüttelt in seinen Ketten, an anderen Stellen betroffen das Haupt senkt und sich schließlich bereit erklärt, um die während dieses Kolloquiums ausgehandelte Buß-Summe, unter der Voraussetzung allerdings, daß seine Haft hier standesgemäß sei, an seine bedeutenden Verwandten in der Gegend von S. zu schreiben.

Soweit sind sie gekommen, und György hat gerade einmal wieder Anlaß genommen, dem Herrn zu danken, der sich der Betrübten und Beraubten annimmt und einen Schild aufrichtet gegen die Ungerechten (Lompin fragt sich, wie das Geld, wenn es erst da ist, wohl verteilt wird), als ein Büttel erscheint und vermeldet, eine Dame sei draußen und rufe die Gerechtigkeit des Statthalters an und klage wider ihn. Natürlich wird ihr mit großer Geste Zutritt gewährt.

Sie bahnt sich mit langen Schritten einen Weg durch die Menge, die sich raunend und widerwillig teilt – in ihrem schwarzen Reithabit, das Lompin gut kennt, Gerte in der Hand, Federhut auf dem Kopf. Ihre Wangen sind hochrot.

Zapary, da er sie sieht, bekommt ebenfalls Farbe, allerdings als Flecken im Gesicht. „Wer seid Ihr, Weib, und was wollt Ihr?“ fragt er hochtrabend.

„Ihr solltet Rosalia Wallenberg kennen, Herr Lieutenant“, erwidert sie mit ihrer kraftvollen Stimme, „und auch wissen, was sie will. Ich bin hier, Klage zu erheben gegen einen Räuberhaufen, der sich unter Führung eines elenden Pferdediebs an meinem Eigentum vergangen, meinen Gemahl getötet und mich mit meinem Kinde zur Flucht gezwungen hat. Ich kehrte aber um, als ich erfuhr, daß hier ein Statthalter des Vizegespans Gerichtstag abhält, um mir Genugtuung zu verschaffen gegen den Mordbrenner.“

„Die soll Euch werden, Gräfin“, merkt Zapary leise an.

Im Saal ist es so still, daß man die Fliegen summen hört.

„Sagt mir als erstes: Wo ist denn Euer Sohn, der junge Graf Wallenberg?“

Sie macht eine abwehrende Bewegung. „Wozu die Frage? Er ist unterwegs zu seinen Verwandten in Wien, ich brauche ihn hier nicht.“

„Das ist sehr schade. Denn möglicherweise hätten wir ihn brauchen können. Ich hätte ihn den von Euch geschädigten Bürgern übergeben als Pfand für Euer künftiges Wohlverhalten, und zudem hätte ich ihn im wahren Glauben, fern von papistischen Irrlehren, erziehen lassen.“

Zustimmendes Gemurmel. Zapary macht sich ausgesprochen beliebt.

„Was?“ sagt Rosa empört und ohne Überlegen, „denkt Ihr allen Ernstes, ich hätte mein Kind in die Hände meiner Feinde gegeben?“

„Das wundert mich, daß Ihr so sprecht“, fährt György fort, immer gleich leise, gleisnerisch sanft, „da Ihr Euch doch selbst hierherbegeben habt. Auch ist allen, die von Euch und Eurem Wandel wissen, die Sorge um Euren Sprößling sehr neu. Es heißt, daß Ihr ihn nur alle Monate einmal zu sehen wünschtet und manchmal sogar seinen Namen vergessen hättet. Euer Kleid ist zwar schwarz, aber wenig modest für eine Witwe. Trauert Ihr eigentlich um Euren Gemahl oder um den Schwager, der Euch so ans Herz gewachsen war?"

Ein höhnisches Aufjohlen der braven Leute im Saal quittiert seine Bemühungen, und Rosa fährt auf: „Du verdammter Verleumder, bin ich hierhergekommen, mich beschimpfen zu lassen?"

„Ihr seid hierhergekommen."

„Diese Lumpen von Betyaren haben mir mein Haus verwüstet, die Dienerschaft verjagt, den Mann ermordet – vor welchem Tribunal soll mir Recht werden, wenn nicht hier?"

„Beim Kaiser vielleicht", mutmaßt György freundlich. „Ja, vielleicht solltet Ihr Euch an den Kaiser in Wien wenden, Madame, sobald Euer Söhnchen dort angelangt ist."

Erneutes Gelächter und Applaus für die schneidende Eloquenz des Herrn Statthalters, der sich nun erhebt, in seinen raschelnden Seiden und gestärkten Spitzen die Stufen des Richtstuhls hinabrauscht und noch leiser, Aug in Aug mit Rosalia, fragt: „Also, was wollt Ihr?"

Sie sieht ihn an, heftig atmend, antwortet nicht.

Er fährt fort: „Wenn Ihr nicht zu Eurem Herrn Kaiser wollt, nun gut, so probiert in Gottes Namen die andere Richtung. Geht zum Vizegespan. Geht nach Ofen zum Wesir Ibrahim Bassa, oder noch besser, geht zur Pforte, zum Sultan selber. Setzt Euch ein Gefäß mit Feuer auf den Kopf, damit erlangt man Audienz, heißt es, und bringt Euer Anliegen vor, verklagt mich, aber vergeßt nicht zu erwähnen, daß Ihr Euren Sohn zu den Ungläubigen nach Wien, in des Erzfeinds Schutz gegeben. Tut das alles! Wenn Ihr das aber nicht wollt", und nun hebt er seine Predigerstimme, „so geht, gottloses und liederliches Weib, geht heim, solang ich Euch noch freien Abzug verstatte über die Grenze! Geht bald, denn für das geschundne Volk dieser Stadt und Region kann ich mich nicht lange mehr verbürgen. Geht!" Seinen letzten Ausruf begleitet er mit einer pathetischen Geste.

Einen Moment lang glaubt Lompin, sie wolle sich auf György stürzen. Aber dann, aus dem Schwung der Bewegung, wendet sie sich ab. Mühsam bahnt sie sich eine Gasse, hebt die Hand mit der Reitpeitsche, um ihre Augen zu schützen, aber die Leute legen's als drohende Geste aus, und unter Hohn- und Haßgeschrei zieht man sie am Kleid, zeigt ihr die Zunge, schlägt ihr Schnippchen vorm Gesicht, bis denn die Tür hinter ihr zufällt.

Lompin muß nicht aufschauen zu Ilona. Er weiß, wie ihr Gesicht jetzt aussieht, die gesenkten Augenlider, den gewissen Zug um den Mund. Er fragt sich, ob Rosa ihn überhaupt hat dasitzen sehen zu Füßen des Gerichts, doch sie hatte ja wohl nur Augen für einen.

Am Abend dieses erfolgreichen Tages sagt Zapary nachdenklich zu seinem Hofnarren und getreuen Trabanten: „Das ist eine sehr schöne Person, die Wallenbergische, nicht wahr?"

Dem Lompin bleibt die Antwort im Halse stecken.

Georg aber, nachdenklich hingelehnt an den flackernden Kamin seines Domizils, so recht standesgemäß, bemerkt weiter, lässigen Plaudertons: „Wie wär's, Lompin, würdest du mich wohl begleiten? Wir haben halben Mond. Ich werf mich nur in andre Kleider."

„Wohin, Uram?" fragt der Begriffsstutzige.

„Nun, nach Nerk hinüber. Nach der Madame sehen."

Sie sind schon unterwegs, als Simplex endlich die Sprache wiederfindet und das sagt, was er doch nicht tut: „Ohne mich. Ich will wegbleiben von da. Ihro Gnaden können Ihre Stücklein auch allein ausführen. Soll ich Musje die Lampe halten bei allen Bübereien?"

Cergely, unbeeindruckt und unbeleidigt, lacht und sagt: „Nun, so kehr doch um! Ich hab dich mitzukommen nur gebeten, nichts befohlen. Geh nur, Lompin."

Sie reiten schweigend weiter nebeneinander, und wie immer, wenn er Oberwasser hat, der Herr Zapary, kann er's nicht lassen, weiter zu sticheln: „Willst du mein Kindermädchen spielen bei dieser Bataille, oder piekt dich nur der Neugier-Haber, daß du weiter mitziehst?"

„Nein, Herr", erwidert Simplex, und erst als er's sagt, fällt's ihm ein, „sondern ich will einen Roman machen aus all den Abenteuern, so ich an Eurer Seite erlebe, darum bleibe ich und schaue zu.“

Da hat es dem Cergely mal die Sprache verschlagen.

Es stinkt brandig um das Wallenbergsche Schloß, und das Gesinde ist zerstoben. Ein Flügel scheint ganz verheert und geplündert, das Tor ist offen und hängt schief in den Angeln, der Hof liegt voll aus dem Fenster gestürzten Hausgeräts; dem Simplex schneidet der Anblick des zerspellten Cymbals in die Seele.

Aus dem Pferdestall schimmert Licht, und dorthin zieht es György, ohne viel Federlesens marschiert er ein, nachdem die Tiere an den Wandringen festgebunden sind.

Madame sitzt mit gerafften Röcken auf einer Futterkiste, vor sich ein Kohlebecken, auf dessen Rost ein Coffeetopf brodelt. Die Düfte steigen Simplex, dem Süchtigen, gar lieblich in die Nase.

Rechts und links von ihr blaken zwei hürnene Stallaternen, und an der Wand lehnt eine Muskete – Lompin zweifelt keinen Augenblick, daß sie damit umgehn wird, wenn's sein muß.

Sie rührt in dem Coffee, sieht kurz auf und sagt dann so gelassen, als habe sie die ganze Zeit diesen Besuch erwartet: „Sieh da, der Pferdedieb und sein Gesell. Willst du schon wieder meinen Falben stehlen? Ich schieß dich übern Haufen.“

Cergely geht weiter auf sie zu, indes Lompin an der Tür stehenbleibt. Ihm ist wie auf dem Schlachtfeld.

Und dann möchte er sich die Augen reiben, ob er sich auch nicht täuscht, denn zu seiner Verblüffung liegen sich die beiden auf einmal in den Armen, stumm, wie aneinander gefesselt. Der Topf zischt auf den Kohlen, die paar verbliebenen Gäule in den Boxen schnauben und stampfen. Und das üppige Weibsbild hat den schmalen Kerl so ganz umschlungen und umgeben wie eine Efeuranke den Baum.

Schließlich lösen sie sich voneinander, mit einem tiefen Schnaufen, das dem der Pferde gleicht, und Rosalia sagt ruhig: „Komm her zu uns, lieber Musikante, für dich reicht die türkische Brühe da auch noch.“

Im Gerümpel dieses Stalles lassen sie sich nieder in Harmonie als die Kinder des Chaos, die sie nun einmal sind, ja, sie sind anscheinend zum Coffeetrinken hergekommen.

Aus einem fleckigen, gewachsten Papier holt Madame ein Stück Speck und ein krummes Messer hervor, beides wird wohl dem Reitknecht gehört haben, teilt mundgerechte Scheiben auf und füllt das Getränk in angeschlagene Häfen; da sie nur zwei haben, trinkt sie mit György aus demselben. Auch ein paar Klumpen Zucker finden sich an. In Ermanglung des Löffels hat die Gräfin einen Hufschaber, den sie nach dem Umrühren an ihrem Kleid abwischt.

So sitzen sie in friedlicher Kameradschaft beieinander, schlürfen den heißen Coffee und kauen Speck dazu, und mit dem Rest aus dem Topf löscht Rosa sorgsam die Glut im Feuerbecken, damit den Überbleibseln ihres Anwesens kein Schaden geschieht.

„Und nun", fragt György, die Beine behaglich ausgestreckt neben denen der Dame, den Kopf an der rauhen Wand, „was wirst du tun, Comtesse, du Teufelsbrut?"

„Ich hab genug andern Besitz von meinem seligen Mann", entgegnet sie achselzuckend, „mehr, als du mir jemals kaputtmachen kannst, George Zapary. Da kann ich leben."

„Willst du nach Wien, deinem Balg hinterher?"

Sie grunzt nur verächtlich. „Ich denke, von Zeit zu Zeit werde ich in diesen Trümmern hocken wie die Katze, die immer zum Haus zurückkommt, ganz gleich, wo sie nun lebt. Mir reicht das, was ich hier hab. Ich kann reiten und jagen und dich verfluchen den lieben langen Tag, du Räuber und Mordbrenner."

Sie lehnen die Köpfe aneinander in Eintracht.

„Gib mir dein falbes Pferd", sagt er plötzlich, „ich bin ganz närrisch danach."

„Eher schlage ich dir mit der Kutscherlampe den Schädel ein."

Er packt sie plötzlich, preßt sie gegen die Wand und küßt sie wild. Sie wehrt sich nicht. Aber als er sie losläßt, holt sie aus und schlägt ihm eine so derbe Ohrfeige, daß Lompin aufschreit.

„Halt dich da raus, Simplex, ja?" fordert sie grob, und Cergely, seine Wange haltend, echot: „Ja, Simplex, halt dich da raus", und schlägt zurück.

„Soll ich zusehen, wie ihr euch verprügelt?“ ruft er empört, aber die beiden lachen schon wieder.

„Hör zu, George Martinus, was ich dir jetzt sage. Auf der Weide steht ein junges Roß, das ist der Sohn der falben Stute und eines meiner Rapphengste, und es wird schwarz wie die Nacht. Das hat weder Zaum noch Sattel gespürt noch die Hand eines Menschen, außer, als man es mit meinem Brandzeichen versah. Das laß ich heute abend noch frei, es laufe, wohin es wolle. Wenn du das jemals einfängst, dann hast du es zu eigen. Es ist so frei wie sonst kein Wesen auf der Welt. Gewinn es, fang es, nimm es in Besitz und mehr als durch Königtum und Herrschergewalt wirst du groß sein in meinen Augen. Ein schwarzes Roß!“ Sie ist aufgestanden, löscht die eine der Hornlampen mit den Fingern und nimmt die andre in die Hand.

Er lacht höhnisch. „Dein schwarzes Roß, das behalte.“

„Ich weiß, daß du es haben möchtest. Du willst alles haben, was du nicht hast. Nur das. Und mich hast du nicht, und das Roß hast du nicht.“

„Ich habe beide, wenn ich nur will.“

„Mich nicht. Weil ich dich liebe, drum hast du mich nicht. Kommt.“ Sie geleitet die Männer aus dem Stall.

Wortlos reiten sie davon. Als Lompin sich noch einmal umwendet, leuchtet die zweite Lampe noch einmal auf, verlischt.

„Ich hätte sie ...“, sagt György und erklärt auf ungarisch, was. „Wie war das, Lompin, mit diesem schwarzen Pferd?“

„Doch nicht heute nacht!“ erwidert der mit einem Stoßseufzer.

„Nein, nicht heute nacht. Was hast du vorhin gesagt, willst du machen? Einen Roman schreiben über uns? Daß du dich unterstehst!“

„Ihr könnt mir das nicht verbieten, Uram. Ich steh nicht in Eurem Dienst, und selbst dann ...“

„Was, Lumpenkerl, du stehst nicht in meinem Dienst?“

„Hattet Ihr das vergessen?“

„Meinen Degen möchte ich ziehn und dich mit der flachen Klinge durchprügeln, du Bestia, damit du siehst, wer der Herr ist.“

„Ich hab nicht gesagt, daß Ihro Gnaden nicht der Herr ist. Ich hab nur gesagt, ich bin nicht Euer Diener."

„Zum Teufel, das sind Haarspaltereien!"

„Ach, Teuerster, warum wollt Ihr Euren Lompin schlagen? Juckt Euch die Hand von dem, was Ihr der Madame Wallenberg gern noch zugeteilt hättet?"

Zapary treibt sein Pferd ganz dicht an ihn heran, und Lompin denkt wirklich, jetzt wird er zuschlagen, und überlegt, ob er fliehen, dulden oder sich wehren soll (ihm ist ganz nach letzterem), aber der andre lacht.

„Himmel, wie es mich damals immer gelüstet hat, sie zu verprügeln! Schon als Kinder, wenn wir zusammen spielten. Aber wenn ich sie nur am Zopf zog, gab sie mir einen Hagel von Maulschellen zurück, und sie hatte Kraft. Was für ein Weib! Das haben die Dämonen gefügt, daß ich sie wiederfinden mußte."

„Sie liebt Euch, Uram."

„Ja, so sagt sie. Halt nun den Mund, Kerl. Morgen hol ich das schwarze Roß."

Aber noch nie war ein Morgen so weit weg vom anderen Tage. Nach dem nächtlichen Ausflug vermeinte Simplex, seine Ruhe verdient zu haben, und schläft lange. Nun fährt er im Bett hoch, verwirrten Haars und trüben Blicks, und vor ihm steht Helena, Helena, das Haupt zur Seite geneigt und den Mund verzerrt. Helena weinend.

„Was ist geschehen, Fräulein?" fragt er entsetzt.

Sie ringt ihr Tuch in den Händen, Heulen und Zähneklappern. „Georg Zapary ist heut früh von einer Abteilung türkischer Spahis gefänglich abgeführt worden nach Ofen, um sich vor dem Wesir Ibrahim Bassa zu rechtfertigen. Angeklagt der Verräterei."

„Die Briefe!" ruft Lompin.

Sie zuckt die Achseln, davon weiß sie nichts. „Lompin, er ist verloren!" sagt sie, und Tränen rollen ihr übers blasse Gesicht, als seien ihre Augen zwei Bronnen.

„Was sagt Ihr!" wehrt er ab und weiß, daß sie recht hat. Ja, er ist verloren. Wer soll ihm beistehen? Dem Abaffi war er lästig und sogar ein wenig gefährlich, die evangelischen Herren wollen keinen, der sich mit dem Gesindel einläßt und Streiche verübt wie er, das arme Volk aber läuft auseinander, wenn sich das Haupt entfernt. So oder so, er fällt. Und Simplex weiß schon, was sie sagen wird als nächstes, so absurd und toll es ist, und es kommt: „Lompin, hilf ihm."

„Wie das?" antwortet er hilflos. „Meint Ihr, ich bin beim Großwesir in Gunst oder gar beim Sultan, daß ich sie bestimmen könnt, den Ibrahim Bassa zur Freilassung zu bewegen und dergleichen?"

„Lompin, hilf ihm. Kein Wesir und kein Bassa wird ihm nachfragen, er wird vermodern im Kerker. Hilf ihm."

Er sieht sie an. „Und was wird mit Euch, Ilona?"

Sie verzieht das Gesicht. „Ich", sagt sie und schlägt die Augen nieder, „werde zurückkehren zu Hamsa Bey, meinem Gemahl, dessen Erste und Rechte ich bin und der auf mich wartet."

„Ins Serail zurück?"

„Ins Serail. Guck nicht so, Simplex. Man kann da leben. Ich schon allemal. Denk nicht an mich. Hilf ihm."

Er zuckt die Achseln und kommt sich vor wie der Narr, der er ist, im Bette sitzend, nur mit dem Hemde angetan, alles verschlafen, und Helena weint vor ihm.

„Ich kann nach Buda ziehen", sagt er, „es ist gleich, wohin ich reise. Mein Weg ist überall und nirgends. Ich kann versuchen, ihn ausfindig zu machen. Das ist aber alles."

„Ja", erwidert sie, „gut." Als sei sie schon getröstet durch diesen Vorschlag. „Du wirst ihn finden. Du wirst ihm helfen." Sie wischt sich die Tränen ab. „Wann brichst du auf? Gleich heute noch?"

„Nein. Ich will Euch erst da wissen, wohin Ihr wollt."

„Dann morgen. Ich habe schon Botschaft geschickt."

„Wie aber erreiche ich Euch, wenn ich ihn wirklich einhole?"

Sie schüttelt den Kopf. „Du erreichst mich nun nicht mehr, Lompin, mein Knecht. Aber ...", sie zögert, sagt dann lächelnd und schluchzend: „Du kannst, weil du das gerne tust, für mich beten."

„Helena!"

Sie beugt sich über ihn, zum letztenmal berühren die schrundigen, salzigen, kalten Lippen seinen Mund. Sie geht.

Er läßt sich im Bett zurückfallen, die Augen zur Decke. Ein großes Spinnweb ist da, die Spinne nicht zu sehen. Nur paar Fliegen zappeln drin. Könnt man ein Lied drüber machen.

Als er sich endlich entschließt, an diesem alles andere als gottgefälligen Tag aufzustehen und zu frühstücken, während die anderen dinieren, stellt er zu seiner größten Verblüffung fest, daß in der Stadt ganz andere Fama über des Herrn Statthalters Weggang kursiert. Im Triumph, so heißt es, sei er höchst ehrenvoll von einer Abteilung Spahis eingeholt worden, um an des Wesirs Ibrahim Bassa Tafel ein Ehrenkleid des Sultans zu empfangen und andern Lohn.

Verärgert forscht er nach Ilona. Aber Ilona ist fort.

So. Das war es also. Zu ihrem Türken hat sie gewollt, gar nichts anderes, und der Bruder hatte es nicht für nötig erachtet, ihn, seinen Hans-Narren, Mit-Läufer, Gaukler vom Dienst, über die neuen Ehren zu informieren, hat ihn einfach sitzenlassen in Wardein: Da sieh zu, wir brauchen keine Troika mit Trabpferd in der Mitten mehr, die Karre ist aus dem Dreck, wir galoppieren allein unseres Weges weiter.

So flucht er vor sich hin und fragt sich in stets vermehrter Wut, warum sie ihm noch die Comédie vorgespielt hat von dem Brüderchen in Gefangenschaft – wohl, um ungestörter in ihren Harem entwischen zu können!

Und der gekränkte, über die Welt und noch mehr über sich selbst verzweifelte Simplex säuft sich ein paar Tage lang gottsjämmerlich durch die Schenken der Stadt und bereitet seinem Geldbeutel einen Aderlaß, bis denn neue Zeitung aus Buda eintrifft.

Manche erzählen es erschrocken, manche frohlockend, manche fassungslos: daß der große Kuruzenkönig und Statthalter des Vizegespan, daß der Király képe und Lieutenant in der Stadt des Wesirs sei mit Pauken und Trompeten empfangen worden, hochgeehrt zum Gastmahl geladen und dann, von seinen Offiziers getrennt (die sich sogleich der Gnade des Türken unterworfen oder aber geflohen seien), gefänglich einbehalten und wegen Verrates in den Kerker geworfen worden.

Lompin, plötzlich nüchtern mitten aus dem stärksten

Suff und wie vom Donner gerührt, gedenkt als erstes der weinenden Helena an seinem Bette, und woher sie es denn wußte? Und ihn gruselt es.

Während er seine Sachen packt, denn seines Bleibens ist hier nicht mehr, auch wenn er nicht so recht annimmt, daß er wirklich gen Ofen ziehn will zu seinem Plagegeist, dem Gefangenen, pocht es an seine Tür, und da steht doch der Pietrosch, jener Roßdoktor und einstige Breslauer Kommilitone, der ihm auf dem Weg nach Nerk die wilden Histörchen erzählt hat, der Pietrosch, noch abgerissener und verwahrloster als vordem, der hat ihn zu finden gewußt hier. Lompin ahnt gleich, daß der ihn wohl um Hilfe angehn wird, und ist erleichtert, alles versoffen zu haben, denn sicher hätte er dem sonst die Unterstützung gewährt und sich tausendfach ob seiner eignen Gutmütigkeit geärgert.

Ja, dem Herrn Bruder ist es nicht gerade rosig ergangen in der Zeit. Er hat zwei, drei Pferde aus Versehen zu Tode kuriert, und dergleichen wird von den Besitzern immer übel aufgenommen. Sie hätten nicht nur nichts bezahlt, sondern ihn auch in Schimpf und Schande gebracht und seinen Leumund als Arzt ruiniert, so daß er sich nun aufs Beschlagen der Gäule verlegt habe, aber das sei eine ganz und gar brotlose Kunst als vagierender Schmied. Denn nicht nur, daß jeder Drecksweiler seinen eignen Dorfschmied habe, pfuschten einem auch noch die Zigeuner ins Handwerk und verdürben die Preise, ganz zu schweigen von all den Herren, die das Hämmerchen am Gürtel führten und das Geschäft gleich selbst besorgten. Also habe er sich entschlossen, wieder Sold zu nehmen in Heeresdiensten.

„Meint Er, beim Kuruzenkönig?“ fragt Lompin begriffsstutzig, „dessen Armee ist hin, und er selbst ...“

„Nicht doch, das weiß ich ja“, unterbricht ihn der ehemalige Gefährte. Nein, mit dessen Macht sei es aus und vorbei. Aber da nun Kara Mustapha, der schwarze Großwesir, mit aller Heeresmacht des osmanischen Reichs gegen den Herrn Kaiser ziehe, denke er wohl, daß sich Gelegenheit finde, sich für die Sache der Christenheit anwerben zu lassen.

„Was?“ murmelt Lompin und guckt heute schon zum zweitenmal wie die Kuh vor der Kanon. „Bin ich denn aus der Welt gefallen, daß ich von nichts weiß? Krieg, sagt Ihr?“

„Krieg allerdings, Herr Bruder."

„Mal was Neues", sagt Lompin verwirrt, „als wenn wir den nicht ständig hätten."

Nun ja, gibt Pietrosch zu bedenken, das wäre also der allgemeine Zustand, quasi der Nicht-Friede, der nun einmal der Status der Welt sei und speziell der des vom Herrn gesegneten Ungarlandes. Jetzt aber breche der große Krieg, der Welt-Krieg aus, bei dem der rechten Sache zum Siege zu verhelfen wahrhaft Verdienst im Himmel erwerben hieße.

„Wenn man die nur so genau kennte, die rechte Seite", wirft Lompin ein, aber da hat der Herr Bruder nun keine Zweifel: Die Christenheit, also Wien, muß verteidigt werden, und damit basta. Alles andere ist Lästerung.

Habe es der Großtürk etwa auf Wien abgesehen?

Darüber bestehe keinerlei Ungewißheit, wird Lompin von Pietrosch belehrt. Denn mit dreitausend Mann und fünfhundert Sahi-Geschützen befinde sich der Großwesir auf dem Marsch gen Westen, nachdem Mehmed seinen lieben Schwiegersohn in Belgrad offiziell zum Serasker, das ist Oberbefehlshaber, ernannt habe, und nun lagere der Heerbann bei Esseg und warte nur auf die Verbreiterung der Draubrücke, um dann weiterzuziehen bis ins Herzland der Christenheit. Schon verhandle man mit dem neuen Kuruzenführer, einem gewissen Imre Thököly.

Lompin kann an der Korrektheit der Angaben seines Landsmanns kaum zweifeln (die Zahlen muß man schnell auf die Hälfte reduzieren, und Kara Mustapha ist auch nicht des Sultans Tochtermann), dazu sind sie zu genau. Er packt mechanisch weiter seine Sachen zusammen und fragt sich, kalt ums Herz, ob er denn der Verhexung durch seine unheiligen Heiligen so erlegen gewesen, daß seine Augen verblendet, seine Ohren verschlossen waren für alles andre umher? Denn nicht zu erfahren, daß der Großtürk ins Feld zieht, dazu gehört schon eines Esels Stumpfsinn, der da mit Scheuklappen angetan Tag um Tag den Göpel dreht.

Ob der Herr Bruder vorhabe, gleichen Sinnes wie er, mit ihm zu Felde zu ziehen? fragt Pietrosch hoffnungsvoll an. Das sei mehr, als er zu erwarten gewagt, hätte er doch sonst um eine kleine Wegzehrung ersucht, rückzuzahlen selbstverständlich auf Parole d'honneur. So jedoch …

Statt einer Antwort holt Lompin seinen Beutel hervor und stürzt ihn auf den Tisch aus. Zwei Talerstücke und eine Scheidemünze kollern da hervor, das ist alles.

Pietrosch zieht ein langes Gesicht. Er habe doch vernommen, der Musje Lompin lebe in Saus und Braus.

„Setzet es ins Präteritum, lieber Kollege, und es wird eine wahre Sententia draus", erwidert der. „Nein, das ist alles dahin. Auch will ich nicht in den Krieg ziehen, jedenfalls nicht in einen solchen, wie Ihr es vorhabt, sondern mich gaukelnderweise über Keczemet nach Buda vorwärtsbringen."

„Aber da lauft Ihr ja dem Türkenheer voraus?"

„Ich gedenk, ihm auszuweichen."

„Und zu welchem Grund reist Ihr so?"

Simplex zuckt die Achseln. „Wo ein Durcheinander ist, finden solche Vögel wie ich immer das beste Auskommen. Und große Herren, in deren Dienste ein redlicher Trompeter treten kann, gibt es überall genug. Sie fahren in gläsernen Kutschen über Land und halten Ausschau nach guten Musikanten."

Der gute Pietrosch hat keinen Sinn für derlei, er nimmt's für bare Münze und staunt ihn offenen Mundes an. Lompin ermuntert den alten Studienkameraden, es doch auf ähnliche Weise zu versuchen, aber der bedauert, nicht die musischen Qualitäten des Herrn Bruders zu haben, und meint, wenn er schon kein Viehdoktor sein könne, helfe es nichts, er müsse wieder Soldat werden. Und sehr deprimiert, daß es weder mit dem Schnorren noch mit dem gemeinsamen Feldzug was Rechts wurde, zieht er seine Straße weiter.

Alles soll durcheinander sein, alles umgestülpt. Nur dann ist es vielleicht zu ertragen. Nur die abstruseste Variante der Welt ist annehmbar, weil zum Lachen. Zum Sultan, ja, werd ich ziehn und zu seinem finstern Wesir, einer Art bösem Haushofmeister, und mit ihm diskurieren in närrischen Scherzen, und mit Lachen meinen edlen Herrn freikaufen aus ihrer Gewalt, selbst werd ich Not leiden und mich mit Vergnüglichkeit daraus befreien. Wie meine erlauchten Gönner es gern haben, so werd ich's ihnen vorführen, ganz gleich, wie's in Wirklichkeit war.

So denkt Simplex schon damals, als er noch keine Zeile seines Musik-Romans zur Welt geboren hat, und zieht dahin gen Ofen in einem wunderlichen Traum; später meint er dann, er habe wohl ein Fieber der Nerven gehabt die ganze Reise, und nicht einer, nein, eine ganze Kohorte von Schutzengeln habe ihn umschweben müssen, daß er also sicheren Weges gewandelt und über Trauriges lauthals gelacht. Bei freudigen Dingen, deren wenig genug gewesen, seien ihm indes die Tränen heruntergeloffen, und Nacht habe er wie Tag gefühlt und in Sonnenhitze vor Kälte geschlottert. Alles ist vertauschbar, gut wie bös, wie wir gerade spielen.

Da er annähernd die Route marschiert, die die ottomanische Streitmacht nehmen wird, fällt ihm eine alte Geschichte ein, die er irgendwo aufgefangen: vom getreuen Eckart, der dem wilden Heer vorauszog und die Leute warnte, und er beschließt, ähnliches zu tun auf seine Weise. Holt also aus dem untersten Grund seines Reisegepäcks die alten Vermummungen hervor, Schellen und Narrenpritsche, Spiegel, mit der Sonne Spaß zu treiben, und verkündet auf jedem Marktflecken mit Jauchzen und Freudensprüngen die neue Mär, daß hinter ihm herkommt des Erzfeinds Heer, und spielt, wie sich der Sultan mit dem Wesir, seinem Tochtermann, unterhalten hat, wie sie die Christenhunde pflanzen und prellen wollen, drum, so tretet alle herzu und huldiget ihm.

Dabei stellt sich allerdings heraus, daß er (mit reichlichem Beifall bedacht) den Leuten nun gar keinen Zerr-Spiegel künftiger Ereignisse vorgestellt hat, sondern sie nehmen den Narrentand für die pure Wahrheit und stimmen ihm zu. Warum eigentlich sollen sie nicht huldigen, wenn sie können? Es ist ja bekannt, daß die Türken alles, was sie requirieren, in Piaster bezahlen, das ist gutes Geld, so überall akzeptiert wird, und die Leut freuen sich geradezu aufs Geschäft. Sonst hätt ihnen der Steuereintreiber oder der Gutsherr Hab und Gut genommen, und sie hätten keinen roten Heller dafür gesehen. Willkommen, Türkenheer – wenn sie nur die Tataren nicht vorschicken.

Und Simplex merkt einmal wieder die Wahrheit des

Wortes, daß die Ungarn lieber hundert Türken sehen als zehn Deutsche.

Das türkische Heer ist keine Blitztruppe nicht, es schleicht dahin, da ist der Simplex allemal schneller. So hat er meist noch Zeit, abends in die Spinnstube zu gehn oder in die Schenke, wo vielleicht Dudelsack und Flöte zum Tanz aufspielen, und wenn sie ihn bitten, ein paar Possen zu reißen oder gar sich auf dem Instrument zu produzieren, verneint er getrost und setzt sich hinter den tönernen Weinkrug, aber Augen und Ohren sperrt er auf.

Und im nachhinein ist ihm, als sei immer nur in diesen paar Stunden der Nebel der Besessenheit und Verkehrtheit von ihm abgefallen und er habe klare Luft um seinen wirren Kopf gefühlt, bei all den süßen und traurigen Musiquen, die in jedem Weiler anders tönen und gleichsam jede Meile weiter neu erfunden werden. Ihm fällt jenes Lied ein, das das Mädchen Rosalia in einer eiskalten Scheune sang: „An den Händ und Füßen Eisen / So mußt ich nach Buda reisen ...", und es durchfährt ihn, als habe einer mit der Peitsche auf ihn eingeschlagen. Manchmal fragt er danach, und fast immer kennen sie es und singen es ihm mit durchdringend schmerzlichem Stimmklang vor, und überall klingt es anders, wenn es auch immer in e-Moll steht.

Wenn es ihn ganz und gar überkommt, so schön und verzweifelt klingt es ihm im Ohr, möchte er gleich Papier und Bleifeder zücken, um es zu notieren, aber er beherrscht sich und hält sich selbst am Weinhumpen fest, stolz meinend, er habe noch nie eine Melodei vergessen, und siehe, wenn er auf seinem Bett oder seiner Strohschütte liegt, weiß er sie noch und beschreibt damit alle Zettelchen, deren er habhaft werden kann.

Dann ißt er an einem Feldrain, da ihm das Brot ausgegangen, grüne Kirschen vom Baum und trinkt ohne Bedenken viel Wasser nach, und er, der sonst seinem Brühkübel-Magen alles zumuten kann, und mögen es gesottne Nattern sein, liegt an einer Colica darnieder, daß er vermeint, nun kann er wohl nur noch aufs Sterben warten. Ein schwachsinniges Weiblein aber, das ihn für ihren in den Kriegsläuften verschollenen Sohn hält, pflegt und päppelt ihn und wechselt ihm die Wäsche, wenn er sich bescheißt wie ein Schaf im Stall.

Und ganz wunderselig ist ihm, als er die erste Brühe, für welche sie einem dürren Huhn den Hals umgedreht, ungesalzen in sich hineinschlürft, das erscheint ihm wie Auferstehung und Himmelsfahrtstag in einem.

Dann erfährt er, daß er nun nicht einmal per Expressen könne vor den Türken in Buda sein, denn wie langsam Kara Mustapha auch vorankomme, so habe er ihn doch überholt, ja, in einer ersten Schlacht bei Neuhäusel den Herzog Carolus von Lothringen aufs Haupt geschlagen und sei nun im Begriff, Wien zu belagern.

Über solche Speculationes schüttelt der Simplex in seiner Schwäche nur den Kopf, denn so toll kann ja nicht einmal der fiktive Großwesir aus seinen Eulenspiegeleien sich aufführen und so von Sinnen sein, daß er es wagt, die Hauptstadt zu belagern; er muß doch wissen, daß es einen europäischen Sukkurs geben wird.

Indes ist die Realität immer noch toller als alle Phantasey. Simplex wird verläßliche Kunde von zwei desertierten Dragonern, daß es die Wahrheit sei. Und an Sukkurs sei vorläufig nicht zu denken, da das christliche Abendland mit Kaiser Leopold (der nach Passau durchgebrannt und seinen Beichtvater um Rat frage, wie's weitergeht) um den Preis des Beistands feilsche. Die Türken vor Wien – wer hätte das gedacht.

Simplex, schwach wie eine Winterfliege, im übrigen aber leidlich klaren Kopfes, meint, da seines Bleibens hier auch nicht sei bis ans Ende aller Tage, wär ihm nun recht, weiter auf Buda zu ziehn, um sich des letzten Auftrages zu entledigen, so oder so.

Er schließt sich einer durchziehenden Truppe schwerbewaffneter Viehhändler an, die eine Herde sanfter, grauer, breithörniger Rinder nordwärts treiben, um sie als Schlachtvieh zu verkaufen in Gegenden, wo die Preise gut sind – ein so lukratives wie gefährliches Geschäft in diesen Zeitläuften, darum können sie des Geleitschutzes gar nicht genug haben.

Das närrische Weiblein, das ihn für den Sohn hält, läßt ihn übrigens bereitwillig ziehen, da ihr Junge auch ein Viehtreiber gewesen, damals – und Tränen und Segenswünsche, alles, wie es sein muß.

Es ist ein gemächliches Reisen, denn die Tiere dürfen ja nicht vom Fleisch fallen, und dem Lompin gerade recht so; in seiner Mattigkeit glaubt er manchmal, nach einer Rast nicht aufstehen zu können, und dankt dem Himmel, daß es nicht die Herde gegen Räuber zu verteidigen gilt. Als er einmal heimlich sein altes Rüstzeug ausprobieren und ein Stück auf Händen laufen will, wird er fast ohnmächtig und fällt unsanft auf die Nase.

Aber das vergeht auch, alles vergeht, und während der Großwesir die Kanonade auf Wien eröffnet (ohne nennenswerten Erfolg vorerst) und das Rindfleisch in der belagerten Stadt für sechs Kreuzer das Pfund statt für drei gehandelt wird, treiben die Fleischer und Händler ihre Herde gemächlich in die Stadt und Festung Buda ein, die einen sehr entblößten Eindruck macht – hat doch Kara Mustapha alle Balyemez, das sind die schweren Kanonen, nach Wien abgezogen; allerdings soll nur eine unbeschädigt angekommen sein. Die Preise für Rindfleisch sind zwar in Buda nicht ganz so gut wie in der Wienerstadt, aber doch günstig, so daß die Herde unters Messer geht.

Simplicius, nach Abschied von den Herren Viehhändlern, nimmt sein Quartier in einer Karawanserei, schlieft sacht durch Christengasse, Türkengasse, Judengasse und begibt sich dann, bevor er sich seinen Geschäften widmet, in das wundervolle marmorne, kuppelüberdachte Bad des Veli Bey, um sich in dem heißen Schwefelwasser, als einem wahren Wasser des Lebens, die Reste seiner Krankheit und Mattigkeit von Leib und Seele zu spülen.

Das vierzehnte Capitel

in dem er ein ehrbares Mädchen schnöde behandelt und eine Hure küßt

Das Wetter hat umgeschlagen, der Frost, der dies Jahr so frühe kam, ist einem Regen gewichen, und nun, gleich nach dem ersten Advent, sieht es aus, als wolle der Frühling schon Einzug halten im Ländle, man möcht auf die ersten Zugvögel warten, und unter Mittag setzen sich die alten Leute in die Sonne vor der Stadtkirche, ihr Schwätzchen zu halten, und freuen sich übers Gratiskonzert, wenn der Herr Magister so schön übt.

Kommen auch keine Zugvögel, so doch die Ausgeschwärmten aus allen Ecken und Enden zu kurzen Visiten: Schott ist in der Stadt zu sehen, konferiert mit Obervogt, Spezial und Burgemeister, Masosky eilt von Ulm herbei, Samuel Lutz, der ständig so schnell wieder auftaucht, wie er verschwindet, läßt seine Posaunenstimme vom Fechtboden erschallen und kreuzt schließlich, während sich Vogt und Physikus wieder in entgegengesetzte Richtungen entfernen, im Schulmeisterhaus auf.

„Bei dir hat's gebrannt, erzählen die Leute", sagt er.

Lompin winkt ab. „Die Leute erzählen, bis aus jeder Schnake ein Elefant geworden ist." Er benutzt Marillens Worte. „Irgend jemand hat aufm Holzplatz gegokelt."

„Irgend jemand?"

„Kümmere dich um deinen eigenen Kram, Samuel."

„Ich denk nicht dran. Außerdem hast du dich auch nicht an unsere Ratschläge gehalten."

„Was für Ratschläge?"

„Dich draußen zu halten aus unseren Sachen. Was ist mit Kremberg und dem Flugblatt, he?"

„Der Schulz meint, Ihrer Hoheit der Herzoginmutter habe es sehr zugesagt."

„Zugesagt! Zum Teufel, spielst du den Deppen vor mir? Wo die ganze Landschaft von nichts anderem redet. Aber ich komm nicht, um dich in dergleichen zu bestärken, im Gegenteil! So ein Scribent ist schnell ausfindig gemacht. Und, Daniel, es geht dir an den Kragen! Auch Madames Approbation kann dich nicht schützen."

„So was Ähnliches hat Schulz auch gesagt."

„Dem müßt man den Hals umdrehen. Er hätt dich vermahnen sollen, statt dessen ermuntert er dich auf eine hinterlistige Art."

„Das tust du doch auch."

„Der Schlag soll dich rühren! Mach deine Musiquen und halt das Maul."

„Sag ich denn was? Du kommst her und belegst mich, ich soll dies tun und jenes lassen, und ich, wie ein Märtyrer, hör mir alles an und halte stille."

„So siehst du aus. Daniel, ohne Schimpf und Scherz: Wer wollte dir die Bude anzünden wegen des Flugblatts? Weißt du's? Damit wir dich schützen können."

„Ich weiß gar nicht, ob es deswegen ist, Herzbruder. Ich weiß es wirklich nicht. Vielleicht deswegen auch. Aber da ich zu Anfang nicht darüber geredet hab außer zu einem einzigen Menschen, der, wie ich merk, ehrenhafter Weis sein Mäulchen gehalten hat, will ich's auch jetzt nicht aufzeigen und werd allein damit fertig."

„In meiner Profession, wo man so viele Köpfe unterm Messer hat, hört man dies und das. Und daß ich zwei und zwei zusammenzählen kann, das mußt du mir schon zugute halten. Du hattest einen Besuch mitgebracht, einen nicht ganz geheuren, und dann war er fort. Seitdem begannen in der Stadt diese Räubereien und kleinen Diebstähle, so die Leute mehr beunruhigen, als es sein sollt in diesen schweren Zeiten – findest du nicht?"

Lompin schweigt.

Lutz, das von Narben zerfurchte, von wilden Locken umrahmte Gesicht ihm freundlich und dringlich zugewandt, seufzt. „Gut. Bring's allein in Ordnung. Aber tu es bald. Es ist schon schwer genug."

Womit er recht hat.

An einem trügerisch milden Winterabend hat der Magister Gelegenheit, mit dem Rat Philander zu sprechen, der sich nach den ersten zwei Tagen des Entsetzens keinesfalls versteckt in dem leidgeprüften Hause, sondern, bleich wie ein Toter, in schwarzer Tracht samt weißem Kragen und mit einem Haarschopf, in dessen Braun die letzte Woche weiße Fäden eingewoben hat, hochgereckten Hauptes Besuche macht in der Stadt: beim Burgemeister, beim Obervogt und Stadtkommandanten Pfleiderer, bei Schulz natürlich auch.

Lompin erlaubt sich, als der Lehrer des Jacöble und Vertrauter der Madame Philandern, vorzusprechen. Es scheint, als ginge im Haus der Wittib alles seinen wohlgeordneten

Gang. Die tapfere Ahne schaltet und waltet in der Wirtschaft, Jacob wird beim Exerzieren seiner Lectiones angetroffen, und nur das verschloßne und verdunkelte Hinterzimmer, zu dem einzig die Großmutter und Elsabe Zutritt haben, liegt da gleich einer Pestbeule an einem ansonsten gesunden Leibe.

Der Legationsrat Josephus Fridericus empfängt den Magister mit einem festen Händedruck.

„Ich hab Ihm zu danken", sagt er und senkt die geschwollenen Lider, „für Seine Worte in der Stunde der Not, während ich darniedergebrochen lag und meiner nicht mehr mächtig war – meine Frau Mutter hat's mir erzählet. Vom Unglück, das uns betroffen, lasset uns schweigen. Aber, Herr Magister, was ich gesehen an fremdem Leid im Pfälzischen, dessen sträubt sich die Zunge, es zu beschreiben. Er ist, das weiß man wohl, ein weitgereister Mann und hat sicherlich andres gelassenen Herzens ertragen müssen als wir über drei Dezennien an Frieden gewohnte Leut. Drei Dezennien, seht, das ist ein Menschenalter. Aber die Greuel, so der große Krieg damals erzeuget, können kaum schlimmer gewesen sein als das, was jetzt geschieht. Wisset Ihr, daß sich selbst französische Dragoner weigerten, den Kommandos ihrer Officiers zu obedieren, wegen der sinnlosen und ungerechtfertigten Grausamkeit der Befehle, und aus Mitleiden für den wehrlosen Feind für denselben um Pardon gebeten haben? Man hat sie als Deserteurs füsilieren lassen. Ja, das sind seltsame Sachen. Verzeih Er, daß ich solche Suada ablaß, aber wes das Herz voll ist, des gehet der Mund über. Wer einmal gesehen, Herr Magister, wie man Schau-Spiele getrieben mit den Jungfrauen und Ehefrauen, sie nackend an Zöpfen und Haarlocken zusammengebunden, sie mit Gerten und Spießen getrieben und vor den Augen ihrer Kinder und Männer bestialische Schand an ihnen verübte …" Er bricht ab und läuft im Raum hin und her. „Ich weiß nur nicht, was zu tun ist", fügt er gepreßt hinzu. „Die Landschaft, scheint mir, hat sich aufgegeben."

„Nicht alle", erwidert der andere.

„Ja, ich weiß. Doctor Schulz hat mir erzählt. Auch das Blatt hab ich gelesen. Verzeiht, wenn ich im Augenblick nicht Herz genug habe mitzutun." Er faltet die Hände.

„Gott bestraft uns hart, und seinem Willen sich zu beugen, fällt nicht immer leicht."

„Wie geht es dem Mägdlein?" wagt Speer zu fragen.

Philander zuckt die Achseln. „Wir haben", sagt er leise, „zumindest ein Mittel gefunden, sie zum Schlafen zu bringen. Wenn Jacob vor ihrer Tür singt, verliert sie ihre Starre und ihr Wimmern und fällt in Schlummer. – Hab mich früher wohl manchmal gefragt, Herr Magister – das will ich hier bekennen –, wozu der Bub solche Vanitäten wie das Singen und Musizieren so hoch gehalten. Nun weiß ich es."

Es bleibt jedoch nicht bei dem einen, die Bürgerschaft schon genug verstörenden Ereignis. Die Knaben von nebenan berichten dem Magister überstürzt, erschrocken und verzaubert zugleich, von den glanzvoll-entsetzlichen Dingen, die über die kleine Stadt hereinbrechen: Da seien dreißig französische Chasseurs und ihr Anführer ins Rathaus vorgedrungen, was der wolle, wisse noch niemand.

Lompin widersteht der Versuchung, auf den Marktplatz zu eilen, er ist ja kein Ratsmitglied und kein Stadtvater nicht, daß ihn dergleichen anginge.

Es kann aber nicht fehlen, daß das Frauenzimmer von nebenan bei ihm vorspricht. Madame Kertzschin selbst, ihren greinenden Kümmerling auf dem Arm, schlurft ihm ins Haus: „Um Gottes willen, Herr Magister, was sollen wir tun?"

„Schließt Euch mit der Jungfer Tochter im Haus ein, legt die Fensterläden vor und laßt es gut sein, sie scheinen ja nicht gekommen, um zu brandschatzen, sondern wollen was andres", rät er, und die beherzte Marille ruft über die Schulter ihrer Mama, sie hätt wohl auch noch einen kräftigen Besenstiel zur Hand und könnte ihn neben der Tür parat halten.

Natürlich will die Kertzschin die Söhne ebenfalls im Haus einschließen, was die beiden fast außer sich bringt. Sollen sie die großen Ereignisse hinter verschlossenen Türen versäumen?

Lompin legt ein gutes Wort für sie ein. „Lasset sie immerhin laufen, Madame Kertzschin", sagt er. „Denn es gibt keinen Knaben in dem Alter, der nicht dabeisein möcht, wenn was geschieht, und sie werden Euch wie ein Wespenheer im Haus herumsumsen und schließlich doch Mittel und Wege finden zu entwischen. Es geschieht ihnen wohl nichts, sie sind ja gewitzt und flink."

Zum Dank bilden sie nun eine Art Kurierdienst zwischen seinem Haus und dem Ort der Geschehnisse, so ist Lompin bestens auf dem laufenden.

Die Franzosen fordern von der Stadt, so erfährt er, fünfundzwanzig Gespanne für Transporte in Eßlingen. Eßlingen? Ja, sind sie denn in Eßlingen angelangt, wo wir gerade noch vor einem Wöchlein munter vorbeikutschiert? – Offenbar aber, wenn er sich an das erinnert, was ihm Kremberg über die Strategia dieses Feindes mitgeteilt hat, werden sie genau so schnell wieder draußen sein, tauchen hie und da auf, rauben, verbreiten Schrecken, sind wieder fort.

Der eilig zusammengerufene Rat sei nun dabei, fünfundzwanzig Ackerbürger zu verpflichten, die das bittere Amt übernehmen und anschirren müßten.

Indes machen sich die Chasseurs im „Güldenen Kreuz" wie im „Schwarzen Ochsen" breit, tränken ihre Pferde, fressen und saufen, was das Haus bietet, ohne zu zahlen, schwadronieren, lachen, fluchen, legen die Stiefel auf die Tischtücher und kneifen die Mägde, so sie ihrer habhaft werden, in den Hintern, haben aber sonst wohl keinerlei Schandtaten vor, so daß allgemach die Neugier der guten Göppinger die Furcht übermannt und sie vor den genannten Herbergen auf und ab promenieren – natürlich nicht die Notabeln der Stadt oder die Frauen und Jungfern. Überzeugen sich, daß die Franzosen im hellen Scheinfrühlingslicht auch nicht anders aussehen als andere Menschen, und keinem liest man vom Angesicht ab, daß er vielleicht ein Mordbrenner und wüster Gesell ist. Ein bißchen rüpelhaft benehmen sie sich, doch das ist ja Soldatenmanier.

Als nächstes erfährt Lompin von seinen beiden eifrigen Zuträgern, daß die Wagenkolonne nun zusammengestellt sei und, zur Abreise bereit, am Stuttgarter Tore warte, und es gäbe da viel Zittern und Zagen. Noch immer aber sei man um einen Verantwortlichen und Anführer der Truppe verlegen, da Untervogt Schott, als der für dergleichen Actiones zuständige Beamte, nicht in der Stadt sei, Pfleiderer zwar Geleitscapitain sei, aber in der prekären Lage nicht fort könne.

Die nächste Botschaft lautet, es habe sich ein Freiwilliger gefunden: der Barbier Samuel Lutz.

So schnell ist Lompin selbst in den wildesten Fluchten und Abenteuern kaum je in den Mantel und danach ans Stuttgarter Tor gekommen wie auf diese Nachricht hin.

Lutz sitzt bereits zu Pferde. Die gespornten Stiefel, Federhut und Handschuhe stehn ihm mit mehr Selbstverständlichkeit an als Schnallenschuhe und bürgerliches Habit, er gibt mit seiner gewaltigen Stimme Anweisungen für den Zug und ordnet alles, und zwischendurch parliert er in geläufigstem Französisch mit dem Officier der Chasseurs.

Als er Lompins ansichtig wird, unterbricht er seine Tätigkeit und treibt den Gaul zu ihm herüber.

„Scher dich nach Haus, Herr Musikant", ruft er, „ehe denen einfällt, sie seien um einen Heerpauker verlegen!"

„Verdammt, Samuel, was machst du?"

„Einer muß nach dem Rechten sehen. Spanndienste, gut und schön, aber wohin? Daß sie uns Leut und Wägen nicht sonstwohin verschleppen. Zudem muß ich dolmetschen. Es hat schon seine Richtigkeit."

„Du riskierst Kopf und Kragen."

„Und die?" fragt Lutz ruhig und zeigt mit seiner Reitpeitsche auf die Männer an den Pferdekarren. „Laß nur, ich sag ja: Es hat seine Richtigkeit." Er beugt den wildlockigen Kopf mit den zerklüfteten Wangen zu dem anderen herab, fügt halblaut hinzu: „Gardez-vous votre même chose, amis, il me faut garder le salut de cettes pauvres gens."

Der Zug setzt sich unter Abschiedsgeschluchze und dem Fluchen und Schreien der Reiter in Bewegung.

„Ihr könnt Euer Haus wieder aufsperren", sagt Lompin zur Nachbarin, „sie sind fort."

„Dem Herrn sei Dank", bemerkt Marillchen, die die Gelegenheit nutzt, ihm einmal wieder auf den Pelz zu rücken, „aber warum macht Ihr so ein betrübtes Gesicht?"

Er berichtet ihr, was geschehen – an den aufgeregten

hellen Knabenstimmen von nebenan und den larmoyanten mütterlichen Repliken merkt er, daß die Buben bei der Mutter ein nämliches tun.

Zu seinem Erstaunen ist die Jungfer überhaupt nicht bereit, die dargelegten Facta als städtische Katastrophe anzusehen; die fünfundzwanzig Wagen und deren Lenker steckt sie weg wie Julius Caesar im Bellum Gallicum die Leichen seiner Legionäre, und mit glänzenden Augen feiert sie die heldenhafte Attitüde des Musje Lutz, als habe er eine ganze Armee aus dem Feld geschlagen.

„Ich weiß nicht", entgegnet Lompin seufzend, „was er ausrichten kann bei einem so barbarischen Gegner und ob die hohe Gefahr, in die er sich begibt, wohl einen Nutzen trägt. Wollte, er wär daheim."

„Ich glaube", fährt Amaryllis Sofronia heroinenhaft fort, ohne seines Einwandes zu achten, „Ihr, Herr Magister, hättet dergleichen auch getan."

Ihre hochgemute Einfalt reizt ihn, traurig und bedrückt, wie er ist, und er sagt, grob übers Ziel hinausschießend: „Ich hätt Euch was geschissen. Sollt ich den Helden spielen, um einem Mamsellchen, so sich langweilt, zu imponieren?"

Sie starrt ihn an offenen Munds, und er setzt vor Wut über sich selbst noch einen drauf: „Habt ja eh Euer Herz an den Herrn Pamphletisten verloren, von dem träumet Ihr neuerdings wohl, wenn Ihr mich seht ..."

Er will noch „Närrin" sagen, aber dazu kommt er nicht mehr, denn ihre Hand fährt hoch, aber er ist immer noch flinker und fängt sie am Gelenk ab, bevor sie zuschlägt; eine saftige Maulschelle hätt er da erhalten.

Sie stehn sich gegenüber Aug in Aug, sie ist noch hübscher, wenn sie wütend ist, aber ihm ist gar nicht nach solchen Affekten, er hat andres im Kopf als das Persönchen, und wenn sie's nicht begreifen kann, dann muß man's ihr beibringen.

„Kleine, ich hab zu tun. Und Ihr macht Euch allzu wichtig", sagt er nicht unfreundlich. „Bleibt mir vom Hals, ja?" Führt sie, immer noch am Handgelenk, so wie er sie eingefangen, zur berühmten Hintertür, stellt sie auf den Hof und riegelt geräuschvoll ab.

Dann geht er, ganz ohne Reue über die krude Behandlung eines so feinen Frauenzimmers, an seinen Arbeitstisch. Wird wohl nun bei der einen Schrift nicht bleiben dürfen.

„Wahrhaftes Nacht-Gesichte", schreibt er, „ein Traum.

... An einem anderen Ort hat man Krieg, Empörung, Blut-Vergiessen. Da werden Land und Leute geplündert, der Bauers-Mann verjaget, der Vorrath auf dem Felde so wol in Scheuren als auf dem Boden hinweggeraubet, verwüstet und verderbet, Kirchen und Schulen zerstöhret, die Menschen ohne Unterschied erstochen, erschossen und niedergehauen, da lieget alle Gerechtigkeit, Zucht und Ehrbarkeit darnieder, die Frauen und Jungfrauen werden an ihren Ehren geschändet und viel Übelthaten begangen, und was man in 100 Jahren gezimmert, gebauet, illuminiret, gemahlet und gefärbet, das wird an einem Tage verbrennet ..."

Vielleicht geht auch in diesen merkwürdigen Zeiten die Post nach Ulm, ungeachtet aller Chasseurs und Marodeurs, dann wird das morgen zu Kühne und Wagner expediert zum Druck. Die machen's. Da sind die Franzosen weit und die Kreistruppen nah, und sie haben schon immer gern genommen, was sie nicht bezahlen.

Es ist noch närrischer als gedacht, denn die Post geht nicht nur nach Ulm, sondern kommt auch auf gerader Route von Stuttgart daher, scheint mitten durch General Melacs Scharen hindurchgekrochen zu sein. Bringt ihm einen Packen versiegelte Sachen und außerdem die Mitteilung, ein fremdes Frauenzimmer auf der Durchreise wünsche ihn zu sprechen.

Neugierig macht er sich auf den Weg zum „Güldenen Kreuz", wo sich die Reisende während des Pferdewechsels mit einem Glühwein aufs Damenstübchen retiriert hat, und findet zu seinem nicht geringen Erstaunen Lisettgen aus dem Etablissement der Mutter Häberle vor, die ihm zur Begrüßung freudig beide Arme um den Hals legt.

Sie ist ganz modest gekleidet, bis auf einen abenteuerlichen Federhut, so auf dem Tisch liegt, und nur als sie sich setzt, legt sie ihre Beine in den schönen schwarzen Strümpfen mit einem Freimut, der ihre Profession verrät, auf die Querstrebe des Tisches.

„Was machst du denn hier?“ fragt er verblüfft und verlegen, denn daß die Göppinger erführen, mit wem er sich hier trifft, das ist ihm ganz und gar nicht recht.

Sie lacht. „Ich komm, dir adieu zu sagen, schwarzer Tatar. Hab nicht vergessen, wie gut du zu mir gewesen, nachdem mir der Kerl so übel mitgespielt.“

„Aber wohin gehst du denn?“

„Will mein Glück in Ulm versuchen, bei den Truppen des Prinzen Ludwig. Wird sich schon noch ein vakanter Marketenderposten im Troß finden, und vielleicht entdeck ich einen honetten Kerl, der mich zur Frau nimmt, wenn er des Soldatenstands quitt.“

„Und das Haus der Häberle?“

„Das Haus der Häberle gibt's nimmer.“

„Was ist denn geschehen?“

„Nun, der Franzosen wurden immer mehr in Stuttgart, und die zuletzt kamen, die gehörten nicht mehr zu der Sorte, die zahlt, die nahmen alles, was sie kriegten, und trieben ihren Spott dazu. Wenn sie zu mehreren anrückten, konnten wir uns nicht wehren, und die Mädchen waren von der unguten, harten und freudlosen Arbeit schon ganz darnieder.

Da kam eines Abends ein besoffner Dragoner, befahl das ganze Haus zu sich, und verlangte, daß wir eine nach der andern – ach, verdammt, ist ja gleich, ich mag's nicht erzählen. Und – du kennst doch Bärbe, ich meine, Doris.“

Ja, Bärbe, genannt Doris, die kennt er, das jüngste und zarteste unter den Mädchen der Häberle, nicht älter als sechzehn Jahre.

„Doris war schon ganz krank von den vielen rohen Kerlen, und die Mutter hatte ihr verstattet, auf ihrer Kammer zu bleiben, aber der kannte sie und zerrte sie an ihren langen schwarzen Haaren herbei in unsern Kreis und wollte sie zwingen, ihm Feuer für seine Pfeife zu geben, aber wie! Und Bärbe, ich meine, Doris, wehrte sich und schrie schrecklich, und wir standen herum, hilflos und voller Wut, und manche weinten, denn die Kleine war uns immer wie ein Schwesterchen gewesen, denn sie war freundlich und hilflos und was für besondere Kunden. Und da sagte auf einmal die große Kathrine, die sie den Rittmeister nennen – du kennst doch Kathrine?“

Ja, auch Kathrine kennt er.

„Sie sagte: Verdammt, ich will dem bösen Kujon Feuer geben, daß er's so schnell nicht vergißt. – Und sie nahm den brennenden Kienspan aus dem Leib der Bärbe weg und ging damit auf den Franzosen zu, und ohne daß wer ein Kommando gegeben hätte, stürzten wir andern uns auf ihn und hielten ihn fest, und Rittmeister sengte ihm den Schnurrbart weg und die Haar unten an seinem Beutel, damit er wußte, wie's schmeckt, und dann trieben wir ihn mit Schlägen und Fußtritten zur Tür hinaus und ließen ihn mutternackt in der Gasse liegen, und er brüllte.

Die Häberle aber stand ganz still da, und da wurden wir auch still, und sie sagte: „Mädchen, ich denk, drei Vaterunser haben wir noch Zeit, bis der Büttel da ist und die Sittenvögte und die Franzosen dazu, nehmt, was ihr habt, zusammen und macht, daß ihr wegkommt, wen sie erwischen, der geht ins Spinnhaus. Ihr habt mich ruiniert, aber es war doch schön, und werd's mein Lebtag nicht vergessen.“

Sie waren jedoch schneller da, als wir ausgerechnet hatten, und außer mir konnten nur zwei, drei entspringen, Rittmeister ist darunter. Wir sind ausm Fenster und über die Dächer. Die andern wurden abgeführt und sitzen nun mit kahlgeschornem Kopf im Stock. Ach, die kleine Bärbe, ich meine, Doris, hoffentlich übersteht's das Kind.“

Nach dieser Geschichte nimmt Lisette einen tiefen Zug aus dem Würzweinbecher und tut einen tiefen Seufzer und wischt sich die Augen.

„Liese“, sagt er, „was du mir da erzählt hast, das ist dreimal so gut wie meine Kinderzeitgeschichten, da sind wir quitt. Ich wünsch dir alles Gute, und laß dich bloß nicht erwischen. Brauchst du was, kann ich dir helfen?“

Lisettgen winkt ab. „Mein Erspartes hab ich schon, war ja kein schlechter Verdienst bei der Häberle, der Armen. Könnt dir so manchen ehrenfesten Herrn und braven Kirchgänger zeigen, so mein Kunde gewesen. Dich mocht ich leiden vor den andern, als seiest du ein Freund. Schenk mir einen Kuß zum Abschied.“

Da er sich über sie beugt, sie zu küssen, entdeckt er, daß ihr Gesicht über und über, bis in die Lippen hinein, von sehr hellen Sommersprossen gepunktet ist, entweder war sie sonst zu stark geschminkt, oder es war zu schummrig auf ihrem Stübchen – jedenfalls sieht er's heut zum erstenmal, und es rührt ihn auf eine merkwürdige Weise.

„Ich wollt, ich säh dich einmal wieder", sagt er, und sie entgegnet: „Das wollt ich auch."

Der Servierknecht klopft an und meldet der Dame, der Postillon habe angeschirrt, man warte.

Lisette krönt sich mit ihrem prächtigen Federhut.

„Paß auf, wenn du dich setzest", mahnt er sie. „Eine ehrbare Frau hält die Knie zusammen und zieht den Rock nicht bis über die Wade."

Sie lacht. „Ich werd dran denken."

Er nestelt aus seiner Tasche die nächtliche Arbeit hervor. „Lieber als dem Schwager vertrau ich's gleich dir an, bring's bitte in Druck." Er nennt die Adresse. „Ist was gegen die Franzosen."

„Mit Vergnügen", erwidert sie und zieht eine Haarlocke über ihr gespaltenes Ohrläppchen.

„Seid ihr unterwegs nicht den Truppen begegnet? Sie waren in Eßlingen."

„Weiß nicht. Der Schwager hat einen Bogen um Eßlingen gemacht. Bin auch nicht scharf drauf, die zu sehn."

„Ist keiner."

Sie stehn und sehn sich noch einmal an, atmen tief aus. Dann dreht sie sich um und geht.

An Merkwürdigkeiten scheint ihm dies Land so reich, da ist die Türkei eine Sonntagsschul dagegen.

Das fünfzehnte Capitel
in dem er gedenkt, wie er einen Türkensklaven durch Seiltanzen frei gemacht

Die Viehhändler werden oft in den Orten, die sie durchqueren, gebeten, Brief und Botschaft zu übermitteln. Sie tun es pünktlich und gegen geringes Entgelt, und ist in diesen unsicheren Zeiten bald keine Post als diese möglich – wenn sie auch langsam ziehen, sie kommen meist ans Ziel.

In Ofen nun sind dem Simplex zum Abschied vom Haupt der Truppe zwei Sendungen zu übermitteln aufgetragen, was er um so lieber übernommen, als es ihm Gelegenheit gibt, etwas zu erfahren und einen Blick ins Innere der Häuser zu tun.

Er hat auch gleich beim erstenmal Glück, denn sein Fatum führt ihn ins Haus eines Kanzlisten beim griechisch-orthodoxen Exarchen, welchen es auch gibt in dieser bunten Stadt Buda, und in besagtem Herrn Cancellarius erkennt er – als bestünde die ganze Welt nur aus ehemaligen Breslauern – einen weiteren Kameraden von der Lateinschule, der es, im Gegensatz zum verlotterten Pietrosch, in der Welt zu was gebracht hat, sogar im Fach Theologia, wenn auch bei einer anderen Confessio.

Der andere erkennt ihn gleich wieder, läßt nicht zu, daß Lompin ihn mit Uram Cancellarius anredet, nennt ihn mit dem fast vergessnen Übernamen aus der Schulzeit, „Dickkopf, wie siehst du elend aus, was hat man dir getan?“, schließt ihn in seine Arme und läßt Wein auffahren. Sein Weibervolk, Tuch vorm Gesicht, wie hier allerorts Sitte, steht im Türrahmen und freut sich des Wiedersehens mit, und der ältesten Tochter wird die Ehre zuteil, sich zu Füßen des Vaters und seines Gastes niederzulassen und einzuschenken. Manchmal hebt sie den Schleier ein wenig vom Gesicht und zeigt lieblich runde Wangen und ein schwarzes Aug, das sich bescheiden senkt, wenn man näher hinschaut.

Der Herr Cancellarius kennt alles, weiß alles, hat überall Zutritt hier in Buda. Er erinnert sich noch gut des Spektakels, als sie den König der Kuruzen und Ungarn mit Klingklanggloria einholten und dann gefänglich festsetzten – aber das ist es auch schon.

„Was aus ihm geworden, Dickkopf, das kann ich dir nicht sagen. Ich hab ihn aus dem Blick verloren. Wir alle hatten da andre Sorgen, als der Feldzug losging. Unser Wesir und Beglerbeg, der alte Ibrahim Bassa – ein Intimus meines Exarchen übrigens, sie sind quasi befreundet –, mußte requirieren, equipieren, konspirieren, informieren. Und als der Serasker Kara Mustapha dann anlangte, ging der Ärger erst recht los, nicht nur, daß unser Wesir dem Stab einverleibt wurde und mit ins Feld mußte und jetzt vor Neuhäusel liegt, sondern er zieht in diesem sinnlosen Kriegszug auch in Ungnade mit, da er dem Obersten Kriegsherrn abgeraten, Wien zu belagern. Und unser gesamtes schweres Geschütz wurde fortgeschleppt, wir sind sozusagen eine offene Stadt, falls das ottomanische Heer, was Gott oder Allah verhindern möge, etwa verlieren sollte und es dem Herrn Kaiser einfällt, nachzusetzen bis hierher. – Was wollte ich doch sagen? Richtig, der Kuruzenfürst. Ja, um ihn hat sich keiner mehr gekümmert.

Es gibt mehrere Möglichkeiten. Entweder, man hat ihn erdrosselt oder verkauft in die Sklaverei oder einfach vergessen, so daß er noch im Kerker dahinschimmelt. Oder er könnte natürlich auch rehabilitiert sein. In dem Falle stünde er mit vor Wien."

Der Herr Kanzler verspricht, er werde das herausbringen binnen kurzem – bei seinen Beziehungen eine Kleinigkeit.

Es zeigt sich aber, daß Simplex in Buda mehr Zeit bleibt als erwartet, denn ob es nun der kühle Wein, die fetten Happen oder das Sommerwasser aus der Donau sind: Simplex' Krankheit kommt wieder, und aus Angst vor Ansteckung sowohl als auch aus treubrüderlicher Sorge gibt ihn sein alter Freund in Kur und Pflege bei einem jüdischen Arzt, was ihn fünfzig Florin im voraus kostet.

Der Arzt nennt Lompins Krankheit mit bedenklicher Miene die Rote Ruhr, legt ihn abseits und läßt ihn von seinem Hausgesinde so umsorgen, daß der Kranke weit eher wieder genesen ist als beim vorigen Mal, umgibt ihn auch dann mit zartester Aufmerksamkeit. Lompin wundert sich darüber, bis er herausbekommt, daß der Herr Jud ihn aufgrund der Physiognomie für einen konvertierten Glaubensgenossen gehalten. Er klärt den Irrtum auf, und sie lachen herzlich bei dem ersten vernünftigen Mahl, das Lompin wieder zu sich nehmen kann, einem feinen gefüllten Fisch, der ihm zu Ehren zubereitet wurde.

Da der Arzt aber keine schöne Tochter hat, wie es die

Jungfer Kanzlistin ist (Lilirum heißt die übrigens), kehrt Lompin genesen ins Haus seines Studienkameraden zurück.

In all der Zeit, während er malade darniederlag, fragte er sich hin und wieder, ob das gnädige Geschick ihm nicht mit diesem Siechtum ein Türlein hatte öffnen wollen, sich der ganzen mißlichen Sache quitt zu fühlen und den Herrn Zapary in dem Dreck stecken zu lassen, in den der sich selbst hineingeritten. Aber immer, wenn er sich durchgerungen, dieser Stadt den Rücken zu kehren, und, unter Umgehung der Kriegshandlungen, soweit dies möglich, in ganz andre Gegenden zu ziehen, also zum Exempel ins Italiänische oder Teutsche, kommt ihm wieder im Schlaf oder Wachen das Bild der Schwester vor, ihr Kuß brennt auf seinen Lippen, ihre Bitte in seinem Herzen, und er meint, er könne vor sich selber nicht zu einem solchen Schuft werden und alles vergessen und verraten; kein Gedanke daran, daß jene beiden Geschwister hundertfach an ihm und anderen Verrat üben würden.

Des Kanzlisten schöne Tochter sieht er noch zwei-, dreimal, schreibt auch ein Lauten-Liedgen auf sie, läßt's dann aber bleiben, bedenkend, daß er dem jovialen Studienfreund schon Müh und Kosten genug bereitet. Da muß er's nicht darauf anlegen, daß der seine Tochter vor ihm einsperrt.

Von den vier Möglichkeiten, die da aufgeführt wurden, den Zapary betreffend, und von denen Lompin heimlich auf die Extrema hoffte, nämlich tot oder vor Wien, sind indessen die anderen zutreffend.

Man hatte den Kuruzenkönig schlichtweg vergessen. Als dann aber die Arbeitskräfte knapp wurden, weil der Feldzug alle wehrhaften Türken und Ungarn aus der Stadt gesogen, besann man sich auf die Gefangnen und verlieh sie zur Arbeit an zahlende Bürger. Vermietet wurde auch George Martinus Christophorus Zapary, dessen Identität mit dem Rebellenführer und Staatsfeind niemand mehr kannte, der aber als ein schwer traktabler und zu Widersetzlichkeiten neigender Sklave galt, den keiner gern nahm. So habe er zweimal versucht auszurücken und ein anderes Mal einem Aufseher die Peitsche entrissen und auf denselben eingeschlagen, was ihm besonders schwere Ketten eingebracht. Der Herr Cancellarius des Exarchen weiß auch, wer diesen Aufsässigen ausgeliehen hat und wo man ihn finden kann.

„Wie ich die Lage einschätze, Dickkopf“, sagt er, „wirst du ihn frei haben wollen, und dazu, das will ich dir gleich offen sagen, leihe ich weder meine Hand noch meinen Beutel. Ich habe aus alter Anhänglichkeit genug in dich investiert, Bruderherz – denk nicht, ich rede so, weil es mich reut, sondern ich habe es frohen Gemüts getan wegen unseres Wiedertreffens und auch, um mir im Himmel ein Eckchen zu sichern. Denn was die Religion angeht, da bin ich mir keinesfalls klar, ob die, der ich gerade anhänge, die rechte ist; die weltlichen Ehren sind's und das irdische Gut, was mich zu den Griechischen gebracht, unter uns gesprochen.

Aber mehr ist nicht möglich; ich habe ein paar Töchter zu verheiraten, die in dem Alter sind – für Lilirum, die du ja gesehen hast, habe ich übrigens einen guten Bewerber gefunden in einem Kaufmannssohn.

Und außerdem ist es ein eigen Ding, wenn man sich als ungläubiger Hund in die Geschäfte der türkischen Obrigkeit einmischen will – wenn es ein einfacher Sklave wäre, irgendein Kriegsgefangener, aber so ein heikler, nein, da laß ich meine Finger davon.

Dir alles Glück, Dickkopf, und du bist in diesem Hause immer willkommen, das weißt du, aber wenn du dich jetzt mit Gefangenenbefreiung abgibst, kenne ich dich lieber nicht zu genau. Du kannst mich, wenn du mich brauchst, im Bad des Veli Bey finden, ich bin dienstags und freitags abends da, nah den Quellen auf der linken Seite.“

Was einer denn wohl im August im Weinberg zu schaffen habe, fragt sich Simplex, als er hinauswandert vor die Stadt in Richtung Süden, wo das Land still daliegt unter der gleißenden Sonne; aber nicht nur des Schattens wegen schlendert er von Baumgruppe zu Hecke und von Hecke zu Baumgruppe und hat es nicht eilig. Weit und breit ist kein Mensch zu sehen. Am liebsten würde er umkehren, trotzdem geht er noch an einem Hügelchen vorbei, und nun ist die kleine einsame Gestalt nicht mehr zu übersehen, nun kann man nicht zurück.

Es ist gar kein Weinberg, sondern ein verwildertes Sück Hang, das aufgerebt werden soll. Ein Teil der kahlen Apfelbäume ist schon gefällt, und die Stubben sind entfernt, hier nun muß die verfilzte Grasnarbe längs zum Hang mit dem Pflug aufgebrochen werden. Eine ungemein schwere Arbeit, geeignet für eine Metallschar und ein Ochsengespann.

Der Türke hier kann das billiger haben, wenn es auch etwas langsamer geht. Er benutzt dazu nur einen Holzpflug und einen Mann. Damit er aber nicht noch einen zweiten zur Aufsicht dazustellen muß, hat er eine ungemein sinnreiche Vorrichtung in Anwendung gebracht. Lompin hat dergleichen schon bei Wachhunden auf großen Gehöften gesehen. Eine Rolle läuft über eine Schnur, die Kette dieser Rolle nun wieder ist beidseitig an Flaschenzügen befestigt und führt zum Halsband des Tieres, so daß es sich in einem gewissen Radius frei bewegen kann, doch immer wieder von der Rolle zurückgeholt wird. So etwas also hat der Türke an des Gefangenen Halseisen befestigt, der hat Auslauf, das abgesteckte Stück Boden zu beackern, und wenn er am oberen Rand ist, holt ihn die Rolle zurück. Entkommen kann er nicht, zumal er ja noch Eisen an Händen und Füßen trägt – sicher hinderlich bei der Arbeit, aber was geht den Türken das an. Es ist eben etwas mühsamer.

Vorsichtig nähert sich Lompin im Schutz des Buschwerks. Der Sklave mit dem Pflug schaut nicht auf. Keuchend quält er sich mit seinem Gerät den Hang hinauf, hat wohl ein Pensum zu erledigen, will er nicht bestraft werden. Oben im dünnen Schatten der alten Obstbäume liegt der Proviant, zwei Brotfladen und ein Krug, aber der ist umgestürzt, also bereits leer.

Der Arbeiter nähert sich. Er ist unbekleidet bis auf zwei Stoffetzen, einem um den Kopf, den anderen um die Hüften geschlungen, und dürr wie ein Maulesel, sein nackter Rücken fast schwarz von Schmutz, Sonnenbrand und vernarbten Peitschenhieben, und die Muskeln sind zum Zerreißen gespannt.

Man kann diese Furchen nur von unten nach oben ziehen, andernfalls risse der Hakenpflug den fruchtbaren Boden fort. In dem Augenblick, als der Pflügende oben das Gerät aus dem Boden nimmt, taumelt er, von der Kraft der mechanischen Vorrichtung gezogen, abwärts und setzt zur nächsten Furche an.

Zweimal läßt Lompin ihn so an sich vorbeiziehn, dann endlich faßt er sich ein Herz und redet ihn an.

Der Sklave stockt in der Bewegung und wendet den Kopf sehr langsam in die Richtung, aus der die Stimme kommt – das Halseisen scheuert. Die riesigen fahlen Augen in dem stoppligen Gesicht flackern, es ist nicht auszumachen, ob sie ihn erkennen, und stoßweise mit dem Atem kommt die Frage: „Hast du Wasser für mich?"

Lompin schickt ein Stoßgebet zum Himmel als Dank, daß er aus alter Vagantengewohnheit den flachen Lederbeutel gefüllt hat früh, eh er aufgebrochen ist, und schämt sich fast zu Tode, daß er nicht von allein an den quälenden Durst des anderen gedacht hat. Mit zitternden Händen entkorkt er das Gefäß, und der Angekettete, eine Hand am Pflug, greift danach und trinkt so besinnungslos, daß ihm die Hälfte wieder aus den Mundwinkeln herausläuft.

Dann sagt er: „Du kannst neben mir hergehen, denn ich habe keine Zeit. Ich muß meinen Weinberg beackern. Wenn ich faul bin, schlagen sie mich, aber ich tue es nicht aus Furcht. Sie haben Angst vor mir. Ich bin widerspenstig. Ich beiße sie." Wieder streift ein flackernder Blick über den anderen hin. „Nein, nicht für sie tue ich es. Der Herr hat mich beauftragt, seinen Weinberg zu roden. Wenn ich fertig bin, werde ich erhöht. Dann bin ich wieder König von Ungarn." Seine Rede erstickt, der Atem geht ihm aus.

Nebeneinander den Hang erklimmend, sind sie nun fast oben angelangt. „Ihr seid erschöpft", bemerkt Lompin vorsichtig.

„Ich murre nicht", erwidert George Martinus halb ohnmächtig, aber mit altem Hochmut, „das Maß der Leiden steht bei Gott."

„Soll ich vielleicht einmal an Eurer Stelle, damit Ihr zu Atem kommt …?"

„Nein. Das ist mein Weinberg."

Und wieder taumelt er an seiner Hundeleine hangabwärts, stolpernd, leise wimmernd, ohne es zu wissen, eine

Hand am Halse, die Wirkung des Eisenrings zu dämpfen, die andre schleppt das schlechte Ackergerät nach.

Lompin, nicht fähig, ihm zu folgen, setzt sich mit zitternden Knien da nieder, wo er steht.

Unterdes zieht Herr Zapary, keuchend und ächzend, als ein zweiter Sisyphos, seinen Pflug wieder den Berg hoch und fragt tückisch: „Wie, schon müde vom Zuschauen?"

„Womit, um des Himmels Willen, kann ich Euch helfen vorderhand? Soll ich Essen und Trinken bringen?"

„Ich brauche kein Essen. Nur Wasser. Sie sind nicht verpflichtet, uns etwas zu geben, wir werden im Gefängnis verköstigt. Sie tun es nur, weil es sich schickt. Aber er ist so bösartig, daß er mir jeden Tag weniger Wasser hinstellt. Ich beiße ihn. Und einmal habe ich ihn fast mit der Kette erwürgt. Darum ist er so zornig auf mich."

Abwärts wieder und erneut bergauf.

„Wann kommt der, für den Ihr arbeitet, oder der Aufseher?"

„Wenn ich meine Furchen geackert habe. Dann kommen sie, um mich umzupflocken. Wenn sie hier sind und ich bin nicht fertig, strafen sie mich. Ich aber lache ihrer Tükken. Wehe ihnen, der Herr wird sie zerschmeißen wie des Töpfers Gefäße." Wieder taumelt er fort.

Inzwischen hat sich Lompin soweit gefangen, daß er neben ihm nach unten geht, ihn stützt und das Laufwerk bremst.

„Wann wirst du mich befreien?" fragt György beiläufig. „Ich muß das schwarze Pferd bald einfangen."

„Was für ein schwarzes Pferd?"

„Das von Rosalia, das Roß der Freiheit, hast du's vergessen? Das ist mir bestimmt. Und dann werde ich König von Ungarn und nehme Rache an meinen Feinden. Die Vorsehung hat dich im rechten Moment zu meiner Befreiung ausgesandt, Lompin, denn sonst wäre ich vielleicht gestorben. Und das kann unmöglich der Wille des Herrn sein, nach soviel Prüfung."

„Cergely", sagt Lompin mit enger Kehle, „ich will es versuchen mit der Befreiung. Aber ich weiß nicht, wie lange es dauert. Ihr müßt noch ein bißchen aushalten."

„Wie Gott mich führt, so will ich gehn", erklärt der Sklave

sententiös und stolpert aufwärts. „Aber mach es bald. Vielleicht bleibt mir die andere Hälfte des Weinbergs erlassen. Und bring mir Wasser, hörst du? Wasser!“

Mehr tot als lebendig kommt Lompin in der Karawanserei an, wo er, nach Räumung des Quartiers beim Cancellarius, wieder Logis genommen, wäscht sich den Staub von Gesicht und Hals und trinkt sich satt, wobei er ständig an die Gluthitze am Hang denken muß und das Hunde-Laufwerk.

Da es freitags ist und auf den Abend geht, begibt er sich gleich ins Bad, wo er auch richtig den Studienfreund antrifft, um dessen stattlichen Bauch die heißen Schwefelwasser liebliche Bläschen bilden.

„Hast du deinen Mann gefunden, Dickkopf?“ fragt der Kanzlist gleich, als er des anderen ansichtig wird, „du siehst so herzlich betrübt aus.“

Simplex nickt. „Er rodet einen alten Hang mit einem Holzpflug in der Sonne, angebunden, du verstehst, was das heißt, Herzbruder. Und etwas wirr im Kopf ist er dazu.“

Der Kanzlist zuckt die Achseln. „Das kann sich wieder geben, wenn er frei ist“, bemerkt er. „Und ansonsten, was hast du erwartet? Du bist, wie du sagst, selbst beim Türken in Knechtschaft gewesen, da geht es nicht fein zu. Meinst du, er stirbt dran?“

„Vielleicht.“

„Das wär ein Argument. Sie haben es nicht gern, wenn ihnen die Gefangnen wegsterben, das macht Aufsehen. Außerdem“, er senkt seine Stimme zum Flüstern, „steht es vor Wien nicht gut. Einer aus dem Kreis des Bassa sagt, sein Herr habe widerwillig von Neuhäusel wegziehen müssen zum Beistand nach Wien. Der Polenkönig soll in Anmarsch sein, und die Badischen und Württembergischen sind mobil. Auf geht's! Da können sie hier leicht nervös werden, was die Gefangnen betrifft. Und das kann alles heißen: übertriebne Milde oder übertriebne Strenge. Mag sein, sie leihen bald keinen mehr aus und schließen sie weg. – Das alles, Freund, sollst du als Ratschlag gratis von mir haben als von einem Mann, der die Verhältnisse kennt. Im übrigen: von mir keinen roten Heller und keine Assistenz. Versteh mich. Ich verheirate Lilirum nun doch nicht mit dem Kaufmann. Eine noch bessere Partie, ein gehobner Beamter des Wesirs. Sie fragte mal nach dir. Soll ich sie grüßen?"

Vom Badehaus aus geht Lompin stehenden Fußes, da er andre Adreß nicht kennt in Buda, zu dem jüdischen Arzt, wo er in Pflegschaft gewesen.

Der empfängt ihn erstaunt, aber freundlich. Man wolle gerade Schabbes halten und die Kerzen anzünden. Er könne bleiben.

Lompin wird ein Käppchen verabfolgt, er hört sich den Spruch des jüngsten Kindes an, wünscht gut Schabbes und ißt, was die Madame Jüdin an feinen Speisen gekocht hat.

Nach dem Mahl ziehen sich die beiden Männer zu einer Wasserpfeife zurück, und der Arzt fragt den Musikanten ohne viel Umschweife nach dessen Anliegen. Der erzählt den Fall.

Der Jude saugt noch eine Weile stumm an der Pfeife, ehe er sich bedächtig anschickt zu antworten.

„Wenn Ihr ihn loskriegen wollt – und ich sehe, das wollt Ihr –, gibt es drei Möglichkeiten. Ihr könnt ihn kaufen, Ihr könnt ihn stehlen, Ihr könnt ihn Euch schenken lassen. Kaufen ist das einfachste, aber Ihr habt kein Geld. Stehlen ginge wohl, da er unbeaufsichtigt auf dem Acker arbeitet, aber Ihr müßtet zumindest zwei Leute ins Vertrauen ziehen: einen Schmied wegen der Eisen und einen Arzt (nicht mich, bitte!) wegen seines Zustands. Das kostet auch wieder und macht die Sache zudem unsicher. Auch wird er kaum sehr schnell fort können, also müßt Ihr ihn auch noch eine Zeit irgendwo verstecken. Bleibt also die dritte Möglichkeit – Ihr müßt ihn Euch schenken lassen."

„Warum, in Gottes Namen, sollte ihn mir jemand schenken?"

„Laßt den Namen des Ewigen aus dem Spiel, wenn es um Geschäfte geht", sagt der Arzt mit milder Mißbilligung. „Ihr fragt ganz falsch. *Wer* sollte ihn mir schenken, müßt Ihr fragen, wenn Ihr weiterkommen wollt. Nun, dafür gäbe es einen zuständigen Mann, das ist der Oberaufseher der Gefängnisse. Er verschenkt hin und wieder Gefangne, habe ich gehört. Das kann er ohne Not tun, denn die Listen sind so liederlich geführt, daß er für solch einen Vergebenen noch lange Verpflegungsgeld kassieren kann. Bei Toten ist das etwas anderes. Man kann es nicht verbergen, sie sind schwer wegzuräumen. Natürlich verschenkt der Oberaufseher auch niemanden umsonst."

Langes Schweigen, nur die Wasserpfeife gurgelt.

„Ich bin ein armer Hund", sagt Lompin schließlich matt. „Was sollte ich ihm wohl geben?"

„Das versuchen wir gerade herauszufinden", erwidert der Arzt. „Jedermann hat etwas, was er geben kann, nur ist nicht jedermann anders bereit, es zu nehmen. Also muß man handeln, bis der Richtige das Richtige hat. Ihr, Uram, seid, wie ich unterrichtet bin, ein Musikmeister, könnt Töne setzen, singen, tanzen, Instrumente spielen. Der Oberaufseher liebt dergleichen nicht, das wäre mir zu Ohren gekommen. Aber sicher entdecken wir jemanden anders, dem solche Künste genehm und wert sind."

„Sie sind wohlfeil, Herr Jude."

„Wohlfeil leider, ja, ich weiß. Nun, aber Ihr sagt, der Gefangne war einmal ein wichtiger Gefangner und befindet sich jetzt in einem Zustand, der nicht ausschließt, daß er bald stirbt. Das wäre zum Exempel ein Grund, ihn unter Wert zu verschenken. Denn wenn er stirbt, wären das Aufsehen und die Schwierigkeiten groß, und was vergessen, würde wieder ans Licht gezerrt. Das will niemand. Ist er jedoch fort, nun, so zieht sich das noch jahrelang hin auf der Liste, und wer weiß, wie es weitergeht vor Wien, und überhaupt. Also, um zu kalkulieren: Dreißig Prozent Eures Schelmen habt Ihr schon gewonnen. Nun müssen wir noch klären, wie Ihr zu den restlichen siebzig kommt."

Der Arzt bestellt eine frische Pfeife und jene Opiumpillen, die Lompin während der reißenden Leibschmerzen seiner Krankheit zu schätzen gelernt hat. Jetzt protestiert der Gast. Ein Coffee sei ihm lieber.

„Den kriegt Ihr nicht", sagt der andere mit ärztlicher Autorität, „Ihr seid schon aufgeregt genug. Ruhe brauchen wir jetzt. Nur aus der Ruhe klären sich die Dinge."

Wieder geht eine Weile in Schweigen hin, dann fährt er fort: „Als Ihr bei mir in Pflege waret, hat Euer Freund, der Kanzlist, für Euch und Euer Leben fünfzig Goldfüchse hingegeben und damit sicher auch etwas erhandelt für sich –

ob einen Platz in eurem Himmel oder einen Ruhm bei seinen Freunden oder ein goldnes Gedenken an die Vergangenheit, sei dahingestellt. Wohl von allem ein wenig. Genug, Ihr waret bei mir. Für zehn Florin habe ich an Euch Medizin und Essen verbraucht, das andre ist das Salär für meine Kunst und meinen Namen. Ihr aber, Herr Musicus, habt mir durch Geduld und Freundlichkeit, durch unverächtliche Ehrerweisung und ein vorzügliches Gespräch wie unter Freunden soviel gegeben, daß ich auf diesen meinen Anteil zu Euren Gunsten verzichten kann und Ihr also bei mir vierzig Florin gut habt. Das wären schon die nächsten dreißig Prozent an Eurem Mann. Fehlen nur noch vierzig."

„Wie soll ich ...?"

„Ihr sollt mir nicht immer dazwischenfahren, wenn ich versuche, etwas zu klären. Mit Logica und Kenntnis der Dinge kommt man in aller Ruhe weiter. Nehmt von dem Opium und seid still! Nicht wahr, schon erscheint alles ein bißchen leichter.

Ich habe mancherlei Patienten in vornehmen Häusern – wartet einmal. Seid Ihr Eurer Künste sicher? Ich meine, venia sit, nicht die Musique, sondern das andre, wovon Ihr mir erzählt habt, die Kapriolen und Kunststücke, das Seillaufen ..."

„Seillaufen? Das ist lang her, das müßte ich üben."

„Das wäre sicher gut. Und besorgt Euch die Geräte, die Ihr braucht."

„Um über fünfzig Florin mit Seillaufen zu verdienen, da müßte ich zehn Jahre durch alle Märkte ..."

„Seid bitte einmal still."

„Aber wann und ..."

„Uram, mit Eurer gütigen Erlaubnis, heut abend und morgen halte ich Schabbes, wie es mir der Glaube meiner Väter gebietet. Ihr könnt machen, was Ihr wollt, nur nicht in meinem Hause. Am darauffolgenden Tag mögt Ihr den Feiertag heiligen, ich aber werde einige Gänge tun. Dann ist Montag. Am Montag, möglicherweise, könntet Ihr Euch bereithalten. Ich sage: möglicherweise."

Im Hof der Karawanserei fängt Lompin an, sich weich zu machen, übt Flickflack, Spagat und flinke komische Handgänge und findet dabei viel staunendes Publikum, womit er gar nicht gerechnet – immerhin eine angenehme Zugabe, er kann mit dem Hut herumgehn, was ihn wiederum in den Stand versetzt, am Montag preiswert aus zweiter Hand einzukaufen, was er noch braucht: das Seil mit den Befestigungen, die kleine Leiter und die Matte für die Sprung-Kaskaden.

Unten in seinem Gepäck findet er bei der venezianischen Brighella-Maske auch noch die weichen leichten Bundschuhe aus dem Bergland. Da er sich aber zu unsicher vorkommt, diese lange nicht betriebnen Dinge coram publico zu probieren, sucht er sich für das Üben einen ruhigeren Ort aus, als es der Herbergshof ist, und entdeckt diesen in einem Pferdestall der Türken, will sagen einer ehemaligen Kirche, die jetzt leer steht, weil die Rösser der Armee alle gen Wien expediert wurden. Und unter dem zur Krippe umgewandelten Altar spannt er sein Seil und führt seine Gaukeleien auf; eine Madonna, der man das Gesicht zerschlagen hat, sähe auf ihn herab, könnte sie es noch.

Zwischendurch muß er auch noch vor die Stadt laufen und den Gefangenen mit Wasser versorgen und ihm zusprechen, daß seine Befreiung, so Gott will, bald vonstatten gehe. Von Mal zu Mal wird Lompin dieser Gang saurer, nicht nur, weil das Elend des Herrn Cergely ihm das Herz abdrückt, sondern auch wegen der entsetzlichen Gespräche, in denen einerseits ein schwarzes Pferd gesucht, ein Königreich gewonnen und furchtbare Rache an den Feinden genommen werden muß, andererseits mit frommer Hoffart alles als eine Prüfung des Herrn an seinem Auserwählten und Lompin nur als ein Werkzeug angesehen wird.

Am Montag findet er den Türkensklaven ohnmächtig liegen neben seinem Pflug. Da er ihn mit Wasser zu sich bringt, klammert sich der Gefangne an ihn und flüstert, noch nicht ganz bei Sinnen: „Lompin, nimm mich mit. Mach mir die Eisen ab. Du kannst es, ja. Ich bitte dich." Das ist das allerschlimmste.

Aber es wird Dienstag und Mittwoch, ehe der Jude eine Botschaft schickt, er solle sich zur Dämmerung bei ihm einfinden und bereithalten, vielleicht habe man Glück.

Der Arzt selbst ist nicht daheim. Sein Weib weist Lompin einen Platz im Innenhof an und erfrischt ihn mit Sorbet, und er denkt an den Arbeiter im Weinberg.

Es ist schon fast dunkel, als man ihn abholt. Ein riesiger, in grüne Atlasseide gekleideter Neger, der kein einziges Wort sagt und über ihn hinguckt wie über ein Gartenkraut, bedeutet ihm mitzukommen und führt ihn, immer vor ihm her marschierend und ohne sich umzusehn, ob er auch folge, durch die Gassen Budas hinaus aus der Stadt und über die Zugbrücke hinein in die hochaufragende Festung.

Über eine Reihe von Stiegen und Innenhöfen gelangen sie in eine Flucht von Gängen, und schließlich, der Neger immer vornweg, betreten sie einen großen Raum, dessen eine Hälfte verschwenderisch von Fackeln erleuchtet ist. Teppiche am Boden und an den Wänden, goldne Inschriften am Marmor und Glasfluß der Säulen. Kein Mensch ist zu sehen. Die zweite Hälfte des Zimmers ist unbeleuchtet und durch einen seidenen Vorhang verschlossen.

Der Neger verneigt sich mit gekreuzten Armen gegen diesen Vorhang und verschwindet.

Hier also soll er spielen. Gut. Eine tiefe Ruhe überkommt ihn. Er breitet auf dem herrlichen Kaschmir seine schäbige Matte aus, spannt das Seil, legt die Requisiten bereit. Dann reibt er sich die Schuhsohlen mit Kreide ein und die Handflächen mit Talkumpuder, maskiert sich, nimmt seine Schellen und das Tamburin zur Hand, verneigt sich ebenfalls gegen den Vorhang und beginnt.

Unter Einbeziehung aller Gauklerkünste spielt er zwei Pantomimen, wovon eine die vom Sultan und dem Großwesir ist, mit wenig Abweichungen von dem, was er auf den Dörfern gemacht hat, nur völlig ohne Worte. Ihm ist gleich, vor wem er spielt. Das Stück vom Sultan und dem Großwesir ist sehr gut und sehr komisch. Er kann nichts weiter machen, als so gut und so komisch zu sein, wie es nur immer geht.

Er arbeitet zwanzig Minuten, verspringt sich nicht und rutscht kein einziges Mal ab. Hinter dem Vorhang rührt sich nichts. Er endet, verbeugt sich. Eisige Stille.

Schweißgebadet und wie betäubt packt er seine Siebensachen zusammen. Der Neger erscheint wieder. Er führt ihn stumm aus der Festung, verläßt ihn an der Brücke. Erschöpft wie nach einer Schlacht tappt Lompin zurück zum Haus des Juden. Alle Knochen tun ihm plötzlich weh, und er kann kaum mehr auftreten. Seinen Fußsohlen ist anscheinend eingefallen, daß sie vor Jahren einmal einer türkischen Bastonade ausgesetzt waren, und sie brennen mörderisch. Bin aus dem Alter raus für die Gaukelei. Hab keine Kondition mehr.

Der Medicus kommt erst nach Mitternacht zurück. Lompin – an Schlaf ist nicht zu denken – hockt bei der Wasserpfeife, die ihm die Madame Jüdin hingestellt hat, und bei dem unberührten Teller mit kalten Speisen. Er fröstelt und hat sich den Theaterplunder-Mantel um die Schultern geschlagen.

Der Arzt lächelt. „Ihr solltet etwas essen", sagt er, „das würde ich Euch raten. Es ist alles, wie es sein soll. Das Geschenk wird morgen übergeben. Ich werde es für ein, zwei Tage zu mir nehmen, um seine Gesundheit zu überwachen. Hoffentlich hat es gelohnt."

„Ihr seid ein gütiger Mann", sagt Lompin müde. „Ich glaube aber, ich bin verpflichtet, Euch mitzuteilen, daß ihr an ihm – an dem Geschenk – nicht allzuviel Gefallen finden werdet. Er war noch nie sehr tolerant und ist jetzt sehr durcheinander."

„Dergleichen dachte ich mir, nach dem, was Ihr und andre mir erzählet. Seid unbesorgt."

„Wie soll ich Euch danken?"

„Darüber später. Ich bitte Euch, eßt. Das sage ich als Euer Arzt."

Lompin nimmt widerstrebend ein Schälchen mit Süßspeise, aber als ihm der Duft von Äpfeln, Zwetschgen und Zimt in die Nase steigt, merkt er, wie hungrig er ist, und er löffelt hastig. „Was Ihr an mir und diesem armen Schelmen getan habt, das möge Gott Euch lohnen", sagt er.

Der andre seufzt. „Lassen wir das. Es ging einfach darum, eine Sache mit Vernunft zu klären und sie dann durchzuführen. Es hat mir Freude gemacht."

„Vor wem bin ich aufgetreten?"

„Vor der Dame Mirgiel, der Lieblingsodaliske des Ibrahim Bassa", erwidert der Jude nicht ohne Genugtuung. „Sie ist meine Patientin wegen einiger bräunlicher Flecke auf ihrer linken Hand, die, wie sie meint, ihre Schönheit beeinträchtigen und die ich ihr entfernen soll. Seit ihr Gebieter im Felde ist, langweilt sie sich. Der Neger übrigens war der berühmte Zolfiar, der Vorsteher des Frauenhauses. Er versicherte mir, daß sich Ihre Lieblichkeit sehr amüsiert hat."

„Ich habe nichts gemerkt", erklärt Lompin achselzuckend, und wieder gleitet ein Lächeln über das ernste Gesicht des anderen.

„Meint Ihr, so eine große Dame äußert ihr Vergnügen laut? Das gilt als unfein. Vor allem habe ihr Spaß gemacht, daß Ihr gegen den Großwesir, den Feind ihres Herrn, vom Leder zoget. Das war ein feiner Schachzug, Uram."

„Das war Zufall", sagt Lompin und gähnt. „Ich habe gespielt, was ich am häufigsten geübt hatte und also am besten darbieten konnte."

Der Arzt erhebt sich. „Wir sollten schlafen gehn. Ich stelle Euch heute nacht Euer altes Bett zur Verfügung. Salam."

„Gott beschütze Euch", murmelt Lompin. Er ist plötzlich so müde, daß er kaum mehr zu seinem Bett findet.

Am nächsten Tag kommt niemand. Der Arzt mahnt Lompin zur Geduld, aber der hetzt hinaus vor die Tore der Stadt, um zu sehen. Im Weinberg wird nicht gearbeitet.

Ruhelos streift er durch die Bäder und Kaffeehäuser der Stadt, wird von den Gästen der Karawanserei um eine Vorstellung bestürmt und lehnt wütend ab: Seine Fußsohlen tun ihm weh vom Seillaufen.

Am Nachmittag des andern Tags endlich kommt Botschaft in sein Quartier, er werde in der Jüdengasse erwartet, und er stürmt los.

Der Freigegebne schläft, bäuchlings auf eine Ottomane hingestreckt. Er ist an Hals, Armen und Beinen verbunden, und über seinem Rücken liegt ein ölgetränktes Laken.

Zu seiner Überraschung findet Lompin den ganzen Staat vor, die Pistolen, den ruhmvollen, einst zerbrochnen Degen, das prächtige, halb türkische, halb europäische Gewand, vor allem die ziemlich abgeschabte Fuchsmentik. Alles riecht entsetzlich modrig, es ist im Kerker aufbewahrt worden. Der Gefangne hätte es, wie es Brauch ist, gegen Lebensmittel oder Vergünstigungen anderer Art eintauschen können, hat sich dessen aber anscheinend geweigert.

„Die Waffen sind nicht geladen, und den Degen habe ich nur hier belassen, weil der Kranke zu schwach ist, ihn zu handhaben", sagt der Arzt. „Er ist gefährlich und weiß nicht, was er tut. Allerdings fürchte ich, auch wenn er es wieder weiß, wird er gefährlich bleiben. In diesem Kopf, Herr Musicus, steckt soviel mörderischer Unsinn, daß es unmöglich gut gehen kann. Also seid vorsichtig – und schafft ihn mir bald vom Hals.

Sein körperlicher Zustand ist besser, als ich erst annahm. Bis auf die Wunden von den Eisen und den Schlägen und die Erschöpfung ist er gesund, sein Herz ist wie das eines Rosses, sein Blut voller Heilkraft und seine Säfte blühend. Er wird sich schnell erholen. Ich bitte Euch darum, ihn selbst zu pflegen. Ich habe ihn waschen und verbinden lassen, mehr mag ich nicht. Ich mag nicht, wenn man mich beißt." Er hebt seine Hand, Daumen und Ballen sind in Leinen gewickelt.

„Er hat Euch gebissen?" fragt Lompin entgeistert.

„Nicht nur mich. Ich dachte erst, er hätte nicht verstanden, daß wir ihm helfen wollten, aber das hatte er sehr wohl. Er bedachte mich mit einigen von den häßlichen Ausdrücken, die ich mir, seit ich im türkischen Reiche lebe, nicht mehr anhören muß.

Ich lasse Euch vorbereiten, was er essen darf: gekochtes kleingehacktes Eigelb, rohes Rindfleisch in winzigen Brokken, Bouillon mit Wein vermischt, Brot ohne Sauerteig. Kommt jetzt. Er schläft. Ich habe ihm einen Trank gegeben. Da ist noch etwas für Euch."

Er führt den anderen hinüber auf jene Seite des Hauses, wo die Räume der Familie liegen, und öffnet dort eine reich verzierte kleine Truhe aus Zedernholz.

„Das Geschenk, das man Euch für Eure Vorstellung zuzusenden geruhte, besteht nicht nur aus dem merkwürdigen Delinquenten da drüben." Der Truhe entnimmt er ein zweites Kästchen aus rotem Saffian und öffnet es. Auf einem Samtpolster liegt ein goldnes Juwel in Form eines türkischen Frauenschuhs, übersät mit Saphiren und Perlen.

Lompin starrt es an. „Du liebe Güte", sagt er hilflos, „was soll ich mit dem Tand? Könnt Ihr es nicht zu Geld machen?"

„Hier in Buda kann das wohl keiner", erwidert der Arzt. „Das Kleinod dürfte bekannt sein, und nicht nur, daß die schöne Mirgiel sicher beleidigt wäre, fände sie ihre Gabe verkauft, es könnte auch für sie wie für Zolfiar gefährlich werden. Er überbrachte mir das Kästchen ohne Sendschreiben. Das ist unüblich. Ich denke, die Dame wird ohne irgend jemandes Einverständnis gehandelt haben, als sie die Kostbarkeit weggab, und der Vorsteher des Frauenhauses tat so, als wisse er von nichts."

„So behaltet es als Dank für all das, was Ihr an mir getan habt."

Der Jude schüttelt den Kopf. „Ihr kennt den Wert dieses Dinges nicht, das ist klar. Außerdem ist Buda alles andere als ein guter Ort, wenn ich Schätze, hätte ich welche, aufbewahren wollte. Die Türken werden vor Wien verlieren, und dann wird Ibrahim Bassa als Mit-Verlierer, der es zudem immer gewußt hat, vom Haupt-Verlierer, dem Großwesir, für schuldig befunden und ermordet werden, und diese Stadt wird, ohne ihr kenntnis- und erfahrungsreiches Haupt, im Ansturm der Österreicher fallen."

„Das seht Ihr so?"

„Ja, Uram. Und wir Juden werden die Stadt mit den Türken gegen Euch Christen verteidigen."

Die Blicke der beiden schwarzen Augenpaare haften ineinander ein paar Herzschläge lang.

Dann sagt der Arzt: „Einen anderen Vorschlag wollte ich Euch machen, der sich zweckmäßig verbindet mit dem, was ich als eine Bitte an Euch herantragen möchte. Kennt Ihr die Stadt Vać oder Waitzen?"

„Sie liegt eine Tagereise nördlich von hier, nicht wahr?"

„Ja. Aber ich weiß nicht, ob es sie noch gibt. Man hörte von Tatarenplünderungen, und bevor das Heer nach Westen zog, sahen wir nachts einen großen Feuerschein.

In Vać lebt mein Schwager – oder er lebte, ich weiß es nicht. Er hatte weitreichende Handelsbeziehungen in die Levante. Er, zum Beispiel, könnte Euer Kleinod in Kommission nehmen und es in Ragusa oder Venedig günstig verkaufen. Reiche Damen in den Städten zahlen sehr viel für Türkenschmuck. Mit etwas Geduld wäret Ihr vielleicht ein vermögender Mann und", er lächelt, „Ihr könntet mir dann meine vierzig Florin zurückgeben, so Gott uns am Leben läßt, aber das hat Zeit. Wenn Ihr Euch entschließen könntet, nach Vać zu ziehen und meinen Schwager zu suchen, falls er noch lebt, und mir davon Botschaft schickt ... Ihr versteht, ich konnte aus vielen Gründen nicht fort, und mein Weib sorgt sich."

„Wie finde ich Euren Schwager?"

„Fragt nur nach Moshe", sagt der Arzt kurz.

„Moshe – und wie noch?"

Eine Wolke zorniger Röte verdunkelt plötzlich die Stirn des so beherrschten Mannes. „Uram, Ihr habt mein Haus hier gefunden, ohne meinen Namen zu kennen, und Ihr habt Euch nicht genannt. Ihr habt mich Herr Medicus genannt oder Herr Jud, und ich war es zufrieden, denn beides hat seine Richtigkeit und ist nichts gegen die Würde drin enthalten, so wie ich Euch Herr Musicus geheißen habe. Moshe, Jizchaks Sohn mag Euch genügen ..." Er bricht ab.

Simplex schweigt, sieht ihn an.

„Ich sehe schon", sagt der andere und atmet tief aus, „ich führe mich unbesonnen auf und bin Euch eine Erklärung schuldig."

„Nein, das seid Ihr nicht. Wenn ich Euch in irgend etwas zu nahe getreten bin, so verzeiht. Es ist unbewußt geschehen."

Der Arzt schüttelt den Kopf. „Ich bin mit meiner Familie vor zwanzig Jahren aus Deutschland hierher gekommen, nicht weil es uns schlecht ging. Wir waren Schutzjuden, so nennt man das dort, in der Hauptstadt eines mächtigen Potentaten. Mein Schwager verwaltete die Münze, ich heilte mit der Hilfe des allmächtigen Gottes die Reichen wie die Armen, und da es mir gelang, den Landesherrn zweimal von einem Übel zu kurieren, bei der die Kunst der christlichen Ärzte versagt hatte, wurde ich mit Ehrengold und irdischem Gut gesegnet. Ich zahlte meine Steuern, führte mein gelbes Zeichen am Kleid und hielt mich brav.

Dann aber gefiel es dem Herrscher und seinen Ministern, den Söhnen Israels im Lande zu ihrem Namen noch jeweils einen anderen dazu zu geben, damit keine Ungerechtigkeit unter den Bürgern walte – so hieß es. Und wir alle zogen aufs Amt, unsere Namen zu empfangen.

Da saßen ein Hofschranze mit seinem Schreiber und ein Haufen betrunkner Herren dazu. Und jeden sah dieser Kammerherr, oder was er sein mochte, an, führte den Finger an die Nase und ließ einen närrischen Namen aus sich herauspurzeln, einen schöner als den anderen, wie wenn Fortuna Pferdekot aus ihrem Füllhorn regnet, und unterm Gejohl der Junker hatte man den seinen weg, der Schreiber notierte ihn – und basta, das galt für alle Zeiten, der nächste Saujud.

Als ich mit unserem Namen nach Haus kam, weinte mein Weib. Und als ihr Bruder mit dem seinen kam, wußten wir, daß wir nur zweierlei tun konnten: sterben vor Schmach oder fortgehn, denn mit diesen Schandnamen konnten wir nicht leben.

Als praktische Leute entschieden wir uns fürs Fortgehn, und der Segen des Gottes unserer Väter war bisher bei uns. Wir bleiben nun, obgleich wir wissen, daß dieser Stadt Buda großes Unheil bevorsteht. Das ist es. Wollt Ihr, daß ich Euch die Namen sage?“

„Ich will es nicht.“

„Ich danke Euch, Herr Musicus. Laßt uns schlafen gehn. Bis morgen haben wir Ruhe vor dem ungebärdigen Gast, solange wirkt mein Trank.“

Das sechzehnte Capitel
in dem ihm ein Freund die Vorräte aufzehrt und für seine Musique gute Zeit ist

Schnee hätt sein sollen so kurz vorm Dezember, statt dessen gibt's Regen, Regen wie die Sintflut den zweiten Tag und den dritten Tag, und nichts ist zu hören von dem erpreßten Transport und nichts von Lutz und nichts von den Franzosen.

Die Kertzsch-Buben und noch ein paar andre erbieten

sich, die Kundschafter zu machen und gen Eßlingen auszuziehn, wird ihnen aber von Eltern und Schulmeistern herb untersagt, ja, man schließt sie sogar ein.

Und ganz Göppingen scheint gleichsam unter diesem scharfen kalten dünnen Regen den Atem anzuhalten und westwärts zu lauschen.

Lompin immerhin ist so glücklich, über seiner Arbeit stundenweis zu vergessen, was als Verhängnis über ihnen allen schwebt, insonderheit über den fünfundzwanzig Familien, die den Vater, einen Sohn oder Bruder bei dem Transport dabei haben.

Jeden Abend wird Bittgottesdienst abgehalten, und danach gehn die Bürger der Stadt gesenkten Hauptes heim und schließen ihre Türen.

Mitten in der Nacht vorm fünften Tag – der Magister bosselt gerade nicht sehr glückhaft an einer Aria seiner Cantata auf die Weihnacht – klopft es an die Tür, und solcher Visiten eingedenk, will er erst zum Hof hinaus öffnen, bemerkt aber dann, daß es vorn ist und will seinen Ohren nicht trauen, als auf seine Frage, wer da sei, eine gar nicht mehr trompetenhafte Stimme antwortet: „Ich bin's, der Lutz."

Da steht er wahrhaftig, triefend vor Nässe, ohne Hut und Handschuh, abgerissen, unrasiert und verdreckt und taumelt ein bißchen, als er durch den Hausflur herein in die Stube tapst und Spuren hinterläßt wie der Nöck aus'm Nekkar.

Lompin verharrt eine Zeitlang gleichsam angewurzelt, eh er das stinkende, glitschige Mannsbild in seine Arme reißt und mit erstickter Stimme flüstert: „Um Gottes willen, Samuel, wo kommst du her?"

„Wir sind zurück", sagt der nüchtern.

„Alle, heil und gesund?"

„Alle, Mann, Roß und Wagen, und ich als der Capitain, heil, munter und gesund. Die andern müssen schon daheim sein."

„Und du?"

„Hab meine Alte mit den Kindern nach Süssen zu meiner Mutter geschickt, das schien mir sicherer, falls mir was geschehen wär. Und muß ja auch kein Aufstand gemacht werden so spät in der Nacht, wir sind müd und wollen schlafen, morgen reicht auch."

„Und was hat euch salvieret?"

„Daniel", sagt der Barbier und Fechtmeister, „weißt du, was? Gib mir ein heiß Wasser zum Waschen und Rasieren und hernach eine heiße Milch, und wenn in der Milch ein Schuß Branntwein ist, wird's auch nicht schaden, und wenn du was zu essen hast für mich und dazu ein reines Hemde – dann red ich dir, soviel du willst."

Draußen prasselt der Regen, und Lompin eilt, die Glut im Herd anzufachen und Wasser und Milch zum Feuer zu setzen und herbeizuschaffen, was an Vorräten da ist, und als er ins Zimmer zurückkommt, ist Samuel Lutz fast eingeschlafen, den triefenden Lockenkopf auf seiner, Speers, Cantata-Invention.

Er rüttelt ihn auf. „Schlaf nicht ein, du holst dir die Brustkrämpf bei deinem feuchten Status. Komm, Wasser ist gleich heiß, ich helf dir. Gib mir deine Beine, damit ich dir die Stiefel abzieh."

Und Lutz schmeißt seine nassen Kleider an den Boden, wäscht sich, reibt sich das Haar trocken, trinkt dazwischen Milch, verzichtet aufs Rasieren – das hat Zeit bis morgen, und seine Hand ist nicht die sicherste – und setzt sich schließlich in geliehenem Hemde, Unterhosen und wollenen Socken an den Tisch zu dem schnell bereiteten Geschmeiß von acht Eiern, was andres ist nicht im Haus, dazu Brot, Most, Hutzelbirnen und rohes Sauerkraut, und schlingt alles in sich hinein, vor Wohlbehagen stöhnend und noch immer das Handtuch um den Kopf geschlungen gleich dem Turban des Großtürken.

„Daß ich keinen Coffee im Haus habe!"

Aber Lutz winkt ab. Ihm sei unendlich wohl, und falls noch eine Pfeife Toback auffindbar ... Selbige allerdings kann gereicht werden, und der erschöpfte, zufriedene Gast, glühend vom Essen und Trinken, streckt die Beine lang unterm Tisch, zieht den Rauch ein und beginnt, mit langsam crescendierender Stimme, also: „Es war ein ganz schönes Stück Arbeit. Mit dem Lieutenant der Chasseurs hatt ich mich auf dem Wege einigermaßen ins Geschicke gebracht, der war der Übelste nicht. Dergestalt, daß er einsahe, daß wir uns nicht abhetzen durften auf dem Hinweg, weil ja alsdann unsre Kraft schon vergeudet, und wir konnten füttern und tränken mit geziemenden Pausen.

Aber danach, zu Eßlingen, schien mir im Rathaus und im Fruchtkasten alles angehäuft, was die Stadt und Landschaft nur hervorbringen konnten an Korn, Brot, Wein, Lebens-Mitteln, doch auch Geldsäcke waren da, Schmuckpretiosen und Wertsachen jeglicher Art; fragte also nach, wohin unsre Fuhren zu gehn hätten.

Sie bedeuteten mir, das Maul zu halten, aber ich ließ nicht locker, und so hatte ich es denn schließlich doch heraus: Über den Rhein und nach La France hinein war's vorgesehen, Daniel, fünfundzwanzig Fuhren vom Besten des Landes. Und für die Unsern hätt das bedeutet: auf Nimmerwiedersehn.

Da standen sie um mich herum, keiner sagte einen Mucks, als ob sie versteinert wären, und ich dachte bei mir: Fünfundzwanzig Kossäten und Ackerbürger fort im Franzosentroß, fünfundzwanzig Familien ohne Ernährer, ja, warum machen wir dann nicht gleich Accord und bieten unser Leib und Leben und die offene Stadt und Weiber und Jungfrauen dazu.

Und ich sagte zu ihnen: Kinder, verlasset ihr mich nicht, so will ich euch auch nicht verlassen. Der Franzos ist auch ein Mensch. Schirret jetzt ab, führet die Gäule jetzt ins Quartier, und ihr versammelt euch bei euren Wägen und bleibt fest dabei, nicht zu laden und nicht zu fahren, so ich es euch nicht gebiete. Vielleicht können wir's abwenden.

Ich hatt aber an den Zurüstungen gesehen, daß die Franzosen es eilig hatten, aus Eßlingen wegzukommen. Couriere gingen hin und her, für die einzelnen Fähnlein gab's das Commando zum Sammeln, und ich verstand ja nun auch, wovon sie dachten, die dummen Teutschen begreifen's nicht, weil sie keine andre Sprach sprechen.

Wenn sie also, wie ich hörte, fort müssen auf Tübingen und Rottweil zu und da als Sukkurs gebraucht werden, können sie sich nicht allzulang aufhalten mit uns, und vielleicht siegt unsre Starrköpfigkeit.

Und so bracht ich bei der ersten Charge, die uns mit ‚Allons, allons, vite, vite!' zur Arbeit treiben wollte, vor, ich hätte vernommen, es gehe ins Französische hinein, und dessen weigere ich mich als Vertreter der Stadt Göppingen. Die Untertanen des Herzogtums Württemberg hätten nur Spanndienste zu leisten innerhalb des Herzogtums, wozu wir auch willig wären, aber keinen Fußbreit darüber hinaus.

Der brüllte, doch ich kann ja auch laut sein, und schließlich verwies er mich an seinen Chef, und der wieder an seinen, so immer ein Stückchen höher, indes unsre Bürger sich unter ihre Fahrzeuge gesetzt hatten, stillhielten und zuschauten, wie ich herumtobte.

Ich war ganz hoffnungsvoll, kenn ja die Armee und weiß, wie's da entlanggeht, und da ich als so was wie ein Parlamentär angesehen ward, würden sie mir schon nicht so schnell ans Leder wollen. Aber, Daniel, der Wahrheit die Ehre, ich hätte wahrscheinlich das Maul nicht so weit aufgerissen, wenn ich gewußt hätte, daß Melac selbst in der Stadt war."

„Melac?"

„Melac, ja, dieser üble Hauser und Feldherr des Satans selbst", sagt Lutz mit wiederkehrender Lautstärke und reißt sich das Turban-Handtuch-Gebind vom Kopf, „ah, Lompin, mir wird warm, und dein Toback ist gut. Was hast du noch an Eiern da?"

„Fünf Stück noch."

„Machst du mir noch ein Eiergeschmeiß? Aber tu Speck dran, wenn du hast. Und so eine Milch könnt ich noch vertragen. Mit Butter, wegen der Stimme. Kann ruhig gesalzen sein."

„Alles, Bruder, nur erzähl um Gottes willen weiter."

„Tu ich", sagt Lutz und schiebt sich die Hutzelbirnen, aufs Messer gespießt, in den Mund. „Ja, da stand ich nun vor dem Leuteschinder und trug mein Zeugs wieder vor, von wegen der Spanndienste in den Landesgrenzen, und er sagte: ‚Kümmert mich nicht, Herr. Laßt anspannen.' Und ich: ‚Nein, mon general, halten zu Gnaden. Dazu brauchte ich Permeß von unserm allergnädigsten Landesherrn.' Und er: ‚Kujon, was erdreistest du dich. Ich laß die Kerl, so sie sich weigern, zusammenschießen.' Und ich drauf: ‚Da hättet Ihr auch keine Fuhrleute nicht davon.'

Drauf steckte er mich erst mal für ein paar Stunden ins

Loch und dachte, er macht mich weich. Aber nachdem ich ihm nun einmal die Feige gezeigt hatte, sagte ich mir: Samuel, bleib fest, du weißt jetzt, wie's geht, und die wollen und müssen weg! Saß zwar alles andre als comfortabel in der Prison, aber gedachte unsrer Leut, wie sie unter ihren Wägen auch nicht viel besser saßen, schickte ein Gebet zum Herrn und blieb getrost.

Alsdann – es mag wohl gegen Abend gewesen sein – holten sie mich heraus und fragten, ob ich nun fahren wolle, und ich sagte weiter nein.

Da schrie der Melac: ‚Hängt die Canaille an den Galgen!'

Der stand frisch gezimmert auf dem Marktplatz und war wohl schon recht in Gebrauch gewesen, Lompin, denn so stille wie sich diese Stadt verhielt, und kein Gesicht am Fenster und keine Maus auf der Gasse – da wußt ich, die hatten ihre Lektion gelernt.

Ich sagte: ‚Mon general, für was wollt Ihr mich henken lassen? Ich bin ein Parlamentär, und Ihr brecht das Gesetz!' Er jedoch schrie: ‚Du bist kein Parlamentär, sondern ein Deserteur! An den Galgen!'

Als ich aber dastand, die Schlinge hinterm Ohr, da rief einer der Unsern, die's ja sahen von ihren Fahrzeugen aus, es war der Hans Georg Vögele aus der Grabengasse: ‚Herr Lutz, um Himmels willen, gebet auf, wie sollen wir das auf unser Gewissen nehmen? Wir fahren!' Ich aber rief zurück: ‚Verlasset mich nicht, bleibt standhaft!' So weigerten sie sich weiter."

„Samuel, sag mir", fragt Lompin und bringt die Eier und die Milch und noch mehr Most, „wollte er dich wirklich baumeln lassen?"

„Ich dachte mir, nein, denn er brauchte mich ja, aber wenn ich so zurückschau, mein ich, er war so wütend, vielleicht hätte er's doch getan. Vor allem zum Schluß, als sie weg wollten und ihnen klar war, wir würden nicht fahren. Aber da war er zum Glück anderwärts beschäftigt. – Ah, Lompin, deine Speckeier! So was Gutes hab ich zeit meines Lebens nicht gegessen! Kochst du irgendwann mal wieder diese Fleischsuppe aus dem Ungarland, die scharfe, mein ich?"

„Gulasch?"

„Mir gleich, wie es heißt. Ich mag dein Gekoche."
„Und wie kamst du unterm Galgen fort?"
„Sie trieben's ein paarmal – immer zurück ins Loch und wieder heraus und den Strick um den Hals. Und meine Göppinger beteten laut, und beim dritten- oder viertenmal rief der Hans Stirnbander, der seine Wirtschaft an der Straße nach der Oberhofenkirche hin hat: „Wenn Ihr's tut, Ihr Herren Soldaten, dann fahren wir erst recht nicht!'
Und ich, mit des Seilers Töchterlein unterm Kinn, fragte: ‚Soll ich's dolmetschen?', und Melac schrie: ‚Nein, du Hund, ich hab verstanden!'"
Lutz schaufelt die Eier in sich hinein.
„Das ganze Hin und Her kannte ich nun schon, und langsam, so am zweiten oder dritten Tag, ward was anderes schlimmer. Sie gaben mir nämlich nichts zu essen.
In der Prison war noch ein Krug abgestandnen Wassers gewesen, vergessen wohl, davon hab ich zuerst getrunken, aber dann war's alle, und das kleine Stück Wurst, das ich in der Tasche hatte, machte mir nur noch mehr Durst. Unsere Spannleut hatten ja wenigstens ihren Proviant dabei, das ging so recht und schlecht, aber der Arsch wurde ihnen mächtig kalt unter ihren Wägen, obwohl ihnen die Chausseurs sogar ein paar Gebund Stroh brachten, und die Pferde haben die Franzosen sehr gut versorgt – sind ja auch bloß Bauernburschen.
Ein Gutes hatte mein Gefängnis allerdings, Lompin: Die Decke war ziemlich durchlässig, und ich hörte, was in ihrem Stab vorging. Nämlich, daß Fouquier immer dringender nach den Völkern aus Eßlingen verlangte, einerseits, und daß sie andererseits versuchten, von anderwärts Bagagewagen zu bekommen.
Und immer wenn ich kleinmütig werden wollt, fiel mir ein, was in deinem und des Kremberg Blättlein gestanden, daß sie wegen Volk-Mangels die besetzten Örter nie lange halten können und daß man ihnen gleich zu Beginn energisch entgegenstehen soll. Und wenn ich mir's recht überleg, so haben wir mit unserm Widerstand wohl gar verhindert, daß sie Eßlingen in Aschen gelegt, weil, sie hatten solang mit uns zu tun, daß ihnen beim Abzug keine Zeit mehr blieb fürs Brennen.

Am vierten Tag – ich hatte schon gar keine Stimm mehr, Daniel – holte mich Melac wieder heraus, und da ich zu ihm geführet wurde, saß die Bestia zu Tische bei weißer Semmel, Brathuhn und Wein. Als ich das sah, dacht ich, ich muß verblassen, und meine ausgedörrte Zunge schwoll mir bis zum Rachen. Ohn Wissen, was ich noch tat, trat ich an seine Tafel hin, sagte: ‚Verstattet, mon general, man hat vergessen, mir einen Trunk bereitzustellen, wie es Sitte beim zum Tode Verurteilten', und griff seinen Becher und trank ihn aus.

Er saß so starr wie der heidnische Belsazar, als die Schrift an der Wand erschien. Dabei, Lompin, es war von mir keine Dreistigkeit. Ich konnt mich nur nicht zurückhalten, und mir war's gleich, ob er mich hernach in Stücke haut, nur, daß ich getrunken hatte. Aber für ihn war's was Unerhörtes, und er sagte ziemlich leis: ‚Bringt ihn weg.'

Im Loch hab ich dann geschlafen, von dem Wein auf den nüchternen Magen war ich so blau wie nach fünf Stübchen Trollinger und erwachte erst, als ein Chasseur mir die Tür aufschloß und sagte, ich solle mich scheren dahin, wo der Pfeffer wächst.

Die zogen ab und ließen den halben Raub liegen, nur das gemünzte und andre Metall nahmen sie mit. Und General Melac verschwand mit seinen Völkern Richtung Tübingen im Geschwindschritt, ohne mir im mindesten adieu zu sagen.

Draußen standen meine Mitbürger, und es regnete.

Als erstes fiel ich hin, wo eine Pfütze war, und daraus soff ich wie ein Vieh. Und dann heulten wir zusammen und beteten und dankten dem Herrn, der uns seinen Beistand verliehen und unsre Herzen nicht verzagen ließ, und danach spannten wir an und fuhren nach Haus – sogar die Gäule hatten sie uns gelassen. Und das ist alles."

„Das ist alles", wiederholt Lompin fassungslos. „Samuel Lutz, was du da gemacht hast ..."

„Hör bloß auf", sagt der, inzwischen wieder voll bei Stimme, „die ganzen Lobhudeleien, die kommen erst morgen, und die haben wir ja auch verdient." Er reckt sich, daß die Knochen knacken. „Bin so froh, bei dir zu sein, Speer, und heil und am Leben, das glaubst du gar nicht. Morgen reit ich nach Süssen, meine Alte und die Bälger zu holen. Das wär längst nicht ein so guter, ruhiger Abend geworden, wenn ich nach Haus gemußt hätt. Obgleich, ich bin obenauf, hätt ihr wohl auch noch die Pflicht verrichten können heut nacht."

„Bist du denn gar nicht müde?"

„Ach. Hab ja geschlafen auf Hans Stirnbanders Wagen – oder war's der vom Veit Georg Böhm? Na, egal. Aber ein bißchen hinlegen würd ich mich schon gern." Er tappt zur Bettstatt. „Nur mal spüren, wie das tut, so ein Bett."

Beim letzten Wort schnarcht er schon, daß die Vorhänge wackeln, und nie nicht hat Lompin einen so lauten Gast so gern beherbergt, vor allem, wenn er denkt, wer da kürzlich auch in seinem Hemde gelegen zwischen den Laken.

Er deckt den Barbier und ehemaligen Soldaten Samuel Lutz mit seinem Federbette zu, räumt das Geschirr fort, wobei er alles aufeinandertürmt und mit einer Hand trägt, schüttelt die Glut im Herd mit Asche zu (dann muß man morgens nur aufschüren, kein neu Feuer machen) und geht zu seiner Arbeit, denn abgesehen davon, daß seine Lagerstatt besetzt, ist ihm gar nicht nach Schlafen.

Lutzens großer nasser Kopf hat die Inventiones für die Cantata zu einem unleserlichen Tintengeschmier gemacht, als er vorhin ermattet daraufgefallen, aber das tut überhaupt nichts. Ich fang's neu an. Mit Gloria und Trompeten will ich's machen, und blasen will ich. Ja, ich selbst.

„Triumph, Triumph, Victoria", beginnt er, „Des großen Gottes einger Sohn kam uns zur Erde nieder."

Göppingen soll's hören, und wer darüber hinaus will, auch.

Die zweite Franzosenschrift, das „Wahrhafftige Nacht-Gesichte", geht unter ohne sonderliche Resonanz im Jubel über die Heimkehr der schon verloren geglaubten Stadtkinder und über Samuel Lutzens tapfere Standhaftigkeit. Schott kommt aus Stuttgart und Masosky aus Ulm herbei, diese Victoria bürgerlicher Résistence zu feiern, der Bürgermeister verleiht dem Barbier eine Ehrenkette, Pfleiderer bittet ihn zur Tafel, und in einem großen Dankgottesdienst predigt Ehrwürden Berggenau über 2. Mose, 14, 14:

„Der HERR wird für euch streiten, und ihr werdet still sein."

Daniel Speer wählt zum Gemeindelied Johann Francks „Herr Gott, dich loben wir" und improvisiert nach Vers fünf so temperamentvoll durch alle Register, mit Posaune im Pedal, Trompete Achtfuß, Zimbel Einfuß und schließlich vollem Werk, daß es klingt wie eine Feld-Musique und die Kunstfreunde vor Begeisterung schier vom Gestühl springen.

Ist auch kein bißchen betrübt, mit der Schrift nicht zu reüssieren, wenn die Zeiten es nicht erfordern, kann man froh sein und anderen, besseren Beschäftigungen nachgehn.

Samuel Lutz läßt Preis und Schall eher unwillig über sich ergehn, meint, das beste an der ganzen Sach sei, wie ihm sein Weib jeden Wunsch von den Augen ablese, wie brav die Kinder seien und wie das Barbiergeschäft floriere, und äußert, in der Zeit, die er nun auf Ämtern und bei Feierlichkeiten vertue, hätte er seiner Alten dreimal ein neues Kind machen können.

Indes Schott nach Stuttgart zurückeilt, der Herzoginmutter ausführlich Bericht zu erstatten, treffen sich die drei Freunde einmal wieder zum Rotwein im „Güldenen Kreuz".

Lutz, zur Feier des Tages, läßt sich nicht lumpen und ordert Kalbsbraten mit Citrone, Kapern und Morcheln, welchselben die drei in jenem Schweigen, das einem guten Essen gebührt, verzehren, nur daß die beiden den Lompin immer nötigen, zuzugreifen, er sei ja unbeweibt und habe keinen, der ihm was Gutes vorsetze, bis er schließlich ärgerlich nachfragt, ob er hier als Vielfraß hingestellt werden solle? Schließlich habe dem Herrn Barbier kürzlich seine Küche sehr gemundet, sogar an ein Fleischgulasch von vor einem halben Jahr habe dieser sich noch zurückerinnert, und sie lachen, weil er sich so schön läßt auf die Spott-Haspel drehen.

„Im übrigen", bemerkt Lutz, schiebt den Teller zurück, lockert den Hosenbund, knöpft sich den obersten Hemdenknopf auf, „wär ich euch beiden sehr verbunden, wenn ihr die ganze vorige Woche nicht mehr erwähnen würdet. Das

Gejubel hat ja nun aufgehört, also wenden wir uns wieder dem Ernst der Lage zu."

Speer guckt betroffen, aber Masosky nickt. Dann sagt er: „Ich bin froh, daß dein zweites Schriftstück so untergegangen ist im Geschehen, Daniel. Wir haben dir's gesagt: Das ist heiß, verbrenn dich nicht. Bist uns zu lieb und wert dazu. Oder meinst du, deine Verleger, unter Druck gesetzt, würden dein Inkognito wahren?"

„Aber ihr, ihr tut alles ...", will er anheben, doch Masosky winkt ab. „Das, dacht ich, hätten wir schon geklärt. Hier ist übrigens dein Belegexemplar aus Ulm, nebst einem Begleitschreiben der Herren Kühne und Wagner – sehr diskret, nicht wahr, es mir mitzugeben. Steck's gleich ein."

„Doch jetzt, da der Spuk vorbei ist ..."

„Aber Daniel, was ist denn vorbei? Samuel Lutzens und der fünfundzwanzig Fuhrleute Hartnäckigkeit hat einen kleinen Triumph davongetragen über den grausamen und gottlosen Feind, dieweil auch Fortuna im Spiel gewesen, vergessen wir das nicht. Melac hat dringend Fouquier zu Hilfe kommen müssen in Tübingen. Aber darum sind sie doch nicht aus dem Lande, keineswegs! Hast es uns doch selbst aufgeschrieben, wie diese Art Kriegs-Führung ausschaut: Sie kommen, plündern, brennen möglichst alles nieder und ziehen wieder ab. Voilà! Jederzeit können sie wieder vor den Toren stehn, auch vor denen Göppingens. Und unsre Kreisvölker sind noch kaum zur Hälfte eingetroffen, der Rest ist mit dem Türkenlouis, wie sie den Badischen Markgrafen nennen, zunächst einmal als Entsatz gen Heidelberg. Prinz Ludwigs Force d'armée reicht nicht einmal, Melac und Fouquier in die Hacken zu treten. Tu nicht, als wüßtest du dergleichen nicht. Und tu nicht, als läge nicht des Philander Mägdlein auf den Tod verstört darnieder keine zwei Straßen von hier. Gar nichts ist gut und gar kein Grund in dieser Stadt für Hochgefühle."

„Was predigst du mir, Martin", sagt Speer verärgert und betrübt zugleich, „das weiß ich ja alles. Wir hatten einfach solche Lust, einmal aufzuatmen, einen Sieg zu feiern, wie die Juden nach dem Zug durchs Rote Meer. Und eine Fröhlichkeit war da in mir, ganz ohne Grund, daß ich fort und fort Jubelpsalmen schreiben wollte."

„Die schreib nur mit unser aller Applaus." Masoskys blaue Augen sind liebevoll auf ihn gerichtet. „Brauch ja auch wieder was Neues für die Badesaison. Wir wollen nur verhindern, daß dir dein frohes Herze plötzlich ersäufet wird von Leid und Bitternis, weil du nicht darauf gefaßt gewesen."

„Wenn man dich hört, möcht man annehmen, ich sei ein Milchbart, der nimmer die Nase aus seinen vier Wänden gesteckt hätte."

Die beiden lachen.

„Wir wollen dich bloß behüten!" posaunt Lutz zärtlich und tritt ihm grob gegen das Schienbein.

Lompin hält sich die Ohren zu. „Mit deiner Stimm kannst du ein Haar durchsäbeln."

„Das tu ich mit meinem Barbiermesser, Bruder."

„Was habt ihr beiden also vor?"

„Ich", sagt der Physikus, „werd doch wieder nach Ulm gehn. Eh die Stuttgarter Kriegsräte kommen mit ihren vom Franzosen gefüllten Beuteln und auf den jungen Prinzen ihre Influence geltend machen. Da möcht ich schon dawider halten."

„Und ich", sagt der ruhelose Lutz, „streif wieder im Ländle umher, es ist von Nutzen. Meine Hausfrau redt mir auch zuviel."

„Du kannst sie doch mühelos übertäuben."

„Halt das Maul, Hanswurst, und hör auf, schon wieder mit deinem Glas Alfanzereien zu treiben." (Lompin hebt es gerade einhändig mit der Messerschneide auf und balanciert es in Augenhöhe). „Herr Wirt, Salz!" dröhnt Lutz, denn natürlich hat der andre nun etwas verschüttet.

„Was redest du mir rein! Ich hab kein Training mehr."

„Du mußt es ja nicht machen. Meines Wissens bist du hier nicht der städtische Possenreißer, sondern der Musicus und Schulmeister."

Nach Auswechslung des Tischtuchs und neuem Wein fragt Masosky: „Und was gedenkst du zu tun, Daniel?"

„Wie Schott will ich nach Stuttgart fahren, scheint ja ein Durchkommen zu sein. Will beim Güntz Geld eintreiben."

„Und es ausgeben."

„Freilich. Ich brauch ein Instrument, das hatte ich zu spielen einmal abgeschworen. Nun will ich's wieder üben."

„Gib nicht gleich alles aus, und schrei hernach nicht wieder, du seist ein armer Mann", mahnt Lutz väterlich. „Und geh nicht, du weißt schon, wohin."

„Das soll dich einen Scheiß kümmern, lieber Samuel, wo ich hingeh", sagt er und denkt an Lisettgen, und wo sie wohl ist, und infolgedessen machen seine Hände schon wieder irgend etwas, wovon er nichts weiß, und die Freunde lachen.

Zu Haus öffnet er das Begleitschreiben der Ulmer Verleger. Da fordern sie ihn doch dringend auf, weiter dergleichen brisante und dem Wohl des Landes nützliche Schriften aufzusetzen, sie würden's schon drucken, freilich ohne Honorar, nur für die Belege.

Wenn das der Martin Masosky wüßt, hätt ich wohl noch eine Vermahnung zu hören bekommen.

Das siebzehnte Capitel

in dem er gedenkt, wie er seinen Leib-Dienst aufgekündigt und eine klangvolle Geliebte in einer stummen Stadt gefunden

Mit Herrn Zapary wird es schlimm, wie erwartet. Sein mißhandelter Körper erholt sich schnell, aber seine geschundene Seele hat offenbar bleibenden Schaden davongetragen, das beweist der teils starre, teils flackernde Blick der füchsischen Augen, der an den Menschen und Dingen vorbeigeht.

Wenn György auch die hündische Sitte des Beißens wieder abgelegt hat, scheint es doch, als sei er ständig bereit, nach der Hand, die ihm Speise und Hilfe reicht, zu schnappen.

Von Dank an seinen Retter kann keine Rede sein, so wenig, wie er auf den Gedanken kommt, auch nur nachzufragen, wie denn das Werk seiner Befreiung vollbracht wurde. Im Gegenteil muß Lompin Vorwürfe hören, wie heillos spät er gekommen, als sei er vom Himmel verpflichtet, George Martinus Christophorus aus jeder Falle, in die der sich selbst hineinmanövriert, herauszuholen.

Seinen jüdischen Gastgeber überschüttet Zapary in dessen Abwesenheit mit wütenden Schmähungen, nennt ihn einen Mauschel und fragt Lompin gehässig, was ihn denn zu dem stinkenden Gottesmörder treibe – am Ende sei er auch von der Zunft, er sähe ganz aus wie ein Jud mit seinem schwarzen krausen Kopf und seiner Hakennase.

Simplex antwortet ihm empört und grob, und als der andre merkt, daß er sich ärgert, setzt er bösgelaunt immer noch einen gröbern Keil drauf.

Zumindest sind sie sich darin einig, daß sie so schnell wie möglich aus des Juden Haus wollen, Simplex, um dessen Güte nicht länger zu mißbrauchen, Cergely, weil ihm die Gastfreundschaft des Saujuden zutiefst zuwider ist.

Lompin verkauft seine Gaukler-Gerätschaften nicht ungünstig auf dem Basar, um einen Zehrpfennig zu haben, und Cergely wirft sich in sein modriges Adelsgewand, zieht die vergilbten Manschetten über die schrundigen Handgelenke, schließt das Jabot hoch am Hals und flucht, daß ihm Lompin keine Munition für sein Pistol zu besorgen bereit ist. Überhaupt will dem adligen Herren das Loch in der Kasse nicht gefallen; er fordert allen Ernstes, der Mauschel solle ihnen doch noch einen guten Reisezuschuß geben. Lompin dagegen schlägt vor, man könne ja die Mentik verkaufen, die sei im Hochsommer ohnehin nicht nötig – was ihm nur einen verachtungsvollen Blick einträgt.

Zapary sitzt da, hat die Beine übereinandergeschlagen und spielt mit dem Degen – jeder Zoll ein Kavalier. Die Monate seiner Gefangenschaft, da er als Sklave elendiglich den Pflug durch die Erde zog und des Nachts mit vielen anderen im faulig stinkenden Kerker schlief, hat er abgeschüttelt, wie der Pudel das Wasser aus dem Fell schüttelt.

Am Morgen, als sie losziehen, hat ein nächtliches Gewitter etwas Kühle in diesen glutheißen August gebracht. Simplex hat Abschied genommen von seinem Wirt und Gastfreund; Herrn Cergelys Adieu besteht darin, daß er sich draußen vorm Haus über die Schulter zurückwendet und ausspuckt.

Mißgestimmt verlassen sie die Stadt; György ist entrüstet, daß sie nicht beritten sind, er erklärt sich für zu schwach zum Laufen, außerdem sei es nicht standesgemäß.

„Für mich, Uram, ist Schusters Rappen durchaus standesgemäß, und vor allem unserem Geldbeutel angemessen. Wenn Ihr ein Roß wollt, so werdet Ihr Euch wieder einmal eins stehlen müssen", sagt Lompin grimmig.

„Requirieren werd ich es", belehrt der andre ihn hochmütig. „Wohin gehen wir eigentlich?"

„Wohin Ihro Gnaden die Füße zu lenken beabsichtigen, ist mir ganz gleichgültig. Ich gedenke nach Waitzen zu wandern, wo ich Aufträge habe."

„Wie denn?" fragt György, das erstemal verblüfft, „bleibst du denn nicht bei mir?"

„Nein", erwidert Lompin kurz, „falls Ihr damit meint, ich solle Euch folgen, wohin Ihr gehn wollt. Wenn Ihr allerdings mit mir kommen möchtet, so kann ich Euch nicht daran hindern."

Daraufhin ist sein Weggenosse erst einmal still und trottet neben ihm her.

Die Sonne steht höher, und György verlangt: „Nimm mir den Mantel ab und trag ihn. Er ist mir zu warm."

„Nein", entgegnet der andre. „Mir wäre er auch zu warm. Hab ich Euch nicht geraten, ihn zu verkaufen?"

„Aber ich bin noch schwach, schließlich war ich bei den Türken gefangen."

„Uram, ich war auch einmal bei den Türken gefangen und kann mich nicht erinnern, daß Ihr mir deswegen den Mantel getragen habt."

„Du bist für einen Schalksnarren zu unverschämt."

„Wenn Euch meine Gesellschaft nicht paßt: Der Weg gabelt sich da vorn. Ich will nach links. Ihr könnt gern nach rechts gehen."

Schweigen für eine kleine Wegstrecke. Dann sagt György: „Mir fällt ein Märchen ein, unsere deutsche Kinderfrau hat uns das erzählt, von der Königstochter, die auf Betreiben ihrer bösen Kammerfrau Ganshirtin werden mußte. Als sie unterwegs waren und die Prinzessin heischte einen Dienst, zum Beispiel einen Schluck Wasser aus einem Fluß, so sagte die Kammerfrau: Wollt Ihr trinken, so trinkt allein / Ich mag Eure Magd nicht sein.

Das kam aber, sie konnte Gewalt gewinnen, weil die Prinzessin das Tuch mit den drei Blutstropfen verloren hatte, die ihr Schutz verliehen. Mir kommt es vor, Lompin, als habest du die drei Blutstropfen unseres Bundes verloren, und ich vermag nichts mehr über dich."

„Das war gar keine dumme Rede", sagt der Simplex, „und könnte vielleicht der Anfang sein, über dies und jenes zu sprechen. Ihr habt mich nach gar nichts gefragt, weder wie ich Euch gefunden noch wie befreit habe, Ihr habt nicht nach Eurer Schwester noch nach anderen Menschen gefragt und schon gar nicht nach der Lage der Welt. Daß dem so war, hab ich Eurem schlechten Zustand angelastet und weil Ihr verstört waret von den Zeiten der Knechtschaft. Nun aber, da in Euren Kopf wieder leidlich Klarheit einzukehren scheint, laßt Euch als erstes sagen: Euer war ich nie und bin es jetzt weniger denn je. Ist das wohl klar?"

„Ja, guter Lompin, ja", antwortet Cergely erschöpft. „Aber könnten wir nicht eine Rast machen und dann weitersprechen? Ich bin sehr müde."

Da Simplex sieht, daß dem Freigegebenen tatsächlich der Schweiß der Erschöpfung die Schläfen hinabrieselt und wie eingefallen seine Wangen noch sind, stimmt er der Rast zu und packt den Proviant aus, Brot, Gurken, Zwetschgen und Wasser, das Georg immer noch so gierig trinkt, als hätte er nur ein Krüglein voll und einen ganzen Hang mit dem Holzpflug aufzureißen. Sodann beklagt er sich über die magere Kost, fragt an, ob irgendwo eine Csárda sei, wo man Spießbraten essen könne, verflucht nochmals den Mauschel, der ihnen wohl ein paar Goldtaler aus seinem ergaunerten Vermögen hätte mitgeben können, und schläft ein.

Und Simplex sitzt da, traurig und zornig, und überlegt, ob das nicht der beste Augenblick sei, ihn da zu belassen, wohin er ihn nun gebracht, und in aller Heimlichkeit auf und davon zu gehen. Er betrachtet den Schläfer, das hagere Gesicht, dem kein Traum diese Falte über der Nasenwurzel mehr wegwischen kann, den hilflosen Mund, die Schrunden und Narben der Eisen, die ihm Hals und Handgelenke zieren, und alles, was er an Liebe und Erbarmen an dieses Wesen vergeben hat, überkommt sein Herz aufs neue und beißt ihn wie mit Zangen.

Aber er weiß auch, sobald sich die füchsischen, flackernden, nichts haltenden Augen öffnen werden, wird dieses

Hirn mörderischen Unsinn gebären, die Zunge wird ihn ausschwatzen, der Leib wird ihn ausführen. Es hat keinen Zweck. Es muß Schluß sein. Doch davonstehlen will er sich nicht.

George Martinus Christophorus Zapary schläft, als müsse er alles nachholen, was er in den Monden seiner Knechtschaft versäumt hat. Er schläft im zerbrechlichen Schatten einer Eiche, der sein erloschnes Gesicht belebt, gleichsam, als ziehe er Grimassen, die nur dem andern anstehen, schläft im Staub und in dem von der Hitze verdorrten Gras auf eine Weise, daß man nicht weiß, wird er von allein erwachen können. Schläft, und es scheint, als haben die uralten Wurzeln aus der Erde schon die Hände ausgestreckt nach ihm, als sauge das Erdreich ihn an und sei bereit, ihn aufzunehmen, schläft fühllos, traumlos, leblos.

Simplex sitzt daneben und wartet, und so bleiern und stumpf ist dieser Schlaf und das, was von ihm ausgeht, daß er seine Gedanken nicht sammeln, geschweige denn ein Blatt Papier hervorziehen und etwas notieren kann – ja, was denn auch? Die Luft schmeckt bitter von Staub.

Irgendwohin hat es ihn entführt, weg von der Böschung mit den Eichen und dem dürren rötlichen Pfad, in ein Haus mit Musik vielleicht, er weiß es nicht. Manchmal hat er soviel Musique in sich, daß er meint, sie all sein Lebetag nicht herauslassen zu können, oder eine einsame Orgel mit vielen Registern saust in seinen Ohren, und all die Partiten und Fugen wird nie keiner nicht hören.

Als er den Blick wieder hinwendet zu dem Weggefährten, findet er die fahlen Augen aufgeschlagen, und an sein Ohr klingt die arrogante Frage: „Was träumst du mit offnem Maul? Wolltest du mir nicht sagen, was wir vorhaben?“

Simplex beschließt, sich in Geduld zu fassen. „Ich, lieber Herr, habe, ich sagte es schon, wahrscheinlich andere Wege als Ihr. Ich gehe zu einer Stadt namens Vać oder Waitzen, die ich noch heute zu erreichen hoffe, falls wir nämlich nicht öfters so lange Rast machen wie diese hier. Vielleicht sagt Ihr mir einmal, was Ihr Euch so denkt?“

„Natürlich werde ich zurückkehren und mich an die Spitze meiner getreuen Kuruzen setzen.“

Lompin muß schlucken. „Ist Ihro Gnaden auf irgendeine

Weise zu Ohren gekommen, daß die Türken Wien belagern?"
„Ja, sicher. Was hat das mit mir zu tun? Die Heidenhunde und verfluchten Söhne Mohammeds haben mir so übel mitgespielt, daß ich nicht bereit bin, ihnen weiterhin meinen Degen zu leihen. Ich werde auf eigne Faust in Siebenbürgen ..."
„Uram György! Halt! Eure getreuen Kuruzen, wie Ihr euch auszudrücken beliebet, gibt es nicht mehr."
„Was willst du damit sagen?"
„Daß Eure Truppen in alle Winde zerstreut sind, nachdem Ihr abgesetzt und in den Kerker geworfen wurdet. Und die noch da sind, haben inzwischen einen anderen Anführer, der Euer Spiel weiterspielt, vielleicht – um das einmal zu sagen – mit mehr Glück und Geschick als Ihr. Und der tummelt sich jetzt vor Wien, man weiß nur nicht so recht, auf welcher Seite."
„Wer ist das?"
„Der Graf Imre Thököly. Es heißt, er habe unter anderem die Eigenschaft, seinen Völkern den Sold pünktlich und reichlich auszuzahlen."
Zapary lacht auf. „Freilich, er gehört ja zum steinreichen Hochadel, während ein Magnat wie ich, der evangelischen Sache weit mehr ergeben, immer darauf angewiesen war, einen Maecenas für seine Guttaten zu finden. Außerdem mag er zwar vornehm sein, aber die Zapary waren schon bei der Landnahme dabei, und König István ..."
Der andere unterbricht diesen genealogischen Exkurs barsch und fragt: „Was Ihr jetzt machen wollt, möcht ich wissen, nicht, ob Euer Haus älter ist als das des Thököly."
„Was ich machen werde?" wiederholt György und dreht die Augen weg. „Ich werde auch gen Wien ziehen und micht mit dem Thököly vor dem versammelten Heer um den Oberbefehl schlagen!"
„Ihr meint, er wird sich von Euch herausfordern lassen und um eine Sache kämpfen, die er so sicher hat wie der Herrgott seine Allmacht?" (Um ein Haar wäre er mit lautem Lachen herausgeplatzt).
„Sonst wäre er ein schlechter Edelmann."
„Ich denke, Musje Görgen, er wird so ein schlechter Edel-

mann sein. Ihr werdet nicht einmal in seine Nähe gelangen, sondern vorher aufgebracht werden und vielleicht nach dem Kerker in Buda seufzen als einer schönen Zeit."

György erschauert und kauert sich zusammen. „Warum schlossen sie uns ein? Wir waren doch alle in Eisen. Lompin, hast du Wasser?" Er trinkt wieder gierig. „Dann", sagt er, „dann gehe ich also nicht zu Thököly. Nein. Ich muß ja auch das schwarze Pferd suchen."

Simplex zieht vor, darauf nicht zu antworten.

„Ich werde das schwarze Pferd suchen, und erst danach werde ich mich an die Spitze meiner Truppen setzen und mein Reich zurückerobern."

„Wißt Ihr", fragt Lompin vorsichtig, „wo dies Tier zu finden ist?"

György, ohne ihn anzusehen: „Überall kann es sein. Aber ich denke, Rosalia hat es vielleicht noch auf der Weide und wartet auf mich."

„Ihr wollt also zu Rosalia gehen."

„Ich? Niemals. Das könnte ihr wohl recht sein, wenn ich endlich doch angekrochen käme, des Pferdes wegen."

„Aber Ihr wollt doch dies Pferd?"

„Wie nichts sonst auf der Welt. Und ich will Rosalia. Aber es sind eitle Dinge, Dinge, die uns an dies Jammertal binden. Vanitatum vanitas. Vielleicht sollte ich nur dem Herrn dienen und predigend von Ort zu Ort ziehen, um die Herzen für unseren evangelischen Glauben zu entzünden. Was meinst du?"

Nachdem der Herr Zapary nun innerhalb von eines Vaterunsers Dauer vorhatte, Heerführer, Duellant, Pferdedieb und Bußprediger zu werden, erdreistet sich Lompin zu einem Gegenvorschlag. „Habt Ihr schon einmal daran gedacht, Eure Schwester aufzusuchen? Sie ist, wie sie mir sagte, zu Hamsa Bey zurückgekehrt."

Der Blick flackert über ihn hin. „Dann würdest du wohl mitkommen?"

„Nein, Musje, dann würde ich auch nicht mitkommen."

„Das kostet dich was, he?" bemerkt György hämisch. „Du bist ganz weiß geworden unter deinem krausen Jüdenhaar."

„Laßt mich raus aus der Sache und laßt die Jüden raus."

„Ja, du siehst ihnen merkwürdig ähnlich. Liebst du sie darum so, die Mauschels?“

„Uram, ich habe mich in ihrer Gesellschaft bedeutend wohler gefühlt als zum Beispiel jetzt in Eurer“, erwidert er wütend. „Ging es nicht um Euer Reiseziel?“

„Zu meiner Schwester, ich weiß. Dein Lieblingsthema und deine Lieblingsfrau. Was hast du sie angeschmachtet. Wir haben oft herzhaft über dich Tölpel gelacht.“

„So, habt Ihr?“ sagt Lompin mühsam.

„Sei sicher. Du warst ein guter Hofnarr, ein possierlicher Knecht, auch wenn du dachtest, ernst zu sein. Aber lassen wir das. – Was für ein Einfall übrigens! Wie soll ich eine Frau aufsuchen, die im Serail eines Türken verschlossen lebt? Lompin, du bist nicht gut. Hast du keinen anderen Vorschlag?“

„Ja, ich habe einen: Schert Euch zum Teufel!“

Aber das überhört George Martinus, denn er schaut träumerisch hinauf ins Geäst der Eiche, unter der sie sich noch immer befinden, und sagt dann unvermittelt: „Es ist ja doch nicht so töricht, zu Hamsa Bey zu gehen. Warum eigentlich sollte ich meine süße, geliebte Schwester nicht wiedersehen? Warum nicht Ilona in meine Arme schließen, bevor ich die Welt Mores lehre? Wie weit haben wir es denn bis zu ihrem Ort?“

„Wie weit Ihr es habt, könnte ich Euch erst sagen, wenn ich diesen Ort kenne.“

„Bei Debrecen herum. In der Nähe von Erlau“, erklärt Zapary vage und sieht ihn nicht an.

„Da Ihr zu Fuß seid, werdet Ihr in Eurem Zustand wohl eine Woche dazu brauchen. Haltet Euch östlich, aber gedenkt an die Sümpfe, wo Ihr einen Führer benötigt …“

„Ich habe nichts, einen zu zahlen.“

„Ich werde mit Euch teilen.“

Stille. Plötzlich sagt Cergely kindlich: „Komm mit mir. Ich kann nicht allein sein.“

Und Lompin weiß, daß der andere recht hat. Er braucht ihn, wie ein Kranker seinen Pfleger braucht und der Säugling seine Mutter und wie eine gefährliche Bestie den Wärter.

Und trotzdem sagt er nein. –

Sie sind zusammen desselben Weges gezogen bis in den Nachmittag hinein, da von der großen Heerstraße nach Nord der östliche Pfad abzweigt. Lompin hat seinen Beutel ausgeschüttet und zwei gleiche Teile gemacht; sie sind klein genug. Unterwegs hat er den Lederbalg mit frischem Wasser gefüllt, den gibt er dem György mit. Sonst auch vom Brot, den Gurken und dem Dörrobst jeweils die Hälfte. Nur seinen Toback behält er für sich.

Herr Zapary, der mürrisch und schweigsam neben ihm hertrottet, nimmt das alles, wie nicht anders zu erwarten, ohne Dank entgegen, dreht sich dann gruß- und abschiedslos um und geht seinen anderen Weg davon.

Lompin steht und blickt ihm nach, felsenschwer und gleichzeitig leicht ums Herz fühlt er sich, und ihm ist, als sollte doch wenigstens ein Lebewohl gesagt werden von einem von ihnen nach so langer Zeit. Aber das Tuch mit den Blutstropfen soll nun verloren sein.

Er sieht über die Ebene der kleiner werdenden Gestalt nach, die sich beim Wandern auf den Degen stützt und die unzeitgemäße Mentik überm Arm mitschleppt, ein dünnes, hageres, schutzloses Wesen, ein Fuchs, der tolle Fuchs, der aus der Falle entkam – mich kann er nicht mehr beißen, aber die anderen?

Bin ich meines Bruders Hüter?

Er wendet sich ab, seine Straße zu marschieren, und summt eine Melodie, die ihm Rosalia beibrachte in Wien: Róka-dal. Das Lied vom Fuchs, was sonst.

Mit seinem Nachtlager wartet er die Dunkelheit nicht ab, sondern legt sich früh nieder, um tags darauf mit frischen Kräften nach Vać ziehen und sich seines Auftrags entledigen zu können, und dann Gott befohlen, armes Ungarland, tausendfach geplagtes Magyaristan, und fort ins Teutsche oder Italiänische oder auch nach Ägypten oder Tunis oder wo der Pfeffer wächst, was sich gerade bietet und wo man mit seiner Musique ein leidliches Geld zu gewinnen vermag.

Und nähert sich also im Morgengrauen der Stadt. Daß sie, wie einige Landstädte, nicht von Mauern umgeben ist, sondern von Erdwällen, das hatte er schon gehört. Merkwürdig aber scheint ihm, daß er hinter diesen Erdwällen so gar nichts sieht, keinen Kirchturm und kein Minarett, keinen Herdrauch und kein Baumesgrün.

So zieht er durch eine Bresche in den Wällen ein und vermeint, in ein Geisterreich zu kommen. Nichts regt sich – wie denn auch. Die Häuser sind ausgebrannt. Auf den Straßen wächst Gras über Unrat; Kirche, Schule, Han und Moschee liegen in Graus.

Aber dennoch gibt es ein paar Gebäude, hingeduckt am Rand des Walls, wo man über die alten Grundmauern neue Schilfdächer gebreitet und die Fensterhöhlen mit Brettern vernagelt hat. In den mit Latten abgedeckten Resten eines großen Hauses brummen ein paar angepflockte Kühe, hinter frisch aufgerichteten Flechtzäunen sieht und hört man Schweine und Hühner, und ein paar Bund Erbsenstroh, noch ungedroschen, versperren die Gasse zum Marktplatz.

Lompin beschließt zu warten. Irgendwann muß man ja die Tiere versorgen, und wer läßt schon seine Erbsen ungedroschen auf der Straße liegen, außer er kommt gleich zurück.

Er richtet sich häuslich ein unter zwei Ulmen, die dem Brand entgangen sind, kreuzt auf Türkenart die Beine und breitet sein Schreibzeug vor sich auf den Knien aus, er hat's ja nicht eilig.

Offenbar haben die geheimnisvollen Bewohner dieser toten Stadt aber auch keine Eile. Alles bleibt still. Er beobachtet ein paar Jungstörche auf einem unversehrt gebliebenen Dachfirst, die üben fleißig fliegen, haben sich vollgefressen an den Fröschen und Nattern der Sümpfe, wollen, wie er, bald fort.

Nach einer Weile, als er's satt hat, Noten zu setzen (fehlt ihm eben doch die Gelassenheit), packt er seinen Kram zusammen und geht weiter auf Kundschaft aus.

Was das Rathaus war, das sind nur noch ein paar öde Mauern, aber die Kirche, die war von Anfang an so bescheiden, von der ist zwar der Glockenturm heruntergekommen, doch sonst hatten die Tataren wohl nicht die rechte Lust, sie zu zerstören. Kanzel und Altar gibt's freilich nicht mehr, aber die Empore, obwohl aus Holz, ist noch vorhanden, und als er die geländerlose, löchrige Stiege erklommen hat, macht er eine Entdeckung: Die kleine Orgel da oben scheint unbeschädigt.

Mit ausgestreckten Händen geht er drauflos, wie ein Hungriger, dem jemand ein Stück Brot hinhält, und erst als er die Beine schon über die Bank geschwungen hat, fällt ihm ein, daß sie ja stumm bleiben wird, solange sich keiner findet, der die Bälge tritt.

Er springt wieder auf, untersucht die Pfeifen auf ihre Unversehrtheit und die Register, drückt probeweis die beiden stummen Manuale. Auch die Trakturen scheinen in Ordnung. Ein Wunder: Prinzipal, Gedackt und Quintadena Achtfuß, Praestant und Rohrflöt Vierfuß, Nasal Dreifuß, Oktava Zweifuß, Tertia aus Zweifuß, Quinta Eineinhalbfuß, Sifflöt Einfuß, Mixtur dreifach und Cornetto dreifach, und im Pedal Subbaß Sechzehnfuß, Prinzipalbaß Achtfuß, Posaune Sechzehnfuß. Pedalkoppel und Tremulant. Er könnte heulen vor Glück.

Ungeduldig prasselt er die wacklige Stiege hinunter und hält Ausschau nach einem Calcanten, und siehe da, der Himmel hat ein Einsehen mit seiner artistischen Sehnsucht und sendet ein mageres barfüßiges Mädchen daher, das sich vorsichtig von Schatten zu Schatten übern Platz bewegt und dessen Gesicht ganz von Haar zugehangen ist. Wer und was das wohl sein mag, ist dem Musikanten in dem Augenblick ganz gleich, er springt herzu (das Kind erstarrt vor Schreck), packt es am Arm und sagt: „Komm, Mädchen, schaff mir Luft für meine Musique, komm!“ Und holt dabei eine Münze aus der Tasche.

Das war ein guter Einfall. Unterm wirren Haar funkeln die Augen auf, und ohne daß er ziehen, zerren und zureden muß, folgt das Kind ihm in die Kirche, wobei es ein Kreuz schlägt – scheint eine katholische Gegend hier zu sein, stellt Simplex beiläufig fest, während er sich auf die Orgelbank stürzt.

Nein, der lieblichen Orgel ist die Stimme nicht vergangen in den Schreckenstagen. Sie ist am Leben, die kleine Freundin, die Taube, die Schöne – er versieht sie mit den allerzärtlichsten Adressen des Hohenliedes, tobt einmal organo pleno in einem wilden Preludio daher und entlockt dann mit sanfter Hand und sanftem Fuß der tapferen Kleinen eine herzinnige Choralmelodei, die er dann in einer feinen Partita, wie es die Meister vorschreiben, kunstvoll durch die Register führt. Und fehlt ihm nicht allzuviel am Paradiese dabei.

So ist er denn auch zunächst gar nicht erstaunt, als er, nachdem er volltönend geendet, gleichsam als Echo aus dem zerstörten Kirchenschiff herauf eine zigeunerisch gestrichene Geige vernimmt, der eine zweite respondiert, sich mit ihr zum Duett vereint und sein Thema aufnimmt.

Spiegel hat sein wackres Orgelchen nicht mehr, das wär zuviel verlangt. Gemächlich dreht er den Kopf. Wo in einer zerstörten Stadt eine Orgel sich findet, warum sollen da nicht auch zwei Violin sein?

Da unten, wo einmal der Altar war, stehen nicht etwa zwei Engel des Herrn (was ihn auch nicht weiter überrascht hätte), sondern zwei langhaarige Mannsbilder in Stiefeln, Westen, weitärmligen Hemden, schauen zu ihm auf und fiedeln stark und süß.

Lompin wendet sich zurück, registriert Rohrflöt Vierfuß, Quinta Eineinhalbfuß, Prinzipal Achtfuß im anderen Manual und im Pedal den Subbaß, schließt die Augen und flicht seine Musique wieder ein in die da unten. Himmelstrost nach all der Traurigkeit, Quellwasser dem dürren Herzen in dieser brandigen, staubigen Welt.

Irgendwann, er weiß nicht, wie lange das ging, hörte seine Taube auf zu gurren, dem Orgelchen geht der Wind aus, das kleine Mädchen erscheint neben ihm und gibt ihm kund, nun sei es genug fürs Geld, und er will ja auch nichts Unbilliges verlangen.

Mit dem Kind zusammen steigt er die Stufen hinunter zu den Geigern, die ihre Melodei, schön um die Wette schluchzend, zu Ende bringen. Es sind, wie erwartet, Zigeuner, und nicht nur das Kind gehört dazu. Nun sieht er erst, daß sich unter seiner Orgelempore die ganze Sippe eingefunden hat, die ihn mit beifälligem Gemurmel empfängt. Eine schöne Alte mit buntgewirktem Fransentuch, auf das ihr langes weißes Haar herabfällt, reicht ihm stumm ihre Pfeife, und er tut einen langen Zug – nicht einmal das hat er errochen, daß da jemand ein paar Ellen unter seinen Füßen Toback geschmaucht hat, so sehr war er bei seinen Tönen versammelt.

Sie seien eben erst in diesen Ort gekommen, genau wie

er, wird ihm auf sein Fragen bedeutet, das Mädchen, so ihm so brav die Bälge getreten, sei die Vorhut ihrer Truppe gewesen, die nun, im Vertrauen darauf, daß, wo Musique sei, nichts zu fürchten wäre, auf dem Platz sich eingestellt habe mit Wagen, Hunden und zottigen Pferden.

Wie Lompin sind sie der Meinung, daß der Ort, trotz des Augenscheins, bewohnt sein müsse, da sonst das Tiervolk nicht da wäre; haben auch eine plausible Art und Weise, die Bewohner hervorzulocken, denn, so meint die Alte, Fürstin und Ahnfrau der Sippe, wenn sie erst drei, vier Hühnern den Hals umgedreht hätten, würden sich deren Besitzer schon protestierend einfinden.

Im übrigen nehmen sie ihn, als einen der musikalischen Zunft, ohne Mißtrauen bei sich auf. Behaglich inmitten der Dünste dieses Völkchens, das ihn von allen Seiten umgibt, zwischen den ungekämmten Kindern, den buntgeschmückten Frauen und schnurrbärtigen Männern, geht er mit ihnen hinaus, wo das Feuer fürs Essen schon entzündet ist und der Kessel darüberhängt, und fragt sie erst mal nach den Instrumenten, die sie traktieren.

Zu den zwei Geigern kommt noch einer mit der Flöte dazu, die Maultrommel und den Dudelsack spielen die Kinder recht artig, und zu seinem Entzücken ist auch ein Trompeter dabei. Der rotgesichtige Dicke holt gleich stolz die seine aus dem Sack und läßt das Metall in der Sonne blinken und blitzen.

Der Hühnerfang hat sofort den gewünschten Erfolg; aufs Gegacker des aufgestörten Federviehs hin kommen aus völlig verwüstet und verwaist aussehenden Hauseingängen mehrere dunkelgekleidete Frauenspersonen wie Geister der Unterwelt und beginnen, blinzelnd gegen das Licht, die Hände in die Hüften zu stützen und ganz irdisch zu schimpfen.

Die weißhaarige Zigeunermutter, für solche Verhandlungen zu erhaben, schickt den Trompeter und einen der Geiger ins Gefecht, der Streit verwandelt sich alsbald in einen Handel, und für einen guten Türkenpiaster haben sie ihr Fleisch für die Suppe.

Mehr wollten die Zigeuner sicher nicht wissen. Ihrer Natur liegt es fern, die anderen auszuforschen, so wie sie sich selbst auch niemandem offenbaren würden. Das Geheimnis dieses Ortes hätten sie auf sich beruhen lassen, aber Simplex ist viel zu neugierig, und zudem hat er ja den Auftrag, einen bestimmten Menschen zu finden, und so fragt er. Womit er, zunächst einmal, schön ankommt.

„Haben wir dich und diese Vagabunden hergebeten?“ sagt eine mit schwarzem Kopftuch feindselig. „Kocht eure Hühner, Diebsgelichter, und packt euch!“

„So“, erwidert Lompin, „Diebsgelichter nennst du diese redlichen Zigeuner, die dich nach Heller und Pfennig bezahlt haben, ist das wohl christlich? Und die Musique, die aus der Kirche kam, hast du die gehört?“

Ja, die habe sie gehört.

Ob so himmelschön wohl Räuber und Diebe die Töne setzten? Oder habe sie es doch nicht vernommen?

Doch, entgegnet sie, ihr Kopftuch fester knüpfend, sie habe es wohl vernommen. Und unvermittelt bricht sie in Tränen aus.

„Ich will mit euch sprechen“, sagt Lompin. „Ich suche jemanden hier.“

„Wir sind nur Bäuerinnen“, erwidert das Weib, „wir haben nichts zu tun mit dieser Stadt, außer, daß wir hier Unterschlupf gefunden haben, als unsere Hütten zerstört waren. Aber ich kann die fragen, die übrig sind.“

„Die übrig sind?“

„Ja, von der Stadt.“

„Wo leben die?“

„Da unten. Unten eben.“

Mehr bekommt er nicht heraus und läßt die Frau gehen. Aber wie groß ist sein Erstaunen, als sie binnen kurzem wieder da ist und erklärt, zur Vesperzeit werde ohnehin Ratssitzung abgehalten wegen der angereisten Zigeunerbande, da könne er seine Sache gleich selbst vorbringen.

Wo diese Sitzung denn sein werde.

„Im Rathaus, wo sonst.“

„Aber das ist doch zerstört!“

„Es wird schon irgendwie möglich sein“, entgegnet die Frau achselzuckend und entfernt sich.

Nicht einmal der Duft der kochenden Suppe lockt, wie das sonst üblich ist, ein paar hungrige Kinder herbei, sondern der Platz bleibt weiter unbetreten, nur die schwarzhaarige Sippe plaudert in fremder, melodischer Zunge, lädt den Simplex freundlich auf ungarisch zum Mahle ein.

Die Zigeunerfrauen verstehen zu kochen. Aber Lompin plagt die Neugier ob dieser Ratsversammlung, und als man sich nach verzehrter Mahlzeit im Schatten von Wagen und aufgeschlagnen Zeltplanen zur Siesta niederlegt, kann er nicht dabeibleiben, sondern streift unruhig durch die Gassen dieser leeren Stätte, die offenbar doch bewohnt ist.

Als es kühler wird, erwachen die Zigeuner, und von den Feldern kommen ein paar Bäuerinnen und alte Männer und Kinder heim, die sich ums Viehzeug kümmern, das Erbsstroh einholen und dann schnell in den schilfgedeckten Ruinen am Wall verschwinden; das fremde Volk streifen sie mit scheuen Blicken und sprechen kein einziges Wort. Haben hier anscheinend auch nichts zu sagen, sind auch nur geduldet.

Die Schatten werden länger, und Lompin überlegt gerade, ob er noch einmal das kleine Mädchen (freilich bei seinen guten Beziehungen nun ohne Geld) zum Bälgetreten bitten soll und das letzte Licht nutzen bei seiner Lieben, seiner Schönen, seiner Braut und Taube für ein kleinwinziges Konzert, als ihm jemand auf die Schulter tippt.

Ein sehr alter Mann ohne einen Zahn im Maul und gekleidet wie ein Bettelhund, aber mit stolzem Gebahren und würdevollem Gesichtsausdruck, fordert ihn auf mitzukommen.

Simplicius gibt sich eine seriöse Miene und folgt ihm mit ernsthaftem Gehabe – die Zigeuner beachten das alles mit keinem Blick.

In den Resten des Ratssaales, wo an den weniger rußgeschwärzten Wänden noch zwei, drei Bilder hängen und Teile einer Vergoldung an der Kassettendecke von entschwundner Pracht zeugen, findet er, auf den Relikten eines ehemals ehrwürdigen Mobiliars, fünf nicht minder ehrwürdige Herren beisammen. Drei davon sind steinalt, so alt wie der, der ihn holte, und er weiß nicht, ob es nur die mangelnde Beleuchtung ist, daß ihm die Falten ihrer Gesichter so schwarz vorkommen, oder ob sie in der Tat länger nicht gewaschen sind. Die beiden anderen, jüngeren, hat Mars gezeichnet: Dem einen fehlt ein Aug, der andre, blatternarbig und schlitzäugig wie ein Tatar, hat nur noch einen Arm.

Dann sieht Lompin auch das Loch, aus dem die Herren offenbar gekrochen sind. Man hat – welch Zutrauen! – eine verschiebbare Wand offen gelassen, von dort führt eine Steintreppe hinab ins Dunkle. Wer weiß, was da noch alles haust.

Gestreng und schweigend sitzen sie da wie Totenrichter, als Herr Orpheus weiland herabkam, nach seiner schönen verschiednen Madame Eurydike zu suchen, wie es nämlich der Simplex einst in einer Opera im Süden gesehen, und so voll Respektes wie nämlicher macht er eine ausgiebige Reverenz und trägt dann sein Anliegen vor: Daß er auf der Suche sei nach einem redlichen Handelsmann namens Moshe, Jizchaks Sohn, so hier wohnhaft sei und mit dem er Geschäfte habe.

Nach einer gebührenden Pause fragt das Einaug zunächst die Frage, auf die Lompin gewartet hat: Ob er selbst auch ein Jud sei?

Nein, sondern ein Christ wie sie.

Was er denn also von dem Jüden wolle.

Ein Anverwandter besagten Moshes, dem er, da er ihn aus Todesgefahr errettet, verpflichtet sei, habe ihn beauftragt.

Welcher Confession er angehöre?

Er sei, mit Erlaubnis der Herren, ein lutherisches Subjektum.

Ob er ein Mitglied jener Zigeunerbande da draußen sei?

Nein, sondern durch Zufall mit ihnen zur selben Zeit angekommen.

Was sich die Leute ohne obrigkeitlichen Permiß in Waitzen aufzuhalten hätten?

Es sei ja keiner dagewesen, Permiß zu erteilen.

Wieso er habe auf der Orgel musizieren können?

Das sei seine Profession, indem er ein Mitglied der Stadtpfeiferzunft, Organiste, Trompeter, in summa Musicus sei.

Erneute Stille.

Lompin, langsam etwas ungeduldig ob des Examens, erkühnt sich, seine Frage nach Moshe Ben Jizchak zu wiederholen.

Man mustert ihn. Dann sagt einer der Alten: „Ein Spion der Tataren scheint er nicht zu sein."

„Die Tataren, ehrenfeste Herren, sind vor Wien!" ruft er aus.

„Ja, so sagt man. Aber wer sie wie wir erlebt hat, der weiß, sie sind schneller als der Wind und tauchen so unverhofft auf wie Wolfsrudel im Winter."

Man könne ja, schlägt er vor, die Zigeuner fragen, ob sie etwas von Tataren gehört oder gesehen.

Das habe man vor.

„Was besagten Juden angeht, Ihr Herren ..."

„Besagter Jude, Herr Musicus, lebt und ist gesund."

„So kann ich ihn sehen?"

Das werde sich zeigen, bemerkt das Einaug und bietet ihm, gutes Omen, einen Stuhl an.

Da sitzt er nun und wird wieder schweigend gemustert.

Schließlich beginnt besagter Einäugiger, der wohl so etwas wie einen Bürgermeister darstellt, zu reden: „Ihr solltet wissen, Herr Musicus, daß über dieser Stadt ein trauriges Fatum schwebt. Noch vor wenigen Monden war sie ein blühendes Gemeinwesen, in dem vier Confessiones, nämlich Katholiken, Lutheraner, Moslems und Juden, unter wohl tausend Ziegeldächern einträchtiglich nebeneinander lebten, handelten und Ackerbau trieben. Wir hatten drei Kirchen, eine Moschee, eine Judenschul, ein Bad, Lehrhäuser und Gasthöfe. Vor allem aber befindet sich unter unserer Stadt ein verzweigtes Areal von alten Höhlen, was unseren Altvorderen beim Bau so manche Schwierigkeit bereitet hat, der Einsturzgefahr wegen. Aber sie gingen klug und geschickt damit um, mauerten sie aus zu Kellern und Vorratslägern, verbanden sie mit Stollen untereinander, und so gibt's unter der Oberstadt quasi noch einmal eine andre, unterirdische, deren Eingänge weise verdeckt sind und in der sich nur zurechtfinden kann, wer von zartem Alter her damit vertraut.

So weit, so gut, bis denn, als der Aufmarsch des osmanischen Heers gegen Österreich begann, die Akinci in dieser Gegend besonders rege wurden, gerade zu dieser Zeit, als es, aus verständlichen Gründen, in der Bürgerschaft gewisse Gegensätze zwischen den Confessiones gab. Vor allem aber richtete sich das Mißtrauen der Stadt und der Stadtväter gegen besagten Moshe, denn da er kurze Zeit, bevor die Renner und Brenner stürmten, von einer Geschäftsreise heimkommend, aus derselben Gegend in die Stadt eingefahren sei wie diese, ließ das einfache Volk nicht ab von dem Glauben, er habe sie herbeigerufen, so daß wir ihn in einer Art Schutz-Haft verstecken mußten, zu welcher er uns durch ein reichliches Douceur an Geld und Geldeswert veranlaßte, sonst hätten sie ihn wohl zerrissen.

Seither lebt die Population dieser Stadt, soweit noch vorhanden – denn die wehrfähigen Männer zogen ins Feld oder wurden erschlagen, der Rest samt jungen Weibern und gesunden Kindern in die Sklaverei verkauft –, in Angst unter den Trümmern, kommt nur heraus, bei den angesiedelten Bauern des Lebens Notdurft zu erstehen, und einigt sich nicht."

„Einigt sich nicht?"

„Sagte ich nicht, daß sich die Confessiones zerstritten hatten? Nun, Mißtrauen und Zwietracht herrschen noch immer; jeder bezichtigt den anderen, an allem Schuld zu haben, und alle den Juden. Selbst seine Glaubensbrüder sind nicht von Argwohn gegen ihn frei."

„Ich kann Euer Hochwohlgeboren nicht recht folgen."

„Es ist sicher auch nicht vonnöten, Herr Musicus. Was der Edle Rat meint oder vielmehr von Euch erbittet, ist zweierlei. Zum einen würden wir Euch, da es heißt, Ihr habt heut mittag so brav die Orgal traktieret, ersuchen, eine geistliche Musique abzuhalten, auf diese Weise vielleicht gelingt es, durch die holde gottgegebene Macht der Musica die Gemüter versöhnlich zu stimmen."

„Das ist eine gute Opinion, aber ich hätte freilich dann nur die Christen miteinander versöhnt."

„Immerhin schon etwas, Herr Artiste. Zum anderen: Der Jude hat etwas als ein Pfand, das soll er uns herausgeben."

„Was wäre dies?"

„Kostbare Manuscripta und Bücher der Stadt."

„Und wie hat er sie erlangt?"

„Die Wahrheit zu sagen, wir hatten sie vergessen, als wir

ihn in Haft nahmen in dem Gewölbe, das die ehemalige Ratsbibliothek war. Als wir sie aber holen wollten, waren sie verschwunden, und der Jud machte kein Hehl daraus, daß dies durch seine Hand geschehen."

„All das klingt sehr merkwürdig. Aber lasset mich zu ihm, und ich werde versuchen, das zu klären. Möcht aber solo mit ihm konferieren."

Dies wird ihm verstattet. Die seltsame Ratsversammlung löst sich nun nicht etwa auf, sondern beschließt, auf seine Rückkunft zu warten, und der zahnlose Bote geht mit der Fackel voraus und die steinernen Stufen hinab und unter die Stadt.

Zu seiner Verblüffung findet Lompin in dem Schwager seines Medicus nicht, wie er dachte, einen stattlichen weltläufigen Kerl, sondern ein hauchdünnes und eisgraues Männchen mit langen Schläfenlocken und gebeugtem Rücken. Moshe ben Jizchak wirkt so gebrechlich im matten Licht der Kerkerkerzen, daß man annehmen könnte, er fiele um, wenn der Wind wehet, erweist sich statt dessen aber als springlebendig und so schnell in den Bewegungen, wie seine Augen hin und her fahren, und aus dem zarten Leibe dringt eine kraftvoll tönende Mannesstimme.

„Was seid Ihr denn für ein Vogel", begrüßt er den anderen auf deutsch, „und zu welchem Behufe haben Euch diese Schwachköpfe zu mir gesendet! Ich wette zehn zu eins, Ihr solltet mir das Stadtarchiv abschwatzen."

„Das auch", erwidert Lompin, „aber zunächst einmal bin ich ein Sendbote Eures von mir hochverehrten Musje Schwager aus Buda, der sich samt Familie bittere Sorgen macht um Euren Verbleib und auf ein Lebenszeichen wartet."

„Das kann ich mir denken", bemerkt das Männlein und tanzt gleichsam herum in seinem Verlies, scheint keinen Augenblick stillsitzen zu können. „Aber wie sollte ich? Ihr seht ja, was diese Esel mit mir anstellen."

Lompin, der sich das Lachen nicht verkneifen kann ob der Unverblümtheit, mit der sein Gesprächspartner den Hochweisen Rat der Stadt Vać tituliert, erklärt seinerseits, er verstehe rein gar nichts, sei aber als wandernder Artiste und Bücherschreiber in spe curiös genug, alles erfahren zu wollen, und könne vielleicht den unparteiischen Parlamentär spielen.

Moshe hat offenbar nur auf solchen Besucher gewartet; zu lange hat er sein Mundwerk zügeln müssen in erzwungener Einsamkeit. „Verehrter Herr", beginnt er, ohne seinen Gang im übrigens nicht unkomfortablen Gelaß zu unterbrechen, „ich weiß nicht, ob Ihr aus Teutschland die Geschichten von der Stadt Schilda kennt, wo die Quintessenz der Toren zu Haus ist. Nun, gegen Waitzen ist Schilda ein Athen und Jerusalem der Weisheit. Hat man Euch vom Streit der Confessiones erzählt?"

„Ja, aber ich habe es nicht verstanden."

„Das glaub ich Euch, da man Euch mehr verschwiegen als gesagt haben wird. Nun, Eintracht gab es in der Stadt noch nie, denn die Türken als die herrschende Partei waren in der Minderheit, habsburgfreundliche Katholiken aber wohnten hier noch und noch. Protestanten hatten sie auch ziemliche Mengen, doch das war armes Volk, und dazu eine Handvoll Juden, drei oder vier Familien, die jedoch sämtlich nicht unvermögend, weshalb sie auch das Sagen mit hatten.

Alles ging so recht und schlecht, und wenn einer auf dem anderen herumprügelte, so in Maßen, bis zu dem Zeitpunkt, als es dem Padischah gefiel, seinen Großwesir gegen Wien auszusenden – ein Vorgang, den ich ohnehin nicht begreife, denn daß dergleichen nicht gut geht, weiß man immerhin seit zweihundertfünfzig Jahren.

Ob dieser Nachricht gerieten die Protestanten vor Vergnügen ganz aus dem Häuschen und wurden zur Dämpfung des Vergnügens von ihren katholischen Brüdern nächtlich zur Ader gelassen. Als dann aber die Türken requirierten, nicht nur Buda, sondern auch Waitzen Kontribution und wehrfähige Mannschaft liefern mußten, schlossen die Christen wieder ihre Reihen in Eintracht und versetzten nun den bösen Türken eins, sobald Kara Mustapha und Ibrahim Bassa nach Wien unterwegs waren. Da jedoch die Juden nicht, wie diese erwarteten, mit den Türken gemeinsame Sache machten, gerieten wir nun wieder bei den Moslems in Mißkredit.

Indessen war den Protestanten aufgefallen, daß sie ja doch eigentlich zur Türkenpartei gehörten, und sie stachelten die schon ermatteten Söhne des Propheten zu einem kleinen Pogrom gegen die Katholiken auf – dabei kamen auch gleich ein paar Juden zu Schaden.

Und dann wollte es das Unglück, daß ich, heimkehrend von einer Geschäftsreise aus dem Südwesten, die heranziehenden Tataren beobachtet hatte, ihre Route anhand der brennenden Ortschaften genau kannte und sie zur Warnung den Stadtvätern ansagte. Hätte ich mich nur um meine eigenen Angelegenheiten gekümmert! Aber nun war es bei diesen Tollhäuslern ausgemachte Sache, daß ich die Akinci nach Vać dirigiert hätte.

Die Renner und Brenner mußten nur da weitermachen, wo diese Kinder des Scheitan, sich selbst zerfleischend, gerade aufgehört hatten, das war ganz einfach. Aber hier in diesem Schilda hatte man nun an mir einen Sündenbock, sperrte mich ein, angeblich um mich vor der Volkswut zu schützen – doch mit Volkswut aller Arten bin ich bisher leidlich allein fertig geworden, und wie Ihr an meinen weißen Haaren seht, lebe ich schon ziemlich lange.

In Wahrheit wollten sie mich zur Ader lassen und ihre Kassen füllen, aber als ich hier saß, kam ich ihnen zuvor und nahm ihre wertvollen Bücher als Pfand. Nun hocken sie da, trauen sich nicht hervor, und jeder hat vor jedem Angst, und am meisten vor sich selbst."

Nach dieser langen Rede setzt sich das Männlein an den Tisch seines Gefängnisses und stützt den Kopf in die Hände.

„Wo habt Ihr die Bücher versteckt?" erlaubt sich Simplex zu fragen.

Moshe schmunzelt. „Ich hab sie überhaupt nicht versteckt, ich hab sie nur verstellt, hinter anderen Konvoluten. Aber sie gerieten ja gleich so in Rage, daß sie gar nicht mehr suchten. Dachten wohl, ich hätte sie durch hexerische Kräfte unsichtbar gemacht oder meine Verwandten, die mir koscheres Essen bringen mit Erlaubnis der Honoratioren, hätten sie unterm Kaftan hinausgeschmuggelt.
Als ich merkte, wie sehr sie der Verbleib ihrer Schätze in Angst und Schrecken versetzte, lachte ich mir eins. O diese

Narren! Manchmal, wenn mich die Lust ankam, sie zu mystifizieren, hatte ich eins dieser Werke hier auf dem Tisch liegen und las darin, während sie mich bestürmten: Wo sind die Bände, Jud! Gib sie heraus!"

„Aber, Herr Moshe, was sind das denn für Pretiosen?"

„Ach, es sind feine Bücher. Ihr könnt sie sehen. Hier eine alte Stadtchronik, handgeschrieben, ein wunderschön illustriertes Pergamen. Eine Biblia pauperum dann, mit vielen Bildern für die, so mit dem Lesen nicht weit gekommen, ein Wiegendruck. Letztlich, auch handschriftlich, aus einem abgebrannten Franziskanerkloster ein Spielbüchlein mit geistlichen Comédies, wie sie die Schüler zur eignen Ergetzung und Erbauung der Patres gespielt, in ungarisch übrigens. Das ist alles wunderhübsch und läßt das Herz jedes Bücherfreundes höher schlagen.

Doch die Ratsherren von Waitzen sind nicht solche Kunstliebhaber, das könnt Ihr mir glauben. Ein Aberglaube hängt daran. Der Franziskaner, der das Spielbuch überbracht hat und eine Zeit hier als Bibliothecarius tätig war, ist an den Blattern gestorben. Und auf dem Totenbette hat er prophezeit, dieser Stadt werde schweres Unheil widerfahren, falls sie diese drei Bände nicht in Ehren halten. Hätte man sie aber unbeschädigt und in gutem Gebrauch, so würde Vać blühen.

Wie sie meinen, stand er im Geruch der Heiligkeit, und sein Krankenzimmer habe sich bei seinem Dahinscheiden mit Rosenduft gefüllt. Ich denke mir ja, er wird es gesagt haben, weil er das Banausentum dieser Leute kannte, um sie zu bewegen, weiter gut auf ihre Schätze zu achten. Diese Dummköpfe! Als wenn das große Unheil nicht schon längst hereingebrochen wäre über sie! Was kann es Schlimmeres geben als eine zerstörte Stadt und eine von Haß und Mißtrauen zerfressene Bürgerschaft?"

Bei währendem Reden hat er die Bücher herbeigeschafft. Simplex blättert darin. Sie sind wirklich kostbar und ehrwürdig, am meisten aber fesselt ihn das Spielbüchlein.

„Extraordinär, nicht wahr, Herr Musicus?" bemerkt der redselige hebräische Herr und tigert wieder auf und ab. „Ja, ich möchte einerseits gar nicht mehr fort hier. Sitze hier gut bei Lektüre und Gebet, bekomme mein Essen, und kein Hader der Welt ficht mich an. Mögen sie sich die Köpfe einschlagen, was kümmert's mich in diesem Schutz-Keller? Andererseits, mich rufen dringende geschäftliche Termine. So steh ich zwischen Pflicht und Neigung. Nun, solange sie zu meinen Pfändern auch noch Geldzulage wollen, eh sie mich ziehenlassen, müssen meine Handelspartner warten. – Hört Ihr mir zu?"

„Wie? Oh, entschuldigt", sagt Simplex und schlägt mit Überwindung das Franziskaner-Buch zu, „aber mir fällt da etwas ein, Herr Moshe, vielleicht hatte der Mönch und Bibliothekar doch nicht ganz unrecht, daß sich die Wohlfahrt dieser Stadt mittels dieser Bände herstellen läßt. Ich habe so einen Gedanken, darum war ich einen Moment abwesend.

Ich glaub, ich kann das klären, daß sie Euch gegen diese Bücher und sonst nichts aus der Schutz-Haft entlassen und Ihr ungehindert ziehen könnt. Aber zuvor hätt ich noch eine Frage an Euch. Euer Herr Schwager sagte mir, daß Ihr, wenn überhaupt jemand, der Mann seid, aufgrund Eurer weitreichenden internationalen Connexions, dies Ding hier etwas weiter fort zu verkaufen."

Worauf er aus seiner Hosentasche, als wär's ein Käspaket, das ins Sacktuch eingeschlagne Kleinod der Odaliske Mirgiel herausholt; er dachte sich immer, je tiefer man so etwas versteckt, desto eher wird es gefunden.

Moshe Ben Jizchak hält jäh in seinem Lauf inne, blinzelt, fingert dann mit flinken weißen Händen aus einer der vielen Taschen seines Habits eine Lupe hervor, klemmt sie ins Aug und murmelt: „Gestattet …", wobei er wie in Trance die Hand ausstreckt.

Er führt das Schmuckstück vors bewehrte Aug, rückt die Kerzen näher, dreht und wendet es, sagt schließlich halblaut: „Das sieht meinem Schwager ähnlich, mir dergleichen auf den Hals zu hängen. Ihr habt das, mit Verlaub, die ganze Zeit so in der Taschen herumgeführt? Gott meiner Väter. Das ist wie ein Pulverfaß mit brennender Lunte in der Hand herumtragen. Wofür, verzeiht die Frage, habt Ihr das erhalten?"

„Fürs Seiltanzen", antwortet Lompin wahrheitsgemäß.

Der andere starrt ihn an, macht dann eine abwehrende

Geste. „Ihr müßt es mir nicht sagen. – Und ich soll mich nun auf das Pulverfaß setzen? Hochgefährlich ...“

„So wollt Ihr nicht?“

„Wer sagt das? Wißt Ihr überhaupt, wie himmelschön das Ding ist? Vom Werte einmal abgesehen. Das muß in die Welt. Ich ziehe nach Split demnächst, wenn ich frei bin. Es kann dauern, Musje. Und zwanzig Prozent für mich. Verzeiht, aber es ist lebensgefährlich. Wo finde ich Euch?“

„Wenn alles so geht, wie ich es mir denke, vielleicht noch hier. Sonst sage ich Eurem Schwager Bescheid.“

Das Pantöffelchen aus Gold und edlen Steinen verschwindet in einer der vielen Kaftantaschen.

„Ich kann Euch keine Sicherheit geben. Die Straßen sind voll Raubzeug.“

Lompin winkt ab. Wo gibt es Sicherheiten heutzutage?

Das achtzehnte Capitel
in dem er gedenkt, wie er mittels einer Comedia die Harmonie der Welt herzustellen versuchte

Sie sitzen tatsächlich noch da, der Hohe Rat von Waitzen, als ob sie in eine Art Starre verfallen wären, vielleicht macht es das Alter und die Höhlen oder worüber sie sich konsultieret, wer vermag das zu sagen?

Bei seinem Eintritt wenden sie ihre weißen, dunkel gefurchten Gesichter ihm zu, und er, voll Munterkeit, verkündet, alles sei gut und lasse sich mit Geschick richten, und falls sie den Juden seiner Wege ziehen ließen und der Familie weiterhin den Schutz der Stadt zusprächen, so würden nicht nur die Bücher da sein, sondern er, Simplicius, mache sich auch anheischig, durch guten Gebrauch derselben die Wohlfahrt der Stadt wiederherzustellen, wie es prophezeiet sei.

Die Augen in den talgigen, kalkigen Gesichtern sind tellergroß.

Ja, fährt Lompin fort, dank des mirakulösen und voll heilsamen Wissens steckenden Franziskanerbüchleins, das heut nacht gründlich zu lektorieren er sich ausbitte, wolle er, weit mehr noch, als durch eine Musique auf der Orgel möglich, die uneinigen Gemüter versöhnen und die Stadt Vać zu einem Gemeinwesen machen, in dem Harmonie und brüderliche Eintracht blühen. Und das alles solle sie auch gar nichts kosten.

Eine Bedingung sei allerdings dabei: er bedürfe zu seinem Vorhaben der Hilfe des Zigeunerstammes, der also unbedingt innerhalb der Erdwälle von Waitzen geduldet werden müsse und für dessen freundliches Verhalten die Fürstin des Volkes bürgen würde.

Die Herren stecken mißtrauisch die Köpfe zusammen und murmeln. Dann sagt das Einaug, all das dünke sie sehr merkwürdig, und sie wüßten nicht recht, was davon zu halten sei.

Nun, entgegnet Lompin, immer gleich fröhlich, so könne man ja die Sache auch teilen. Sie würden die Bücher erhalten und den Juden ziehen lassen, ad eins. Ad zwei, er würde, als Zugabe quasi, die gewünschte Abend-Musique liefern und sich dann, mit einem Topf Coffee, den die Herren ihm gnädigst spendieren möchten, nachts über das Spielbüchlein setzen, und morgen werde er seinen Vorschlag für die Zukunft präzisieren.

Mit dem Austausch Jude – Bücher sind die Herren sofort einverstanden, gleichfalls mit dem Concert an der Orgel. Das Büchlein aber, nachdem sie es erhalten, einfach wieder herauszurücken, dazu können sie sich nicht recht verstehen und erklären sich schließlich bereit, es dem Herrn Simplicius zu lesen zu geben in demselben Raum, wo der Moshe gefangen gesessen, mit einem Wächter an der Seiten, damit er es nicht durch geheime Künste beschädige oder gar verschwinden lasse. Was sie nun und nimmer eingehen könnten, das sei die Bereitstellung eines Coffees, da dergleichen Delicatesse innerhalb der Erdwälle Vaćs seit der Plünderung durch die Tataren nicht mehr gesehen, geschweige denn gekostet worden sei.

So werden sie einig.

Den Moshe, Jizchaks Sohn, sieht er noch einmal, als er zur Kirchenruine hinübergeht, um zu üben für sein Concert. Mit Reisehut und Knotenstock tritt ihm das Männlein entgegen, einen Fellranzen über der Schulter, der nichts

Nennenswertes zu enthalten scheint, und sieht in seinem schäbigen Kaftan aus, als komme er vor Gebrechlichkeit nicht bis zur nächsten Ecke. Wohlgepflegt indessen sind seine weißen Hände und seine weißen Peies wohlgedreht. Seine Sippe gibt ihm das Geleit bis vor die imaginären Tore der Trümmerstadt.

„In meinen Taschen ist alles wohlverwahrt", sagt er, und seine Augen blitzen unternehmungslustig. „Habt Dank für Euer Vertrauen und Eure gütige Vermittlung. Nach Buda werde ich gleich selbst gehen und meinem Schwager Bericht erstatten, daß ich noch lebe – in diesen Zeiten allemal ein Wunder des Ewigen. Und Ihr, wollt Ihr wirklich und wahrhaftig hierbleiben und diesen Toren helfen? Ich prophezeie Euch Mißerfolg. Sie sind zu stupide."

„Ich will's einfach versuchen", erwidert Lompin fröhlich, während er, gefolgt vom Bälgetreter-Kind, seiner Wirkungsstätte zuschreitet und der andre von dannen zieht.

Simplex möchte eigentlich nur repetieren, weniger die Finger als das Gedächtnis geschmeidig machen, Melodien suchen, die nicht aus den Confessiones stammen, sondern aus den Liedern des Volks und also jedem ans Herz gehn. Als er aber, nach einer halben Stunde vielleicht, dem Kind zuruft, es sei gut, und aus der Orgel steigt, sieht er, daß sich in den Resten der Kirchenbänke, in den Gängen, zwischen den Trümmern des Altars Leute angesammelt haben, schattenhafte Wesen, die herausgekrochen sind aus ihren Katakomben, grau gewandet, graugesichtig, frierend im heißesten Monat. Noch stehen die Gruppen für sich, halten die Augen gesenkt, wenden den andern die Rücken zu. Aber er sieht, daß von den Frauen einige weinen. Wissen es wohl gar nicht.

Auch die Zigeunergeiger haben sich eingefunden, und da er geendet, greifen sie seine Tonart und Weise auf und beginnen, hin und her gehend zwischen den Erstarrten, miteinander und hintereinander zu fiedeln. Das klingt so lieblich, als wenn zwei Stare auf benachbarten Dachfirsten miteinander wetteifern in Gesang und Wohlklang.

Die Bauern sind ebenfalls da, stehn abseits von den Städtern und fangen bereits an, sich im Takt zu regen und auf der Stelle die Füße zu bewegen.

Beschwingt auch ohne den erwünschten Coffee geht Simplex in das ehemalige Verlies des Moshe, seine Nacht mit Lektüre zu verbringen; er hat Hoffnung geschöpft.

Neben ihm schnarcht gleich von Beginn an der Wächter, er aber wechselt noch einmal die Kerzen, und erst als die zweite Garnitur fast niedergebrannt ist, legt er sich zur Ruhe.

Am nächsten Tag wird er dann vorstellig bei den Herren des Rates, die ihn, vielleicht ob gestriger Musica, jetzt mit anderen Augen anzusehen scheinen – immer noch wie ein Wundertier, aber nicht mehr wie eines, das womöglich Feuer speien könnte.

Unterbreitet, was ihm eingekommen und in der Nacht vollends Gestalt geworden in seinem Kopf. Nämlich, er verstehe nun, nach Lektüre des Buches, die Weissagung des zu Gott versammelten einstigen Franziskaners ganz und gar, denn habe der nicht gesagt, sein Erbe sei in gutem Gebrauch zu halten? Nun, dies Buch enthalte eine große geistliche Comédie, beginnend von der Erschaffung der Welt, dem Kampf des Bösen Feindes mit dem Herren um des Menschen Seele, dem Fall unserer Stamm-Eltern, über des Moses zehen Gesetzestafeln und das Babylonische Exil bis hin zur Passion unseres Herrn Jesu Christi und zur völligen Ausschaltung der satanischen Künste aus dem Weltenplane. Dies hochbedeutsame und fromme Spiel nun sei in schönen, dem Volke leicht faßlichen Versen in ungarischer Sprache abgefaßt, und es aufzuführen, hieße nicht nur, Verdienst im Himmel zu erwerben, das Volk zu bilden und auf den Pfad des Herren zu führen, allen Confessiones darin eine Aufgabe zu erteilen, die sie, bei gegenseitiger Duldung, im Heilsplan des Höchsten Gotts und Friedefürsten innehätten, sondern auch würde es der Stadt Vać, falls es public würde, zu leuchtendem Ruhm und erneuter Prosperität verhelfen.

Er selbst, Simplicius, der sich als der Herren Stadtväter submissester Serviteur verstehe, sei bereit, nicht nur diese spirituelle Comedia mit der Population der Stadt einzuüben, sondern sie darüber hinaus auch mit schicklichen Liedern und modesten Tänzen zu versehen – wozu er freilich die Mitwirkung der zigeunerischen Musikanten und ihres gauklerischen Ingeniums bedürfe. Und schlage er den Ehrenfesten und Gestrengen vor, mit ihrer gütigen Permission, das Spectaculum in zween Partes zu teilen, entsprechend den Erfordernissen des Kirchenjahres: nämlich jetzt bis zum Dezember die erste Hälfte bis zur Geburt des Herren in Szene zu setzen, falls aber selbiges Gefallen und Approbation finden werde bei den Honoratioren, bis zum Osterfeste desgleichen mit der Passionsgeschichte zu tun.

Für dies alles verlange er keinen anderen Lohn als den täglichen Unterhalt an Essen und Trinken, kenne er doch die Not der Stadt und des Landes, und sei darüber hinaus noch bereit und willens, jeden Sonntag einen Gottesdienst musikalisch zu versehen, falls sich ein Prediger, welcher Confession auch immer, anfände, oder, wenn dem nicht so sei, eine geistliche Musique auf der Orgel zu geben.

Aufgrund so ungemeiner Beredsamkeit und großherziger Angebote ist der Rat der Trümmerstadt, alles Mißtrauen hintangesetzt, bereit, den Contractus einzugehen, erscheint es ihnen doch als ein rechtes Fatum, was ihnen da an diesem Musicus ins zerbrochne Haus geregnet ist und haben sie, gleichsam vom Donner gerührt ob der schnellen Wendung der Dinge, gar keine Zunge mehr, Einwendungen zu machen.

Lompin, im Schwunge seiner Action, begibt sich denn auch gleich zu dem Zigeunervölkchen, mit der Stammesmutter die Dinge abzusprechen, wobei die würdige Ahnfrau meist schweigt, indes er mit Händen und Füßen agiert. Da er sich aber des Wohlwollens dieses Weibs und ihrer Familie sicher ist, geht alles seinen Gang, und er setzt das nächste Orgelconcert an, die Leute aus ihren unterirdischen Behausungen herauszulocken und erste Umschau betreffs der Besetzung vorzunehmen.

Am Abend, während er, immer noch so munter, als hätte er literweis Coffee zu zehn Pfeifen Toback konsumiert, beginnt, aus dem kostbaren Franziskanerbuch Rollen herauszuschreiben (ihm ist klar, daß er den meist analphabetischen Acteurs wird das Zeug Wort für Wort einpauken müssen), am Abend also fragt er sich, was ihn eigentlich in dies keineswegs lukrative Unternehmen treibt, und findet nur eine Antwort: Die Spiel-Wut, eine Leidenschaft, vergleichbar der, die den jungen Herrn Zapary an die Ecarté- und Baccarattische der Welt treibt, hat voll von ihm Besitz ergriffen und läßt ihn, wie das Laster so an sich haben, nicht mehr aus den Klauen.

Er hofft sogar, daß der Serasker Kara Mustapha so bald von Wien nicht vertrieben wird oder gar siegt, sondern daß am besten der Krieg einen Winter lang einfriert und ihnen hier in ihrem Winkel in aller Ruhe erlaubt, ihren Ludus zu machen. Denkt an die Griechen vor Troja, das hat ja auch ein Weilchen gedauert. Nicht, daß er den armen Wienern eine zehnjährige Belagerung wünschen täte, Gott behüte, aber es ist im Moment so schön ruhig, und die Leute hier brauchen ein bißchen Zeit, zu sich zu kommen, damit sie dann den nächsten Schlag ertragen können. Im alten Kampf des Mars gegen die Musen einmal den Spieß umzudrehen und einer der neun schönen Schwestern zum Siege zu verhelfen – das wär schon ein innig wünschbares Ziel.

Mit der Rollenbesetzung gibt es einige Schwierigkeiten, die vor allem daraus resultieren, daß es in dieser Stadt kaum mehr Männer und Weiber blühenden Alters gibt, sondern alle sind zu alt oder zu jung. Einen würdevollen Herrgott und einen gestandnen Moses findet er wohl, der Nebukadnezar bereitet genausowenig Schwierigkeiten wie der Judenkönig, der mit den Seinen ins Babylonische Exil wandert, aber woher ein paar wendige Kerls für Beelzebub und seine Unterteufel nehmen, wenn der Krieg alle jungen Männer gefressen hat, woher Adam und Eva, woher die Mädchen, von denen Simplicius sich wünscht, daß sie die wundersüßen und wehmütigen Lieder singen, die er unterwegs gehört, da alle ansehnlichen Frauen in die Sklaverei verbracht?

Auch hierbei, nicht nur bei der Musique, können die Zigeuner helfen, denn in der Sippe ist alles, wie es gewachsen ist, beisammen, stattliche Kerls wie blühende Weiber, und gemeinsam mit den Bäuerinnen aus den Schilfdachhütten agieren sie in diesem Gott und den Menschen gleichermaßen wohlgefälligen Werk.

Eine Eva hat sich unter den Zigeunermädchen ebenfalls angefunden, die ist so schön, daß es dem Lompin bei bloßem Hinschauen den Atem verschlägt. Wenn sie ihre schwarzen Augen aufschlägt gegen ihn, im Lächeln die Zähne zeigt zwischen bräunlichen Lippen, die langen Schenkel regt unterm Rockfetzen, dann wird ihm wohl und wehe zugleich ums Herz. Auch scheint er ihr nicht ganz unlieb, öfters als nötig streicht sie um ihn herum, und hätte er nicht außer seinem Spiel-Werk noch immer ein blasses Gesicht im Gedächtnis, könnt er sie wohl haben, wenn er wollte. Aber damit hat es sein Bewenden. Er hat zu tun.

Sie lernen die Texte und die Lieder mehr oder weniger schnell und gut. Aber er hat unendliche Geduld und ist freundlich zu ihnen. Sie beginnen, die Bewegungen und das Tanzen zu probieren, und begreifen allmählich dabei, daß sie sich ansehen und berühren müssen, gleich ob der eine Katholik und der andre Protestant ist, daß der Zigeuner den Moslem eine Melodie lehren muß und daß der Jud nicht besser und nicht schlechter ist als die anderen zusammen, sondern ihnen gleich in der Verschiedenheit. Sonst kann ihr Spiel nicht gedeihen.

Und wenn sie sich begegnen, auch außerhalb des von einem Flechtzaun umgebenen Halbrunds auf dem Platz, das Simplex zum Spielfeld bestimmt hat, grüßen sie sich neuerdings und sagen ein paar Worte und fragen vielleicht, wie die Ernte wird. Bald kehren sie nur noch zum Schlaf in ihre unterirdische Behausung zurück, und hie und da beginnt einer, an seiner zerstörten Hütte etwas zu richten, ein andrer sieht nach, ob von seinem halbverbrannten Apfelbaum fürs nächste Jahr nicht ein Teil wieder grüne, der dritte holt die Reste seiner Habe aus dem Keller und lüftet das Bettzeug in der Sonne.

Der September wird klar, die Bauern bringen die Ernte ein, sie ist gar nicht so schlecht; man geht auf Hasen- und Rebhuhnjagd, die Weiber sammeln Pilze und Beeren.

Der Rat wäre vielleicht immer noch mißtrauisch, hätte nicht Simplex den Gottvater mit einem der Ältesten besetzt, der ist ein leidenschaftlicher Mime geworden und so sehr bei der Sache, daß er mit wahrer Jehova-Gewalt alle Bedenken gegen das merkwürdige und nie geahnte Treiben niederwirft.

Ein Geistlicher hat sich nicht angefunden, was Lompin

nicht unbedingt als Mangel ansieht, könnte ein eifervoller Theolog ohne Tolerantia doch alles verderben. Er gibt seine Musiquen, und einmal, als das alte Mißtrauen wieder ausbrechen will zwischen den Gruppen, weil der protestantische Darsteller des Aron dem katholischen Moses die Sätze verkürzen möchte und dabei vom zigeunerischen Oberteufel assistiert wird, hält er sogar so etwas wie eine Predigt, spricht sie zwischen einem Ricercare und einer Fantasia an, liebreich und streng zugleich, und fragt rhetorisch, ob sie denn so sündenlos seien, den ersten Stein werfen zu wollen auf ihre Mit-Bürger, die doch alle unter verschiednem Namen denselben Vater-Gott verehrten, und ob sie nicht vermeinten, in dem frommen und nutzreichen Spiel, zu dem sie sich eingefunden, Sünden abzubüßen, statt neue zu begehen? Denn jeden würde es betreffen, und keiner sei besser denn die anderen: die Juden, als die Stamm-Väter christlichen Glaubens, die ja in dieser Action auch in gebührlicher Weise als solche gewürdigt seien, die Zigeuner, die dafür Buße täten, daß sie, wie es heiße, der nach Ägypten flüchtigen Mutter Maria die Rast auf der Flucht verweigert hätten, die Moslems, die guten Grund hätten, auch wenn sie einem anderen Propheten huldigten, den Messias der Christen mit zu verehren, denn er sei der erste gewesen, und die, wenn sie schon nicht am Spiel selbst teilnähmen, durch Mitarbeit an Musique und Scene ihren guten Willen erweisen könnten; christliche Brüder jeder Confessio aber hätten mit Blick auf den am Kreuz gestorbenen Erlöser vermehrten Grund, sich untereinander zu vergeben und zur höheren Ehre Gottes gemeinsam das Spiel zu spielen.

So Lompin, obwohl er sich nicht sicher ist, ob sie ihm solche Predigt zu Breslau auf dem Theologenseminar als reiner lutherischer Lehre entsprechend abgenommen hätten. Aber es verfehlt seine Wirkung nicht, vor allem, da es, mit Musica umrahmt, den Herzen zugänglicher wird.

Geduldig, am Rande der Erschöpfung und so glücklich wie lange nicht mehr, studiert er die Lieder und Tänze ein, lehrt sie, sich zu regen und zu bewegen, bringt alles in einen Ablauf und hält sie an, eine Scena zu bauen: Das Halbrund des Flechtzauns mit den Türöffnungen schließt diese ab, darin befindet sich ein hölzernes Häuslein mit einem Turm, letzterer Wohnsitz Gottvaters und der Erzengel, von denen freilich bloß zwei (er und der Zigeuner) die Trompeten der Verkündigung blasen können. Wenn man die Flügeltüren weit aufklappt, so ist in dem Haus sowohl das Paradies zu finden wie auch des Königs Nebukadnezar Thronsaal und der gesegnete Stall, worinnen die Geburt des Herrn sich vollzogen. Davor läßt Lompin eine Grube machen, mit Brettern verschließbar, aus der kommt der grausliche Teufel mit seinen Gesellen, an Gestalt und im Anzug einem Tataren gleich, und die mit ihm sind, junge Burschen aus des Zigeunervolks Mitte, können tanzen und springen und komische Kunststücke machen, so, wenn sie zur Musique versuchen, mit einer Leiter Gottes Thron zu stürmen und von den Erzengeln zurückgeschlagen werden.

Ihre Verkleidung bereitet ihnen keinerlei Kummer, denn alle tragen, was sie haben: die Weiber ihre Sonntagsschürzen über den Kleidern und Bänder in den Zöpfen, und wenn sie die trauernden Israelitinnen geben, legen sie dunkle Tücher um, und wenn sie die Geburt des Herrn besingen, tragen sie Wachslichter in den Händen.

Den Teufeln malen sie mit Erdfarben dunkle Gesichter, tatarische Schlitzaugen und zwirbeln ihnen die Bärte mit Honig auf.

Gott und die Erzengel erhalten schöne blonde Perücken aus Werg und Heiligenscheine aus Stroh, die Juden haben ihre Kaftane, die Hirten ihre Pelze.

Diese übrigens, die Hirten, stammen nicht aus der Stadt Vać, sondern von den Triften der Umgebung. Angelockt von der sich schnell verbreitenden Kunde des Unterfangens, sind sie herbeigekommen, um dem Spiel-Meister, Herrn Simplicius, ihre Bitte vorzutragen, ob sie nicht, gleichsam von Stands wegen, bei der Comédie jene Hirten, die das Kind verehrten, darstellen könnten – was ihnen verstattet wird, insonderheit, da einer von ihnen brav Sackpfeife bläst und ein andrer, ein kleiner hagerer Bursch mit borstigem Haar, sich auf Possen versteht wie ein gelernter Spaßmacher und halb mutwillige, halb komisch-lästerliche Reden ex tempore vorbringen kann.

Irgendwann inmitten dieses Wirbels, da Lompin am

Tage, wenn die Leut ihrer Arbeit nachgehen, mit den Zigeunern zusammenhockt, baut, plant, verwirft, umstellt, flucht, lacht, redet, Trompete spielt und am Feierabend mit allen probiert, dringt ganz am Rande die Kunde zu ihnen, der Türke sei vor Wien dank gesamtchristlichem Sukkurs geschlagen worden. Alle indessen hoffen, daß allzubald die Kämpfe nicht bis hierher kommen, noch gibt es ja einige Grenzfestungen, um die Carolus von Lothringen und König Jan Sobieski werden mit den Türken ringen können, noch sind die Heerscharen weit, laßt uns, wir spielen.

Da der Herbst mit Macht ins Land bricht, die Tage kürzer, die Abende länger werden, dürfen auch die Proben nicht mehr so lange dauern, und schließlich entscheidet Simplicius, am Sonntag, erster Advent, soll es soweit sein, sie wollen, falls das Wetter nicht schon Eis und Schnee herabschickt, statt eines Gottesdienstes unter freiem Himmel agieren zur Ehre des Höchsten vor den Augen der Waitzener Einwohnerschaft, von der fast keine Sippe nicht beigetragen zu dem Spectaculum, sei's, daß einer der Ihren mitspielt, singt oder tanzt, sei's, daß andere am Bau der Scena, Ausputz der Personen oder Herbeitragen des Zierats mitgeholfen oder bei der Musique mittun.

Bevor es jedoch beginnen soll, faßt den Spiel-Leiter sprachloses Erstaunen, denn der Platz vor dem Spielort ist nicht etwa bevölkert von der Handvoll Stadtbürger, sondern, wie auch immer die Fama ihre Trompete gehandhabt hat, sie sind von ringsum aus der Landschaft herbeigeströmt und stehen, wegen der morgendlichen Kühle, in ihren Pelzen und Stiefeln da, und ihr Atem erfüllt die Luft mit Nebelhauch, und sie sind still, und es sind Hunderte.

Fast will ihm bange werden ob der Sache, deren er sich da angenommen, und er fragt sich, wie ihre laienhafte Comedia standhalten wird, da sieht er, seine Scena inspizierend (die Wergperücke und die Strohkrone schon auf seinen dunklen Schädel gestülpt als der Erzengel Michael mit der Trompete), etwas, was ihn mit wundersamer Freude erfüllt. Denn in dem Häuschen, bei noch verschloßner Türe, haben sich für ihren Part bereits Adam und Eva postiert im Paradies zwischen Kukuruz, Kürbissen, Strohblumen, goldnen Zwiebelzöpfen und feuerrotem Paprika. Adam, graubärtig bereits (aber wer will über das Alter des Ur-Vaters rechten?), hält die Hand der zigeunerischen Eva, und Lompin wußte nicht, wie wunderbar die Frauen sie ausstaffieren würden mit dem Schönsten, was sie hatten, als wollten sie ihrer aller Sehnsüchte in ihr vereinen. Sie glänzt in Ketten und Münzen und Bändern, ihre gewaltigen Haare sind mit Strohblumen und Wintergrün durchflochten, und als Zeichen der Figura haben sie ihr auf eine weiße Spitzenschürze ein grünes Feigenblatt genäht.

Mit einem Gefühl von Glück ohnegleichen weiß er, daß alles gut gehen wird, und gibt das Zeichen zum Beginn, und mit hellklingendem Kyrieleis ziehen die geputzten Mädchen auf den Spielgrund feierlichen Schritts, die Kerzen, die sie zwischen den Fingern tragen, brennen gerade in der stillen winterlichen Luft, und bereits, als sie ihre erste Aufstellung genommen haben, noch vorm Auftritt des Herrn und seines Widersachers, des bösen Feindes, ruft das Volk respondierend amen.

Es geht, wie er immer zwischen Wachen und Schlaf dachte, daß es gehen müßte. Sein Auditorium saugt die heilige Mär auf wie ein dürrer Acker den ersehnten Regen. Sie lachen, weinen, seufzen, jauchzen, antworten mit Amen und Kyrieleis, singen bekannte Lieder mit, liegen sich in den Armen; niemand scheint die Kälte des Tages zu spüren, sie sind erwärmt wie von feurigem Wein.

Zwei Actiones sind es, an denen hängt sein Herz besonders. Die eine, wenn das traurige Volk der Juden in das Babylonische Exil gezogen ist. Der herrische Nebukadnezar (vom Darsteller des Teufels gegeben) tanzt seinen Triumphtanz vor ihnen. Dann, mit einer winzigen schnellen Handbewegung über die Augenlider des Judenkönigs hin, „blendet er ihn“, der hinfort von seinem Weibe geführt werden muß, und gibt den Versklavten neue, lächerliche Namen. Gebeugten Hauptes zieht der Zug der Gedemütigten davon hinter den Flechtzaun, und ein tiefer, erschütternder Seufzer wie aus einer Brust steigt auf aus der Menge, wenn die Zigeunergeiger eine jüdische Melodie anstimmen.

Die zweite Scene ist die weihnachtliche Anbetung.

Nachdem die Hirten gekommen (der hölzerne Stern, an der Schnur gezogen, vor ihnen her) und ihre Scherze gemacht, Mutter und Kind zum Lachen zu bringen, und die drei Könige ihre Gaben dargebracht, nimmt Maria, vorhin Eva, ihr Kind aus der Krippe, und mit einer Gebärde von schamloser Unschuld öffnet sie ihr Mieder, es zu stillen. Tief atmen die Menschen ein, aber da schließen die Mädchen das Tor zum Stall, die beiden Zigeuner fiedeln sich fast die Seele aus dem Leib in süßjubelnder Weise, und der Frauenreigen schreitet singend eine letzte Runde um die Scene, eh er verschwindet. Gottvater sitzt wohlgefällig lächelnd in seinem Turm und schmaucht eine Pfeife. Das Spiel ist aus.

In einer Stille, die fast unglaublich erscheint bei soviel versammeltem Volk, geht man auseinander, ein jeglicher an seine Statt.

Lompin, den heiligen Michael abgelegt, geht, alle seine Spieler zu umarmen.

Auf einmal sind die jungen Mädchen des Chors wieder Bäuerinnen, einige gesetzten Alters, dazwischen zwei grüne Jungferchen ohne Brüste – eben noch schienen alle gleich schön und blühend. Gottvater ist wieder Stadtvater, Oberteufel ein Tausendsassa von Zigeunerkerl, Judenkönig ein Kaufmann aus der dritten Gasse. Aber an allen bleibt ein bißchen hängen von der Stille, mit der die Leut den Platz verließen.

Nur die schöne Eva und Maria umarmt er nicht, sondern verbeugt sich vor ihr lediglich mit türkisch gekreuzten Armen.

Er weiß, alles ist nun vorbei und wird nie wiederkommen. Das sind ja keine Artisten nicht, es sind Laien, werden so nie wieder spielen können noch wollen, es hat nur dies eine Mal Sinn.

Die Zigeuner wollen fortziehen noch vorm Weihnachtsfest, auch wenn die Honoratioren eine andre Vorstellung auf den Heiligen Abend fordern.

Lompin sagt zunächst alles zu. Man bittet ihn zu bleiben, als Organiste, als Seelen-Sorger – wissen wohl nicht so recht, wie sie's nennen sollen. Er nickt, warum nicht. Warum sollte er nicht bleiben, wenn sie demnächst vielleicht einmal an ein Salär denken? Das Passions-Spiel möcht er wohl gern machen zu Ostern. Da gibt es einen, der hat einen bunten Hahn, der auf Befehl kräht – für die Verleugnung Petri wie geschaffen.

Als habe der Himmel nur den ersten Advent abgewartet, setzt Schnee ein. Aus den geflickten Dächern steigt Rauch auf, es riecht nach frischem Brot und Zimmetgebäck.

Das Spiel-Häuschen mit dem Türmchen haben die Muslime von den Obrigkeiten erbeten, von da ruft nun der Muezzin zur Andacht.

Die Christenweiber kochen für die jüdischen Hausfrauen am Schabbes wohl hier und da mit, da jene, getreu dem Gesetz, keine Arbeit tun dürfen – ohne Schweinernes, versteht sich. Dafür geben die Jüdinnen ihnen als Dank am Sonntag gefillte Fisch, da haben sie denn Zeit, zur Musique in die Kirche zu kommen, deren Schindeldach man gerade in gemeinsamer christlicher Arbeit ad maiorem Dei gloriam zu decken beginnt.

Die Zigeuner sind fortgezogen.

Vać ist eine ganz gewöhnliche Stadt.

Er hätte mitgehen sollen. Hätt den schwarzen Augen der Eva folgen sollen, wär bei der Sippe willkommen gewesen, und mit seiner Trompete hätt er allemal bei denen ums Geld aufspielen können.

Worauf hat er nur gewartet? Auf die erneuten Überfälle der Renner und Brenner, auf die wiedererwachende Zwietracht der Bürgerschaft, auf die Vergangenheit, die daherkommt?

Denn sie ist da, so plötzlich, wie eine Windsbraut vom heitern Himmel losbricht, und sein Schreck damals ist kein geringerer gewesen als der jetzt, da er ihn mit bettelnd ausgestreckter Hand auf dem zerschlißnen Fuchspelz hocken sah am Straßenrand.

Nur daß die Mentik noch nicht ganz so schäbig ist, daß es einen Hut gibt mit Agraffen und Münzen vollgesteckt, gespornte Reitstiefel und besonders fein ziselierte Pistolen. Und die Vergangenheit stürmt krachend und prasselnd die Orgelempore hoch mitten in die Exercises von „In dulci jubilo“ con variazioni, mit einem heiseren irrsinnigen Lachen: „Hab ich dich endlich, Narre und Schuft! Wo versteckst du dich vor mir?“

Obwohl ihm zittrig ist, schließt er sorgfältig mit Kadenz und erwidert erst dann: „Wüßte nicht, warum ich mich vor Ihro Gnaden verstecken sollte. Wir haben uns ordentlich und als friedliche Leute im Einverständnis getrennt.“

George Zapary lacht weiter. „Ha! Das seh ich anders. Du hast mich als einen schwachen, hilflosen, von Siechtum und Sklaverei hinfälligen Mann mit einem mehr als unzureichenden Notgroschen allein gelassen und dich aus dem Staub gemacht, verrecken hätte ich können! Doch der Herr verläßt die Seinen nicht. Er gab mir ein scharfes Aug, einen guten Degen und gute Fortune.“

„So seid Ihr in Kriegsdienst gegangen?“ fragt Simplex matt. Er sitzt noch immer auf der Orgelbank, die Hände auf den Knien, und versucht, sich zur Ruhe zu zwingen.

„Kriegsdienst? Ich bin ein freier Edelmann und nehme nicht Dienste. Bin mir selbst genug und steh für mich ein und nehm mir, was ich brauche. Dich aber brauch ich, mein Knecht Lompin, und bin nicht willens, deinen Eigensinn zu erdulden, sondern mit mir sollst du ziehn und mir die Zeit vertreiben mit deinen Schnacken und Schnurren, denn ich langweile mich allein bei meinem Werk.“

Lompin, der ahnt, welcher Art dies Werk ist, schüttelt den Kopf. „Wie habt Ihr mich finden können?“

„Du hast mir gesagt, daß du hierher gehst. Außerdem redet man ja weit und breit von der Comedia zu Waitzen und dem Musicus, der sie ausgerichtet. Wer sollte das sein als du? Nun aber komm, mein Gaukler, wir wollen aufbrechen, Luna scheint, sobald es Nacht. Ich habe da draußen zwei Rösser, eins für mich und eins für dich. Mußt nicht zu Fuß nebenherlaufen. Wir wollen zu Rosalia reiten, im Pferdestall sitzt sie und wartet auf uns. Wir wollen das schwarze Roß fangen, das Freiheit heißt, und es zähmen.“

„Herr, Ihr seid nicht bei Sinnen“, entfährt es Lompin, als er die starren hellen Augen sieht.

„Sag das noch mal, und du bist tot!“ (Beide Pistols sind auf ihn gerichtet und wahrhaftig die Hähne gespannt.) „Und zier dich nicht weiter; ich habe vor, dir das Geld, so du mir beim Abschied geliehen, zurückzugeben – denk nicht, Uram György sei ein armer Schlucker, nein, er hat verstanden, sich Barschaft zu erwerben, und ich werde teilen mit dir, wie du es in lächerlich hochmütiger Großmut getan hast an jenem Kreuzweg, aus Tücke, um mich zu beschämen. Aber nun wirst du staunen."

„Mit Eurer Erlaubnis, ich will nicht fort."

„Warum nicht? Ist dir das Amt eines poweren Organisten, der sogar in der Winterkält üben muß, lieber als die reiche Gesellschaft eines noblen Herren?" György streift mit verächtlichem Blick des anderen Hände in den wollenen Halbhandschuhen, die der zum Orgelspielen trägt. „Soll ich dir Feuer über deine erstarrten nackten Finger pusten, damit sie beweglich werden?"

„Sie sind beweglich genug", erwidert Lompin, und langsam faßt er sich wieder. „Wollt Ihr hören?"

„Wenn ich von dir was hören will, so ist es der Klang deiner Trompete, Leib-Narr."

„Ich aber mag jetzt nichts lieber spielen als diese Orgel, und sie hält mich mehr als anderes fest an diesem Ort. Entschuldigt mich nun, Herr." Er schwingt die Beine zurück, registriert und beginnt zu spielen.

Das Lachen faucht neben seinen Ohren. „Nun, daran kann ich wohl etwas ändern."

Cergely ist mit einem Sprung an der Seite des Instruments, öffnet mit einem Fußtritt die Tür, und schon fahren die Kugeln beider Pistolen in die Bälge. Der Knabe, der die Luft schaffte, kreischt und drängt sich zur Wand – hilf, Gott, er wird doch dem Kind nichts tun. Lompin springt hinzu und zerrt den Knaben zu sich, indes der Tobende nun den Degen zieht und sticht und haut; zischend und wimmernd wie ein Haufen verdammter Seelen entweicht die Luft; meine Gespielin, meine Schöne, meine Taube, meine liebe Braut.

Lompin drückt das Kind an sich und stürmt mit ihm die morsche Treppe hinunter.

Ich hätte nie und nimmer hierbleiben dürfen, da er es wußte.

„Lauf", sagt er zu dem Jungen, „er wird niemandem etwas tun, wenn ich mit ihm gehe. Hol mir meinen Reisesack."

Der da oben rast immer noch gegen das Instrument.

Die ganze Stadt ist still. Lompin geht dem Kind entgegen und holt das Seine ab, und er sieht niemanden.

Und dann der provozierende Hufschlag die Gasse ab und auf; der ist da mit dem zweiten Pferd am Zügel, und er sitzt auf, und sie reiten hinaus aus den Erdwällen von Waitzen und gen Nordosten aufs Gebirg und also auf Kaschau zu, warum wohl, wo sie doch erklärtermaßen zu Rosalia nach Nerk ziehen wollen, sie reiten scharfen Trab, nur fort.

Im Hügelland liegt der Schnee schon dicht, ist kein gutes Entkommen für einen Raubgesellen, verrät Gerechte wie Ungerechte. Aber im Hochland ist der Boden frostig und kahl.

Sie machen Rast vor einer Höhle, entzünden ein Feuer und wärmen sich, essen will keiner, und gesprochen hat auch noch keiner bisher.

Schließlich sagt Simplex: „Habt Ihr Eure Schwester aufgesucht, wie Ihr vorhattet?"

„Nein", erwidert der andre, „das heißt, doch. Hamsa Bey nahm mich nicht auf. Ich weiß nicht, ob sie noch bei ihm war. Sie wird wieder zu uns kommen, ganz gewiß. Dann soll der Türk für seine Unverschämtheit büßen."

Sie sehen sich nicht an.

„Willst du nicht blasen, Trombetasch?"

„Hab zu kalte Finger, auch wenn Ihr sie mir mit dem Mündungsfeuer Eurer Pistolen wärmt."

Cergely lacht. „Hast du mir das übelgenommen? Das war nur Spaß. Anderes, gewiß, wird dich wärmen, Hand wie Herz. Ich hab's versprochen, es ist mein Ernst. Ich laß mir nichts schenken. Die Hälfte des Beutels ist für dich."

Er löst die Schnüre und schüttelt den Inhalt klirrend auf die Steine vorm Feuer, einen buntgemischten Wirrwarr von allerlei Münzen, Gemmen, Ringen, Spangen – wie's gerade kam. Und dann schiebt Simplex eine Kette beiseite und sieht es. Der türkische Frauenschuh, besetzt mit Türkisen und Perlen. Das Kleinod der Mirgiel.

„Das da", sagt er.

„Ein reizendes Stück, nicht wahr?" bemerkt Zapary vergnügt. „Nimm, was du wünschst, aber das möchte ich gern behalten. Für Rosalia. Oder für die Schwester."

„War der, dem Ihr das abnahmt – war der tot?"

Cergely zuckt die Achseln. „Ein Mauschel. Ich ließ ihn im Graben. Hab nicht nachgeschaut, ob er lebend oder tot war."

Moshe ben Jizchak, so hab ich dich umgebracht.

Lompin steht langsam auf, greift seinen Reisesack und holt die Trompete heraus.

„Hier", sagt er. „Ihr wolltet eine Trompete kaufen für Eure Kurzweil, da habt Ihr sie, und für umsonst. Ich freilich werd sie nicht mehr blasen. Eines Strauchdiebs und Mordgesellen Kumpan sei, wer da wolle. Ihr könnt mich niederstechen oder niederschießen oder auch gebunden mit Euch führen. Aber aus freien Stücken bleib ich nicht. Und wenn Ihr meint, ein Teil von diesem Blutgeld sollte mein sein, so nehmt's und reitet eine halbe Wegstunde von hier, da ist eine Schlucht, da werfet es hinein in meinem Namen und sprecht eins Eurer Gebete dazu."

Er schultert sein Gepäck und geht sehr langsam davon, immer gewärtig des Schreis oder Rufs, des Griffs an seinem Arm, des Eisens unterm Schulterblatt, der Kugel in der Lunge.

Aber nichts rührt sich. Gar nichts.

Und er geht, bis es dunkel ist, und im Dunkeln immer so fort über Stock und Stein, stolpernd, aufstehend, anrempelnd, weitertaumelnd, ohne den Schritt zu beschleunigen, immer weiter, bis er irgendwo hinfällt und einschläft vor Erschöpfung.

So hat er ihn verlassen, und er hofft, ihn nie wieder zu finden noch gefunden zu werden.

Das neunzehnte Capitel

in dem er gleich einem Esel schreit, einen desperaten Antrag macht und sich darüber wundert, wo er lebt

Der Esel vom Lorenz Geyer, dem Hausierer, der schräg hinterm Hof wohnt, schreit durch die Nacht, der schreit die ganze Nachbarschaft wach. Sehnt sich wohl nach etwas, was er nicht hat.

Wenn unsereins auch so schreien könnt, vielleicht wär einem da leichter.

Was hat Masosky, die treue Seele, gesagt? Daß mir mein frohes Herz nicht ersäufet wird von Leid und Bitternis ...

Ach Bruder, dazu bedarf es nur, daß ich allein in meiner Stuben bin und des gedenk, was gewesen, neue Geschichten sind nicht vonnöten dazu. Muß aber alles heraus und erinnert und aufgenommen werden, darf nicht verborgen sein, war's schon allzu lang.

Der und ich, wir können nicht voneinander, und so bin ich auch er und tue seine Taten mit, als sein Esel, auf dem er daherreitet.

Er läßt sich vornüber fallen, steht auf allen vieren, legt den Kopf in den Nacken und schreit im Takt mit Geyers Esel mit. Salut, herzlieber Bruder. Bin dein getreues Echo, schrei, was mir weh tut.

Wär ich von den Papisten, hätt ich wohl dem Moshe Ben Jizchak eine Totenmesse lesen lassen, gleich, was er bekannt. Oder die haben doch auch so was. Ein Kaddisch heißen sie's. Ich aber muß eselhaft schreien oder possenhaft singen, wie's mir zukommt.

Der da draußen verstummt jetzt, so plötzlich, wie er angefangen hat.

Er erhebt sich, streicht sich das Haar aus der Stirn. Allein zu schreien, dazu hab ich keine Lust.

Er geht im Zimmer hin und her, berührt dies und das, trägt irgendwas an eine andre Stelle, entzündet noch mehr Kerzen, ja, das ist eine große Verschwendung, außer wenn man arbeiten will. Totensonntag ist vorüber, singst sie spät, deine Bußpsalmen.

Er nimmt den Spiegel, schaut hinein. Moshe Ben Jizchak, ich hab dich umgebracht. Lompin war's, der possenhafte Lompin. Aber das muß aufgeschrieben und dargelegt werden, das gehört nicht verborgen.

Lompin kommt des Wegs entlang / ist des langen Tags nicht bang / Trifft er auf ein Mauschel.

Feurige Kohlen auf mein Haupt.

Mit fahriger Hand greift er zur Feder. Nimm's an und friß es, es ist deins.

Eine von den kleinen sanftgehenden Melodeien aus dem

Ungarland, deren hintergründige Boshaftigkeit sich erst offenbart in der Weise, wie man sie singt. Das braucht man sich nicht erst auf dem Cembalo vorzuklimpern, das geht geradeaus gleich aufs Notenpapier.

Wie er, Lompin, wer sonst, den Mauschel schlägt und in den Graben wirft und er, Lompin, wer sonst, ihm seine Barschaft abnimmt, das Kleinod dazu. Aber der erholt sich, warum sollt der gestorben sein, der geht gen Buda und verklagt den Lompin. Dieser hat jedoch gute Freunde, die, denen er seine Narreteien vorgaukelt, die helfen ihm heraus, so wie er, Lompin, dem herausgeholfen, der vorm Pflug ging ...

Machen wir ein lustiges Liedchen draus.

Ich wollt, ich könnt wer anders sein.

Der Esel da draußen fängt wieder an. Scheinen keine großen Tröstungen gewesen, die ihm zuteil wurden.

Ich schrei auf meine Art weiter, mit Feder, Dinte und Papier. Büß so meine Sünden – zwar nicht ab, aber in immerwährendem Feuer.

Vielleicht vergißt sich's wieder.

Morgen muß alles sein wie immer, nach so einer Nacht.

Nach einer zermürbenden Nacht muß auch ein zermürbender Tag folgen. Der Kollaborator, den Lompin um Vertretung in der Schule bitten wollte, läßt sich entschuldigen, er habe noch derart viele Noten zu kopieren für den Herrn Provisor, daß er unmöglich aushelfen könne, wenn er fertig werden sollte.

Also stolpert der Magister in seine Lateinschule mit übler Laune und nimmt genau die Buben sich vor, von denen er weiß, sie können's nicht, und ärgert sich, daß er's tut, weil dergleichen sonst nicht seine Art ist, und die Jungs sitzen da wie Mäuschen vor der Schlange, und er ärgert sich noch mehr.

Dann fehlt Jacob Philander, sein Singe-As, hat sich verkühlt, heißt es, und der Altus platzt ohne den Stimmführer, und er läßt sich hinreißen, die Noten an die Erde zu werfen und die Jungs unmusikalische Esel zu schimpfen.

Mehr verzweifelt als wütend geht er ins Lehrerstübchen nach diesem Debakel (die Jungs wagen nicht einmal loszutoben nach solchem grauenhaften Unterricht, sondern schleichen still aus der Schule) und hat eigentlich nur den Wunsch, nach Haus zu gehn und die Türe hinter sich zuzumachen.

Wird ihm aber bedeutet, man erwarte ihn zu wichtigem Gespräch, und als er sieht, wer der Partner ist, scheint ihm sicher, daß das wichtige Gespräch ein nichtiges Gespräch wird, denn da sitzt der Rat Tössle und schlägt die Augen nieder bei seinem Kommen und drückt ein Tüchlein in den Händen wie ein nervöses Frauenzimmer. Was wird er schon wollen? Sich über die Stricharten im „Musikalischen Eulenspiegel" unterhalten oder fragen, wann man den bewußten Kavalier zu Gesicht bekäme?

„Verzeiht, Herr Rat", sagt Lompin lustlos, „ich bin sehr müde. Stets zu Diensten, aber ließe sich nicht eine andere Stunde für unsern Disput finden? Ich wäre dankbar."

Tössle räuspert sich und sieht auch weiter in eine Ecke und sagt: „Ihr irrt, Musje, ich bin nicht hier als Violinist noch als Musikfreund, sondern als Magistrat und bitte, das eine sorgfältig vom andern zu dividieren, und deshalb duldet auch, weswegen ich gekommen bin, keinen Aufschub. Es hat im Rate eine Verhandlung gegeben, Euch betreffend, und als der, so Euch am ehesten kennt, bin ich beauftragt, Euch zu ...", er stockt, errötet und fährt dann fort: „Euch zu unterrichten."

Lompin sieht ihn forschend an und weiß auch schon, daß der während dieser Unterrichtung oder was auch immer er vorbringen will, kein einziges Mal in seine Direktion gukken wird. So bleibt er stehen, sagt: „Ich höre", und wartet ab.

Tössle windet sich. „Es ist nicht so, daß ich hier meine eigne Meinung vortragen würde, Musje. Aber ich bin nun einmal bevollmächtigt ..."

Speer schweigt. Sieht keinen Grund, es dem leicht zu machen.

„Es ist so", redet der Rat weggewendeten Angesichts, „daß dem Burgemeister, Magistrat und Spezial zu Ohren gekommen, gewisse Schmähschriften und nichtswürdige Scharteken über die Anwesenheit französischer Truppen hierzuland und das Verhalten Hochdero wohllöblicher Landesregierung könnten unter Umständen aus Seiner Feder stammen. Falls dem wirklich so ist, möchte der Rat Ihn nachdrücklich daran erinnern, daß Er als ein Fremder in dies Land gekommen, allhier die Wohltaten guten Regiments genossen und freundliche Aufnahme gefunden, so daß Er sich hüten möge vor aufmüpfigen Schriften und rebellischem Gebahren. Andernfalls man gegen Ihn auch die gestrenge Seite herauskehren könnte und Ihn mit empfindlicher Strafe belegen, ja, ihn als ein unliebsames Subjectum traktieren."

„Das war's, was Ihr mir mitzuteilen hattet?" fragt Lompin und wundert sich, daß er überhaupt etwas herausbringt. (Muß lange keine Prügel mehr bezogen haben, daß es mich so brennt.)

„Ja, Musje, das war's. Und möchte noch einmal bitten, diese offizielle Meinung zu trennen von dem, was wir in Musicis zusammen treiben. Steht ja auf einem ganz andern Blatt."

Und mit so einem muß ich nun Musique machen. „Ich hab das wohl verstanden, Herr Rat. Wäre nur meine redliche Frage an Euch, ob Ihr als Freund der Künste und einer, so mich kennt, die vorgetragne Meinung teilt."

„Darüber möcht ich nicht reden", erklärt Tössle.

„Und alle zwölf Ratsherren sind der vorgetragnen Meinung?"

„Nein, nicht alle. Die Mehrheit."

Er muß im Raum hin und her gehn, um diesen erbärmlichen Anblick nicht ständig vor Augen zu haben.

„Ich hab gedacht, daß ich mich der Wohltaten, die das Land mir erzeiget, nicht ganz unwürdig erwiesen und speziell die Stadt Göppingen und ihr Heilbad an mir schon etwas Rechtes gehabt hätten", bemerkt er, „aber das sei nun, wie es sei. Was aber, Herr Rat, kann den Magistrat bewegen, mich in einer Sache zu vermahnen, von der es nur vage Vermutungen gibt, ich könne damit zu tun haben?"

„Das geschieht, um vorzubeugen, aus Sorge, daß durch Euch der Bürgerschaft kein Unheil geschieht", sagt Tössle und lächelt gequält. „Es ist nicht gegen Eure Person gerichtet."

„Nicht gegen meine Person? Aber Ihr sagt es mir doch!"

Tössle zuckt die Achseln.

„Wollet Ihr mich auf die Festung bringen für etwas, von dem man gar nicht weiß, ob ich's getan?"

Sagt Tössle doch: „Über Festungshaft entscheidet die Landesregierung und nicht der Magistrat."

Da bringt er nichts mehr hervor, nicht einmal eine Fratze kann er mehr schneiden, und Lutzens und Masoskys Ratschläge sind ihm sehr gegenwärtig. Die kennen ihr Völkchen wohl besser als ich.

Tössle erhebt sich, ringt noch immer sein Tüchlein in den Händen, wie kann eins da Geige spielen mit so glitschigen Pfoten?

„Bleibt's morgen bei der Probe bei Fichte?" fragt er den Rat finster und wundert sich schon gar nicht mehr, als der mit beflissenem Lächeln sagt: „Selbstverständlich, Herr Magister. In artibus stets der Eure. Ich freue mich schon."

Und geht weg, der feige Hund, ohne ihn ein einziges Mal angesehen zu haben, und er steht da, ihm ist, als ob er übel träume.

Aus seinem Haus kommen ihm die merkwürdigsten Geräusche entgegen, er denkt erst, der da sei zurück und richte irgend etwas Furchtbares an, aber dann fällt ihm ein, daß ja heut die Bretschneidern da ist und daß sie Waschtag macht – beides Dinge, die er fürchtet, kaum ertragen zu können, so, wie ihm ist.

Aus der Küche schlägt ihm Wrasen entgegen. Inmitten von Dampfwolken nimmt er undeutlich zwei Gestalten wahr – richtig, an den Tagen dingt die Bretschneidern stets noch einen Lohnknecht dazu, der ihr beim Auswringen hilft.

Ambrosius, so heißt der junge Kerl, nicht gerade sehr helle, aber muskelbepackt, steht in Holzpantinen am Kessel und reicht der Frau die dampfenden Stücke mit dem Quirl in die Bütte. Sie weist ihn an, Kaltes nachzugießen, und haut mit dem Schlegel auf die paar ihm verbliebenen Laken, Handtücher und Hemden ein, daß es durchs ganze Quartier schallt.

Die Haare unterm Turban, den Rock zwischen den Knien hochgebunden und trotz der Winterkälte barfuß, gleicht sie einer Baderin in einem türkischen Dampfbad und erweckt ihm wider seinen Willen die Gelüste des schwachen Fleisches, und noch unwilliger als vorher ruft er durch die Dämpfe: „Bretschneidersche, muß das heut sein mit der Wäsche? Es paßt mir nicht."

„Vorsicht!" ruft sie und kippt ihm einen Eimer Lauge beinah über die Füße. „Nehm Er sich doch in acht, Er steht im Wege!" Und dann: „Was habt Ihr gesagt?"

„Daß es mir nicht paßt, daß heut gewaschen wird!" schreit er wütend. „Geh Sie nach Hause!"

Ihre Schielaugen funkeln unternehmungslustig. „Ja, wie stellt Er sich das denn vor? Soll ich hier alles stehn- und liegenlassen? Und will Er mit dreckigen Hemden und ungewaschnen Socken die Weihnachtsgottesdienste spielen und sich am Heiligen Christfest auf ein dreckiges Laken legen in seinem alleinigen Bette?"

Das Miststück, sie weiß ganz genau, was sie zu sagen hat, um etwas Bestimmtes bei ihm zu erreichen, und so fängt sie wollüstig mit Laken und Betten an.

„Muß der Kerl da noch lange da sein?" fragt er zwischen den Zähnen.

„Der?" erwidert sie triumphierend, „der hat uns nicht zu stören. Ambrosius!" befiehlt sie lautstark, „geh jetzt in den Grasgarten und häng raus, was schon fertig ist, und wring es gut, hörst du? Damit's schnell trocknet. Ich hab mit dem Herrn Magister was zu reden."

Es paßt ihm gar nicht, daß ihn seine Triebe nun schon in Anwesenheit anderer zur Strecke bringen, kann aber nicht umhin, sich einzugestehn, daß es den Reiz erhöht, zu wissen, da draußen ist einer, der sie überraschen könnte, und das nasse Weibsstück mit den aufgebundenen Röcken und den bacchantisch entblößten Armen bringt ihn mächtig in Aufstand.

„Himmel, was hat Ihn denn heute gepackt? Hat Er Spanische Fliege gefressen?" fragt die Bretschneidersche und lacht aus dem Bauch heraus. „Vorsichtig, das Dintenfaß!"

Während er sie gegen seinen Arbeitstisch drängt und ihr zu gar nichts mehr Zeit läßt und sie ohne die mindeste Kriegskunst attakiert, und während er ihn reinschiebt, hört er sich selbst dabei sagen: „Will Sie mich heiraten, Grete?"

„Ho", sie lacht, „Er macht ja Offerten!"

Und der dumme Ambrosius lärmt in der Waschküche.

„Der Antrag, den Er mir eben gemacht hat", fragt sie spöttisch und knüpft ihre Röcke wieder zusammen, „ist das jetzt die neue Mode verliebten Geredes beim Vögeln?"

Er blickt zu Boden. „Ich würd Sie nehmen, wenn Sie mich will", sagt er.

Sie schüttelt den Kopf. „Ihr seid närrisch, Daniel Speer, liebt eine Junge und wollt eine Alte freien. Was ist mit Euch los? Ihr wisset doch selbst am besten, daß wir nicht zueinander passen. Ein gelahrter Herr Magister, Scribente sowie Compositeur und eines Fleischersknechts Wittib, wie soll das gehn? Und außerdem kennet Ihr mich gar nicht. Ich bin nämlich ein böses Weib, mit losem Mundwerk und trotzigem Kopf, und mein Seliger hatte recht, wenn er mir mit dem Leibgurt den Herrn zeigte. Das brauch ich, und das krieg ich bei Euch nicht, Ihr seid zu nobel dazu. Könnt Ihr Euch nicht vorstellen, daß ich Euch das Leben zur Hölle mach?"

„Eigentlich doch", entgegnet er.

Sie lacht wieder. „Nehmet die Kertzschin. Die ist verschossen in Euch, und die könnt Ihr Euch ziehen, weil sie jung ist. Mich erzieht keiner mehr. Außerdem hab ich noch andre Liebhaber als Euch."

„Dann sind wir quitt, wenn ich nach Stuttgart fahr."

„Das würd ich Euch verbieten."

„Wie? Sie will mir verbieten, daß ich in den Puff fahre, wenn Sie mir selbst aus dem Haus geht?"

„Ich brauch soviel Mann, daß von Euch kein Stück zurückbleiben soll, das eine andre kriegt."

„Ach, geh Sie zum Teufel", sagt er und wendet sich heftig um, stößt nun doch noch ans Dintenfaß und wirft es vom Tisch. Schwarzer Saft ergießt sich über die gerade erst gescheuerten Dielen.

„Ich putz es gleich weg, Herr Magister", sagt sie geschäftig und geht, Eimer und Wischhader zu holen. Während sie vor ihm kniet, aufzuwischen, bemerkt sie beiläufig: „Was meint Ihr, was ich jetzt keifen würde, wenn ich Eure Hausfrau wäre."

Er seufzt tief und stützt den Kopf in die Hände.

„Daniel, Ihr seid ganz durcheinander", sagt sie da von unten. „Das waret Ihr gar nicht selbst, der mir diesen kuriosen Vorschlag machte, und jetzt seid Ihr auch nicht Ihr selbst."

„Ich hab keine Ahnung, Bretschneidern, wer oder was ich gerad bin", erwidert er mißmutig. „Meine ganze lompinische Contrescarpe ist zusammengebrochen, als hätten der Türk und der Franzos sie gemeinsam gestürmt. Nicht einmal auf den Händen zu gehn hätt ich Lust. Ich steh wie der Ochs zwischen den Heubündeln und werd verhungern, weil ich mich nicht entschließen kann, welches mich sättigen soll."

„Nun", sagt Margarete Bretschneider, „was Ihr da erzählt, das versteh ich nicht und geht mich auch nichts an. Ein so großer Ochs freilich seid Ihr doch wohl nicht, daß Ihr bei mir wartet bis zum Heiraten, und seid doch wohl eben satt geworden, oder hatt's nicht gereicht?"

„Geh Sie an Ihre Arbeit, Weib, und laß Sie mich zufrieden!"

Sie klatscht den Lappen in den Eimer zurück und geht lachend hinaus, und trotz Waschküchendampfes sieht er noch, eh er die Tür schließt, wie der blöde Ambrosius ihr mit Grinsen die nasse Pranke auf den Hintern legt.

Da wär ich schön in die Patsche geraten mit dem Ehelichen, hätt ja ein paar Hörner davongetragen, so stattlich, daß ich nicht mehr durch die Türe gepaßt hätte.

Am Tag drauf proben sie mit mehr Fortuna als meistens am Musique-Roman – Tössle muß schwer geübt haben, ahnungsvoll wird er sich gedacht haben, daß der Maestro es sich nicht würde entgehen lassen, ihn heut vor allen abzukanzeln, und so gibt er so wenig Grund, daß man's leider nicht verantworten kann, ohne vor sich selbst als rachsüchtiger Schuft dazustehen.

Da dem Magister Musicis immer was Neues einfällt und die Form ja offen bleibt, behält er sich vor, das eine oder andere noch vorzustellen, aber erst nach Weihnachten. Zunächst muß jetzt das andre Programm gearbeitet werden.

Fichtens Ehehälfte läßt sich heut nicht blicken, sie sei, so erklärt der Apotheker, unabkömmlich in der Küche bei der Weihnachtsbäckerei nach den Rezepten, die nur sie allein im Kopf habe. Lompin meint aber, daß das eine geschickte Art des Paars sei, zumindest von Zeit zu Zeit einmal den Imbiß einzusparen, und kann sich nicht versagen anzumerken, er freue sich schon aufs nächste Mal, denn dann würden sie alle gewiß ohnfehlbar in den Genuß von Kost-Proben dieser zweifellos excellenten Bäckerei kommen.

Peter Ephraim lächelt nicht einmal.

Hingegen bittet er den Herrn Magister nach gehabter Probe, sofern der nichts Besseres vorhabe, noch zu einem kleinen Diskurs bei ihm zu bleiben, er habe einiges zu fragen.

Ihm fällt gleich Tössles Schul-Besuch ein – ist das der nächste, der sich, bei aller Wertschätzung in artibus, distancieren will, oder gehört er zu der Sorte, die ihm zureden? Jedenfalls ist ihm mehr als unbehaglich, aber gut, bringen wir's hinter uns. Ja, er stehe zur Verfügung.

Kommt jedoch was ganz anderes. Fichte fragt, eingedenk dessen, daß der Magister doch für Masosky und seine Badegäste habe hin und wieder Musiquen gemachet, auch wohl den oder jenen Schwank geschrieben, so auf dies Publikum abgezielet, ob er wohl bereit sei, dies und das im Auftrag zu schreiben.

Gewiß, erklärt er, warum nicht, es komme darauf an, wie prompt und gut gezahlt werde.

Nun, das ließe sich schon machen, meint der Apotheker, es gäbe da einen Kreis von Interessenten, der sich gewiß zusammenschließen würde, wenn sie bekämen, was sie wünschten.

Was das denn wäre? Musiquen?

Musiquen weniger, sondern eine gewisse Art von Schriften.

„Schriften?" fragt Speer und wirft seinen durchdringenden Blick, „Ihr meint doch wohl nichts Politisches?"

„Aber ganz und gar nicht", entgegnet der kleine Apotheker und reibt sich die Hände, „und ganz im Gegenteil, wenn ich einmal so sagen darf, Musje Speer. Ich meinte ergötzliche Dinge."

„So?" fragt er dawider und packt seine Noten zusammen. „Ich höre."

Nun, meint Fichte, er habe da ganz bestimmte Themen

im Auge, Sachen, die in einem kleinen, erlesenen Kreis von Herren zu vorgerückter Stunde …

Ihm beginnt was zu schwanen, aber er stellt sich dumm und bittet, doch näher zu erklären, was gemeint sei.

Peter Ephraim, statt einer Antwort, kramt aus seiner Hosentasche einen Schlüssel hervor, öffnet mit diesem die Schranktür, entnimmt einem Kästchen einen anderen Schlüssel, geht zum Wandfach, sperrt dasselbe mit dem zweiten Schlüssel auf, holt daraus eine Schatulle und aus derselben denn endlich ein speckig abgegriffnes Bändchen, das er dem anderen präsentiert – wobei er mit einer gewissen Schalkhaftigkeit über den Rand seiner Brille lugt.

Wie er sich das so beinah gedacht hat, handelt es sich um eine Folge von primitiven Kupfern, vorführend, auf welche Weise ein Kerl und ein Fräulein das Tier, so in der Mitten zusammengewachsen, nach den Lehren des göttlichen Aretino darstellen.

„Très amusant", sagt er und spielt weiter den Blöden, „aber was soll ich dabei? Ich bin ja kein Maler oder Kupferstecher nicht, daß ich so etwas machen könnte."

„Aber Musje", sagte Fichte und blinzelt, „dergleichen anregende Wirkungen, wie von solchen Bildchen ausgehen, kann doch sehr wohl auch das Wort hervorrufen. Wenn ich zum Beispiel an die Scène denke, wo Ihr, im Dacianischen Simplicissimus, als ein junger Bursch einem adligen Fräulein sollt einen Liebesbrief schreiben, und sie will alles, was in dem Brief stehen soll, vorerst von Euch am Leibe executieret haben …"

„Von mir? Wieso von mir? Meint Ihr den Lompin oder Simplex?"

„Nun", sagt Fichte unschuldig, „läßt sich das denn so ganz auseinanderposamentieren? Hab ich doch selbst gehört, daß man Euch in vertrauten Kreisen mit diesem Namen anredet."

„Aber bester Herr Fichte, das sind Scherze."

„Wie dem auch sei. Die Wirkung der Stelle, Verehrtester, die Wirkung der Stelle ist ganz immens. Wäret Ihr wohl bereit, einige Kleinigkeiten, die das wollüstige Empfinden anregen, so man abends allein oder auch in der Männerrunde beisammensitzt – versteht mich recht, in aller Discretion natürlich, und übers Geld einigt man sich wohl. Ihr könnet die Kunst dabei ruhig einmal beiseitelassen. Es geht um den Effect."

Lompin, seine Noten im Arm, sieht ihn an so zwischen Lachen und Verdruß, aber das Lachen überwiegt. Kommt ihm vor, als habe er das Männlein bisher immer in einem schwarzehrbarn Surtout daherspazieren gesehn und nun, ohne Vorwarnung, mache jenes die Knöpfe auf und sei darunter nackt.

„Ich versteh Euch ganz und gar", sagt er, „und welchen Effect Ihr meinet. Aber ich fürchte, da wird nichts draus. Eben einfach, weil ich die Kunst nicht beiseitelassen kann. An Schriften, wie Ihr sie meinet, ist kein Mangel. Kann Euch in Stuttgart Adressen geben, wo dergleichen zu bekommen, und preiswerter dazu, als ich sie machen würd."

Fichte blinzelt und schiebt die Brille zurecht. „Nun ja, wenn Ihr meint", sagt er. „Ich hätte mich auch verpflichtet, solche Sachen, als nützliche und die überschüssige Geilheit heilsam ablenkende Opera in Druck zu geben ..."

Ach, und Geld wollte er auch noch machen mit dem Dreckszeug, das ich ihm schmieren sollte. Da wisch dir nur das Maul, Herr Apotheker.

„Ihr seid an den Falschen geraten bei mir, Musje Fichte", sagt er kurz und wundert sich schon überhaupt nicht mehr, als die Litanei nun losgeht, das bleibe doch selbstverständlich diskret und habe keinerlei Auswirkungen auf das gemeinsame Musizieren sowie alle anderen Dinge des bürgerlichen Lebens.

Ja, ja. Schon gut.

Was mir dies Göppingen zum Halse heraushängt und all das verlogne Volk, das wag ich gar keinem zu sagen.

Das zwanzigste Capitel
in dem er und George von Liebe bis zum Tode erzählen

Er hat ja seine Hintertüre nicht umsonst verriegelt, das müßt sie doch endlich einmal begreifen. Indecentes Frauenzimmer, schlägt mit der flachen Hand dagegen, trommelt die ganze Nachbarschaft zusammen, ist sie denn toll? Unwillig geht er öffnen.

„Barmherziger Gott, Marille!"

Da steht sie, breitbeinig aufgepflanzt, aber an ihrer Seite hängt, den Arm um ihren Hals, nur halb bei sich und mit einer tüchtigen Beule auf der Stirn, offenen Munds und starren Blicks, Musje Zapary.

„Ist Euch was zugestoßen?"

„Mir nicht", sagt sie kurz, „aber so helft mir doch, ihn hereinzuschaffen, eh noch mehr Leut Wind kriegen von der Geschichte."

Schleifen und hieven ihn also durch die Waschküche und lassen ihn wie einen Mehlsack aufs Bett plumpsen. Marille steckt sich die Haare unter die Haube zurück, und er fragt begriffsstutzig: „Aber wo habt Ihr ihn denn her?"

„Er sprang mir ins Genick", erwidert sie, „als ich Feuerholz holen ging im Schuppen. Sprang vom Heuboden herunter, Herr Magister, da wird er schon wer weiß wie lang gehaust haben oder von Boden zu Boden und Dach zu Dach geklettert sein wie ein Marder, und wenn ich auch das Schreien unterdrückt hab, so sitzt mir der Schreck doch rechtschaffen im Gebein, erlaubt Ihr, daß ich mich setz, vielleicht nicht hier, wo der uns hören kann, das Scheusal, in der Küchen lieber, und machen wir die Tür zu. Ja, auf einmal hatte ich ihn am Hals, aber wir fielen beide hin von dem Sprung, ich unten, er oben, es mag ein schönes Bild gewesen sein."

„Wollt er Euch …?"

„Herr Magister, ich weiß nicht, was er wollte, er kam nicht dazu, ich war ja, wie gesagt, beim Feuerholzholen und hatte ein gutes Scheit in der Hand, da hab ich ihn abgeschüttelt und ihm eins versetzt, daß er's sein ließ."

„Mit'm Holzscheit."

„Ich war ja allein und hatte nichts anderes bei der Hand."

Er ist in der Küche hin und her getigert bei ihrer Erzählung, jetzt bleibt er vor ihr stehn und sieht ihr zu, wie sie noch immer an ihrer Haube nestelt, und wiederholt: „Mit'm Holzscheit. Die Jungfer Kertzschin gibt dem hochadligen Kuruzenkönig eins mit'm Holzscheit auf die Nase."

„Sollt ich mich etwa nicht wehren?"

„Nein, Sie soll“, erwidert er ernst, beugt sich vor und küßt sie auf die Wange.

Sie hebt die Augen gegen ihn auf, langsam steigt ihr die Röte vom Hals hoch, und steht auf.

„Krieg ich jetzt auch eins verpaßt?“ fragt er scherzhaft.

Ihre Augen stehn voll Tränen. „Das solltest du wissen, Daniel Speer“, sagt sie laut, „daß du von mir alles haben kannst, was du nur willst, und wenn du nur mit dem Finger winkst, dann ...“

„Scht“, unterbricht er sie freundlich und legt ihr die Hand auf die Lippen, „das weiß ich wohl und will es nicht wissen, und darum geht's jetzt nicht, sondern um den da drinnen, denn der ist bösartig, und wenn er auch nie zugeben wird, daß ihm ein Frauenzimmer, noch dazu eine Bürgerliche, eins vorn Schädel gehauen hat, so kann er doch heimlich auf Rache sinnen.“

„Ich hab keine Angst“, erwidert Amaryllis Sofronia.

„Das weiß ich, daß Sie eine couragierte Person ist“, gibt er zurück, „aber das nützt wenig, wenn er euch die Hütte überm Kopf anzündet, Ihr wißt ja, daß er schnell und leis und wendig ist. Nein, ich muß ihn beaufsichtigen heut, und morgen muß er fort. Göppingen hat ja keine Erdwälle, sondern feste Stadttore, und wenn er erst einmal expediert ist, kommt er als der Bettler, der er ist, nicht so schnell wieder herein. Ich setz ihn morgen in den Wagen, den Sie die Güte haben wird, durch einen der Brüder für die Früh zu bestellen, und bring ihn selbst weg. Das ist das beste. Hätt ihn nie herbringen dürfen.“

„Aber heut nacht ...“

„Heut nacht werd ich es mit ihm aushalten müssen. Ist vielleicht ganz gut so, zur Buße meiner Sünden.“

„Daniel, soll ich bei Euch bleiben?“

„Nein, Jungfer Kertzschin, Ihr sollt nicht. Gar nichts sollt Ihr, außer den Wagen bestellen lassen und Euch von Eurem Schreck erholen. Und nenn Sie mich nicht Daniel.“

„Nein, Herr Magister.“

„Sei Sie vernünftig, um unser beider willen.“

„Ja, Herr Magister.“

Aber sie sieht's nicht ein. Geht davon, noch immer die Tränen hinter den Lidern und den Nacken steif von Zorn und Gekränktsein. Wie sollte sie auch. Er sieht's ja selbst nicht ein.

Begibt sich nun zu seinem Ungeheuer, das auf dem Bett herumliegt und wimmert, mit einer Satte kalten Wassers und einem Leinenlappen, die Beule zu kühlen, dreht ihn unsanft zurecht und klatscht ihm das Tuch auf die Stirn.

„Nicht so lieblos, Lompin", knirscht der zwischen den Zähnen durch.

„Sollt ich liebevoll sein zu so einem Streuner, der die Frauen anspringt wie der Luchs die Häsin?"

„Ja, feine braune Häsin. Hab sie verfehlt. Muß mich gestoßen haben."

„Laßt die Hände von der, oder Ihr kriegt's mit mir zu tun."

„Ist das die Deine? Wie komisch!"

„Ihr seid unsinnig. Wißt Ihr nicht, daß es Gegenden gibt, wo man den Kopf verlieren kann, wenn man ein Mädchen schändet?"

„Solche Gegenden?"

„Hab's selbst gesehen."

„Erzähl's mir, Lompin."

„Warum sollt ich hier sitzen und Euch Märchen erzählen?"

„Aber du kühlst doch auch meine Wunden."

„Was für Wunden?"

„Nun, wo sie mich – wo ich mich gestoßen hab. Ich bin hinfällig."

„Hinfällig genug, freilich, über die Dächer zu turnen und den Weibern aufzulauern!"

Zapary lacht sein heiseres Lachen. „Das allemal. Liebe über alles."

„Was hat das mit Liebe zu tun, wenn man eine Frauensperson überfällt?"

„Warum? Ja, kann man denn hierzulande auch den Kopf verlieren dafür? – Leg mir das Tuch fein sorgfältig auf, schlag's mir nicht wieder auf die Augen, hörst du!"

Solche Ermahnung wäre nun vollends geeignet, Lompin in Rage zu versetzen, als er, so hingebeugt über den da, eine Entdeckung macht, die ihn erschreckt: George Martinus Christophorus Zapary hat graues Haar.

Das fahle, ausgeblichene Blond von einst ist fort. Vor ein paar Tagen, bei den schmutzigen Zotteln, fiel das nicht auf. Ja, es ist grau. Aber wie geht denn das zu? Der war doch, als wir uns unselig fanden auf der kalten, mondbeschienenen Steppe, ein Knabe, ein Kind, und ich, der ich mich gestern und heut schwarz und kraus anseh aus meinem Spiegel, ich bin doch älter wohl fast zwanzig Jahr; wir haben's nie errechnet, aber es kann nicht soviel weniger sein. Er ist völlig grau.

Er wendet sich ab, geht zum Fenster, zieht die Vorhänge zu. „Bleibt ruhig liegen", sagt er mit veränderter Stimme, „ich will Euch die Geschichte erzählen, wenn ich auch kaum annehm, daß Ihr viel damit anfangen könnt.

Das war, ich glaub, in Kaschau. Bin über zuviel Märkte und Flecken gekommen, weiß nicht mehr. In diesen Städten dort achteten sie mit vermehrter Strenge auf die Reinheit der Sitten und kamen mit harten peinlichen Strafen daher, weil sie fürchteten, daß die Kaschauer Berg, welche der Räuber ihre Kammern sind, wie man weiß, und der nahe Türk immer mehr Sittenlosigkeit in ihre brave Stadt ausspeien würden.

Ich kam hin, und alles war für ein Spectaculum bereitet, wie es sich das Volk nun einmal von Executionen verspricht, und es hieß, daß ein sehr schönes Weibsbild, eines der Stadtherren Ehgemahl, sich hätte mit einem Studiosus vergangen. Beide sollten sie enthauptet werden, der junge Mensch hatte jedoch, um seine Geliebte der öffentlichen Schande zu entziehen, dieselbe, als sie ertappt, mit seinem Dolch getötet und ihr dann den letzten Atemzug abgeküßt. Nun aber sollte er nicht nur geköpft, sondern auch vorher noch gemartert werden, doch die Bürger des Rats, inclusive des betrognen Ehemanns, hatten um Gnade gebeten in Anbetracht der Jugend und edlen Art des Menschen, der seine Tat im Affecte begangen, und so bleibt's beim Kopfabschlagen."

Zapary auf seinem Bette lacht bänglich und sagt: „Wenn das Schule machen würde, meine Güte, wieviel Köpfe sie nur da hätten abschlagen müssen, da hätt es die Hydra kaum hergegeben."

„Es sind nicht überall die Sitten so gestrenge, aber ehrbaren schwäbischen Jungfern ins Kreuz zu springen, das ist auch nicht gerade Edelmannsart, sollt ich meinen."

„Schon gut. Mach mir lieber eine neue Compresse für meinen Kopf."

Lompin plätschert im tönernen Wasserhafen und redet weiter dabei: „Ihr müßt Euch imaginieren, daß allüberall die Rede war von diesen Dingen, aber weniger von der hochnotpeinlichen Befragung, dem Urteil, der bevorstehenden Enthauptung, sondern alle redeten von der Liebe und von Passion und insonderheit von der ungemeinen Anmut der Weibsperson, die nun bereits auf dem Schindanger verscharrt lag ..."

„Wird es schon Nacht, Lompin?" unterbricht ihn der andere. „Und sag mir, haben wir Mond?"

„Nacht wird's langsam", entgegnet der unwillig und legt die Compresse auf, bemüht, es sänftiglich zu tun. „Ob Mond ist oder nicht, das kümmert mich wenig. Soll ich nun erzählen oder nicht?"

„Oh, du sollst, du sollst unbedingt! Sie war so schön, nicht wahr, und lag schon verscharrt? Lompin, halt meine Hand."

Was hat das nun zu sagen? Der Tollhäusler und adlige Halsabschneider will meine Hand festhalten, läßt gar nicht mehr los?

Er erzählt sehr vorsichtig weiter: „Als er das Schafott betrat, ein junger Mensch in der Blüte seiner Jahre, von liebenswürdiger Gebärde und anständigem Verhalten, und sich an die Spectatores wandte mit bewegten Worten, daß es ihm nicht leid sei zu sterben, da er die Liebe einer so schönen Frauensperson genossen, da begannen die Weiber zu schluchzen und zu weinen, und die Kerls schlugen die Augen nieder."

„Und", unterbricht Cergely wieder fiebrig, „ist er hingerichtet worden?"

„Nein, Uram, aber laßt mich erzählen", erwidert er und merkt mit Verwunderung, wie der Druck der schweißnassen Hand nachläßt und sich die Brust in einem Seufzer der Erleichterung hebt. Das ist ja kaum anders als damals, da sie in der Tonne saßen.

„Er band seine langen Haare hoch" (wieder streift sein Blick über das ergraute Haupt dessen, der vor ihm liegt)

„und kniete nieder vor dem Richtblock, um ein stilles Gebet zu sagen; vorher hatte er zu dem Henker gesprochen: ‚Warte, bis ich ausgebetet habe und Uram Jesus, erbarme dich! rufe, und dann kannst du zuschlagen.‘

Der Henker stand, das Schwert bereits erhoben, und wartete, bis diese Worte ausgerufen wurden, dann holte er zu einem gewaltigen Hieb aus, denn er wollte es gut machen. Aber er hatte allzuviel Schwung genommen, und die Wucht seines Richtschwerts riß ihn nach hinten, so daß er mitsamt seiner fürchterlichen Waffe rücklings umfiel und vor Verdutztheit stumm dalag.

Der Studiosus, als er merkte, daß er noch lebte, erhob sich und floh vom Blutgerüst, und die Menge umschloß ihn und begünstigte seine Flucht, indes die Stadtherren wild durcheinanderschrien, man solle den Malefikanten nicht entrinnen lassen, und der Henker, beschämt ob seines Fehlers, sich langsam aufrappelte von den Brettern des Gerüstes."

Hier bricht György in ein gehetztes Lachen aus. „Das ist sehr komisch, was du da erzählst, Lompin. Der Henker fällt auf den Hintern, und der arme Sünder entkommt." Er lacht krampfhaft weiter.

„Soll ich nun weitermachen?" fragt Simplex nach einer Weile.

„Ach, ich dachte, du seist zu Ende."

„Nein, das bin ich nicht."

„So rede. Er bleibt doch gerettet, der Liebhaber der schönen Frau, nicht wahr?"

„Wie man's nimmt. Er war in ein Kapuzinerkloster geflüchtet mit Hilfe der barmherzigen Leute um das Blutgerüst herum und stand da im sicheren Asylum an ein Fenster hingelehnt, ließ seine Haare wieder herunter und verlangte mit den Herren des Orts zu sprechen, denn er sei nach dem Gesetz auf dem Schafotte gewesen und die Hinrichtung sei ausgeführt, aber mißlungen, und da er nicht zu mehrfachem Tode verurteilt gewesen, sei er also der Strafe quitt."

„Das war listig", bemerkt György.

Lompin korrigert: „Das war gerecht gedacht. Doch sie berieten hin und her, ob die Dekollation nicht zu wiederholen sei, da der Delinquent entflohen und es nur ein Kunstfehler des Scharfrichters gewesen. Indessen erklärten die Kapuziner den Asylanten, der unserer Confession gewesen, für den ihren, da er bußfertig und bereit sei, zum papistischen Glauben zu konvertieren. Sie verweigerten seine Auslieferung mit der gleichen Wucht, mit der das Volk auf dem Marktplatz nach Begnadigung rief, und schließlich fand sich der Rat bereit, dem armen Sünder die Strafe zu erlassen."

Cergely atmet tief auf.

„So daß er nun, unter Beteiligung des Volkes, das, wie wir ja wissen, zwiegeteilt ist im Glauben dortselbst, aber friedlich miteinander lebt, zum Katholizismus konvertierte und vorgab, selbst ein Kapuzinermönch werden zu wollen."

„Ach", sagt György leise, wie ein Kind, „und nun, wird er wohl selig werden?"

„Musje, was redet Ihr? Hängt das Eurer Meinung nach immer noch daran? Er hatte eine Frau umgebracht!"

„Aus Liebe!"

„Aus Liebe, wohl. Sie war tot."

„Sonst hätte sie die peinliche Hinrichtung betroffen, und sie wäre auch tot."

„Wie Ihr denkt! Jeder Mensch wird vor Gottes Thron gerufen, wenn es an der Zeit ist. Aber wehe, wenn ihn jemand gewaltsam dorthin befördert, wehe dem Mörder. Sonst wär es wohl gleich, wen wir wann umbringen."

„Ja", sagt der andre, innig mißverstehend, „es ist gleich, wen wir wann umbringen."

Lompin entzieht ihm mit einem Ruck seine Hand. „So dachte jener arme Sünder nicht", sagt er ernst. „Ihn plagte das Gewissen und die Liebe zu der schönen Toten, und er erhängte sich."

„Erhängte sich?" haucht György, und es ist, als schnüre ihm jemand die Luft ab. „Aber dann ist er ja auf ewig verdammt!"

Und das ist wieder einer der Augenblicke, wo es den Simplex graust, denn was der da sagt, weggedrehten Auges, das sind Ton und Weise, die ihm im Ohr klangen, als er das Bild der Schwester vor Augen hatte, ein weiß Gesicht, ein schwarzes Haar; verdammt, auf ewig verdammt. „Wo ist Eure Schwester?“ fragt er unvermittelt.

„Sie ist tot“, sagt Georg matt. „Oder nein. Sie wird wohl noch leben. Ich weiß es nicht. Gib mir deine Hand zurück, Lompin. Ich will es, daß du sie hältst.“

Er mag nicht, aber als er diese wie ein verirrter Nachtfalter über die Decke tastende Rechte sieht, kann er nicht umhin und greift zu; jetzt ist sie nicht mehr fiebrig, sondern eiskalt. Ach, was für eine uralte Hand hat der junge Kerl. Vorsichtig beginnt Lompin, diese Hand zu traktieren, über die hervortretenden Venen zu streichen, die verdickten Gelenke der gekrümmten, eisern zupackenden Finger zu bewegen und zu entlasten, die schuppenrauhe Haut zu glätten, als wäre es an ihm, dieser mörderischen Hand die Unschuld wiederzugeben, was niemand kann, nicht einmal Gott der Herr. Der kann nur das, was er selbst auch kann an diesem Abend: sich erbarmen.

„Ist es schon Nacht? Scheint Luna schon? Ward das schwarze Pferd gesehen?“

„Hier sicher nicht, Uram“, erwidert er.

„Sie war so eine schöne Person, nicht wahr?“ sagt Georg, und einen Herzschlag lang weiß Lompin nicht, welche gemeint ist: die Ehebrecherin aus der Geschichte, Helena, die aufgegebne Schwester, oder die dritte, die sich dann auf gespenstische Weise vermischt mit der ersten.

„Und er hat sie umgebracht, und die Liebe war stärker als der Tod.“

„Ich weiß nicht“, sagt Lompin und bearbeitet weiter behutsam diese grabeskalte Hand, „ob außer Gottes Liebe irgendeine andre stärker als der Tod sein kann, György.“

„Hör auf, du ängstigst mich“, sagt der und dreht den Kopf auf dem Kissen hin und her wie der Knabe einst in der Tonne. „Immer wenn Vollmond ist, kommt sie zu mir. Rosalia, Lunaluna. Sie hat es versprochen.“

„Wo hat sie es versprochen?“ fragt er sachte, denn er merkt, da will irgend etwas gesagt sein, etwas, vor dem er Angst hat, aber es muß heraus, alle Geschichten müssen ans Licht, nichts kann verschwiegen werden. Er muß zuhören, mag es so wirr sein, wie es will.

„Sie war ganz golden“, sagt der da in die zunehmende

Dämmerung hinein und bewegt den Kopf hin und her, „und sie erschien mir bei Mondlicht."

„Sie erschien Euch?" fragt Lompin vorsichtig nach, mit dem Versuch, das alles in die Bahn einer gewissen Vernunft zu lenken.

„Ach, Lompin, du hast doch auch geliebt. Die andre, die Schwester. Sie erschien mir, ich ging zu ihr. Ich weiß es nicht. Sie war mir vertraut von alters her. Solang ich zurückdenke, sie war immer da, immer bei mir, auch wenn ich sie vergaß. Sie hatte einen roten Mund und Haare von Aschenfarbe. Ich vergaß sie. Ich liebte sie. In Schloß Nerk, das ich verbrannt hatte, trafen wir uns im Mondlicht, bei den Pferden, auf der zerbrochnen Treppe, wo auch immer. Sie kam, ich kam, wenn der Mond voll war. Manchmal schieden wir unter Verwünschungen, zwischen den Zähnen hervorgepreßt. Einmal war dort der Mond und da die Sonne und dazwischen fiel ein Regen. Wenn sie auf der Stiege dort ihr Haar löste und das Kleid aufknöpfte, Lompin! Sie war sehr schön. Ich brachte ihr meine Beute. Viel von meiner Beute. Machte ich nicht Beute, den Frauen zu Gefallen? Sie war ja reich. Oft warf sie es fort, auf den Schuttberg, ins Unkraut, in den Graben, wenn ich zusah. Sie wollte erreichen, daß ich annahm, sie verachte mich."

„Ihr waret ein Räuber, George Martinus."

„Ja, so ist es. Ich war ein Räuber. Und sie leuchtete im Mondschein und behauptete, mich nicht zu lieben. Ich muß lachen. Alle liebten mich. Lompin, erwartet mich denn das Schafott? Rette mich, mein Knecht."

„Ruhig, György. Ihr erzählt mir nur. Es ist wie im Traum."

„Wie im Traum, mein getreuer Narr, ja. Kommt der Mond? Ist sie da?"

„Nur was Ihr wollt, ist da", erwidert er und streichelt weiter die Hand dieses Verbrechers, ein letztes Mal. Herr, erbarme dich unser.

„In Gold erschien sie mir, in feuergelbem Gewand. Nicht immer, nein. Nur zu Anfang. Oder zum Schluß. Es war nicht meine Schuld. Was kann ich dafür, daß ich nicht sterben will und sie …"

„Erzählt, George, erzählt!"

„Was nur, wie nur? Himmel, erbarm dich meiner Seele!"

„Himmel, erbarm dich unserer Seelen!"

„Lompin, Lompin! Meist war ich vor ihr da. Denkst du noch an den Stall? Sie kam, ich hörte den Galopp dieses Falben, den ich ihr einmal nahm. Das schwarze Pferd, das sie mir versprochen, ich konnte es nicht fangen. Sie verhöhnte mich! Aber Ilona tröstete mich."

„So sahet Ihr Ilona wieder?"

„Freilich sah ich Ilona wieder, Narre! Mit deiner Löffeley, kannst es denn gar nicht vergessen?"

„Wo sahet Ihr sie? Im Serail des Hamsa Bey?"

„Hamsa Bey soll auf alle Zeiten verflucht sein, und seine Seele soll in der Hölle schmoren, die Dschinnen sollen ihn fressen."

„Was geschehen ist, sollt Ihr erzählen."

„O ja, Lompin. Ich ging zu ihr, als du mich schmählich verraten und verlassen."

„Was hab ich getan?"

„Du weißt es schon. Laß nur. Das ist Gauklerart, denk ich mir. Ging zu ihr, und dieser Sprößling der Hölle wies mich von seiner Tür mit Hohn, als sei ich ein Bettler und nicht sein Verwandter. Er sei im Krieg mit unsereins und der Imre Thököly sein Mann, nicht ich. Nun, ich zahlte es ihm heim, wie und wo ich konnte, das glaub nur. Seine Ernte brannte, seine Leute starben, seine Gärten waren verwüstet und seine Weinberge abgehackt."

„Ihr hattet eine Bande?"

„Ich war allein, Simplicius. Seit ich ohne dich war, war ich immer allein. Er drohte mir. Aber Helena ..."

„Helena?"

„Sie fand Wege, mich zu treffen. Er wollte sich nicht von ihr scheiden, sonst wäre sie wieder mit mir gezogen. Er schlug sie, und sie lachte dazu. Aber es war falsch, daß ich ihr das mit Rosalia sagte."

„Was meint Ihr?"

„Es ist nicht wichtig. Vanitatum vanitas. Sie wollten mich fangen, die Türken, die Erzfeinde, die Ungläubigen. Sie hatten Grund genug, mich fangen und töten zu wollen. Ich war der Türkenmäher. Aber Helena wollte nicht, daß ich bei Vollmond hinging zu der goldnen Frau, zu dem schwarzen Pferd."

„Was?“ fragt Lompin und läßt die Hand los, „wie ging das denn, daß Ihr von einem Ort bei Debrecen oder in der Nähe von Erlau, wie ich mich erinnere, bei Vollmond allemal bis Schloß Nerk zoget? Das dünkt mich unwahrscheinlich.“

„Nein“, sagt György und hascht wieder nach den Fingern wie ein Hündchen, das man nicht mehr krault, „da war es ja nicht. Sie waren woanders. Sie zogen herum.“

„Es war nicht Hamsa Bey, sondern Murad Khan oder noch wer anders, ja?“

„Lompin, laß doch. Was für dumme Fragen. Für mich war es Hamsa Bey, er schlug sie, sie liebte ihn nicht. Sie liebte nur mich. Darum wollte sie nicht, daß ich zu der ging. Darum sagte sie es.“

„Helena, meint Ihr?“

„Sie wollte nicht geschlagen werden. Es geschah ohne Absicht. Sie liebte mich. Sie war Luna.“

Die Hand liegt schwer wie Blei in der seinen. Er braucht nicht hinzugucken, um zu wissen, daß die Augen weggedreht sind.

„Und weiter?“

„Ach, der Mond. Es ist alles eitel. Sie kamen, da war er schon untergegangen. Als wir die Hufe hörten, verriegelten wir das Tor. Sie riefen mich und forderten, ich sollte mich stellen. Die andre Person habe freien Abzug. Wir regten uns nicht, aber sie zündeten an, was noch brennbar war an Nerk. Da fragten wir noch einmal nach, wegen des freien Abzugs der andern Person, und der Anführer schwor es bei Allah. Es war dunkel, das Feuer am Tor flackerte. Rosalia nahm die Fuchsmentik um und trat hervor.“

Es ist ganz still im Raum.

„Lunaluna“, György stöhnt, „Luna geh weg. Ich hab sie hinausgelassen, Lompin. Ich gehör auf die Richtstatt.“

„Ich bin nicht der Richter.“

„Ilona – sie war auch da. Sie kniete und betete ein Vaterunser an der Leiche. Ihr Mann, oder was er war, ließ sie gewähren. Und dann – alle Türken spien mich an, als ich hinausging. Aber sie durften mir nichts tun, das war die Abmachung. Ich nahm meine Mentik auf – hast du all die Löcher und Flecke darin gesehen? Sie haben vierzehn Pfeile in sie geschossen und die Kugeln ihrer Pistols.

Sie gingen danach fort, und ich nahm Abschied, bis es hell wurde. Ach, wie schön sie war, Lompin. Ich öffnete ihre Kleider und küßte sie, bis ich ganz rot war von ihrem Blut. Und ich löste ihr Haar auf. Der Kopf war seitlich weggedreht, und es gab auf der Welt nichts Schöneres als diesen Hals mit der weißen Kehle und die Konturen der Kinnbacken. Auch der Schädel, wie er jetzt in der Erde ruht ohne Fleisch und Haut, auch das Gebein ist noch schön.

Es macht mir nichts aus, daß die Türken mich angespien haben. Auch Christus der Herr ist angespien worden.

Sie ist aus Liebe gestorben."

Jetzt umklammern beide Hände seinen Arm.

„Und dann, Lompin, als es hell wurde, da kam es, das schwarze Pferd, das sie mir versprochen. Das Pferd, Freiheit mit Namen. Da konnte ich sie verlassen, um das Pferd nun endlich einzufangen. Aber du kannst dir nicht denken, was für ein Luder das war. Oft ließ es mich ganz dicht heran, aber nie durfte ich es berühren. Ich wollte es ja nur ein einziges Mal anfassen, nicht es zähmen und reiten. Wollte mit der Hand durch die Mähne streifen, die Nüstern berühren, es blitzschnell zäumen, knebeln, besteigen … Nein, nein! Das ist nicht wahr. Nur einmal berühren.

Kennst du die kleinen Teiche südlich von Nerk? Dorthin folgte ich ihm. Und jede Nacht spiegelte sich der Mond im Wasser. Es schmeckte bitter, das Wasser, und das Gras war sauer. Gras und Wasser waren meine Speise dort. Ich wollte das Pferd." Er atmet stoßweise. „Lompin, leg dich zu mir. Ich weiß, da draußen ist der Mond. Um der Liebe Gottes willen, leg dich diese Nacht zu mir."

„Ich werde Euch morgen fortschicken von hier und will Euch nie wieder sehen, das schwöre ich."

„Ja. Aber jetzt leg dich zu mir. Ich bin krank, man hat mich geschlagen und angespien. Mein Kopf schmerzt. Ich friere. Leg dich zu mir."

Werd ich wohl nicht umhin können, als diesen armen Schächer zu wärmen heut nacht, um der Liebe Gottes und der Menschen willen. Er schlüpft unter die Decke und legt seine Arme um den ausgezehrten und zerstörten Leib und empfängt so, an ihn geschmiegt, weiter die Beichte von George Martinus Christophorus Zapary.

„Jeden Abend, wenn der Mond kam, erschien sie in den Teichen. Erst war es nur ihr Gesicht, und ich dachte, es ist der Spiegelmond, aber dann sah ich, daß sie da unten lag und auf mich wartete. Aber dies Beneficium erteilte ich mir nicht, daß ich mich nachholen ließ. Ich schlug auf das Wasser, ihr Bild zu zerstören. Aber wenn sie fort war, dann war ich betrübt ob ihrer verschwundenen Schönheit und schlug mir ins Gesicht und weinte. Ist es schandbar, wenn ein Mann weint, Simplicius?"

„Nein, gewiß nicht."

„Dann will ich jetzt weinen", sagt György, legt seinen Kopf an Schultern und Hals des andern und bricht in Tränen aus.

„Was war mit dem Pferd?" fragt Lompin mit nassem Hemdkragen.

„Ach, das verfluchte Luder! Ich konnt es nicht fangen, ich konnt es nicht besitzen! Ich war ganz rasend. Es sollte mein werden."

„Aber kann man die Freiheit besitzen?"

Da hört der andere nicht hin. „Wir gingen beide im Kreis, das Pferd und ich, und starben fast vor Sehnsucht aufeinander. So das Ziel vor den Augen, was für ein Streben! Es ist dem Verschmachten gleich. So blieb ich zurück. Alle Nächte, wenn ich allein bin, such ich weiter, oder ich seh das Gesicht. Aber heut bist du bei mir, mein Knecht. Und es ist alles eitel."

„Saht Ihr die Schwester wieder?"

„O ja. Sie kam heimlich, mir Proviant zu bringen und ein Maultier, damit ich fort konnte. Wohin sollte ich denn gehen, ohne Rosalia, ohne das Roß? Ich wollte bleiben zwischen den Teichen. Damals weinten wir auch zusammen. Dann ging sie zurück. Aber das Pferd! Lompin, einmal war ich ihm so nahe gekommen, daß es nach mir ausschlug und mich traf. Ich fiel hin und war ohne Besinnung. So hab ich es nicht gefangen."

„Sicher nicht."

„Was meinst du, werde ich es erwischen?"

„Nein, Uram, nie."
„Vielleicht hast du recht", sagt der friedfertig, „vielleicht auch nicht."
„Cergely, wie seid Ihr hierher gekommen?"
„Ich weiß nicht. Ich bin jetzt müde." Er löst sich aus den Armen, die er nicht mehr braucht, dreht sich zur Seite, seufzt tief, schläft im Nu.

Lompin steht wieder auf, deckt ihn sorgfältig zu, entzündet das Licht, das er braucht. Er ist gerade bei der lustigen Scene, da die schöne Bürgersfrau ihren Geliebten, den Studiosus, mit allen guten Speisen, so sie für ihn zubereitet, in der Truhe versteckt, da unverhofft ihr Mann zurückkommt mit einem Gastfreund, welcher von des Galans Anwesenheit weiß. Nun stehen nur schlechte Sachen auf dem Tisch, aber der Gastfreund beschwört den beängstigten Liebhaber in der Truhe als einen Geist, das Gute hervorzuholen. Darüber wundert sich der Ehemann und ...

Er setzt die Noten.

Das einundzwanzigste Capitel
in dem er einen Kavalier verlacht, ein paar Pistols an den rechten Ort expediert und mit Eiern jongliert

Am anderen Morgen schläft György so tief und ruhig, als habe er durch die wirre Erzählung der Nacht Generalpardon in Zeit und Ewigkeit erwirkt, und Lompin geht anzuklopfen an die Vordertür jenes Hauses, durch dessen Hinterpforte er jetzt so häufig Visiten empfängt.

Madame Kertzschin selbst schlurft herbei auf kranken Beinen und überläßt ihm die Buben, die bereits für den Schulbesuch glatt gekämmt und im Gesicht gewaschen sind und streng nach Seife riechen.

Gottfried Jeremias schickt er hinüber zum Herrn Kollega (denn freilich gehn die Söhne der Wittib nicht auf die Lateinschule, sondern in die Klippschule) mit der schriftlichen Bitte, er möge die Kertzsch-Knaben heute ihm überlassen, den zweiten Zettel trägt Johann Melchior aufs Amt, ihm einen Dispens wegen dringender Geschäfte zu erlangen.

Beide Jungs, froh, der Fuchtel des Lehrers für den Vormittag entronnen zu sein, kommen bald zurück und stehn so froh und bereitwillig wie junge Jagdhunde vor ihm.

Er heißt sie warten und geht, seinen unwillkommnen Gast zu wecken – der schlägt, da er ihn an der Schulter rüttelt, lächelnd die Augen auf, verzieht dann sofort das Gesicht und greift sich an die Stirn: Marillgens Holzscheit hat ihm eine tüchtige Beule gemacht.

„Steht auf und macht Euch fertig, ich will Euch fortbringen", sagt Lompin kurz, und sogleich zieht der die Decke bis ans Kinn und entgegnet kläglich: „Laß mich bei dir bleiben, Simplex." Er hat auch im hellen Morgenlicht graues Haar.

„Keine Stunde mehr bleibt Ihr unter meinem Dach, das schwör ich", erwidert Lompin und wendet sich ab. „Ich bin bereit, Euch mit dem Wagen fortzubringen auf eine halbe Tagesreise und in welche Himmelsrichtung Ihr wünscht, damit Ihr nicht so leicht zurückkehren könnt. Tut Ihr es doch, zeig ich Euch den Behörden an als ehemaligen Raubgesellen und gefährlichen Landstörzer. Also erhebt Euch."

„Gut", antwortet Cergely überraschend fügsam. „Aber ich habe Hunger. Ich muß etwas essen, Lompin, ich bin so elend. Und meine Kleider sind nicht da."

„Welche Kleider?"

„Meine Mentik und der Degen."

„Und wo sind die?"

„Auf dem Spitzboden des Rathauses", lautet die Entgegnung, und Lompin fragt nicht nach, was er da zu suchen hatte, sondern meint nur, das solle ihm werden und ein Frühstück auch und in welche Richtung er nun wolle.

Gen Tübingen, erfährt er.

Er ruft die Buben herein. Sie machen lange Hälse nach dem Kerl im Bette, aber der Herr Magister tut, als sei das die selbstverständlichste Sache der Welt, daß der da liege.

Gottfried Jeremias wird um das Fuhrwerk zum Schwarzen Ochsen geschickt und darf es bis zum Haus herbeikutschieren (ein Auftrag, der ihm vor Freude rote Backen macht), Johann Melchior aber erfährt, daß der Herr Kavalier etwas vergessen habe auf dem Spitzboden des Rathauses, und wird gefragt, ob er wisse, dorthin zu gelangen.

„Ja gewiß“, ist die Antwort, „doch wenn man erwischt wird, bekommt man eine Tracht Prügel vom Büttel.“

Speer sieht ihn durchdringend an. „Und? Läßt du dich erwischen?“

„Sehr selten, Herr Magister.“

„Das dachte ich mir. Und heut wirst du doppelt aufpassen, verstanden? Des Kavaliers Pelzrock und sein Degen sind allda verblieben.“

„Und meine Pistols!“ wirft der vom Bett aus ein.

„Die läßt du da liegen.“

„Aber ich brauch meine Waffen.“

„Ihr bekommt keinen Schießprügel nicht in die Hand, Uram, mit Eurem Spadi seid Ihr schon mehr denn nötig bedient. Lauf, Melchior, und tu, was ich dir geheißen, und sei geschickt.“

„Ja, Herr Magister.“

„Herr Magister, Herr Magister“, äfft György böse nach, „bist ein großes Tier hier in dem Nest, Schalksnarr; die tun, was du sagst!“

„Ich bin kein großes Tier, sondern ein Lehrer, und deshalb tun die Kinder, was ich sage“, entgegnet er ruhig. „Kommt an den Tisch und eßt, damit wir denn fortkommen, wenn die Knaben zurück sind. Woll Ihr wirklich nach Tübingen? Bald dahinter steht, so hört man, der Franzose.“

„Und wenn ich nicht weggeh?“

„Ihro Gnaden vergessen, daß ich jetzt stärker bin als Ihr, und ich scheue mich genausowenig, Euch anzupacken, wie sich das Mädchen gescheut hat, Euch das Holz auf den hochadligen Schädel zu hauen. Und vor dem Wagen, der Euch fortbringt, ist kein schwarzes Pferd, das Freiheit heißt.“

Stumm verzehrt Cergely sein Frühstück, stumm nimmt er seine Dinge entgegen, ohne Dank für die Findigkeit des quicken Johann Melchiors (dem Lompin fällt die nächtliche Mär von Rosalias Tod wieder ein, und er forscht mit den Augen nach den Einschüssen in der Mentik, aber der Fuchspelz ist so zerschlissen und zerrissen, daß dergleichen nicht auffällt – und vielleicht war auch das alles nur die Ausgeburt dieses kranken Kopfs?), stumm erhebt er sich auf die Nachricht hin, der Wagen sei da, und geht hinaus wie ein Potentat, die in die Verbannung gesandt wird; für den ungetreuen Knecht hat er gar keinen Blick.

Aber das soll uns nicht kümmern. Das soll uns nie und nimmermehr kümmern. Allzuviel Liebe und Schmerz sind schon verschwendet worden, nun wollen wir gehn.

Es ist nicht kalt in diesen späten Novembertagen, Boreas hat sich verzogen, noch einmal herrschen milde Lüfte. Der Ochsenwirt hat dennoch vorsorglich Stroh und Decken ins Fuhrwerk gepackt und die lederne Spritzdecke für den Kutscher bereitgelegt.

„Also, Buben“, kommandiert Speer mit aufgesetzter Munterkeit, „ihr geht zu dem Herrn Kavalier ins Stroh und plaziert euch rechts und links von ihm, daß er's warm hat und nicht an der falschen Stelle ans Aussteigen denkt.“

Gottfried Jeremias sieht ihn groß an, er braucht immer etwas länger. Aber Johann Melchior hat sofort begriffen und kneift ein Auge zu, ein pfiffiges Kerlchen, hoffentlich nicht zu pfiffig in Zukunft.

Und so fahren sie denn los, Musje Zapary, Ihro Gnaden, hinten bei den Knaben, Lompin kutschiert den blondmähnigen Wallach, den ihm der Ochsenwirt gegeben hat, die Straße ist früh leicht überfroren, es fährt sich gut, der Morgen ist rosig, der Tag ungewiß.

Sie sind wohl schon zwei Stunden gefahren, da regt sich Herr Zapary und sagt: „Lompin, kann ich zu dir auf den Bock kommen? Ich hab was zu bereden mit dir.“

„Kommt nur, steigt herüber wie in den Zeiten im Ungarland, als Ihr ein Knabe waret und ich Euer Mentor.“

„Mein Mentor warest du wohl nur in deiner Imagination“, sagt der und schwingt sich herüber, „du warest immer nur mein gedungner Diener, aber, Herr Magister, wenn es dich glücklich macht, so nimm nun weiter an, du seist es gewesen.“

„Das will ich keinesfalls“, erwidert Speer wütend, „das Ergebnis wäre auch zu kläglich, ein Exempel mißlungner Erziehung!“ Und der andre lacht. Ein Wunder, daß man so klar bei Verstande sein kann, wenn man verrückt ist.

„So, Uram, nun sitzt Ihr hier, nun sagt, was Ihr wollt.“

„Ich will gar nichts“, entgegnet Cergely achselzuckend, „ich meinte, du möchtest etwas von mir, und wollte es dir leicht machen. Findest du nicht auch schon längst, daß hier etwas nicht stimmt? Lompin, geliebter Knecht und immerdar mein Sklave, hast du nicht begriffen? Du und ich und vielleicht noch jene fernen Frauen, die es nur noch in unserer Erinnerung gibt, wir gehören zusammen. Was gut, was böse! Als du mich heut nacht in den Armen hieltest wie ein Freier die Braut, war's dir da nicht gleich? Bist du so ein Tor, daß du nicht weißt, wir sind eins? Denn siehe, alles ist eitel, aber daß wir nicht voneinander kommen ein Jahrzehnt lang, das könnte ein Fingerzeig des Höchsten sein."

„Haltet Ihr eine Eurer Predigten, George?"

„Ach, Lümmel, an dich ist Beredsamkeit verschwendet. Hörst nur dein eignes Tuten und Blasen und keines andern Stimme."

„Das gleiche gilt für Euch. Da Ihr von Blasen redet, was habt Ihr mit meinem Trompetchen gemacht, das ich bei Euch ließ im Gebirg?"

Cergely faucht sein Lachen. „Das Trompetchen, das du mir mit scharfer Predigt ließest, nicht wahr? Ich erinnere mich wohl. Da sagtest du dich zum zweitenmal von mir los, nun kommt das drittemal, ehe der Hahn krähet. Aber siehe, ich bin auferstanden und komme immer wieder. Deine Trompete? Meinst du, ich habe sie mitgebracht, Schalksnarr? Hab sie stehen lassen. Ich denke, du wirst wieder eine gefunden haben, darauf zu spielen."

„Nein", erwidert er gelassen. „ich hab dem Trompetenblasen abgeschworen seither. Denk aber, ich tu's wieder."

Sie sind still. Dann beginnt George Martinus leise und hastig zu flüstern: „Höre, Simplex, nun Scherz und Schimpf beiseite: Sei mein! Ich hab für dich eine gute Condition, ich schwör's, Parole d'honneur. Schmeiß die Bengel vom Wagen – oder ich tu's, wenn du nicht magst. Wir fahren weiter über Tübingen hinaus, da treffen wir Leute, bei denen kann unsereins wieder was werden, auch in diesem Teil der Welt. Auf denn! Wir werden gute Fortune haben. Gib mir die Zügel, und runter mit den Kindern, allons!"

„Meint Ihr die französischen Mordbrenner?"

„Es ist Krieg, das sind Soldaten, so ist Kriegsrecht."

Speer hält langsam den Wagen an, die Jungen schauen neugierig. Da hockt der neben ihm, ein Häufchen Elend in seinem furchtbaren Pelzrock, zerfurcht, ergraut, die Augen voll billiger List und voll Wahn, ein Landstreicher, ein Schelm – und auf der Stirn die dicke Beule von der Hand der trefflichen Marille, die macht, daß auch der kleinste Rest eines Zaubers verflogen ist. Speer prustet los, muß laut und närrisch herauslachen. „Vielleicht warten die auf Euch, auf mich gewiß nicht. Ihr seid toll. Steigt ab und geht nur, wohin Euch Eure Fortune treibt. Adieu! Und ich verbleibe votre très humble serviteur. Kommt, Buben, der Herr Kavalier will absteigen. Seid ihm behilflich."

Aber der ist schon allein unten, steht da mit einem Fluch auf den Lippen, und Lompin wendet so hart, daß die Räder seinem einstigen Patron fast über die Zehen gehn, er schnippt mit der Peitsche über den Pferderücken, der brave Gaul verfällt in Galopp zumindest für eine Wegbiegung lang, dann läßt der Fuhrmann ihn zurückfallen in den Zuckeltrab und sagt über die Schulter: „Ihr beiden könnt jetzt zu mir nach vorn kommen und abwechselnd kutschieren, wenn ihr wollt. Gottfried, als der ältere, ist zuerst dran."

Die beiden sind im Handumdrehen da, und er setzt sich in die Ecke; hätte sich aber ausrechnen können, daß sie den Mund nicht halten. Wenn ihm nach Ruhe gewesen wär, hätt er sie hinten lassen müssen.

Johann Melchior, der Keckere, fängt gleich an, ob sie mit Verlaub etwas fragen dürften. Lompin nickt und holt seinen Toback heraus.

Ob es denn wirklich wahr sei, daß der Herr Magister dieses tollhäuslerischen Kavaliers einstiger Erzieher gewesen?

„Das wär eine schlechte Empfehlung fürs Pädagogium", sagt er und pafft, „denn diese Erziehung ist verfehlt. Als ich ihn kennenlernte, da war schon Hopfen und Malz verloren und der hochadlige Narr aus dem Ei gekrochen, wenig anders, als er noch umhergeht."

„Ihr habt vielleicht die Schläge gespart", entgegnet Melchior fürwitzig und lacht verschmitzt, und bei der bekannten Zwiebödigkeit Kertzscher Diktion weiß man nicht, meint er das Holzscheit oder des Schulmeisters Rute.

Gottfried faßt es einfältig und fragt nach, es heiße ja, daß der Herr Magister bei seinen Lectiones gar keinen Stock habe, und alle Welt wundre sich, wie Kinder da etwas lernen, ja überhaupt gedeihen könnten.

„Das kömmt", antwortet er, „weil ich selbst, da ich Kind war, bin so geschlagen worden, daß ich's nimmermehr einem andern antun will."

Sie schauen ihn mit großen Augen an, fast kommt Gottfried Jeremias von der Straße ab, man muß schnell einmal in die Zügel greifen.

„Aber", fragt Johann Melchior mit Kertzscher Hartnäckigkeit, „heißt das denn, daß Ihr auf die Weis all die Dinge erlernt habt, so Ihr könnet, die Musica und all die vielen Sprachen?"

„Ganz im Gegenteil", erwidert er, „sondern ich lief fort, und da lernte ich Leichtes und Schweres – die paar Idiomas nebenher, und die Musica schien mir sehr leicht."

„Und was war dann das Schwere?" kommt folgerichtig die nächste Frage.

Er seufzt. Dennoch ist er fröhlich genug – ob über die Art, wie er jenen losgeworden oder über die hellen Köpfe der beiden Knaben, wer weiß, und sagt: „Laßt uns eine Rast machen und gebt dem Pferd den Futtersack. Und wie ich den Ochsenwirt kenne und er mich, müßt ich mich sehr irren, wenn nicht auch für die Menschen Fourage da wäre. Du hast vorhin schon danach geschielt, Melchior. Also heraus damit und eine Brotzeit gemacht zu dritt. Und vielleicht zeig ich euch was."

Sie möchten sich, nach Versorgung des Pferdchens, gleich auf den Korb stürzen, aber er hält sie zurück.

„Gleich, gleich. Ihr wolltet doch wissen, was das Schwere war, das ich lernte." Er schaut sie durchdringend an. „Ihr Buben macht, wenn euch keiner zuschaut, allerhand Firlefanz, was bei euch als Spielen in Mode ist. Handlaufen und Überschlag und Spagat. Ich hab euch beobachtet. Der Melchi kann's besser als der Friedel. Los, zeigt's mir."

Die Jungen sehen ihn an und sehen sich an.

„Aber", sagt Gottfried bänglich, „der Herr Lehrer Baculus hat's uns untersagt als gauklerisches Unwesen, und wenn er's erfährt oder die Mutter ..."

„Ich seh hier weder den Musje Baculus noch eure Frau Mutter. Und wenn ihr schweigt, schweig ich auch."

„Topp, das gilt“, sagt Melchior keck. Er klettert vom Wagen, reckt den Oberkörper bei gespreizten Beinen nach hinten, bis seine Handflächen den Boden berühren, und zieht sich wieder hoch. Das erfordert Kraft und ist eine ziemlich schwere Übung. Dann schlägt er schön gleichmäßig Rad und macht zum Abschluß einen Handstand. Gottfried zieht's vor, nur den Zuschauer abzugeben.

„Ganz passabel“, brummt Lompin. Er legt seinen Rock ab, läuft, ungeachtet er Schnallenschuh mit Absätzen trägt, auf der Kante des Wagens entlang rückwärts, springt mit Salto ab, schickt zwei Flickflacks hinterher, verzichtet im letzten Moment aufs Spagat, weil er Angst hat, seine Hose könnte reißen und geht auf Händen einmal ums Gefährt. Er ist stolz auf sich, daß er nicht mal außer Atem gekommen ist, und bemerkt zu den Kindern: „Aber sagt's keinem weiter.“ Dann zieht er seinen Surtout wieder an.

Die beiden glotzen, als wäre er vom Mond gefallen. Schließlich platzt Johann Melchior heraus: „Also doch!“

„Was heißt das: also doch?“

„Also stimmt's doch, was sich die Leut erzählen, daß Ihr früher einmal ein fahrender Seiltänzer und Gaukler gewesen seid!“

„Das stimmt wirklich, und das, glaubt mir, war schwerer zu erlernen als das bißchen Latein parlieren, Orgel schlagen und dergleichen mehr, und ich hab's begriffen, weil die Leute freundlich zu mir waren und nicht versuchten, es mir einzubleuen.“

„Aber Herr Magister ...“

„Wir hatten uns doch Schweigen zugesichert, Messieurs?“

Die beiden nicken und sehen nachdenklich drein.

Der Ochsenwirt hat kalte Bratenreste eingepackt, Schwarzbrot, Äpfel und eine Kanne Dünnbier, und sie teilen, wobei er die Äpfel den Kindern überläßt.

Nach dem Mahl sagt Melchior: „Ich wollt, wir könnten aufs Pädagogium zu Euch und müßten nicht auf die Klippschul gehen. Ich hab einen guten Kopf, ich kann wohl lernen, und der Friedel ist ein bißchen langsam, aber was er einmal weiß, das behält er auch, und ich denk, wir könnten wohl Musique machen, wenn uns nur einer die Unterweisung gäb, es reicht nicht nur zum Bälgetreter ...“

„Aber eure Frau Mutter kann kein Schulgeld nicht zahlen", unterbricht er, „und so setzt euch keine Rosinen in den Kopf, Buben, denn das hilft alles nichts, wir sind in Göppingen, nicht in Breslau, wo die Almosenherren einem armen Kinde mit Ingenium das Gymnasium gewährten."

Und sie seufzen alle drei schwer.

„Ich", hebt nun Gottfried Jeremias an, „ich soll nächstes Jahr auf Schorndorf in die Lehr zum Kürschnermeister Schwerdtner. Aber ich mag gar nicht Kürschner sein. Und die Mutter muß ja auch Lehrgeld zahlen, warum kann ich da nicht auf die Lateinschul ...?"

„Weil die Lateinschul nur brotlose Künste vermittelt", sagt er hart, damit hier nicht etwas anders läuft, als es soll, „da mußt du noch Studien treiben und wer weiß wie lang andern auf der Tasche liegen oder gar Hofmeister werden, daß Gott erbarm! Sei froh über die gute Lehrstell, in zwei Jahr hast du ausgelernt und kannst auf Wanderschaft, das ist doch was. Und meine Eltern sind auch Kürschner gewesen."

Schweigen. Die Jungen knurpsen ihre Äpfel, und er gluckert sein Dünnbier in sich hinein, und dann kommt die Frage, auf die er die ganze Zeit gewartet hat, natürlich von Johann Melchior kommt sie: „Aber was habt Ihr denn da gemacht, als man Euch, wie Ihr sagt, so sehr geprügelt habt?"

„Fortgelaufen bin ich", erwidert er. „Doch kommt mir nicht mit dergleichen. Denn ich war ein Waisenkind und bei schlechten Leuten untergebracht, und ihr habt eine Mutter und eine Schwester, die euch zugetan sind und für euch tun, was sie können, und sich den Bissen vom Munde absparen, wollt ihr die betrüben? Ich hoffe doch, nicht."

Sie seufzen beide wieder herzzerreißend, und Melchior, als der Wortführer, macht weiter: „Aber wenn Ihr eine Waise waret und niemand sich Euer annahm, wie seid Ihr dann, mit Verlaub, zum Studium gekommen?"

„Die Gemeinde hat mich als Stipendiaten geschickt, als ich auf der Elementarschule anfing, mir mit einem katholischen Brevier das Latein selbst beizubringen. Eh ich davon papistisch würd, meinten sie, sollt ich lieber Theologia studieren. Breslau war eine reiche Kommune, die konnte sich einen Gemeindezögling leisten. Dann waren bald Kriegsläufte, und alles ging durcheinander."

„Kriegsläufte ...", will Melchior anheben, aber Speer schneidet ihm das Wort ab: „Genug jetzt. Weiter, Melchi ist dran mit dem Kutschieren."

Als sie aufpacken, bemerkt dieser: „Ich wollt Euch noch fragen, Herr Magister, was nun mit den Pistols werden soll? Ich dachte mir, auf dem Spitzboden könnte man sie schlecht liegen lassen, und man weiß ja nie, was man brauchen kann. So hab ich sie mitgenommen und zu Haus versteckt vorerst."

Speer starrt ihn an, einen Moment fehlen ihm die Worte, dann stößt er einen hundsgemeinen ungarischen Fluch aus, und dann fehlen ihm immer noch die Worte.

Die Buben, mit Welpen-Lernfreude, hängen an seinen Lippen. „Das war geflucht, nicht wahr? Und in welcher Sprache?" fragt Gottfried Jeremias genußvoll, und Johann Melchior fügt hinzu: „Und was heißt es?"

„Das war Hungrisch, und was das heißt, das sag ich euch nicht, wär ja noch schöner. Die Pistols! Ja, bist du denn toll? Versprich mir bei der Ehre, die du im Leib hast, du Lauser, du Rotzbengel, verflixter, das Schießzeug nicht mehr anzurühren, denn es könnte geladen sein. Ich komm nachher zu euch hinüber und hol es ab. Habt ihr verstanden?"

Sie nicken mit glänzenden Augen und sind offenbar von sich selbst und Musje Speer begeistert.

Die Rückfahrt verläuft ohne weitere Zwischenfälle, das Fragen hat Lompin diesen jungen Hundchen verboten, sonst geraten sie auf noch mehr dumme Gedanken, als sie ohnehin haben.

Wie holt man sich zwei in einer Kinderbettstatt versteckte Schießprügel aus dem Haus einer Jungfer, die alles weiß, alles sieht, alles beobachtet, besonders, wenn es sich um einen gewissen Magister Speer handelt, ohne daß besagte Jungfer Wind kriegt von der Action?

Lompin sitzt nach Art der guten Göppinger, die sonst gar nicht die seine ist, hinterm Fenstervorhang, bis Mamsell Marille, Korb am Arm, untadlig weiße Haube und untadlig weiße Schürze angetan, das Haus verläßt, und dann schnell hinüber zur Frau Muttern, ihr noch einmal zu danken fürs freundwillige Herleihen der beiden Buben, welchen er noch einmal ein Douceur mitgebracht hat in Gestalt zweier Äpfel, die möcht er ihnen gern selbst geben.

„Wo ist der Satanskram?“ fragt er schon an der Kammertür. Hätt es sich sparen können, denn natürlich spielen sie gerade damit und sind bei seinem Eintritt starr vor Schrekken – und er auch.

Dann macht er zwei große Schritte zum Bett und sammelt stumm alles ein: die zwei Schießeisen, Flint- und Feuersteine, Kugelbeutel, Pulverbüchse – komplett zum Töten. Soll er nun Melchior an das gebrochne Wort erinnern? Das weiß der von allein, schaut schon entgeistert genug. Die Versuchung war einfach zu groß für die zwei.

„Hättet ihr schon einmal einen gesehn mit einer Kugel im Leib, ich denk, dann würdet ihr's lassen“, sagt er leise.

„Wir wollten nur ...“

„Was ihr wolltet, das hab ich gesehen. Hinter die Ohren hättet ihr ein paar verdient. Wollt ihr euch nun auch an die andern Abmachungen so brav halten wie an diese?“

Sie halten die Köpfe gesenkt, sagen gar nichts.

„Eßt die Äpfel“, sagt er grimmig, wirft den beiden die zwei rotbackigen Borsdorfer, Weihnachtsäpfel, aufs Bett, geht und hofft, seine Beängstigung habe in etwa wie pädagogischer Unmut ausgesehen.

Bei sich zu Haus erwartet ihn der nächste Schreck, denn aus seiner Küche dringen Geplauder und Gelächter, und als er so eintritt, die Rocktaschen ausgebeult von den Waffen, hocken da, traulich an seinem Küchentisch vereint, die Bretschneidern und Amaryllis Sofronia Kertzsch, naschen von einer weißen Serviette Gebäck und sehen ihm mit konspirativem Lächeln entgegen. Das fehlt ihm grad noch.

„Hab ich eine Weibervolksversammlung im Haus?“ fragt er barsch, „und kommen noch mehr? Dann geh ich besser wieder.“

Aber natürlich läßt sich das gewiefte Frauenzimmer nicht die Butter vom Brot nehmen und kontert seine Grobheit mit einem liebenswürdigen Wortschwall.

Der Herr Magister möge doch um Gottes willen verzeihen, bringt die Bretschneidern mit geläufiger Zunge vor, aber sie habe gestern vergessen, ihm die versprochenen Eier vorbeizubringen, und so sei sie heut herbeigeeilt und habe die Tür unverschlossen gefunden, und justament, als sie noch zögerte einzutreten, sei die Jungfer Kertzschin da gekommen mit ganz frischen Mohnküchlein, so sie dem Herrn Magister habe verehren wollen und die sie nun einmal, probehalber und um sich das Warten zu vertreiben, gekostet, und da sie beide gewissermaßen doch Personen seines Vertrauens seien, die auch sonst ein und aus gingen im Haushalt, hätten sie gemeint, es würde weder Anstand noch Schicklichkeit verletzen, wenn sie gemeinsam auf ihn warteten.

Dabei geht sie ihn dreist mit den Blicken ab und bleibt mit ihren Schielaugen genau da haften, wo sie immer hinzuschauen pflegt, so daß ihm himmelangst wird ob dieser rabiaten Präsens.

Eh er noch sich eine Entgegnung zurechtlegen kann, fällt schon die andre attacca ein: Sie habe, mit Verlaub, nichts weiter vorgehabt, als mit ihrer bescheidnen Gabe dem Herrn Magister zu danken für, er wisse schon, gestern abend und daß er heute das zwielichtige Mannsbild hoffentlich für immer fortgebracht aus der Stadt, wie die Brüder ihr berichtet. Wer weiß, was die Lauser noch alles ausgeschwatzt haben! Und nun, ob er ihr wohl die Ehre antue, von ihr Küchle anzunehmen in ihrer Gesellschaft. Die Bretschneidern mache auch gleich Coffee.

„Ist keiner im Hause", bemerkt er kurz, aber natürlich, damit hätte er rechnen müssen: Die beiden Weibsbilder tauschen einen verschwörerischen Blick, und die Kertzsch greift in ihren Korb und befördert das Tütgen zutage, schon gestoßen, er riecht's. Daß das Wasser bereits kocht, bedarf kaum mehr der Erwähnung. Die Rabenäser wissen nur allzu gut, wo er sterblich ist.

Da gibt's nur eins: den Haustyrannen spielen, wozu ist man schließlich ein Mann. „Erwarten Medames, daß ich mich zu Ihnen an den Katzentisch setz in der Küche? Danke fürs Präsent, Jungfer Kertzschin, war nicht nötig. Servier Sie mir an meinen Arbeitsplatz, Bretschneidern, und stör Sie nicht weiter, ich hab zu tun."

Die Tür ins Schloß; aus der Küche ertönt zweistimmiges

Gelächter, und da steht er, draußen diese Teufelsweiber und in seinen Taschen noch immer Musje Georges Pistols.

Als die Bretschneidern mit dem Servierbrett kommt, sitzt er an seinem Arbeitstisch und pafft dichte Tobackswolken. Sie macht mit dem Fuß die Tür zu, und er weiß schon, daß ihre Hand sich irgendwo zwischen ihn und seine Kleider schieben wird, wenn er's nicht vorher verhindert, so sagt er leise: „Hör Sie, Grete, bring Sie mich jetzt nicht noch mehr in Bedrängnis, als ich ohnehin bin, und macht, daß ihr euch packt, ihr Hexen, ich bin kein Bock, auf den man steigen und zum Blocksberg fliegen kann."

„Zum Blocksberg will ja keiner mit Euch, da sei Gott vor", entgegnet sie lachend, „aber sonst ..."

„Hände weg, Frau!"

„Ach, Musje Speer, hab Er doch nicht solche Angst vor uns zwei Weibsen. Es wird schon keine das ausplaudern, was die andre nicht wissen will. Dazu sind wir Euch alle beide zu sehr zugetan."

„Im Ernst, Bretschneidern, mir ist gar nicht wohl bei eurer Konspiration."

„Wußte nicht, daß Ihr so zaghaft seid. Oder haltet Ihr Euch für den einzigen Gockel mit zwei Hennen?"

Und draußen ist sie, nachdem sie ihm so eingeheizt hat, und die gickern und kichern, daß einem ganz blümerant werden kann. Da macht er doch lieber die Tür wieder auf, nimmt seine Tasse und gesellt sich dazu, so ist er sicher, daß sie nicht über ihn herziehen.

Sie sind denn auch seriös und honigsüß, als sei er der Padischah zwischen seinen Odalisken, und nur die Augen verraten ihm, wie es sie kribbeln muß, wenn er dasitzt zwischen ihnen und sich in seine Rauchwolken hüllt, die sie artig aufschnüffeln, nicht etwa mit der Hand wegwedeln.

Beginnen auch gleich eine Konversation ernster Art, ernsterer, als ihm lieb ist. Sicher denken sie, es ihm recht zu machen, wenn sie verständig fragen, ob er Nachrichten vom Kriegsschauplatz habe.

„Ich steck den Kopf in den Sand, Mesdames", sagt er grimmig, „und will gar nix hören vom Krieg, hab davon genug gehabt alle meine Jahre, will hier Frieden finden und nicht neue Horreurs."

„Aber Musje Speer“, sagt Marille, Röte auf den Wangen, „es sind so schlimme Zeitungen, wie der Franzos haust keine Tagereise weg von uns, und es heißt, es sei ganz gleich, ob eine Stadt kämpfe oder Kapitulation anbiete, immer zögen sie ein wie die Wolfsrudel und verwüsteten alles und täten jeder Art Greuel an Weibern und Kindern“ (sie wird noch ein bißchen röter), „und die Frage wär, wenn sie, was Gott verhüte, bis hierher kämen, was wär zu tun? Soll man um Pardon flehen oder kämpfen?“

„Damit mag sich der Hohe Rat beschäftigen, nicht das Frauenzimmer“, entgegnet er betroffen, und sie: „Aber wir baden es aus, nicht wahr?“ Sie ist auf jene anmutige Art zornig geworden, die er an ihr mag, und unterm Tisch berührt das Knie der Bretschneidern das seine mit sanftem Druck.

„Sie hat recht, Kertzschin“, erwidert er verwirrt. „Aber ich sag euch, daß ich jetzt nichts mehr davon hören mag. Wenn es ernst wird, können wir darüber immer noch räsonieren.“

„Räsonieren allein wird's nicht tun“, sagt da die Witwe resolut und entfernt ihr Bein von dem seinen, und er sieht erstaunt von einer zur andern. Steckt da ein Programm dahinter? Wollen sie ihn zu irgend etwas benutzen? Dergleichen mag er ganz und gar nicht, ist genug mit ihm umgesprungen worden, nun läßt er sich nicht auch noch von zwei Weibern am Leitseil ziehen.

Ach, wie leicht und einfach wär es doch, jetzt den Narren machen zu können, ihnen eine Fratze vorzusetzen und sich mit ein paar Gauklertricks aus der Affaire zu ziehen!

Er steht auf und schiebt seine Tasse zurück. „Danke für den Besuch“, sagt er unhöflich. „Aber nun brauch ich Ruhe. Hab zu arbeiten, eine Kantate zum Advent wär zu setzen neben all der andern Musique. Keine Zeit zum Politisieren. Adjes also und merci für die Mohnküchle.“ Er dreht ihnen den Rücken zu und klappt mit der Tür, und wenn er denkt, jetzt geht das Gegacker wieder los, dann irrt er sich, es bleibt ganz still.

Er sitzt wie die Maus im Loch, bis er hört, daß beide das Haus verlassen haben (nicht ohne vorher das Geschirr zu spülen und den Rest der Kuchen fein säuberlich zugedeckt auf einen Teller zu schichten), dann sieht er nach, ob die

Luft wirklich rein ist, wühlt die hastig versteckten Waffen aus dem Bettstroh, trägt sie auf den Abtritt und wirft sie hinein. So, das wär erledigt. Stürzt sich alsdann voller Begier auf den lauen Rest in dem Coffeetopf, säuft ihn gleich aus der Tülle und verschlingt Marillens Mohnküchle dazu.

Und gerade noch im rechten Moment fällt ihm ein, daß ja auf den Abend der Kollaborator Göpfert hat kommen wollen, um mit ihm die Adventsmusiken zu koordinieren. Na prost Mahlzeit, das hätte was Feines werden können mit den Weibsbildern im Haus, da ihm der Göpfert ohnehin nicht grün ist. Schließlich hatte er es, bevor Speer in Göppingen hereinschneite von wer weiß woher, als verbriefte Sache angesehen, daß er die Provisorenstelle des alten Buttersack übernehmen würde und das Kirchenamt dazu; hatte sich nur, als eingefleischter Junggesell und mit seiner Schwester hausend, ewig nicht entschließen wollen, um die Hand der Jungfer Apollonia anzuhalten. Und dann kam er und war in allem besser und machte den Antrag und bekam Braut und Positiones und hockt ihm nun als Vorgesetzter vor der Nase.

Das wird ein diffiziles Gespräch, das merkt Speer schon, als der andre auf der Schwelle steht, lang und sauertöpfisch und so zugeknöpft wie sein Überrock. Als erstes läßt Göpfert den Blick schweifen, ob auch alles in Schick ist und in Reinlichkeit in diesem weiberlosen Haushalt, das wird er hernach seiner Schwester berichten. Zum Beispiel, daß der Korb mit den Eiern aufm Küchentisch steht und ein leer gegeßner Teller.

Speer, während er ihn hereinkomplimentiert, versucht zu sortieren, was alles geklärt werden muß: primo die Besetzung des Caput zwo seines Kriegs-Romans, secundo und eigentlich vorrangig, die Kantate zum vierten Adventssonntag und was ihm dazu eingefallen ist – das wird ein verzweifeltes Stück Arbeit werden.

Der Coffeeduft liegt noch im Raum, und daß der Coffee ausgetrunken wurde vor Göpferts Kommen, ist der erste Affront.

Dann sind Noten zu copieren, wie immer, Berge von Noten. Das gehört zu des Kollaborators Obliegenheiten. Freilich war's nie soviel beim Amtsvorgänger Buttersack, da kam meist dasselbe wie im Vorjahr wieder dran. Aber dieser Compositeur und unruhige Geist bringt stets was Neues heraus, und Göpfert tut zähneknirschend seine Pflicht und denkt an die Goldnase, die sich seiner Meinung nach der Hergelaufne mit seiner Lotter-Musique verdient, und er hat die grobe Arbeit und das Nachsehen. Dessenungeachtet liefert er immer pünktlich untadelige Blätter, fehlerfrei und so, als kämen sie schon vom Stecher. Und da kann sich Lompin noch soviel bedanken und den anderen mit Herr Collega anreden, Karl Theodor Göpferts Miene wird sich deshalb um keinen Grad aufhellen.

Indes Speer ihn zum Sitzen nötigt und dann seinen Batzen Partitur hinlegt in seiner schnellen, von Kürzeln strotzenden Notenschrift, die der andre akribisch zu entziffern weiß, geht er selbst weiter hin und her im Raum, berührt dies und jenes, schlägt eine Taste am Cembalo an, dreht den Spiegel auf dem Arbeitstisch, versetzt einer Vorhangkordel einen spielerischen Stoß – dabei kann er besser formulieren, als wenn er dem trocknen Neidhammel gegenübersitzt. Weiß allerdings auch, daß der solche Absonderlichkeit als den nächsten Affront anzusehen sich bemüht.

„Wir wollen", beginnt Speer, „noch vor dem zwoten Advent versuchen, zwei, drei Abende zusätzlich zu finden zum fleißigen Probieren des Türkischen Eulen-Spiegels, die Musique-Freunde sind ungeduldig, erste Abschnitte vor Weihnachten zu hören. Wäre zu klären, wer welchen Part übernimmt."

„Sicher", sagt Göpfert, mit der Notenschrift beschäftigt, „Herr Provisor, wie Ihr bestimmt. Aber wenn ich mir die Bemerkung erlauben darf, was Ihr mir da zum Copieren gegeben habt, überschreitet ja bei weitem unsre Möglichkeiten. Fagotto, les ich da, Corni, Tromba, Clarino. Nicht daß ich wüßte, daß wir vorhätten, mit der hochwohllöblichen Stadtpfeiferinnung …" Er hat den Finger an der Wunde.

„Nein, nein", sagt Lompin hastig, „wer sollt uns das zahlen, um unsre Mäzene ist es nicht so stark bestellt, obwohl ich mich gut steh mit Valentin Dorenpusch, dem Obermeister der Zunft, und er wohl etwas nachließe …"

Keine Reaktion von seiten des Herrn Kollaborators.

„Es ist nur", sagt er mit Anstrengung und trägt den von

Margarete Bretschneidern einmal die Woche gegossenen Gelbveigeleintopf der seligen Apollonia unter den scharfen Blicken von einem Fensterbrett zu dem andern, „daß es so in Druck gehen soll, für eine ad-libitum-Besetzung. Wir werden uns aufs Herkömmliche mit Continuo und streichenden Instrumenten beschränken." (Und weiß, daß der jetzt denkt: So, nur für Ehre und Gewinst des Herrn Lompin darf ich mich also abschinden und erhalte Gottes Lohn, sonst nichts.)

„Und der Herr Apotheker Fichte mit seinem Flauto?"

„Den wollen wir nicht missen. Es gibt genug Stücke, wo er mitwirken kann, vor allem in den Tänzen. Das überlaß ich ganz Eurem bewährten Geschmack, Musje Göpfert, wo Ihr Flauto setzet." (Das Kompliment verzuckert ihm auch nicht, daß er noch mehr Arbeit aufbekommt.)

„Die übrige Besetzung dürfte ja feststehen."

„Nicht ganz", sagt Speer und trägt den Blumentopf wieder zurück.

Göpfert sitzt schon in Habachtstellung.

„Insofern, als ich den Cembalo-Part selbst übernehmen möcht, einmal, um alles in der Hand zu behalten als Compositeur, zum andern, als ich Euch bitten möchte, die Kniegeige mit zu übernehmen."

„Ich verstehe nicht", sagt Göpfert, die Stimme dünn wie ein Messer, „denn die Madame Pfleiderer steht ja zur Verfügung und spielt eine vorzügliche Kniegeige."

„Dem stimm ich zu. Aber ich hätte gern, daß wir einmal zwei Gamben besetzen zu unsern zwei Violin, als da sind Tössle und die Jungfer Pfleiderer. Eines soll mit dem Cembalo mitgehn, daß der Madame Renata. Ihr aber spielt im Ripieno. Ich brauch es wegen der compositorischen Proportion, Ihr versteht."

Schweigen. Er versteht natürlich. Daß er dem Speer nicht gut genug ist, daß der zum Gesang sich auch noch selbst begleiten muß, daß der alles an sich reißt. (Gottverdammt ja, weil er mit seinem trocken metrischen Spiel mir das Leben stiehlt aus meinem Stück, weil ich nicht frei figurieren kann, weil er mir meine Rubati und Improvisationes kaputtmacht, weil er mir mit seinem Continuo am Arsch hängen würde wie ein Zentnersack Mehl, weil er's mir versaut.)

Er zieht den Vorhang zu und wieder auf, ordnet die Falten.

„Ich versteh, Herr Magister", sagt Karl Theodor Göpfert endlich, den Mund schmal wie ein Strich. „Wäre noch die Einteilung der Gottesdienste zu Advent."

„Wie üblich", sagt Speer zerstreut. „Ihr früh und ich den zweiten." (Der nächste Tort. Weil der ausschlafen will, der liederliche Kerl, denkt Göpfert. – Was stimmt. Und weil zum zweiten Gottesdienst die Honoratioren kommen, die dann sagen: Nein, hat der Speer wieder phantasieret auf dem Organo, ein begnadeter Künstler! – Was auch stimmt. Kann ich dafür, daß sie mich hören wollen und nicht den langweiligen Kollaborator, und sich hernach beschweren, wenn ich nicht spiele?)

Punkt drei, die Kantate auf die Weihnacht, der heikelste Punkt.

„Ihr habt zweifellos etwas vorbereitet?" erkundigt sich Göpfert kühl.

(Ein Glück, daß er nicht auch noch den Tonsetzern ins Handwerk pfuscht, so ist er zumindest auf dem Gebiet nicht zu beleidigen.)

„Ja", sagt Speer leichthin, „ich mach eine kleine Sache, im Stil meines Landsmanns Paul Joseph Vejvanowsky."

Göpferts Schweigen zeigt ihm, daß der noch nie nichts gehört hat von Vejvanowsky, sonst müßte er wissen, daß der fürstlicher Trompetenvirtuos war, und jetzt schon Lunte riechen.

Speer stößt die Tür zur Küche weiter auf und bezieht diesen Raum ein in sein ruheloses Herumschreiten. „Für Solo, Chor, Instrumente. Es soll festlich klingen."

„Das Solo übernimmt zweifellos der Herr Magister selbst."

„Richtig. Für den Chor haben wir unsre Buben vom Pädagogium." Er sagt höflicherweise „unsere Buben", obwohl in des Herrn Kollaborators Klasse nur Amusi zu sitzen scheinen und die Disciplina sehr zu wünschen übrig läßt, ohngeachtet Karl Theodor den Stock schwingt und mit roten Flecken im Gesicht herumschreit und Daniel Speer gar keinen Stock nicht mitbringt, und seine Schüler sind brav und können singen, weil, er macht ihnen Lust dazu.

„Ich wünschte mir dieselbe Besetzung wie bei der weltlichen Cantata. Also zwei Violin, zwei Kniegeigen. Es ist unbedingt notwendig fürs Ripieno; es kommen andre Instrumente dazu."

Die übliche Stille. Dann sagt Göpfert höhnisch: „Wollt Ihr von der Orgelbank her singen? Wohl mit dem Kopf im Nacken?"

Speer lacht gequält und hält nun Margaretes Eierkörbchen in der Hand. „Ich gedachte", sagt er, kommt ins Zimmer zurück und balanciert den Korb auf den Fingerspitzen, „Eure Jungfer Schwester auf die Orgelbank zu bitten, von der die Rede geht, sie sei eine fertige Virtuosin – Eure Schülerin", fügt er verlogen hinzu und plaziert die Eier auf dem Tisch.

Göpfert hat nun seine roten Flecken bekommen. „Meine Schwester hat das Spielen aufgegeben."

„Da irrt Ihr Euch aber, Musje", sagt Speer lebhaft und läßt sich endlich auch am Tisch nieder, nun, als die Katze aus dem Sack ist (aber der Knüppel noch drin), „ich ging kürzlich durch Zufall an Eurem Haus vorbei, da hörte ich, obwohl ich Euch sicher in der Lateinschul wußte, jemanden mit großer Kunst auf dem Cembalo sich produzieren – es war ein Ohrenschmaus, ich versichere es Euch! Gestattet Ihr mir, sie selbst zu fragen?"

„Ich kann es Euch kaum verbieten", erwidert der andre gepreßt.

Lompin versetzt dem Korb einen vergnügten kleinen Schwung, den er gleich wieder abbremst, braune und weiße Eier hat die Bretschneidern ihm gebracht. „Im übrigen", sagt er, „werden wir, den Glanz des Festes zu erhöhen, zur Ehre Gottes zwei Trompeten haben für die Aufführung." (Armer Karl Theodor. Was muß er heut alles schlucken.)

„So?" fragt Göpfert steif. „Habt Ihr einen neuen Bonus beim Magistrat erwirkt, daß Ihr die Stadtpfeifer einbezieht?"

„Nein", erwidert er leichthin, „das machen wir anders. Die Seconda tromba zahl ich aus meiner Tasche, spaßeshalber. Die andre blas ich selbst."

Göpferts Gesicht ist eine Maske. „Und singt zugleich, ja?"

Speer lacht. „Nun, das kann ich mir ja einteilen, wie ich die geblasnen und gesungenen Partien setze, so, daß auch Luft genug bleibt dazwischen. Obgleich, das wäre freilich ein Werk, daß man die Musique, so wie man sie untereinander notiert als ein einziger Mann, auch könnte untereinander spielen als einer, der dazu berufen, und später simultan ablaufen lassen. Ich weiß, das klingt verstiegen. Aber das sind so die Träume eines Artisten. Und Ihr wußtet wohl gar nicht, daß ich Trompeter bin? Hab's ja hier auch noch nie praktizieret."

Göpfert sagt nichts, sondern starrt ihn an, offenbar, ohne recht zuzuhören, und er hat ein merkwürdiges Zucken um das rechte Aug. Und nun bemerkt Lompin erst, was seine Hände, unabhängig von seinem Kopf, da anstellen. Sie haben in den Eierkorb gegriffen, und während er rechts ein weißes Ei zwischen Daumen und Zeigefinger rotieren läßt, jongliert er links mit zwei braunen, läßt sie sich gemächlich über Handrücken und Knöchel rollen, zwischen den Fingern hindurchgleiten und über die Fingerkuppen spazieren, als sei die Schwerkraft nicht mehr vorhanden.

Er sieht auf seine Hände, sieht auf Göpfert, sagt: „Verzeiht!", fängt die Eier-Bälle auf und legt sie unzerbrochen in das Körbchen zurück, und dann, angesichts der wie versteinerten Visage des Herrn Kollaborators mit dem zuckenden Aug, kann er nicht an sich halten und bricht in ein schallendes Gelächter aus.

Göpfert erhebt sich, drückt die Notenblätter an die Brust und den Hut auf den Kopf, verneigt sich und stapft tief beleidigt hinaus, begleitet vom Lachen seines Vorgesetzten.

Lompin sieht ein, daß ihm kein diplomatisches Meisterstück gelungen, aber es ging nicht anders. Nun wird er bei der Jungfer Schwester schweren Stand haben.

Zur Zeit, da er weiß, daß der Herr Kollaborator zuverlässig beschäftigt ist, begibt er sich in die Höhle der Löwin.

Jungfer Dorothea Elisabeth Göpfert, genau so lang wie ihr Bruder, flachbrüstig und bis zum Hals zugeknöpft, bekommt bei seinem Anblick die nämlichen roten Flecke im Gesicht wie Karl Theodor, das heißt, sie weiß Bescheid.

Er grüßt mit gezognem Hut, als sei sie die Frau Kommandantin Pfleiderer, und sagt, er sei in einem Anliegen hier.

„Ja, ich weiß", entgegnet sie und schiebt das Kinn vor, „und um es kurz zu machen, Dank der Ehr, die Antwort lautet nein."

„Aber Jungfer Göpfert", sagt er und ist dreist genug, den Fuß in die Tür zu stellen (ist ja schließlich ihres Bruders Vorgesetzter), „darüber kann man doch nicht zwischen Tür und Angel befinden, ich bitte Sie freundlich, laßt mich ein."

„Aber Theodor ist nicht da."

„Das weiß ich. Darum bin ich ja gekommen."

„Ihr seid unverschämt."

„Was ich bin, darüber befinden wir drinnen, wenn's gefällig ist."

So, das wär geschafft.

„Jungfer Göpfert, ich bitte Euch herzlich, es zu bedenken."

„Ich spiele nicht mehr."

„Das kann nicht sein, ich habe Euch gehört, und Ihr seid excellent."

„Ich spiele nicht mehr, Herr Magister."

„Ganz Göppingen weiß von Eurer Virtuosité zu berichten."

„Das war damals. Ich spiele nicht mehr."

„Spielt Ihr vielleicht nur nicht bei meinen Opera?"

„Gegen Eure Musique habe ich nichts. Allerdings die Worte ..."

„Was ist damit?"

Sie sieht zur Seite, kneift die Lippen ein, sagt dann: „Sie hören sich an, als ob ihr Verfasser ein halb Dutzend Bordells ausgehuret hat."

Er verbeißt sich mit Mühe das Lachen.

Sie steht mitten im Raum, eine Bohnenstange, mit ihrem gefleckten Gesicht und den über der Brust zusammengelegten Händen und wartet darauf, daß er geht.

Er seufzt. „Euer Bruder, ich bitte um Verzeihung, ist er Euer älterer Bruder?"

Sie sieht weiter geradeaus. „Ich bin die Ältere."

„Also waret Ihr die Praeceptorin. Ihr habt ihn im Spielen gefördert, nicht wahr?“

Schweigen. „Er war nur mäßig“, sagt sie dann. „Aber ich wollte, daß er die Stelle erhält. Wir mußten leben.“

„Ihr könnt sie doch, die Musique ...“

„Ich spiele nicht mehr.“

Er geht an das geschloßne Cembalo, öffnet es, ohne daß sie ihm wehrt, schlägt ein paar Akkorde im Stehen an. „Bitte, kommt zu mir. Ich geb Euch diese Melodie. Nun, was meint Ihr, gefällt sie Euch? Ein bißchen simpel vielleicht, ich war auch nur ein fahrender Musicus, aber man könnte was draus machen, was meint Ihr? Ich übernehm den Generalbaß.“

Schweigen. Er beginnt zu improvisieren, ganz vorsichtig, um sie nicht zu verscheuchen.

„Cis“, sagt sie, „cis würde besser drin stehen.“

Er läßt sich nicht irritieren, geht seine Weise weiter.

Endlich raschelt ihr Rock neben ihm. „Cis, ich sag's doch.“ Sie geht es gleich kraftvoll an, greift mit ihren langen, knochigen Fingern in die Tasten, daß es rauscht. Wandelt das Thema, variiert es, saust durch die Tonarten, er kommt kaum nach da unten im Basso. Sie schließt mit einer fulminanten Kadenz, läßt die Hände sinken.

„Noch etwas von meinen alten Sachen“, sagt er, läßt den Blick zum Kopistenpult schweifen, wo seine Partitur aufgeschlagen liegt, fischt die Pavane auf den Tod eines Fräulein heraus.

„Spielt einmal, s'il vous plaît.“

Sie nimmt den Lautenzug. Er sieht ihr auf die Finger, entfernt sich dann vom Instrument und geht im Raum umher. Da sind zwei Kopistenpulte, auf jedem liegt ein Teil seiner Noten. Beide Handschriften in den Stimmen sind fast gleich, zumindest so, daß ein ungeübtes Aug einen Unterschied nicht entdeckt. Sie macht also die Arbeit mit.

Nun endet sie, legt den Deckel aufs Instrument, steht auf, den langen Hals gereckt, den Mund verkniffen. „Ich spiele nicht mehr, Herr Magister.“ Aber die Flecke sind fort von ihrem Gesicht, und ihr Blick begegnet dem seinen.

„Wie kommt es, daß Ihr so genau Eures Bruders Notenschrift nachzuahmen versteht?“

Sie lächelt. „Er ahmt die meine nach.“

„Jungfer Göpfert …“

„Es bleibt bei meinem Nein, Musje Speer.“

„Hört einmal“, sagt er rücksichtlos, „Ihr seid zu tugendhaft und zu harsch, um jemals einen Galan zu haben, und zum Ehelichen fehlt Euch das Heiratsgut. So seid Ihr Eures minderen Bruders Dienerin. Aber das alles muß Euch nicht wichtig sein. Ihr habt einen Geliebten und einen Gatten, tausendmal besser als die von Fleisch und Blut, und in seinem Reich seid Ihr nicht Sklavin, sondern Meisterin und Herrin. Ihr seid Apollons Geweihte. Wozu das verbergen? Spielt Orgel bei meiner Kantate zur Christvesper. Ihr braucht nicht zu den Proben zu kommen. Nur am Heiligen Abend. Ich vertraue Euch. Bitte, kommt.“

Sie steht ihm gegenüber, die Fäuste geballt zu den Seiten des Rocks. „Warum soll ich meinem Bruder Schande antun?“ fragt sie gepreßt.

„Euer Bruder? Um den geht’s nicht. Der Musica sollt Ihr Ehre antun, nichts anderes. Ihr braucht Euch jetzt nicht zu entscheiden. Die Noten habt Ihr demnächst. Kommt am Luciatag und sagt mir’s zu. Sonst bleibt, wo Ihr seid. Euer Diener.“

Da ist sie wieder, die Stimme, gehaucht, gezischt, befehlend, beschwörend, dicht neben seinen Ohren, daß er auffährt in seinem Bett; der Alkoven ist eine Kutsche mit befleckten Polstern, und da sagt es deutlich und gierig: „Mich dürstet, mein Knecht. Gib mir zu trinken. Gib.“

Helft mir, all ihr Frauen, ihr Irdischen, Fehlerhaften, Lebenden, Liebenden, helft mir, ihr gar nicht Heiligen, wider diese Erinnerung, daß sie nicht aufs neue Gewalt gewinnt über mich, helft mir wider das auf ewig verdammte Frätzchen, törichte Jungfrau ohne Öl auf der Lampe, helft mir vergessen. Amaryllis und Margarete, Renata und Almuth und Lisette, wie ihr da seid, erbarmt euch meiner. Erbarmt euch, allerschönste Grazyna und Lilirum im Schleier und du, Eva Maria Zigeunerkind. Steht mir bei.

Sie ist tot. Sie ist tot.

Er liegt, das Gesicht nach unten, die Hände verschränkt hinterm Kissen, und fleht: „Führe uns nicht in Versuchung, sondern erlöse uns von dem Übel.

Laß mich frei. Weiß Gesicht, schwarzes Haar, Geruch und Geschmack und Lachen und Schweigen. Entfern dich. Ich will leben, Geist. Du bist nicht mein, ich bin nicht dein. Das Band zerrissen. Alp, entweiche.

Er springt hinaus ins kalte Zimmer, reißt die Vorhänge auf, öffnet das Fenster, Göppingen schläft. Sein Körper glüht, als sei er im türkischen Bade gewesen. Der Schwall eiskalter Luft, der ihm entgegendringt, dünkt ihn erfrischendes Labsal wie dem Fiebrigen ein Trank.

„Willst du mich nicht entlassen aus der Knechtschaft? Was wohnst du in mir? Geh fort", sagt er laut in die Nacht hinaus.

Er tastet nach Licht, taumelt an seinen Arbeitstisch. Vanitatum vanitas. Ach, du lustige Welt. Ach, du possenhafter Lompin.

„Lompin kömmt / halb vermummt / zu dem Sultan ins Feld allhier / singt und springt / pfeifft und hinckt / Räncke und Schwänke bringt er für ..."

Die Zeilen scheinen davonzufliegen, rutschen auf dem Papier nach oben, kippen vom Rand herunter.

Er atmet tief durch. Stell dir vor, du müßtest jetzt übers Seil laufen.

Unmöglich.

Nein. Nicht unmöglich. Dein Publikum wartet. Die nie gesehne Dame Mirgiel sitzt hinterm Vorhang. Und Lutz und Schott und Masosky. Und die Philandern und Kremberg. Und die Frauen. Sitzen da und erwarten, daß du's bringst. Du wirst auf dein Seil gehen und das deine tun.

Er bezwingt seinen Atem.

Mach das Fenster zu. Tu deinen Rock über, obwohl du nicht fühlst, was heiß oder was kalt ist. Werd mir doch keine Krankheit holen. Hab zu arbeiten. Hab jetzt eine lustige Scène zu schreiben.

Lompin und der Sultan. Lompin und der Großwesir, dessen Tochtermann. Hat mir nicht einer dergleichen erzählt?

Der Großtürk und sein Wesir, die sind besieget, aber kann nicht für den Padischah ein jeder Potentate stehen, der Große L. zu Paris vielleicht? Man müßt ihm auf den Kopf kacken. Wem? Dem Melac, dem Großwesir natürlich.

„Du Lauser / übler Hauser / ist dir's nicht eine große Schand / daß deine Völcker / Jagdhunds-Melcker / wüsten so das ganze Land ..."

Wie war das gewesen, Kirschen hatte ich gegessen, die waren noch nicht reif, und Wasser drauf getrunken, als ich die große Scheißerei hatt auf dem Weg nach Buda ...

Lompin steigt also auf den Baum, wo er Kirschen ißt und die Kerne auf den Melac, den Großwesir schießt ...

Jetzt hüpfen die Worte wieder davon und die Noten hinterher, aber nicht wegen der Verwirrung und Not mehr, sondern der Heftigkeit der Inventiones wegen.

Leicht muß es werden, leicht und frech, und die Musique im Recitativ so dicht am Text, daß es wie geredt ist und doch etwas mehr, und schön hoch für den Tenorem, daß er sich strecken muß, der Vis comica wegen ...

„Thät alsbald rings um den Baum her pflantzen / Lompin zu Schrecken viel tausend Lantzen" – in einem munteren Dreivierteltakt, schadenfroh. Hat sich nämlich geschnitten, der tyrannische Herr Großwesir. Indem Lompin, gerade als er ihn herabrütteln will, ihm auf den Kopf scheißt. Ja, der Turban und der Dolman wurden auch bemalet.

Sie werden lachen bei der Aufführung, sie werden sich die Bäuche halten. Denn es wird immer gröber und frecher, je verstörter man war, und es wird immer trutziger und lustiger, je trauriger man war, und immer burlesker, je ernster die Dinge, an die man denkt.

Wir machen eine vergnügliche Kunst, zum Ergötzen der Leut. Zum eignen Zaum und Halt und Hafen. Als Exorzismus gegen Nachtgespenster.

Ungeduldig schleudert er eine gespaltne Schreibfeder irgendwohin in die Stube, nimmt die nächste, die auch fürchterlich kleckst. Macht nichts. Wird eine gute Scène werden, mit der schnellen Pfleiderer dazu an der Kniegeige und ihm selbst am Cembalo.

„Der Lompin machte sich, weil er nun war allein / schnell von dem Baum und auf die Pferdes-Bein."

Das wolln wir ja sehen, ob ich auf meinem Seil nicht tanzen kann!

Setzt das Gesangs-Ritornell vierstimmig aus. Über Narren, deren Maul keinen Riegel hat.

Alsdann könnte man ja versuchen, ob man in seinem Bette allein und ohne Stimmen schlafen kann. Obwohl bis zum Morgen nicht mehr viel Zeit bleibt.

Demnächst reist er denn nach Stuttgart, ohne nur einen Hufnagel von den Franzosen zu sehen, gedenkt wehmütig des Hauses der Mutter Häberle und der Insassinnen, geht zum Güntz zu kassieren und bekommt auch richtig sein Geld und läßt sich bei Casparo Kirchner, dem Schulvisitations-Rat und Musikfreund, der überdies noch aus dem Schlesischen stammt, melden, ihm den dritten Band des Kriegs-Romans zu verehren.

Kirchner empfängt ihn herzlich, aber entnervt. Er leidet an periodisch wiederkehrenden Kopfschmerzen, die ihn, ist er einmal davon gepackt, zwingen, seine Amtgeschäfte ruhen zu lassen, sich ins verdunkelte Schlafgemach zu retirieren und sogar die Uhren abzustellen, weil ihn jedes Geräusch martert. Da es immer nur eine Kopfhälfte betrifft, nennen die Ärzte das Übel Hemikranie – zum schönen Wort fällt ihnen allerdings auch nichts anderes ein, als Schröpfköpfe zu plazieren, und Masoskys Angebot, einmal eine Badekur in Göppingen zu machen, schiebt der Vielbeschäftigte von Jahr zu Jahr vor sich her.

Heut sitzt er, einen Eisumschlag linksseitig über Stirn und Schläfen, halb liegend am Arbeitstisch und streckt Lompin eine kalte Hand entgegen.

„Willkommen, Magister", sagt er und bewegt kaum die Lippen, „und verzeih Er solchen Empfang, aber wie Er mich hier sieht, ist mein Leiden im Kommen, und ich kann's mir nicht leisten – zuviel Arbeit in so harten Zeiten. Muß ich eben mit der verbleibenden Kopf-Hälfte weitermachen, solang es nur geht." Sein linkes Aug bleibt geschlossen bei solchen Reden.

„Ich geh gleich wieder, Herr Rat", entschuldigt sich der andre, „wußte ja nicht, daß Euch das Übel gepackt hat."

Kirchner lächelt schief. „Kann ich keine Rücksicht drauf nehmen, muß Er's auch nicht. Ich freu mich, Ihn zu sehen, und danke fürs Präsent. Eine wahre Labsal zu wissen, daß in all der Bedrängnis noch gesungen und geschrieben wird. Wann ich's lesen werde, das steht allerdings in den Sternen. Nein, ich werd Ihm nichts vorjammern. Die Zeiten sind so, wie die Leut in ihnen sind. Wenn unser gnädiger Prinz bereits Regent wäre oder Madame das Sagen hätte, ich glaub, da säh es besser aus. Wir sind schlecht beraten, Musje Speer, das ist die reine Wahrheit." Er seufzt und drückt die flache Hand an die Schläfe. „Wenn es nach hiesigen Kriegs-Räten und ihrer Feigheit ginge, so würden wir die Armee des Allerchristlichsten Königs auf samtnem Teppich empfangen haben. Aber Feigheit allein ist es nicht."

„Ihr meinet?"

„Ich mein, daß einige Leute von hoher Condition mit dem Feind unter einer Decke liegen, und das sag ich rundheraus."

„Es ist die Meinung im Lande, Herr Rat, wenn man mehr Courage zeigte, so würde der Feind, der ja nicht so zahlreich, sich nicht so weit vorwagen."

Casparo Kirchner lächelt mit einer Gesichtshälfte. „Ich weiß, daß so die Meinung ist in gewissen Schriften, Herr Magister. Und ich kenn Samuel Lutzens kühnes Stückchen wohl. Nur die Leut sind so und so, und auf einen tapferen Kerl kommen nach meiner Erfahrung neun Hasenfüße. Der Mensch ist ein gebrechlich Wesen."

„Wäret Ihr nicht so malade, hätt ich Euch wohl um einen Rat ersucht, da Ihr, als mein alter Mentor und dazu Vorgesetzter in Schulsachen, mir der Rechte und Unparteiische scheint."

„Speer, was sollen die Verrenkungen? Ihr seid hier, ich hab Euch eingelassen, also zum Teufel mit meiner Maladie."

Er nickt und bringt dann seine Sache vor: wie eine gewisse Schrift habe Furore gemacht im Lande, wie hohe Personen dieselbe gelobt, wie man ihm aber auch zu verstehen gegeben, daß man ihn nicht vor Repressalien schützen könne, und wie einige vertraute Freunde, solche, deren Kühnheit heut in aller Munde, ihm dringlich abgeraten, dergleichen zu wiederholen.

„Was Er indessen doch getan", ergänzt Kirchner und lächelt wieder schief. „Musje, was soll ich Ihm sein? Das Orakel von Delphi? Jeder, so ihm dies oder das geraten, hat recht, aber entscheiden muß Er allein, und das weiß Er ja auch. Ja, sag ich, hundertmal ja, acht Er auf sich, wir brauchen Ihn für die Dinge des Friedens. Ich red nicht einmal von der Kunst, nur von der Schule. Und genauso ja: Helf Er uns mit Seinen Mitteln! Aber für gar nichts gibt's Garantien, nicht einmal fürs Wohlwollen hoher Herrschaften. Das wechselt politisch."

Lompin verneigt sich. „Herr Visitations-Rat", sagt er, „das ist ein Spruch, der könnte aus der Feder des Simplex stammen."

„Er ist ein Unmensch, Speer, wenn Er mich zum Lachen bringt, wird es noch schrecklicher davon. Aber ich wollt, ich könnte bald wieder eine Schul-Visite abhalten in Göppingen, ist mir immer eine rechte Ergötzung. Statt dessen muß ich morgen gegen die Kriegs-Räte die Meinung der Herzoginwitwe vertreten zu den neuen, von Juvigny geforderten Kontributionen."

„Wie lautet Ihro Durchlaucht Meinung?"

„Magdalena Sibylle geruhte mir zu sagen: ‚Wo bereits gebrandschatzt wird, da wird nicht auch noch bezahlet.'"

Lompin beendet seinen Besuch in der Landeshauptstadt mit zwei Einkäufen, deren einer auf das lebhafte Interesse seiner ihm nahestehenden Weibsen stößt: Es handelt sich um das allerneuste Product des Gerätschaften-Handwerks, ein Mühlichen für den Coffee, so daß man denselben nicht mehr im Mörser stoßen muß, sondern so fein wie Mehl zerkleinern kann, wodurch die Güte und Kraft des Getränks gehoben, das Aroma verfeinert, die ermunternde Wirkung erhöhet und die Lebensdauer eines Tütgens verlängert wird, denn man benötigt jetzt weniger Bohnen auf die Tasse.

Während Amaryllis Sofronia hellauf begeistert ist von diesem Wunder der Technique, fragt Margarete Bretschneidern mißtrauisch an, ob er bisher mit ihrem Coffee etwa unzufrieden gewesen? Aber sie tut's wohl nur, um sich die Versicherung des Gegenteils mit handgreiflichen Beweisen auszahlen zu lassen.

Das zweite Stück, so er erworben und das einen beträchtlichen Teil des Güntzschen Abschlags bereits wieder verschlungen, da es von einem guten Meister, hält er noch sorgfältig verborgen und rührt es nicht an.

Es ist eine Trompete.

Das zweiundzwanzigste Capitel
in dem er eine fatale Scharteke verfaßt und einen Buben in die Lehr gibt

Sowie ihn keiner weiter stört, der Franzose sich ebenso still verhält wie Mamsell Marille und alles seinen alltäglichen lieben Trott geht, versinkt er wieder in seiner Arbeit und vergißt alles ringsumher, verrichtet den Schuldienst, träumend und präsent zugleich, hält Proben ab, und nur die Leute auf der Straße merken an seiner abwesend-freundlichen Weise zu grüßen, daß er ganz woanders ist mit seinen Gedanken.

Er ißt und schläft ohne die geringste Regelmäßigkeit, gerade wie's ihn ankommt, brennt nachts seine Kerzen ab und schreibt Musiquen und Texte für den Kriegs-Roman, selbstvergessen vor seinem Eulen-Spiegel hockend und Fratzen schneidend, bereitet alles für die Weihnacht vor und die Cantata dazu und geht, die Trompete unterm Rock verborgen, hinaus aufs freie Feld, um heimlich zu üben, damit er wieder die alte Virtuosité erlange auf dem geliebten Instrumente, dem er, wieviel Jahr sind's nun her, abgeschworen, und ein Glück auch, daß es so extrem milde, sogar die Fliegen werden wieder munter, so behält er draußen bewegliche Finger.

Die Kantaten-Noten gibt er peu à peu zum Göpfert, ohne zunächst einen Gedanken darauf zu verwenden, ob nun der Kollaborator oder jemand anders auf der Orgelbank sitzen wird, wenn es soweit ist, das wird sich alles finden.

In der Kantaten gibt's zwei Soli, das eine, versteht sich, für ihn selbst als den Tenorem, das andre für den Altus, den Jacob Philander mit immer mehr Verstand und wunderschöner Intonation zu geben vermag. Auch zwei Duette hat er eingebaut für sie beide, die müssen probiert werden, und so kommt Jacöble häufig zu ihm, aber weiß nie von einer Änderung in der kleinen Base Verhalten zu berichten, jedenfalls von keiner zum Besseren, es sei denn, daß er immer häufiger vor ihrer Stube singe, sie zu besänftigen und zu trösten, habe auch schon einen Fußschemel aufgestellt und sitze da vor der Türe.

Ihm aber liegt es hart auf der Seele, wie dieser Knabe so ganz verlernt hat zu lachen und solche Augen bekommt wie einer, der schon allzuviel gesehen.

Diesen Abend ist Jacob besonders still, singt seinen Part und sagt nicht A noch B darüber hinaus, so daß Lompin ihn denn nach beendeter Probe deswegen fragt.

„Ach, Herr Magister", sagt Jacob, „nun geht der Oheim auch noch fort. Ich hab's mir schon so gedacht. Er war immer mit Doctor Schulz zusammen, und sie haben beraten über die Kriegs-Zeiten. Und nun soll er Botschaften überbringen, ich weiß nicht, wo – aber ich glaube, er will einfach nur fort, weil er's nicht ertragen kann mit der Lore. Und wir bleiben allein zurück, die Großmutter und Elsabe und ich und sie. Der Physikus ist dagewesen, bevor er nach Ulm ging, und hat sie angesehen, als sie schlief, denn sonst läßt sie kein Mannsbild an sich heran und keinen Fremden und schreit, und er hat ihr was verordnet, das tut ihr die Elsabe in die Milch, davon wird sie stiller. Doch die Elsabe sagt, wenn sie still ist, dann ist es genauso schlimm, da hat sie Augen wie aus Glas und saugt am Daumen. Aber der Physikus meint, Gott allein bestimme den Zeitpunkt ihrer Genesung, und wir bräuchten unendliche Geduld. Ach, die haben wir ja, Herr Magister. Es ist nur, wenn man einmal lacht im Haus, so erschrickt man und schämt sich. Und die Großmutter sagt immer, sie wünscht, sie könnte die Taten der Männer verrichten und strafen und rächen. Sie ist auch so ganz anders. Was kann man nur tun, Herr Magister?"

„Jacob", erwidert der und legt dem Knaben den Arm um die Schultern, während er ihn hinausgeleitet, „man kann nur zweierlei tun: auf Gott vertrauen und die Cantata auf die Weihnacht so gut geben, wie wir's nur vermögen. Sei tapfer und sing deine Cousine weiter in Schlaf."

Als er noch vor der Tür steht und dem Knaben nachblickt, kommt die Straße herauf eine lange Weibsperson ohne Tuch oder Mantel und mit einem großen Konvolut Papier zwischen bebänderten Pappdeckeln – letzteres erkennt er im abendlichen Gegenlicht eher als die Gestalt. Es sind seine Notenstimmen, und die Person ist die Jungfer Göpfert.

„Mein Bruder ist verhindert", sagt sie mit knappem Gruß, „und sendet durch mich geschriebne Partitur und Stimmen."

„Wollt Ihr nicht hereinkommen?" fragt er verlegen, denn unter ihren abschätzenden Blicken sieht er sich so, wie sie ihn wahrnimmt: mit tintenbeschmierten Fingern und wirren Haaren, das Hemd über der Brust offen und die Strümpfe in Falten, und ist ganz froh, als sie ablehnt. Was würden diese kalten, schnellen Augen da drin erst für Mängel entdecken!

„Ich habe", fährt sie fort. „zwei Stimmen zum Üben zu Haus gelassen, die zweite Gambenstimme für meinen Bruder und die Orgelstimm."

Und da er sie stumm ansieht und begreift, was sie da sagt, bemerkt sie noch: „Sagtet Ihr nicht, am Lucia-Tag? Heut ist Lucia-Tag."

„Göpfertin", sagt er stürmisch, hascht nach ihrer Hand und küßt sie, „das ist eine große Freud in diesen trüben Tagen! Ihr spielet also?"

„Laßt die Komödienflausen!" bemerkt sie ärgerlich und entzieht ihm ihre Finger. „Auf öffentlicher Straße einer unverheirateten Frauensperson die Hand küssen, ja, ist Er denn nicht bei Troste! Ich spiel, ja. Weil's mir gefällt. Nicht etwa Seinetwegen."

Er lacht. „Das hätt ich auch kaum erwartet."

„Da gibt's nichts zu lachen", wirft sie bissig hin. „Ganz Göppingen wird sich das Maul zerreißen über mich. Und das ist mir nicht egal wie Ihm. Wir sind ehrbare Leute, kein einstiges Gauklervolk. Ich habe gebetet, Musje, ich habe viel gebetet und mit dem HERRN gesprochen, und ich glaube, daß es nicht gottgefällig ist, seine Gaben zu verbergen und sein Licht unter den Scheffel zu stellen. Darum tu ich's, nicht aus Eitelkeit und weltlicher Narrheit. Und weil Seine Musique sehr gut ist. Worauf er sich nichts einzubilden braucht."

Sie knickst steif, dreht sich um, geht, und er, seine Noten unterm Arm, sieht ihr nach wie einem Fabelwesen. Eine erstaunliche Person, die Jungfer Dorothea Elisabeth Göpfert.

Eins zieht das andre nach sich: Die Wittib Kertzsch kommt eines Nachmittags unverhofft zu ihm geschlurft und rückt ächzend und jammernd mit ihrer Bitte heraus: Es müsse doch, der Sitte gemäß, Gottfried Jeremias sich präsentieren zu Schorndorf auf der Lehrstell, die noch ihr Mann selig ausgemacht vor drei Jahren, sonst würde Friedel ja zu Ostern nicht antreten können, und wie ginge das an! Bei so unsichern Zeiten könne sie den Buben wohl nicht über Land schicken ohne einigen Schutz, obwohl der Lauser natürlich anderer Ansicht sei. Da sich der Herr Magister bisher so liebreich ihrer Kinder angenommen (er stutzt: Rührt die Art, doppelbödig zu sprechen, gar von ihr her?), wolle sie fragen, ob er ... Und Gottes Lohn und Segen und was noch alles.

Aber ja, er macht's, am Sonntag nach der Kirche ist Zeit genug, vorm Dunkel werden sie zurück sein, das Wetter ist gelinde, alles müßte gut gehn, und nach Schorndorf zu ist augenblicks kein Franzos zu sehn. Warum nicht, er könnte auch gleich den Zinkenisten Johann Kilian Roth besuchen, vormals in Brackenheim ansässig, der ihn als Reisenden damals freundlich aufgenommen.

Läßt also einmal wieder zum Ochsenwirt schicken um das Wägelchen – daß Johann Melchior auch mitfährt, bedarf keiner Erwähnung.

Da man in Göppingen immer viel schneller alles erfährt, als einer die Hand umwendet, steht bald ein Diener der Herrschaften Pfleiderer vor der Tür mit einer Empfehlung der Madame, und ob der Herr Magister wohl die Freundlichkeit habe, mangels anderer Gelegenheit einen Brief zu bestellen an die Frau Burgemeisterin Anna Barbara Walchin, eine Dame, die ihm auch bekannt sei von einem Kuraufenthalt allhier im Christophsbad.

Lompin kann sich zwar nicht erinnern, aber warum nicht, natürlich bestellt er den Brief für Ihro Gnaden.

Das Wetter ist schön, die Luft so heiter, der Himmel samten blau an diesem Adventssonntag, die Buben so rotwangig, verständig und aufgeregt ob der Fahrt, daß alles eine rechte Freude zu werden verspricht. Für dieses Mal sind Kriegsnöte und Ängste vergessen. Ein merkwürdiger Dezember.

Lompin summt vor sich hin, was ihm grad in den Sinn kommt, Ungarisch, Türkisch, Weihnachtslieder, Choräle, und nach gar nicht langer Zeit stimmt erst zaghaft Johann Melchior ein bei dem, was er kennt, dann, mit überraschend kräftigem Soprano, auch Gottfried Jeremias.

„Könnt ihr die zweite Stimm singen, so wie's die Bauernmägde beim Melken machen und die Leute in der Spinnstube?" fragt er, und Melchi bejaht kecklich, kann's aber dann gar nicht so gut wie sein sonst so zurückhaltender Bruder, der mit feinem Gehör geschickte Harmonien auch zu fremden Weisen zu finden versteht und grundmusikalisch scheint.

So ziehn sie singend ihres Weges, und er kann sich gar nicht genugtun, mit den beiden hellen Knabenstimmen als Sekundaten, immer noch eins und noch eins zu musizieren. Und die Bauern in Zwillichkittel und Pelzkappe, die des Weges kommen (es sind wenig genug da am Sonntagnachmittag), bleiben stehn und staunen und grüßen, verwundert, wie man in solchen Zeiten singen kann, und sie freuen sich über immer zierlichere Canons und Fiorituren, indes es Frühling zu sein scheint und die Bengel bald nach seinem Vorbild die Jacken öffnen und die Kopfbedeckungen wegtun.

Erst vorm befestigten Stadttor mahnt er, nun als wohlachtbare Leut einzuziehen, brav gekleidet und schweigenden Munds, und so tun sie denn.

Schorndorf ist eine achtunggebietende Stadt, Festung des Lands, mit Contrescarpe, Grabenmauern und Schießscharten, woraus viel wehrhafte Kanonen ihre Mündungen recken; hier mag man wohl mit Gelassenheit den Franzosen entgegensehen. Natürlich sind die Jungen hellauf begeistert.

Nach gestrengen Befragungen, wer sie seien und zu welchem Behuf sie Einlaß begehrten, passieren sie schließlich und ziehen hochbeeindruckt durchs doppelt verschließbare Stadttor.

Sie verabreden, daß die Knaben zunächst zu Friedels Lehrherrn gehen, damit er sich vorstelle, der Magister aber den Brief der Renata Pfleiderer expediere und sie sich sodann beim Zinkenisten Roth einfinden, um von dort heimzufahren.

Die Frau Burgemeistern ist zunächst nicht auffindbar, es heißt, sie sei Visite machen bei einer Gevatterin. So wartet er eine Weile und will gerade wieder fort unter Hinterlassung des Briefs und dann wiederkommen der Antwort wegen, da rauscht sie doch noch herbei, und er erinnert sich nun auch an das große schöngewachsene Frauenbild mit den hellen Haaren und der gewissen Herbigkeit um die schmalen Lippen. Wär ihm allzu imponierend für seinen Gusto, allzu königlich, diese Madame Walch.

Sie läßt ihn auch brav mit gezognem Hut stehn, bis sie die Epistel ihrer Befreundtin gelesen, streift ihn dann mit einem nachdenklichen Blick (offenbar hat Renata des Überbringers Erwähnung getan) und bittet ihn, aufs Antwortbillett zu warten, schon im Hinausgehn fällt's ihr doch noch ein: „So nehmt doch Platz!" zu sagen, an eine Erfrischung wird nicht gedacht.

Sie braucht ziemlich lange für ihre Erwiderung, und er beginnt schon unruhig zu werden ob der davoneilenden Zeit, als sie ihm dann endlich das gesiegelte Papier gibt und, ein wenig freundlicher als vorher, sich entschuldigt wegen der Dauer. Sie habe noch einmal zum Befehlshaber, dem Obervogt Krumhaar, gesandt: Er lasse sagen, er wolle Stadt und Festung halten.

Eine bemerkenswerte Botschaft. Scheint in der Korrespondenz der beiden Damen nicht nur um Nähkästchengeheimnisse zu gehn. Aber das soll seine Sorge nicht sein.

So kommt er dann nur noch auf einen knappen Besuch beim Roth herein. Dessen Eheliebste hat gerade Mäusle gebacken, Kuchen in Schmalz, als wenn sie geahnt hätt, daß er kommt und wie gern er das ißt, und Roth bestürmt ihn, doch einmal wieder etwas für die ehrbare Stadtpfeiferzunft zu schreiben, wie seinerzeit die „Neugebackne Taffel-Schnitz", so er ihm und ein paar andern befreundten Zinkenisten so höflich zugeeignet. Und eh sie weiter ins Reden geraten über Vergangnes, Gegenwärtiges und Zukünftiges, sind die Kertzsch-Buben da und wollen gar nicht herein vom Flur, so daß er nachsehn muß, was ist.

Gottfried Jeremias lehnt am Türpfosten, und des Magisters Erscheinen öffnet die Schleusen: Er bricht in lautes Weinen aus.

„Himmel, was ist denn, Kind?“ fragt die kugelrunde Frau Zinkenistin mütterlich-mitfühlend und streicht ihm übers Haar, und der jüngere Bruder übernimmt das Antworten und sagt ernst: „Wenn der Friedel an die Stell muß, dann lauft er lieber weg bis ans Ende der Welt.“

Die guten Leute nötigen die verstörten Knaben in die Stube vor den Teller mit den Mäusle, und während Melchi denn doch zulangt, ist sein Bruder nicht einmal dazu in der Lage.

Schließlich bringen sie, stockend und einander ablösend, die Geschichte heraus. Meister und Meisterin seien ihnen gleich wenig freundlich erschienen, und der Meister habe gesagt, er wollte sich schon bedenken. Denn für so geringes Lehrgeld nähme er sonst keinen mehr an, nur, daß er's damals dem seligen Kertzsch versprochen, aber das solle der Friedel nur glauben, daß er nicht auf der faulen Haut würde liegen können, sondern was Arbeit sei, das bekäme er gelehrt – und den Riemen reichlich dazu.

Dann hätten sie die Schlafkammer gesehen, wo der, welcher dies Jahr auslernet, noch gewesen, der sah so dürr aus wie ein Stecken und habe recht häßlich gelacht und gesagt, nun, er wünsche seinem Nachfolger in der Plag viel Glück. Es waren aber nur ein Verschlag unter der Treppe und ein mit Stroh überflochtner Waschbock zum Schlafen da. Und das ganze Haus habe gestunken nach den Fellen, daß einem sei schlimm und übel geworden.

Als sie aber herausgegangen, habe sie eine Frau angesprochen, die eine Tracht Wasser geholt, und sie gefragt, ob etwa einer von ihnen der neue Kürschnerlehrling sei, und als Friedel ja gesagt, habe sie die Hände überm Kopf zusammengeschlagen und gerufen: „Ach du armes Kind!“ Es seien dem Meister aber in den letzten drei Jahren drei Jungen davongelaufen, teils wegen schlechter Behandlung und zu schwerer Arbeit, teils, weil die Meisterin sie bei Kraut und Wassersuppen habe halb verhungern lassen.

Und so also sei es um Gottfried Jeremias Kertzschens Lehre bestellt.

Die Frau Zinkenistin nickt mitleidig. Ja, das sei wohl wahr und stadtbekannt, daß die Kürschnerin eine rechte Megäre sei und geizig dazu und der Alte ein jähzorniger Schinder.

„Lehrjahre sind keine Herrenjahre", bemerkt Lompin lahm und gedenkt seiner eignen Kindheit, wie man ihn gerauft und gezaust und mit Hunger und Prügeln ihm zugesetzt, und er wird wütend und hört sich plötzlich sagen: „Roth, habt Ihr keine vacante Lehrstell? Der Bub ist gut für die Musique, ich bürge dafür."

„Eine Stell wäre schon da, noch dazu auf Rekommandation von Euch", sagt Meister Johann Kilian verlegen, „aber Speer, bei mir kost' es, ich kann nimmermehr für das Geld, für das der Kürschner ausbildet, einen Zinkenisten aufziehn, es wär meinem Renommée schädlich."

Und Lompin sagt wieder, für sich selbst unerwartet: „Ich zahl für den Buben. Das erste Jahr im voraus, und wenn er sich anstellig zeigt und ich Euch eine neue Pfeifenmusique mache, lasset Ihr wohl im zweiten etwas nach", und denkt bei sich, ich muß verrückt geworden sein, aber warum eigentlich nicht, Weihnachten gibt's das Geld für die Kurrende.

„Bub, das würd mich ja freuen, wenn du zu uns kommst", ruft die Rothsche und schiebt den Mäusle-Teller näher zu Gottfried Jeremias, „seit unsre Kinder fort sind, ist es so still im Haus. Wirst sehen, wie gut ich koch!"

Als sie draußen sind, sagt Gottfried Jeremias leise und ganz ernst: „Ich wär fortgelaufen und bei die Soldaten gegangen."

„Du bist mir grad der Rechte dazu!" erwidert Speer und verbeißt sich den Schrecken.

Er macht die Absage beim Kürschner noch klar, und danach bemerkt Johann Melchior: „Gelle, Herr Magister, wenn ich soweit bin, besorgt Ihr mir auch so eine gute Stell wie dem Friedel?"

Sie fahren nach Haus mit Gesinge und Gesumme, die beiden Knaben haben sich an ihn geschmiegt rechts und links wie zutrauliche Tierchen, und er fragt sich, was ihn eigentlich so vergnügt macht daran, sein Geld auf solche Weise loszuwerden statt auf die sattsam bekannte.

Das einzige, was ihn quält, ist die Frage, wie er das nun der Frau Mama und der Jungfer Schwester so klarmachen kann, daß es nicht wie ein Heiratsantrag wirkt.

Mit den neuen Frösten ist Lutz wieder da und bringt alles andere als frohe Nachrichten. Der Franzose ist wieder im Anrücken, über Tübingen und den Hohenasperg geht's erneut auf Eßlingen zu, und was das ausgeplünderte Land da noch hergeben kann, das weiß Gott der Herr allein.

„Wenn sie die Richtung beibehalten, dringen sie direkt nach Schorndorf vor, aber an Schorndorf beißen sie sich die Zähne aus", sagt der stimmgewaltige Barbier und schlägt mit der Hand auf den Tisch. „Der Kommandant Krumhaar will die Stadt halten, und Burgemeister Walch ist derselben Ansicht. Daniel, du ahnst nicht, was alles auf den Beinen ist da draußen. Soviel Hin und Her auf den Straßen des Ländle gab's kaum in Friedenszeiten. Vor allem Kriegsräte, Kriegsräte aus Stuttgart, weiß der Himmel, welcher Sumpf die hervorgebracht. Überall, wo sich eine Stadt festmacht und rüstet, ist dies Geschmeiß da und versucht, im Namen der Regierung die Tapfern umzustimmen und zum Akkord mit den Franzosen zu bewegen. Ein gewisser Heller ist in Schorndorf jetzt auch derowegen eingeflogen – ich hoff, die Herren bleiben standhaft. Denn was das für eine Regierung ist, die solches will und sich schmählich ergibt, das weiß ich nicht. Weiß nur, daß diese Herren allweil guten Tag haben. Der Teufel hol das Pack!"

„Samuel, du bist zwar ein Held, aber du schreist wieder einmal wie der Stentor vor Troja, und merkst du, wie sich die Gaststube leert? Ich glaube, in Göppingen möcht keiner nichts wissen von dergleichen. Einmal hat ihnen gereicht, zweimal ist zuviel. Nun ist gejubelt worden und dem Himmel Preis gesagt, nun ist es gut, nun ist Schluß. Kein Mensch zu Göppingen will wissen, daß die schon wieder kommen."

„Die werden sich umschauen!"

„Sicher. Aber hoffentlich nicht vor Weihnachten. Bruder, ich verdien zehn Gulden fünfundvierzig Kreuzer an Kurrende und Kantate, damit rechne ich. Und mit deiner Anwesenheit rechne ich auch."

„Das weiß ich noch nicht. Ich zieh morgen wieder los, nach Schorndorf."

„Als Aufwiegler, wie?"

„Besser denn als Abwiegler, wie der Kriegsrat Heller. Doch ich schau nur so herein. Hab auch Post zu bestellen von der Madame Pfleiderer an die Burgemeisterin dort."

„Du auch? Dergleichen oblag mir neulich. Scheint ein inniges Zusammenhalten unter den Weibern allhier."

„Scheint so. Deine und der Stadt Plag hast du, wie ich hör, expedieret?"

„So red doch nur leiser, Lutz, verdammt!"

„Wieso? Ist ja keiner mehr da. Hab sie offenbar weggeredet. Aber Scherz beiseite: Ich bin recht froh. Hoffe, so was kommt nicht wieder."

„Das hoff ich auch."

„Gut, Bruder", sagt Lutz und umarmt den andern im Aufstehn, „ich hab nur so vorbeigeschaut. Wäre gut, wenn die Stadt in meiner Abwesenheit nicht ganz in Dornröschenschlaf verfallen tät, Lompin. Könnte sonst ein böses Erwachen geben."

„Wem erzählst du das? Die ganze Zeit ratet ihr mir ab, mich einzumischen, und nun ..."

„Herrgott, Speer! Sei doch nicht wie Erdbrei. Es gibt ja Unterschiede."

„Ist ja schon gut. Wenn du nun wieder unterwegs bist, was macht dein Geschäft?"

„Ich hab ja den Gesellen, und meine Alte führt die Kasse. Das läuft auch ohne mich." Und ist weg und hinterläßt nur offene Fragen; ein Glück, daß es genug und übergenug zu tun gibt.

Niemand in Göppingen will hören, daß der Feind schon wieder so nah ist, bis denn am Nachmittag des 17. Dezember der vigilante Barbier wieder in der Stadt erscheint mit Neuigkeiten aus Schorndorf, und die sind in der Tat aufregend.

Samuel Lutz trägt sie nicht in der Wirtsstube zum „Güldnen Kreuz" vor, sondern in einer Assemblée bei Renata Pfleiderer, anwesend sind ihr Ehgemahl – welcher nicht der Gastgeber ist, was daraus hervorgeht, daß Madame ausdrücklich in ihre Zimmer gebeten hat –, der Doctor Schulz, der Burgemeister Hildebrandt und noch zwei vom Rat. Speer ist der einzige in dieser Gesellschaft, der nicht zu den Honoratiores gehört, außer Lutz natürlich, weiß auch nicht, ob auf dessen oder der Dame des Hauses Betreiben er geladen zu dieser hochpolitischen Versammlung.

„Ich habe Botschaft von meiner Befreundten, der Frau Burgemeistern Walch aus Schorndorf", erklärt Renata auf ihre ruhige Art, „und hergebeten, weil ich glaube, der Musje Lutz kann als Augenzeuge Ihnen, Messieurs, und mir am eindringlichsten schildern, was mir Madame Walchin in kurzen Worten anzeigte. S'il vous plaît, mein Herr."

Lutz, ganz anders als am Stammtisch, ist ein wahrer Proteus, wie sich zeigt, den man fast als einen Diplomaten ansprechen kann, wenn man bedenkt, wie klug er sich gegenüber dem wütigen General und den Franzosen gehalten, und man kann ihn nur als einen Meister bewundern.

So sachlich, wie es Madames Stil ist, legt er dar, wie der Kriegsrat Heller versucht habe, den Schorndorfer Kommandanten umzustimmen: Es sei hirnrissig, den Franzosen Widerstand zu leisten, im Nachgeben sei alles Heil zu finden und es sei die unumstößliche Meinung der Regierung, daß Schorndorf kapitulieren und Akkord schließen müsse – indes die Detachements Melacs schon die Berge herunterkamen.

Die Stadttore waren also immer noch offen, und die Bürgerschaft versammelte sich ängstlich vor dem Rathaus, die Entscheidung zu vernehmen, ob denn in der Tat die wehrhafteste Festung auf fünfzig Meilen im Umkreis solle zur offenen Stadt werden, als Madame Walchin durch ihren Eheherrn, den gestrengen und ehrenwerten Burgemeister, von dem Quiproquo erfuhr. Sie saß gerade mit ihren Gevatterinnen und Freundinnen bei einer Tasse Chocolade, und alsbald waren die Gemüter der wackeren Weiber so erregt, daß sie, mitsamt ihren Bedienerinnen, Köchinnen, Zugehfrauen und was noch in der Nähe, sich eilig bewaffneten mit allem, was sich finden ließ, als da waren Bratspieße und anderes Küchengerät, aber wohl auch Hellebarden und Spieße der Stadtwache. Und die Frau Burgemeisterin ergriff den Ehrendegen ihres Gemahls, und solcherart zogen sie aufs Rathaus, mitten in das Consilium der Obrigkeit hinein, und forderten mit Waffengewalt, die Tore zu schließen vor dem Feind, was Krumhaar denn auch, sowohl beeindruckt von der Courage der Damen als auch in seiner rechten inneren Meinung bestärkt, entgegen dem Protest des Kriegsrates unverzüglich tat. Und so blieb Schorndorf verschont, und Melacs Banden zogen ab mit langen Nasen.

Stille. Und indes die Stadthäupter ziemlich betreten dreinschauen, kann Speer kaum mehr an sich halten. Immer sieht er die strohblonde Amazone vor sich, imaginiert sich zum Pallasch des Herrn Gemahl noch eine Sturmhaube, dann das andre Frauenzimmer, möglichst in den hier landesüblichen Pelzkappen, mit Spießen und Prügeln, und dazu den Herrn Kriegsrat Heller, wachsblaß, die Hände erhoben und an die Wand gelehnt: Sehr wohl, Mesdames, wie Ihr befehlt, Mesdames; eine wunderbare Komödienscene mit Musique, dem Kriegs-Roman einzuverleiben, er sieht die Weiberleut förmlich agieren.

So daß er gerade in dem Augenblick, als der Stadtkommandant Luft einzieht, um den Mund zu einem Kommentar aufzusperren, unziemlicherweise mit seiner lauten Narrenlache herausplatzt, er kann's nicht verhindern und ruft, während ihm Tränen des Vergnügens in den Augen stehn: „Ein Vivat den Schorndorfer Weibern! Das nenn ich eine Kriegs-Comédie wie im Bilderbuch gemalet! Was für ergötzliche und ermunternde Geschichten in so trüben Zeiten!“

Merkt alsdann, daß alle peinlich berührt zu Boden schauen, bis auf Lutz und die Madame, die ihre schönen Augen forschend auf ihn gerichtet hat, er weiß nicht, ob befremdet oder wohlwollend.

Er fängt sich, entschuldigt sich. Er habe hier gar nichts zu vermelden, bitte für sein ungebührliches Benehmen um Pardon. Aber wes Herz voll sei, des Maul laufe über, wie geschrieben steht.

Pfleiderer nickt nachgiebig. Aber wie denn nicht, ein Artiste folge eben manchmal besonderen Reguln, aber ja, sie seien doch Männer von Welt.

Und dann folgt gar nichts mehr. Sein verfrühter Kommentar hat das Thema des Schorndorfer Weiber-Muthwills offenbar völlig erschöpft, niemand der hier Anwesenden scheint noch die geringste Lust zu einer Einschätzung oder gar Stellungnahme zu haben, und man trennt sich merkwürdig hastig, meinungslos offenbar.

Lutz wird von Renata gebeten, noch zu bleiben, wegen weiterer Details offenbar.

Lompin bewegt sich nach Haus, getrieben von einer inneren Musique im hüpfendem Staccato-Rhythmus, und das erstemal auch in seinen vier Wänden holt er die Trompete heraus und kann nicht anders, gibt der staunenden Nachbarschaft einen kleinen Vorgeschmack auf das, was sie dies Jahr zur Christvesper erwartet, daß ihnen die Ohren klingen.

War nicht anders zu erwarten, als daß so wunderschöner Lärm etliches heranzieht.

Zunächst die beiden Kertzsch-Welpen, die ihre Köpfe neugierig zur Tür hereinstecken und sich gar nicht halten können vor Begeisterung. Wie der ohnehin schon so verehrte Herr Magister so gar anmutig bläst – inzwischen würden sie sich auch nicht darüber wundern, tät er Feuer speien, Eier legen und über Dächer fliegen.

Dann, wie denn nicht, die Jungfer Schwester unter dem Vorwand, die Störenfriede zurückzuholen, die den Herrn Nachbarn am Arbeiten hindern würden.

„Ja, Mamsellchen", sagt er fröhlich (seit der Beschaffung der Stadtpfeifer-Lehre für Gottfried Jeremias hält er ansonsten auf noch größere Distanz als vorher), „sie stören mich in der Tat, aber heut ist's mir gleich, und ich laß mich gern stören, ich komm schon noch zu meiner Arbeit. Setze Sie sich her, und ich blas Ihr ein Polnisch Tripel-Gesänglein, dergleichen habet Ihr hierzulande noch nicht gehört."

Und obwohl er weiß, was er nun wieder anrichtet, legt er mit aller Kunst los, daß die Jungfer Marille darüber rote Wangen und Weihnachtskerzen-Augen bekommt.

„Mehr davon zur Christvesper", verspricht er, indem er sein Instrument beiseite tut, „das war nur eine Kostprobe. Marille, wie Sie da sitzet, muß ich Ihr etwas erzählen, was ich soeben erfahren vom Barbier Lutz, nämlich zu Schorndorf haben die Weiber einen Aufruhr gemacht wider die Obrigkeit."

Und immer wieder vom eignen Gelächter unterbrochen, erzählt er dem Mädchen die ganze Geschichte, wobei er's nicht an schönen Ausschmückungen fehlen läßt; die Anna Barbara Walchin stattet er mit Helm, Küraß und Schwert aus, der Kriegsrat Heller steht bebend an der Wand, bedrängt von einem rußschwarzen Küchenmensch mit Ofengabel, und die kugelrunde Frau Stadtpfeifern Roth wird auch mit eingebaut, obgleich sie mit Sicherheit nicht dabeigewesen, aber er sieht sie förmlich vor sich, in ihrer Pelzhaube, mit einer Gartenhacke auf die Stadtherren losmarschierend.

Amaryllis Sofronia verzieht keine Miene, und als er geendet, sagt sie: „Und was ist dabei zum Lachen, Musje?"

Ob ihrer Ernsthaftigkeit muß er sich gleich noch einmal erheitern. „Marille", ruft er, „mißversteht mich doch nicht! Ich eracht es wie Ihr für eine heroische Tat, aber es gibt auch eine heroische Comique, die sieht sicher nur der, welcher selbst nicht betroffen. Und kann nicht was lustig sein und trotzdem ernst?"

Sie zieht ihn zweifelnd an. „Ich weiß nicht. Sie haben's ja nicht ohne Not getan, denk ich mir, und es muß schon schlimm genug bestellt sein mit der Männerherrschaft, wenn Frauenspersonen so ihre Grenzen verlassen, um ihr und ihrer Anvertrauten Ehr und Leben zu schützen."

„Das sind goldene Worte, Mamsellchen. Aber seht, wenn man über etwas lacht, das macht es doch nicht klein. Lachen vertreibt die Angst."

„Mag sein. Trotzdem will mir scheinen, Er lacht das, was Er erzählt, nicht an, sondern aus."

„Ja", erwidert er betroffen, „da ist was dran. Aber ich lach alles aus, am meisten mich selbst und meine Affekte."

„Und meine dazu", sagt sie schnell und ohne die Augen niederzuschlagen, „und das tut mir mehr weh, als ich sagen kann."

Schwupp, ist die Falle wieder einmal zu.

„Ihr müßt Euch nicht an einen Gaukler hängen", sagt er, fast zärtlich, „dann kann Euch solch Mißgeschick nicht passieren. Wer nun treibt Narren aus dem Land / der ist gesichert mancher Schand", zitiert er sich selbst.

„Daß Ihr aus Eurem Herzen eine Mördergrube machen

könnt, so einen grauset, das weiß ich nun schon, Daniel Speer", sagt sie und erhebt sich. „Aber daß mich dergleichen nicht abschrecken kann, das solltet Ihr inzwischen auch begriffen haben."

Und nach dieser prachtvollen Deklaration rauscht sie hinaus im Klappern ihrer Pantöffelchen und Klirren ihrer Schlüssel, und er sieht ihr nach und sagt bewundernd: „Das war ein großartiger Abgang, Mädchen!" – aber erst, als sie es nicht mehr hören kann.

Wieder mit sich allein, läßt ihm die ganze schöne Scène aus Schorndorf keine Ruh, Ernst und Vis comica vereint, doch ein neues Lompinisches Stück für den Eulen-Spiegel ist das nicht. Eigentlich ein Anfang eines zweiten Kriegs-Romans, so hier in Schwaben spielt! „Munterer Weiber-Muthwill". Aber zunächst muß man's in Worten festhalten, daß nichts verlorengeht. Was der Lutz erzählt und was ich vermeng mit Eignem ... Er spitzt die Federn, rückt das Papier zurecht und die Lichte, es wird dunkel. Probe haben wir heut keine mehr, Kirchendienst auch nicht.

Fängt an zu schreiben. Holt weiter aus, damit die burleske Comedia ihren dunklen Hintergrund erhält, fängt an mit der Zerstörung Heidelbergs und den Untaten Melacs und kommt zu den schmählichen Machenschaften der Kriegsräte, auch dazu, daß es „die Regierung an rechter Gegenwehr hat ermangeln lassen", und landet beim Schorndorfer Frauenzimmer.

Die Finger werden ihm steif und die Federn stumpf. Das war, als ich den Kremberg hatte, der mir die Federn schnitt und das Licht präparierte!

Er geht summend und singend in die Küche, gießt sich sauren Tischwein aus dem Krug in den Hals und genehmigt sich quasi als Nachtisch ein Pfeifgen. Zum Abendessen bleibt heut keine Zeit, mag ganz Göppingen seine Maultaschen in der Brüh speisen, er hat zu tun, das ist immer besser als alles.

Beim Rückweg ins Zimmer versucht er einen Pas, den ihm der alte Gaukler einstmals gezeigt und den er wohl zehn Jahre nicht mehr probieret, sehr schwierig, mit einem angesprungenen Salto, und siehe, er gelingt ihm.

Auch das Schreiben gelingt heut abend.

Die Weiber von Schorndorf. Und die Weiber von Göppingen? Er schließt die Augen, imaginiert sich schmunzelnd eine Margarete Bretschneider, mit der Heugabel auf den Stadthauptmann losgehend, oder Marillchen, was würd die wohl tun? Pfiffig wie sie ist, vielleicht ein paar Steine in Schürze und Fürtuch einbinden und mit dergestalter Waffe einen Reiter vom Roß holen ... Und Renata natürlich als Hauptmännin, Wachfeuer aufm Markt vorm Rathaus, große Actiones – wie heißt denn unser Kriegsrat, wenn er daherkömmt? Nennen wir ihn Müller, so heißen viele, das tut keinem weh. Beschwert sich über die Canaille, und die Weiber rufen: Schmeißt ihn zum Fenster naus!

Er lacht in sich hinein, und seine Feder knirscht und kratzt. Was Schorndorf recht ist, ist Göppingen billig und der Jungfer Kertzsch zum Herzen geredt. Auch eine Art, Liebeserklärungen abzugeben.

Dann hat er den ganzen Reigentanz auf dem Papier, heroisch und sehr komisch, für jeden etwas, den Commissaire in Bedrängnis, die Franzosen weit weg und die Kreistruppen vor der Tür. Und merkwürdig, die Schorndorfer Action wirkt darin wie eine Chimäre, und die Göppinger wirkt wie das Leben selbst.

Wenigstens ein Lied muß man noch dazu machen. Er geht zum Cembalo, kreuzt vor Übermut die Arme und spielt mit der Linken die Melodei, klimpert dazu mit der Rechten einen hinkenden Basso, eine anmutig-freche Aria zu Beginn. Notieren wir zuerst den Text, nach der Abfolge der Reime und der Länge der Zeilen kann sich jeder seine Art Singsang dazudenken. Sollt ein tapfrer Text sein, kein burlesker, nur komisch in der groben Mach-Art, wie die Holzschnitzer arbeiten.

„Was Türcken gethan / Fäht Frankreich auch an / es senget und brennt / wird darob von Männern und Weibern berennt. / Sie halten sich fein / die tapferen Frauen / man kan es zu Schorndorf und Göppingen schauen / sie schreiben sich ein / den Sternen und wollen verewiget seyn."

Einen Titel bringen wir auch noch zustande in der blumig grotesken Art. Wie etwa: „Der durch das Schorndorfische und Göppingische Weibervolk Geschüchterte Hahn", was der gallische sein soll.

Und was hält uns eigentlich ab, noch einen Bogen zum Verpacken und Schnur zu suchen und es den Herren Kühn und Wagner zukommen zu lassen, die so dringend bitten. Aller guten Dinge sind drei. Das ist es den Spaß wert. Das erste war zu polemisch, das zweite zu bitter, das dritte ist ein Spiel; spielend komm ich immer am besten voran. Morgen geht die Post nach Ulm – oder ist es schon heut?

Am liebsten würd ich's einer bewußten Frauensperson zueignen, aber da sei Gott vor, daß ich die noch weiter animier.

Überhaupt, Lompin, hast du völlig den Verstand verloren? Was willst du mit dem Mädchen?

Nun müßt man eigentlich schlafen gehn, aber nur um das Handgelenk durch andre Tätigkeit zu lockern, stürzt er sich in eine wilde Cembalo-Improvisation, und irgendwann klopft es, doch nicht etwa Marille, sondern Johann Melchior steht verschlafen und verlegen auf der Schwelle und sagt: „Guten Morgen, Herr Magister, mit Verlaub, der kleine Bruder hat noch nicht ausgeschlafen so früh am Morgen und greinet, wir andern würden's ja gern hören ..."

Er klappt den Deckel auf die Tasten und bittet die Frau Mutter vielmals um Entschuldigung.

Dann ist Trompetenprobe bei Obermeister Dorenpusch, der es sich aus purer Neugier nicht nehmen läßt, selbst die Seconda Tromba zu blasen, nachdem er die Noten gesehen, und nun aus dem Staunen nicht herauskommt. Bei den virtuosen Passagen läuft seine blanke Glatze rot an, na, die bedeckt er ja dann mit einer Perücken. Aber er hält mit.

„Verzeiht, Herr Magister, aber ich hab mir keine rechte Vorstellung von Euren Tempi gemacht", sagt er etwas verlegen und wischt sich den Schweiß. „Das hätt der Wägele ja auch gar nicht blasen können. Wo habt Ihr denn gelernt?"

Speer nennt die Orte, die so weit weg sind, daß Meister Dorenpusch ihre Namen vielleicht zum ersten Male hört.

„Jedenfalls", bemerkt der Altmeister und schüttelt die Spucke aus dem Mundstück, „ist es mir eine Ehre, mit Euch zu musizieren."

Dann machen beide voreinander eine schöne Reverenz.

„Mir gereicht es ebenfalls zur Ehre", sagt Lompin ernsthaft, „mit einem so ausgezeichneten Virtuosen wie Euch konzertieren zu dürfen, und ich bin stolz, daß Ihr den zweiten Part übernommen habt."

Sie trennen sich in gegenseitiger Zufriedenheit.

Daß Madame Pfleiderer mit ihrer Tochter zur Continuo-Probe kommt, versteht sich von selbst. Die Damen gehen nie einzeln aus. Damit Almuth sich nicht langweilt, während sie probieren, kann sie, ad libitum, die Noten dazu lesen oder, falls sie dazu mehr Lust verspürt, im Kriegs-Roman schnüffeln, was sie auch mit brennenden Wangen tut, denn zu Hause erlaubt der Herr Vater keine andere Lektüre nicht außer erbaulichen Schriften.

Lompin ist schon manchmal der Gedanke gekommen, ob es denn für ein so junges Mädchen schicklich sei, diese derb-drolligen und keck-weltlichen Worte mit anzuhören und mitzusingen, aber darüber zu rechten wird er sich hüten, zumal er froh ist, eine gute Geigerin bei der doch recht mäßigen Truppe von Amateuren zu haben.

Mit Madame zu musizieren ist immer ein Plaisier. Sie macht kaum Worte und weiß durch Augen-Winke sich mit ihm darüber zu verständigen, worauf es ankommt. Das Fräulein Tochter sitzt am Arbeitstisch und schmökert im frisch ausgedruckten dritten Band des Lompinischen Kriegs-Romans, mit dem Federmesser in der Hand, die Seiten zu trennen, die noch gar nicht aufgeschnitten.

Besagtes Federmesser ist es denn auch, was ihre Probe stört, indem es ihr klappernd aus der Hand fällt, und das Buch, das sie, auf die Kante des Tisches gestützt, in der Hand hielt, rumpelt hinterdrein.

„Almuth!" ruft die Mutter rügend. „Wie führst du dich auf!"

Das Mädchen hat sich erhoben. „Excusez", sagt sie leise, „hätt der Herr Magister wohl ein Glas Wasser? Mir ist nicht gut."

Er springt auf, das Gewünschte zu holen, gerade noch rechtzeitig, um Almuth Pfleiderer aufzufangen, sie sinkt in seine Arme ohne Sinnen.

„Legt sie hin, und dann holt das Wasser", sagt Renata unerregt, „es ist nichts." Und sie betten die Ohnmächtige auf sein drei Tage ungemachtes Wittiber-Lager.

Die Mutter netzt ihr die Schläfen, aber ihre Bewußtlosigkeit ist so tief, daß man meinen möchte, sie will gar nicht gern erwachen.

„Ich hab mir sagen lassen, daß Jungfern manchmal an solchen Zufällen leiden", bemerkt Lompin halblaut und doch etwas erschrocken.

Renata lacht freudlos auf. „Jungfern wohl weniger", entgegnet sie kurz.

„Was wollt Ihr damit sagen?"

„Das, was Er wohl verstanden hat. Almuth ist schwanger." Sie streicht dem Mädchen mit unerwartet sanfter Bewegung das Haar aus der Stirn.

„Hat man ihr Gewalt angetan?"

Renata schlägt die schönen Augen zu ihm auf. „Nein, das glaub ich nicht", erwidert sie ruhig. „Aber offenbar ist der Galan nicht von der Art, daß er in Frage käm fürs Ehelichen, sonst hätt sie ihn mir wohl benannt."

„Das ist", sagt er und ringt nach Worten, „ein wahrhaft unglückliches Geheimnis, Ihro Gnaden."

„Geheimnis? Über kurz oder lang weiß es ohnehin die ganze Stadt. Schau Er nicht so entsetzt, Speer. Das ist nicht die erste Jungfer, die in die Wochen kommt, und wird auch nicht die letzte sein. Leid tut mir nur Pfleiderer. Er hängt so an ihr. Eine Hex in der Familie hat er schon hinnehmen müssen, nun noch seine Tochter als Fräulein Mutter. Pfleiderer ist zu weich. Doch zum Glück gibt's mich, sie zu schützen. Alles wird gehn, wie's muß. Sie wird zur rechten Zeit aufs Land gebracht, das Kind kommt dann in Pflege, falls es am Leben bleibt."

„Aber dies Kind ..."

„Das Kind ist mir gleich, und die Schand ist mir auch gleich. Mir geht's um meine Tochter, daß sie's übersteht am Leib und ihre Seel keinen Schaden leidet. Und daß sie – Gott behüte! – nicht den Quiddam liebt, der ihr's angetan."

Das Mädchen regt sich, öffnet die Augen.

„Komm, Almuth", sagt Renata barsch, „mach keine so spinösen Faxen nicht. Lies dein Buch weiter. Du hast uns unterbrochen."

„Ja, Frau Mutter“, erwidert sie und setzt sich auf. „Pardonnieret freundlich, Musje Speer, die Störung. Möcht jetzt lieber in die Noten sehen statt ins Buch, hab zum Lesen keine rechte Meinung. Danke. Merci, es geht schon alles. Ich bin wohlauf.“

Sie setzen ihre Arbeit fort.

Das dreiundzwanzigste Capitel

in dem er Weihnachts-Musiquen macht, den Appetit verliert und in seinem Bett etwas findet, wovor er auf den Dachboden flüchtet

Das Werk fügt sich zusammen bis auf die Orgel-Stimm, die er zu seinem Mißvergnügen auf den Proben nun doch Karl Theodor übertragen muß, der sie, wie ihm scheint, mit Fleiß schlecht macht und mehrfach von ihm angefahren wird und der dann auch wieder nicht dazu kommt, seinen Gambenpart zu üben. Langsam bereut er's, daß er in seinem Überschwang der Mamsell angetragen hat, ohne Probe zu spielen. Wenigstens über Tempi muß man sich doch einmal verständigen. Sie hätte wahrhaftig im eignen Interesse zu ein paar Stunden sich bereitfinden können. Da ist er zu kulant gewesen, und nun macht's ihm schlaflose Nächte. (Wodurch er dann zum Arbeiten kommt.)

Schließlich läßt er durch den Bruder anfragen, ob sie wohl die Güte habe, am vierundzwanzigsten vormittags in der Kirche zu erscheinen, einmal müsse man ja durchspielen.

Karl Theodor bereitet es große Genugtuung, seinen Meister so in Verlegenheit zu sehen, und er richtet mit schlecht verhohlener Häme aus, seine Schwester lasse sich empfehlen, und sie wisse noch nicht, ob sie dasein werde, das hänge davon ab, wie sie mit der Hausarbeit zu Rande komme.

„Ich kann ihr ja die Bretschneidern für den Vormittag schicken“, erbietet sich Lompin.

„Das glaube ich nicht“, sagt Göpfert hochmütig, „daß

meine Schwester diese Person in ihre Küche läßt, und schon gar nicht, wenn sie nicht dabei ist."

Er verwünscht das alles, mag es gehn, wie's will, er hat sich da was aufgehalst, nun wird va banque gespielt bis zum Schluß.

Der Morgen des Vierundzwanzigsten bringt graue, tiefhängende Wolken und wider Erwarten die Freunde: Lutz und Masosky kommen aus den verschiedensten Ecken des Ländle angereist, sogar Schott aus Stuttgart verläßt um des Christfests willen seinen Vorposten bei Madame la Duchesse. Sind alles Familienväter, wollen den Heiligen Abend bei den Ihren verbringen.

Masosky hat gute Nachricht: Die Truppen aus dem Ungarischen treffen ein, bedürfen noch der Musterung und Rekreation. Der tapfere Türkenlouis, Markgraf Ludwig Wilhelm von Baden-Baden, berate bereits in Ulm mit Prinz Ludwig die künftigen Strategema, mit Sukkurs sei zu Beginn des neuen Jahrs zu rechnen. Es scheint, man kann aufatmen.

Um elf Uhr versammelt man sich in der Stadtkirche zur Probe. Aufgeregt hält der Compositeur und Kantor Ausschau nach seiner Organistin und will schon ohne jede Hoffnung Göpfert wieder bitten, da kommt sie in der Tat anmarschiert, wie immer ohne Mantel oder Joppe, nur ein wollenes Fürtuch um die Schultern, die Hände aber, Gott sei Dank, im Muff vergraben. Sie grüßt die Versammelten mit kühlem Kopfnicken, schwingt sich in einer solchen Weise auf die Orgelbank, daß man auch nicht die Spur ihrer Beine zu sehen vermag, legt ihren Muff neben sich ab, registriert und sagt, ohne einen Blick auf den Maestro zu werfen: „Wir können anfangen."

Natürlich ist die Sache in der Stadt herum wie ein Lauffeuer, und die Kirche diesmal schon eine halbe Stunde vorher so voll, daß kein Apfel zur Erde kann; wer etwa vorhatte, die spätere Vesper in der Oberhofenkirche zu hören, hat sich's nun anders überlegt.

Sie stehen und sitzen bis an den Altar heran, und am begehrtesten sind die Plätze in den Seitenschiffen und auf der Empore, damit man die Mamsell sehen und alles richtig genießen kann, auch, daß der Herr Organiste heut den Stadtpfeifern ins Handwerk pfuscht.

Der ist, der Wahrheit die Ehre, so aufgeregt, als gelte es, Kaiserlicher Majestät aufzuspielen, und bangt, ob alles gut gehn wird. Natürlich ist die Göpfertin auch so ein Ingenium nicht, daß sie prima vista alles mit ihnen zusammenfädelt, hat ja keine Praxis mehr, ist bei der Probe zweimal unsicher gewesen, hat zu dicke Farben gewählt, er hat ihr's erläutert, und sie hat nur kurz genickt. Während sie nun am Spieltisch Platz nimmt, fragt er sich, ob nicht doch alles gar zu leichtsinnig war. An sein eignes Debut als Trompeter in Göppingen denkt er auf diese Weise gar nicht mehr.

Aber dann sieht er hinüber, und sie registriert anders als am Vormittag, Regal nimmt sie und Rohrflöt im Rückpositiv, Zimbel Zweifuß – feine und süße Töne. Hat in ihrer Küchen drüber nachgedacht. Beruhigt wendet er sich ab.

Seine Jungen stehn bereit, Madame hält schon den Bogen schwebend über den Saiten, mit gewohnter Vehemenz anzuspielen, Dorenpusch massiert die Lippen und probiert den Ansatz. Speer nickt Renata zu.

„Triumph, Triumph, Victoria, des großen Gottes einger Sohn kam uns zur Erde nieder", klingt und schmettert es durch die Stadtkirche.

Am Ende des Gottesdienstes, nach dem Schlußchoral, den die Jungen brav singen, geht er, allen zu danken. Dorenpusch vor allem, der geblasen hat, als ginge es um sein Leben, und seine Ehr rettete neben ihm; Jacob Philander, der so schön bei Stimme war wie nie; der Madame Pfleiderer; aber auch Almuth, Göpfert, Tössle haben ihre Sache gut gemacht, und Apotheker Fichte hat zu Jacobs Aria ein feines Flötensolo gegeben. Nur der Jungfer Dorothea Elisabeth kann er nicht danken. Sie hat gleich am Ende der Cantata, vor der Predigt, den Platz an der Orgel verlassen und sich unter die Gemeinde gemischt und muß dann nach Haus gegangen sein.

„Ich denk", sagt er zu seinen Amateurs, „wir werden zu Silvester den Eulen-Spiegel angehn können, falls es Ihro Gnaden recht ist. Haben jetzt Praxis dazu."

„Sehr recht sogar", sagt Renata, „ich werde invitieren."

Und Ehrwürden Berggenau dankt auch, und überhaupt herrschen eitel Harmonie und Eintracht. Mit Wünschen für ein gesegnetes Fest trennt man sich.

Draußen hat's angefangen zu schneien, was die Göppinger Jugend in helle Begeisterung versetzt, ihn freilich weniger. Da werden sie morgen früh beim Weihnachtssingen ihre liebe Not haben mit den Instrumenten, vor allem die Zinken und Fagotti der Stadtpfeifer werden leiden.

Schneebälle sausen durch die Dämmerung, einer geht ihm hart am Kopf vorbei, und einer von den Buben, er erkennt an der Stimme, daß es Tobias vom Goldschmied Hanff ist, ruft: „Pardon, Herr Magister, Ihr waret nicht gemeint."

„Worauf wartest du noch", sagt er zu Johann Melchior, seinem Calcanten, der neben ihm hertrabt, „schieß zurück!"

„Darf ich?"

„Du mußt, Melchi, das verlangt die Ehre."

Da er indes meint, mit Johann Melchiors Treffsicherheit nicht zufrieden sein zu können, mischt er sich selbst ins Gefecht, obwohl gerade sein Kollaborator vorbeikommt und die Sache mit dem allergrößten Befremden registriert. So kommt nie Ordnung ins Schulwesen!

Er ruft ihm einen Gruß und Dank an die Schwester nach, aber diesem Rücken ist nicht anzusehen, ob es vernommen ward.

„Ihr geht jetzt wieder an St. Nicolai vorüber, Herr Magister?" fragt Melchi, neben ihm herspringend.

„Ja", bestätigt er, „ich geh jetzt wieder an St. Nicolai vorüber."

Zu Haus hat Margarete Bretschneiderin das Essen für ihn bereitet; sie war den ganzen langen Tag in allen möglichen Häusern aushelfen beim Backen, Kochen und Putzen und hat sich erboten, auf den Abend bei ihm zu kochen. Trägt ein gebratnes Huhn auf, Spätzle und Petersilie in Essig, Wein dazu.

Während er ißt, hat sie alle Hände voll zu tun, denn jede Nase lang klopft es, und die Familien der Lateinschüler schicken durch ihre Dienerschaft Weihnachtspräsente, wie's Sitte ist.

Die Bretschneidern häuft auf dem Deckel des Cembalos Rosinenbrote und Würste, Weinbouteillen und Pasteten, Töpfe mit Konfitüren, Mandelgebäck und Lebkuchen auf, und da man um seine Laster weiß, duftet die Stube bald verlockend nach gutem Toback und bereits gerösteten Türkenbohnen. Wie er das einschätzt, reicht er damit bis Ende Februar.

Marillchen kommt auch mit einem Butterstollen, wird aber von der Bretschneidern genauso konsequent an der Tür abgefertigt wie alle andern; er hört nur, wie die beiden kichern, und rückt unruhig auf seinem Stuhl hin und her.

Er selbst schenkt seiner Zugehfrau einen Speziestaler, eingewickelt in ein blaßblaues Seidentüchlein, so er zuhinterst im Schrank gefunden, muß der seligen Apollonia gehört haben, und die Bretschneidern knickst und wirft ihren Schielblick.

„Sonstige Geschenke gibt's nicht, Grete", sagt er, „ich hab morgen einen anstrengenden Tag und brauch meine Säfte und Kräfte."

„Das soll Gott verhüten, daß wir am Christabend sündigen", sagt sie fromm, „es gibt ja noch mehr Feiertage", und ihre rauhe Hand rutscht ihm zum Hemd herein auf die Brust.

Er hält sie lachend fest und schiebt sie sacht, aber energisch von sich.

„Ich wollt wohl mal", sagt sie lüstern, „wenn ich mir was wünschen könnt, mir den ganzen Kerl vornehmen eine völlige Nacht lang zwischen den Laken und Euch so kneten und walken, daß Ihr am Morgen neu laufen lernen müßt."

„Bring Sie mir jetzt nicht das Blut in Wallung mit wollüstigen Reden, Weib, sondern hol Sie mir Feuer für die Pfeife, und sag Sie mir dann, wie ich – ohne Sie zur Seite! – morgen um fünfe wach bin zum Weihnachtssingen."

Und das ist nun wirklich eine Frage, denn wenn er überhaupt schläft, dann ist es um diese Zeit, und er, der noch immer gewußt hat, wie spät es ist und stets pünktlich kommt, ohne je ein Chronometer besessen zu haben, da ihn das Ticken stört, mußte voriges Jahr, erst vom Glockenläuten geweckt, mit fliegenden Rockschößen auf den Rathausturm stürmen, wo die Stadtpfeifer schon angefangen hatten, sehr zum Gaudium seiner Buben, die sich über den verschlafenen Schulmeister lustig machten.

Aber Margarete weiß auch da einen Rat. Da sie früh um vier in einigen Häusern sich verdungen hat zum Heizen und Wasserwärmen, damit das dortige Gesinde am Heiligen Tag auch ein Stündchen länger schlafen kann, wird sie bei ihm vorbeikommen und ihn herausklopfen.

„Den Coffee macht Euch dann die Kertzschin, das hab ich mit ihr schon abgesprochen", bemerkt sie, und ihm wird wieder einmal etwas unheimlich ob dieser Allianz.

Der Morgen des ersten Weihnachtstages ist sternklar und mäßig kalt, das Schneien hat aufgehört, und knirschenden Trittes rutschen die Herren Stadtpfeifer und die Chorknaben zum Rathaus, die Hände tief in den Taschen vergraben, die Krägen hochgeschlagen, und ein weißer Hauch geht ihnen voraus.

Lompin hat sein Trompetchen mitgebracht und gesellt sich selbstverständlich zu den Zunftkollegen, die Intrada mitzublasen unter Dorenpuschs Leitung, und dann wendet er sich seinen Jungen zu.

Gleich einer wahren Engelsstimme schwebt Jacob Philanders „Vom Himmel hoch, da komm ich her" auf die halb schlafende, halb lauschende Stadt herab, und die andern sind auch nicht müde, denn wenn sie nach Haus kommen, so wissen sie, war das Christkind da und hat die Gaben in den am Bettpfosten aufgehängten Strumpf getan.

Daheim läßt er sich bereitwillig weiter von der Nachbarin verwöhnen mit Milchsuppe und Heißwecken, er findet, er hat's verdient, und legt sich bis zum zweiten Gottesdienst noch mal aufs Ohr.

Danach geht die Arbeit erst recht an, dann zieht die Kurrende durch die ganze Stadt, gratis vor die Häuser aller Honoratioren und zu einigen andern, die bestellt und bezahlt haben, das dauert bis in die Dunkelheit. Die Jungen sind am Abend heiser, bringen aber schöne Präsente nach Haus, und für ihn fällt auch noch diese oder jene Verehrung ab.

Mit dem Bälgetreten ist heut Gottfried Jeremias dran; seit er weiß, daß er zu Ostern Stadtpfeiferlehrling in Schorndorf sein wird, hält er sich ernsthaft und kehrt den Erwachsenen heraus, und während sein Bruder neben Lompin immer springt, trabt und hüpft, geht er mit großen Schritten daher und bemüht sich, auf diese Weise mit dem schnellen Gang des Herrn Magisters mitzuhalten.

Wie erwartet, haben sich alle, die was auf sich halten, zum zweiten Gottesdienst eingefunden; die einfachen Leut und das Gesinde haben früh bei Pastor Hoff und dem Kollaborator Göpfert gesessen und stehn jetzt schon am Herd oder an der Tafel, den Herrschaften das Mahl herzurichten. Alle vornehmen Kirchenstühle sind natürlich besetzt, die Damen erscheinen im Putz, die meisten Männer sind unter der Perücke.

Samuel Lutz, der seinen Platz im Seitenschiff hat, erwidert Speers berühmten scharfen Blick in den Kirchenraum herunter mit einem verwegenen Schwenken des Handschuhs.

Almuth Pfleiderer sitzt ebenfalls im Seitenschiff links. Der Obervogt hat vornehmen Verwandtenbesuch, da haben nicht alle in seiner Bank Platz.

Lompin macht sich klar, daß er die gestärkte Haube der Göpfertin sucht, aber diese ist entweder früh nach Haus oder in die Oberhofenkirche vors Stadttor gegangen, wer weiß. Ist ihrem Bruder getreu.

Unten wird's, wie immer nach seinem Blick, mäuschenstill, Pastor Berggenau tritt im Schimmer seines Silberhaars vor den Altar, und er setzt mit dem Choralvorspiel ein.

Berggenau ist ein schöner Mann, der seine Wirkung kennt – es heißt, er probiere seine Predigten vor dem Spiegel (wie der Lompin seine Possen). Heut hat er offenbar besonders intensiv geübt, denn seine Predigt ist wunderbar.

Speer hört allerdings nur mit einem Ohr hin, ist am Überlegen, ob er „In dulci jubilo“ erst fugieren und dann mit der Gemeinde singen soll oder ob es besser ist, sie erst mit zwei Strophen warmzumachen, ihnen dann ein virtuoses Feuerchen zu geben und sie zum Schlußgesang wieder einzufangen, und entscheidet sich für letzteres.

Inzwischen ist Ehrwürden bei den Fürbitten angelangt, bald wird er die Augen gen Himmel heben – der Blick ist beseelt, gilt aber eigentlich dem Organisten und ist das Zeichen, daß gleich amen gesagt wird. Lompin gibt Gottfried Jeremias das Zeichen mit der Schnur, daß dieser ihm Luft machen soll.

Während er die Register wählt, hört er den erstickten

Aufschrei einer weiblichen Stimme, unverkennbar die der Almuth Pfleiderer. Pastor Berggenau stockt in der Rede, fährt dann fort, aber seine Worte werden übertönt von dem Lärm gespornter Reitstiefel auf den Kirchenfliesen.

Den Mittelgang hoch kommen zwei Chasseurs und ein Offizier, Kokarde am Federhut, Schärpe in den Farben Frankreichs. Direkt vorm Altar dreht sich letzterer um und wirft einen Blick zur Orgelempore. Im Spiegel treffen Lompins Augen zusammen mit den grellen füchsischen Augen, die er nie wiederzusehen erhoffte.

Gerechter Gott.

Ihm rutscht der Fuß aufs Pedal, quer über drei, vier Tasten, und in einem heulenden Glissando schreit seine Orgel auf wie ein verletztes Vieh. Dann ist Stille.

Der da unten scheucht mit einer Handbewegung den Altburgemeister Helferich nebst Gattin aus dem Gestühl, nimmt Platz und sagt vernehmlich: „Fahren Sie fort, Monsieur, ich wünsche, Ihre Predigt zu Ende zu hören.“ Dann nimmt er seinen Hut ab, entblößt die halbgrauen Haare und setzt sich mit gefalteten Händen.

Die Köpfe da unten wogen wie ein Kornfeld im Sturm, es murmelt und raunt durcheinander, eine Frau fängt laut an zu weinen, Speer meint, es sei die Philanderin. Berggenau ist der Ton ausgegangen, er bewegt stumm die Lippen.

„Ich warte“, sagt der in der Bank des Bürgermeisters.

„Pardon, ich bin bereits bei den Fürbitten und beim Vaterunser.“

„So bringen Sie es zu Ende.“

„Ja, Monsieur“, sagt Berggenau heiser und leiert sein Zeugs herunter, und der senkt zum Gebet den Kopf.

In der Kirche rauscht und raunt es weiter. Gleich werden sie aufspringen und wie eine aufgeschreckte Herde hinauslaufen, drängend und stoßend. Aber das geht doch nicht. Unseren Weihnachtsgottesdienst bringen wir in Ruhe und Würde zu Ende zu des Höchsten Ehre. Dann bleibt uns immer noch Zeit zum Davonlaufen.

Gleich nach Berggenaus tonlosem Amen setzt die Orgel so kraftvoll und zwingend ein, daß sie aufhorchen. Werd ja wohl mit meiner Gemeinde den Choral zu Ende singen.

Er beginnt zu singen, sehr laut, und sie scheinen zu begreifen, ziehen mit. Renata hört er raus, Lutzens Stentorstimme, auch Fichte. Immer mehr kommen dazu. Er läßt keine Strophe aus. Anstelle der Fuga in der Mitten setzt er ein kurzes nachdrücklich Anteludium an den Schluß und endet mit lang ausgehaltnem Akkord.

Die Gemeinde erhebt sich ohne Hast, leise, strebt dem Ausgang zu. In den Aufbruch hinein ertönt es befehlsgewohnt: „Ich bin der bevollmächtigte Commissaire des General Melac und erwarte die Stadtherren zu einem Diskurs im Rathaus."

„Herr Magister", sagt Jacob Philander mit zitternder Stimme (er hat am Ausgang gewartet), „die Buben vom Chor lassen durch mich anfragen, ob Kurrende gehalten wird, obwohl der Franzos im Ort ist."

„Solang es uns keiner verbietet", erwidert er, „wird Kurrende gehalten."

Sie kommen aber nicht weit. Schon beim dritten Haus, dem des Burgemeisters (die Untervogts- und Obervogtsgattin haben bereits freigebig gespendet), läuft Stadtschreiber Johann Andreas Linde herbei, dankt im Namen der Honoratioren für die Musique, bittet jedoch, in Anbetracht ernster Verhandlungen auf dem Rathaus für diesmal das Weihnachtssingen zu unterlassen.

Der Magister verabschiedet seine Jungen ruhig und mit ein paar Scherzworten und eilt dann stehenden Fußes zu Samuel Lutz.

Die Eheliebste des Freundes, ein Persönchen so zerbrechlich wie ein Spielzeug, mit leuchtenden schwarzen Augen (Lutz brachte sie von den Feldzügen mit, und sie hat ihm ungeachtet ihrer Zierlichkeit schon sechs Kinder geboren), sagt mit unschwäbischer Zunge: „Mein Gemahl erwartet Euch bereits, Herr Magister, wenn gefällig", und sie führt ihn in das, was der kriegerische Barbier als sein Studierstübchen bezeichnet – es ist eher eine Waffenkammer.

Lutz, Handschuh an der Degenhand, übt sich im Scheinfechten mit Paraden und Ausfällen, daß der Fußboden dröhnt, und schreit dazu he und ho.

Als er des anderen ansichtig wird, legt er seine Waffe beiseite, schließt ihn in die Arme und sagt mitleidvoll: „So, da haben wir nun den Salat. Das ist der Deine, dieser Commissaire oder wie er sich nennt, nicht wahr?“ Und da Speer nur nickt: „Hast ihn nicht weit genug fortgeschafft, denk ich mir.“

„Ich wußte, daß er zu den Franzosen wollte, Samuel, er hatte es mir gesagt. Hat mir sogar angeboten, ihn zu begleiten, wie in alten Tagen. Es ist meine Schuld. Ich hätt ihn hierorts anzeigen müssen und festhalten und ins Loch stekken lassen. Aber ich hab's nicht fertiggebracht. Dachte, nun bin ich ihn los, und damit wir alle.“

„Solche Wölfe zu verjagen nützt meist nichts. Sie kommen wieder.“

„Ja, Samuel, ja. Aber er ist hinfällig und im Kopf nicht richtig.“

„Seine Hinfälligkeit hat er wohl sehr schnell abgelegt in den Göppinger Speisekammern, so er als ungebetner Gast geleert. Und wenn er verrückt ist, Daniel, so hat man zumindest heut das Gefühl, daß er es sehr gut verbergen kann.“

„Was soll ich tun?“

„Gar nichts. Bleib hier bei mir und wart ab, Schott und Masosky kommen mit Sicherheit hierher, wenn die Verhandlungen zu Ende sind. Willst du eine Runde mit mir fechten?“

„Ich und fechten, bist du bei Troste? Such dir andre Partner.“

„Vielleicht diesen Musje? Wär mir ein Vergnügen, den vor die Klinge zu kriegen.“

„Samuel“, sagt er traurig, „dann wärst du hin, magst du so gut sein, wie du willst. Das ist der gewandteste Totschläger, den ich kenn.“

Lutz seufzt. „Komm, wir gehn zu meiner Alten. Hast du schon gegessen? Nein, du hast noch nicht gegessen. Wie ich Clementia kenn, läßt sie das Weihnachtsmahl auch bei Franzosengefahr nicht verderben.“

„Ich hab keinen Appetit.“

„Aber ich. Und die Kinder auch. Komm.“

Die kleine Clementia hat schon ein Gedeck mehr hingetan und trägt auf, und das jüngste Kind spricht das Tischgebet, aber selbst der verlockende Duft des gedünsteten

Kalbskopfes und der gelben Pfefferbrühe vermögen ihn nicht zu mehr als ein paar Höflichkeitsbissen zu bewegen, und Lutz konstatiert mitfühlend: „Armer Mann, dir ist der Schreck auf den Magen geschlagen."

Speer lächelt matt, zerkrümelt ein Stück Brot in den Händen und entschuldigt sich bei der Madame Lutzin, es sei kein Affront gegen ihre vorzügliche Kochkunst, und der Christoph Emanuel, der zu den Choristen gehört, sagt verständnisinnig: „Es ist, weil das Weihnachtssingen nicht stattfindet, nicht wahr, Herr Magister?"

Er nickt. Indirekt verhält es sich ja so.

„Weißt du was", sagt Lutz nach Tisch, „mit dir ist nichts anzufangen, und warum: Du bist müde. Gestern die Musique, heut früh das Turmsingen und nun dieser Gottesdienst – Mann, Lompin, wie du sie mit deinem Choral dazu gebracht hast, standzuhalten, das vergeß ich nie. Und nun der Schock mit dem Kerl ...! Ich biet dir mein Bett an, freilich ohne meine Alte dazu" (er stößt sein ungehemmtes Gelächter aus), „und du holst deinen Schlaf nach, ist das recht?"

Er sträubt sich zuerst, aber hat im Moment nicht den rechten Elan vital, sich gegen Samuel Lutz durchzusetzen, und so landet er denn, Schuh und Rock ausgezogen, in der kühlen ehelichen Schlafkammer unterm Dach und zwischen Clementia Lutzens lavendelduftenden Federbetten und ist weg in Morpheus' Reich, eh er sich einmal umdreht, und träumt nix und denkt nix.

Als Lutz ihn wachrüttelt, dämmert es – das heißt, am ersten Weihnachtstag wird es so nachmittags halber viere sein –, und er fährt auf ohne eine Ahnung, wo er sich befindet. Und dann überfällt ihn alles wie Blitz und Donner zugleich, so daß es ihn zurückschleudert in Madame Lutzins Kissen, das Gesicht nach unten, und er dreht den Kopf hin und her und stöhnt.

„Ruhig, Junge, ruhig", sagt der Freund. „Du bist bei mir. Besinn dich. Es ist alles schlimm, aber nicht so schlimm. Himmel, Lompin, wenn ich nicht wüßt, daß du kein heuriger Has bist, könnt man wohl meinen, du machst dergleichen das erstemal durch."

„Mea culpa, mea maxima culpa", murmelt er.

„Laß der Papisten Reden ausm Spiel", bemerkt Lutz rigoros und legt seine Hand mit so liebevoll-kräftigem Druck auf Lompins Schulter, daß der am liebsten, nun erst recht, losheulen möchte. „Halt dich ans evangelische Sündenbekenntnis, wenn's denn schon nötig ist. Komm, Daniel Speer, unten sind Masosky und Schott und wollen reden, du kannst jetzt nicht hier oben lamentieren. Komm, ich helf dir in deinen Rock. Deine schlimme Stund ist vorbei. Wir sind bei dir."

Ganz taumelig von Schlaf und Reue, läßt er sich von Lutz helfen, als sei er ein Kind, und sagt benommen: „Freunde sind gut und schlecht. Gut, das weiß man ja, aber schlecht, weil, man läßt sich gehn. Im allgemeinen bring ich so was mit einem Salto rückwärts ins Lot."

„So gefällst du mir schon besser", sagt der andre. „Ein kriegserfahrner Kund wie du, wirst dich doch nicht deiner Waffen begeben!"

„Ach, Samuel", erwidert er und legt seine Stirn auf die Schulter des andern, „kann man denn unter Brüdern stets gewaffnet einhergehn?" Und weiß auf einmal, warum er in Göppingen ist.

Die Freunde sitzen in Madame Clementias Stube, während sie versucht, irgend etwas mit ihren sechs Bälgern zu unternehmen, was das Herrenkollegium nicht stört – offenbar ist sie mit ihnen in die Küche gezogen.

Schott wirkt erschöpft, die Falten in seinem blassen Gesicht sehen aus, als habe man sie noch einmal nachgezeichnet. „Ihr Herren", sagt er, „nicht, daß ich dergleichen nicht erwartet hätte, im Gegenteil, es war vorauszusehen. Nur heut am Christtag und nach unseres Organisten inspirierter Cantata gestern – wir haben gleichsam unsere Wacht verschlafen." Er seufzt.

„Aber wer", ruft Lutz hitzig, „garantiert uns denn, daß das wirklich ein Commissaire des General Melac ist! Vielleicht nur ein gewöhnlicher Schnapphahn, der sich des Landes Not zunutze macht und aus unsrer Angst ein Kapital schlagen will."

Schott winkt ab. „Ein Schnapphahn und Marodeur mag er sein", entgegnet er, „aber ein Legat des Generals ist er außerdem, er hat sein Certificat vorgewiesen mit den Siegeln und Unterschriften, als berechtigt, von den umliegenden Ortschaften und Gemeinden Kontribution einzutreiben. Das hat leider seine Richtigkeit. Messieurs, wißt Ihr, was er fordert? Fünfzehntausend Gulden fordert er als Abschlag! Zahlbar bis Beginn des neuen Jahres. Als Abschlag, das heißt, bis neue Forderungen kommen. Der General Melac hat, wie's scheint, nach der Sache mit dem mißglückten Transport Göppingen ganz besonders ins Herz geschlossen."

„Hat die Stadt soviel?" fragt Masosky nüchtern in die Stille hinein.

„Hat sie nicht", erwidert der Untervogt. „Zumindest nicht in bar im Gemeindesäckel. Und das haben wir auch entgegengehalten. Aber er weiß sehr gut Bescheid. Als wir auf unseren geleerten Fruchtkasten und die mangelnden Reserven der Commune hinwiesen, lachte er nur. Er wisse wohl, daß die Stadtkirche zwei Oberböden habe, so prallvoll mit Korn, daß oft während des Gottesdienstes die Balken ächzten und man befürchten müsse, der betenden Versammlung fiele der Segen auf den Kopf. Und daß wir im Rathaus hinter der Schatzkammer noch eine zweite Tür haben mit doppelten Schlössern, hinter der nicht nur alte Urkunden und Gerechtsame verwahrt sind, sondern auch ein Notgroschen, das wußte er auch."

Hier stöhnt Lompin auf und stützt den Kopf in die Hände, und Lutz rammt ihm unsanft den Ellenbogen in die Seite.

„Wir sollen zu Geld machen, was da ist, hat er gesagt, auch sonst die Bürger schröpfen. Er werde nicht so töricht sein, hat er gesagt, mit einer Wagenkarawane abziehen zu wollen. Er verlangt bares Geld, und der General auch. Und er gibt uns zehn Tage."

„Zehn Tage?" wiederholt Masosky freundlich. „Das ist gut. Bis dahin hab ich die Gewißheit, mit den Kreistruppen hier zu sein."

„Du vielleicht", sagt Schott, „aber die Bürger der Stadt nicht, und, Martin, ich auch nicht. Gott allein weiß, wer die Kreistruppen aufhält. Sie sollten schon vor einem Mond hier sein. Darauf können wir nicht bauen."

„Himmelherrgott!" flucht Lutz. „In zehn Tagen, da wird

uns ja wohl etwas einfallen. Wir haben zweihundert wehrfähige Männer unter Waffen hier in der Stadt und noch mehr in der Reserve, alle eingeschworen auf den Stadtkommandanten."

„Und der", ergänzt Masosky in seiner sanften Weise, „ist ein Hasenfuß, verzeih, Schott, wenn ich das Kind bei Namen nenn. Wären sie nicht eingeschworen auf solch Kommando, ich glaub, es stünde besser um uns."

„Wo ist er jetzt, der Commissaire?" fragt Lompin bitter.

„Auf und davon", erwidert Schott, „in den Ortschaften der Umgebung das gleiche zu bestellen. Ihr Herren, bedenket, er muß sich sehr sicher fühlen, wenn er mit nur zwei Begleitern in die Gemeinden geht, seine Forderungen anzumelden, womöglich gar einzutreiben."

„Er schätzt uns ein, wie wir sind", bemerkt Masosky ohne Groll, „nämlich gelähmt vor Angst. Wenn du, Daniel, nicht hättest deinen Choral zu Ende gespielt, sie wären in heller Panik aus der Kirche gestürzt wegen einer einzigen französischen Kokarde. Und was Samuel Lutz vermocht, das haben sie in die heroischen Annalen eingegliedert, aber nicht auf sich bezogen."

„Die Handwerker und Ackerbürger der Vorstädte sind anders!" ruft Lutz.

„Aber mit ihnen allein?"

„Wenn der Musje zurückkommt, schmeißen wir ihn zum Tor hinaus!"

„Und wenn er wiederkehrt mit einem Detachement Krieger?"

„Hauen wir ihm die Tore vor der Nase zu wie in Schorndorf!"

„Lutz, Hitzkopf! Da hatten sie einen Kommandanten, der letztlich, dank der Weiber-Revolte, dafür einstand, und im Gegensatz zu uns ist das eine wohlbefestigte Stadt!"

„Dennoch halt ich dafür zu widerstehen. Solange sie keine Kanonen gegen uns auffahren ..."

„Und die Vorstädte, auf die du so große Stücke hältst? Sollen sie in Flammen aufgehn vor deinen Augen?"

„Messieurs, es wird nichts so heiß gegessen, wie's vom Feuer kommt."

„Verschon uns mit Sprüchen, Martin!"

„Freunde, Brüder, Ihr Herren!“ Schott breitet beschwörend die Arme aus. „So gewinnen wir gar nichts. Ihr erregt euch umsonst. Die zehn Tage gilt es zu nutzen. Der Physikus geht wieder in seiner Mission nach Ulm zurück, den Sukkurs zu beschleunigen, und ich rate, Lutz geht mit. Hier macht er nur Dummheiten. Ich muß nach Stuttgart, und wie die Dinge stehen, werden Burgemeister und Obervogt das gleiche tun, aus welchen Gründen, sei dahingestellt.“

„Was!“ ruft Lompin. „Da laufet ihr auseinander wie die Schafe, wenn der Wolf in die Hürde bricht, und lasset die Stadt ohne Häupter und Obrigkeit zurück?“

„Speer“, sagt Schott und legt ihm die Hand auf den Arm, „Ihr habt recht, aber es ist das Beste, was wir im Augenblick tun können. Denn selbst gesetzt den Fall, der Commissaire käme vor der Zeit zurück, so ist kein Bevollmächtigter da, an den er sich halten kann, und er vermag folglich auch nicht zu kassieren, und zu Münze wird nichts gemacht und überhaupt, bezahlt wird nicht.“

„Und gekämpft auch nicht!“ ergänzt Lutz sarkastisch.

„Richtig“, entgegnet der Untervogt nicht ohne Schärfe, „gekämpft schon gar nicht. Wir achten und ehren Euch, Samuel, aber jetzt gilt es, das Mögliche möglich zu machen, keine Tollkühnheiten zu begehen.“

„Laßt uns auseinandergehn, ein jeglicher zu seinem Werk“, beschließt Masosky. „Ich hab noch nach zwei Frauenspersonen zu schauen, die das heutige Ereignis über Gebühr angegriffen. Das eine ist die Wittib Philander, die von Feindestun und -anblick genug hat, mit dem Kinde im Haus.“

„Und die andre?“ fragt Speer.

„Das ist das Fräulein Almuth Pfleiderer“, entgegnet Masosky und wendet ihm sein gütiges, trauriges Gesicht zu.

Wenn er was nicht will jetzt, dann ist es, nach Haus zu gehn. Vors Tor kann man nicht, sie werden alles verrammelt haben zur Nacht nach diesen Erfahrungen, und so stapft er durch den zertretenen Schnee der Straßen, ohne darauf zu achten, wohin, immer im Kreis wie die Ratte in der Falle, ist ohnehin kein Entkommen, Hauptsache, man läuft.

In den meisten Fenstern schimmert noch Licht – irgendwie muß so ein Christtag ja auch zu Ende gehn, muß aufgegessen und ausgetrunken werden, was gebraten und gekocht, gesotten und gebrauet wurde.

Beim Obervogt Pfleiderer ist das Haus prächtig illuminiert, aber hinter den Vorhängen bewegen sich huschend die Schatten hin und her, ein Fest scheint da nicht gefeiert zu werden.

Bei der Kapelle St. Nicolai lehnt er eine ganze Weile am Baumstamm und schaut hinauf, aber es ist zu dunkel, das Gesicht der törichten Jungfrau zu erkennen, und ihm wird kalt. Er stapft seine Runde weiter, und als er um eine Ecke biegt, beide Hände tief in den Taschen, prallt er fast mit einem anderen nächtlichen Wanderer zusammen – vielmehr, es ist eine Weibsperson. Der Lichtschein eines Fensters zeigt ihm Dorothea Elisabeth Göpfert, wie immer nur ein Tuch um die Schultern.

Er zieht den Hut und verneigt sich tief. „Jungfer Göpfertin", sagt er überrascht, „meine Verehrung. Daß ich Sie hier treff, fügt sich günstig. So kann ich Ihr doch noch einmal danken für Ihre ausgezeichnete Fertigkeit an der Orgel und Ihr ein gesegnetes Fest wünschen. Ich hoff, es geht Ihr gut."

„Nein", sagt sie, und ihre Stimme klingt brüchig wie Stroh, „es geht mir gar nicht gut."

„Das versteh ich nicht", erwidert er verwirrt.

Sie lacht auf. „Das glaub ich, daß Er das nicht versteht. Darum muß Er sich ja auch keine Gedanken machen. Er hat Seinen Willen gehabt und die Göppinger ihren Fez. Die alte Schachtel, die sitzengebliebene Schwester vom Kollaborator, läßt sich vom Speer weichschwatzen und produzieret sich wider allen Anstand auf der Orgelbank. Und nun? Was wird nun? Was hab ich davon, außer dem Spott und den Blicken – und zu Haus mit dem Bruder noch weniger eine gute Stund denn vorher. Und das allerschlimmste ist, daß ich die Lust aufs Spielen wieder hab, wie einen Trinker, der's gelassen hat, die Sucht wieder packt nach dem ersten neuen Glas. Wenn's keine Todsünde wär, ich würd wohl in die Fils springen. Das dank ich Ihm nicht, daß Er mich verleitet hat zu dergleichen."

„Aber Göpfertin“, sagt er, „es war doch schön.“
„Eben. Und das ist das schlimmste daran.“ Über ihre knochigen Wangen laufen kleine, eilige, im Licht glitzernde Tränen. „Doch das begreift einer wie Er ohnehin nicht. Er hat seiner Lust gefrönt und seine Musique gehabt. Und ich muß leben wie vordem. Ich wollt Ihn, wo der Pfeffer wächst. Nichts als Unruhe und schlechte Wünsche trägt er herein. Er ist nicht gut für Göppingen. Er ist ein Dorn im Fleische. Und den Franzosenkerl soll Er uns auch irgendwie herbeigebracht haben.“ Sie wischt sich mit der Hand übers Gesicht.
„Ich bring Euch nach Haus“, erbietet er sich, den Hut in der Hand, gesenkten Kopfes bereit, noch mehr hinzunehmen.
„Das fehlte noch“, erwidert sie rauh, „mir reicht vollauf, daß ich Ihm hier überhaupt begegnet bin. Will auch gar nicht nach Haus.“
„Aber wohin sonst?“
„Nirgendwohin. Ich geh nur so herum.“
„So wie ich.“
Sie setzt sich in Bewegung mit großen Schritten und sagt über die Schulter: „Wag er nicht, mir zu folgen!“
Aber er geht doch hinterher und sagt nach einer Weile: „Darf ich Euch meine Halbhandschuh geben? Ihr werdet Euch die Finger erfrieren.“
„Das wär mir eben recht, da käm ich nicht in Versuchung, jemals wieder eine Taste anzurühren.“
„Jungfer Göpfert!“
„Halt Er den Mund. Wenn Er ein Taschentuch hat, das kann Er mir geben.“
„Taschentuch hab ich keins.“
„Das sieht Ihm ähnlich und Seiner Lotterwirtschaft. Hab die arme Apollonia immer bedauert.“
Sie sind mittlerweise auf dem Marktplatz.
„Er geht jetzt nach Haus“, sagt sie wütend, „das wäre noch schöner, wenn mich jemand sähe mit Ihm!“
„Nur, wenn Ihr auch heimgeht.“
„Ja doch“, erwidert sie unwillig. „Es steht ihm wirklich nicht an, sich in meine Angelegenheiten zu mischen, aber ich geh schon. Ich geh.“

„Gute Nacht“, ruft er ihr nach, aber Antwort bekommt er nicht.

Bei ihm zu Haus ist's angenehm warm, irgendeine der beiden Weibsen muß sich seiner erbarmt und eingeheizt haben vor gar nicht langer Zeit, die Kacheln glühen.

Er macht Licht und will eigentlich an sein Cembalo gehen, aber die Finger sind ihm trotz der Halbhandschuhe und der Jackentaschen starr, und die Ohren brennen vom Frost.

So geht er in die Küche (auch da ist noch Glut auf dem Herd, und der Wassertopf summt vor sich hin, sogar gemahlenen Coffee hat die liebreiche Person bereitgestellt, falls ihn noch ein Gelüsten danach ankommen sollte) und setzt dort seinen ruhelosen Pas von der Straße fort, immer hin und her im Geviert.

Was hat sie gesagt, die Göpfertin? Er ist nicht gut für Göppingen. Er ist ein Dorn im Fleische.

Vielleicht hat sie recht. Vielleicht sollt ich Freunde und Feinde und liebende wie hassende Weiber verlassen und vergessen und mich wieder auf die Straße begeben mit meinem Schnappsack und der Trompeten drin und den Maskeraden und dem Spiegel, gut, zur Not noch Schreibpapier.

Überhaupt der Spiegel.

Er bedeckt die Glut im Herd mit Asche, geht zurück ins Zimmer, starrt sich selbst an.

Ein welsche Hahnen Nasen, ein krauses Haar, ein Ziegen-Bart. Schau auf sein groß Maul und buckleten Rücken / kann sich drauf und drein alles schicken.

Er streckt sich selbst die Zunge heraus. Hast dich übernommen hier, wie, Musje Simplex? Kann sein, die Jungfer Göpfert hat recht. Bin nicht gut für Göppingen und Göppingen nicht für mich.

Vorsichtig, ohne etwas zu berühren, führt er seine Hände streichelnd über die Tastatur des Instruments.

Ich armer Mensch, ich Sündenknecht.

Vielleicht sollt ich adieu sagen? Der Kremberg ist auch davon. Musik machen kann ich überall und Possen reißen auch.

Das Licht in der Hand, öffnet er die Vorhänge seines Bettes und erstarrt. Da liegt, die Fäuste vorm Mund und die Knie an den Leib gezogen, in tiefem Schlaf Amaryllis Sofronia Kertzsch. Das Häubchen hat sich von ihrem Kopf gelöst, und er sieht zum ersten Male die Flut von glänzendem braunen Haar. Marille atmet tief und ruhig, wie man eben schläft mit zwanzig oder einundzwanzig nach einem anstrengenden Tag. Ihre Wangen sind rosig.

Er steht und nagt am Daumen. Hat sie sich was ausmalen wollen da auf seinem Lager? Hat sie ihn erwartet? Oder ist sie bloß in aller Unschuld, für einen Augenblick auszuruhen nach dem Heizen, auf das verlockende Polster gesunken und eingeschlafen, eh sie sich's versah? Aber die Vorhänge waren geschlossen.

Und bei all dem ist ihm, als habe er in seinem ganzen Leben nie nicht etwas so Schutzloses gesehn wie dieses Mädchen, eine Rose, die ja durchaus ihre Dornen hat, o ja.

Er atmet tief durch.

Nimmt seinen Überrock und den alten Mantel vom Haken, löscht das Licht und geht auf Zehenspitzen hinaus.

Unterm Dach sind zwei Kammern, die er nicht mehr nutzt. Die eine hat so etwas wie ein Bett, erinnert er sich. Er tastet sich durch das Gerümpel, die Liegestatt ist mehr ein mit Stroh überzogner Waschbock. Aber was macht das schon. Auch ein löchriger Woilach ist da.

Es ist eiskalt. Er wickelt sich in Mantel und Decke, rollt sich zusammen. Hab schon schlechter geschlafen in meinem Leben.

Im Dunkeln, bebend vor Frost, lächelnd, sieht er vor sich das gelockte Haar, die wie bei einem Säugling vorm Mund geballten Fäuste, den hochgewölbten Rist des Fußes im groben Strumpf. Wann er eingeschlafen, weiß er nicht zu sagen.

Als er am Morgen sein Zimmer betritt (nach der Kammerkälte kommt es ihm doppelt warm vor), scheint sein Bett unberührt.

Amaryllis Sofronia begrüßt ihn unbefangen auf dem Hof, wo sie Wasser von der Pumpe holt. „Ist frostig heut früh, gelle, Herr Magister?“

Er nickt, bleibt stumm.

Das vierundzwanzigste Capitel
in dem er die Zeit zwischen Weihnachten und Neujahr wenig ergötzlich zubringt

Nach dem Gottesdienst tritt Elsabe, die Magd der Philanders, auf ihn zu. „Die Frau möchte Euch gern sehen", sagt sie.

Sophia Philander sitzt aufrecht im Bett, die Haube auf dem Kopf, das Kettchen mit dem Kreuz um den Hals. Ihr Atem geht mühsam. Jacob ist neben ihr und hält ihre Hand. Seine Nase ist vom Weinen gerötet.

„Herr Magister", sagt die alte Frau, und zwischen ihren Worten sind große Pausen, „ich wollt Euch noch einmal danken für alles, was Ihr an Jacob tut. Ich fürchte, Gott ruft mich zu sich, und das geht doch nicht, mit dem kranken Lörgen und dem hier, ich werde doch noch gebraucht. Das müßt Er doch wissen."

„Aber Madame", erwidert Speer, „was redet Ihr! Das war nur der Schreck in der Kirche. Ihr werdet gewiß gesund."

„Nein", sagt da Elsabe streng, „verzeihet, Herr Magister, wenn ich dawiderred, ich bin nur eine Magd, und mir steht es nicht zu, doch ich bin mit der Frau zusammen seit unserer Mädchenzeit, und ich kenn sie und weiß, daß sie sterben will. Und keine Pflicht der Welt soll sie abhalten, wenn sie froh hintreten kann vor das Angesicht des Schöpfers, statt hier das Elend zu bauen. Redet ihr nicht ein, sie müsse bleiben. Das ist sündhaft. Sie hat ihre Pflichten hier erfüllt. Und sie kann ganz ruhig gehen. Ganz ruhig kannst du gehen, Frau. Ich bin da für das Lörgen, und der Herr Philander wird wiederkommen und in Jacöble einen guten Sohn finden. Und du schließ die Augen. Ist es nicht so, Musje Speer?"

„Ja", sagt er, „so ist es, und so soll es sein. Sorgt und quält Euch nicht, Philanderin. Wenn es der Himmel über Euch beschlossen hat, so werden wir Euch von Herzen beweinen und Euer Andenken ehren."

Sie nickt. „Der Jacob soll dann singen", flüstert sie, „und Ihr spielt für mich."

Das Kind bricht in Tränen aus.

„Wein nicht", sagt Elsabe eindringlich, „das hält sie auf in ihrem Wege."

Speer nimmt ihre matte, feuchte Hand von der Decke auf und führt sie an seine Lippen.

„Verstattet, daß ich den Knaben mit mir nehm. Er könnt mir heut zur Hand gehn beim Notensortieren."

„Ich möchte bei der Großmutter bleiben", sagt Jacob.

Die schüttelt den Kopf, lächelt. „Und ich möcht, daß du den Magister begleitest. Du warst immer so folgsam. Sei's auch heute."

Den weinenden Knaben an der Seite, geht er nach Haus, heizt ein, macht sich einen Coffee und dem Knaben eine heiße Milch, und dann stürzen sie sich in die Arbeit. Notenblätter in Stapeln liegen im Spind, Sachen, die er nicht in Druck gegeben aus dem oder jenem Grund, Notizen, zum Teil noch aus seiner Wanderzeit, von Liedern, so er unterwegs aufgefangen. Auf manchen liegt schon der Staub. Hätt das sein Lebtag nicht mehr durchgesehen sonst, aber nun geraten sie beide in Eifer: man könnt doch eine Suite zusammenstellen, die Tonarten freilich müßten stimmen. Sie probieren am Instrument, das müßt von F in A-Dur, er gibt dem Jungen auf zu transponieren. Jacob kriegt rote Backen über der Arbeit.

Später schauen die Kertzsch-Buben herein, sehn verlegen und eifersüchtig auf den Lateinschüler, aber werden erbarmungslos gleich mit angestellt.

„Du willst doch Stadtpfeifer werden, Friedel, also los, lern gleich die Noten kennen! Und Melchi kann die Packen, die zusammengehören, in die Mappen legen."

Irgendwann fängt Gottfried Jeremias an zu singen. Jacob zuckt erst erschrocken, dann bringt er die zweite Stimm zögernd dazu. Schließlich singen sie alle vier a cappella, ohne ihre Tätigkeit zu unterbrechen. Und wenn sie ins Rutschen kommen, springt der Herr Magister kurz ans Cembalo und gibt den helfenden Akkord ein, und sie lachen.

Am späten Nachmittag kommt Elsabe, Jacob abzuholen.

Er sieht sie an: „Die Großmutter?"

„Der Großmutter geht es sehr gut", sagt die alte Magd mit Nachdruck. „Komm, Jacöble. Du mußt die Base einsingen. Sie schläft noch nicht."

Die Brüder gucken dem anderen nach, der mit gesenktem Kopf und leisem Gruß davongeht, und Johann Melchior fragt scheu: „Was hat der Jacob denn?“

„Seine Großmutter liegt im Sterben, und wie ich Elsabe versteh, hat sie wohl schon ausgelitten.“

Da sagen die beiden gar nichts mehr, sondern machen stumm die Arbeit zu Ende und verabschieden sich dann. Sie wollen der Schwester noch zur Hand gehn.

Er läßt sie freundlich ziehn und beginnt dann zusammenzustellen, was er bei dem Trauergottesdienst für Musiquen haben will. Wählt als Lied Luthers „Mit Fried und Freud ich fahr dahin“. Jacob soll den 119. Psalm singen in des Sagittarius Vertonung: „Wohl denen, die da wandeln vor Gott in Heiligkeit.“ Mit den Buben musizier ich „Allein Gott in der Höh sei Ehr“, von Georg Caspar Wecker, die Noten hab ich. Können die Amateurs auch mitsingen. Das muß probieret werden. Den Dorenpusch und die Zunft bitt ich auch dazu. Meine Fantasia aber werd ich über Gabrielis „In dir ist Freude“ aufbauen.

War eine große Frau, die Sophia Philandern. Hat's verdient, daß man nicht um sie lamentiert. Wollen ihr eine schöne Musique machen.

Am Tag vor Silvester bringen sie die Wittib Philander unter die Erde. So lang hat es gedauert, bis man ihren Sohn ausfindig gemacht und herbeizitieret, und so lange brauchte Speer auch, die neuen Sachen mit dem Chor einzuüben und eine besondere Trauerfeier vorzubereiten.

Während der Zeit ist es sehr still in Göppingen. Niemand, der nicht von seinen Geschäften dazu gezwungen wird, läßt sich auf der Gasse sehn. Türen werden verschlossen, die sonst offen standen, und die Gaststuben vom „Schwarzen Ochsen“ und vom „Güldenen Kreuz“ sind so leer, als sei allen Göppingern auf einmal das Geld ausgegangen.

Ober- und Untervogt, Burgemeister, Physikus und Barbier Lutz haben die Stadt verlassen, und so, entblößt von Schutz und Obrigkeit, gleichsam gelähmt vor Angst und dahingeduckt wie ein Hase unter dem Schatten des Adlers, macht sie schon in der Nachmittagsdämmerung die Tore dicht, in Erwartung des Feindes. Es ist, als wage keiner mehr, recht zu atmen.

Die Pfleiderer-Damen als einzige lassen sich entschuldigen, sie wirken nicht mit bei der Musique zu Ehren der teuren Verblichenen. Madame gibt als Grund an, daß da ihr Mann außerhalb sei, es sich nicht gezieme für sie, ohne seine Erlaubnis mit ihrer Tochter an etwas anderem als dem Gottesdienst teilzunehmen. Daß auch die Aufführung des „Eulen-Spiegel“ verschoben wird auf bessere Zeiten, versteht sich.

Den wahren Grund für die Abstinenz der beiden Frauen erfährt Lompin, als er, einiger im Haus des Stadtkommandanten verbliebener Noten wegen, einen Besuch abstattet: Renata Pfleiderer empfängt ihn mit blauen Malen an Hals, Schulter und Wange.

„Ich wollte nicht, daß er Almuth zurichtet“, sagt sie kurz, „so hab ich es abgekriegt. Er ist ein großer Kerl, Musje, und weiß wohl nicht, wo er hinlangt, und er war außer sich, als er das von der Tochter erfuhr. Nun, das gibt sich. Er wird zurückkommen und de- und wehmütig tun und die neuesten Spitzen aus Bruxelles anschleppen. Aber in meiner Familie ist man dergleichen nicht gewohnt. Sein Geld, das hat er dahin. Alles, was er in den zwanzig Jahren unserer Ehe an Vergünstigungen und Pfründen empfangen, dankt er mir und den Meinen. Ich bin nicht gesonnen, dergleichen hinzunehmen. Ich werde zu meinen Anverwandten nach Reutlingen zurückkehren, mit Almuth.“

„Madame machen mich derart zu ihrem Konfidenten“, sagt er beklommen.

Sie lacht auf. „Bild Er sich nur nichts ein, Speer“, erwidert sie. „All unser Gesinde und die Gäste dazu sind zu Konfidenten geworden und haben, wenn schon nicht gesehen, so doch gehöret, wie er auf uns losging. Das ist schon rum in der Stadt und im Ländle. – Aber vielleicht hat Er doch recht. Es gibt keinen in Göppingen, mit dem ich so frei reden konnt wie mit Ihm. Unter meinem Stande sind sie alle“ (sie zieht die Brauen hoch), „aber Er allein ist ein urbaner Kopf. Wir kommen übrigens zur Trauerfeier, Almuth und ich. Werden uns verschleiern.“

Dann muß er noch Jacob aufrichten, der, die Stimme

matt von Tränen, erklärt, unmöglich zu der Großmutter Trauerfeier singen zu können.

„Du wirst sofort mit dem Weinen aufhören“, sagt er streng und richtet seinen durchdringenden Blick auf den Knaben, „und wirst dir von Elsabe Salzwasser geben lassen für die Nase und Salbeitee zum Gurgeln, Bub, und du wirst singen heut nachmittag so gut wie noch nie, das bist du deiner Frau Großmutter schuldig. Laß die heulen, denen nichts Besseres bleibt. Du wirst singen und das Beste geben, was du hast.“

Der Junge nickt stumm und geht.

Mit der Post, die den gebrochnen Rat Philander aus dem Südosten herbeigebracht, ist auch ein großes Paket für Speer gekommen; er beachtet's nicht weiter und läßt es irgendwo im Hausflur liegen und hat es dann, nach der Feier, gänzlich vergessen.

Die Kirche ist nicht so leer, wie er vermutet. Das Andenken der rechtschaffnen Frau hat doch viele aus ihren Angst-Höhlen herausgelockt, und es gibt ein stattliches Trauergeleite. Daß selbst Fichte und Tössle sich eingefunden, die Männerstimmen für die Motette zu singen, rechnet er ihnen hoch an.

Für den Leichenschmaus läßt er sich entschuldigen. In Anbetracht des kranken Kindes hat Philander ohnehin nur den kleinsten Kreis geladen, all die honorigen Männer um den Landtagskonsultenten Schulz, da wird ihn keiner vermissen.

Der Silvestermorgen beginnt mit Pauken und Trommeln. Noch halb im Traum hört er die Tür und dann die Riegel vorn und hinten zum Hof, dann zieht man ihm die Decke weg, und die wohlbekannte rauhe Hand der Bretschneidern ist auf seinem schlaftrunknen Leib, während sie gurrt: „Hab mir gedacht, nach all dem Tun und Sorgen habt Ihr eine kleine Aufmunterung nötig, Herr Magister. Himmel, ich hab Euch noch nie ganz ohne Kleider gesehen. Was für ein haariges Mannsbild Ihr seid! Mein seliger Mann war auch so zugewachsen, nur nicht so rabenschwarz wie Ihr. Und er war auch nicht so schnell bei der Sache, wie Ihr es immer seid, freilich machten wir's öfter und ...“

„Kann Sie mich wohl mit Ihrem Seligen verschonen!" schreit er, wütend über sie und diese Überrumpelung und noch wütender auf sich selbst und daß sie so leichtes Spiel hat. „Hält Sie mich für einen Deckhengst, dessen man sich nach Bedarf bedienen kann?"

„Ich halt Ihn für einen Mann", sagt sie schlicht, und er packt sie mit Grobheit und bringt sie unter sich und geht mit ihr so hart ins Geschirr, daß sie stöhnt.

„Verfluchtes Weibsstück", fährt er sie an, wieder halbwegs bei sich, „das mach Sie mir nicht noch mal, oder ich künd Ihr alles auf, den Dienst und das Gevögel sowieso. Dann schließ ich meine Türen ab und sie kann ..." Ihr Lachen bringt ihn zum Verstummen.

„Wenn Ihr gleich danach noch so schimpfen könnt, so habt Ihr wohl auch noch die Kraft für einen zweiten Stich. An mir soll's nicht fehlen."

„Lüsterne Hexe", flucht er und fährt aus dem Bett, „scher dich von meinem Laken!"

„Ich wasch sie ja auch", entgegnet sie ruhevoll, „was erzürnt Ihr Euch denn? Es hat uns doch beiden wohlgetan. Muß ich gleich eine Hexe sein und ein Luder und eine läufige Hündin dazu, wie mich wohl auch schon mal wer genannt hat, nur weil ich Blut und Säfte im Leib habe und weil's mir Freude macht? Und mit Euch macht's mir besondere Freude, ist das schändlich?"

„Nein, Grete", entgegnet er besänftigt, „das gar nicht. Ich mag nur nicht so überfallen werden und hergenommen und wider meinen Willen genötigt sein. Das macht mich wütend. Gegen Eure Liebesfreudigkeit sag ich kein Wort."

„So tut Euer Hemd wieder fort und kommet ungenötigt zu mir zurück und beweiset es mir."

„Du bist ein listiges Stück, drehst mir die Rede um."

„Ich dreh Euch um, was Ihr wollt, Daniel, wenn Ihr noch einmal ins Bett steigt aus freien Stücken."

So geschieht es denn, daß er verwirrt, beschämt und ausgelaugt eine halbe Stunde zu spät ins Pädagogium kommt; das ist ihm noch nie passiert, und sie wollten gerade jemanden schicken, ob er krank geworden. Er habe verschlafen, entschuldigt er sich und hält verkürzten Unterricht ab. Es ist der letzte Tag des Jahres, und sie haben ja all die Zeit brav gearbeitet. Die Buben sollen ausschlafen, damit sie zum Mitternachtssingen vom Turm munter sind. Den Gottesdienst am Nachmittag überträgt er Göpfert.

Traut sich kaum zur Haustür hinein, aber sie ist weg. Alles ist warm und sauber, das Bett frisch bezogen, auf dem Herd steht eine Specksuppe mit gerösteten Zwiebeln.

Aber zum Aufatmen kommt er nicht. Denn das Paket von gestern fällt ihm ein, wohl deshalb, weil es die Bretschneidersche recht deutlich neben seine Trompete plaziert hat. Bereits als er das Siegel sieht und die Schnüre löst, weiß er, mit gelindem Erschrecken, was das ist.

Die Herren in Ulm sind wirklich allzu schnell. Es hätt diese Farce über die Weiber-Revolte ruhig noch ein bißchen im Kasten bleiben können, paßt jetzt nicht so gut in die Landschaft. Wenn die Kreistruppen erst da sind, ja, dann wär's ein ander Ding, den Spaß loszuwerden.

Er tröstet sich über seine Bänglichkeit weg, daß ja sicher so bald keine Verteilung erfolgen wird, so zwischen Weihnacht und Neujahr haben solche Händler doch hoffentlich andres zu tun. Worin er sich gründlich täuscht.

Gerade will er seine lauwarme Suppe löffeln, damit er nicht noch mal an den Herd muß, als es kräftig an die Hintertür klopft, so mit der flachen Hand, wie sie es schon einmal getan hat, als ihr der Fuchs in den Nacken gesprungen war, und es wird auch gar nicht auf seine Aufforderung gewartet, man spaziert gleich in die Küche.

„Herein, ohne gebeten zu sein", sagt er gallig, hat für heut eigentlich genug von der Weiberwirtschaft, aber als er ihr Gesicht sieht, legt er den Löffel beiseite.

Amaryllis Sofronia glüht vor Zorn, und ihre Augen blitzen in allem anderem als einem sanften Weihnachtskerzenglanz. Erst denkt er natürlich, sie hat das morgendliche Gelöffel mit der Bretschneidern mitbekommen, und seine Angst, sie gekränkt zu haben, ist so tief, daß er selbst darüber erschrickt. Aber sie holt stumm unter ihrer Schürze den „Geschüchterten Hahn" hervor und legt ihn neben seinen Suppentopf.

Er sieht darauf und zu ihr und wieder darauf.

„Ihr hattet mir's ja erzählt", sagt sie, ziemlich leise, „das war ein Fehler. Ich hab's wiedererkannt, an manchen Stellen Wort für Wort. Und die beiden anderen Schriften habt Ihr genauso verfaßt, meine Gevatterinnen erzählten mir, das weiß schon lang die ganze Stadt. Nur ich war gut, an der Nase herumgeführt zu werden. Habt mich aufgezogen mit meiner Vorliebe für den fremden Schreiberling und gelacht über mich. O pfui der Schande! Ich möcht in die Erde versinken, wie Ihr mich so verspottet habt, und kein bißchen Mitleid mit meiner Unwissenheit und kein bißchen Zutrauen in meinen Glauben und kein bißchen von irgendwelchem – ach, irgendwelchem Herz. Wenn's nicht gar so unmöglich wär, weil wir ja Nachbarn sind, da würd ich sagen: Ich will Euch nie wiedersehen. Und ich hatt schon gedacht, das mit dem Friedel und der Lehre, das hättet Ihr vielleicht auch meinetwegen getan. Dabei bin ich nur gut, ausgelacht zu werden, ich dumme Trine! Ich hab genug von Euch, Musje, schüttelt Eure Schellenkappe vor wem Ihr wollt, ich bin mit Euch fertig."

„Aber Marille ...", hebt er an, und sie fährt ihm scharf dazwischen: „Für Euch bin ich die Jungfer Kertzschin, merkt Euch das!"

„Jungfer Kertzschin", sagt er hilflos, „es war doch nur ein lustiges Mißverständnis."

„Ja, für Euch ist das lustig, worüber ich mir die Augen auswein! Lustig, daß ich so töricht bin, lustig, daß ich Euch ..." Und nun brechen die Tränen des Zorns hervor, die schon die ganze Zeit hinter den Wimpern standen, und Amaryllis Sofronia nimmt ungebeten am Küchentisch Platz, schlägt ihre Schürze vors Gesicht und heult los.

„Und wenn Ihr jetzt irgendwas macht", sagt sie schluchzend unter dem Stoff, „mich auch nur mit dem kleinen Finger anrührt, dann hau ich Euch über den Schädel, was ich grad finde, mir soll es gleich sein, ob es ein Schürhaken ist oder eine Weinbouteille."

„Ich zweifle keinen Augenblick an Euren Worten", sagt er und kämpft schon wieder mit einen Lachen, bei aller Zerknirschung. „Ihr seid ja eine couragierte Person." Was für ein Feuer! „Aber Ihr solltet doch, bei all meinem Hang zum Possenreißen, wissen, daß ich Euch verehr und schätze über das Maß, und niemals wär mir in den Sinn gekommen ..."

Er stockt. In der Küche steht Johann Melchior mit roten Ohren und atemlos und sagt: „Weiß sie's schon, daß sie so weint?"

„Ja, sicher, sie hat's ja gelesen", antwortet er und denkt an das Flugblatt.

„Und was will sie machen?"

„Mir auf'n Kopf hauen", bemerkt er trocken, und erst als der Junge ihn anstarrt und sagt: „Wieso Euch? Ihm hat sie doch auf'n Kopf gehauen!", merkt er, daß es sich um etwas anderes handeln muß.

„Melchi", sagt er, „wie du siehst, waren wir gerade dabei, uns zu zanken, und sind etwas durcheinander. Erzähl mal."

„Die ganze Stadt ist durcheinander. Der französische Commissaire ist wieder da und im ‚Güldenen Kreuz' abgestiegen und hat allda zu Mittag gespeist ganz allein oben im großen Saal und erkläret, am Neujahrstag wolle er's Geld haben, heute aber sich amüsieren und bestelle dazu auf den Abend den Trompeter und zur Conversation die Jungfer, die neben dem wohne – er sagte auch noch was anderes, Herr Magister, das laß ich lieber weg. Und der Schankbursche, der's übermitteln soll, ist unterwegs, aber ich war schneller."

„Und woher weißt du's?"

„Ach, wir Jungen, wir haben ein bißchen gehorcht."

„Was hat er denn", fragt da Jungfer Kertzsch und schlägt die Schürze zurück und streicht sie glatt und zeigt ihr verweintes Gesicht, „für Militär mitgebracht, der Franzosenknecht?"

„Kein Militär, Schwester, er ist mit einem einzigen Reitknecht eingerückt und sitzt ganz allein da oben im Saal, bis auf den Herrn Altburgemeister Helferich, der zu ihm gegangen, ihm zu erklären, daß die Stadtherren nicht da und das Geld nicht da und überhaupt ..."

„Ist ja gut, Melchi", unterbricht Lompin den Redestrom. „Wir müssen jetzt überlegen. Eins steht fest, daß Marille, ich meine die Jungfer Kertzschin, nicht gehn wird."

„Aber gewiß werd ich gehn", sagt das Mädchen und steht auf.

„Ja, was habt Ihr denn vor? Was wollt Ihr tun?"

Sie streift ihn mit einem verachtungsvollen Blick und

nimmt die Schrift an sich. „Darauf kommt Ihr nie", sagt sie, „Ihr habt es bloß geschrieben. Manchmal denk ich, ihr Mannsbilder seid dümmer als Haberstroh."

Das fünfundzwanzigste Capitel
in dem er zum letztenmal einen Salto springt

Nun hat er seit einer guten Stund das merkwürdige Gefühl, aus zwei Menschen zu bestehn: einem, der alles nur beobachtet, und dem andern, der auch nichts tut.

Der andre tappt seit besagter Stunde hinter der Jungfer Kertzschin her wie ein Trabant, sie aber hat nicht einmal einen Blick für ihn, geschweige denn ein Wort, und gebietet ihm nur mit einer Geste, an den Türen der Häuser, wo sie einkehrt, zu warten. Der Johann Melchior läuft auch mit, wird von ihr aber stets mit Aufträgen und Botschaften hin und her gehetzt und macht den Weg, den Pudeln gleich, drei- bis viermal.

Mit Verblüffung stellt er fest, was er angespannten Ohrs so an Reden mitbekommt, daß seine Schrift von allen gekannt wird – gestern, als er seinen Packen Belege bekam und nicht ansah, muß mit derselben Post ein Schwung unters Volk geraten sein.

Als sie nach beendeter Runde vorm „Güldenen Kreuz" ankommen, glaubt er seinen Augen nicht zu trauen, so gut hat der Jungfer Parole gewirkt: Der Platz ist voller Leute, freilich sind keine Männer darunter, nur Frauenvolk und Knaben, die der Lateinschul und der Klippschul, die sich sonst meist befehden, in schöner Eintracht. Einige der Jungs sind an dem Weinspalier des Gasthauses hochgeklettert und hängen da wie die Trauben, ins Fenster des Saales zu schauen, und erteilen nach unten Bericht.

Die Weiber sind ganz nach seinen literarischen Anweisungen bewaffnet, und zu seinem Erstaunen befindet sich auch jemand darunter wie die Frau Apotheker Fichte und, o Wunder, Dorothea Elisabeth Göpfert. Daß Renata Pfleiderer (immer noch voll blauer Fleck) bei den Standspersonen und Margarete Bretschneider beim Plebs das Sagen haben, verwundert ihn weiter nicht.

Von der Frau Stadtkommandantin, die es ja offenbar nun in des Wortes wahrstem Sinne ist, wird er immerhin wahrgenommen und angesprochen, aber nur, um fortgeschickt zu werden.

„Geht nach Haus, Magister“, sagt sie, „das ist Frauensache.“

„Was?“ ruft er. „Ihr folget meinen Ratschlägen!“ Womit er seine Schrift meint.

Doch Renata schüttelt den Kopf und entgegnet: „Wir folgen den Ratschlägen der Jungfer Amaryllis. Und wenn wir hier in Göppingen schon einen Aufruhr machen, dann so einen, daß man niemanden behelligen kann. Die Männer stehn unter Eid auf den Befehl der Vögte oder des Burgemeisters, und alle drei sind nicht in der Stadt. Sie können also nichts tun, ob sie wollen oder nicht. Wir machen die Sache.“

„Aber“, hält er dawider, „ich bin bloß ein Angeheirateter und keinem vereidigt, und außerdem hat mich der da oben im Saal des Gasthofs zu sich bestellet, und es gibt also Grund, daß ich hier bin. Und zum dritten hab ich ein Recht, zuzuschauen, weil ich es ersonnen.“

Die Pfleiderer, Gründen der Logik zugänglich, nickt und wendet sich anderen Dingen zu. Niemand sonst beachtet ihn: immerhin haben die Bengel noch soviel Respekt, ihn auf dem laufenden zu halten.

Der Offizier habe groß Tafel gehalten ganz für sich allein, und der Herr Helferich habe am anderen Ende gesessen und zusehn müssen und abwarten. Dann hätten sie parliert und der Offizier sei sehr wütend geworden und habe den Altburgemeister mit dem Pistol an die Wand dirigieret, und da lehne er nun, ohne einen Sitz, und sähe kläglich aus.

Als Helferich gar nicht wiederkehrte, habe der D. Philipp Schulz es auf sich genommen, ebenfalls hineinzugehen in den Saal und mit dem Commissaire zu reden, und er ebenfalls stünde nun neben dem andern an der Wand und sage keinen Mucks mehr, nach dem, was man durch die Scheiben sähe, und der Franzos, oder was er sei, speise zu Ende und proste den Herren zu.

Scheint ein merkwürdiger Höllenschlund zu sein, wo sie hineingehen, aber nicht wieder herauskommen.

Es ist kalt an diesem Tag auf dem Platz vorm „Güldenen Kreuz", und die Frauen bringen Feuerholz herbei in Körben und machen Scheiterhaufen, um nicht zu frieren – hatte er dergleichen nicht auch beschrieben? Ihm ist, als ginge er in einem Traum umher, und er weiß gar nicht mehr, was wirklich und was ersonnen, und hat nichts, aber auch überhaupt nichts zu schaffen hier, als der Jungfer Kertzsch nachzulaufen und zu schauen, was sie gerade tut oder läßt.

An den Wachfeuern, oder wie man's nennen soll, hört er die Weiber über ihre Männer reden. Einige erzählen, wie ihre Männer sie nicht hinauslassen wollten, andre wieder, daß sie die Ihren im Haus haben einriegeln müssen, um sie von Dummheiten abzuhalten, die wider den Bürgereid seien. Die meisten sind der Meinung, daß sie, sobald das hier vorbei ist, sicher von den Ihrigen Prügel beziehen werden, doch sie lachen darüber und reden von den Kerls mit der spöttisch-liebevollen Nachsicht Erwachsener, gegen die sich die Kinder etwas herausnehmen.

Was denn nun werden soll mit dieser quasi belagerten Herberge und den Leuten drin, das würde er gern fragen, wird aber dessen überhoben, denn von da oben purzeln die Buben mehr, als sie klettern, zu Boden, ein Fenster öffnet sich, und George Martinus Christophorus Zapary, der Commissaire des General Melac, erscheint im Schmuck seines kokardenbesetzten Federhuts und seiner Schärpe und hebt gebieterisch die Hand.

„Mesdames", sagt er, und seine Kanzelredner-Stimme klingt schmeichlerisch und bös über den Platz, „ich sehe zwar, daß sich Hochdero Ehgemahle lieber in den Hütten verkriechen, aber vielleicht wird jemand von Ihnen so gütig sein, zuständige Stellen zu benachrichtigen, daß ich die beiden bei mir vorsprechenden Herren als meine Geiseln betrachte. Es pressiert mir jetzt. Erfolgt die Zahlung der geforderten fünfzehntausend Gulden nicht bis Mitternacht, werde ich sie nach Kriegsrecht erschießen, zu meinem größten Bedauern natürlich."

In das Schweigen hinein sagt Renata Pfleiderer (sie stützt

sich auf eine städtische Hellebarde): „Wir wissen nicht, wie das geschehen soll, Monsieur. Die Magistrate sind alle außerhalb, maßen über Eure Forderung noch nicht entschieden ist. Auch hieß es, Ihr hättet Euch zu Anfang Januar avisiert."

György wirft eine Kußhand. „Gnädigste, zu Euren Diensten", sagt er zynisch. „Wie das geschehen soll, das ist ganz allein der Göppinger Sache und interessiert mich nicht. Ich kann Ihnen nur auf Kavalierswort versichern, daß ich, falls das Geld nicht zur Stelle, unfehlbar handeln werde wie angezeigt. Was meine Ankunft im Januar angeht, Madame, so geschah das frühe Kommen aus Rücksicht, denn sonst hätte ich ein Detachement Franzosen mitgebracht, so die hier versammelte Canaille schon traktiert hätten, daß keine freiwillig auf dem Platz verblieben."

Unter den Weibern erhebt sich Gemurmel, und plötzlich, aufgellend wie eine Besessene, schreit Almuth Pfleiderer verzerrten Gesichts: „Schmeißt dem Hundsfott den Kopf ein!" Und fast im selben Augenblick fliegt ein Stein so dicht am Commissaire vorbei, daß er die Federn des Huts berührt. Landet, dem Geschepper nach zu urteilen, auf der gedeckten Tafel.

Das Fenster geht zu unterm Gejohl der Frauen und Pfeifen der Buben, und Amaryllis Sofronia gibt der Kommandantin den Hinweis: „Man soll mehr Steine herbeischaffen."

„Sehr gut", urteilt die. „Knaben, schnell, bringt uns handliche Steine, nicht zu schwer, faustgroß." Und zu ihrer Tochter: „Almuth, halt dich zurück."

„Nein, Frau Mutter", entgegnet das Mädchen und schüttelt wild den Kopf. „Ich bin Euch in allem gehorsam. Aber heut halt ich mich nicht zurück."

Die Mutter wendet sich ab.

Unterdessen haben einige der Buben wieder das Spalier erklommen und geben Mitteilung von den Ereignissen drinnen.

Der Musje hat den Servierburschen nach seinem Reitknecht geschickt, und der sei dann wieder hinaus. Er dagegen habe erneut am Tisch Platz genommen, das zerbrochne Geschirr hinuntergeworfen und tafle weiter, und das Tischtuch sei ganz besudelt von rotem Trollinger, als habe man

Blut vergossen. Die Herren Helferich und Schulz stünden nach wie vor im Eck.

Indes öffnet sich die Pforte der Herberge, und der Reitknecht des Herrn Zapary kommt hoch zu Roß mit geschwungner Peitsche heraus und beginnt, auf die Frauen, die ihm zunächst sind, einzuschlagen. Weit dringt er allerdings nicht vor, dann ist er umringt.

„Bindet die Steine in die Schürzen und Fürtücher, so wie es aufgeschrieben steht!" ruft die Kertzsch. „Und haut ihn damit vom Pferd herunter!"

Und sie befolgen die Spiel-Anweisung so brav, als seien sie auf der Bühne.

Der Kerl ist im Nu vom Roß und retiriert, fluchend und brüllend vor Schmerz, unter den Stein-Schlägen ins Gasthaus, das Pferd wird eingefangen und fortgeführt.

„Kinder, weg vom Haus!" kommandiert die Madame.

Ein Hagel von steinernen Geschossen zerfetzt die Fenster des Saals, es klirrt und scheppert beachtlich, und wie das Männlein auf'm Jahrmarkt, das hervorkommt und den Hut zieht, wenn man dem Lukas aufs Haupt gehauen, erscheint der Kreuzwirt in der Tür und lamentiert: „Aber Mesdames, was tut Ihr? Meine Scheiben! Wer soll das bezahlen? Treibt Euren Fastnachts-Mutwill woanders!"

„Männle, geh weg, sonst steck ich dir was in den Bauch!" Es ist die Bretschneidern, die unterm schallenden Gelächter der andern mit einem Brotmesser auf den Wirt loszieht. Die Tür klappt zu und wird verriegelt.

Der nächste Steinhagel löst die letzten Splitter aus den Rahmen. Die Weiber lachen und jubeln. Vorn in der ersten Reihe Almuth, das Haar gelöst, rot im Gesicht. Sie kniet an einem Steinhaufen und plaziert mit der Verbissenheit und Wut einer Bacchantin ihre genauen Würfe in die Fensteröffnungen.

Eine Hand legt sich Lompin auf die Schulter. „Um Gottes willen, Herr Magister, was geht hier vor? Was treiben diese Megären?" Es ist Philander im schwarzen Trauerhabit.

„Sie haben, glaub ich, was gelesen", mutmaßt Speer. „Wenn ich Euch raten darf, Herr Konsulent, so gehet fort. Hier ist mit niemandem gut Kirschen essen."

„Aber Ihr seid doch auch da?"

„Ich? Oh, ich bin, wie sich herausgestellt hat, sozusagen Luft."

„Ich versteh nicht", sagt Philander unwillig. „Der Jacob ist nach Haus gekommen und hat mir erzählt ... Wie können sie sich so erdreisten? Und Ihr, wie könnt Ihr das geschehen lassen? Macht es Euch Spaß, wie diese Hexen Eure Scharteke zu barer Münze machen?"

„Von Spaß ist hier kaum die Rede", entgegnet er. „Ich glaube eher, verzeiht, Herr Rat, daß hier etwas geschieht, was nicht so recht meßbar ist."

Die dritte Salve Steine fliegt in die zerstörten Saalfenster, von Renata diesmal mit beachtlichem strategischen Können abgerufen. Neben sich erblickt Speer die kleine Clementia Lutzin, Mutter von sechs Kindern. Sie hat keine Haube auf dem Kopf, und aus der Schürze, die gefüllt ist mit Holzstücken, Pflastersteinen und Kohlen, feuert sie auf Teufel komm raus, ohne jemanden zu beachten, und schon gar keinen Mann.

Die dritte Kanonade hat den Erfolg, daß nach ihrer Beendigung der Commissaire, diesmal ohne Federhut und die Hände erhoben, ans zertepperte Fenster tritt.

Triumphgeheul der entfesselten Weiber.

„Gebt Ihr auf, Monsieur?" fragt Renata Pfleiderer sachlich.

„Verdammt, schickt mir in diesem Tollhaus irgendein Mannsbild, mit dem ich verhandeln kann", ruft der irritierte Räuber, „denn mit euch Menschern rede ich nicht!"

„Ich sagte Euch schon, es ist niemand in der Stadt", erwidert die Kommandantin. „Nehmt mit uns vorlieb."

Ein Fluch ist die Antwort.

Philander tritt vor.

„Ihr könnt immerhin mit mir reden, Herr", bietet er an, „tragt vor, was Ihr meint, so mache ich meinen Vorschlag dawider."

Ehe der von oben etwas sagen kann, ruft eine Stimme von hinten: „Was hat der hier zu melden! Das ist ein Stadtfremder!"

Hohngelächter ringsum.

„Haltet den Mund! Seid ihr denn gänzlich von Sinnen? Man sollte euch vom Platz prügeln!" sagt der Rat entrüstet.

Um ihn erhebt sich ein Pfeifkonzert.

„Ich wollte dem Commissaire einen Tausch anbieten: Daß er den alten, gebrechlichen Helferich freilasse und mich statt dessen als Geisel nähme …

„Da käme Er schön an", sagt eine erbarmungslose Stimme, es scheint, als sei das die Bretschneidern, „wo Ihr doch gar kein Bürger von Göppingen seid, zu was wäret Ihr da wohl gut?"

Philander steht wie erstarrt.

Renata wendet sich kurz zu ihm: „Geht nach Hause, Monsieur. Ihr merket doch, hier wird nicht die Partie gespielt, an der Ihr teilnehmen könnt."

In dem Augenblick erscheint Elsabe auf dem Platz, geht unverdrossen zu dem Sohn ihrer verstorbenen Herrin, faßt ihn beim Ärmel und zieht ihn fort. Er folgt ihr bleich, fassungslos, ohne ein Wort.

„Falls es denn niemanden gibt, mit dem man von Mann zu Mann reden kann", tönt es wieder vom Fenster her, „so wende ich mich notgedrungen an Euch, Madame. Ich hatte anderes im Sinn, aber Ihr zwingt mich dazu. Ich habe zwei Pistols. Wenn der Platz da in fünfzehn Minuten nicht geleeret ist, gebe ich Feuer auf die beiden Herren, die ich die Ehre habe, bei mir zu halten. Das ist mein letztes Wort."

„Meins dagegen", erwidert Renata mit gewohnter Ruhe, „wenn Ihr in besagten fünfzehn Minuten nicht mit gestreckten Waffen vor der Tür erscheint und Euch auf Gnad oder Ungnad ergebet, legen meine Weiber Feuer an den Saal, es ist mir gleich, ob Ihr die Geiseln freilaßt oder nicht."

Ein Aufheulen des hinter der Tür lauschenden Kreuzwirts quittiert diese Drohung, und nun tritt er hervor unter dringendem Flehen, doch um Gottes willen nicht mit dem roten Hahn zu spielen und die ganze Stadt zu gefährden. Doch die Frauen schüren ihre Wachfeuer auf und legen Fackeln bereit – eindrucksvoll, denn es dämmert.

Almuth Pfleiderer sitzt auf den Resten ihres Vorrats an Steingeschossen, in sich zusammengesunken, und stiert vor sich hin.

Lompin, immer dicht bei der Kertzschin, hört die Frauen miteinander sprechen.

„Es ist wirklich gefährlich, Madame", sagt Amaryllis Sofronia.

„Ich weiß", erwidert Renata, „aber er wird es nicht dazu kommen lassen. Er hat zwei Pistols, das sind zwei Schüsse. Wenn wir die hören, so wissen wir, daß er überwältigt werden kann. Also wird er sie nicht abgeben."

„Aber der da", sagt Marille mit einer halben Kopfdrehung zu Lompin, „meint, der Franzosenknecht sei nicht richtig im Oberstübchen."

„So verrückt ist keiner, daß er sich selbst hinmacht", entscheidet die Kommandantin.

Mit heller Stimme macht sich Johann Melchior bemerkbar: „Herr Magister, hattet Ihr nicht auch zwei Pistols?"

Und als habe man ihm eine Tarnkappe vom Schädel gezogen, richten sich ein Dutzend Augenpaare auf ihn, auch das der Kertzschin.

„Hatte ich", sagt er grimmig, „hab ich aber nicht mehr."

„Und wo sind sie denn?"

„Die habe ich ins Scheißhaus geworfen."

Marille lacht verächtlich auf, es klingt wie: Das sieht ihm ähnlich! Und gelangweilt, achselzuckend, wendet man sich ab. Versager, die Kerls, alle wie sie da sind.

Undurchdringliches Dunkel scheint ihn erneut einzuhüllen.

Man wartet.

Oben im Saal ist man zugange, offenbar wurde Licht befohlen. Sie sehen zwischen den leeren Fensterkreuzen Kerzen hin und her wandeln, eine ganze Menge Kerzen; Monsieur will offenbar alles schön übersichtlich machen fürs letzte Gefecht.

Es mögen wohl zehn von den fünfzehn Minuten vergangen sein, da erhebt sich Amaryllis Sofronia von dem Holzkorb, auf dem sie gesessen, streicht ihre Röcke glatt, schiebt sich das Haar unter die Haube und sagt: „Ich gehe jetzt hinauf."

„Was willst du tun?"

„Hinaufgehn. Er hat mich ja bestellt auf den Abend, also ist es nur billig, daß ich hinaufgeh und nach dem Rechten seh."

„Kertzschin!"

„Madame?“

Renata zuckt die Achseln. „Es ist dein Spiel, Amaryllis. Aber allzu lang warten wir nicht. Wir holen dich.“

Speer ist sachte neben sie getreten.

„Was will Er?“ fährt sie ihn an, ohne ihm einen Blick zu geben. „Laß Er mich in Frieden!“

„Ich will gar nichts von Ihr“, erklärt er, „ich geh nur auch hinauf. Schließlich bin ich gleichermaßen bestellt. Habt Ihr's vergessen? Den Trompeter und die Jungfer wollt er haben und hat noch was anderes dazu gesagt, was der Melchior nicht nennen wollte.“

„Halt Er das Maul“, raunt sie böse, und er muß grinsen, und ihm fällt etwas ein.

„Madame, ich hab eine Bitte. Könnt Ihr uns Eure beiden gefleckten Hundsviecher senden? Ich weiß nicht, aber ehemals hatte der da oben entsetzliche Angst vor Hunden.“

„Ja, sofort“, sagt Renata aufmerksam, „ich schick sie gleich hinauf, wenn sie da sind.“

„Ich bitte drum.“

Und nun steigen die beiden die Stufen im „Güldenen Kreuz“ hinauf zum Saal; sie haben eine schöne, stattliche Treppe in diesem renommierten Hause, mit geschnitztem Geländer und breiten Absätzen. Die zwei gehn nebeneinanderher und sehn sich nicht an und sagen nichts, aber er weiß es einzurichten, daß er immer genau dieselbe Stufe betritt wie sie und mit ihr im gleichen Schritt über die Absätze geht.

Vor der Tür hebt er die Hand, anzupochen, sagt leis, den Finger schon gekrümmt: „Ihr bleibet hinter mir und möglichst nah der Tür, solang es geht!“ Sie erwidert nichts, und er klopft, und auf die Frage, wer da sei, gibt er zur Antwort: „Wie befohlen Euer Gnaden Leibnarr mit seiner Amanten“, gegen welche Bezeichnung kein Protest kommt.

„Nur herein, es ist offen“, sagt man drinnen.

George Martinus sitzt am Fußboden auf seiner Mentik, hinter dem umgestürzten Tisch, den er als einen Schild gegen die Dinge, so durchs Fenster kamen, aufgestellt, und hat sich im Schatten dieses Schutzes neu auftragen lassen.

Inmitten der zerbrochenen Glasscheiben, der Scherben des Geschirrs und den Steinen ist ein reines Leintuch ausgebreitet, darauf eine angeschnittne Pastete, eine große Bouteille Wein, Brot und Zuckerwerk, und rundum im Saal stehn des Kreuzwirts beste Leuchter und bescheinen die Zerstörung.

Die beiden Pistols hat der Herr Commissaire rechts und links vom Teller bereitgelegt, als wären's Messer und Gabel.

Im hintern Eck hocken die Gefangnen, das heißt, einer von ihnen, der Philipp Schulz, steht aufrecht, ist aber offenbar von einem der Geschosse getroffen, denn er blutet am Kopf. Helferich ist zusammengesunken, dem alten Mann geht es offenbar elend, er atmet offenen Munds und preßt die Hände aufs Herz.

„Ich gedachte nicht, Ihro Gnaden so bald wiederzusehen", sagt Lompin fröhlich und geht auf ihn zu, wobei er seine Füße so setzt, daß er nicht auf die herumliegenden Splitter und Steine tritt, und daraus einen artigen Pas macht. „Darauf müssen wir ein Vivat ausbringen, meine ich, und den Herren Standspersonen müssen wir auch eine Kleinigkeit zukommen lassen, solang sitzen die schon auf dem trocknen."

Unter solchem Geschwätz ist er bei dem Tafeltuch angelangt, nimmt Glas und Flasche und schenkt ein, um zunächst einmal dem Helferich einen Trunk zu reichen, aber György sagt finster: „Stell ab, Kujon!", und da Lompin zu ihm aufblickt, sieht er eine Pistole auf sich gerichtet.

Während er vorsichtig, mit halber Kniebeuge, die beiden Gegenstände wieder absetzt, läßt er sein Gegenüber nicht aus den Augen, und so sieht er denn, wie der, sich gleichzeitig mit ihm aufrichtend, die Waffe umdreht und am Lauf packt, und ist sehr auf der Hut.

Zapary lächelt. „Zunächst empfang, was ich dir zugedacht." Der fürchterliche Schlag, von unten herauf mit dem Kolben gegen sein Gesicht geführt, hätte ihm wohl den Kiefer gebrochen, wäre Lompin nicht seitwärts in einen Salto gesprungen, der die Wucht gemildert.

Er hört Marilles Aufschrei, landet auf einem Stein, verspürt einen wilden Schmerz im Knöchel, rutscht aus und sitzt da und befühlt seinen Mund. Ein Zahn zumindest scheint lose.

„Ein Glück", sagt er, spürt den salzigen Blutgeschmack im Maul und spuckt aus, „daß ich meine Trompete gar nicht erst mitgebracht. So hätt ich Ihro Gnaden ohnehin nicht mehr aufspielen können."

Der andre geht knirschend und klirrend auf ihn zu, steht über ihm. „Du ungetreuer, du verräterischer, du überaus schlechter Knecht! Der du deinen Herrn verleugnet und in Schand und Spott gleich einem Bettler hast an der Straße abgeladen. Siehe, da bin ich, Gott der Herr hat mich erneut erhöhet, und ich fahre daher auf den Wolken der Rache."

„Ihro Gnaden", sagt Lompin und schaut hoch, während er mit der Zunge nach dem Zahn tastet, „der biblische Stil bekommt mir im Augenblick gar nicht. Mir wird speiübel davon. Hättet Ihr nicht doch ein Glas Wein übrig von Eurer reichen Tafel?"

„Das soll dir werden", ist die Antwort, und er weiß schon, was kommt, und kneift die Augen zu, eh ihm der Inhalt des Glases ins Gesicht schwappt. Zeit gewinnen ist jetzt alles. „Danke, zu gütig. Hättet Euch nicht zu bemühen brauchen, ich hätt mich auch selbst bedient." Er fährt sich mit dem Ärmel übers Gesicht, steht auf, geht ein paar Schritte. Der Knöchel tut scheußlich weh, aber das gibt sich. Bloß mit dem Trompetespielen dürfte das schwierig werden. „Darf ich fragen, womit ich jetzt, nach dem harten und dem nassen Lazzo, Euer Gnaden für eine Kurzweil bieten darf?"

„Setz dich her", befiehlt Cergely und hockt sich nach Türkenmanier wieder auf seinem Pelze nieder, und Lompin hinkt herbei und tut auf der anderen Seite desgleichen. Seine untere Gesichtshälfte scheint taub zu sein.

„Deinen Denkzettel hast du nun weg, hoffe ich", sagt Herr György und schenkt ein, „nun trinke."

Lompin nimmt das Glas. „Aufs Wohl der guten Stadt Göppingen und ihrer tapferen Frauen", sagt er, und schon wird es ihm aus den Fingern geschlagen, diesmal zum Glück nur mit der bloßen Hand. „Komm ich wohl heut noch zum Trinken?" fragt er und kriecht dem Glas hinterher, immer eines Hiebs in den Nacken oder Tritts in den Hintern gewärtig, aber es erfolgt nichts.

Vor den Röcken Marilles macht er Halt, bis dahin ist das Glas gerollt, er sieht zu ihr auf und zwinkert ihr zu, doch sie starrt fassungslos auf ihn herab. Offenbar sieht sein Gesicht alles andere als gut aus.

Er kriecht zurück und putzt das Glas mit allerhand komischen Gebärden, pustet drauf, hält es vors Aug und streckt es bittend erneut aus, erhält seinen Wein und trinkt.

„Bekommen die andern auch was?"

„Nur die Jungfer", entgegnet György. „Die Jungfer soll herkommen."

„Nein", ruft er tölpelhaft, „die Jungfer soll nicht herkommen. Ich fürchte mich."

„Wovor fürchtest du dich, Narr?"

„Daß mir Ihro Gnaden, der, wie man ja weiß, ein berühmter Venus-Sohn, das Mädchen ausspannt, und das würde ich nicht ertragen."

„Kann schon sein, daß ich sie mitnehm und dich hierlaß", sagt György, „wenn der Rumor vorbei."

„Bin gespannt, wie Ihr Euch aus der Schlinge ziehen wollt", bemerkt er einfältig.

„Ich hab ja zwei Pistols und meinen guten Degen dazu", entgegnet der andre und trinkt aus der Flasche.

„Aber in zwei Pistols sind nur zwei Schuß", sagt er überlegend, „und wer kriegt die?"

„Wer mich angreift."

„György, will Euch denn jemand angreifen? Lasset die hier gehen, trinket mit mir die Flasche zu Ende, und wir beide verlassen als alte Gefährten (nachdem Ihr mir nun den Meister gezeigt) diese Stadt und ziehn in bessere Gegenden."

(Marille steht zum Glück noch immer an der Tür.)

„Gott hat mich nicht in Gnadenstand versetzt, damit ich fortgeh."

„Gott, Verzeihung, ich dachte, es wär der General Melac gewesen. Habt Ihr noch einen Schluck?"

György hört ihm nicht zu. „Ich werde jetzt die Geiseln erschießen", sagt er sanft, nimmt seine beiden Waffen auf und erhebt sich, „die Frist ist um."

„Aber dann habt Ihr ja nichts mehr, Euch zu verteidigen!"

„Doch, meinen Degen!"

„Was denn, vor den Augen der Jungfer wollt Ihr sie erschießen?"

„Nun“, sagt der andre, ein Lächeln des Wahnsinns auf den Zügen, „ich kann auch zuerst die Jungfer erschießen – und dann dich, nicht wahr?“

Aber die Mündungen beider Waffen sind auf Lompin gerichtet, die Finger am Abzug, und sie stehen da, Auge in Auge.

„György Zapary“, sagt er leise, „wollet Ihr wirklich Euren Lompin umbringen?“

Und der sieht ihn an, Schweiß auf der Stirn, und nichts regt sich hinter den schrecklichen, gottverlaßnen Augen, die er jetzt nicht loslassen darf mit seinem Blick, Augen-Blick, der einen Lidschlag dauert oder eine Ewigkeit, verdammt, auf ewig verdammt, hilf dem Bruder, Lompin.

Und da reißt die Kertzschin die Tür auf, mit einer schnellen klugen Bewegung, die sie selbst hinter dem Flügel verwahrt. Hat sie die Treppe herauf hecheln und japsen hören. Die Pfleiderer-Hunde stürmen keuchend in den Saal, ihnen nach prasseln viele Schritte.

George Martinus fährt herum und drückt mit einem Aufschrei ab. Die eine Kugel geht in den Plafond des Galasaales zum „Güldenen Kreuz“, die zweite trifft eins der Tiere, das aufjaulend niederstürzt und mit den Läufen schlägt. Und indes die Weibermeute hereinstürzt, schreit György: „Rette mich, Lompin!“ und wirft sich in die Arme dessen, den er eben bedroht.

Vorbei an den ersten drängt sich laut kreischend Almuth Pfleiderer, wirft sich über den sterbenden Hund. Dann springt sie einer Furie gleich auf, reißt den Mann, der noch immer willenlos in Lompins Armen hängt, herum, fährt ihm mit den Krallen in Haar und Gesicht: „Bestie, Unhold! Teufelsbrut! Mörder!“ und stürzt sich wieder über das Tier.

Zapary läßt alles mit sich geschehen. Seine Augen sind abwesend und wie durchsichtig. Auch als die anderen auf ihn losfahren, ihn schlagen, stoßen, treten, bedrängen, scheint er nichts zu fühlen.

„Es war ziemlich knapp, Madame“, sagt Speer zu Renata, „aber danke jedenfalls. Vielleicht beordert Ihr, daß die Herren Honoratioren heimgeführt werden, ehe Ihr Euch um Euer armes Kind kümmert. Und der Gefangne muß verwahrt werden, bevor sie ihn zerreißen.“

Die Kommandantin sieht ihn an mit ihren Pallas-Athene-Augen, auf ihren Spieß gestützt, und sagt achselzuckend: „Was letzteres angeht, da seid Ihr bei mir an der falschen Adresse, Musje. Seht Ihr nicht, daß sie außer Rand und Band sind? Da unten haben sie auf mich gehört, aber nun ist es aus. Wenn sie ihn nicht in Stücke zerreißen oder versuchen, den guten Castor, der übrigens ebensowenig wie der erschoßne Pollux je einem was zuleid getan, auf ihn zu hetzen, dann haben wir noch Glück. Übrigens habt Ihr meinen Respekt. Den hattet Ihr schon immer, aber nun besonders. Seid Ihr schlimm verletzt? Hat Euch der Schlag arg lädiert?"

„Woher wißt Ihr ...?" hebt er an, und auf einmal wird ihm klar, daß natürlich die Buben die ganze Zeit über am Spalier gehangen, alles gesehn und Bericht erstattet haben.

„Die Kinder!" ruft er, und sie nickt.

„Die Kinder werden Euch nach Haus bringen, und die beiden Geiseln auch." (Schulz und Helferich hocken noch immer aneinandergelehnt, fassungslos, in ihrer Ecke.)

„Aber das hier ..."

„Speer, laßt einmal. Soviel ich sehe, wird er von ihnen nur verprügelt, und das gönn ich ihm von Herzen. Sie nehmen ihre Tücher und ihre Pantoffeln, ein Pistolenkolben ist nicht dabei." Sie blickt ihn prüfend an, führt ihre Finger zum Mund und legt sie zart auf sein zerschlagenes Gesicht.

In dem Moment tritt Amaryllis Sofronia hinter der Tür hervor, man hatte sie ganz vergessen. Ihr Gesicht ist blaß, und ihre Augen darin dunkler als sonst. Noch immer scheint sie an dem Manne vorbeizusehen. „Verzeihet", sagt sie zu Renata, „ich wußte nicht, daß es so gefährlich wird."

„Für Euch?" fragt die und zieht die aristokratischen Brauen hoch.

„Ich dachte nicht, daß er mitgeht."

„Aber Ihr hofftet es."

„Ja, das ist wahr. Doch nun? Glaubet mir, es war für mich schlimmer so."

„Nun", erwidert die Pfleiderer leicht süffisant, „Eure Visage ist ja heil geblieben. Aber entschuldigt, ich muß mich um meine Tochter kümmern."

Schwere Männertritte kommen die Stufen hoch, und

über all dem Chaos dröhnt auf einmal, wie Gottes Befehl, daß Licht werde, die Stentorstimme Samuel Lutzens mit der prosaischen Frage: „Was zum Teufel ist hier geschehn?“

„Samuel!“ jubelt Clementia, löst sich von dem Pulk um den Gefangnen und schwebt, von einer Megäre in ein liebendes Eheweib zurückverwandelt, ihrem Gatten an den Hals.

Mit ihrem Ausscheiden löst sich der ganze Tumult auf, als sei ein Zauberbann gebrochen. Die Masoskysche geht, ihren ebenfalls erschienenen Mann zu umarmen, die andern grüßen freundlich mit Knicks oder Reverenz.

„Wir haben bloß“, sagt die kleine Lutzin freundlich, „diesen Commissaire daran gehindert, die Herren Schulz und Helferich als Geiseln zu erschießen, da wir ja das Geld nicht hatten.“

„Kinder“, sagt Masosky schlicht, „habt ihr ein Glück. Die Kreistruppen biwakieren vor der Stadt.“

Im ausbrechenden Jubel läßt er die Blicke seiner wissenden blauen Augen schweifen und fragt schnell: „Ist Blut geflossen?“

„Ein Hund ist tot“, sagt die Pfleiderer, ihre weinende Tochter im Arm, „und der Doctor Schulz hat einen Steinwurf an der Stirn abbekommen. Dem Altburgemeister geht's schlecht, aber das ist wohl nur der Schreck. Was Musje Speer hat, das müßt Ihr ihn selber fragen, er behauptet immer, es sei nichts. Ihr entschuldigt, ich muß nach Haus.“ Sie lehnt die Hellebarde achtlos in die Ecke und zieht mit Kind und verbliebenem Hunde ab.

Dank Lutzens ordnendem Talent löst sich die Ansammlung innerhalb weniger Minuten auf.

Besorgte Frauen schaffen die beiden geschockten Geiseln heim, nachdem der Physikus sie untersucht und Schulzens Blessur für ungefährlich erklärt hat, und auf die donnernde Aufforderung: „Bringt die Kinder zu Bett, es ist spät genug!“ verflüchtigen sich die Rangen, die immer noch im Treppenhaus herumlungerten, zugleich mit dem Frauenzimmer. Die Feuer sind niedergebrannt. Des Kreuzwirts Gesinde beginnt den Saal aufzuräumen. Samuel Lutz will den gefangnen Commissaire noch im Lager des Prinzen

Ludwig abliefern. Still wie ein Schatten gleitet Amaryllis Sofronia hinaus in die Nacht.

Masosky bleibt mit Speer zurück und untersucht ihn vorsichtig (es fängt jetzt an zu schmerzen). „Ich bring dich nach Haus, Daniel", sagt er, „nicht nur wegen deines Beins. Möcht gern ein paar Worte mit dir reden."

Auf des Freundes Schulter gestützt, hinkt Speer die Treppe hinunter.

Draußen, die Pferde schon am Zügel, den andern gebunden daneben, wartet noch Lutz. „Willst du ihm was sagen, Lompin?" fragt er.

„Nein", entgegnet er, den Blick genauso abgewandt wie jener. „Gott gebe ihm einen tapferern und ehrenhaftern Tod, als er verdient hat."

Der rührt sich nicht, scheint wie aus Stein.

Der Weg nach Haus wird hart. Ein paarmal muß er sich schwer auf Masosky lehnen, und er vergißt immer die Schmerzen im Knöchel über denen im Gesicht und umgekehrt.

Masosky schlägt Licht, bettet ihn aufs Lager und holt Essigwasser für Umschläge. Der Knöchel ist doppelt so dick wie vorher, und der Physikus schneidet den Strumpf mit der Schere herunter.

„Gib mir mal den Spiegel", verlangt Lompin mit allmählich undeutlich werdender Rede, sieht hinein und legt sich stöhnend zur Seite. „Narrenfratze", murmelt er.

„Jemand sollte dir die Nacht über die Kompressen wechseln", bemerkt der Arzt, doch Lompin winkt ab. „Aber doch nicht die Weiber", sagt er mühsam, „die müssen ausschlafen nach ihren Taten. Oder Exzessen, wie du's nennen willst. Und ein gut Teil vom Frauenzimmer kriegt heut abend noch dies oder das zu spüren. Armes Volk."

„Daniel, wenn du noch reden kannst, sag: Was ist geschehen? Haben sie dir dein Scenario nachgespielt?"

Er nickt. „Ja, anfangs. Anfangs hielt man sich ans Libretto. Aber dann waren sie außer sich. Oder bei sich, ich weiß nicht, wie du willst. Hätten wohl noch ganz andre Dinge vermocht. Verdammt, verstehst du überhaupt, was ich da nuschel?"

„Ich versteh dich schon. Womit ist das denn passiert?"

„Pistolenkolben. Es hätt noch schlimmer sein können, aber ich hab einen Überschlag gemacht."

„Was hast du gemacht?"

„Überschlag. Salto alla sinistra, laß mich nicht alles dreimal sagen. Und beim Aufkommen bin ich mit dem Fuß von irgendwas abgerutscht, was da rumlag. Martin?"

„Ja?„

„Werd ich noch Trompete blasen können?"

„Du wirst zwei Zähne verlieren. Oder drei."

„Werd ich noch ..."

„Nein, Daniel." Masoskys wechselt die Kompresse. „Ich fürchte, das wird nicht die einzige Folge vom heutigen Tag sein", sagt er in seiner leisen Art. „Du wirst Konflikt bekommen mit der Obrigkeit. Dreh's und wend es, wie du willst – wer wird an einen Zufall glauben. Deine kleine Schrift ist zum Lehrbuch der Rebellion geworden."

„Eine Weiber-Rebellion!"

„Die könnten wohl am gefährlichsten werden. Aber mal sehn, was wir für dich tun können."

Er geht nach draußen, Speer hört ihn in der Küche und auf dem Hof hantieren.

„Komm, trink das. Hab dir einen Strohhalm gebracht, damit du's einsaugen kannst."

„Was für ein Gift soll mir da eingeflößt werden?"

„Nur was zum Schlafen. Morgen ist die Welt wieder geheuer."

„Morgen, meinst du, gewinn ich einen vollen Überblick über die Dinte, in der ich sitz."

„Ja, das auch. Schlaf, Narre, schlaf."

Er merkt nicht, wann der das Licht löscht.

Das sechsundzwanzigste Capitel
in dem er Freunde braucht und Göppingen ade sagt

Als er erwacht, mit scheußlichen Schmerzen in Kopf und Fuß, sieht er erneut in die freundlich-besorgten blauen Augen, so daß er verwirrt fragt, ob Masosky noch immer da sei.

„Nein, schon wieder“, entgegnet der, beugt sich über ihn und umarmt ihn schüchtern. „Ein gesegnetes neues Jahr, Daniel, nun erst recht.“

„Da kann man nur hoffen“, nuschelt er und betastet sein Gesicht. „Und dir desgleichen, Martin.“

„Wie fühlst du dich?“

„Wie in der Kugel dieses Magdeburger Bürgermeisters, aus der die Luft herausgepumpt war. Im Nichts. Wie seh ich aus?“

„Den Umständen entsprechend. Ehrlich gesagt, macht mir dein Fuß die meisten Sorgen. Solang die Schwellung nicht zurückgeht, kann ich nicht untersuchen. Hast du keinen, der dir Umschläge auflegt? Und überhaupt ein bißchen nach dir sieht?“

„Die Margarete Bretschneiderin“, entscheidet er ohne Zögern.

„Gut. Ich werd es ihr sagen und sie zu dir schicken.“ Er erhebt sich.

„Wie ist die Stadt?“ fragt Lompin.

Masosky zuckt die Achseln. „Still. Die Kreisvölker sind nicht herein, sondern gleich auf Schorndorf zu, wo Fouquier operieren soll. Morgen oder übermorgen kommt Lutz zurück und die Stadtobern aus Stuttgart wohl auch. Dann werden wir erfahren, wie's weitergeht, ich meine, mit dir. Ich schau wieder herein.“

Es gibt an diesem Tag noch eine Reihe von Besuchen.

Natürlich kommen die Kertzsch-Buben, sie heizen und hacken Holz und holen Wasser und gehn um ihn herum in einer Mischung von Scheu, Neugier und Bewunderung, die sehr komisch ist.

Amaryllis Sofronia läßt sich nicht sehn. Er fragt manchmal nach, und die Jungen haben immer so geschwind die Antwort bei der Hand, daß ihm klar ist, sie wurden instruiert. Mal hat der kleine Bruder Husten, mal muß sie der Mutter die Beine wickeln, mal besucht sie eine Gevatterin, mal geht sie grad in die Kirche.

Auch gut. Besser sogar.

Die merkwürdigste Visite, die er erhält, findet gleich in der Frühe des ersten Tags statt, eh die Zugehfrau da ist.

Die Jungen haben gerade Feuer gemacht, und er liegt noch zu Bett, da stolziert so gerade, als habe sie einen Stock verschluckt, die Jungfer Dorothea Elisabeth Göpfert herein, Korb am Arm und wie immer mit dem Schultertuch.

„Ein gesegnetes neues Jahr, soweit möglich", sagt sie mit einem steifen Knicks und ohne im mindesten zu verbergen, daß sie ihn voll Genugtuung mustert. „Ich denk doch, Er hat Seinen Karneval nun hinter sich und läßt uns wieder zur Ruhe kommen. Das, wozu Er die Weiber angestiftet, war ja wohl die Höhe, aber Er ist ja gestraft genug."

Zu seiner Verblüffung redet sie, als sei sie gar nicht dabei gewesen, und er hat sie doch mit der gleichen selbstvergessenen Vehemenz Steine schleudern sehen wie die andern auch, und oben im Saal war er zwar etwas benommen, müßte sich aber sehr täuschen, wenn sie nicht mit von der Partie gewesen.

Sie stellt den Korb ab und entnimmt ihm eine in dicke Wolltücher gewickelte Tonkruke. „Ich hab gehört, Er ist recht lädiert. So hab ich mir erlaubt, Ihm eine gute Fleischbrühe zu bringen, noch warm, die wird Er wohl trinken können. Schlimm, wenn man keine Frau im Haus hat. Kümmert sich denn wer? Die Kertzschin?"

„Meine Zugehfrau kommt dann", nuschelt er, „die Bretschneidern."

„Na, da hat Er die Rechte", bemerkt die Jungfer Göpfert spitz. „Mein armer Bruder muß wohl erst einmal Seinen Dienst mit versehen. So tragen die Unschuldigen die Mühsal für die Sünden der ungeratnen Brüder." Sie begutachtet ihn noch eimal aufmerksam. „Wenn Er Noten zu kopieren hat", sagt sie beiläufig, „so laß Er sie mir zukommen. Karl Theodor hat genug zu tun, er muß es nicht erfahren."

„Ich danke ergebenst", bringt er erstaunt hervor.

„Ist schon gut", entgegnet sie. „Vielleicht hat Er was gelernt aus dem Quiproquo." Und geht.

Verblüfft versucht er diesen Besuch einzuordnen. Die Jungfer Göpfert war wieder auf der Höhe, das ist klar. Und er begreift, daß die Ereignisse des Silvesterabends ihren Auftritt in der Kirche aus dem Gedächtnis der Göppinger verdrängt haben, daß der unwichtig wurde und ihr also ein Aufatmen verschafft ist. Und die Tür zur Musica scheint auch nicht zugefallen. Noten für ihn kopieren, ohne daß der Bruder es weiß! Na, Mamsell, wenn das nicht Konspiration ist!

Als ihm der nächste Besuch avisiert wird, ist er noch ziemlich erheitert von dieser Visite, sonst hätt ihn der wohl aus der Fassung gebracht.

Niemand anders als der alte Buttersack kommt, auf seinen Stock gestützt, hereingetapert, setzt sich ungeniert auf den Bettrand, nähert seine schwachsichtigen Augen dem Gesicht des Schwiegersohns und krächzt: „Man sagt, sie haben Ihm die Fresse poliert, und gründlich, Herr. Das will ich mir nicht entgehn lassen."

Er ist zunächst einmal sprachlos. „Und deshalb kommt Ihr alter Kalksack bei Eis und Schnee hierher? Der Schlag soll Euch treffen!" zischt er dann wütend aus seinem Mundwinkel.

Buttersack lacht heiser. „Schimpf Er nur, das stört mich nicht. Ja, deshalb kam ich her. Hat der Hansdampf in allen Gassen doch mal eine Korrektion erhalten. Fein. Und da bin ich nun und geh gleich wieder, aber damit Er nicht herumerzählen kann, der alte Schwiegervater war nur aus Schadenfreude da, hab ich ihm was mitgebracht. Da!" Er kramt aus seiner Rocktasche ein Papier und legt es auf die Bettdecke.

Lompin traut seinen Augen nicht. Es ist der Schuldschein, die Liste all seiner Demütigungen beim Schwiegervater.

„Zerreiß Er das, ich brauch's nicht mehr. Aber wag Er nicht, sich wieder sehen zu lassen wegen Geld."

Und damit steht der alte Mann auf und wackelt zur Tür hinaus ohne Ade und Lebewohl, und Lompin würde denken, er hätt geträumt, wenn da nicht dies Blatt läge; es sind, laß mal sehen, es sind fast hundert Gulden zusammengekommen, und die schenkt mir der alte Madensack, nur um des Vergnügens willen, mich mit der zerschlagenen Visage zu sehen ...

Wenn es nicht so weh täte, würde er laut lachen. So begnügt er sich damit, den Schein in unzählige kleine Stücke zu zerreißen.

Die Bretschneidern kommt und findet sogleich die Bouillon der Göpfertin ohne Lack und Schmack, ist aber im übrigen modest und friedlich, hilft ihm in die Hosen mit Sanftheit, und den Arm um ihren kräftigen Nacken gelegt, hüpft er bald zu allen notwendigen Verrichtungen, wobei er allerdings bei jedem Sprung einen schmerzhaften Stich im zerschlagenen Gesicht verspürt, bis ihm Masosky ein paar Krücken schickt, damit kann er sich herumschwingen.

Ansonsten nährt ihn die Bretschneidern mittels eines Schilfrohrs mit Milch, Brühe, verdünntem Kindsmus und, auf sein Verlangen, lauwarmem Coffee, so daß er zu allen anderen Übeln auch noch mörderischen Hunger leidet, nachts vor knurrendem Magen nicht schlafen kann und ziemlich vom Fleisch fällt.

Am dritten Tag flößt sie ihm mit dem Löffel einen Brotbrei ein, und er fühlt sich trotz der Schmerzen wie im Himmel. Besonders erleichternd ist der Umstand, daß er sich nun die Pfeife in den unverletzten Mundwinkel hängen kann.

Bald kommandiert er sie weidlich herum, läßt sich immer neue und andre Noten an den Arbeitstisch bringen, wo er nun sitzt, das versehrte Bein ausgestreckt auf einem Stuhl, läßt sich das Cembalo heranschieben, damit er nicht wegen jedes kleinen Akkords wie eine Dohle durch die Stube hüpfen muß, und läßt sie Federn spitzen und Dinte rühren, und die Streusandbüchse steht nicht nah genug, und die Kerze wirft Schatten und die Kompresse ist warm, aber der Fuß eiskalt, und ob sie nicht merkt, daß ihm das Kissen im Rücken verrutscht ist.

Sie erträgt seine üble Laune mit bewundernswerter Geduld, doch als er scherzend meint, sie seien ja fast wie ein Ehepaar, sagt sie ehrlich: „Ich putz Ihm auch den Hintern, wenn Er's verlangt, aber eh ich so was wie Ihn nehm, bleib ich ledig."

Masosky besucht ihn und berichtet, daß Lutz zurück ist und bald kommt, und kann nun endlich den Fuß untersuchen. „Beiß die Zähne zusammen, es tut weh", sagt er, und Lompin fragt: „Kannst du mir sagen, wie ich das machen soll?"

Gebrochen sei nichts, meint der Physikus, aber die Sehne gerissen, und das sei gar nicht gut, zumal es so lange unbehandelt geblieben. „Ich werd dir den Knöchel fest wikkeln, und du darfst vorerst keinesfalls auftreten."

„Na", erwidert Lompin sarkastisch, „da wär es ja ein Glücksfall, wenn sie mich einsperren."

Masosky antwortet nicht darauf. „Wie hast du das bloß gemacht?" fragt er kopfschüttelnd.

„Hab ich dir doch erklärt, ich hab einen Salto alla sinistra gesprungen ..."

„Ja doch! Aber muß man sich bei jedem dieser Dinger, selbst wenn man einem Pistolenkolben ausweicht, die Sehne zerrupfen?"

„Masosky! Ich hab das hundertmal gemacht, ich kann das!"

„Gott sei Dank, Lieber, sonst lägst du heut anders da."

„Wann, meinst du, ist der Fuß wieder in Ordnung?"

Masosky macht sich an dem Bein zu schaffen. Dann nimmt er den Kopf des anderen in die Hände und sieht ihm in die Augen. „Daniel, es kann sein, daß die Sehne verkürzt anwächst."

„Was bedeutet das?"

„Daß du deinen letzten Salto gesprungen bist da oben im Saal zum ‚Güldenen Kreuz'. Himmel, ja, daß du ein Hinkebein sein wirst."

„Laß mich los, Martin", sagt er, „ich mag das nicht. Nun ja, weiß ich doch immerhin, daß mir nun weiter nichts bleibt als Schulmeister und Organiste zu sein."

„Und Compositeur und Scribent."

„Du mußt mir nicht zureden."

„Sag mir, kannst du das wirklich alles schlucken, oder simulierst du nur nach deiner Gauklerart? – Ach, Lompin, wir waren so froh, dich hier zu haben, du warst auf dem dürren Boden wie ein frischer Sommerregen. Es wird dir wenig gedankt. Und mir ist immer, als hätten wir eine Schuld zu tragen, daß du so wenig Glück hast bei uns."

„Laß nur gut sein, Martin", sagt er freundlich, „es wird schon alles so gehn, wie Gott will. Sein Glück trägt man in sich, und nicht jeder, der's andern bringt, muß es selbst haben."

„Das sind so Sprüche", erwidert Masosky unwillig.

„Na, soll ich dich nun eigentlich trösten über mein Mißgeschick oder du mich oder was?“ fragt Speer gerade, als die Bretschneidern den nächsten Gast meldet: D. Philipp Schulz, und der Physikus sagt aufgebracht, dem habe er doch strenge Bettruhe verordnet.

„Ach, Herr Masosky, das muß ich doch selbst am besten wissen, wie ich mich fühl, mit Verlaub“, sagt der Landtagskonsulent und faßt Speer bei den Händen. „Ich konnte meinen Dank an den Magister nicht länger aufschieben und freu mich, wenn ich seh, daß er schon wieder leidlich beisammen ist, und hat doch einiges durch, wovon unsereins nur entsetzter Zuschauer war – ich mag gar nicht dran denken. Unser Altburgemeister liegt noch immer darnieder an dem Schreck. Und mir ist, versuch ich mir's vorzustellen, als säh ich eine Sach hinter einer gläsernen Scheibe, wie man sie auf den Jahrmärkten manchmal hat, Theatrum mundi nennen sie's.“

Als Hausherr will Lompin einen Imbiß ordinieren bei der Bretschneidern, muß ja noch genug von den Weihnachtsgaben dasein, aber Schulz lehnt zartfühlend ab: Er wolle einem nichts voressen, der selbst nur am Strohhalm sauge.

„Oh, das macht ihm nichts“, sagt Masosky, aufgebrachter, als Speer ihn je gesehen, „niemand hier ist krank, niemand hier braucht den Medicus, niemand richtet sich nach seinen Anweisungen. Aber ich geh nur mit Euch fort, Herr Doctor, um Euch ins Bett zurückzubringen.“

„Ihr mögt recht haben“, entgegnet Schulz nachgiebig, „ich fühl mich etwas schwindlig. Aber da Ihr nun hier seid, Herr Physikus, wär es mir schon recht, Eure Meinung einzuholen zu einer Sache, die unseren gemeinsamen Freund hier angeht.“ Er kreuzt die Arme, schaut vor sich hin. „Ihr habt Euch glanzvoll, aber wenig vorsichtig decouvriert als Scribent des letzten Pamphlets und könnt die Autorschaft nicht ableugnen.“

„Will ich das?“

„Ihr könnt es nicht, sag ich. Wagner und Kühne werden einvernommen, hör ich, und ich glaube kaum, daß sie Euch decken. Musje, ich bin Jurist und habe denn doch gewissen Überblick. Es gibt da so Passagen, par exemple, daß Leute von hoher Condition mit dem Feinde unter einer Decke lägen und daß man es an rechter Gegenwehr habe mangeln lassen. Dergleichen, glaubt mir, läßt sich keine Regierung der Welt bieten. Und die Exzesse in der Stadt dazu – ich weiß nicht, wessen Ihr Euch gewärtig seid, aber mit einer Rüge kommt Ihr nicht davon."

„Ich hab bisher an was andres zu denken gehabt als daran, was die Regierung mit mir vorhat", sagt er unbehaglich. „Ihr meinet ..."

„Ich mein ... Herr Physikus, ist der Herr Speer reisefähig? Ich mein, rundheraus, daß er außer Lande gehen sollte, wenn er nicht eingesperrt werden will."

Einen Moment ist es so still, daß man die Bretschneidern in der Küche hantieren hört.

„Eingesperrt?" wiederholt Lompin, und sein Schreck ist zu tief, als daß er sich verbergen ließe. „Aber das ist wohl ein Spaß? Kommt man hierzulande ins Loch, wenn man was gegen den Feind unternimmt? Das ist absurd. Martin, sag du was."

„Speer, ich könnt mir vorstellen, der Doctor hat recht. Nur denk ich, du solltest nicht davonlaufen, selbst wenn du's könntest. Vielleicht müßten Stadt und Landschaft, für die du einiges getan, nun zeigen, daß sie auch etwas für dich vermögen. Deine Musique, deine Schule, deine Schriften, das, was du für die Rettung des Doctors und der Stadt getan, das ..."

„Ach", sagt Lompin und sein Schrecken macht sich in Grobheit Luft, „spar dir den Singsang. Um euch Gelegenheit zu geben, eure Dankbarkeit zu beweisen, darf ich ins Loch marschieren? Na, prost Mahlzeit. Übrigens denk ich nicht daran fortzugehn. Ich schreib es Eurer Besorgnis um mich zu, Herr Doctor, daß Ihr die Gefahr vielleicht größer sehet, als sie ist. Und bevor ich nicht den ‚Musikalisch-Türkischen Eulen-Spiegel' hab zur Aufführung gebracht, gibt's gar keine Überlegung in dieser Richtung."

„Da wirst du dich nach neuen Protagonisten umschauen müssen", bemerkt Masosky. „Die Mesdames Pfleiderer haben die Stadt verlassen, es heißt, die Mutter will die angegriffenen Nerven ihrer Tochter auf dem Lande bei Verwandten kurieren."

Lompin schweigt betroffen. „Der Jacob Philander singt

es auch“, sagt er dann. „Nur so eine vortreffliche Viola da gamba bekomm ich nie wieder. Und den Soprano …“

„Daniel! Es geht jetzt nicht um deinen Kriegs-Roman! Der Doctor Schulz …“

„Der Herr Doctor Schulz hat mir mit seiner Warnung einen großen Dienst erwiesen, und ich dank ihm für seine Liebe. Was er mir da vorgestellet, das muß ich bedenken, Ich kann's nicht recht begreifen und will gestehen, daß ich einen rechten Horreur hab vorm Einsperren. Ist so beinah das Schlimmste, so ich mir ausmalen kann. War einmal beim Türken und hab darüber fast den Verstand verloren. Aber zum Fortgehn scheint es mir jetzt zu spät. Nicht wegen des Fußes, mein ich. Sondern nach diesem Silvester.“

„Aber dies Silvester, Musje, ist es ja gerade …“

„Ich weiß doch, Herr Doctor, ich weiß doch.“ Er lächelt mit schiefem Maul.

„Herr Konsulent“, merkt Masosky entschieden an, „ob Ihr wollet oder nicht, ich bring Euch jetzt nach Haus. Ihr braucht Ruhe, und du brauchst sie auch, Daniel. Falls der Samuel Lutz heut noch kommt, fordert das Kraft von einem Kranken. Werd sehn, daß ich ihn auf morgen umdirigier.“

An der Art, wie er ihn zum Abschied umarmt, merkt Lompin, daß er sich mehr Sorgen macht, als er zugeben will.

Natürlich hat die Bretschneidern gehorcht, erwähnt aber die Warnungen des D. Schulz mit keiner Silbe, sondern wetzt sogleich ihre Zunge an der Nachricht von der Abreise der Pfleiderers.

Von wegen Nerven, man höre ja munkeln, die Almuth habe ihr Kräutlein Rührmichnichtan verloren und trage dafür was im Bauch spazieren, man wisse nicht, von welchem Pflanzstock.

Diese Neuigkeit kenne er schon, wirft Lompin ein.

„Ach“, sagt sie und läßt das erstemal wieder ihren Schielblick über seinen Leib gleiten, daß es ihn krabbelt wie Ameisen, „das wisset Ihr? Habt Ihr bei den Damen ebenfalls Einstand gegeben?“

Wütend wirft er nach ihr mit einem zerknüllten Notenblatt, und sie lacht ihr tiefes Bauch-Lachen und zieht die Tür hinter sich zu. –

Am vierten Tag hat sich sein Gesicht bedeutend gebessert, und der Fuß schmerzt in der Bandage nur noch dumpf, und Lompin fühlt sich so obenauf, daß er an seinem Arbeitsplatz, statt Noten zu schreiben, die Feder zerkaut und dem Hintern der Bretschneidern nachguckt. Sie grinst triumphierend, als er sie zu einem Ritt auffordert, und sie verrichten beide das Werk mit solchem Eifer, daß sie fast mit dem Stuhl umkippen.

„Ich bin ein kranker Mann!" stöhnt Lompin lachend. „Bring Sie es sänftiglich zu Ende, Grete!"

„Was, krank?" schreit sie, „na, das ist gut! Ich nehm nur die Gangart auf, die er angibt, Musje!"

Wieder abgesessen, stellt sie erschrocken fest, daß sie vergessen hatte, die Tür zu verriegeln, und das, da aller Nasen lang Besuch zu erwarten ist.

„Ach", sagt er ungerührt, „die Leut hätten schon ausgeharrt."

Am Nachmittag kommt dann mit Getöse Samuel Lutz, erbietet sich als erstes, ihm Haar und Bart zu schneiden, was er ablehnt, kommandiert dann: „Mach das Maul auf, wenn du kannst. Weiter, ja, so. Die zwei Zähne sind hin. Soll ich sie dir gleich ziehen? Ich hab mein Besteck dabei."

„Warum denn?"

„Hab noch nie gehört, daß einem in deinem Alter ein Zahn wieder festgewachsen, der solcherart lose. Dann hast du's hinter dir, alles in einem Aufwasch sozusagen."

„Hör auf!" erwidert er ärgerlich. „Habt ihr alle nichts anderes vor, als an mir herumzuziehen und zu -zerren. Der Masosky wickelt mir's Bein, die Bretschneidern legt mir Kompressen auf, der Schulz will mich ausm Land haben ..."

„Weswegen?"

„Wegen der Schrift und Silvester", erwidert er, und der andre nickt nachdenklich und sagt: „Kann ich verstehen."

„Das ist ja noch schöner! Et tu, Brute? Dachte, zumindest in dir einen Verbündeten für mein Bleiben zu finden!"

„Aber den hast du ja, Speer. Bloß denk nicht, es wird einfach."

„Erzähl mir lieber was von draußen!" fordert er den Barbier auf. „Wie fandest du die Stadt? Bist ja erst gestern gekommen.“

„Die Stadt ist ein wahres Paradies auf Erden“, antwortet Lutz grinsend. „Soviel eheliche Liebe und Zärtlichkeit gibt's hienieden nirgendwo. Die guten Weiber tischen die besten Sachen auf, sie gehn den Männern um den Bart und haben alle Widerworte vergessen, es sind wahre Tauben, sag ich dir. Auch die Schuljugend sticht der Hafer nicht, keine braveren Kinder als die, so bei dem Rumor dabeigewesen. Muß ein gestrenges Strafgericht stattgefunden haben allüberall bei der Heimkehr der Aufmüpfigen.“

„So was war zu erwarten.“

„Daniel, was da in den Häusern vorgefallen, darüber redt kein Mensch. Den meisten Weibern, Schwestern und Töchtern aus den Vorstädten und dem Gesind natürlich wird wohl das Fell gegerbt worden sein. Aber was noch sicherer ist, daß alle Eheweiber in der Nacht noch haben den Hausherrn zu spüren bekommen und wir über neun Monat eine zweite Hebamme werden einstellen müssen in Göppingen. Und das mußte sein, denn ein Kerl, der seiner Frau solches durchgehen läßt und nicht beweist, wer die Oberherrschaft hat, der kann sein Testament machen und hat die Hölle auf Erden.“

„Was du mir da in die Ohren tutest, daß mir zu allem auch noch das Trommelfell platzt, das gefällt mir gar nicht“, entgegnet er. „Das Frauenvolk hat den Commissaire in die Enge getrieben und die Stadt, so ohne Obrigkeit, besser verteidigt, als die unentschlossenen, eidgebundnen Mannsbilder es sich haben träumen lassen.“

„Speer, das ist wahr, aber das ist nur die eine Seite der Sache. Das andre ist, daß sie aufgemucket, und das kann man nicht hinnehmen. Denn in der Bibel steht, daß das Weib dem Manne untertan sein soll, und das möcht ich mir auch ausgebeten haben. So müd ich gestern gewesen nach dem da draußen, so hab ich doch die Zähne zusammengebissen heut nacht und meine Alte so im Bett bedient, daß sie mit Tränen um Gnade gebeten hat. Sie war mit dabei beim ‚Güldenen Kreuz‘. Und dann hab ich mit ihr gemeinsam geheult, und nun haben wir's beide abgebüßt in ehelicher Gerechtigkeit und Liebe, und alles ist gut.

Und glaub mir, es würd kein Mensch mehr reden von diesem Silvester, weil, sie wollen's vergessen und Gras soll drüber wachsen. Bloß, das geht ja nun nicht. Es stehet geschrieben. Du hast sie am Vergessen-Können gehindert. Und da sie dein – wie sagt Masosky? – dein Scenario, nach allem, was man hört, zumindest zu Anfang getreulich nachgespielt haben, bleibt es ihnen nun haften wie ein Dorn im Fleisch. Schon darum, Speer, kannst du nicht weg hier. Du wirst ihnen allzeit das Memento sein an ihre Rebellion und Gloria und das, was danach kam. Das war's, was ich dir sagen wollte zu dem, was ihr, der Schulz und der Martin und du, gestern hier verhandelt habt."

„Das versteh ich, Samuel. Und ich bin's ja auch nicht, der weg will. Obwohl ich schreckliche Angst hab vorm Einsperren."

Lutz nickt, nimmt gedankenvoll die Pfeife vom Tisch, die gar nicht seine ist, zündet sie an und geht im Zimmer hin und her, stapfend den Raum durchmessend.

„Es ist schon merkwürdig. Wie du's schreibst, da ist es ein Mutwill oder auch eine feine Tat. Und dann wird es so etwas anderes, was, das verstehe der Teufel. – ‚Und wollen verewiget sein.'

Denke, es wär gut, wenn du das Mädchen nehmen würdest, die Kertzschin, mein ich."

„Sie will mich nicht mehr."

„Papperlapapp", entgegnet der Barbier. „Da wird gar nicht lange gefackelt. Ich will dir in nichts reinreden, aber eins mußt du wissen, daß die hier ihr Lebtag keinen Mann mehr kriegen wird. Es steht nun einmal fest, daß sie die Sache angestiftet hat, und wärest du nicht mitmarschiert, hätt sie wohl gar da oben als eine neue Judith bei Holofernes auftreten mögen, weiß der Himmel, was sie sich da gedacht hat. Jedenfalls hat sie nun mal den Ruf weg als eine, die gern eine heiße Ofentür aufmacht, auch wenn sie sich verbrennt. Wer will so eine schon heiraten? Nimm sie, Daniel."

„Feine Ratschläge sind das. Soll sie jemanden heiraten, der gerade dabei ist, im Gefängnis zu verschwinden?"

„In welchen Landstrichen hast du dich nur herumgetrieben, eh du hierher kamst, daß du's nicht mehr weißt: Mann ist Mann, gleich, ob er im Bett sitzt und hustet oder im Carcer sitzt und brummt. Und du kommst ja wieder."

„Geb's Gott. Bloß, ich tauge nicht zur Ehe. Was gäbe ich alter krummer Kerl für einen Gatten ab für so ein junges Weib?"

„Ach, darum geht's ja nicht. Deine Haxe, ob gerade oder schief, die wird wieder. All die Buben, die dich durch die Luft haben springen sehn da oben, waren sehr beeindruckt von deiner Fertigkeit. Und ob du zu dem taugst, worauf's in einer Ehe ankommt, das wirst du selbst am besten wissen, oder soll ich das Mensch in deiner Küche fragen?" Und er bricht in sein ungehemmtes Gelächter aus.

„Laß deine dummen Witze, Lutz", entgegnet Speer verdrießlich. „Da kann nichts draus werden. Bedräng mich nicht. Ich kann dir's nicht erklären. Zwischen uns schwebt etwas, das wird uns nun und nimmer froh werden lassen aneinander."

„Was da schwebt, mein Lieber, das ist deine Ehescheu und des Mädchens Starrköpfigkeit. Du mußt ja wissen, was du tust. Aber es wär für dich auch gut, sie ist ansehnlich und fleißig, und du könntest sie dir ziehen, und wie du jetzt lebst in deinem Wittiberstand, das geht nicht an auf die Dauer. Es ist nicht gut, daß der Mensch allein sei, und nicht gesund, und sündhaft ist es außerdem. Übrigens", er sieht ihn aufmerksam an, „du bist wirklich noch recht malade."

„Warum meinst du das?"

„Weil du deine Händ stillhältst. Sonst alleweil hast du irgendwelche Alfanzereien und närrischen Kram getrieben mit den Gegenständen auf dem Tisch oder sonstwo. Jetzt machst du gar nichts."

Am andern Morgen meldet sich die Bretschneidern ab. Ihre Tochter in Bartenbach, so sei ihr vermeldet worden, liege in den Wehen, sie müsse also für drei Tage aufs Land, sich um die Wöchnerin bemühn.

„Ihr kommt schon ohne mich aus", sagt sie, „schwingt Euch ja flink genug mit Euren Stöckern. Ich hab vorgekocht, heizen können die Kertzsch-Buben – oder soll ich die Jungfer bitten?"

„Nein, gar nicht“, entgegnet er hastig, und sie mustert ihn abschätzend. „Pardon, Musje, aber natürlich hab ich gehört, was der Barbier Euch gestern geraten hat, die Amaryllis Sofronia betreffend, und ich find, er hat recht.“

„Will Sie sich auch noch aufs Kuppelgewerbe verlegen?“

„So dumm müßt ich sein“, erwidert sie entrüstet, „was hätt ich denn davon? Ich beraub mich doch nicht Eures schönen dicken Bengels. Nein, wenn ich den da einer andern gönn, so geschieht es aus reiner Herzlichkeit und weil ich glaub, es wär recht und billig. Und da wir schon davon reden, drei Tag bin ich fort, wie gesagt. Und ihr kommet vielleicht an einen Ort, wo Ihr darben müßt.“

Er nagt am Daumen. „Dortselbst wird dem bösen Feind schon vergehn, allweil den Kopf hochzurecken“, sagt er.

„Vielleicht sollten wir's ihm noch einmal austreiben?“

„Aber nicht wieder auf'm Stuhl. Und verriegelt die Türen vorher!“

Es ist ihm dann sehr lieb, daß sie weg ist, als nämlich die Kertzsch-Buben ihm aufgeregt mitteilen, es heiße in der Stadt, Musje Speers toller Kavalier, der den Commissaire gespielet (so wörtlich!), habe fliehen wollen und sei von den badischen Dragonern erschossen worden.

„Von wem habt ihr das erfahren?“ fragt Lompin.

Bei der Bäckin habe man es erzählt, wer aber die Nachricht gebracht, wisse keiner zu sagen. Ob sie nachforschen sollten?

Nein, er begehre es nicht zu wissen.

Bin ich nun wohl des Dienstes quitt, den ich dereinst eingegangen auf der mondkalten Steppe, auf dem Felsenschloß der Madame Ahne, am Bett des fieberglühenden Mädchens, rissige Lippen auf meinem Mund? Darf ich's nun vergessen, die Tonne im Eis, die schwarze Kutsche der Lust, den Laubkranz, die Hand, schnell bereit zum Töten, die Fuchsaugen, die Mentik, den Sklaven am Pflug, gemeinsam zu Pferde, gemeinsam zu Fuß, Schandgesellen und Leidensbrüder! Vanitatum vanitas. Daß sich der Herr seiner Seele erbarme und der ihren nicht minder.

Er weiß nicht, ob das Schmerz ist. Eine dumpfe Leere und endlich das Gefühl der Befreiung. Dreht sich zum Instrument herum auf seinem Stuhl. Langsam, mit einer Hand, Finger für Finger, baut er die Melodie des Fuchsliedes, setzt keine Begleitung darunter, läßt es aushallen. Es klingt spröde und gläsern hinein in den spröden und gläsernen Göppinger Tag.

Abends kommt Masosky und bringt Siegmund Schott mit, der von Stuttgart zurück ist, wie auch die andern Stadtherren heimgekehrt sind. Gute Kunde hat der nicht.

Die Göppinger Neuigkeiten sind in der Hauptstadt sehr übel aufgenommen worden; vor allem, da es tatsächlich einen Kriegsrat Müller gäbe, wie in der Schrift aufgeführt, der sich nun personaliter attakieret und verhöhnet fühle. Die Herren Verleger seien einvernommen und hätten seinen Namen preisgegeben – zum Glück sei noch keiner auf die Idee gekommen, der Autorschaft der beiden anderen Schriften auch nachzuforschen, so daß ihn nur der „Geschüchterte Hahn“ belaste, das freilich vehement.

„Man wird Euch bestrafen, und da Krieg im Lande ist, fürchte ich, nicht nach dem Jus civilis“, sagt Schott kummervoll. „Eure Schuld gilt als erwiesen. Verhindern können wir's nicht, aber es gibt genug Leut, die sich für Eure Begnadigung einsetzen werden, ich zuvörderst. Da der Obervogt und Stadtkommandant Pfleiderer zu anderen Aufgaben abberufen wurde, bin ich demnächst in Göppingen höchster staatlicher Magistrat und versprech Euch, daß ich die Sache nicht ruhen laß. Auch Casparo Kirchner wird um seinen besten Schulmann in der ganzen Landschaft wie ein Löwe kämpfen, die Kirchenbehörde will ihren Kantor behalten, der Stadtrat den Musicus für die Badegäste – kurz, es gibt Kräfte genug.

Nur richtet Euch drauf ein, daß es nicht von heut auf morgen Erfolg hat. Die Verhältnisse sind verworren. Der Administrator steht mit der Herzoginmutter nicht auf dem besten Fuße, der Prinz hat keine Vollmacht noch nicht, und die Partei der Franzosenfreunde ist stärker, als man denkt. Es wird Zeit hingehn, eh man ins Gnadenbuch schaut Eurethalben. Ich bitt Euch um Geduld. Und allerdings müsset Ihr, um Pardon zu erlangen, Euch demütigen, reuevoll Abbitte leisten, widerrufen und Euch unter die Zuchtrute beugen.“

Lompin sieht vor sich hin. „Freilich, das ist eine neue Art von Comédia, die ich bisher nicht agiert. Muß ich die Kröte eben hinunterschlucken, auch wenn's mich im Hals würgt ... Ich dank Euch, Musje Schott, für Information und Unterstützung."

Schott erhebt sich seufzend. „Harte Zeiten kommen auf uns zu. Noch ist der Feind ja im Lande, und mir schwant, es ist nicht zum letztenmal, daß die Franzosen was von Göppingen gewollt haben. Ruhe kehrt nicht ein. Nehmt's nicht für ungut, aber manchmal denk ich, in einer Haft hat man die wenigsten Sorgen."

„Solche Scherze macht nur ein Staatsbeamter", entgegnet Speer trübe.

Masosky ermahnt ihn, um Gottes willen weiter den Fuß zu schonen.

„Als nächstes wirst du mir sagen, daß das Gefängnis ein wahrer Balsam für meine Genesung ist. Messieurs, laßt es gut sein, ich muß schon selbst damit zu Rande kommen."

Den ganzen nächsten Tag ordnet er seine Noten, stellt noch dies und das zusammen als eine Partita für die freundlichen Stadtpfeifer, setzt Instrumente aus.

Dann, bevor er zu Bett geht, kniet er nieder und verrichtet, wie schon lang nicht mehr, ein kindliches Gebet, bittet insbesondre für die Seelen der Verstorbenen, daß Gott der Herr sie ihre Sünden nicht entgelten lasse und sie die Glorie der Ewigkeit schauen mögen.

Dann, hinter den Alkovenvorhängen, tun ihm Maul und Bein einmal wieder unerträglich weh, und ihm ist, als löse sich das Eis um sein Herz in einem milden Tauwind; Wasser, soviel Wasser aus seinen Augen. Gott, verzeih uns allen. Bruder und Schwester untrennbar vereint, nach eurer Umarmung schmacht ich bis zu meinem Tode, ach, was sag ich da. De profundis clamavi. Lunaluna Narrenkind. Scheint der Mond?

Und er schläft ein, aber die Punkte, wo es schmerzt, sind auch im Schlaf da, wie Bündel von Nattern, regen sich, winden sich. Hab mir zuviel Natternbündel unter die Haut gepflanzt.

Am nächsten Tag ist der sechste Jänner und Dreikönigstag. Die Buben bereiten ihm eine rechte Herzensfreude, als sie vors Haus kommen zum Singen. Es ist noch dunkel morgens vor der Schule, und sie tragen Latern und Kerzen. Er springt an seinen Krücken zum Fenster, reißt es auf, ungeachtet der Kälte, und hört sich's an, stehend auf einem Bein.

Jacob Philander, danach, fällt ihm um den Hals. „Herr Magister, wenn Ihr wirklich, was Gott verhüten möge, nach Stuttgart vors Gericht müßt: Die Knaben der Lateinschule werden auf den Knien für Euch bitten beim Administrator, das geloben wir."

„Laßt die großen Sprüch", sagt er, „lernt brav euren Cicero, folgt dem Herrn Göpfert und vergeßt mir Musicam nicht ganz."

Kurz nach der Tischzeit kommen Martin Masosky und Samuel Lutz.

„Was macht ihr zwei für Leichenbittermienen?" fragt er lachend. „Wollt ihr aufs Dreikönigssingen gehn, und euch fehlt an mir der schwarze König Balthasar?"

„Daniel", sagt der Physikus, „im ‚Kreuz' sitzen vier Musketiere und ein Sergeant – es ist mit großem Geleit. Ich hab versucht, geltend zu machen, daß du noch marode seist, aber das akzeptieren sie nicht. Schott hat durchgesetzt, daß du einen Wagen bekommst und nicht aufs Pferd mußt mit dem kranken Knöchel. Wir haben das Fuhrwerk vorbereiten lassen beim Ochsenwirt, ist Heu drin und Decken, damit du nicht frierst unterwegs."

„Was, schon?" stammelt er. „Ich dachte, ein paar Tag hätt ich noch Zeit. Wollt noch die Partita fertigmachen für die Stadtpfeifer."

„Für deine Partita wird sich das Commando kaum interessieren, die haben Befehl auf heut", sagt Lutz. „Können wir dir was helfen?"

Er sitzt noch immer wie gelähmt. „Ich muß meinen Mantelsack packen. Wartet noch. Laßt mich Luft holen. Daß sie so schnell da sind ..."

„Du hast eine halbe Stund. Ich werd deinen Fuß noch einmal bandagieren, und du sag Lutz an, wo dein Zeug liegt, er packt es für dich."

„Ja, gut", erwidert er, aber er sagt gar nichts und gibt keine

Anweisungen, und der Barbier muß alles allein und nach Gutdünken zusammensuchen. Schließlich sagt Speer mühsam: „Was meint ihr, mein Schreibzeug kann ich doch mitnehmen und den Spiegel fürs Arbeiten und Kerzen?"

Die Freunde antworten nicht sogleich.

Schließlich erwidert Masosky: „Es muß doch heraus, und was tun wir wie die Katzen, denen der Brei zu heiß ist. Nein, dergleichen nimm nicht mit. Du kommst nicht ins Stuttgarter Stadtprison. Du kommst auf die Festung Hohen Neuffen."

Er sieht von einem zum andern. „Auf die Festung Hohen Neuffen", wiederholt er. „Ihr scherzet."

„Mit so was scherzt man nicht, Daniel", sagt der Physikus traurig.

„Aber ich bin weder angehört noch verurteilt."

„Deine Schuld gilt als erwiesen durch die Aussage der Verleger. Es geht nach Kriegsrecht, Lompin. Du wirst nur auf der Festung angehört werden."

Da sinkt er denn doch zusammen über seinem Arbeitstisch. „Aber was hab ich für ein Verbrechen begangen? Ich hab einen Possen geschrieben!" schreit er, fassungslos, den Kopf auf den Armen.

„Die Regierung klagt dich des Landesverrats an, du hast die Obrigkeit angeschwärzt und eine Revolte angestiftet."

„Die Festung! Das bringt mich um. Soll ich da sitzen, bis ich schimmlig bin, vergessen und fort ..."

„Daniel, wir holen dich raus, verlaß dich drauf. Du hast Schott und Doctor Schulz auf deiner Seite, du hast den Casparo Kirchner, und ich hab eine Stimm beim Prinzen. Verlaß dich auf uns."

„Courage, Mann", sagt Lutz und legt ihm die Hand auf die Schulter. „Du hast dich, als gingst du aufs Schafott."

„Mir ist auch nicht anders."

„Bist du nicht als Heerpauker wider die Türken gezogen?"

„Da hab ich weit weniger Angst gehabt."

„Lompin", hebt der Barbier ernst an, „nun hör mir zu. Wir haben dir, als du mit diesen Dingen begannest, abgeraten, aber doch nicht so sehr, dich davon wirklich abzuhalten, und halb und halb haben wir erwartet, daß du dergleichen schreiben würdest, und haben uns ein gut Gewissen gemacht, indem wir uns einredeten, wir hätten dich ja gewarnt, da wir dich in Wahrheit nur angespitzet. In dem Belang gehst du einerseits für uns alle, als der Sündenbock für unseren Widerstand gegen einen Feind, der nicht für alle im Lande als der Feind gilt. Darum werden wir für dich kämpfen und dich aus'm Loch holen, koste es, was es wolle an Zeit, Kraft und auch an Geld. Andererseits, Kerl, hast du's nun einmal geschrieben, und red dich nicht auf einen Possen heraus. Du hast eine Revolte provoziert, da haben die in Stuttgart recht, nämlich die der Weiber, was schlimmer ist als jede andre Art, und zwar komisch, aber nicht geheuer und einer Societé sehr schädlich, und du hast daran teilgenommen. So, Freund, sieh's auch einmal an, und friß die Suppe aus, die du dir eingebrockt – bis auf den Grund der Schüssel wirst du nicht kommen, davor werden wir dich bewahren. Und nun reiß dich zusammen und agier deine Rolle in dem Scenario als ein Mann und nicht als eine Memme."

Speer richtet sich auf, streicht sich das Haar aus der Stirn. „Wenn du weniger laut geschrien hättest, würde ich dich auch verstanden haben", bemerkt er.

Vorsichtig beginnt er, auf seinem Tisch eine Pyramide aus zwei Tintenfässern zu bauen, legt gekreuzte Federkiele darüber, so daß sie sich in Balance halten, schiebt ein zierlich gefaltetes Blatt darauf.

„Was glotzt ihr so? Ich probier nur aus, ob ich – ob ich die Hände noch bewegen kann. – Bleibt noch Zeit, einen Abschied zu nehmen?"

„Wir holen sie", sagt Masosky, „und gehn dann zu dem Wagen."

Speer schreibt etwas auf, dann hört er noch einmal an der Hintertür das Klappern der Pantoffeln und das leise Klirren der Schlüssel am Gürtel.

Amaryllis Sofronia Kertzsch ist wieder so blaß wie am Silvesterabend, und ihre Augen gehn halb an ihm vorbei. Sie wird keinesfalls weinen.

„Marille", spricht er, „ich wollt Euch adieu sagen und Euch bitten, das Haus zu verschließen, solang ich fort bin. Den Gelbveigeleintopf nehmt Ihr wohl am besten zu Euch, eh er hier verdorrt. Und was an Resten in der Vorratskammer ist, auf daß es nicht umkommt. Hinten rechts im Spind sind zwei Schaumünzen aus dem Ungrischen, die gebet der Grete Bretschneider mit meinem Dank. Ich krieg vom Magistrat noch das Geld für die Weihnachtsmusique, sind zehn Gulden fünfundvierzig Kreuzer. Hab's schriftlich gemacht, daß Ihr's empfanget, das soll Lehrgeld für Gottfried Jeremias sein, das erste halbe Jahr, dann kommt wohl Rat. Meine Trompete kann er auch haben, soll aber erst drauf blasen, wenn er's kann. Ist ein Meisterinstrument, nicht zum Kinderspiel. Die Noten hier zwischen den Deckeln gebt bitte der Jungfer Göpfert. Die hat mir zugesagt, dergleichen zu besorgen."

„Ja", sagt sie. „Und wenn ich fortgehe, wer soll da die Schlüssel bekommen?"

„Samuel Lutzens Ehefrau", entgegnet er, „aber wohin wollt Ihr denn?"

„Fort aus Göppingen. Ich werd mich als Magd verdingen in einer größeren Stadt, in Ulm vielleicht oder Stuttgart. Bin ja jung und gesund und kann arbeiten. Wenn der Friedel aus'm Haus ist, kommt die Mutter mit den zweien zurecht, Melchi ist anstellig."

„O weh", erwidert er betrübt, „das freut mich gar nicht. Ihr seid so hübsch, Eure Dienstherren werden Euch nachstellen."

„Ich kann mich ja wehren."

„Marille, wenn Ihr dem dritten Dienstherren eins mit'm Holzscheit versetzt habt, dann spricht sich das herum, dann nimmt Euch keiner mehr in Stellung."

Sie lächelt.

„Ich wünsch Euch alles Glück der Welt in der Welt", sagt er. „Wißt Ihr, daß ich nicht nach Stuttgart gebracht werd, sondern auf Hohen Neuffen?"

Sie sieht ihn an, und ein kleiner Laut des Schreckens kommt über ihre Lippen. „Nach Hohen Neuffen?" Dann senkt sie die Lider. „Armer Lompin."

Nun muß er lächeln.

Er faßt seine Krücken, steht auf. „Wollt Ihr so gütig sein, mir in den Mantel zu helfen?"

Sie tut's, gibt ihm Reisesack, Hut und Handschuh, er humpelt zur Tür.

Dann dreht er sich um, nimmt den Hut wieder ab und beugt den Kopf tief. „Ich bitte Euch aus dem Grunde meines Herzens, mir zu vergeben."

„Ja", sagt sie, „alles."

Der Wagen und die Bewachung sind da. Die Stadt scheint leer, niemand steht an den Fenstern.

Er hatte es nicht bedacht, daß sie ihm Ketten anlegen würden, und die Freunde wohl auch nicht.

Während sie ihm auf den Wagen helfen, kommt das eilige Trappeln vieler Füße die Straße entlang. Die Kertzsch-Kinder und seine Schulbuben laufen herbei.

„Bitte", sagt er, „Samuel, halt die Knaben fern. Ich will nicht, daß sie mich in Fesseln sehen."

Sie stehn dann an der Ecke, die vielen jungen Gesichter, ganz still, und um sie lohnt es sich, wiederzukommen.

Wenig später fahren sie zum Tor hinaus, sind nicht sehr schnell, es ist kalt, aber nicht zu sehr, und eine blasse Sonne läßt sich sehen. Ein schöner Tag für einen Wintertag.

Der Mann auf dem Wagen hat sich mit dem Gesicht nach rückwärts gesetzt, so daß er die Stadt Göppingen kleiner werden sieht, und schließlich, als sie die Brücke über die Fils überquert haben, verschwindet sie hinter einem Hügel.

Und trotz der beiden Eisen an seinen Handgelenken überkommt ihn ein merkwürdiges Gefühl von Freiheit.

Die dunkle Grube, in die er gestoßen wird, macht ihm nach wie vor Angst, aber er weiß, daß er früher oder später daraus hervorgehen wird. So ist es ein Übergang.

Dann kann er zurückkehren hierher oder fortgehen, kann Musique machen oder nicht, ein Buch schreiben oder keins, heiraten oder ledig bleiben, Lompin sein oder Simplex oder Daniel Speer oder das alles zusammen.

Gott stehe der gerechten Sache bei, helfe den Bedrängeten, schaffe Frieden im Lande und befördere alles zu einem heilsamen

Ende.

Nachbemerkung

Es werden Fragen kommen.

Hier die Antworten:

Dies ist weder ein biographischer oder ein historiographischer Roman. Lebensstationen und Werk Daniel Speers waren für mich Anlaß, nicht Ziel des Schreibens.

Die Kunst-Figur, die Lompin genannt wird, enthält unter anderem Elemente aus der Biographie Speers – wie sie solche aus der Kunst-Figur Simplex des Daniel Speer und der Kunst-Figur Lompin des Daniel Speer nach der Vorlage der Kunst-Figur des Gauklers und Narren eines anderen Autors enthält. Ein Eulen-Spiegel-Kabinett der Verweisungen also.

Imre Thököly ist ebenfalls nicht György Zapary – nicht nur deshalb wird des realen Imre Thököly im Buch Erwähnung getan. György Zapary indessen trägt sicher, wenn nicht Züge, so doch Befindlichkeiten und Lebens-Umstände des Thököly an sich. Es sind Bausteine, die im Gefüge der Zeiten öfters vermauert werden.

Bleiben die Zeiten.

Ja, die Türken standen vor Wien. Ja, die Truppen des „Großen L." (um Speer zu zitieren) fielen mörderisch ins Württembergische ein.

Einiges, was sehr fiktiv klingt, ist verbürgt. Und umgekehrt.

Indessen möchte ich nicht versäumen, einem Manne und seinem Werk meinen Dank abzustatten, ohne den es dies Buch nicht gäbe. Ich meine den Schriftsteller und Komponisten Daniel Speer.

Waldtraut Lewin
Berlin–Dresden
Oktober 1988

Inhalt